알레고리와 숭고

오형엽 비평집

알레고리와 숭고

초판 1쇄 발행   2021년 3월 26일
초판 2쇄 발행   2021년 4월 21일

지은이   오형엽
펴낸이   이광호
주간   이근혜
편집   이민희 최지인 조은혜 박선우 방원경
펴낸곳   ㈜문학과지성사
등록번호   제1993-000098호
주소   04034 서울 마포구 잔다리로7길 18(서교동 377-20)
전화   02) 338-7224
팩스   02) 323-4180(편집) 02) 338-7221(영업)
전자우편   moonji@moonji.com
홈페이지   www.moonji.com

ⓒ 오형엽, 2021. Printed in Seoul, Korea
ISBN 978-89-320-3825-4 03800

오형엽 비평집

문학과지성사

알레고리와 숭고

네번째 비평집을 낸다. 세번째 비평집을 낸 지 9년 만의 일이다. 이 기간 동안 한국 문학에서 비평의 양상은 '비평의 우울'이 '비평의 곤경'을 겪으면서 급기야 '비평의 죽음'이 운위되는 악화 일로를 걷고 있다. 이러한 상황 속에서 우리 비평계는 '문학의 위기'가 '비평의 위기'로부터 기인했다는 자기반성을 거쳐서 겸허한 자세로 원점에서 다시 시작해야 할 것이다. 한편 2000년대 후반 이후 한국 문학은 문단 내외의 문제적 사건들을 겪으면서 문학의 '윤리'와 '정치'라는 논제를 중심으로 큰 흐름이 전개되었고, 2010년대 중반 이후 페미니즘 리부팅을 통과하면서 그 흐름에 '젠더'라는 논제가 중첩되는 경향으로 진행되어왔다. 이러한 흐름과 경향이 진행되는 동안 필자의 비평 작업은 지지부진을 면치 못했지만, 포복하는 낮은 자세로 암중모색하는 가운데 그동안 지속한 나름의 비평적 기준을 심화하려고 노력해왔다.

비평은 태생적 속성상 현장성을 중시하므로 동시대의 비평적 논제를 발견하고 이를 적극적으로 문제 구성할 필요가 있다. 필자가 나름대로 발견하고 문제 구성한 동시대의 비평적 논제는 앞서 언급한 2000년대 후반 이후 한국 문학이 확인한 문학의 '윤리'와 '정치' 및 '젠더'라는 중심 논제와 연관되면서도 미시적으로 문학적 주체의 층위에서 모색되는 동시에 거시적으로 문학의 양식적·정신적·미학적 층위에서 모색되었다. 이 비평집의 제목인 '알레고리'와 '숭고'의 개념이 그것을 보여주는데, '알레고리'가 문학의 양식적·정신적 범주에 속한다면, '숭고'는 문학의 미학적 범주에 속한다고 볼 수 있다. 이와 결부시켜 문제틀로 구성한 개념인 '멜랑콜리'가 주체의 감응적 범주에 해당한다면, '주이상스'는 주체의 충동적 범주에 해당한다고 볼 수 있다. 따라서 이 비평집은 '알레고리' '멜랑콜리' '숭고' '주이상스' 개념을 중심으로 2000년대 이후 현재에 이르는 한국 현대시를 양식적·정신적, 감응적, 미학적, 충동적인 문제틀로 분석하고 해석함으로써 최근의 시적 경향을 미시적인 동시에 거시적으로 진단하고 평가하려는 의도로 구성되었다. 이 의도는 더 나아가 이러한 문제틀을 1960년대에서 1990년대에 이르는 한국 현대시를 분석하고 해석하는 데 활용하여 현대시사의 계보를 재구성하려는 시도와도 연결되어 있다.

이 비평집은 이러한 관점을 토대로 한국 현대시의 텍스트들을 크게 '알레고리-멜랑콜리-숭고-주이상스'와, 이와 대비적 구도를 이루는 '상징-애도-미-쾌락 원칙'이라는 전형적 모델의 계보로 유형화하고자 한다. 그리고 전자를 다시 '알레고리-멜랑콜리' 계열과 '숭고-주이상스' 계열로 다층화하고 후자를 '상징-미' 계열로 구체화하면서 개별 시 텍스트를 분석하고 해석하여 우리 시대의 시적 흐름을 좀더 입체적으로 파악하고자 한다. 여기서 '알레고리'는 전통적인 수사학의 알레고리가 아니라 발터 벤야민적 알레고리 개념을 의미하는데, 이 비평집은 '알레고리'와 '상징'의 차이를 양식적 차원을 비롯하여 표현의 근본적 동인으로서 세계관 및 역사관을 포함하는 정신적 차원으로 이해하고, 더 나아가 미학적 차원과 감응적 차원 및 충동적 차원과도 접목시켜 복합적이고 심층적으로 접근하고자 한다. 또한 '알레고리'와 '상징'의 작동 방식 및 원리를 시적 주체의 관계, 인식과 시선, 기억과 시간, 언술과 화법, 이미지와 모티프 등의 분석소와 결부시킬 뿐만 아니라 풍크툼, 모나드, 원천과 현상(現狀)과 지향, 무의식의 메커니즘, 미학적 특이성, 구조화 원리 등 나름의 비평적 방법론과도 결부시켜 분석 및 해석을 시도함으로써 텍스트의 구조적 전체성과 계보적 맥락에 근접하고자 한다.

비평적 관점 및 방법론의 측면에서 언급한 나름의 기준을 요약하면서 이 비평집에 적용하면, 한국 현대시의 텍스트를 둘러싸고 현미경적 탐색과 망원경적 조망을 아울러 시도하면서 작품의 내부와 외부를 복합적이고 입체적으로 조명함으로써 양식적·정신적, 감응적, 미학적, 충동적인 차원에서 구조적 상동성과 역사적 변별성을 고찰한다고 정리할 수 있다. 또 한 가지 나름의 비평적 기준에 대해 말하자면, 비평은 동시대의 비평적 논제를 문제틀로 구성하면서도 이론적 개념을 전제하지 않고 텍스트의 현상으로부터 개념 및 이념을 귀납적으로 추출할 필요가 있다. 비평가가 가장 경계해야 할 것 중의 하나는 이미 주어진 생각이나 견해를 작품 속에서 발견해서 비평적 논지를 구성하려는 태도이다. 필자가 비평 활동을 하면서 절실히 깨닫는 것은 작품을 읽고 비평을 시도할 때 기존의 지식이나 이론을 모두 잊고 영점에서 텍스트와 만나 씨름해야 한다는 점이다. 따라서 이 비평집은 앞서 언급한 동시대의 문학적 중심 논제나 필자가 시도하는 문제틀보다 더 우선적으로 한국 현대시의 개별 텍스트들을 면밀히 분석하고 해석하는 작업의 귀납적 결과물이라고 볼 수 있다. 작품의 구체적 현상으로부터 개념 및 이념을 도출하는 방향으로 시인론과 작품론을 천착할 때 개별 시인들의 시 세계가 가지는 고유성과 특수성을 규명할 수 있고, 이러한 귀납적 고찰을 경유하는 피드백을 상호 왕복적으로 진행하는 과정을 통해서 이론적 문제틀의 타당성을 검증할 수 있다.

하나의 사례로서 이 비평집에는 필자가 한 문예지에 "시적 전위와 젠더"라는 제목으로 연재했던 김혜순, 최승자, 허수경, 이연주, 김이듬, 김민정, 황성희, 정한아 등의 시인론이 수록되어 있다. 필자는 이 평론들을 작성할 때 페미니즘이나 젠더 이론을 통해 인지했던 개념들을 전제하지 않고 온전히 여성 시인들의 개별 텍스트를 섬세하게 분석하고 심층적으로 해석하려고 노력하는 과정에서 개념화와 논지 구성을 시도했다. 그래서 이 시인론들을 페미니즘, 젠더, 여성 시인들의 시 세계 등의 범주로 별개의 부를 구성하지 않고, 그 미학적 특이성과 구조화 원리에 따라 제2부 알레고리와 멜랑콜리, 제3부 숭고와 주이상스에 나누어 수록했다. 이러한 귀납적 비평 방식은 2000년대 후반 이후 한국 문학의 중심 논제인 '윤리'와 '정치' 및 '젠더'가 제시하는 이론적 개념과 필자가 시도하는 '알레고리' '멜랑콜리' '숭고' '주이상스'라는 문제들 간에 상호 교섭하고 침투하는 관계망을 만들어 비평적 자장을 확장하고 스펙트럼을 복잡다기하게 형성하는 데 기여할 수 있을 것이다. 다른 한편으로 이러한 귀납적 비평 방식은 우리 시대 문학의 중심 논제나 필자가 시도하는 문제들도 작품의 미학적 특이성이나 구조화 원리와 긴밀히 접목되고 융합되어 문학적 형상화의 수준을 확보할 때 중요한 의미와 가치를 가진다는 생각과 연결되어 있다.

필자가 지속하면서 심화하려 한 나름의 비평적 기준이 이 비평집에 얼마나 잘 융합되어 스며들었는지 알기 어렵다. 이 비평집의 실상은 낮은 자세로 포복하는 가쁜 숨소리와 깨진 무릎에서 흐르는 핏자국으로 인해 볼썽사나울 것 같다. 앞으로 더 매진해서 가야 할 목표 지점을 마음에 되새긴다는 각오로 오늘의 미숙함을 반성하고자 한다. 문학과 지성사 선생님들의 후의와 실무자들의 배려가 없었다면 필자의 미숙한 생각과 엉성한 원고가 비평집의 형태로 만들어지지 못했을 것이다. 깊이 감사드리며 정진을 약속드린다.

2021년 3월
오형엽

차례

제1부
한국 현대시를 읽는 한 방법

알레고리, 멜랑콜리, 숭고, 주이상스
─하나의 이론적 시론(試論)

1. 한국 현대시의 한 독법

이 글은 '알레고리allegory' '멜랑콜리melancholy' '숭고sublime' '주
이상스jouissance' 개념을 중심으로 2000년대 이후 현재에 이르는 한
국 현대시를 양식적·정신적, 감응affect[1]적, 미학적, 충동적인 문제틀

---

1 '감응'은 정신분석의 주요 개념이기도 하고, 스피노자에서 시작되고 질 들뢰즈에 의해 재해석되며
브라이언 마수미 등을 거치면서 구체화된 개념이기도 하다. 정신분석에서 감응은 대량 방출의 형
태로 나타나든 보통의 강도로 나타나든 희미하든 명확하든 고통스럽거나 기분 좋은 모든 감정 상
태를 말한다. 프로이트에 의하면, 모든 욕동(慾動, instinct)은 감응과 표상(表象, representation)
이라는 두 영역으로 표현된다. 감응은 욕동 에너지의 양과 그 변이들의 질적인 표현이다. 장 라플
랑슈·장 베르트랑 퐁탈리스, 『정신분석 사전』, 임진수 옮김, 열린책들, 2005, p. 410 참고. 스피
노자는 '감응'을 활동 역량을 증가시키거나 감소시키고 돕거나 방해하는 신체의 변용들과 그 관
념들로 정의한다. 스피노자, 『에티카』, 황태연 옮김, 비홍, 2014, pp. 158~230 참고. 질 들뢰즈는
재현적 특징에 의해 규정된 사유 양식인 '관념', 순간적이고 정태적인 이미지인 '정서'와 대비하
여 비재현적인 모든 사유 양식 및 한 정서에서 다른 정서로 이행하도록 자극하는 이미지를 '감응'
이라고 부른다. 그리고 그것을 존재나 행동 능력의 연속적 변이, 능동(행위)과 수동(정념) 속에서
경험하는 힘의 실행으로 이해한다. 질 들뢰즈, 「정동이란 무엇인가?」, 질 들뢰즈 외, 『비물질노동
과 다중』, 서창현 외 옮김, 갈무리, 2005, pp. 21~138 참고. 브라이언 마수미는 순간적이고 정태
적인 이미지인 '정서'와 대비하여 한 정서에서 다른 정서로 이행하도록 자극하는 이미지를 '감응'
이라고 정의하고, 감응적 전환을 설명하면서 운동, 감응, 감각의 문제를 변형의 문화 논리로 연결
시킨다. 브라이언 마수미, 『가상계──운동, 정동, 감각의 아쌍블라주』, 조성훈 옮김, 갈무리, 2011,
pp. 46~86 참고. 멜리사 그레그와 그레고리 시그워스가 편찬한 『정동 이론』에서 더 구체적이고
다양한 최근의 감응 이론이 논의되고 있다. 멜리사 그레그·그레고리 시그워스 편, 『정동 이론』,
최성희 외 옮김, 갈무리, 2015 참고. 그동안 affect는 정서, 정동, 감응 등으로 번역되어왔는데, 이

problematic로 분석하고 해석함으로써 최근의 시적 경향을 미시적인 동시에 거시적으로 진단하고 평가하려는 의도로 쓰인 이론적 시론(試論)이다. 이 의도는 더 나아가 이러한 문제틀을 1960년대에서 1990년대에 이르는 한국 현대시를 분석하고 해석하는 데 활용하여 현대시사의 계보를 재구성하려는 시도와도 연결되어 있다.

'알레고리' '멜랑콜리' '숭고' '주이상스'라는 네 가지 개념은 각각 '상징' '애도' '미' '쾌락 원칙'이라는 대립 개념을 전제하고 있다. '상징/알레고리'의 대립 쌍이 양식적 차원을 비롯하여 표현의 근본적 동인(動因)으로서 세계관 및 역사관까지 포함하는 정신적 차원에 해당하고, '애도/멜랑콜리'의 대립 쌍이 주체의 감응적 차원에 해당한다면, '미/숭고'의 대립 쌍은 문학의 미학적 범주의 차원에 해당하고, '쾌락 원칙/주이상스'의 대립 쌍은 주체의 충동적 차원에 해당한다고 볼 수 있다. 네 가지 대립 쌍들을 친연성 및 연관성을 근거로 조합하면, '상징-애도' '상징-미' '알레고리-멜랑콜리' '알레고리-숭고' 등 두 항목의 조합뿐만 아니라 '상징-애도-미' '상징-미-쾌락 원칙' '알레고리-멜랑콜리-숭고' '알레고리-숭고-주이상스' 등 세 항목의 조합도 설정할 수 있고, 가장 복합적인 경우이자 하나의 전형archetype적 모델로서 '상징-애도-미-쾌락 원칙'과 '알레고리-멜랑콜리-숭고-주이상스'라는 네 항목의 조합까지 설정할 수 있다. 이처럼 다양한 조합의 경우들을 개별 시 인론이나 작품론에서 기본적인 문제틀로 참조하거나 활용한다면 한국 현대시를 좀더 복합적이고 입체적인 관점에서 읽을 수 있을 것이다.

이를 토대로 이 기획은 2000년대 이후 현재에 이르는 한국 현대시, 더 나아가 1960년대에서 1990년대에 이르는 한국 현대시의 텍스트들을 크게 '알레고리-멜랑콜리-숭고-주이상스'와, 이와 대비적 구도

책에서는 감응이라는 용어를 사용하기로 한다.

를 이루는 '상징-애도-미-쾌락 원칙'이라는 전형적 모델의 계보로 유형화하고자 한다. 두 계보는 전형적 모델이라는 용어가 말해주듯 이상적(理想的) 양극단의 모델로서 각각의 내부에 다시 복합적이고 다양한 세부 유형들이 설정될 수 있을 것이다. 이처럼 전형적 모델을 양극단에 배치하는 스펙트럼을 좌표축으로 삼아 세부적인 유형들을 설정한다면, 큰 틀에서 현대시사의 계보를 재구성하는 방법을 찾는 동시에, 다양한 세부적 조합들을 발견하여 개별 시인들의 특수성과 고유성을 확인하는 데에도 도움을 줄 것이다.

따라서 '알레고리' '멜랑콜리' '숭고' '주이상스' 개념을 중심으로 한국 현대시를 양식적·정신적, 감응적, 미학적, 충동적인 문제틀로 고찰하려는 이 기획의 관점 및 방법은, 기존의 한국 현대시 탐구들이 주로 지향해온 문제틀인 문학사적 차원, 주제적·내용적 차원, 형식적·기법적 차원 등과 일정한 차별성을 가진다. 이 기획은 기존 탐구들과의 차별성을 분명히 확보하고 방법론적 도식성을 극복하기 위해 '알레고리' '멜랑콜리' '숭고' '주이상스'라는 네 가지 개념을 상호 침투적으로 결부시킴으로써 한국 현대시에 대한 양식적·정신적, 감응적, 미학적, 충동적인 문제틀들을 융합하고 통섭하여 복합적이고 심층적인 방법론으로 발전시켜나가고자 한다. 이 글은 주로 '알레고리-멜랑콜리-숭고-주이상스'라는 전형적 모델의 개념들이 가지는 상호 침투적인 연관성을 가설적으로 탐색하기 위해 '알레고리'로부터 '멜랑콜리'와 '숭고'라는 두 방향으로 각각 뻗어나가고, 다시 '아방가르드'와 '주이상스'를 매개로 '알레고리'와 '숭고'를 상호 접속하는 방식으로 진행된다.

2. 알레고리와 멜랑콜리

이 절에서는 '알레고리'와 '멜랑콜리'의 상호 침투적 연관성을 중심으로 이론적 탐색을 시도한다. 이 탐색의 출발점이 되는 '알레고리'는 전통적인 수사학의 알레고리가 아니라 발터 벤야민Walter Benjamin적 알레고리 개념을 의미한다. 전통적인 수사학의 알레고리는 하나의 작품 구조가 전체적 의미 연관을 통해 현실에 교훈적 메시지를 전달하는 단순한 구성 원리를 가지지만, 벤야민적 알레고리는 형상과 의미, 기표와 기의 사이의 불일치나 간극으로 인해 파편성과 이질성 및 부조화를 노출하면서 역사의 현실적 차원을 우의적으로 표현한다.

발터 벤야민은『독일 비애극의 원천』(1928)[2]에서 '알레고리'를 단순히 수사적 표현 방식으로만 보지 않고 표현의 근본적 특성으로서 세계관 및 역사관까지 포함하는 정신적 개념으로 확장시킨다. 그는 바로크 비애극을 특징짓는 가장 두드러진 형식 언어를 '알레고리'라고 간주하고, '알레고리의 조건'으로 '몰락' '이율배반' '간극' '파편화' 등에 대해 서술한다. 바로크 비애극에서 군주의 '몰락'은 해골의 엠블럼(우의도, 寓意圖)을 통해 몰락하는 자연사를 표현하고, 더 나아가 원죄 이후의 인간의 근원사를 표현한다. 파괴되고 몰락하는 자연의 모습을 통해 파국으로 가고 있는 역사의 모습을 각인하는 것이다. 알레고리는 총체성의 허위적 가상이 사라지고 애매성·다의성·양의성을 지니면서 '이율배반성'을 내포한다. 이율배반성은 '환영'과 '가상'에 대해서도 적용되는데, 따라서 바로크 비애극은 환영 기법을 펼치면서도 가상을 추방하는 독특한 양상을 가지게 된다. 알레고리의 중요한 속성인 '형상과 의미의 간극', 혹은 '기표와 기의의 불일치'는 바로크적 언어가 가진 '문자

---

2 발터 벤야민,『독일 비애극의 원천』, 조만영 옮김, 새물결, 2008.

와 음향의 간극' '말과 글의 간극'으로도 변형되어 나타나고, 비애극의 알레고리적 구조로서 '언어의 파편화' 현상과도 연관된다.

벤야민은 '알레고리의 기능'으로 '마법' '변용' '반전' 등에 대해 서술한다. 알레고리의 강력한 모티프는 '고대적 잔재의 복원'과 '신들과의 근친성'인데, 이것의 중요한 내재적 요소는 '마법적 본성'과 그것이 지닌 '변용의 도식'이다. 알레고리의 특성인 '마법적 변용'은 기본적으로 사물과 조응하면서 일종의 마법적 상응 관계를 지니는 미메시스 능력을 의미하기도 하고, 지상적인 것에서 초자연적인 것으로 변환을 꾀하는 신비주의적 계시의 속성을 보여주기도 하며, 더 나아가 허무와 쇠락과 몰락이 부활로 전환되는 '반전'의 기능을 암시하기도 한다. 따라서 바로크 예술 작품에서 알레고리적 형상의 도식인 '해골'은 덧없음 자체로 의미 작용을 하면서 부활의 알레고리로 나타나게 된다. 무상함을 영원성으로 끌어올리는 창작 방법이 알레고리이고, 그 재료가 되는 것이 폐허 속에 흩어진 파편들이다. 결국 벤야민이 탐구한 바로크 비애극의 알레고리론은 해골의 엠블럼을 통해 몰락하는 자연사를 새기고, 그 무상함을 영원성으로 비상시키는 반전의 역할을 규명한다. '마법적 변용'이 가지는 '반전'의 기능으로 인해 벤야민적 '알레고리'는 독일 초기 낭만주의 이론가인 프리드리히 슐레겔Friedrich Schlegel이 제시한 '형식적 아이러니'와 모종의 연관성을 가진다.[3]

벤야민은 17세기 바로크 시대의 신학적 틀 내에서 작동하던 비애극의 알레고리 탐구를 19세기 자본주의의 경험적 틀 내에서 작동하는 보

---

3 프리드리히 슐레겔의 '형식적 아이러니'는, 예술 작품의 '특정한 표현 형식'을 파괴하지만 이로 인해 개별적 작품의 단일성이 우주적 작품으로서의 단일성과 부딪히며 관련을 맺게 된다는 개념이다. 발터 벤야민이 독일 비애극에서 규명하는 '알레고리'가 폐허 속에 흩어진 파편 조각들을 통해 몰락하는 자연사를 새기고 그 무상함을 영원함으로 비상시키는 방식이라면, 초기 낭만주의 시대의 '형식적 아이러니' 개념을 바로크 시대의 역사적·정신사적 층위에 부합하는 개념으로 소급 적용하면서 재구성한 방식이라고 볼 수 있다.

들레르Charles-Pierre Baudelaire 시의 알레고리 탐구로 이동시킨다. 그는 『파사주』 프로젝트의 일환으로 집필한 「보들레르의 작품에 나타난 제2제정기의 파리」(1938)[4]에서 보들레르 시의 중심 모티프를 보헤미안, 거리 산보자, 근대성 등으로 설정하고, 충격과 죽음을 표현하는 미학적·역사철학적 형식으로서 알레고리를 포착한다. 벤야민은 알레고리와 19세기 자본주의의 상품 물신에서 사용 가치를 상실한 채 전시 가치만을 지닐 뿐인 구조적 유사성을 발견하고, 상품의 소망 이미지가 갖는 신화적 형태에 대한 반명제로서 알레고리를 규명한다. 여기서 알레고리는 신화를 해체하여 역사의 공간으로 이전하면서 상징적 가상의 미를 해체하는 방법으로 등장한다. 보들레르의 알레고리는 환상에 대한 파괴적인 힘을 내면화하면서 신화의 해독제라는 특성을 가지게 되는 것이다. 이러한 관점에서 벤야민은 보들레르의 시에서 '상징적 조응'과 '알레고리적 우울'이 교차하는 이중적 구조를 발견한다.[5]

벤야민은 이러한 '알레고리'의 특성을 '상징'과 대비시킨다. 일반적으로 상징이 몰락을 정화하여 구원의 가능성을 제시한다면, 알레고리는 죽음 속에 응고된 몰락을 그 자체로 제시한다. 따라서 알레고리에는 표현의 상징적인 자유, 형태의 고전적인 조화, 인간적인 것 등이 결여되어 있다. 또한 상징이 '형식과 내용의 유기적 결합'을 통해 '총체성'을 시도한다면, 알레고리는 '형상과 내용의 불연속'을 통해 무정형의 파편과 폐허로 나타난다. 결국 '알레고리'는 형상과 의미, 기표와 기의 사이의 일치를 전제로 총체성과 통일성 및 조화를 확보하면서 신화의 차원

---

4 발터 벤야민, 『보들레르의 작품에 나타난 제2제정기의 파리』, 김영옥·황현산 옮김, 길, 2010.

5 보들레르의 『악의 꽃』(1857)에서 1부 제목인 "우울과 이상"은 시집 전체의 주제를 함축한다. '이상'이 「만물 조응correspondances」의 "상징의 숲"에서 보이듯, 시인이 '상징'을 통해 자연 및 우주와 소통하면서 총체성·통일성·조화를 확보하는 신화의 차원을 표현한다면, '우울'은 시인이 '알레고리'를 통해 당대의 현실과 불화하면서 파편성·불일치·간극을 노출하는 역사의 차원을 표현한다고 볼 수 있다.

을 표현하는 '상징'과 대비적 구도를 형성한다고 볼 수 있다. 벤야민은 상징과 알레고리의 대립을 단순히 양식사적 대립이 아니라 예술 사조 및 세계관이나 역사관의 대립으로 파악한다. 이 글은 이러한 벤야민의 관점을 수용하면서 '상징'과 '알레고리'의 대비를 다른 범주인 감응적 차원과 미학적 차원 및 충동적 차원과 연결시키고자 한다. 미학적 차원 및 충동적 차원과의 연결은 이후의 절에서 서술하기로 하고, 이 절에서는 먼저 감응적 차원과의 연결에 대해서 서술한다.

감응적 차원과의 연결에 대해 살펴본다면, 큰 틀에서 '상징'이 '애도'와 연관되는 반면 '알레고리'는 '멜랑콜리'와 연관된다고 간주할 수 있다. 주체의 감응으로서 애도와 멜랑콜리를 비교하기 위해서는 지크문트 프로이트Sigmund Freud의 이론을 기본적으로 참고할 필요가 있다. 프로이트는 「애도와 멜랑콜리」(1947)[6]에서 애도Trauer와 멜랑콜리 Melancholie를 구분하면서 공통점과 차이점을 규명한다. 공통점이 '사랑하는 사람이나 대상의 상실'이라면, 차이점은 첫째, 애도가 의식적이라면 멜랑콜리는 무의식적이라는 점, 둘째, 애도와는 달리 멜랑콜리에서는 '자애심의 추락'이 나타난다는 점이다. 여기서 '자신감의 장애' 혹은 '자아의 빈곤'이라는 병리적 증상의 원인이 상실한 대상과 자기 자신을 동일시하는 나르시시즘에 있다는 사실이 중요하다. '상실한 대상과 자기를 동일시'하는 메커니즘이 멜랑콜리의 핵심적 요소라면, 이것은 '나르시시즘적 퇴행'을 파생시키는 중요한 원인으로 작용한다. 또한 이것은 대상 카덱시스가 나르시시즘적 성향이 강한 리비도 발달 단계의 구순기[7]로 퇴행하는 것을 의미한다. 이 '동일시'의 메커니즘은 '애

---

6 지크문트 프로이트, 「슬픔과 우울증」, 『프로이트 전집 13─무의식에 관하여』, 윤희기 옮김, 열린 책들, 1997, pp. 247~70. 번역본은 'Trauer'를 '슬픔'으로, 'Melancholie'를 '우울증'으로 번역하는데, 이 글에서는 각각 '애도'와 '멜랑콜리'로 번역하기로 한다.

7 '구순기oral stage'는 프로이트가 이론화한 리비도 발달 단계에서 전(前)성기기(구순기-항문기-

증 병존'을 파생시키는 원인으로도 작용한다. 가학증이 보여주는 자기 학대의 이면에 사랑 대상에 대한 복수가 내재되어 있다. 결국 멜랑콜리에 대한 프로이트의 정신분석학적 규명은 '사랑 대상의 상실-대상과 자아의 동일시-나르시시즘적 퇴행-애증 병존-가학증-자기 학대를 통한 복수'로 요약될 수 있다.

멜랑콜리에 대한 프로이트의 정신분석적 규명의 연장선에서 자크 라캉Jacques Lacan, 슬라보예 지젝Slavoj Žižek, 줄리아 크리스테바Julia Kristeva의 논의를 살펴볼 수 있다. 라캉은 언어적 주체가 겪는 근원적 소외와 더불어 원초적 멜랑콜리를 상정하고, 자기 비난과 욕망하지 않는 타자 사이에서 타자의 결여 그 자체와 동일시함으로써 바닥 없는 상실감과 허무를 떠안는 것을 멜랑콜리의 메커니즘으로 도출해 낸다. 지젝은 멜랑콜리가 결여된 대상을 마치 과거에 소유했었지만 나중에 잃어버린 것처럼 간주하기 때문에 일종의 '기만'이라고 분석함으로써 멜랑콜리의 궁극적 역설을 지적한다. 크리스테바는 프로이트의 '죽음 충동'과 라캉의 '실재the real와의 만남'을 변주하면서 '쇼즈chose'를 욕망의 관계들을 단절하는 장소 혹은 전(前)-대상에 대한 대체 불가능한 지각이라고 정의하고 쇼즈의 양가성을 통해 멜랑콜리를 설명한다.[8]

한편 발터 벤야민은 『독일 비애극의 원천』에서 바로크 비애극의 주제를 당대의 정신사와 연관해서 해명한다. 벤야민에 의하면, 독일 바로크의 극작가들은 루터교도였는데 루터교는 진작부터 일상 세계와 이

남근기)의 제1단계로서, 이 시기의 성적 쾌감은 주로 음식 섭취를 동반하는 구강과 입술의 흥분과 결부되어 있다. 영양 섭취 활동은 대상관계를 표현하고 조직하는 의미 작용을 선택적으로 제공한다. 예컨대 먹고 먹히는 의미 작용이 어머니와의 사랑의 관계를 표시하는 것이다. 장 라플랑슈·장 베르트랑 퐁탈리스, 『정신분석 사전』, pp. 73~74 참고.

8 '멜랑콜리'에 대한 프로이트, 라캉, 지젝, 크리스테바의 이론에 대한 고찰은 졸고, 「멜랑콜리의 문학비평적 가능성」, 『문학과 수사학』, 소명출판, 2011, pp. 234~64를 참고할 것.

율배반을 이루고 있었다.[9] 그는 "감정이 공허해진 세계를 가면으로 새롭게 되살려내고, 이를 바라보는 데에서 수수께끼 같은 만족을 갖게 되는 마음의 지향성을 비애"라고 간주하고, "불안의 전율로써 인간의 마음에 지배력을 행사하는 것이 우울(멜랑콜리)"이라고 말한다. 그는 프로이트가 시도한 애도와 멜랑콜리의 구분을 인지했음에도 불구하고 비애와 멜랑콜리를 혼용해서 사용하는 듯이 보인다.[10] 바로크의 군주는 우주적 질서에 합류하는 화해를 얻지 못하고, 위안 없는 세계 속에서 모든 아름다운 것들을 덧없는 것으로 느끼게 된다. 군주들의 몰락과 더불어 역사도 몰락하고, 죽음과 부패와 붕괴는 어떤 위안과 희망도 기대하지 못하는 허무로 귀결된다. 독일 비애극의 인물 유형들은 반종교개혁적인 특유의 태도로 중세 스콜라적인 도식의 멜랑콜리를 추구한다. 종교적으로 복종도 반대도 불가능해진 시대의 멜랑콜리는 바로크 비애극에서 군주의 멜랑콜리로 전이되는 것이다.

이처럼 벤야민의 독일 비애극 연구에서 인물의 내면과 시대의 정신사적 성향을 매개하는 개념이 바로 '멜랑콜리'이다. 몰락과 붕괴로서의 역사는 이 멜랑콜리의 시각에서 연유한다. 바로크 비애극에 등장하는 신원 불명의 시체들, 피가 든 술잔, 잘린 목, 해골과 뼛조각 등의 사물들도 파국에 내맡겨진 몰락으로서의 역사를 의미하는 '멜랑콜리'의 표상인 것이다. 결국 벤야민이 루터주의로부터 읽어내는 멜랑콜리는 '엄격한 도덕성 및 의무에 대한 복종'과 '공허한 세상에 대한 허무 의식'이

9 루터주의는 현세에서 엄격한 도덕성과 의무에 대한 복종을 강조하면서 동시에 진정한 세계는 현세가 아니라 내세라고 설교했다. 그 결과 루터주의의 신도들은 현세를 공허한 세상으로 파악했으며 침울한 수심, 즉 우울의 감정으로서 멜랑콜리를 경험하는데, 이것이 바로 독일 비애극의 주제가 된다.

10 최문규는 발터 벤야민이 비애와 멜랑콜리를 명확히 구분하지 않고 혼합해서 사용하는 이유를 17세기 바로크 예술에서는 세계와 자아가 동시에 초라하고 공허하게 비추어졌기 때문이라고 해석한다. 최문규, 『파편과 형세』, 서강대학교출판부, 2012, p. 186 참고.

라는 이중적 성격을 가지는데, 이것은 바로크 비애극에 등장하는 인물·장소·시간의 모순적 성격과 상응하고, 동시에 허무주의와 구원에의 기대가 엇갈리는 당대의 정신사적 성향과도 상응하는 것이다.

결국 벤야민이 17세기 바로크 비애극과 19세기 보들레르 시에서 탐구한 양식적·정신적 차원의 '알레고리' 개념은 폐허 속에 흩어진 파편들을 통해 등장인물의 내면과 시대의 정신사적 성향을 매개하는 감응적 차원의 '멜랑콜리' 개념과 상호 침투하면서 긴밀한 연관성을 가진다고 볼 수 있다.

3. 알레고리와 숭고

이 절에서는 '알레고리'와 '숭고'의 상호 침투적 연관성을 중심으로 이론적 탐색을 시도한다. 우선 '상징'과 '알레고리'의 대비를 미학적 차원과 연결시키는 부분에 대해 서술하기로 한다. 총체성과 통일성을 지닌 변용된 자연으로서의 '상징'이 이념과 현실을 일치시키는 '긍정'을 원리로 삼는 전통적 '미'와 친연성을 가진다면, 비정형적이고 개별적인 사물이나 파편화된 잔해의 모습에서 부활로 반전되는 '알레고리'는 고통과 쾌락이 하나로 결합된 혼합 감정으로서 '부정을 통한 긍정'을 원리로 삼는 '숭고'와 친연성을 갖는다고 볼 수 있다. 발터 벤야민적 '알레고리'가 미학적 범주인 '숭고'와 가지는 친연성은 칸트Immanuel Kant에서 리오타르Jean-François Lyotard로 이어지면서 재해석되는 숭고론을 검토하면서 이론적 근거를 확인할 필요가 있다.

칸트는 『판단력 비판』(1790)[11]에서, 인간의 판단력을 '미감적 판단

---

11 I. 칸트, 『판단력 비판』, 백종현 옮김, 아카넷, 2017.

력'과 '목적론적 판단력'으로 구분하고, 미감적 판단력을 다시 '미의 분석론'과 '숭고의 분석론'으로 구분하여 해명한다. '미의 분석론'은 미를 판정하는 능력인 취미판단을 질, 양, 관계, 양상의 네 측면에서 고찰하는데,[12] 이것들은 칸트가 『순수이성비판』(1781)에서 도출한 이성의 네 가지 근본 범주들이다. 칸트가 미를 이성 범주에 의거하여 분석하는 것은 취미판단이 인간 정신의 선험적 능력에 의존하고 있음을 의미한다. 칸트는 대상의 형식을 표상하는 인간의 정신 능력을 상상력으로 간주하는데, 취미판단을 상상력이 표상하는 대상의 형식과 지성 범주의 형식 사이의 조화와 일치로 설명한다. 즉 칸트는 상상력과 지성이 조화를 이루면서 유희하는 상태에서 쾌의 감정이 발생할 때 주체가 대상에서 미를 경험한다고 보는 것이다.

칸트는 에드먼드 버크Edmund Burke의 관점[13]을 수용하면서 미와 숭고를 대상의 객관적 성질이 아니라 객체와의 관계에서 비롯되는 주체의 심리 상태로 간주한다. 이는 미와 숭고가 모두 반성적 판단에 속한다는 것을 의미하지만,[14] 칸트는 구체적 특성에서 두 미학적 범주를 대립적 관계로 파악한다. 미가 대상의 형식에 관계되며 한정성을 전제로 하는 질적인 속성을 가지는 반면, 숭고는 무형식과 관계되며 무정형성의 모습으로 나타나는 양적인 속성을 가진다. 미는 우리에게 직접

---

12 질, 양, 관계, 양상의 네 측면에서 미에 대한 칸트의 정의를 요약하면, 질의 측면에서 미는 모든 관심에서 떠난 만족으로서 '무관심성의 관심'이고, 양의 측면에서 미는 개념 없이 보편적으로 느껴지는 만족으로서 '주관적 보편성'이며, 관계의 측면에서 미는 주관적 형식으로서 '목적 없는 합목적성'이고, 양상의 측면에서 미는 개념 없이 필연적으로 느껴지는 만족으로서 '범례적 필연성'이다.

13 에드먼드 버크, 『숭고와 미의 근원을 찾아서』, 김혜련 옮김, 한길사, 2010.

14 칸트는 판단을 '규정적 판단'과 '반성적 판단'으로 구분하는데, 규정적 판단이 보편이 전제된 상황에서 개별로부터 보편을 추출하는 판단인 반면, 반성적 판단은 보편이 전제되지 않은 상황에서 개별로부터 보편을 추출하는 판단이다.

적 만족을 주는 반면 숭고는 간접적 방식으로만 쾌감으로서 체험되는데, 이는 미가 순수한 단일 감정인 데 비해 숭고는 혼합 감정임을 의미한다. 칸트는 미가 긍정적 쾌감인 반면 숭고는 부정적 쾌감이라고 간주하는데,[15] 가장 중요한 내적 차이로는 미가 상상력과 지성처럼 감각적 현상계에 관여하는 인식 능력인 반면, 숭고는 초감각적 본체계에 속하는 이성의 이념과 관계하는 점을 강조한다. 숭고의 체험에서 고통과 공포를 느끼는 주체는 현상계에 속하는 상상력과 지성이지만, 고통과 공포에 직면했을 때 현상계를 초월하는 이성 이념이 인간의 정신속에서 환기된다. 초월적 이성 이념은 본래 인간의 언어와 개념에 의해 포착될 수 없기 때문에 칸트는 숭고의 본질을 '제시할 수 없는 것의 제시'라고 언급한다.[16] 결국 미가 상상력과 지성이 조화를 이루면서 유희하는 상태에서 발생하는 쾌의 감정과 연관된다면, 숭고는 상상력과 이성이 부조화를 이루는 상태에서 발생하는 불쾌가 쾌로 전환되는 감정과 연관된다고 요약할 수 있다.

리오타르는 「숭고와 아방가르드」(1988)[17]에서 근대 예술이 칸트의 숭고 미학에서 동력을 찾았고 아방가르드가 그 원리를 발견했다고 말하면서, '아방가르드' 예술에서 '현대적 숭고'의 원리를 발견한다. 리오타르는 바넷 뉴먼Barnett Newman의 그림에 대해 언급하면서, 칸트의

---

15 숭고에서의 쾌감은 생명력이 위축되었다가 곧 더 강한 힘으로 솟아날 때 생겨난다. 다시 말해 불쾌를 경험한 직후에 그것을 능가하는 쾌를 경험하는 것이다.

16 칸트는 숭고의 유형을 '수학적 숭고'와 '역학적 숭고'로 구분한다. 수학적 숭고가 무한한 크기의 체험이라면 역학적 숭고는 힘이나 권력의 체험과 연관된다. 역학적 숭고의 중요한 특성은 공포와 희열의 양가적 감정이라는 점이다. 칸트는 역학적 숭고를 통해 자연의 엄청난 위력 앞에서 공포를 느끼지만 이로 인해 활발해진 상상이 정신 능력을 고양함으로써 이성의 위대성을 확인하는 희열로 귀결된다고 설명한다.

17 J. F. 리오타르, 「숭엄과 아방가르드」, 『포스트모던의 조건』, 유정완 외 옮김, 민음사, 1992, pp. 203~28.

'숭고의 부정적 묘사'를 염두에 두고 숭고 감정에서 핵심적인 것은 그 대상이 '보여질 수 없는 것' 혹은 '재현될 수 없는 것'임을 암시하는 것이라고 지적한다. 칸트 및 리오타르 숭고론의 '제시할 수 없는 것의 제시'는 예술 작품에서 미적 가상의 총체성을 중지시키고 아름다움을 구제하는 기능을 포착한다. 리오타르는 '개념으로서의 회화'에서 '사건으로서의 회화'로의 대체가 낭만주의와 현대적인 아방가르드의 근본적인 차이를 형성한다고 말한다. 즉 그는 숭고가 '지금 여기'에서 '무엇인가 일어난다'로 존재하는 그림 그리기 그 자체이며, 이것은 칸트와 에드먼드 버크가 제시했던 숭고를 넘어선 현대적 숭고라고 주장한다. 리오타르의 숭고 개념은 칸트와 쉴러Friedrich Schiller의 숭고가 지닌 초월적 이념을 포기하고, 아도르노Theodor W. Adorno 미학이 가진 지향적 계기인 유토피아적 요소, 즉 미래로 유보된 미와 화해의 이념을 제거하며, 현실의 부정인 불쾌와 초월적 긍정인 쾌가 교차하는 짧은 순간, 아직 아무것도 일어나지 않은 긴장의 순간을 그 계기로 여기고 중시한다. 파괴의 고통에 의해 예민해진 감성과 아직 이루어지지 않은 초월 사이에서 극도로 긴장된 순간에 생성되는 폭발력이 리오타르가 추구하는 '숭고'의 미학적 차원이라고 말할 수 있다.

이 글이 특히 주목하는 부분은 발터 벤야민의 '알레고리' 개념과 칸트 및 리오타르의 '숭고' 개념이 가지는 친연성이다. 우선 두 개념이 가지는 '조건' 및 '기능'의 측면에서 구조적 상동성을 살피면, '형상과 의미의 간극' 혹은 '기표와 기의의 불일치'를 통해 '몰락' '이율배반' '간극' '파편화' 등을 드러내고 '마법적 본성'과 '변용의 도식'을 가지고 '반전'의 기능을 발휘하면서 몰락에서 일시에 부활의 빛을 발견하는 벤야민적 '알레고리'는, 감당할 수 없는 크기나 힘을 만나 고통과 공포에 직면했을 때 현상계를 초월하는 이성 이념이 인간의 정신 속에서 환기되면서 상상력과 이성이 부조화를 이루는 칸트의 '숭고'나, 파괴의 고통에 의해 예민해진 감성과 도래할 초월 사이의 긴장에서 폭발력이 생성되는 리오타르의 '숭고'와 내밀한 친연성을 가진다고 볼 수 있다. 이 두 개념은 특히 예술 작품에서 파편성·이질성·부조화를 통해 미적 가상의 총체성을 중지시키고 아름다움을 구제하는 기능을 수행한다는 점에서 유사성을 가진다. 벤야민의 '알레고리' 개념과 칸트 및 리오타르의 '숭고' 개념이 가지는 친연성은 '예술 사조의 범주'뿐만 아니라 주체의 '감응적 범주' 및 '충동적 범주'에서 좀더 구체적으로 설명될 필요가 있다.

4. 알레고리와 숭고의 매개—아방가르드와 주이상스

먼저 '알레고리'와 '숭고'의 친연성을 '예술 사조의 범주'에서 설명해보자. 발터 벤야민의 알레고리론은 '형상과 의미의 간극' '기표와 기의의 불일치' '이율배반' '반전' 등의 구조적 특성에 대한 탐구를 시대적 현실에 따르는 정신사를 변별적으로 규명하는 역사적 특성에 대한 탐구로 연결시킨다. 벤야민은 『독일 비애극의 원천』에서 알로이스 리글 Alois Riegl의 '예술 의지' 개념을 원용하여 17세기 바로크 예술과 20세기 초 표현주의의 유사성을 "예술들이 몰락하는 시대, 예술들을 욕구하는 시대"라고 언급하면서 '바로크의 현재성'에 대해 강조한다. 그리고 앞서 말한 대로, 벤야민이 바로크 비애극에서 발견한 알레고리는 독일의 초기 낭만주의 이론인 프리드리히 슐레겔의 '형식적 아이러니' 개념과 모종의 연속성을 가진다. 또한 벤야민은 알레고리 개념을 중심으로 17세기 바로크 비애극을 연구하면서 신학적 틀 내에서 자연과 역사의 변증법적 관계 및 부활의 반전을 발견하고, 19세기 보들레르 시를 연구하면서 자본주의 시대의 물신숭배 이데올로기를 발견하며, 20세기 초 초현실주의 등의 아방가르드 예술을 연구하면서 '몽타주montage'의 충격 효과가 파괴와 재구성을 통해 파시즘의 '정치의 심미화'에 맞서는 '예술의 정치화'를 실천하는 모습을 발견한다. 따라서 벤야민의 알레고리 개념은 '문학적 표현의 범주'에서 '아이러니' '몽타주' 등과 연속성 및 변별성을 가지고, '예술 사조의 범주'에서 '바로크' '낭만주의' '보들레르의 시' '아방가르드'가 연속성을 가지는 동시에 각시대별 역사적 현실에 대응함으로써 차별성이 생겨나도록 작용하는 양식적·정신적 특성을 내포한다. 결국 벤야민의 알레고리론은 예술 작품의 구조적 상동성에 근거하는 연속성의 측면과 역사적 현실의 차이에 근거하는 변별성을 동시에 고려하는 것이다.

여기서 '아방가르드' 예술에서 '현대적 숭고'의 원리를 발견한 리오타르의 관점을 고려한다면, 20세기 초라는 특정한 역사적 현실 및 이시기의 예술 사조의 관련하여 '알레고리'와 '숭고'가 접목되는 연결 고리를 발견할 수 있다. 리오타르는 '아방가르드'가 '숭고' 미학에 속하는 이유를 주체에 무엇이 일어나고 있는가가 아니라 의식이 규정할 수 없는 무엇인가가 일어나고 있다는 사건성에 초점을 둔다. 이러한 차원에서 리오타르의 '숭고' 개념은 '아방가르드'의 저항적이고 해방적인 에너지 및 긴장된 실험 정신과도 친연성을 가진다. 즉 '숭고'의 미학은 균형과 조화라는 '미'의 원리에 대한 도전으로서 파괴와 충격을 통해 삶을 바꾸고 미학적 실험을 추구하는 '아방가르드' 운동이 가지는 혁신의 동력과 상통하는 것이다. 따라서 벤야민적 '알레고리'와 리오타르의 '숭고'는 예술 사조의 범주에서 20세기 이후 '아방가르드'와의 연관성이라는 공유점을 가지면서 친연성을 확보한다. 벤야민의 '알레고리' 개념이 가지는 구조적 상동성 및 역사적 변별성을 고려한다면, 그것이 칸트의 '숭고' 개념 및 리오타르의 '숭고' 개념과 상호 작용하면서 형성하는 상동성 및 변별성도 고려할 필요가 있다. 그래서 벤야민적 '알레고리'와

칸트의 '숭고' 개념을 접목하면 '바로크의 현재성'에 근거하여 '바로크
-낭만주의-보들레르의 시-아방가르드'의 연속성을 고려하는 넓은 범
위의 예술 사조로 연구 대상을 확대할 수 있고, 벤야민적 '알레고리'와
리오타르의 '숭고' 개념을 접목하면 '20세기 이후의 아방가르드'라는
좁은 범위의 예술 사조로 연구 대상을 축소할 수 있을 것이다.

여기서 페터 뷔르거Peter Bürger가 『아방가르드의 이론』(1974)[18]에
서 예술 제도의 한계를 돌파하려 했던 아방가르드 운동을 개념적으로
파악할 장치로서 새로운 것, 우연성, 벤야민의 알레고리, 몽타주 등을
제시한 점도 중요하게 참고할 수 있다.[19] 페터 뷔르거는 발터 벤야민
의 바로크 알레고리에 대한 이론이 아방가르드 예술과의 밀접한 연관
속에서 설명될 수밖에 없다고 간주한다. 그는 벤야민적 알레고리의 네
가지 특성으로 파편, 파편의 결합, 멜랑콜리, 몰락으로서의 역사 등을
제시하는데, 여기서 첫번째와 두번째 특성이 아방가르드 예술의 핵심
인 몽타주와 정확하게 부합한다고 말한다. 알레고리와 몽타주가 충격
효과라는 기능의 측면에서 일맥상통한다고 보는 것이다. 페터 뷔르거
는 세번째와 네번째 특성에 대해서도 알레고리 주체의 행동 방식과 아
방가르드 주체의 정신적 활동 간의 유사성을 언급하는데, 바로크 알레
고리가 역사를 자연사 혹은 몰락의 운명사로 서술하는 양상은 초현실
주의자가 대도시를 수수께끼 같은 자연으로 경험하는 양상과 유사하

---

18 페터 뷔르거, 『아방가르드의 이론』, 최성만 옮김, 지식을만드는지식, 2013.

19 페터 뷔르거는 『아방가르드의 이론』에서, 예술이 생산·분배·수용되는 상황을 지칭하는 '예술 제
도'라는 개념을 통해 예술의 역사적 유형학을 시도하는데, 중세 전성기의 예배적 예술, 절대주의
시대의 궁정 예술, 부르주아 시대의 자율적 예술이라는 단계가 그것이다. 그는 특히 이 구상을 통
해 20세기 초에 발흥한 미래파, 다다이즘, 초현실주의, 러시아 구축주의 등을 포괄하는 역사적 아
방가르드 운동을 탐구한다. 그는 예술 제도의 한계를 돌파하려 했던 아방가르드 운동을, 19세기
말 '유미주의'에서 사회 제도로 확립된 '예술의 자율성'을 부정하고 다시 '예술과 삶의 통합'을 시
도하는 예술의 자기비판으로 평가한다.

다고 판단한다.

　다음으로 '알레고리'와 '숭고'의 친연성을 주체의 '감응적 범주' 및 '충동적 범주'에서 설명해보자. 앞서 벤야민적 '알레고리'가 주체의 감응으로서 '멜랑콜리'와 긴밀히 연결된다고 서술했는데, '숭고'는 미학적 범주이면서 그 자체로 주체의 내면적 감응의 속성을 강하게 지닌다는 점을 주목할 필요가 있다. 칸트는 미와 숭고를 대상의 객관적 성질이 아니라 객체와의 관계에서 비롯되는 주체의 심리 상태라고 간주하고, 숭고의 특성을 상상력과 이성이 부조화를 이루는 상태에서 발생하는 불쾌가 쾌로 전환되는 감정이라고 설명한다. 따라서 벤야민적 '알레고리'와 긴밀히 연결되는 주체의 감응인 '멜랑콜리'와 '숭고'의 특성으로서 주체의 감응인 '불쾌가 쾌로 전환되는 감정' 사이에서 상동성을 발견한다면, '알레고리'와 '숭고'의 내밀한 친연성을 확인할 수 있을 것이다. 이 글이 벤야민의 '알레고리'와 '숭고'의 내적 유사성을 찾기 위해 주목하는 매개는 프로이트의 '죽음 충동thanatos' 개념과 그것을 현대적으로 재해석한 라캉의 '주이상스' 개념이다.

　프로이트는 초기 이론에서 인간의 근본적인 충동을 '자기 보존 충동'과 '성 충동'이라는 이원적 구도로 파악했는데, 후기 이론에서 이를 수정하여 두 충동을 포괄하는 '삶 충동eros'을 설정하고, 이 개념과 대립하는 '죽음 충동'이라는 이원적 구도를 제시한다. '죽음 충동'은 공격 본능이나 파괴 본능과도 관련되면서 중요한 쟁점을 형성하는데,[20] 특히 '쾌락 원칙'과의 관련성에 주목할 필요가 있다. 프로이트는 『쾌락 원칙을 넘어서』(1920)[21]에서 흥분 양의 증가를 불쾌감에, 그것의 감소를 쾌

---

20 프로이트는 긴장의 완벽한 삭감을 지향하는, 다시 말해 생물을 무생물의 상태로 환원시키는 충동을 '죽음 충동'이라고 부른다. 죽음 충동은 처음에는 내부를 향해 자기 파괴를 지향하다가, 이차적으로는 외부를 향해 공격 충동이나 파괴 충동으로 나타난다. 장 라플랑슈·장 베르트랑 퐁탈리스, 같은 책, p. 431 참고.

감에 연결시키고, 긴장을 완화시킴으로써 불쾌감을 피하고 쾌감을 얻도록 방향을 잡는 것을 '쾌락 원칙'이라고 정의한다.[22] 그리고 '쾌락 원칙'을 위배하는 사례들을 '외상성 신경증' '아이의 놀이' '치료에 대한 저항' '반복 강박' '사디즘sadism'과 '마조히즘masochism' 등에서 발견한다.[23] 특히 주체는 '반복 강박'을 통해 억압된 트라우마를 과거에 속한 것으로 기억하는 대신 동시대적 경험으로서 반복하고자 한다. 프로이트는 여기서 '쾌락 원칙'에 예속되지 않고 대립하는 악마적인 힘을 발견하고, 충동의 퇴행적 특성으로 이해한다. '쾌락 원칙'을 뛰어넘는 '반복 강박'을 쾌락 원칙보다 더 원시적이고 기초적이며 본능적인 것으로 간주하는 것이다. 책 제목에서 보듯 『쾌락 원칙을 넘어서』에서 프로이트는 '죽음 충동'을 '쾌락 원칙'을 실패하게 만드는 것으로 가정하는데, 한편으로 그는 "쾌락 원칙은 실제로는 죽음 충동에 봉사하는 것처럼 보인다"라는 결론을 내리고 있다. 프로이트가 '죽음 충동'을 '쾌락

---

21 지크문트 프로이트, 「쾌락 원칙을 넘어서」, 『쾌락 원칙을 넘어서』, 박찬부 옮김, 열린책들, 1997, pp. 7~89.

22 '쾌락 원칙'은 정신 기관의 작업이 흥분의 양을 낮은 상태로 유지하려는 방향으로 이루어지기 때문에 '항상성의 원칙'과 연관한다. 자아의 자기 보존 충동의 영향하에서 '쾌락 원칙'은 '현실 원칙'에 대치된다. '현실 원칙'은 쾌락에 이르는 간접적인 여정의 한 단계로서 만족의 지연, 만족을 얻을 수 있는 가능성의 포기, 불쾌감을 잠정적으로 참아내는 인내 등을 요구하고 실행한다.

23 심한 물리적 충격, 재난, 생명에 위협이 되는 사고 등을 겪은 후에 발생하는 '외상성 신경증'에서 일어나는 꿈은 주체를 사건의 현장으로 반복적으로 데리고 가는 경향이 있다. 이 경우 주체는 외상(外傷)에 고착되어 있는데, 여기서 꿈의 기능이 '소원 성취'라는 기본적인 특성 이외에도 자아의 '자기 학대적 경향'을 갖는다는 점을 고려해야 한다. 아이는 '포르트-다fort-da 게임'을 능동적으로 연출함으로써 본능 만족의 포기에 대한 보상을 받는다. 즉 아이가 불쾌한 경험을 반복함에도 불구하고 놀이를 지속하는 것은 그 속에 다른 종류의 쾌락이 들어 있기 때문이다. 정신분석적 치료가 진행되는 가운데 부딪히는 장애물 중 하나는 주체의 '치료에 대한 저항'이다. 주체는 전이를 통해 고통스러운 상황과 감정을 반복하면서 그것을 재생하는데, 때로 고통을 즐기는 듯한 태도를 유지하면서 치료가 아직 불완전한 상태인데도 그것을 중단하려 한다. '반복 강박'은 주체가 트라우마적 경험에 대해 고통을 겪음에도 불구하고 반복적으로 재현하는 증상을 지칭한다. 프로이트의 쾌락 원칙, 죽음 충동, 반복 강박 등에 대한 고찰은 졸저, 『한국 모더니즘 시의 반복과 변주』, 소명출판, 2015, pp. 36~39를 참고할 것.

원칙'을 위배하는 충동으로 간주하는 동시에 '쾌락 원칙'의 궁극적인 형태로 간주한다는 점에서, 두 개념은 상호 교차하고 충돌하면서 무의식적 충동의 모순적이고 복합적인 심연을 내포한다.

이처럼 복합적으로 착종되면서 쟁점을 불러일으키는 프로이트의 '죽음 충동' 개념은 그 연장선에서 라캉의 '주이상스' 개념에 의해 현대적으로 재해석된다. '주이상스'는 충동을 가진 인간이 육체에서 체험하는, 그러나 결코 말로 표현될 수 없는 느낌, 즉 정서적인 면을 강조하는 개념이다. 이것은 '쾌락 원칙'을 위반하는 충동이 겪는 고통, 즉 '죽음 충동'에 접근하는 고통스러운 쾌락을 의미한다.[24] 라캉이 '정신분석적 수사학'인 '은유'와 '환유'를 통해 궁극적으로 보여주려 한 것은 기표에 대한 주체의 의존과 그것을 넘어 불가능한 주이상스로 향하려는 욕망의 긴장 관계이다. '죽음 충동'은 주체 안에 있는 지속적인 욕망에 붙여진 이름인데, 이 욕망은 쾌락 원칙을 돌파하여 사물(事物, das Ding)과의 '주이상스'를 향하고 있다. 그래서 주이상스는 죽음으로 가는 통로이다. 충동들이 주이상스를 추구하여 쾌락 원칙을 돌파하려고 시도하는 한 모든 욕망은 죽음 충동인 것이다. 이것은 기표와의 결합 속에서 지워지면서도 소멸되지 않고 '실재the real'[25]의 모습으로 자신을 드러내

24 프랑스어 'jouissance'는 기본적으로 영어 'enjoyment'를 뜻하지만 영어에는 없는 성적 함축, 예를 들면 오르가슴과 같은 의미를 갖는다. 라캉에 의하면, '쾌락 원칙'은 주이상스에 대한 제한으로서 주체가 가능한 적게 즐긴다는 법칙인데, 동시에 주체는 그의 주이상스에 부과된 금지를 위반하고자 하며 쾌락 원칙을 넘어서려 한다. 쾌락 원칙을 위반하고 한계를 넘어서면 쾌락은 고통이 되는데, 이 '고통스러운 쾌락'이 라캉이 말하는 주이상스이다. 따라서 주이상스는 주체가 증상에서 얻는 역설적 만족, 다시 말해 자신의 만족에서 얻는 고통을 표현하는 용어이다. 딜런 에반스, 『라깡 정신분석 사전』, 김종주 외 옮김, 인간사랑, 1999, pp. 430~32 참고.

25 '실재'는 상상계(이미지)도 상징계(기호·언어)도 아닌 그 무엇이다. 실재는 상징화 이전에 존재하는 불가분의 적나라한 물질성인 동시에, 대상이나 사물이 아니라 욕구의 형태로 상징적 현실에 침입하는 어떤 것이다. 억압되어 있고 무의식적으로 기능하면서 상징화에 절대적으로 저항하는 실재는 외상trauma 개념과 연관하며, 조우가 불가능하다는 점에서 죽음 충동·주이상스·대상 a 등과도 연관성을 가진다. 숀 호머, 『라깡 읽기』, 김서영 옮김, 은행나무, 2006, pp. 151~57 참고.

는 존재의 양상이다. 다시 말해, 욕망은 기표에 의해 거세되어 근원적 대상으로 나타나는 주체의 상실된 부분을 회복하려는 시도이기도 하다. '주이상스'는 이처럼 존재를 지향하는 불가능한 욕망의 또 다른 이름이라고 볼 수 있다.

앞서 언급했듯, 벤야민적 '알레고리' 개념은 주체의 감응으로서 '멜랑콜리'와 긴밀히 연결된다. 벤야민이 "감정이 공허해진 세계를 가면으로 새롭게 되살려내고, 이를 바라보는 데에서 수수께끼 같은 만족을 갖게 되는 마음의 지향성"을 '비애'로 간주하고 "불안의 전율로써 인간의 마음에 지배력을 행사하는 것이 우울"이라고 말한 '멜랑콜리'는 인물의 내면과 시대의 정신사적 성향을 매개하면서 몰락과 붕괴로서의 역사를 덧없음의 허무로 물들인다. 그러나 이 허무는 '마법적 변용'의 '반전'에 의해 순간적으로 부활로 전환되면서 구원을 기약한다는 점에서 '모순적 감응의 충돌'을 내포한다. 이러한 점에서 벤야민적 '알레고리'와 연결되는 '멜랑콜리'는, 프로이트가 '쾌락 원칙'과 대립하는 악마적인 힘과 충동의 퇴행적 특성으로 간주하는 '죽음 충동'이나, 라캉이 '죽음 충동'에 접근하는 고통스러운 쾌락으로 간주하는 '주이상스'와 내밀한 유사성을 가진다. 한편 고통과 공포에 직면했을 때 현상계를 초월하는 이성 이념이 인간의 정신 속에서 환기되면서 상상력과 이성이 부조화를 이루는 상태에서 불쾌가 쾌로 전환되는 칸트의 '숭고'나, 현실의 부정인 불쾌와 초월적 긍정인 쾌가 교차하는 순간에 파괴의 고통과 도래할 초월 사이의 긴장에서 폭발력이 생성되는 리오타르의 '숭고'도 '모순적 감응의 충돌'을 내포한다는 점에서 프로이트의 '죽음 충동'이나 라캉의 '주이상스'와 내밀한 유사성을 가진다.

한편 이 글은 벤야민적 '알레고리'와 칸트 및 리오타르의 '숭고'의 친연성을 찾는 작업의 연장선에서 슬라보예 지젝의 '멜랑콜리' 및 '숭고' 분석을 중요하게 참고하고자 한다. 지젝은 『이데올로기라는 숭고한 대상』(1989)[26]에서 프로이트와 라캉의 관점을 수용하는 동시에 헤겔의 사유를 재해석하는 방식으로 멜랑콜리 및 숭고를 새롭게 해명한다. 그는 주체에게 '욕망의 대상'은 존재하지만 '욕망의 원인'이 상실될 때 멜랑콜리가 생겨난다고 분석하고, 실재계와 만나는 자살 즉 격렬한 행위로의 이행이 대상과 주체의 완전하고 직접적인 동일시라고 간주한다. 또한 지젝은 멜랑콜리가 결여된 대상을 마치 과거에 소유했었지만 나중에 잃어버린 것처럼 간주하기 때문에 일종의 '기만'이라고 분석함으로써 멜랑콜리의 궁극적 역설을 지적한다. 이 역설에서 한 걸음 더 나아가면, 애도의 작동에 저항하는 멜랑콜리의 주체는 정반대로 대상을 잃어버리기도 전에 그것에 대해 과도하게 슬퍼하는 기만적인 스펙터클의 형식을 취한다. 다시 말해, 욕망의 대상은 욕망의 빈자리를 채워주는 역할을 하게 된다. 지젝은 공허가 그 자체로 드러나면 현실이 와해되므로 대상이 그 자리를 차지하게 된다고 본다. 이 대상이 바로 라캉의 '대상 a'를 재해석하면서 지젝이 말하는 '이데올로기의 숭고한 대상'이다. 사물das Ding의 존엄성이라는 지위로까지 승격된 대상이 이데올로기적 허상을 가진다는 지젝의 '멜랑콜리' 및 '숭고' 분석은 그가 일관되게 추구하는 이데올로기 비판의 특성을 여실히 보여준다. 이러한 지젝의 '멜랑콜리' 및 '숭고' 분석은 멜랑콜리의 기만적 책략을 통해 그 역설적 특성을 포착하여 '숭고'한 대상에 대한 욕망의 구조를 심층적이고 복합적으로 규명한다는 점에서 의의가 있다. 지젝의 '멜랑콜리' 및 '숭고' 분석을 참고한다면, 벤야민적 '알레고리'와 칸트 및 리오타르의 '숭고'의 친연성을 확인하여 '알레고리-멜랑콜리-숭고-주이상스'의 전형적 모델을 설정하려는 기획에서 하나의 전환적 계기를 발견할 수 있다. 이 기획은 이러한 전환을 포함하여 '알레고리' '멜랑콜리' '숭

---

26 슬라보예 지젝, 『이데올로기라는 숭고한 대상』, 이수련 옮김, 인간사랑, 2002.

고' '주이상스' 개념을 상호 침투적으로 결부시킴으로써 한국 현대시를 양식적·정신적, 감응적, 미학적, 충동적인 문제틀로 분석하고 해석하고자 하며, 더 나아가 그것이 가지는 이데올로기 비판이라는 정치적·사회적 진단 및 탐색의 가능성을 모색하고자 한다.

5. 구조적 상동성과 역사적 변별성, 이론적 탐색과 귀납적인 실제 비평

이 글은 주로 '알레고리-멜랑콜리-숭고-주이상스'라는 전형적 모델의 개념들이 가지는 상호 침투적인 연관성을 가설적으로 탐색하기 위해 '알레고리'로부터 '멜랑콜리'와 '숭고'라는 두 방향으로 각각 뻗어나가고, 다시 '아방가르드'와 '주이상스'를 매개로 '알레고리'와 '숭고'를 상호 접속하는 방식으로 진행되었다. 이러한 논의의 진행은 '알레고리-멜랑콜리-숭고-주이상스'의 전형적 모델에서 '알레고리'가 출발점에 놓이면서 특권적 위치를 가진다는 것을 의미한다. 여기서 '알레고리'는 발터 벤야민적 알레고리 개념으로서 특정한 양식적, 정신적, 역사적, 세계관적 맥락과 속성을 가진다. 이 글이 '알레고리'에 특권을 부여하는 이유는 벤야민적 알레고리 개념이 가지는 '구조적 상동성'과 '역사적 변별성'을 이 기획의 관점 및 방법론으로 적극적으로 활용하기 위해서이다. 그런데 '알레고리'뿐만 아니라 이 기획의 중요 개념들인 '멜랑콜리' '숭고' '주이상스' 등도 특정한 감응적, 미학적, 충동적 맥락과 속성을 가진다. 따라서 네 가지 개념들의 다양한 조합에서 구성 요소들이 증가할수록 상호 의미 연관의 공통분모가 되는 영역이 압축되면서 맥락과 속성이 더 예각화되고 특수화된다고 볼 수 있다. 결국 '상징-애도-미-쾌락 원칙'의 전형적 모델과 대비되는 '알레고리-멜랑콜리-숭고-주이상스'의 전형적 모델이 가지는 문제틀은 한국 현대시 텍스

34

트들을 두루 포함하면서 이분법적으로 양분하는 보편적이고 포괄적인 이론이 아니라 고유하고 특정한 맥락과 속성을 가지는 현대시 텍스트들을 변별적이고 예각적으로 탐구하는 특성화 이론에 해당한다.

한편 이러한 논의의 진행은 내면적으로 볼 때 '알레고리-멜랑콜리-숭고-주이상스'의 전형적 모델에서 '알레고리'와 '숭고'라는 두 중심축을 설정하고 이 두 축을 상호 침투적으로 연결하는 고리로서 '아방가르드'와 '주이상스'를 제시하는 것으로 볼 수 있다. 그렇다면 사실상 이 기획에서 '알레고리'와 '숭고'라는 두 개념이 특권적 위치를 가지는 셈이 된다. 여기서 '숭고'는 칸트에서 리오타르로 이어지고 지젝에서 전환의 계기가 발견되는 '숭고' 개념과 연관된다. 이 글이 '알레고리'뿐만 아니라 '숭고'에 특권을 부여하는 이유는 칸트와 리오타르 및 지젝의 '숭고' 개념이 가지는 상동성 및 변별성을 이 기획의 관점 및 방법론으로 적극적으로 활용하기 위해서이다. 결국 이 이론적 시론은 발터 벤야민적 '알레고리' 개념과 칸트·리오타르·지젝적 '숭고' 개념의 상호 침투적인 연관성을 '아방가르드'와 '주이상스'라는 매개를 통해 찾으려는 모색으로서, 이 개념들이 가지는 구조적 상동성과 역사적 변별성을 한국 현대시를 분석하고 해석하는 유효한 관점 및 방법론으로 활용하려는 시도라고 볼 수 있다.

이 기획이 온전히 성사되기 위해서는 이러한 이론적 탐색과 함께 한국 현대시의 개별 텍스트들을 섬세하게 분석하고 심층적으로 해석하는 실제 비평이 상호 연관적이고 보완적으로 병행되어야 할 것이다.[27] 작품 자체의 구체적인 현상으로부터 개념 및 이념을 도출하는 방향으로 시인론과 작품론에 천착할 때 개별 시인들의 시 세계가 가지는 고유성과 특수성을 규명할 수 있고, 이러한 귀납적 고찰을 경유하는 피

---

27 본고 이외에 이 비평집에 수록된 평론들이 이러한 실제 비평의 시도라고 볼 수 있다.

드백을 상호 왕복적으로 진행하는 과정을 통해서 이론적 문제틀의 타당성을 검증할 수 있다. 귀납적인 분석 및 해석이 끊임없이 이론적 가설을 교정하면서 왕복 운동을 진행할 때 비로소 설득력 있는 이론적 문제틀로 자리 잡을 수 있게 될 것이다. 이러한 작업을 진행하는 데 있어서 이 기획이 중요하게 염두에 두는 점은 앞서 말한 대로, '알레고리-멜랑콜리-숭고-주이상스'라는 전형적 모델에서 '알레고리'와 '숭고' 개념을 중심으로 형성되는 구조적 상동성과 역사적 변별성이다. 이 기획은 탐색의 관점 및 방법론으로서 벤야민의 알레고리론이 구조적 상동성에 근거하는 연속성의 측면과 역사적 현실의 차이에 근거하는 변별성을 동시에 고려한 점과, 칸트와 리오타르 및 지젝의 숭고론이 가지는 구조적 상동성 및 역사적 변별성을 적극적으로 문제의식화하면서 원용하고자 한다. 이를 통해 이 기획은 2000년대 이후 현재에 이르는 한국 현대시, 더 나아가 1960년대에서 1990년대에 이르는 한국 현대시의 텍스트들을 크게 '알레고리-멜랑콜리-숭고-주이상스'라는 전형적 모델의 계보와, 이와 대비적 구도를 이루는 '상징-애도-미-쾌락원칙'이라는 전형적 모델의 계보로 유형화하고자 한다. 그리고 이 두 전형적 모델을 양극단에 배치하는 스펙트럼을 좌표축으로 삼아 각 전형적 모델의 계보 내부에서 다시 복합적인 조합을 통해 다양한 세부 모델들을 설정하고자 한다.[28] 이 기획은 이렇게 설정된 세부 모델들에 대한 심층적이고 입체적인 탐색을 위해 각 개념들 간의 상호 침투적

---

28 복합적 조합을 통한 세부 모델은 앞서 언급한 대로 한국 현대시의 개별 텍스트들을 면밀히 분석하고 해석하는 실제 비평의 귀납적 고찰을 통해서 설정되어야 한다. 하나의 전형적 모델의 계보 내부에서 설정되는 세부 모델들은 정체성 및 특성이 상호 선명히 구별되기보다는 경계를 넘나드는 친연성을 가지면서 비중이 큰 정체성 및 특성을 기준으로 구분된다고 볼 수 있다. 이 비평집의 제2부 '알레고리와 멜랑콜리', 제3부 '숭고와 주이상스'도 하나의 전형적 모델의 계보 내부에서 친연성을 가지면서 비중이 큰 정체성 및 특성을 기준으로 구분된 경우이고, 따라서 이 두 세부 모델 간에는 경계를 횡단하는 친연성 및 공유점도 존재한다고 볼 수 있다.

연관성을 고려하면서 구조적 상동성에 근거하는 연속성의 측면에서 텍스트의 구조적 전체성에 대한 고찰을 시도하고자 한다. 그리고 역사적 변별성에 근거하는 차이의 측면에서 1960년대 이후 현재에 이르는 각 시대별 현실에 대응하는 계보적 맥락에 대한 고찰을 시도하려 한다.

[『현대비평』, 2020]

아방가르드와 숭고의 시적 실천
―대중문화 시대의 한국 전위 시

1. 대중문화, 아방가르드, 숭고, 한국의 전위 시

1990년대 이후 국제 사회는 세계화와 신자유주의의 흐름 속에서 소비 자본주의를 넘어 금융 자본주의로 진입한다. 그 와중에 디지털 문명이 가속화되면서 파생시키는 네트워크의 그물은 빠져나갈 틈을 주지 않고 개별 주체들의 의식뿐만 아니라 무의식까지 포획하고 있다. 전 세계는 전일화되는 자본주의의 자장 속에서 디지털 매체의 영향력이 강화되면서 문화 산업과 대중문화의 홍수로 뒤덮이고 있는 듯하다. 기술 문명의 발전은 대중매체를 새롭게 등장시키고 그 형태와 기능을 기하급수적 속도로 진보시킨다. 생산 구조가 공장의 대량 생산에서 디지털의 복제와 합성의 메커니즘을 경유하여 IT 산업의 융합 생산에 접어들면서 대중매체를 통한 대중문화의 흐름은 문화 산업적 속성을 더 강화시켜나가고 있다. 한국의 상황도 예외가 아니다. 단적인 예로, 한류 열풍 속에 우리가 자랑스럽게 홍보하고 있는 K-pop은 세계화와 신자유주의의 흐름을 받아들인 한국이 그동안 축적해온 문화 산업과 대중문화의 역량을 전 세계로 역수출하는 대표적인 경우가 아닌가?

이러한 상황 속에서 오늘날의 문학과 예술은 저항과 전복을 추구하는 경우에도 그 대상인 자본주의와 은밀히 공모할 수밖에 없는 숙명에 처해 있다. 문화 산업과 대중문화의 영향력에서 완전히 자유로울 수 없는 것이 현실이라면, 우리가 지향해야 할 문학의 방향은 어디에 있을까? 아마 다음의 두 가지 방향이 있을 것이다. 첫째는 문화 산업과 대중문화의 시대에 소외와 고독을 견디며 '본격' 문학의 고유한 위상을 견지하면서 그 형태와 가치를 지켜나가는 '직진의 길'이다. 둘째는 대중문화의 형태를 수용하되 패러디하거나 몽타주로 재구성하면서 역설적으로 '본격' 문학의 가치를 심화하고 확장시키는 '우회로'이다. 한국 현대시의 흐름 속에서 이 두 가지 방향의 문학적 지향을 구체적으로 살펴보는 것은 우리에게 주어진 중요한 과제가 될 것이다.

이 과제를 수행할 때 상기할 만한 이론적 탐구로서 대중문화에 대한 테오도르 아도르노와 발터 벤야민의 상반되는 관점을 들 수 있다. 아도르노와 벤야민은, 19세기 중반 이후 등장해 20세기 이후 본격화된 대중문화를 두고 상업주의와 결합한 문화 산업의 문제를 추적하면서 통렬한 비판을 시도하는 한편 새로운 가능성을 모색한다. 아도르노가 주로 대중 및 대중문화에 대해 비관적 전망을 통해 문화 산업의 폐해를 경고하고 비판한다면, 벤야민은 주로 사진과 영화로 대표되는 기술복제 시대의 대중문화가 가지는 전시 가치를 통해 대중을 신뢰하며 그 혁명의 가능성을 모색한다.

아도르노는 인문학적 사회비판서인 『계몽의 변증법』(1947)[1]에서 서구의 합리적 이성이 추진해온 계몽의 한계와 문제점을 지적하고, 철학서인 『부정 변증법』(1966)[2]에서 이성과 감성의 이분법을 넘어서는 '비동일자'와 '부정'의 변증법을 통해 유토피아적 전망을 제시한다. 그리고 이러한 사유를 예술론으로 전개하여 사후에 출간된 미학서인 『미학 이

1 T. W. 아도르노·M. 호르크하이머, 『계몽의 변증법』, 김유동 옮김, 문학과지성사, 2001.

2 T. W. 아도르노, 『부정변증법』, 홍승용 옮김, 한길사, 1999.

론』(1970)[3]에서 자연 조화미와 예술 조화미 간의 미학적 변주를 보여주면서 '비동일자'와 '부정'의 경험적 실행을 강조한다. 아도르노의 기본 생각은 오늘날 독점 자본주의하에서 문화는 이윤을 추구하기 위한 하나의 사업인 '문화 산업'으로서 존재한다는 것이다. 문화 산업의 조종에 의해 문화의 수요가 만들어지는데, 그 핵심에는 사회에 대해 통제력을 획득하고 있는 기술이 존재한다. 기술적 문제가 문화 산업의 조직과 계획을 불가피하게 만든다는 것이다. 아도르노는 문화 산업의 산물이 나타내는 특징을 '표준화'와 '사이비 개성화'라는 개념으로 요약한다. 표준화되고 획일화된 문화 산업의 산물은 수용자로 하여금 '탈집중화'되는 수동적인 지각 방식으로 반응케 하여 반성적 사유를 위축시키고 반복성, 자기동일성, 편재성 등으로 인해 기계적인 자동화 반응을 일으킨다. 그는 후기 자본주의 사회에서 문화 산물의 총체적인 물화와 타락을 강조하면서, 오늘날 문화 산업이 고급문화와 대중문화의 경계를 해체하면서 모든 예술과 문화 전반이 위험을 겪을 수밖에 없다고 주장한다. 아도르노는 이에 대한 대안으로 부정의 부정이 긍정으로 넘어가지 않고 부정을 유지하면서 비동일성을 구제하는 '부정 변증법'을 주장하고, '예술의 자율성' 개념이 가진 이데올로기적 성격을 비판함으로써 자율적 예술이 지니는 비판적 잠재력과 저항성을 회복하고자 한다. 아도르노는 현실의 부정성에 동화되고 그러한 부정성에 저항하는 '부정성의 부정'이 진정한 예술의 힘이라고 주장하면서,[4] '미메시스mimesis'와 '미적 합리성'이라는 개념을 제시한다. 미메시스는 대상

---

3 T. W. 아도르노, 『미학 이론』, 홍승용 옮김, 문학과지성사, 1997.

4 아도르노는 자율적 예술이 현실과 갖는 관계를 이중적인 것으로 이해한다. 한편으로 예술도 자본주의의 총체적으로 물화된 현실에 동화되기 때문에 불가피하게 부정적인 현실을 스스로 드러내고, 다른 한편으로 예술은 부정적 현실에 저항하기 위해 새로운 현실에 대한 비전을 보여줄 수 있어야 한다는 것이다.

과의 유사성을 인식하고 생산함으로써 대상에 대한 단순한 모방을 넘어서서 대상과 교감할 수 있는 능력이고, 미적 합리성은 물화된 현실에 동화되어버린 예술이 삶에 대해 저항하고 극복할 수 있는 가능성의 조건을 제공하는 구성 원리이다. 아도르노는 미메시스와 합리성이라는 두 대립적인 인식 형식을 변증법적으로 매개하여 결합하는 미적 합리성만이 지배적 합리성을 교정하고 극복하는 역할을 수행할 수 있으며, 이러한 미메시스의 최후의 피난처가 바로 예술이라고 주장한다.

한편 발터 벤야민은 「사진의 작은 역사」(1931),[5] 「기술 복제 시대의 예술작품」(제2판, 1936)[6] 등에서 기술 매체로서 복제 기술의 발전이 예술에 어떤 영향을 미쳤는지에 주목하고, 대중과 대중문화의 산물을 보다 긍정적인 시각으로 조명한다. 그는 19세기 중반 이후의 사진술과 영화의 탄생이 예술의 성격을 총체적으로 변화시켰다고 간주하고, 기술 복제 시대의 새로운 예술이 전통적 예술에 미친 영향을 '아우라Aura의 상실'이라고 말한다. "공간과 시간의 특별한 직물"로서 "가까이 있어도 먼 곳의 일회적 현상"인 '아우라'는 대상에 대한 일방적인 숭배와 몰입을 자아내는데, 따라서 벤야민은 아우라를 공간적이고 시간적인 지각의 범주에서 '숭배 가치의 형식화'라고 규정한다.[7] 전통적 예술이 가지는 '제의적 숭배 가치'는 기술 복제 시대의 예술에서 '전시 가치'로 전환되는데, 이와 함께 예술을 수용하는 지각 방식도 '관조적 침잠'에서 '기분 전환의 오락'으로, '정신 집중'에서 '정신 분산'으로 전

---

5 발터 벤야민, 「사진의 작은 역사」, 『기술복제시대의 예술작품, 사진의 작은 역사 외—발터 벤야민 선집 2』, 최성만 옮김, 길, 2007.

6 발터 벤야민, 「기술복제시대의 예술작품」, 같은 책.

7 발터 벤야민은 기술 복제 시대의 예술이 가지는 '아우라의 상실'을 이중적인 관점으로 인식하는 듯하다. 대체로 예술의 정치적 기능 전환을 위한 긍정적인 관점으로 인식하지만, 때로는 진정한 미적 체험의 가능성이 훼손되는 부정적인 관점으로 인식하기도 한다.

환된다. 벤야민은 정신 분산의 지각 방식을 실험한 최초의 사례로 '다다'의 예술을 거론하는데, 다다이스트들은 예술 작품의 아우라를 철저히 파괴하려 했으며, 자신들의 작품이 유희의 대상이 될 수 있는지 실험하고자 했다는 것이다. 벤야민은 영화가 몰입이나 침잠이 아니라 집단적이고 정신 분산적인 오락의 대상으로 수용된다고 지적하며, 우연성, 순간성, 파편성, 불연속성 등을 특징으로 하는 영화의 충격 체험이 한편으로 현대인의 경험의 빈곤을 반영하지만, 다른 한편으로는 대중들에게 인식의 중요한 계기로 작용한다고 간주한다. 그는 영화의 충격 체험을 일으키는 데 효과적인 방법을 '몽타주' 기법에서 발견하고, 영화가 몽타주라는 형식 원리를 통해 충격과 각성을 불러일으킴으로써 대중을 집단적 주체로 형성시키는 데 기여할 것이라고 기대한다. 아도르노가 대중문화의 산물이 대중을 기만하고 불구로 만든다고 비판하는 반면, 벤야민은 아우라의 붕괴를 특징으로 하는 기술 복제가 예술의 사회적 기능을 전환시킬 수 있다고 본 것이다. 이러한 차원에서 그는 파시즘이 대중 전략으로 내세우는 '정치의 심미화'에 대응하는 '예술의 정치화'를 주장하게 된다.

대중매체와 대중문화의 영향력이 증대되는 현대 사회에서 대중문화를 바라보는 아도르노와 벤야민의 관점은 상호 대비되지만, 그들의 사유가 공통적으로 '예술의 역사적 발생과 사회적 기능'에 초점을 맞추고 있는 점을 주목할 필요가 있다. 아도르노가 자율적 예술이 지니는 비판적 잠재력과 저항성을 회복하는 방향으로서 쇤베르크의 12음 기법을 통한 무조(無調) 음악을 비롯하여 '추'와 '불협화음'의 미학을 중심으로 모더니즘 예술에 대한 탐구로 나아가고, 벤야민이 기술 복제 시대의 예술로서 예이젠시테인의 몽타주 영화뿐만 아니라 브레히트의 서사극, 다다이즘이나 초현실주의 예술과 보들레르, 프루스트, 카프카의 문학 등에 대한 탐구로 나아가는 점에서, '예술의 자율성' 개념이 '유미주의'로 빠지는 경향에 저항하면서 '예술의 사회적 기능'을 강화하려는 목표는 대동소이하다고 볼 수 있다. 이러한 차원에서 우리가 대중문화 시대의 '한국 문학과 현실의 관계성'을 천착할 때, '예술과 삶의 일치'를 목표로 새로운 형식 실험을 시도한 '아방가르드' 문학과 예술에 주목할 필요가 있다. 그리고 아도르노가 현대 예술에 주어진 과제를 현실의 모순을 부정성 속에서 드러내는 일이라고 주장하고, 벤야민이 현대 사회 속에서 '몽타주' '소격효과' 등의 기법이 가지는 충격 체험이 '신경 감응'을 통해 대중을 혁명적 주체로 전환시킬 수 있다고 기대한다는 점에서, 두 이론가의 사유는 미학적 차원에서 공통적으로 고통과 쾌락이 하나로 결합된 혼합 감정으로서 '부정을 통한 긍정'을 원리로 삼는 '숭고'의 개념과 친연성을 갖는다고 볼 수 있다.[8] 또한 아방가르드 운동이 가지는 혁신의 동력은 '균형'과 '조화'라는 '미'의 원리에 대한 도전으로 '파괴'와 '충격'을 통해 삶을 바꾸고 미학적 실험을 추구한다는 점에서 '숭고'의 미학과 상통하는 측면이 있다. 따라서 이 글은 대중문화 시대의 '한국 문학과 현실의 관계성'을 천착할 때 '아방가르드'와 더불어 '숭고'의 미학에도 주목하고자 한다.

페터 뷔르거는 『아방가르드의 이론』(1974)[9]에서 예술이 생산·분배·수용되는 상황을 지칭하는 '예술 제도'라는 개념을 통해 예술의 역사적 유형학을 시도하는데, 중세 전성기의 예배적 예술, 절대주의 시대의 궁정 예술, 부르주아 시대의 자율적 예술이라는 단계가 그것이다. 그

---

8 이러한 '숭고'의 개념은 이념과 현실을 일치시키는 '긍정'을 원리로 삼는 전통적 '미'의 개념과 대비적 구도를 이룬다. 아도르노의 경우, 철학적 사유로서 '부정'을 토대로 미학적 '숭고'를 제시하는 것은 '가상과 현실의 일치'라는 '강요된 화해'를 극복하기 위한 방법의 일환이고, 궁극적으로는 '긍정'을 토대로 한 '미'의 세계로 수렴된다. 즉 그가 『미학 이론』에서 제시하는 자연 조화미와 예술 조화미 간의 미학적 변주는 조화미라는 상위 범주하에서 진행되는 것이다. 이러한 차원에서 아도르노의 미학은 '숭고' 개념을 매개로 한 '미'의 정립을 목적으로 한다고 볼 수 있다.

9 페터 뷔르거, 『아방가르드의 이론』, 최성만 옮김, 지식을만드는지식, 2013.

는 특히 이 구상을 통해 20세기 초에 발흥한 다다이즘, 초현실주의, 미래파, 러시아 구축주의 등을 포괄하는 역사적 아방가르드 운동을 탐구한다. 그는 예술 제도의 한계를 돌파하려 했던 아방가르드 운동을 개념적으로 파악할 장치로 새로운 것, 우연성, 벤야민의 알레고리, 몽타주 등을 언급하고, 그것이 19세기 말의 '유미주의'에서 사회 제도로 확립된 '예술의 자율성'을 부정하여 다시 '예술을 삶과 통합'시키려는 자기비판이라고 평가한다. 레나토 포지올리Renato Poggioli는 『아방가르드 예술론』(1962)[10]에서 아방가르드 예술을 역사적 개념으로 간주하면서 운동, 이념, 경향 등의 차원을 중심으로 탐구한다. 운동의 차원에서 행동주의, 적대주의, 이념의 차원에서 허무주의, 투쟁주의, 미래주의, 퇴폐주의, 경향의 차원에서 유행과 취향, 기술과 과학, 심리적·사회적·경제적·문화적·양식적·미학적 소외 등의 관점이 그가 포착한 아방가르드 예술의 특성이다. 포지올리의 언급 중에서 눈길을 끄는 대목은 정치적 아방가르드와 심미적 아방가르드라는 두 가지 아방가르드가 상징주의 시인인 랭보와 베를렌에 의해 짧은 일치를 보여주었고, 그 둘의 관계가 결렬된 이후에 적어도 부분적으로는 재차 서로 조정되고 타협의 길로 들어섰다고 지적하는 부분이다. 정치적 아방가르드와 심미적 아방가르드의 일치·결렬·조정·타협은 페터 뷔르거가 아방가르드의 원리로 제시한 '예술과 삶의 일치'라는 테마와 모종의 관련성을 가지기 때문이다.

한편 리오타르가 「숭고와 아방가르드」(1988)[11]에서 칸트의 '숭고' 미학은 문학을 포함한 근대 예술이 동력을 발견했고 '아방가르드'의 논리가 그 원리를 발견한 곳이라고 말한 것은, 우리가 대중문화 시대의 '한

10 레나토 포지올리, 『아방가르드 예술론』, 박상진 옮김, 문예출판사, 1996.

11 J. F. 리오타르, 「숭엄과 아방가르드」, 『포스트모던의 조건』, 유정완 외 옮김, 민음사, 1992.

국 문학과 현실의 관계성'을 천착하면서 '아방가르드'와 더불어 '숭고'의 미학을 탐색하는 데 중요한 실마리를 제공한다. 리오타르는 바넷 뉴먼의 그림에 대해 언급하면서, 칸트의 '숭고의 부정적 묘사'를 염두에 두고 숭고 감정에서 핵심은 그 대상이 보여질 수 없는 것, 혹은 재현될 수 없는 것임을 암시하는 것이라고 지적한다. 뉴먼의 '지금'은 의식이 규정할 수 없는 무엇인가가 일어나고 있다는 것이고, 인과율로 설명될 수 없는 우연한 사건으로서 존재한다는 것이다. 파괴의 고통과 도래할 초월 사이에서 극도로 긴장된 순간에 생성되는 폭발력이 리오타르가 추구하는 '숭고'의 미학적 차원이라고 할 수 있다. 이러한 차원에서 리오타르의 '숭고' 개념은 '아방가르드'의 저항적이고 해방적인 에너지 및 긴장된 실험 정신과 친연성을 가진다고 볼 수 있다.

지금까지 현대 사회에서 문화 산업과 대중문화의 막대한 영향력, 그것에 대해 통렬한 비판과 새로운 가능성을 제시했던 아도르노와 벤야민의 관점, '예술과 삶의 일치'를 목표로 실천한 아방가르드 문학과 예술에 대한 페터 뷔르거와 레나토 포지올리의 관점, 아방가르드 예술에서 현대적 숭고의 원리를 발견한 리오타르의 관점 등을 살펴보았다. 이를 토대로 이 글에서는 한국 현대시사에서 주로 1990년대 이후 '대중문화'적 상상력을 토대로 '아방가르드'를 실천하면서 '숭고'의 미학을 보여준 시적 계보를 살펴보고자 한다. '대중문화'의 시대에 '아방가르드' 정신과 '숭고'의 미를 통해 그 부정적 양상을 돌파하려는 '시적 전위'의 향방을 고찰하려는 것이다. 이 작업은 앞서 언급한 문학적 지향의 두 가지 방향 중에서 둘째 방향, 즉 대중문화의 형태를 수용하되 그것을 패러디하거나 몽타주로 재구성하면서 역설적으로 '본격' 문학의 가치를 심화하고 확장시키는 '우회로'를 탐색하는 과정이 될 것이다.

2. 대중문화적 전위 시의 전사

1990년대 이후 한국 전위 시의 지형도를 그리기 위해서는 그 전사(前史)로서 한국 현대 전위 시의 위상과 계보를 살펴볼 필요가 있다.[12] 김인환이 설정한 '이상 시의 계보'[13]를 더 밀고 나간다면, 1930년대 '이상'이라는 하나의 꼭짓점에서 전개된 한국 전위 시가 1950년대 이후 '김춘수'과 '김수영'에 의해 확장되면서 세 개의 꼭짓점을 형성한다고 볼 수 있다. 김춘수가 이상 시의 계보를 현실성의 무게를 소거하며 시의 예술성을 강화하는 방향으로 밀고 갔다면, 김수영은 첨단의 노래와 정지의 미, 즉 시의 예술성과 현실성을 변증법적으로 접합articulation 하는 방향으로 밀고 갔다고 평가할 수 있다. 지금까지 김춘수와 김수영의 관계는 대비적 구도를 통해 차별성이 주로 강조되어온 반면, 내면에 숨어 있는 중요한 연결 고리 하나가 간과되어온 듯하다. '무의미 시'의 차원이 그것인데, 이것은 김춘수의 '무의미시'뿐만 아니라 김수영의 '온몸의 시학'에도 중요한 동력원으로 작용한다.

김춘수의 '무의미시'가 의미(현실, 역사, 관념 등)를 끊임없이 배제하고 소거하는 작업을 극단으로 전개하는 데서 생성되는 유희, 자유, 허무의 공간이라면, 김수영의 '무의미시'는 의미를 껴안고 들어가 무의미와의 변증법적 접합 과정을 거쳐 생성되는 자유, 혼란, 침묵의 공간이다. 우리는 김춘수와 김수영이 각자의 시적 전개 과정에서 추구하

---

12 한국 전위 시의 위상과 계보는 졸고, 「환상과 실재의 스펙트럼」, 『환상과 실재』, 문학과지성사, 2012, pp. 165~77을 참고.

13 김인환은 한국 현대시의 형식을 시조와의 거리를 척도로 규정하여 김소월과 이상이라는 양극단 사이에서 위상화하며, 이후의 역사적 전개는 이 두 시인을 준거로 파생된 다양한 계보를 보여준다고 파악한다. 그에 의하면, 20세기 후반기의 한국 시는 이상의 시를 하나의 준거로 삼고 그로부터 시적 직관을 끌어내었다. 김인환, 「이상 시의 계보」, 『기억의 계단』, 민음사, 2001, pp. 276~99 참고.

는 '무의미시'의 공통점과 차별성을 이해함으로써, 이상으로부터 전개되어온 한국 현대 전위 시의 두 방향성을 설정할 수 있게 된다. 이상으로부터 발원된 '무의식'의 세계와 '무의미'의 차원은 그것을 순수 예술성의 차원으로 밀고 나가는 김춘수의 방향과, 예술성과 현실성을 접합하는 차원으로 밀고 나가는 김수영의 방향으로 분화되는 것이다. 그래서 우리는 이상을 정점으로 김춘수와 김수영이라는 밑변의 두 꼭짓점으로 형성되는 삼각형을 한국 현대 전위 시의 위상학과 계보학의 기본항으로 설정할 수 있게 된다.

1960년대 이후 한국 전위 시의 흐름은 이 삼각형을 근간으로 다양한 창조적 변주와 변형과 심화가 지속되어왔다고 볼 수 있다. '이상-김춘수'의 방향으로 김종삼·오규원·이승훈·남진우·송재학 등의 시가 창조적으로 계승된다면, '이상-김수영'의 방향으로 오규원·황지우·이성복·박남철·최승호·김혜순·최승자 등의 시가 창조적으로 계승된다. 그리고 이 두 방향 사이에 다양한 변이들이 생겨남으로써, 무의식 및 무의미의 차원은 예술성과 현실성 사이에서 다채로운 스펙트럼을 형성하게 된다. 예를 들면, 오규원은 전기 시에서 광고를 비롯한 대중매체를 패러디하는 방식으로 '이상-김수영'의 방향을 추구하지만, 후기 시에서 날이미지의 시를 통해 '이상-김춘수'의 방향으로 이동하는 양상을 보여준다(이성복과 최승호도 다른 각도에서 유사한 변모를 보여준다). 이러한 위상학과 계보학 속에서 1960년대 이후 1980년대까지 '대중문화'적 상상력을 토대로 '아방가르드'를 실천하면서 '숭고'의 미를 보여준 '시적 전위'의 대표적인 경우로 오규원, 황지우, 박남철, 김혜순 등의 시를 들 수 있을 것이다.[14]

---

14 이 글의 목적이 주로 1990년대 이후 한국의 대중문화적 전위 시를 살펴보는 것이기 때문에, 이 시인들의 작품에 대한 분석은 차후의 기회로 미룬다.

3. 1990년대 초반 이후: 대중문화의 패러디 ─ 유하·함성호·함민복

1990년대에 들어서 한국 전위 시의 위상학과 계보학은 중요한 변형의 계기를 맞이한다. 이것은 현실 사회주의의 몰락, 소비 자본주의의 전면화, 전자정보 문명의 도래 등 세계사적·문명사적 변화와 맞물려 진행된 한국의 정치적·사회적·문화적 전환과도 밀접히 연관되어 있다. 시적 위상학과 계보학에서 변형의 중요한 계기는 세기말적 상상력과 관련된 '죽음의 시학', 여성주의와 관련된 '마녀적 상상력', 무의식적 욕망과 관련된 '무의식적 타자성', 소비 대중문화와 관련된 '대중문화의 패러디', 정보기술 문명과 관련된 '테크놀로지적 상상력' 등의 출현이다. 기형도·남진우·송찬호 등을 비롯하여 진이정·김태동·윤의섭·강정 등으로 이어지는 '죽음의 시학'은 부패와 소멸과 죽음을 대면하는 시적 제의를 통해 묵시록적 상상력을 보여주고, 김혜순·박서원·이경림·허수경 등의 '마녀적 상상력'은 무의식의 장막을 찢고 유출되는 착란의 어법으로 가학성과 피학성, 삶 충동과 죽음 충동이 얽히는 내면적 양상을 보여준다. 박상순·이수명·김점용·함기석·성미정 등의 '무의식적 타자성'은 꿈의 (비)문법을 차용한 무의식의 언술로 기존의 시적 문법이나 통사 구조를 해체함으로써 주체의 동일성에 의해 억압된 타자성을 회복하려는 시도를 보여주고, 유하·함성호·함민복 등의 '대중문화의 패러디'는 후기 자본주의적 소비문화에 대한 매혹과 반성을 동시에 보여준다. 성기완·서정학·이원 등의 '테크놀로지적 상상력'은 메마른 기계와 사물의 언어를 통해 테크놀로지의 메커니즘에 포획되고 다시 탈주함으로써 자본과 권력에 오염된 주체로부터의 이탈을 추구한다.

1990년대에 이르러 한국 전위 시의 위상학과 계보학은 '이상─김춘수─김수영'이라는 삼각형을 기본 토대로 삼아 '기형도─김혜순─박상순

−유하−성기완'을 중심으로 하는 다섯 꼭짓점으로 분화되는 구도를 형성하게 된다. 다시 말해, '무의식'과 '무의미'를 근간으로 '예술성' 및 '현실성'으로 이루어지는 삼각형은 '죽음의 시학' '마녀적 상상력' '무의식적 타자성' '대중문화의 패러디' '테크놀로지적 상상력' 등의 다섯 꼭짓점으로 분화되면서 더욱 복잡하고 다양한 스펙트럼을 형성하게 된다. 여기서는 1990년대 초반 이후 한국 전위 시의 흐름 중에서 '대중문화'적 상상력을 토대로 '아방가르드'를 실천하면서 '숭고'의 미를 보여준 경우로 '대중문화의 패러디'에 해당하는 유하, 함성호, 함민복 등의 시를 살펴보기로 하자.

유하의 네번째 시집 『세운상가 키드의 사랑』(문학과지성사, 1995)은 추억의 힘을 통해 과거의 키치적 문화를 재생하면서 그 속에 서정과 패러디의 양식을 통합시킨다.[15] 즉 첫 시집 『무림일기』(중앙일보사, 1989)와 두번째 시집 『바람부는 날이면 압구정동에 가야 한다』(문학과지성사, 1991)에서 보여주었던 서정과 패러디 양식의 두 물줄기는, 세번째 시집 『세상의 모든 저녁』(민음사, 1993)에서 신체적 사유라는 내면적 회로를 거치면서 하나로 합쳐지는데, 그것이 다시 외부로 향하면서 추억과 결부되는 것이 네번째 시집이다. 이 시집은 전체적으로 미래로 뻗어가려는 길과 과거를 향한 추억, 실연과 사랑, 속도와 정지 등의 길항 가운데 놓여 있다. 그래서 "미래와 추억은 어느 순간 길 위에서 만"난다.

〔……〕 난 세운상가를 배회하며
과외비 줄 돈으로 펜트하우스와 수지 콰트로를 사거나
가끔은 밭벼 가득한 메뚜기를 잡아 시멘트 집마당에 풀어놓고

15 유하의 시에 대한 분석은 졸고, 「서정과 패러디, 양식의 통합과 분화」, 『신체와 문체』, 문학과지성사, 2001, pp. 253~55 참고.

하나대를 그리워하기도 했다 암흑의, 학교 담장 밑에서
우린 모두 이상한 새들이었다 이 땅의 육체가 문득 족쇄처럼
느껴질 때, 키치의 날개를 퍼득이며 말죽거리, 세운상가를 지나
태평양을 가로질러, 메스티조 미희들의 나라 아르헨티나까지
아주 날아갔으면……
　　　　—「새들은 말죽거리에 가서 잠들다」부분

　　두번째 시집에서 압구정동을 중심으로 소비 대중 사회의 욕망을 묘
파했던 유하는, 추억을 통해 과거로 거슬러 가며 기억 속에 새겨진 대
중문화의 세부를 노래한다. 추억과 회상은 서정성의 토대를 이루고, 그
속에서 대중문화에 대한 매혹과 반성은 다시 현실 비판의 층위를 형성
한다. "이러지도 저러지도 못하는 지독한 마음의 열병" 속에서 "학교
를 저주하며 모든 금지된 것들을 열망하며" 세운상가를 서성이는 것은
결국 규제와 억압을 거부하고 위반을 사랑하는 육체적 욕망의 작용이
다. "진실은 없었다, 오직 후끼된 진실만이 눈앞에 어른거렸을 뿐"(「세
운상가 키드의 사랑 2」)이라는 반성은, 세운상가의 환한 불빛이 자기 몸
속에서 웅웅대는 어두운 욕망의 작용이었음을 간파한다. 유하가 비틀
스와 진추하, 올리비아 핫세와 포르노의 여왕 세카, 펜트하우스 등의
대중문화를 복구하여 노래하는 것은, 한편으로 위반의 욕망을 그리워
하기 때문이지만, 다른 한편으로 유혹에 빠지는 자신의 욕망을 반성함
으로써 현재의 소비 대중문화가 지닌 허상을 비판하는 것이다.
　　함성호는 첫 시집 『56억 7천만 년의 고독』(문학과지성사, 1992)에서
건축학적 상상력으로 20세기 현대 문명의 황폐한 풍경을 신랄하게 비
판한다. 후기 자본주의적 삶이 가속화시키는 물질문명에 대한 환멸과
폐허 의식에서 비극적 인식이 생겨나는데, 시인은 허무와 절망을 모든
현실적 대상들을 파괴하고 전복시키려는 '전위'의 욕망으로 전환시킨

다. 기존의 현실뿐만 아니라 기성의 문학예술을 넘어서 첨단에 서려는 전위의 에너지는 물질문명과 대중문화, 신화와 전설, 역사와 이데올로기 등을 비판하면서 시적 상상력을 우주적 영역으로 확장시킨다.

저것은 거대한 욕망의 성채다

이성을 살해한 음울한 중세의 성벽과
빛나는 P. C. 자기질 타일 외장의 롯데 월드
그것은 무엇을 방어하고 있나요
당신을, 우리를, 무산 대중을?
꿈과 희망의 동산이요, 사랑과 행복의
당신의 휴식 공간 롯데는
우리를 모두 젊은 베르테르의 사랑에 빠지게 한다
욕구의 끓는 기름과 조갈의 불화살을 쏴
끊임없이 당신을 상품화하고
끊임없이 당신을 당신이 소비하도록
구애한다
"여러분은 지금 롯데 월드로 가시는 전철을……"
/욕/망/을/드/립/니/다/
　　　　/쾌/락/을/드/립/니/다/
"내리시면 바로 당신을 진열해드립니다"

이 지하철은 저 성채의 비밀 통로인 모양이다
—「잠실 롯데 월드— 건축 사회학」 전문

〈건축 사회학〉 연작시 중 한 편인 이 시는 "잠실 롯데 월드"라는 건

축물을 통해 1990년대 초반 한국의 자본주의 물질문명을 비판한다. 냉소와 야유가 섞인 풍자의 어조, 격자의 구조로 구분된 세 연의 형태, 지하철 객실의 방송음 인용, "/욕/망/을/드/립/니/다//쾌/락/을/드/립/니/다/"에 나타나는 형태시의 시각적 효과 등에서 '아방가르드'적 언어 실험의 특성이 나타난다. 여기서 비유나 상징 등 시적 언어의 세공을 거치지 않고 직설적인 어조로 현실 비판을 시도하는 대목에 주목해보자. 이 점은 기존 텍스트에 대한 광범위한 인용·패러디·콜라주, 의도적인 각주 처리와 도판의 활용, 복잡하고 다양한 어법적 실험, 난해하고 장황한 산문적 진술 등과 함께 함성호 시의 중요한 특성으로서, 기존의 시적 관습을 타파하려는 '전위'적 충동에서 기인한다. 함성호 시에서 또 하나의 중요한 특성은 내적 욕망의 추구와 그 좌절의 허기를 동시에 정직하게 직시하는 데 있다. "우주의 먼지 속으로 흩어진 장미꽃 피는 시절, 저 푸른 밤하늘에 홀로 흐르는 한 점 흐린 구름처럼/우리들의 사랑도 정처없을 뿐이었다 나는 아름다운 살인자다/이 형옥의 지상이 천국이라니 믿고 싶지 않을 뿐"(「장미의 계절」)에서 보이듯, 자본주의 물질문명에 대한 비판, 전위적 예술에 대한 순수한 자의식 등과 더불어 함성호 시의 중요한 원동력 중 하나는 자기 성찰의 정직성에 있다.

함민복의 두번째 시집 『자본주의의 약속』(세계사, 1993)은 한국 사회에서 1990년대 이후 전면화되는 자본주의적 일상에 대한 비판으로 가득 차 있다. 함민복의 현실 자본주의 비판은 불우한 가족사에 대한 묘사와 결부되어 있어 관념적이지 않고 진솔하면서도 가혹하다. 그가 주로 비판하는 것은 폭력적인 상업주의에 포획된 현실인데, 말놀이fun와 기지wit를 동반하는 패러디 기법을 통해 물화되고 자동화되는 후기 자본주의 시스템을 정상적이고 자연스러운 생명의 이치로 치환하고자 한다. 그가 자본주의적 현실을 전복시키려 할 때 뇌관으로 삼는 것은 주로 TV, 광고, 영화 등의 대중매체와 이를 통해 전파되는 대중문화 및 상품이다.

> 광고의 나라에 살고 싶다
> 사랑하는 여자와 더불어
> 아름답고 좋은 것만 가득 찬
> 저기, 자본의 에덴동산, 자본의 무릉도원,
> 자본의 서방정토, 자본의 개벽세상—
>
> 인간을 먼저 생각하는 휴먼테크의 아침 역사를 듣는다, 르네상스 리모컨을 누르고 한쪽으로 쏠리지 않는 휴먼퍼니처 라자 침대에서 일어나 우라늄으로 안전 에너지를 공급하는 에너토피아의 전등을 켜고 (……)
>
> 제1의 더툼보이가 거리를 질주하오
> 천만번을 변해도 나는 나
> 제2의 아모레 마몽드가 거리를 질주하오
> 나의 삶은 나의 것
> 제3의 비제바노가 거리를 질주하오
> 그 소리가 내 마음을 두드린다
> ─「광고의 나라」 부분

이 시는 대중매체에 의해 전방위적으로 전파되는 광고를 패러디하여 자본주의적 삶의 속성을 비판한다. 1연은 "광고의 나라에 살고 싶다"라는 아이러니의 어조에서 시작하여 "자본의 에덴동산" "자본의 무릉도원" "자본의 서방정토" "자본의 개벽세상" 등으로 의미의 진폭을 확장시킨다. 아이러니적 어법 및 주제 의식은 2연과 3연에서 상이한 방식의 패러디 기법으로 전이되면서 강도를 증폭시킨다. 2연은 생활 관련 상품 광고의 카피를 패러디하면서 일상적 삶의 전 영역을 차지하는 자본주의의 홍수를 산문시의 형태로 풍자하는 반면, 3연은 이상(李箱)의 시 「오감도―시 제1호」와 패션 및 미용 관련 상품 광고의 카피를 동시에 패러디하면서 자본주의의 유혹을 자유시의 형태로 풍자한다. 함민복이 보여주는 자본주의 상품의 홍수와 유혹에 대한 풍자는 매혹에서 환상을 경유하여 환멸에 도달한다. 그래서 시의 표면에 등장하는 기지와 유머 속에는 현실에 대한 환멸로 가득 찬 우울과 냉소가 내재되어 있다. 이 냉소적 환멸로 인해 함민복의 시는 "허구와 실제의 벽 허물기 체험을 무의식에/강요하고 있는 산업사회의 무서운 꽃 광고를. 나는/보기 싫어 리모컨을 누르다 경악한다, 이미 허물어진 벽./티브이가 리모컨이 되어 내 머리통을 작동시키고 있었구나"(「엑셀런트 시네마 티브이 2」)에서 볼 수 있듯, 자신을 포함한 현실을 보다 철저한 아이러니의 정신으로 직시한다.

4. 1990년대 중반 이후: 테크놀로지적 상상력―성기완·서정학·이원

이 절에서는 1990년대 중반 이후 한국 전위 시의 흐름 중에서 '대중문화'적 상상력을 토대로 '아방가르드'를 실천하면서 '숭고'의 미를 보여준 경우로 '테크놀로지적 상상력'에 해당하는 성기완, 서정학, 이원 등의 시를 살펴보기로 하자.[16]

16 성기완과 서정학의 시에 대한 분석은 졸고, 「전복적 상상력, 탈주체의 시적 전략」, 『신체와 문체』, 문학과지성사, 2001, pp. 155~78 참고. 이원의 시에 대한 분석은 졸고, 「신체의 회로」, 『환상과 실재』, 문학과지성사, 2012, pp. 34~39 참고.

성기완의 첫 시집 『쇼핑 갔다 오십니까?』(문학과지성사, 1998)는 하나의 거대한 언어 실험의 공간이다. 개별 시편들뿐만 아니라 전체 시집을 통해서도 시도되는 언어 실험은, 형식의 실험에 국한되지 않고 시적인 것에 대한 발상의 전환에까지 나아간다. 전체적으로 볼 때, 이 시집을 관통하는 것은 이원성의 길항과 그 혼융의 추구이다. 자유시, 산문시, 문답형 대화체, 대중가요의 가사체, 혼성적 장시 등의 다종다기한 시 형태를 실험하는 것과, 개별 시편들이 의미나 개념으로 환원될 수 없는 감각의 우연성에 기대는 양상은 '인과율로부터의 이탈'이라는 시적 지향에서 기인한다. 한편 이 시집을 전체적으로 특징짓는 또 하나의 지향은, 봄-여름-가을-겨울의 계절적 순환에 부합하는 흐름을 시집 전체에 부여하려는 의도에서 알 수 있듯 지속성을 유지하며 '전체적 체계'를 세우려는 시도이다. 따라서 성기완의 첫 시집은 주체의 사유와 탈주체의 감각, 인과율과 우연성 등의 대립되는 두 지향이 상충하면서 거대한 긴장의 소용돌이를 형성한다. 그러면 이 이원성은 어디서 연유하며, 어떤 구체적인 양상으로 전개되는 것일까?

목숨을 싣고 다니는 파장이 하늘에 亂舞한 거미줄을 쳐놓고 목숨들의 승천을 가로막고 있으니 모든 生은 죽음을 눈앞에 둔 단 한 번의 기회가 아니라 複製를 눈앞에 둔 주형틀이라 다들 의미를 찾지 못하고 뜻 없는 거울에 되비친 자기 자신의 해골바가지에다 대고 웃고 울고 지랄하다가 나중에는 서로 얼싸안고 울고불고 마치 가본 것처럼 좋드만 싫드만 쌌고 기가 막혀 가슴을 치고들 그짓들을 하던 중 알고 보니 소문이 아닌 것이 없고 또 그 소문 중에 실제인 것은 없고 모두들 구름을 타고 휘적휘적 헛것들 속에서 난리를 피우다가 꿈에서 깨어보면 안방이니 虛頭야 虛頭거늘 목숨은 간데 없고 판박이 종이에 각인된 말없는 풍경 혹은 인물들뿐이더라 다

들 존재의 강시인 자들아 타락하라 그것은 네가 아니라 너의 그림
자이니
　　─「幻生, 혹은 죽음에 이르는 병」부분

　시적 화자는 존재가 자기 정체성을 찾지 못하는 원인을 후기 자본주
의 사회에 뿌리내린 대량 복제의 소비문화에서 찾는다. 그리고 소문과
헛것들의 세계 속에서 분열되는 자아를 발견한다. 성기완의 시를 관
류하는 이원성은 자아의 분열로부터 생성된 이중 자아에서 비롯된다.
"존재의 강시"와 "네가 아니라 너의 그림자"는 복제를 통한 자아의 분
열을 의미하는데, '그림자'의 이미지는 허상을 의미하는 동시에 또 다
른 자아, 혹은 무의식을 암시한다. 따라서 이 시에는 자아의 분열을 체
험하는 자의식이 강렬하게 드러나 있다. 성기완의 시에서 자의식은
"총을 가지지 않은 눈동자는 없다"(「어느 땅, 어느 땅에」)에서처럼, 주
로 '눈'의 이미지를 중심으로 형상화된다. 테크놀로지의 세계를 의식의
눈동자로 비유하는 것은, 복제와 합성의 소비 자본주의적 메커니즘 속
에 이미 자의식의 시선이 개입되어 있다는 인식이 작용한다. 이럴 때
시인은 폐쇄된 이중의 감옥에서 탈출하고자 하는데, 그것은 크게 두
가지 방향으로 전개된다. 하나는 자본의 메커니즘과 자의식에서 벗어
나기 위해 '음악의 세계'에 몰입하는 방향이고, 또 하나는 자의식 대신
'물리학적 인식'을 차용하여 세계와 존재를 다른 방식으로 성찰하는 방
향이다. 두번째 시집 『유리 이야기』(문학과지성사, 2003) 이후 성기완
은 시의 장르 개념을 해체하여 서사·회화·음악 등 다양한 장르를 혼합
하고 소음noise을 통해 우발성을 개입시킴으로써 텍스트의 변혁을 시
도한다.
　서정학은 첫 시집 『모험의 왕과 코코넛의 귀족들』(문학과지성사,
1998)에서 후기 자본주의 사회를 지배하는 테크놀로지를 재료로 시의

집을 짓는다. 텔레비전과 비디오, 전자오락과 컴퓨터 시뮬레이션, 만화와 SF 영화 등 대중문화의 여러 형식들을 차용하여 구축되는 그의 시는, 테크놀로지적 언어를 통해 테크놀로지화된 삶을 투영한다. 테크놀로지가 지배하는 정보기술의 시대에 그것으로부터 자유로울 수 없는 시인은, 자신의 자아를 강화하여 그것에 대적하기보다 테크놀로지의 강력한 자장에 포획된 무기력한 자아를 드러냄으로써 주체를 해체한다. 서정학의 시에 기존의 시가 지닌 내면성과 서정성의 습기가 증발되고 메마른 권태와 우수의 아우라가 드리워지는 것은 이 때문이다. 내면성을 탈각한 사물화된 주체는 테크놀로지의 회로를 따라 현실과 가상을 넘나들면서 가상 주체와 겹쳐지고 분리되는 양상으로 전개된다.

그녀를 아직 구하지 못했다 술통들은 이리저리 구르고 원숭이는
코코넛을 던진다 제발 날 건들지 마라 부탁에도 불구하고 코코
넛 하나가
내 머리를 때린다 이런 제기랄 욕을 하면서 나는 아파한다 혹이
났다 저 녀석
올라가기만 해봐라 나는 나무를 기어오르고 이 기묘하게 생긴
나무는
나에게 너무 불리하다 야 너 내려오지 못해! 나는 고래고래 고함
지른다
원숭이는 못 들은 척한다 원숭이는 나무 위에서 코코넛을 던지
도록
프로그램 되어있다 원숭이도 달리 방법이 없는 것이다 이미
결정되어있다 원숭이는 내려오지 않는다 내가 올라가는 수밖에
없다

비디오 게임의 상황을 그대로 옮겨놓은 듯한 이 시에서, 비디오 게임 속의 주인공과 그 게임을 하고 있는 시적 화자가 '나'로 동일시됨으로써, 가상과 현실이 직접적으로 연결된다. 서정학의 시는 대중매체의 테크놀로지를 매개로 가상과 실재를 결합하여 그 구분이 소멸된 새로운 차원의 시적 공간을 형성한다. 비디오 게임이 지닌 테크놀로지를 통해 테크놀로지화된 삶의 양태를 반성하는 시적 전략은, 의도적으로 문장의 첫머리에 배치하여 강조한 "프로그램 되어있다"와 "결정되어 있다"라는 문장에서 잘 드러난다. 그것은 우리 삶의 일상까지 지배하고 있는 테크놀로지의 거대하고 집요한 메커니즘을 고발한다. 그러나 고발은 저항의 차원으로 급진화되지 않고, 시의 후반부에서 "뭐 어차피 그렇게 프로그램되어 있으니까"라는 자포자기의 무기력한 태도로 귀결된다. 가상 주체를 매개로 한 가상과 실재의 연결, 테크놀로지화된 삶에 대한 고발과 무기력, 단절에 대한 자조와 옹호 등은 서정학의 시적 기법을 '열린 알레고리'로 설명하는 데 중요한 근거가 된다. 이 열린 알레고리는 단순히 현실에 대한 비판이나 계몽의 차원에 그치지 않고, 비판과 계몽의 메시지가 거대한 테크놀로지의 자력권 속에서 무력할 수도 있다는 사실까지 인식하게 한다. 결국 테크놀로지를 매개로 한 열린 알레고리 기법은 고정된 의미 중심을 지니지 않고 끊임없이 가상과 실재를 넘나들면서 유희와 현실 비판과 현실 인식을 되풀이한다.

이원은 첫 시집 『그들이 지구를 지배했을 때』(문학과지성사, 1996)에서 무의미해 보이는 일상의 사물을 치밀하게 묘사하는 극사실주의 기법 위에서, 그것을 묘사적으로 왜곡하는 신표현주의 기법을 시도한 바 있다. 극사실주의가 배제하는 주체의 정서나 관념을 개입시키는 동시에 초현실주의적, 혹은 표현주의적 왜곡의 강도를 절제하는 길항의 힘

속에서 "내 몸의 사방에 플러그가/빠져나와 있다"와 같은 표현이 생겨난다. 이 표현과 함께 "세계와의 불화가 에너지인 사람들/사이로 공기를 덧입은 돌들이/둥둥 떠다닌다"(「거리에서」)에서 선명하게 제시되는 이원 시의 특징은, 세계와의 불화라는 비극적 인식을 스스로의 운명으로 삼는, 그래서 뿌리 없는 현대인의 탯줄 혹은 욕망의 젖줄을 테크놀로지적 전자 문명에 연결시키는 모습을 보여준다. 두번째 시집 『야후! 의 강물에 천 개의 달이 뜬다』(문학과지성사, 2001)에서 이원의 시는 객관적이고 사실적인 묘사 속에 주관적 왜곡을 강화하는 방향으로 전개된다. 현실의 리얼리티에 초현실적이고 표현주의적인 해석을 끼워 넣는 방식으로 디지털 문명이 지배하는 우리 시대의 문화적 현실을 묘사한다. 몸속에 웹 브라우저를 내장하게 된 것이다.

> 몸 속에 웹 브라우저를 내장하게 되었어. 야금야금 제 속을 파먹어 들어가는 달. 신이 몸 속에 살게 되었어. 신은 이제 몸 속에서 키울 수 있는 존재야. 〔……〕 기어이 제 살을 다 파먹은 달. 그물로 된 달. 그물에 걸린 신들의 꼼지락거리는 손가락들과 발가락들을 생각해봐. 몸 속이 점점 비좁아지고 있어. 〔……〕 더 이상 신전은 몸 밖에는 없어. 이제 낮과 밤은 몸 속에서 만나고. 낮과 밤은 몸 속에서 헤어지고. 신들은 내 몸을 로터스 꽃처럼 먹고 꾸역꾸역 자라. 몸은 구멍투성이야. 신들의 취미는 피어싱. 구멍은 신들의 수유구. 아니면 주유구. 세상은 구멍이야. 만개하는 몸이야. 열리고 닫히는 몸
> —「몸이 열리고 닫힌다」 부분

이 시는 PC로 대표되는 디지털 문명 속에서 그것과 운명을 함께 하게 된 현대인의 존재 상황을 극적으로 묘사한다. "웹 브라우저"는 곧

"신"이므로, 웹 브라우저를 내장한 몸은 무엇이든 할 수 있는 신의 능력을 갖게 되는 듯하다. 그러나 몸은 디지털 문명과 존재 방식을 함께 하므로 "몸 속이 점점 비좁아지고 있"으며 "구멍투성이"가 된다. "구멍투성이"의 몸, 그래서 "열리고 닫히는 몸"은 사이버 공간에서 비선형적으로 전개되는 전자 신체의 움직임을 보여준다. 하나의 중심을 갖지 않은 채 하이퍼텍스트로 존재하는 디지털 문명의 현실을 그 자체로 표현하는 것이다. "열리고 닫히는 몸"은 불모성의 세계와 신화적 세계가 겹치면서 뿌리 없는 존재들의 상황을 디지털 문명이 열어주는 미지의 세계와 결부시킨다. 이 지점에서 이원 시의 '몸'은 '세계' 그 자체가 된다. 이후 이원의 시는 '전자 문명에서의 유목'의 연장선에서 '근원으로의 회귀'와 '미지로의 비약' 사이를 왕래하며 '사막의 현실' 위에서 끝없는 '질주'를 계속한다.

[『詩—문학의 이름으로』, 2016]

공포와 환상의 시적 계보
―숭고 및 주이상스와의 연관성

1. 불안·공포와 환상

현대 사회의 특성을 파악하는 관점들 중 하나로 '폭력'과 그것이 파생시키는 '불안·공포'를 설정하는 것은 상당한 설득력을 가진다. 개인적 차원인 언어폭력, 성폭력 등에서 공동체적 차원인 자본의 폭력, 국가적 차원인 전쟁의 폭력 등에 이르기까지 '폭력'은 현대 사회의 도처에 노출되거나 은폐되어 있다. 이로 인해 현대인들의 잠재의식 속에 '공포'의 심리가 뿌리 깊은 곳까지 스며들게 된다. 최근 한국 사회를 강타한 메르스 사태는 바이러스로 대표되는 전염성 '질병'도 국가적 차원의 '공포'를 낳을 수 있음을 여실히 보여주었다. '폭력'과 '공포'를 조장하는 현대 사회에 대응하는 방식은 분야마다 다를 수 있을 것이다. 신문과 방송 등 언론 매체는 '폭력'의 진앙지인 사건 및 사태를 사실 자체에 입각하여 신속하고 정확하게 보도하는 것을 과제로 삼는다. 각종 괴담이나 가짜 뉴스가 난무하는 정보 매체의 역기능에 맞서 사실 확인을 최우선의 가치로 삼는 것은 당연한 일이지만, 실상 언론 매체의 선정성은 이러한 기본 정신을 종종 회피하거나 훼손한다. 한편 문학과 예술이 '폭력'과 '공포'에 맞서는 대표적인 방식은 '환상'일 것이다. 이 글은 '불안' 및 '공포'와 '환상'의 연관성을 정신분석적 개념의 차원에서 살펴보고, 한국 현대시에서 '불안' 및 '공포'에 대응하는 방식으로 시적 '환상'을 추구하는 시인들의 경우를 구체적으로 살펴보고자 한다.

정신분석학에서는 '불안'과 '공포'를 구분하여 이해한다. 대체로 '불안'은 대상이 불분명하고 모호한 상황에 대한 두려움으로 정의하고, '공포'는 특정 대상이나 상황에 대한 두려움으로 정의한다. 프로이트는 '불안'에 대한 두 가지 이론으로 '성적 리비도의 변환'과 '외상적 상황에 대한 반응'을 제시한다. 전자는 신경증적 불안을 적절히 배출되지 못한 성적 리비도의 변환으로 간주하는 것이고, 후자는 외상적 상황 즉 출생, 대상으로서 어머니 상실, 대상의 사랑 상실, 거세 등 위험한 상황에 대한 반응으로 간주하는 것이다. 전자에서 후자로 이론적 이동을 시도한 프로이트는 후자를 다시 '자동적인 불안'과 '신호로서 불안'으로 구분한다. '자동적인 불안'은 외상적 상황의 결과로 직접 야기되는 불안이고, '신호로서 불안'은 예기되는 위험의 상황을 경고하려고 자아가 적극적으로 만들어내는 불안이다.[1] 한편 라캉은 '불안'을 주체가 거울 단계에서 부딪히는 파편화의 위협과 주로 연결시키고, 게걸스러운 어머니가 자신을 삼켜버릴지도 모른다는 두려움과 연결시킨다. 이처럼 불안의 한 원인을 '어머니로부터 분리'로 본 프로이트와 달리, 라캉은 그것을 '어머니로부터 분리의 결여'로 간주한다. 라캉은 불안의 대상을 타자의 욕망, 타자의 주이상스, 대상 a 등으로 보면서 프로이트의 '사랑 상실의 불안'을 '타자의 욕망 혹은 주이상스에 대한 불안'으로 재해석한 것이다.[2] 결국 가늠할 수 없는 타자의 욕망, 즉 주체를 위협하는 전능한 타자의 주이상스 앞에서 느끼는 감응affect인 '불안'은 타자의 욕망과 주이상스에 대한 응답이자 방어 기제인 '환상'과 밀접한 관련성을

---

1 장 라플랑슈·장 베르트랑 퐁탈리스, 『정신분석 사전』, 임진수 옮김, 열린책들, 2005, pp. 178~82 참고.

2 딜런 에반스, 『라깡 정신분석 사전』, 김종주 외 옮김, 인간사랑, 1999, pp. 165~70 참고.

가진다.

  프로이트는 무의식적 욕망을 상연하는 무대를 가리키기 위해 '환상'이라는 용어를 사용한다. 환상은 체계를 이루고 고도로 조직화되어 모순이 없으며 의식 체계의 모든 이점을 이용한다. 주체의 삶 전체가 환상 체계라고 부를 수 있는 것에 의해 빚어지고 구성되는 것처럼 보인다. 그러나 환상 체계를 하나의 테마 체계로 생각해서는 안 된다. 그것은 고유의 역동을 가지고 있으며, 자신을 표현하고 의식과 행동을 위한 출구를 찾으려 할 뿐만 아니라, 계속해서 새로운 소재를 끌어들인다.[3] 라캉은 '환상'을 의미화 구조 내에서 작용하는 이미지 세트라고 말한다. 그는 욕망을 공연하는 시나리오라는 환상의 시각적 특징을 받아들이면서 방어 기제의 기능을 강조한다. 환상적 장면은 거세를 감춰주는 방어의 역할을 담당한다는 것이다. 따라서 신경증적 환상은 주체의 무의식적 욕망이 드러나는 동시에, 대타자의 결여에 대하여 자신을 방어하는 기제에 의해 왜곡된 형태로 욕망을 성취하는 각본이라고 정의할 수 있다.[4] 인간의 욕망은 타자의 욕망에 대한 주체적 응답인 무의식적 환상을 통해 형성된다. 무의식적 환상으로 타자의 욕망에 응답하는 과정에서 주체는 자신의 진정한 욕망으로부터 소외된다. 소외로부터 해방되기 위해서는 환상을 가로질러 자신의 무의식과 욕망에 도달해야 한다. 환상 가로지르기를 통해 소외된 주체로 하여금 진정으로 욕망하는 주체와 주이상스의 주체로 거듭나게 하는 것이 정신분석의 목표이다.

  이러한 정신분석적 환상의 개념을 참고하여 한국 현대시를 분석하는 데 활용한다면, 다음과 같은 방식을 채택해볼 수 있다. 첫째, 환상

---

3 장 라플랑슈·장 베르트랑 퐁탈리스, 같은 책, pp. 541~45 참고.

4 딜런 에반스, 같은 책, pp. 436~39 참고.

체계 내의 이미지와 상징을 면밀히 분석하여 의미화 구조를 도출한다. 둘째, 주체의 무의식적 욕망을 밝히는 동시에 대타자의 욕망과 주이상 스 앞에서 자기를 방어함으로써 왜곡되고 소외되는 양상을 밝힌다. 셋 째, 환상이 개인적 욕망을 실현하면서 그와 동시에 사회적 인력을 개 입시킨다는 점을 기억해야 한다. 환상은 대타자의 결여에 대하여 자신 을 방어하면서 욕망을 성취하는 각본이므로, 사회적 시스템의 역학 관 계가 스며든다. 따라서 시에 나타나는 '불안' 및 '공포'와 이에 대응하 는 '환상'을 분석하면서 사회적 힘들의 역학 관계 및 갈등 양상을 탐색 할 필요가 있다.

여기서 유의할 점은 정신분석과 문학비평이 동일하지 않다는 점이 다. 정신분석적 개념인 '불안' '공포' '환상' '소외' '분리' '환상 가로지 르기' 등의 개념을 그대로 작품 해석에 적용해서는 안 된다. 다만 정신 분석이 피분석자의 말에 선입견 없이 귀 기울이는 듣기의 방법에서 시 작하는 것같이, 문학비평도 작품 내부의 목소리를 경청하며 침잠하는 데서 시작한다는 점을 상기할 필요가 있다. 은폐된 무의식의 목소리를 듣기 위해 정신분석이 꿈, 말실수, 농담, 자유 연상 등을 주목한다면, 문학비평 또한 텍스트의 의식적 언술의 질서를 비집고 새어 나오는 '말 해질 수 없는 것' 또는 '반쯤 말해진 것'들에 유의해야 한다. 그리하여 정신분석을 참조한 정신분석적 비평은 텍스트가 지닌 환상 체계 내의 이미지와 상징을 면밀히 분석하여, 대타자의 욕망 앞에서 자기를 방어 함으로써 분열되고 소외되는 양상뿐만 아니라 그것으로부터 탈주하려 는 무의식적 주체의 욕망을 규명할 수 있다. 더 나아가 '불안' 및 '공포' 와 '환상'에 개입되는 사회적 시스템의 역학 관계를 탐색할 수 있을 것 이다.

이 글은 이러한 정신분석적 비평의 방식으로 1930년대 이상의 시, 1990년대 박상순, 이수명의 시에 나타나는 '불안' 및 '공포'와 '환상'의 양상을 살펴보고자 한다. 그리고 그 연장선에서 2000년대 젊은 시인들 중 황병승, 김민정, 이민하의 시에 나타나는 '불안' 및 '공포'와 '환상'의 양상을 고찰하고자 한다.

2. 1930년대와 1990년대―이상·박상순·이수명

1930년대 아방가르드 시를 대표하는 이상의 시들 중에서 〈오감도(烏瞰圖)〉 연작시는 독자와 연구자들에게 집중적인 관심과 비평의 대상이 되어왔다.[5] 「오감도―시제 1호」를 '불안' 및 '공포'와 '환상'의 양상에 초점을 맞추어 살펴보기로 하자.

A 13인의아해가도로로질주하오.

  (길은막다른골목이적당하오.)

B 제1의아해가무섭다고그리오.

  제2의아해도무섭다고그리오.

  제3의아해도무섭다고그리오.

  제4의아해도무섭다고그리오.

  제5의아해도무섭다고그리오.

  제6의아해도무섭다고그리오.

  제7의아해도무섭다고그리오.

  제8의아해도무섭다고그리오.

  제9의아해도무섭다고그리오.

---

5 이상의 시에 대한 분석은 졸고, 「이상―대칭적 변주와 양가성의 영속·발산」, 『한국 모더니즘 시의 반복과 변주』, 소명출판, 2015, pp. 117~43 참고.

제10의아해도무섭다고그리오.

B′ 제11의아해가무섭다고그리오.

제12의아해도무섭다고그리오.

제13의아해도무섭다고그리오.

13인의아해는무서운아해와무서워하는아해와그렇게뿐이모

였소.

(다른사정은없는것이차라리나았소.)

C 그중에1인의아해가무서운아해라도좋소.

그중에2인의아해가무서운아해라도좋소.

그중에2인의아해가무서워하는아해라도좋소.

그중에1인의아해가무서워하는아해라도좋소.

A′ (길은뚫린골목이라도적당하오.)

13인의아해가도로로질주하지아니하여도좋소.

——「오감도—시제 1호」전문[6]

이 시는 "막다른골목"의 공간성, "아해"들의 "질주"라는 행위, "무섭
다"라는 심리 상태 등을 보여준다. 이를 통해 현대 사회의 속성인 '폐
쇄성'과 이로 인한 '불안'이나 '공포'의 양상을 '꿈' 혹은 '환상'의 형식으
로 제시한다. 시의 전체적 구성은 크게 전반부(A-B-B′)와 후반부(C-
A′)로 구분된다. 우선 A와 A′는 각각의 1행과 2행을 역순으로 배치하
고 의미를 역전하여 변형된 수미상관의 구조를 제시한다. B에서 "제~

6 이상, 『이상 문학전집 1—시』, 이승훈 편, 문학사상사, 1989, pp. 17~18. 이하 이 글에서 다루는
이상의 시는 모두 이 시집에서 인용한다.

의아해가(도)무섭다고그리오"라는 문장의 반복은 나열을 통해 '병렬적 구도'를 이루는 듯하지만, "1"에서 "10"까지의 전개가 "아해"들의 복수 성을 증가시키는 동시에 그들의 '불안'이나 '공포'를 증폭하는 언술적· 의미적 효과를 만들면서 '점층적 구도'를 형성한다. 여기서 "13"이라 는 숫자가 지닌 정체와 의미는 무엇일까? 이상은 "1"과 "3"을 각각 '선' 으로 표시되는 1차원의 세계와 '좌표' 혹은 '입체'로 표시되는 3차원의 세계로 간주하는 듯하다. 따라서 "13"은 1차원과 3차원이 결합된 4차 원을 의미하고, '좌표' 혹은 '입체'의 공간성에 시간성을 결합한 시공간 으로서 세계 전체를 상징한다고 볼 수 있다. 이상은 시간성과 공간성 을 결합한 세계 전체라는 관점에서 "13"을 '완전수'의 개념으로 간주한 듯하다. 완전수가 부분에서부터 완전한 전체를 만드는 방법과 관련 있 다는 점에서, 이상은 "13"이라는 숫자를 통해 부분과 전체의 기하학적 관계망을 설정하고, 당대 한국 사회 전체 혹은 세계 전체의 축소판을 형상화했다고 볼 수 있다. 이를 토대로 "13인의아해"는 "막다른 골목" 안에 있는 모든 "아해"이고, 당대 한국 사회 혹은 현대 사회의 인간 전 체라고 해석할 수 있다.

C는 네 개의 문장들 중 1행과 4행, 2행과 3행의 문장을 동일하게 반 복하면서 '대칭적 구도' 및 '순환적 구도'를 형성한다. 이 구도는 'A'(전 체 상황)에서 'B'(점층적 구도에서 생겨나는 공포)를 거쳐 'B'(공포에 대 한 재확인)에 이르는 전반부에 대한 일종의 역설, 혹은 반전의 시작을 의미한다. 전반부(A~B')에서 서술어의 근간을 이루며 반복하는 "~하 (리)오"는 하나의 정언 명제를 표현하는데, C부터 서술어의 근간을 이 루며 반복하는 "~라(여)도좋소"는 어떤 하나의 명제를 결정하지 않고 다수를 모두 포용한다. 후반부(C-A')의 전개는 방향성을 무화하므로 전반부(A~B')의 의미 내용sense 전체를 무의미non-sense하게 만든다. "그중에1인의아해가무서운아해라도좋"고 "그중에2인의아해가무서운

아해라도좋"다는 부분 명제는, A~B′까지 유지된 "막다른골목" 안에 있는 모든 "아해"가 "무섭다"라는 전칭 명제에 균열을 일으키기 때문이다. 결국 이 시는 전반부의 '점층적 구도'를 C의 구도이자 전체적 구도인 '대칭적 구도' 및 '순환적 구도' 속에 삽입함으로써, 막다른 현대사회의 공간에서 '불안'이나 '공포'를 느끼는 자아의 내면 의식을 불길한 '환상'의 조감도를 통해 제시하는 동시에, 명제·방향·의미 등을 무화하는 무의미와 부조리까지 드러내면서 그 순환 구조에서 빠져나올 수 없는 비극성을 형상화한다.

이상이 현대 사회에서 '불안'이나 '공포'를 느끼는 원인 중의 하나는 기하학적·과학적 세계관이 압도하는 근대성에 있다. '기하학적·과학적 세계관에 대한 추종과 거부'라는 이상 시의 역설적 주제는 언술 구조의 측면에서 '대칭적 대구'의 구도를 형성하고 다시 이를 허무는 모순된 방식으로 나타난다. 지금까지 대부분의 선행 비평들이 '자아 분열'의 대표적인 표상으로 해석해온 '거울' 모티프도 '대칭적 구도'를 와해하는 매개체가 된다는 점에서 새롭게 해석해볼 필요가 있다.

  A   거울속에는소리가없소
      저렇게까지조용한세상은참없을것이오

  B   거울속에도내게귀가있소
      내말을못알아듣는딱한귀가두개나있소

  C   거울속의나는왼손잡이오
      내握手를받을줄모르는—握手를모르는왼손잡이오

  D   거울때문에나는거울속의나를만져보지를못하는구료마는

거울아니었던들내가어찌거울속의나를만나보기만이라도했겠소

E   나는至今거울을안가졌소마는거울속에는늘거울속의내가있소
　　　　잘은모르지만외로된事業에골몰할게요

F   거울속의나는참나와는反對요마는
　　　　또꽤닮았소
　　　　나는거울속의나를근심하고診察할수없으니퍽섭섭하오
　—「거울」전문

　　이 시에서 "나"가 "거울속의나"를 "만져보지를못하는" 이유는 "거울"이 기하학적 사유의 근간이 되는 '대칭 구조'를 허물면서 와해시키기 때문이다. 기하학적 대칭 구조는 대각선으로 대칭이거나, 상하 혹은 좌우로 대칭이거나, 전체적인 구도에서 대칭을 이루어야 한다. 그러나 "거울"은 빛의 반사에 의해 영상을 만들어내므로 거울 밖의 "나"와 "거울속의나"를 정면으로 비추어준다. 따라서 "거울속의나"는 "내" "握手를받을줄모르는―握手를모르는왼손잡이"가 되고 만다. 이러한 사실은 "거울"의 이미지가, 기호·수식·선분 등을 이용하여 형성되는 유클리드 기하학 이래의 서구 이성주의적 인식론을 붕괴하는 속성을 가지고 있음을 알려준다. 기하학적 대칭 구조가 와해된 "거울"을 통해 "거울속의나"를 "만나보"는 것은, 합리주의적 사유에 의해서는 만날 수 없는 무의식적 주체를 '거울'을 통해 만날 수 있음을 의미한다.

　　그러나 "거울때문에나는거울속의나를만져보지를못하는" 것처럼, "거울"을 통해 만나는 무의식적 주체는 일종의 환상의 스크린에 투사된 영상이므로 부재로서만 그 존재를 드러낸다. "거울속의나는참나와는反對요마는/또꽤닮았소"에서도 드러나는 이율배반성은 라캉적 의미

의 '상징계'와 '상상계'의 간극으로서 '실재'를 보여준다고 해석할 수 있다.[7] 좀더 정확히 말하면, 거울 밖의 "나"는 '상징적 주체'이고 "거울속의나"가 '상상적 자아'라면, '실재적 주체'는 이 두 자아의 불일치와 간극에 놓여 있는 부재하지만 실재하는 존재이다. 라캉에 의하면, 소외는 첫번째로 거울단계와 상상적 자아의 형성을 통해 두번째는 언어와 상징적 주체의 형성을 통해 일어난다.[8] "소리가없소" "내말을못알아듣는 딱한귀" "외로된事業" 등은 바로 이러한 소외를 드러내는 표현들이다. 따라서 이 시에 나타나는 "거울속의나"는 거울단계에서 동일시를 통한 최초의 소외에 의해 형성된 '상상적 자아'라고 볼 수 있고, 거울 밖의 "나"는 대타자의 욕망에 응답하는 과정에서 '환상'[9]을 통해 자신의 진정한 욕망에서 두번째로 소외되는 '상징적 주체'라고 해석할 수 있다.

그런데 시적 화자는 "거울속의나를근심하고診察할수없으니퍽섭섭하"다고 하고, "거울때문에나는거울속의나를만져보지를못"한다고 말

---

7 상상계가 이미지나 영상의 세계라면, 상징계는 기호나 언어의 세계이다. 한편 실재는 상상계도 상징계도 아닌 그 무엇이다. 실재는 상징화 이전에 존재하는 불가분의 적나라한 물질성인 동시에, 대상이나 사물이 아니라 욕구의 형태로 상징적 현실에 침입하는 어떤 것이다. 억압되어 있고 무의식적으로 기능하면서 상징화에 절대적으로 저항하는 실재는 외상 개념과 연관하며, 조우가 불가능하다는 점에서 죽음 충동·주이상스·대상 a 등과 연계한다. 숀 호머, 『라캉 읽기』, 김서영 옮김, 은행나무, 2006, pp. 151~57 참고.

8 라캉에 의하면, '상상적 자아'는 거울단계에서 거울에 비친 이미지를 자신과 동일시하여 오인하면서 최초의 소외를 경험한다. 더 나아가 인간의 욕망은 언어로 구성된 대타자의 욕망에 대한 주체적 응답인 무의식적 환상을 통해 형성된다. 무의식적 환상 속에서 타자의 욕망에 응답하는 과정에서 '상징적 주체'는 자신의 진정한 욕망에서 두번째로 소외된다. Jacques Lacan, *Écrits*, trans. Bruce Fink, New York: Norton, 2006, pp. 75~81. pp. 197~268.

9 '환상'은 수수께끼처럼 알 수 없는 대타자의 욕망을 채우는 상상적 각본으로서, 대타자의 결핍에 대한 보상으로 상징적 거세에 대한 은폐와 봉합으로 기능한다. 동시에 '환상'은 언어로 인해 빗겨가는 실재와 충동의 대상을 포획하기 위한 각본이다. 대타자의 욕망의 물음에 대한 대답으로 기능하면서 동시에 욕망의 구체적 실현과 관련한다는 점에서, 환상의 무대는 역설을 내포한다. 따라서 환상은 그 자체로 분열 및 소외의 차원과 해방의 차원을 동반한다고 말할 수 있다. 졸고, 「정신분석 비평과 분열분석 비평」, 『문학과 수사학』, 소명출판, 2011, p. 130 참고.

하면서도, "거울아니었던들내가어찌거울속의나를만나보기만이라도했겠"느냐며 거울의 기능에 대해 긍정적인 견해도 드러낸다. 이 장면은 '소외'에서 해방되는 '분리'[10]의 가능성을 보여준다는 점에서 주목할 만하다. 주체는 분리를 통해 타자 안의 결여를 발견하고 '존재의 결여/존재가 되고자 하는 열망'을 나타낸다. 따라서 화자인 "나"가 "거울속의 나"를 만나보기만이라도 하는 것은 '상징적 주체'가 거울에 비친 '상상적 자아'를 대면함으로써 타자의 욕망에서 분리되어 그 간극에 존재하는 '실재적 주체'를 확인하는 가능성을 열어준다. 결국 이 시는 '상상적 자아'와 '상징적 주체' 사이의 균열 및 간극을 통해서만 확인되는 '실재적 주체'를 형상화하고 있으며, 이상은 이러한 '실재적 주체'를 드러내기 위해 기하학적 사유의 근거인 '대칭 구조'를 붕괴시키는 "거울"의 모티프를 활용한 것이다.

한국 현대시에서 1990년대 이후 전개된 새로운 전위적 양상은 '죽음의 시학' '마녀적 상상력' '무의식적 타자성' '대중문화의 패러디' '테크놀로지적 상상력' 등으로 크게 유형화할 수 있다. 이들 중 '무의식적 타자성'을 대표한다고 볼 수 있는 박상순·이수명·김점용·함기석·성미정 등의 시는 시니피에로부터 이탈한 시니피앙의 유희를 통해 기존 시의 관념을 전복시킴으로써 주체의 자기 동일성을 해체하고 억압된 타자성을 복원한다. 박상순·이수명 등의 시는 1930년대 이상의 시가 보여준 '불안' 및 '공포'와 이에 맞서는 '환상'의 시적 계보를 잇고 있다고 볼 수 있다.

대부분의 박상순 시의 문장은 명사와 동사의 결합이라는 단순화된 형태로 이루어지는데, 그의 시는 이처럼 압축된 문장의 반복과 변주에

---

10 '분리'는 주체가 '타자의 욕망 안에서 나는 누구인가?'라는 질문을 제기할 수 있는 지점에서 자신을 타자의 욕망에서 구별해내는 것이다. 분리는 욕망의 영역에서 일어나며, 주체로부터 일종의 '존재의 결여/존재에 대한 열망'을 불러일으킨다. 숀 호머, 같은 책, pp. 134~39 참고.

의해 이야기를 전개해나간다.[11] 이것은 압축과 전위, 은유와 환유의 연쇄 구조를 근간으로 하는 꿈의 문법과 유사하다. 따라서 명사가 형성하는 계열체들과 동사가 형성하는 계열체들, 그리고 각각의 결합 관계를 추적한다면 박상순 시가 가지는 환상 체계의 숨은 질서를 규명할 수 있을지 모른다.

기차가 지나갔다
그들은 피 묻은 내 반바지를 갈아입혔다
기차가 지나갔다
그들은 나를 다락으로 옮겨 놓았고
기차가 지나갔다

첫 번째 기차가 아버지의 머리를 깨고 지나갔다
두 번째 기차가 어머니의 배를 가르고 지나갔다
세 번째 기차가 내 눈동자 속에서 덜컹거렸고
할머니의 피 묻은 손가락들이 내 반바지 위에
둑둑 떨어지고 있었다

기차가 지나갔다
나는 뒤집힌 벌레처럼 발버둥 쳤다
기차가 지나갔다
달리는 기차에 앉아
흰 구름 한 점 웃고 있었다
기차가 지나갔다

11 박상순의 시에 대한 분석은 졸고, 「반복, 변주, 변신, 생성—박상순론」, 『주름과 기억』, 작가, 2004, pp. 310~20 참고.

　이 시는 "기차가 지나갔다"라는 사건의 반복과 변주를 통해 현대 문명의 상징인 "기차"의 '폭력성'이 '불안'이나 '공포'를 낳는 양상을 '꿈' 혹은 '환상'의 형식으로 형상화한다. "기차가 지나갔다"라는 사건은 시적 화자인 "나"와 가족들에게 엄청난 비극을 안겨주는 것으로 보인다. '꿈 이야기'라는 시적 진술 방식은 사건의 발생과 경과 및 결과를 순차적으로 제시하지만, 그 내면 양상은 프로이트적 압축과 전위, 라캉적 은유와 환유 등에 의해 계기성과 인과성이 파괴된다. 2연은 반복이되 변주를 동반하는 반복이다. "~번째 기차가 ~의 ~를 ~고 지나갔다"가 2회 반복되지만 3행에서는 "~번째 기차가 ~덜컹거렸고"로 변주되고, 기차에 순번이 부착되어 첫번째, 두번째, 세번째로 진행되며, '아버지-어머니-나-할머니'의 계열과 '머리-배-눈동자-손가락'의 계열이 연쇄적으로 변주된다. '가족'과 '부분적 신체'로 계열화될 수 있는 두 연쇄망은 "내 반바지"로 수렴된다. 따라서 시의 내용을 요약하면, '기차가 내 반바지에 피를 묻히고 지나갔다'로 정리될 수 있다.

　'주어(기차)-목적어(아버지의 머리/어머니의 배/내 눈동자/할머니의 손가락)-동사(지나갔다)'라는 기본 문형으로 구성되는 이 시는, 지금까지 문명/자연, 가해자/피해자, 폭력/상처의 대립적 의미망을 가지는 것처럼 해석되어왔다. 그러나 "기차"는 폭력을 가하는 주체인 기계 문명만을 의미하지 않고, 화자가 단순한 피해자만도 아니며, 그가 살고 있는 공간도 문명의 대척 지대인 순결한 자연이 아니다. "빵공장"은 화자가 거쳐했던 유년 세계의 환유이고, 이곳을 통과하는 "철도"는 "기차"를 통해 다른 세계로의 이동을 가능케 한다. 따라서 "기차"는 화자와

12 박상순, 『6은 나무 7은 돌고래』, 민음사, 1993, p. 15. 이하 이 글에서 다루는 박상순의 시는 모두 이 시집에서 인용한다.

가족들에게 비극적 상처를 안겨주는 동시에 새로운 세계로 진입하게 하는 인도자이기도 하다. "빵공장"은 생존을 위해 필요한 상품을 노동을 통해 제작하는 장소이므로, 현실 원칙이 지배하는 세계라고 볼 수 있다. 따라서 박상순 시에 나타나는 고향은 순결한 자연의 공간이 아니라 이미 현실 원칙과 문명의 힘에 의해 지배되고 있는 도시적 공간이다.

그렇다면 이 시의 1연은 도시적 현실이 지니는 '폭력'의 원리에 의해 상처받는 동시에 그것에 유입되어 가는 화자의 모습을 형상화하고, 2연에서는 화자에게 일어난 사건이 가족사적 상처로 전이됨을 형상화한다. 여기서 가족사적 상처란 '나/아버지/어머니'를 중심으로 환원되는 오이디푸스적 차원이 아니라 일종의 문명사적 차원을 의미한다. 도시적 현실이 지닌 '폭력'의 원리는 개인의 차원이 아니라 사회적 차원 및 문명사적 차원에서 진행되는 것이기 때문이다. 이처럼 박상순의 시는 차이를 동반하는 반복의 어법을 통해 변주와 변형을 거듭하며 기존의 이분법적 구분을 넘어선다.

인용한 시의 3연에 등장하는 "벌레"에도 주목해보자. 박상순 시에서 벌레·좀벌레 등의 '벌레-되기'와 늑대·악어·돌고래·코뿔소 등의 '동물-되기'는 질 들뢰즈Gilles Deleuze와 펠릭스 가타리Félix Guattari 식으로 말하면 리좀rhizome[13]적 존재이며 분자molecule[14]적 존재이다.

---

13 '리좀'은 근경(根莖), 뿌리줄기 등으로 번역되는데, 줄기가 마치 뿌리처럼 땅속으로 파고들어 난 맥(亂脈)을 이룬 것으로 뿌리와 줄기의 구별이 사실상 모호해진 상태를 의미한다. 들뢰즈와 가타리는 수목arbre과 대비시켜 리좀 개념을 제기한다. 수목이 계통화하고 위계화하는 방식인 반면, 리좀은 욕망의 흐름이 지닌 통일되거나 위계화되지 않은 복수성, 이질적 발생, 새로운 접속, 창조의 무한한 가능성 등을 가진다. 들뢰즈와 가타리는 리좀의 성질을 접속, 이질성, 다양성, 비의미적 단절, 지도 그리기, 데칼코마니 등의 여섯 가지 원리로 제시한다. 질 들뢰즈·펠릭스 가타리, 『천 개의 고원』, 김재인 옮김, 새물결, 2001, pp. 11~55; 철학사전편찬위원회, 『철학사전』, 중원문화, 2014, p. 281 참고.

14 '분자'는 원래 물리학 용어로서 최소 단위의 입자이고, 그 대립 개념인 '몰mole'은 동질의 입자가

리좀은 질적 복수성을 지닌 다양체로서 동일성에 예속되지 않는 차이를 생성하고, 타자성을 다른 존재에게까지 감염시키고 번식시킨다. '벌레'와 '동물'은 무리를 이루며 감염에 의해 형성되고 증식되며 변환된다. 박상순 시에서 '벌레-되기'나 '동물-되기'는 "개미 한 마리가 여인의 젖꼭지를 굴리며 마루 밑으로 들어왔다. 나는 개미에게서 젖꼭지를 빼앗았다. 반항하는 개미를 잡아 내 입속에 털어 넣어 버렸다"(「폐허」)에서 '개미'로 형상화되고, 「나는 더럽게 존재한다」에서는 '쥐'의 형상으로 변신을 거듭하며 나타난다.

> 큰 누나가 다시 몽둥이를 들고
> 할아버지의 머리통을 내리쳤다
> 할아버지가 어머니의 엉덩이 위로
> 코를 박고 쓰러졌다
> 작은 누나가 달려와 큰 누나의 어깨를 물어뜯기
> 시작했을 때, 쓰러진 아버지가 일어났다
> 큰 누나의 손에서 몽둥이를 빼앗고
> 누나들의 머리통을 내리쳤다
> 깨진 머리통의 누나들이 할머니 위로 쓰러졌다
> 피 흘리던 아버지도 마침내 쓰러졌다
>
> 큰 쥐는 또다시 빠져나갔다
> 옷장 뒤로 들어갔다
> 옷장 위에 우뚝 선 큰 쥐는

하나의 집계로서 존재하는 단위이다. 들뢰즈와 가타리는 전체화되고 구조화된 것을 몰적인 것으로 간주하고, 이러한 유기체적 질서를 가로지르며 탈주하는 힘들을 분자적인 것으로 개념화한다. 질 들뢰즈·펠릭스 가타리, 『천 개의 고원』, pp. 516~42 참고.

나의 얼굴을 향해 뛰어내렸다

나는 방바닥에 쓰러졌다

나의 이마에서 피가 흘렀다

큰 쥐가 방 안을 맴돌며 뛰어다녔다

나는 방문을 닫고 불을 질렀다

나는 몸 밖으로 뛰어나갔다

—「나는 더럽게 존재한다」부분

이 시는 "나는 내 몸속에서 뛰어나왔다"에서 시작되어 "나는 몸 밖으로 뛰어나갔다"로 끝나는 꿈 이야기이다. 꿈에서 시적 화자의 몸 안에 존재하는 "쥐"가 몸 밖으로 빠져나와서 한바탕 소동이 벌어진다. "나"는 "큰 쥐"가 되어 할아버지와 할머니에게 쫓기지만, "큰 쥐"와 분리되어 있기도 한 "나"는 몽둥이를 들고 쥐를 내리친다. 그런데 다음 장면부터는 할머니가 아버지의 머리통을 몽둥이로 내리치고, 어머니가 달려와 할머니의 머리채를 잡으며, 곡괭이를 든 "내"가 큰 쥐를 쫓아서 방으로 들어가 옷장을 내리치고, 큰누나가 몽둥이로 할아버지의 머리통을 내리치며, 작은누나가 달려와 큰누나의 어깨를 물어뜯고, 아버지는 몽둥이로 누나들의 머리통을 내리치는 등 아수라장 속에서 가족 잔혹극이 벌어진다. 가족 간의 비극적인 상호 투쟁을 야기시키고 빠져나가기만 하는 "쥐"의 정체는 무엇일까?

"쥐"는 화자의 몸속에 잠재된 또 다른 자아이며 아버지, 어머니, 할아버지, 할머니, 누나들은 화자의 몸속에 각인된 기억의 존재들이다. 이들이 목숨을 건 피의 싸움을 벌이게 하는 '쥐'는 화자의 몸속에 숨어 있는 가족 간의 비극적 관계를 들쑤시고 파헤쳐서 마침내 구멍을 낸다. 그리하여 위계질서를 가지는 가부장적 가족 제도 안에서 누적된 허위와 가식에 균열을 내고 다른 세계로 진입하는 통로를 마련해준다. "쥐"

의 속성은 앞서 말한 대로 '리좀'적이며 '분자'적인데, 쥐의 번식력과 감염력은 '뿌리'가 지닌 위계질서를 잠식시켜버릴 정도의 속도와 힘을 지닌다. '동물-되기'는 '리좀-되기'이며 '분자-되기'이다. '쥐-되기'는 사람이 진짜 쥐가 되거나 흉내를 내는 것이 아니라, 쥐와 생성의 연대를 이룸으로써 스스로를 쥐로 변형시켜가는 운동이다. '동물-되기'는 '상상'이 아니라 '몸소 겪음'을 의미하고, 그래서 '정념passion'을 동반한다. 이 정념적인 운동을 통해 기성의 질서와 체계로부터 탈주선ligne de fuite[15]을 생성시키고 새로운 주체화의 지점을 모색하게 된다. 결국 박상순의 시에서 "뒤집힌 벌레"와 "좀벌레"로부터 시작해 "게들" "조개들" "개미" "쥐" 등을 거쳐 "늑대" "악어" "돌고래" "코뿔소" 등으로 진화되어가는 '벌레-되기' 및 '동물-되기' 양상은 '변신'을 통해 새로운 '생성'의 통로를 여는 작업인 것이다. 이 연장선에서 박상순의 시는 '회화-되기' '음악-되기' '불-되기' 등을 거쳐 '지각 불가능한 지점' 까지 나아간다.

이수명의 시는 서정적 자아를 배제한 채 사물들의 이미지를 착란의 언어로 묘사한다.[16] 관습적인 언어 소통의 방식에 교란을 일으키는 착란의 어법은 주로 사물과 사물의 관계에 오독을 부여함으로써 생겨난

---

15 '탈주(도주)'는 들뢰즈와 가타리가 사용하는 개념으로, 탈근대 사회사상을 대변하는 이름처럼 간주되고 있다. 사실 탈주 개념은 가타리의 경우 횡단성 개념 위에서 각 개인 및 집단이 자기 책임(아우토노미아)하에 새로운 것을 구성해나가기 위한 시도를 지칭하므로, 아나키즘적 분출로서의 탈주라기보다는 새로운 집단성을 구축해나가는 것을 강조한다. 따라서 탈주는 항상 '탈주선'을 타고 가며 '되기(생성)'를 동반한다. '탈주선'은 다수성의 한 형상이고 주체가 재영토화되는 데 이르지 못하는 부분 대상들의 연속을 가리키면서 외부적 형상의 범람을 표상한다. 철학사전편찬위원회, 『철학사전』, 중원문화, 2014, p. 996; 아르노 빌라니·로베르 싸소 편, 『들뢰즈 개념어 사전』, 신지영 옮김, 갈무리, 2012, pp. 99~106 참고. "탈주선은 탈영토화의 객관적인 선과 결합하여 자유의 새로운 공간에 대한 돌이킬 수 없는 열망을 창조한다." 펠릭스 가타리, 『분자혁명』, 윤수종 옮김, 푸른숲, 1998, p. 11.

16 이수명의 시에 대한 분석은 졸고, 「주름, 기억의 변주」, 『주름과 기억』, 작가, 2004, pp. 25~31 참고.

다. 사물들 사이의 관계뿐만 아니라 사물 자체의 정체성을 교란시킴으로써 지극히 비일상적인 풍경으로 새로운 질서를 만들어내는 것이다. 이수명의 시적 방식은 언어 게임, 혹은 기호 놀이의 특징을 내포하는 듯하지만, 이 놀이는 단순한 유희가 아니다.

> 두 손이 묶인 채
> 그는 끌려갔다.
>
> 구경꾼들이 많았다.
> 휘파람도 불고
> 욕설도 퍼부으면서
> 사람들이 길게 늘어서 있었다.
>
> 그의 어깨를 쪼던 새가
> 카메라 플래시를 터뜨리기도 하였다.
>
> 이상한 코일들이 그를 감았다.
> 그를 감고 내려오는
> 그 날카로운 코일들을
> 그는 완성했다.
>
> 그는 구경했다.
>
> 그에게 등을 돌리고 서 있는
> 구경꾼들을 지나갔다.
> ──「구경꾼」 전문[17]

이 시의 구도는 몇 개의 관계성에 의해 이루어진다. 전체를 감싸는 관계는 "그"와 "구경꾼들"의 관계이고, 그 속에 다시 "새"와 "구경꾼" "그"와 "코일들"의 관계가 설정되어 있다. "그"는 두 손이 묶인 채 끌려가고, "구경꾼들"은 길게 늘어서서 휘파람도 불고 욕설도 퍼붓는다. 3연부터는 관계의 전도가 시작된다. 그의 어깨를 쪼던 새가 카메라 플래시를 터뜨리는 장면은 "구경꾼"과 "새"의 관계가 전도된 것이고, "그를 감고 내려오는" "코일들"을 그가 "완성"하는 것은 "코일"과 "그"의 관계가 전도된 것이다. 그리고 시 후반부에서는 "그"와 "구경꾼들"의 관계가 전도된다. 이러한 일련의 관계 전도가 의미하는 바는 무엇일까?

이수명 시의 문장은 주로 명사와 동사, 혹은 주어와 목적어와 서술어의 결합이라는 간명한 형태를 취한다. 인용한 시에서도 알 수 있듯, 이수명 시에서 전도되는 것은 명사들의 관계이다. 다시 말해, 존재나 사물의 위상을 지닌 주어와 목적어의 관계가 전도되는 것이다. 이것은 야콥슨식으로 말하면, 유사성의 계열 축에서 발생하는 선택 관계에 착란을 일으키는 실어증 환자의 증세와 흡사하다. 주어와 목적어가 뒤바뀌는 것은 주체와 객체의 관계가 전도됨을 의미하는데, 관계 전도의 의도는 동사 혹은 서술어의 정체에서 유추될 수 있다. "묶인" "끌려갔다" "욕설도 퍼부으면서" "감았다" "구경했다" "지나갔다" 등 일련의 동사들은 억압과 감금과 방관으로 대표되는 우리 시대의 '폭력성'을 함축한다. 따라서 주어와 목적어의 관계를 전도하거나 해체하는 시적 방법론은 폭력성의 구조를 이루는 '주체/객체'의 고착된 관계성을 전도시킴으로써, 일상의 삶 및 우리의 의식 속에서 굳어져가는 '폭력'의 메커

17 이수명, 『붉은 담장의 커브』, 민음사, 2001, p. 24.

니즘에 착란을 일으키고 새로운 관계의 가능성을 모색한다. 결국 이수명의 시는 언어 구사의 두 축 중 선택 관계에 교란을 유도하는 계산된 착란의 시적 전략을 구사한다.

이수명의 시는 원근법과 시간성을 제거하여 정지된 꿈, 혹은 찢어진 꿈의 장면으로 제시된다. 그녀의 시에서 원근법과 시간성이 소거되는 까닭은 폭력성이 지배하는 우리 시대의 불행 속에서 찢어지고 분열되는 기억의 체험 때문일 것이다. 시인은 구멍 난 기억의 깊이로 우리 시대의 비극성에 맞서며, 무미건조한 문장으로 비인간적인 폭력성에 맞선다. 다음의 시는 구멍 난 기억, 혹은 잠 밖으로 튀어나온 꿈의 정체를 엿보게 한다.

> 빈 화물차가 지나간다. 나는 가방 속을 뒤지고 있었다. 쏟아지는 책갈피 사이를 정신없이 뒤지고 있었다. 할퀴고, 할퀴고, 할퀴고, 나의 이단은 나의 오독에 불과했다. 모든 주름은 펴기 전에 펴진다. 내 가방 속엔 아무것도 남아 있지 않았다. 빈 화물차가 거리를 메웠다. 나는 허약해지는 팔을 뻗어 필사적으로 가방을 뒤졌다. 세상의 모퉁이들이 닳고 있었다. 세상의 기다림들은 세상의 모퉁이들을 닳게 하고 있었다. 희미해지는 기억의 경계들이 문드러졌다. 그림자가 없다. 그림자 없는 화물차가 지나간다. 나에겐 새로운 이단이 남아 있지 않았다. 빈 화물차가 지나갔다. 내 앞을, 서서히 지나가고 있었다. 새로운 오독이 거리를 메웠다.
> ──「화물차」 전문[18]

시인은 "빈 화물차가 지나"가는 공허한 현실 속에서 필사적으로 "가

18 이수명, 『새로운 오독이 거리를 메웠다』, 세계사, 1995, p. 28.

방"과 "책갈피"를 "뒤지"며 이단을 꿈꾼다. "나의 이단"이 "나의 오독에 불과"하다는 것은 관계의 전도 혹은 해체를 통한 새로운 가능성의 모색을 의미하는데, 그것은 언어의 관습을 교란시키는 착란의 어법으로 전경화될 수밖에 없다. 이것은 시 후반부에서 "나에겐 새로운 이단이 남아 있지 않았다" "새로운 오독이 거리를 메웠다" 등의 문장으로 변주되면서 되풀이된다. 이러한 반복은 이수명의 중요한 시적 방법론과 긴밀히 연관되어 있다. 이 방법론은 "희미해지는 기억의 경계들이 문드러졌다. 그림자가 없다"에 나타나듯 기억의 경계를 해체하는 것이다. 기억은 현재와 과거, 현실과 꿈, 의식과 무의식의 경계에서 생성된다. "기억의 경계를 지워가는 곰팡이 슨 육체들"(「이삿짐」)에서처럼, 이수명은 기억의 경계를 지움으로써 그림자가 없는 진공 상태로 시를 밀어 올린다. 그리하여 원근법과 시간성과 그림자가 제거된 '진공 현실'을 창조한다. "중력이 소멸하는 땅"(「중력이 소멸한」)이기도 한 진공 현실은, "모든 주름은 펴기 전에 펴진다"에서 보이듯 누적된 기억의 주름을 펼쳐서 현재와 과거, 의식과 무의식의 경계를 지움으로써 꿈과 현실이 하나로 버무려져 새롭게 만들어진 공간인 것이다.

3. 2000년대 — 황병승·김민정·이민하

2000년대 중반 이후의 한국 전위 시는 1930년대 이상, 1950년대 이후 김수영, 김춘수 등으로 구성되는 '이상-김수영-김춘수'의 기본 삼각형과 1990년대 이후 '기형도-김혜순-박상순-유하-성기완'을 중심으로 하는 다섯 꼭짓점의 구도 위에서, 이들을 계승하는 동시에 복잡다기한 합종연횡을 이루어 새로운 경작지를 개척하고 있다. 2000년대 중반 이후 새롭게 등장한 전위 시의 유형을 살펴보면, 크게 '마녀적

무의식의 시' '환상 시' '우발성의 시'를 들 수 있다.[19] 진은영·김이듬·
이기성·조말선·이영주·정영·신영배·강성은 등의 '마녀적 무의식의
시'는 꿈의 (비)문법을 차용한 착란의 어법을 통해 의식의 동일성과 길
항하는 마녀적 타자성을 표출한다. 황병승·김민정·이민하 등의 '환상
시'는 환상과 주이상스를 통해 실재와 충동의 대상을 포획하면서 대타
자의 욕망에 대답하는 동시에 자기 욕망을 실현시킨다. 이장욱·김행숙
·신해욱·하재연·이근화 등의 '우발성의 시'는 원근법이 제거된 평면적
공간 위에서 인과성이 제거된 우발적 사건을 드러냄으로써, 개별자들
사이의 우연성의 효과와 순수한 놀이의 아우라를 발생시킨다. 여기서
는 2000년대 중반 이후 한국 전위 시의 흐름 중에서 '환상 시'에 해당
하는 황병승·김민정·이민하 등의 시를 살펴보기로 하자.[20] 이들의 시
는 1930년대 이상, 1990년대 박상순·이수명 등의 시가 보여준 '불안'
및 '공포'와 이에 맞서는 '환상'의 시적 계보를 잇고 있다고 볼 수 있다.

황병승의 시는 표면의 언어, 즉 시뮬라크르로 이루어져 있다. 순수
사건과 생성으로서 표면 효과는 과거/미래, 능동/수동, 더/덜, 너무/아
직 등의 구분을 벗어나며 동시에 두 방향의 진행을 용인한다. 황병승
의 시에서 혼종성, 즉 이질 혼재성의 시적 원리는 불일치와 전도와 변
신을 자체의 존재 방식으로 삼는다. 이질 혼재성의 원리는 무한히 증
식하는 비선형적 이야기의 형식 안에서 분열과 균열을 거듭 생산한다.
황병승의 시는 '입의 세계'가 '공간성'을 확보함으로써 무의식과 욕망의
무대를 형성하는데, '구강성'은 두 계열로 분리된다. 하나는 '먹기' 계열
이고, 다른 하나는 '말하기' 계열이다.

---

19 세 유형의 특성과 '심층의 시' '표면의 시' '평면의 시' 등에 대한 설명은 졸고, 「평면, 혹은 우발성
  의 시」, 『문학수첩』 2008년 여름호; 『환상과 실재』, 문학과지성사, 2012, pp. 119~42 참고.

20 황병승, 김민정, 이민하의 시에 대한 분석은 졸고, 「환상 가로지르기」, 『세계의 문학』 2006년 여
  름호; 「환상과 향유」, 『환상과 실재』, pp. 90~118 참고.

나의 또 다른 진짜는 항문이에요

그러나 당신은 나의 항문이 도무지 혐오스럽고

당신을 더 많이 알고 싶은 나는

입술을 뜯어버리고

아껴줘요, 하며 뻐금뻐금 항문으로 말할까 봐요

부끄러워요 저처럼 부끄러운 동물을

호주머니 속에 서랍 깊숙이

당신도 잔뜩 가지고 있지요

부끄러운 게 싫어서 부끄러울 때마다

당신은 엽서를 썼다 지웠다

손목을 끊었다 붙였다

백 년 전에 죽은 할아버지도 됐다가 고모할머니도 됐다가……

부끄러워요? 악수해요

당신의 손은 당신이 찢어버린 첫 페이지 속에 있어요
　　　　　　　　　　　　　　　　─「커밍아웃」부분[21]

　이 시는 입의 두 계열, 즉 '먹기'와 '말하기'가 각각 '입술-항문' '입술-손-엽서' 등의 두 관계항을 따라 연상의 고리를 형성하며 전개된다. 우선 '입술-항문'의 관계항을 살펴보면, "입술"과 "항문"은 일차

21 황병승, 『여장남자 시코쿠』, 랜덤하우스중앙, 2005, pp. 18~19. 이하 이 글에서 다루는 황병승의 시는 모두 이 시집에서 인용한다.

적으로 먹고 배설하는 소화 기관으로서 대립항을 이루는 한편, 성기를 대신하는 성교 기관으로서 유사항을 이루기도 한다. 이것은 입의 세계가 '먹기'에서 '성교'로 전이됨을 의미하는데, "항문으로 말할까 봐요"라는 표현은 '먹기'에서 '성교'로 전이된 입의 세계가 '말하기'로까지 전이됨을 보여준다. 입의 세계가 경험한 전이는 "호주머니 속에 서랍"이라는 공간성과 중첩되면서 "나"와 "당신"의 관계를 상호 순환시킨다. '입술-항문'의 대립항은 두 자아의 모순과 갈등을 함축하고, 이로부터 "부끄러"움이 발생한다.

다음으로 '입술-손-엽서'의 관계항을 살펴보면, 입의 세계가 지닌 '말하기' 계열의 연장선에서 '쓰기' 계열이 파생된다. 입술을 뜯어버리고 항문으로 말하고자 하는 욕망은 부끄러움을 낳지만, 부끄러움은 엽서를 쓰는 행위로 전환된다. 여기서 "손"은 편지를 쓰는 손이지만, "엽서를 썼다 지웠다" 하는 '쓰기' 과정과 "손목을 끊었다 붙였다" 하는 '자해' 과정이 중첩되면서 다시 두 계열로 분화된다. 자해는 죽음을 목표로 하므로 "죽은 할아버지도 됐다가 고모할머니도 됐다가" 하는 '변신'의 동력이 되기도 한다. 이어서 "악수"하는 손은 '당신'과의 '만남'과 교류의 상징이다. 결국 이 시는 입의 세계가 '입술-항문'의 관계항을 통해 '먹기-성교-말하기' 계열로 분화되고, '입술-손-엽서'의 관계항을 통해 '말하기-쓰기-자해-변신-만남' 계열로 분화되는데, 두 계열에 '호주머니 속 서랍'의 공간성이 접속하여 "나"와 "당신"의 관계, 혹은 안팎의 관계를 착종시키고 순환시킨다.

이처럼 전방위적으로 전개되는 이미지와 상징의 파생, 혹은 계열의 분화는 수목적 구조가 아니라 리좀적이라 할 만하다. 리좀은 질적 복수성을 지닌 다양체로서 동일성에 예속되지 않는 차이를 생성하고, 그것을 다른 존재에게 감염시킨다. 황병승의 시에서 표면의 언어, 즉 시뮬라크르가 미끄러지고 발산하는 강도가 강해질수록 환유가 강화된다.

비선형적 이야기의 형식 안에서 분열과 균열을 거듭 생산하며 혼종성이 증폭될 때, 환유는 인접성의 원리라는 수사학적 정의를 무너뜨리며 비약한다. 이 순간 황병승의 시는 차라리 은유와 환유를 충돌시켜 새로운 제3의 수사법을 만들고 있다고 말하는 것이 나을지 모른다.

> 나는 가족들과 함께 식사하는 것을 싫어했어요
> 리타 아침 먹어라 리타 배도 안 고프니 리타! 리타!
> 새엄마의 발소리가 사라진 뒤에야, 나는 도어 록을 풀고 식당으로 내려가죠
> 대개 가족들이 식사를 마치고 난 후에 혼자서 밥을 먹는데
> 어떤 날, 내가 미처 모르는 무슨무슨 기념일이나 축하연 자리에
> 언니 형부 이모 나부랭이들이 식당을 꽉 메워버린 날,
> 맙소사! 그런 날은 마치
> 새엄마가 나를 똥구덩이에 처넣은 듯한 기분이 들곤 했죠
> 그 피할 수 없는 함정,
> 처음엔 입을 다물었어요
> 다음엔 용기를 내어 옆사람의 수프를 떠먹었고
> 그 다음엔 이모부에게 이렇게 말했죠
> 내 꺼 볼래?
> ─「리타의 습관」 부분

'먹기'는 신체적, 물체적 작용의 모델이며 원인과 결과, 능동과 수동 등이 공존하면서 혼합되는 '심층'의 유형이다. 반면에 '말하기'는 언어적, 비물체적 부대물이며 원인과 결과, 능동과 수동 등의 구분이 무화되는 '표면'적 사건들의 운동이다. 이 시에서 "가족들과 함께 식사하는 것을 싫어"하는 화자의 무의식에는 '먹기'의 심층적 혼합의 유형, 즉 본

질·형상·실체·원인 등에 대한 거부가 숨어 있다. "똥구덩이에 처넣은 듯한 기분"은 그 결과로서 '입'의 '먹기'가 '항문'의 '배설'로 전이되는 양상이다. 주체의 무의식적 욕망이 드러나는 동시에, 대타자의 결여에 대한 방어 기제로서 왜곡된 형태로 욕망을 성취하는 각본이 '환상'이라면, 이 대목은 바로 황병승 시의 '환상'이 발생하는 과정을 보여준다. 이 환상의 형식은 '말하기'이며, 그 양상은 '도착'이다. '먹기'를 거부하고 '말하기'로 전이되는 과정은 '심층'의 유형으로부터 '표면'으로 올라오는 과정이고, 사건으로서의 표면 효과가 발생되는 과정이다. 황병승의 시는 '입의 세계'로부터 파생된 '먹기'와 '말하기'라는 두 계열 중 전자를 거부하고 후자를 선택한다. 그래서 표면의 언어인 시뮬라크르들을 무한 소급하여 증식하고 발산하면서 환각을 만든다. 환각은 도착증과 분열증의 운명을 앓고 있는 자의 비애를 동반하지만, 이 비애는 인용한 시의 마지막 행인 "걱정 마세요 수간호사님, 이건 그저 연기일 뿐이니까요"에서 보이듯, 운명을 조롱하는 유희와도 접속하면서 새로운 에너지를 발생시킨다.

김민정의 시는 무의식적 악몽의 드라마를 날것의 목소리로 들려준다. 그녀의 시가 보여주는 '환상'은 무의식적 욕망의 성취와 왜곡된 위장을 담고 있다. 이질 혼재성의 시적 원리는 무한히 증식하는 불협화음의 형식 안에서 분열되면서 동시에 증폭된다. 김민정의 시는 '창문-거울'의 '시적 시선'과 '계란-녹물-얼룩'의 '시적 질료'를 결합하고, 그것이 낳은 불협화음과 이율배반을 자신의 운명으로 받아들임으로써, 육체적 섹슈얼리즘과 신체 절단의 엽기성, 동물-되기의 탈주선과 '녹물' '얼룩' 등의 상처, 비극과 희극, 냉소와 유희가 동거하는 이질 혼재성의 무대극을 만들어낸다. 김민정 시의 환상 체계 내부에서 '창문-거울'의 '시적 시선'은 '눈알' 계열을 따라 복제·증식·전도를 거듭하며 전개되고, '계란-녹물-얼룩'의 '시적 질료'는 '반죽' 계열을 따라 변주·변형·변신을 거듭하며 전개된다. 두 계열 중 먼저 '눈알' 계열을 따라 김민정 시의 환상 체계를 가로질러 가보자.

> 나는 한 그루의 거대한 눈알나무, 밤마다 내 몸에서는 사랑스런 난자 대신 눈알들이 자라났다 개중 뼈가 휘도록 탱탱하게 살찐 녀석들은 고무공처럼 이리 팅 저리 팅 튀겨다니더니 나만 모르게 꼭꼭 숨어버리곤 했다 어디 갔을까, 어디로 사라져버렸을까 어느 날 맞아죽은 개의 악다문 입 속에서 말똥말똥 눈동자를 굴리고 있는 눈알 한 개를 찾아냈다 하지만 망치로 개의 이빨을 깨부수는 동안 부풀 대로 부푼 눈알은 오히려 죽은 개를 한입에 삼켜버리고 마는 것이었다
> ―「멀리 개 짖는 소리 들리더니」 전문[22]

이 시에서 '눈알'은 '증폭'과 '전도'의 기제이다. "눈알들"은 복수성으로 인해 다중적 시선을 보장받고, 운동성으로 인해 공간 이동을 성사시킨다. 김민정 시의 다층적 공간성과 역동적 이동성은 이 '눈알들'의 '시적 시선'에 의해 만들어졌다. "난자"를 "눈알"로 대신하는 것은 신체 절단의 상상력에 근거한다는 점 이외에도, 여성성 혹은 모성을 다중 시선의 기능으로 대체한다는 점에서도 주목된다. 이 '튀는 눈알'은 비정형의 환상을 추진하면서 즉흥적이고 도발적인 비약을 감행한다. 급기야 부풀어 올라 개를 한입에 삼켜버리는 '눈알'은, 자기 '증폭'을 통해 공간의 안과 밖을 역전시키는 '전도'를 실행한다. 환상이 진행되는 연상 방식에도 주목해보면, 김민정 시의 환상은 무규칙적이고 비선형적인 자유 연상의 고리와 수사법에 의해 형성된다. 더구나 비약적인 공

---

22 김민정, 『날으는 고슴도치 아가씨』, 열림원, 2005, p. 13. 이하 이 글에서 다루는 김민정의 시는 모두 이 시집에서 인용한다.

간 이동을 통해 변전되는 각각의 사건이나 이야기는 '눈알'의 시적 기
제가 발생시키는 증폭과 전도, 분열과 변신, 증식과 변형 등을 통해 리
좀의 질적 복수성을 지닌 다양체로서 형상화된다.

　다음으로 '반죽' 계열을 따라 김민정 시의 환상 체계를 가로질러 가
보자. 이 계열은 주로 빨고 먹고 마시고 소화하고 배설하는, 신체의 생
리 작용을 중심으로 환상의 고리를 형성한다.

> 밤마다 물먹은 고무장갑처럼 퉁퉁 불은 내
> 심장을 갉아대던 이빨 갈림은 꿈이 아닌 내 안에 너의
> 존재 방식, 살 다 발라먹고 난 닭뼈처럼 나 말라갈 때
> 그 많은 비곗덩어리 오려 몸치장하던 것도 내 안에 너의
> 존재 방식, 먹물 들인 옥수수수염처럼 무성한 내
> 음모를 잡아 뽑을 때 머리 끈이 툭 터지면서 일순
> 숱이 불어나던 네 머리카락도 꿈이 아닌
> 그래, 그래, 내 안에 너의 존재 방식
>
> 이제 내가 불신하는 건 나의 지문, 나의 배내똥
> 이제 내가 머리 두는 땅은 피 끓는 너의 단속곳
> 다시 무정란 속으로 역류하여 들어차는
>
> 이 달짝지근한 액취……
>
> 오오 버려짐의 축복이여!
> ──「다시 무정란 속으로」부분

　이 시에서 "너"는 "내 안에" 존재하는 타자이다. "너"는 "나"의 심

장을 이빨로 갉아대고, 비곗덩어리를 오리며, 음모를 잡아 뽑는 가학
적 방식으로 존재한다. 심장, 비곗덩어리, 음모 등을 비롯하여 김민정
시에 출몰하는 젖, 피, 살, 털, 뼈, 난소, 정자, 염통, 젖꼭지 등의 절단
된 신체 및 분비물의 이미지는, '반죽'의 질료적 촉감에 의해 증폭과 증
식과 변형을 거듭하면서 '자아의 분열'을 표상한다. 한편 '반죽'의 촉감
은 절단된 신체의 파편성을 먹고 마심으로써 근원적 존재로 회귀하려
한다. 이것은 '기관 없는 신체corps sans organs'[23], 즉 분화되기 이전의
'알'을 추구하는 양상이다. 인용한 시는 "너"의 젖을 빨고 피를 맛보는
"나"와, "나"의 심장과 비곗덩어리와 음모를 학대하는 "너"의 만남을
통해, 분열되기 이전의 존재적 근원으로 역류하는 모습을 보여준다. 이
처럼 '반죽' 계열이 보여주는 '분열'과 '역류'의 양면성은 실상 한 몸을
이룬다. 유기체적 존재의 동일성으로부터 벗어나 탈주선을 타는 것은
분열을 극대화함으로써 '기관 없는 신체'의 지각 불가능한 원형질에 이
르는 과정이기 때문이다.

이민하의 시는 훼손된 신체와 이로부터 유출되는 분비물을 조합하
여 그로테스크한 이미지를 인화한다. 그녀의 시가 보여주는 환상은 물
화된 육체가 환각의 힘으로 분열과 소외를 겪으며 동시에 그것을 넘어
서는 욕망의 탈주선을 그린다. '소외/탈주'의 역설을 생성하는 '환상수
족'의 양상을 섬세히 이해하기 위해서는 심층에 도사리고 있는 '환상의
기제'를 살펴볼 필요가 있다.

---

23 '기관 없는 신체'는 들뢰즈와 가타리가 앙토냉 아르토Antonin Artaud에게서 차용한 개념으로, 유
기체화되기 이전의 신체를 가리키며 본성적으로 유기체화되기를 거부하는 신체를 의미한다. 따
라서 '기관 없는 신체'는 하나의 카오스 상태, 즉 어떤 고정된 질서로부터도 벗어나서 무한한 변
이와 생성을 품고 있으며, 비인격적이고 전개체적인 선험적 장으로서 잠재적이고 매끈한 표면으
로 기능한다. 이 표면은 자기를 두루 돌아다니며 자기 안에서 서로 교차하는 흐름들과 접속한다.
철학사전편찬위원회, 『철학사전』, 중원문화, 2014, p. 130 참고.

안개의 거리 끄트머리에 모퉁이가 있네

옆구리에 빵 냄새를 겨누고

붉은 피톨을 터는 빵가게가 있네

맛보지 못한 무수한 빵의 종류와

이끼로 뒤덮인 축축한 티비가 있네

종일 생중계되는 수족관이 있네

[……]

여자가 엎드려 닦는 바닥에

기억 속으로 전송된 여자들의 남겨진 핏자국이 있네

그걸 무심히 바라보는 창밖의 여자가 있네

그녀들을 이야기하는 길가의 여자와

그 이야기에 귀 기울이는 길 밖의 여자가 있네

안개거리와 빵가게 사이

길모퉁이가 있네

손을 대면 사라지는 한 칸의 유리가 있네

　　　　—「안개거리와 빵가게 사이」 부분[24]

　　이 시에서 주목의 대상이 되는 것은 "유리"와 "피"이다. "유리"는 "안개거리와 빵가게 사이"에서 안과 밖의 경계를 이룬다. 투사할 수 있지만 침범할 수 없는, 그리고 "손을 대면 사라지는" "유리"는 무의식의 극장에 걸려 있는 스크린이다. 스크린 안에는 "축축한 티비"와 "수족관"이라는 또 다른 스크린이 내재한다. 스크린에 투영되는 주인공인 "여자들"은 유리창 안에도 등장하고 유리창 밖에도 등장한다. 이 "여자들"의 정체를 밝히는 데 중요한 것은 "핏자국"의 흔적인데, '피'

24 이민하, 『환상수족』, 열림원, 2005, pp. 18~19. 이하 이 글에서 다루는 이민하의 시는 모두 이 시집에서 인용한다.

는 "축축한 티비"-"수족관"-"저수지"-"새벽비"로 이어지는 '물'의 이미지들을 결집하는 핵심적 상징이다. "기억 속으로 전송된 여자의" 흔적인 "핏자국"은 어떤 원초적 결핍, 혹은 트라우마를 의미하는 동시에, 상처를 딛고 질주하려는 힘의 원천을 의미하기도 한다. 이민하의 시는 '유리'의 '시적 스크린'에 무의식과 욕망의 화면을 영사하면서 '피'의 '시적 원천'을 숨기듯 드러냄으로써, 훼손된 신체("마네킹")의 상처·결핍·불구의 원인뿐만 아니라 그것을 넘어서 탈주하려는 욕망의 역동성을 그려낸다("환상수족").

이민하 시의 환상 체계를 요약하면, '벽'의 계열(학교, 아버지, 어머니, 새장), '훼손된 신체'의 계열(머리 잘린 버드나무, 목 잘린 나비, 마네킹), '물'의 계열(물고기, 나무) 등이 주축을 이룬다. '벽'이 구속과 감시와 처벌을 행하는 대타자라면, '훼손된 신체'는 대타자의 욕망 앞에서 분열되고 소외되는 동시에, 상실한 욕망의 근원을 찾아 탈주하는 주체를 표상한다. '물'은 회복과 탈주의 길을 인도하는 매개물이고, 그 종착지에 '피'가 있다. 따라서 '훼손된 신체'의 분열과 소외는 '물기'와 '핏기' 없이 메마른 양상으로 나타나며, 탈주와 해방은 '물기'와 '핏기'를 찾아 운동성을 발휘하는 양상으로 나타난다. 이민하 시의 환상 체계에서 '시적 원천'에 해당하는 '피'를 추적해보자.

시계를 목에 끼우고 멘스를 줄줄 흘리는

마네킹 M.

나는 과잉 분출된 그녀의 분비물을 시선에 담아 객석으로 나른다.

오늘은 우리 모두의 생일.

안녕,

서로의 환생을 축하하며

두 *개의 유리알—숨쉬는 눈과 숨죽인 눈이 폭죽을 터뜨린다.*

〔……〕

사람들은 아직 방전되지 않은 눈을 헐떡거린다.
암실을 통과한 두 개의 유리알,
상처 난 눈과 상상하는 눈을 전구알처럼 갈아 끼우는
우리의 모든 날은 생일이므로.
어제의 시체를 파먹고 시간을 수혈하며 날마다 태어나는 마네킹 M.
안녕,
서로의 명복을 주고받으며
생일 축하해. 생일과 함께 시작되는
기억의 멘스.
　　—「20031010」부분

　이 시에서 "과잉 분출된 그녀의 분비물"은 "마네킹 M"의 "멘스"이
다. "멘스"는 '훼손된 신체'("마네킹")를 '살아 있는 신체'("생일"-"환
생")로 전환시키는 역설적인 '시적 원천'에 해당한다. 여기서 주목해야
할 것은 "시선"과 "시계"이다. "시선"은 '시적 원천'을 운반하는 매체이
고, 동시에 중층적 관계망("마네킹"-"나"-"객석")과 중층적 스크린(마
그리트의 그림-시-시 읽기의 퍼포먼스)을 형성하는 '시적 기제'가 된다.
"숨쉬는 눈"과 "숨죽인 눈", "상처 난 눈"과 "상상하는 눈" 등은 '피'
뿐만 아니라 '시선'도 상처와 욕망, 죽음과 주이상스, 소외와 탈주 등의
이중성을 내포하고 있음을 보여준다. "시계"는 '피'가 '시간'을 담고 있
음을 암시한다. "생일과 함께 시작되는/기억의 멘스"는 죽음을 극복하
는 생명의 미래적 시간이 과거의 시간과 맞닿아 있음을 드러낸다. '피'

는 환생(幻生/還生)의 연료이자 촉매이며 원천이자 지향점인 것이다. "기억 속으로 전송된 여자들의 남겨진 핏자국"(「안개거리와 빵가게 사이」), "그가 제8요일에 만든 건 시간의 생식기"(「세상에서 하나뿐인 수리공 K의 죽음」), "기억의 정육점에 매달려 있는/*사랑스런 육체들*"(「뫼비우스가 사라진 뫼비우스 맵」) 등에 등장하는 "기억"과 "시간"은, 이민하의 시에서 "피"가 욕망의 과거적 원인이자 미래적 대상임을 재확인시킨다.

4. 공포와 환상, 숭고와 주이상스

이상에서 '불안' 및 '공포'와 '환상'의 연관성을 정신분석적 개념의 차원에서 살펴보고, 한국 현대시에서 '불안' 및 '공포'에 대응하는 방식으로 시적 '환상'을 추구하는 시인들의 경우로 1930년대의 이상, 1990년대의 박상순, 이수명, 2000년대의 황병승, 김민정, 이민하의 시를 살펴보았다. 이 과정에서 필자가 한 가지 가설로 제시하는 것은 '불안' 및 '공포'에 대응하는 시적 '환상'이 이 비평집의 기획으로서 중요한 문제틀을 이루는 '숭고' 및 '주이상스'와 모종의 연관성을 가진다는 점이다. 앞서 살폈듯이, 라캉은 '불안'의 한 원인을 '어머니로부터 분리의 결여'라고 간주한다. 불안의 대상을 타자의 욕망, 타자의 주이상스, 대상 a 등으로 보면서 불안을 '타자의 욕망 혹은 주이상스에 대한 불안'으로 해석하는 것이다. 이는 타자의 욕망이나 주이상스 앞에서 '불안'을 느끼는 주체가 그것에 대한 응답이자 방어 기제인 '환상'으로 대응한다는 설명 모델이라고 볼 수 있다. 따라서 일차적으로 주체가 느끼는 '불안' 및 '공포'라는 감응에는 타자의 욕망이나 주이상스가 전제되어 있고, 주체가 '불안' 및 '공포'에 대한 응답이자 방어 기제인 '환상'으로 그것에 대응할 때 자신의 욕망이나 주이상스가 작동한다고 간주할 수 있다. '불안' 및 '공포'에 대응하는 시적 '환상'에는 '타자의 주이상스'에 대응하는 '주체의 주이상스'라는 내적 메커니즘이 작동하는 셈이다. 그런데 이러한 일반적이고 원론적인 차원의 주이상스 이론을 설정하고 문학비평에 적용한다면, 문학비평의 차원을 정신분석적 개념의 차원으로 단순히 환원하여 도식화하는 결과를 빚게 될 것이다.

여기에 함께 논의할 수 있는 유용한 관점으로 '숭고'라는 미학적 개념을 들 수 있다. 칸트는 숭고를 상상력과 이성이 부조화를 이루는 상태에서 발생하는 불쾌가 쾌로 전환되는 감정과 연관된다고 보고, 숭고의 체험에서 고통과 공포를 느끼는 주체는 현상계에 속하는 상상력과 지성이지만, 고통과 공포에 직면했을 때 현상계를 초월하는 이성 이념이 인간의 정신 속에서 환기된다고 간주한다.[25] 칸트의 '숭고' 개념에서 주체가 느끼는 고통과 공포가 불쾌를 유발한다면, 이것을 초월하고 극복하는 이성 이념이 인간의 정신 속에서 환기될 때 쾌로 전환되는 것이다. '불안' 및 '공포'에 대응하는 시적 '환상'의 내적 메커니즘인 타자의 '주이상스'에 대응하는 주체의 '주이상스'가 무의식적인 충동의 층위에서 발생하고, 칸트의 숭고 개념에서 고통과 공포를 초월하는 이성 이념이 초감각적 본체계에 속하는 인식의 층위에서 작동한다는 점에서 차별성을 가지지만, 이 두 개념 간에는 구조적 상동성이 개입되어 있고, 무의식적 충동의 층위와 초감각적 본체계에 속하는 이성 이념의 층위 간에도 일맥상통하는 부분을 찾을 수 있다.[26] 또한 리오타르는 숭

25 칸트의 '숭고' 개념에 대해서는 이 책의 pp. 22~24를 참고할 것.

26 라캉적 무의식 이론의 이면에서 근대적 이성의 정초를 세운 데카르트적 코기토 개념과의 연관성을 엿볼 수 있다. 라캉은 데카르트적인 구조물이 프로이트적인 무의식의 주체와 동일하다는 것을 주목하면서 코기토로의 정신분석적인 회귀를 희망한다. 슬라보예 지젝, 알렌카 주판치치Alenka Zupančič, 믈라덴 돌라르Mladen Dolar, 레나타 살레츨Renata Salecl 등의 슬로베니아 라캉 학파는 이러한 회귀의 길을 따라 현대 주체성에 적합한 윤리적 태도와 고유한 성 구분을 검토한다.

고를 아방가르드와 접속하면서 '숭고의 부정적 묘사'를 통해 현대 예술에서 '사건성의 체험(주어짐)'을 발견한다. 리오타르는 하이데거가 말한 '진리의 사건성'을 수용하여 예술을 '지금-여기'에서 일어나는 사건으로 보고, 그 체험이 존재를 강화하는 효과를 낳는다고 간주하는 것이다.[27] 리오타르의 숭고 개념은 칸트와 쉴러의 숭고가 지닌 초월적 이념을 포기하고, 아도르노 미학이 가진 지향적 계기인 유토피아적 요소, 즉 미래로 유보된 미와 화해의 이념을 제거하며, 현실의 부정인 불쾌와 초월적 긍정인 쾌가 교차하는 짧은 순간, 아직 아무것도 일어나지 않은 긴장의 순간을 그 계기로 여기고 중시한다. 현실의 부정인 불쾌와 초월적 긍정인 쾌가 교차하는 순간에 파괴의 고통에 의해 예민해진 감성과 도래할 초월 사이의 긴장에서 폭발력이 생성되는 리오타르의 '숭고' 개념과 '불안' 및 '공포'에 대응하는 시적 '환상'의 내적 메커니즘인 타자의 '주이상스'에 대응하는 주체의 '주이상스' 간에도 구조적 상동성이 개입되어 있고, 모종의 친연성을 발견할 수 있다. 그러므로 이 글에서 고찰한 한국 현대시에서의 '공포와 환상의 시적 계보'를 '숭고와 주이상스의 시적 계보'라는 맥락과 상호 연관시켜 탐색하는 것도 가능하리라고 생각한다.

[『신생』, 2015; 일부 개고, 2020]

이에 대한 자세한 논의는 슬라보예 지젝 편, 『코기토와 무의식』, 라깡정신분석연구회 옮김, 인간사랑, 2013을 참고할 것.

27 리오타르의 '숭고' 개념에 대해서는 이 책의 pp. 24~25를 참고할 것.

제2부
알레고리와 멜랑콜리

시적 풍자와 혼재향의 시간 구조
—이창기의 시

1. 서사적 진술과 아이러니

첫 시집 『꿈에도 별은 찬밥처럼』(문학과지성사, 1989)에서 '심리적 파장의 구조, 즉 심리적 울림의 색깔이나 극화 형태'(오규원)를 보여준 이창기는 두번째 시집 『李生이 담 안을 엿보다』(문학과지성사, 1997)에서 신체적 주체의 시선을 통해 풍경을 끌어당기며 은유와 환유의 연결고리를 형성한다. 의식의 언술과 무의식의 언술이 교차하는 경계의 빈틈을 통해 과거의 상처와 현재의 상황이 뒤섞이며 선택적으로 결합되는 것이다. 이창기는 자신의 몸에 새겨진 곤고한 삶의 현실을 환멸과 유희적 발랄함과 불꽃같은 운명애Amor fati로 대응하며 다양한 시적 스펙트럼을 보여준다. 세번째 시집 『나라고 할 만한 것이 없다』(문학과지성사, 2005)에서 '시골 생활의 편안함과 난처함을 노래하면서 자기 내면의 지도'(이남호)를 그리던 시인은, 네번째 시집 『착한 애인은 없다네』(창비, 2014)에서 다양한 서사적 진술 방법을 실험하며 풍자적 시선을 강화하는 방향으로 나아간다. 이 글은 이창기의 네번째 시집 『착한 애인은 없다네』에 수록된 시들을 대상으로 서사적 진술 방법 및 시적 풍자의 방식에 초점을 맞추어 살펴보고자 한다.

이전 시집들과 변별되는 이 시집의 가장 기본적인 특성은 시의 형태면에서 산문시가 주를 이루고, 표현 면에서 묘사보다 진술이 더 큰 비중을 차지한다는 데 있다.

> 겨울이 오면 이 땅의 어머니들은 누구나 한두번쯤 아침 밥상을 차리다 말고 무슨 액땜이라도 하는 양, "야, 밤새 눈이 하얗게 쌓였네" 하고 들릴락 말락 하게 내뱉는다. 그릇 부딪는 소리, 얌전한 도마소리에 취해 두툼한 솜이불 한 귀퉁이씩 붙들고 늦잠을 즐기던 아이들은 무엇엔가 홀린 듯 단잠을 홀홀 벗어던지고 내복 바람으로 성에 낀 창가에 매달려 그 맑고 찬란한 겨울 아침을 맞곤 했다는데, 이런 거짓말의 풍습은 밤새 눈 내린 춥고 컴컴한 첫새벽에 삶은 눌은밥 한사발 들이켜고 홀로 먼 길 떠난 사람들의 안녕을 비는 이 눈물겨운 족속의 오랜 전통이라고.
> ──「겨울 아침의 역사」 전문

이처럼 산문시 형태로 전개되는 이창기의 최근 시는 '서사적 진술의 시'라고 명명할 만하다. 두번째 시집에서 은유와 환유를 중심으로 형성된 '상징의 밀도'와 '암시의 여백'이 시인의 내면세계를 보여주었다면, 네번째 시집에서는 인물·사건·배경 등을 중심으로 전개되는 '이야기의 구조'가 외부 현실의 객관적 양상을 보여준다. 심층적 내면에서 표면적 외부 세계로 눈길을 돌린 이창기의 시가 서사적 진술을 통해 들려주는 이야기는 개인사라기보다 "이 땅의 어머니들" "눈물겨운 족속" 등에서 알 수 있듯, 공동체의 사건이라는 특성을 지닌다. 또한 이 이야기는 "족속의 오랜 전통"에서 보이듯, 과거에서 현재로 이어지는 사건일 뿐만 아니라 미래로까지 지속되는 사건이기도 하다. 결국 이 시는 이창기의 서사적 진술이 개인을 넘어선 공동체, 현재를 포함한 과거 및 미래의 관점으로 전이되면서 '상징의 밀도'와 '암시의 여백'을 넘어서 '공간과 시간의 확장'이라는 특성을 띠고 있음을 보여준다.

그런데 흥미롭게도 다음의 시는 공간과 시간을 압축시켜 "고도로 집중된 이미지"를 만드는 시적 지향, 다시 말해 '단 한 편의 시'를 만드는 작업을 추구하다 좌절하는 이야기를 서사적 진술의 어법으로 들려주면서 미묘한 이중적 태도를 드러내는 듯이 보인다.

〔……〕 지역과 민족, 국가를 뛰어넘어 한 시대를 풍미하는, 누구나 쉽게 읽고 공감할 수 있는 수준 높은 한편의 대표 시를 만들어 전세계에 유통시키자는 이 비밀 프로젝트를 위해 보스턴컨설팅그룹은 서로 다른 언어권에서 자란 정장 차림의 세명의 직원을 특채해 팀을 꾸렸다.

〔……〕 또 한 직원은 루이스 캐럴의 『실비와 브루노』에 나오는 '나'와 백작의 딸 뮤리엘과의 대화에서 착안해 이 시들의 최소공배수를 찾아내서 가장 고도로 집중된 이미지 이외의 표현들을 지워나갔다. 〔……〕

〔……〕

〔……〕 이 시는 각 언어의 유일본만을 남기고는 비밀리에 해체되어 그저 이웃들 간에 나누는 평범한 낱말이 되거나 대중가요에나 등장하는 구슬픈 이미지로 되돌아갔다. 〔……〕

이 프로젝트가 처음의 취지대로 다시 부활하기를 바라는 이들은 '우리가 하겠다고 마음먹으면 못할 것이 없다'는 자세로 비밀리에 다양한 커뮤니티를 구성해 그날에 대비했다. 그 해커들은 손가락

하나만 까닥하면 과거와 미래의 지혜와 정신, 감각을 총망라한 오
늘의 시를 불러낼 수 있는 날이 오리라 믿었다.
　　―「오늘의 시」 부분

"지역과 민족, 국가를 뛰어넘어 한 시대를 풍미하는, 누구나 쉽게 읽
고 공감할 수 있는 수준 높은 한편의 대표 시"는 "가장 고도로 집중된
이미지"를 가진 시와 연관되고, "과거와 미래의 지혜와 정신, 감각을
총망라한 오늘의 시"와도 연관된다. 이 '단 한 편의 시'는 일단 시적 주
체가 지향하는 시의 최종 목표라고 볼 수 있다. 이러한 관점에서 이창
기는 여전히 공간과 시간을 압축시켜 '상징의 밀도'와 '암시의 여백'을
만드는 시적 지향을 포기하지 않은 듯이 보인다.

　그런데 시적 화자는 이러한 작업이 "전략 컨설팅 분야의 세계적인
리더인 보스턴컨설팅그룹에 의해 실행되었"고, 이 그룹은 "비밀 프로
젝트를 위해" "서로 다른 언어권에서 자란 정장 차림의 세명의 직원을
특채해 팀을 꾸렸"으며, 이들에 의해 "시적 주체 혹은 화자의 성격"이
정해지고, "단어를 고르고 이미지를 만드는" "실행위원회"에 일이 주
어졌다고 진술함으로써, 우리 시대의 문학적·문화적 생산이 어떤 경영
전략이나 컨설팅 기획에 의해 견인되고 있음을 은연중에 고발하고 비
판한다. 즉 시인들이 추구하는 목표인 '단 한 편의 시'를 제시하는 동시
에, 그러한 추구 자체에 상업성으로 인한 타락이 개입되어 있음을 암
시하며 아이러니를 생성하는 것이다. 이처럼 이창기의 최근 시는 이중
적 태도를 내적으로 공존시키는 아이러니의 정신을 견지하면서 다양
한 서사적 진술 방법 및 시적 풍자의 방식을 종횡무진 전개해나간다.

2. 알레고리와 몽타주

이창기가 아이러니의 정신을 효과적으로 형상화하기 위해 시도하는 첫번째 서사적 진술 방법 및 시적 풍자의 방식은 '알레고리allegory'와 '몽타주montage'이다.

> 라면이 끓는 사이 냉장고에서 달걀 하나를 꺼낸다. 무정란이다. 껍데기에는 붉은 핏자국과 함께 생산일자가 찍혀 있다. 누군가 그를 낳은 것이다. 비좁은 닭장에 갇혀, 애비도 없이. 그가 누굴 닮았건, 그가 누구이건 인 마이 마인드, 인 마이 하트, 인 마이 소울을 외치면 곧장 가격표가 붙고 유통된다. 소비는 그의 약속된 미래다. 그는 완전한 무엇이 되어 세상 밖으로 날아오르기를 꿈꾸지 않았다. 자신의 처지를 한탄하거나 누군가를 애끓게 사랑했던 기억도 없다. 그런데 까보면 노른자도 있다. 진짜 같다.
>
> ―「시의 시대」 전문

이 시는 알레고리의 서사적 방법을 통해 시적 풍자를 실천한다. 일반적으로 알레고리는 하나의 공간에서 자체로 완결된 이야기 구조를 지니면서, 그것을 전체적 상징으로 현실에 적용하는 기법이다. 이때 내적 완결성은 의미의 중심을 현실로 전이시키면서 교훈적 메시지를 전달한다. 이 시는 "달걀"의 속성을 언급하는 진술을 통해 궁극적으로 우리 시대의 '시'를 풍자한다. 우리 시대의 시가 마치 "무정란"처럼 진정한 생명력과 본질을 상실한 채 "붉은 핏자국"과 "생산일자"로 정체를 위장하거나 태생의 비밀을 속이는 사이비적 속성을 보여준다는 것이다. 그리고 "가격표가 붙고 유통"되는 마케팅 시스템의 구속에서 자유롭지 못하다는 점을 냉소적인 어조로 비꼬듯이 표현한다. 알레고리는 교훈적 메시지로 인해 대체로 단순한 구도와 도식성의 한계를 노출하기 쉬운데, 이창기는 어조의 미묘한 뉘앙스를 활용하여 우리 시대의 문화적 세태를 효과적으로 풍자한다. 풍자와 비판의 대상 속에 시인 자신도 포함시키는 일종의 자기반성적 요소가 개입된다는 점도 주목할 만하다.

> 도시를 순회하며 공연 여행을 하던 토니 스캘조는 스핑크스로부터 '이 노부부는 왜 실종되었을까'라는 질문을 받았다. 토니 스캘조는 하워드 부부가 길을 헤매다 숨진 것이 아니라 두사람이 처음 만났던 행복하고 아름다운 시절로 돌아가려 했다고 대답했다. 그들은 황금빛 고속도로를 출구로 택했으며, 모든 것을 그대로 남겨둔 채 춤거나 배고프지 않고 병들지도 늙지도 않는 그곳으로 떠난 것이라고. 그는 이런 자신의 생각을 「The way」라는 노래로 만들어 1998년 패스트볼의 두번째 앨범 「All the pain money can buy」에 수록해 발표했다. 「The way」는 그해 4월부터 7주간 빌보드 모던 록 차트 1위, 캐나다 싱글 차트 1위에 오르면서 백만장 이상이 팔렸다.
>
> ―「낙담한 스핑크스를 위한 타이틀 곡」부분

시적 몽타주의 한 사례로 이 시는 독립된 세 가지 이야기가 연쇄 구조를 통해 하나로 통합되는 서사적 진술 방식을 보여준다. 이 시의 1연은 "스핑크스가 오이디푸스에게 죽임을 당해 나귀에 실려간 뒤 그를 두려워하거나 숭배하는 통행인은 더이상 없다"라는 문장에서 알 수 있듯 신화적 서사를 토대로 현재의 변화상을 드러낸다. 2연에서는 "그런 관광객 중의 한명"인 "3인조 록 밴드 패스트볼의 베이시스트 토니 스캘조"가 "서른세살의 여름"에 "신문에 난 한 노부부의 실종 기사를 읽"

는 장면을 그린다. 이어서 3연에서는 "텍사스에 사는 릴라와 레이몬드 하워드 부부"가 "1997년 6월, 가까운 템플 시에서 열리는 개척자의 날 축제에 가려고 차를 몰았"는데, "2주일이 지나 목적지로부터 북동쪽으로 수백 마일 떨어진 아칸소 주의 핫스프링스 국립공원 산기슭 아래서 숨진 채 발견"되는 사건을 다룬다. 1연, 2연, 3연은 각각 스핑크스와 오이디푸스, 토니 스캘조, 릴라와 레이몬드 하워드 부부의 이야기가 중심을 이루면서 독립적인 서사 구조를 보여주지만, 시 전체는 토니 스캘조를 연쇄 고리로 상호 연결되어 하나의 서사로 통합된다. 인용한 4연의 "토니 스캘조는 스핑크스로부터 '이 노부부는 왜 실종되었을까'라는 질문을 받았다"라는 문장은 1연, 2연, 3연의 이야기가 하나로 통합되는 연결 고리이다. 토니 스캘조는 "하워드 부부가 길을 헤매다 숨진 것이 아니라 두사람이 처음 만났던 행복하고 아름다운 시절로 돌아가려 했다고 대답했"고, "이런 자신의 생각을 「The way」라는 노래로 만들어" 발표하기에 이른다.

우리는 이 시에서 이창기의 최근 시에 드러나는 몇 가지 특성을 확인할 수 있다. 첫째, 서사적 진술이 표면적으로는 객관적 사실을 토대로 작성된다. 이창기가 시적 묘사보다 시적 진술에 비중을 두면서 기본적으로 채택한 문체는, 육하원칙에 근거하여 객관적 사실을 전달하는 신문 기사체, 혹은 인물 백과사전식 서술체이다. '상징의 밀도'와 '암시의 여백'을 만드는 시적 묘사를 넘어 '공간과 시간의 확장'을 만드는 서사적 진술을 선택한 시인이 그 극단에서 시도한 것이 객관적 산문의 문체라고 볼 수 있다. 둘째, 표면적으로는 객관적 사실에 근거한 산문의 문체를 구사하지만, 내용적으로는 사실과 허구가 공존하면서 혼재되어 있다. 사실과 허구의 경계를 허물고 뒤섞어 혼재시키는 서사의 방법은 객관적 산문의 문체를 구사하면서도 시적인 것을 확보하려는 노력의 한 방편인데, 이 노력의 연장선에서 세번째 특성이 나타난다.

즉, 복수의 독립된 이야기를 어떤 연결 고리를 이용해 하나로 통합하는 서사 구조를 형성한다. 이는 여러 겹의 서사적 진술들이 원래 가지고 있던 상이한 시간과 공간, 인물과 사건에서 일부를 도려내고 하나의 고리를 통해 통합하는 몽타주 기법과도 연관된다. 이창기는 이러한 몽타주 기법을 활용하여 사실과 허구, 동일성과 타자성, 과거와 현재와 미래 등의 경계를 허물고 이질 혼재성의 공간을 생성시킴으로써 시적 풍자의 새로운 차원을 실험하는 것이다.

3. 인유와 패러디

이창기가 아이러니의 정신을 형상화하는 두번째 서사적 진술 방법 및 시적 풍자의 방식은 '인유(引喩)'와 '패러디parody'이다. 다음 시는 시적 인유의 한 사례를 보여준다.

> 하지만 부자들은 이미 눈물을 없앴습니다. 자기들을 위해서 말입니다. 하지만 온 인류를 눈물에서 구제하려는 노력은 번번이 실패했습니다. 왜 실패했을까요? 일반적으로 부자들은 눈물을 흘리지 않고 살아갈 수 있는 특권을 누구에게도, 어떤 일로도 방해받고 싶어하지 않습니다. 제 땅에서는 전쟁이 일어나지 않아야 하고, 제 식구는 굶기지 않아야 한다는 교훈 때문입니다. 부자들은 연민과 무능의 결과인 눈물로 얼룩진 자의 삶을 위로하는 행사를 인류애 또는 사회공헌 활동이라 부릅니다.

> she1054 (596.024.***.**)　　　　　　　추천 6 반대 0
> 실력이 모자라서 밤에 잠 못 자는 곳에 근무했는데 그걸 가지고 태

클을 걸면 안되지. 24시간 일하고 24시간 휴무하는 곳에서 난 일하고 있다. 갈 곳이 없다. 하는 수 없이 근무한다. 시간외근무 수당도 안 준다. 그래도 먹고살기 위해 130 받고 일한다. 경비들은 더하다. 나와 똑같이 근무해도 100 받는다. 그래도 그 자리를 지키려고 최대한 일을 한다. 편하게 일하며 돈은 5배 이상 더 받는 자도 많다. 정말 고르지 못한 세상이다.

　　4시간 전

　　―「부자들은 눈물을 흘리지 않는다」 부분

　이 시는 '부르주아/프롤레타리아'의 계급 차이를 기초 개념으로 설정하고, "눈물"이라는 상징을 매개로 정치경제적 풍자를 시도한다. 이 개념은 전반부에서 "아프리카" 및 "아시아"라는 제3세계와 "서구의 어떤 정부"의 대립 관계로 설정되고, 후반부에서는 "부자"와 '가난한 자'의 대립 관계로 설정된다. 그리하여 이 시는 "아프리카" 및 "아시아" '가난한 자'의 "눈물"을 보여주고, 그것을 제거하려는 "서구의 어떤 정부"와 "부자"의 노력, "눈물로 얼룩진 자의 삶을 위로하는 행사를 인류애 또는 사회공헌 활동이라 부"르는 허위의식 등을 고발하고 비판한다.

　이 시에서 특히 주목할 대목은 인터넷에 올린 다섯 사람의 글을 인유하는 부분이다. 인터넷에 게시된 글을 직접 인유하는 방식은 사실에 근거한 서사적 진술의 한 유형을 이룬다. 어떤 이슈에 대해 네티즌들의 의견을 있는 그대로 인유함으로써 사실에 근거한 진술이라는 형식을 얻는 동시에, 다양한 관점의 의견들을 함께 제시하여 아이러니의 정신에 기초한 풍자 효과를 거둔다. 특히 이러한 인유의 방식은 익명의 네티즌이 자유분방한 문체로 개진한 육성을 전달하여 '소외된 자'들의 다양한 내면 의식을 제시한다는 점에서, "부자"와 '가난한 자'의 대립 관계라는 시적 주제를 효과적으로 형상화하는 하나의 방법이 될 수 있다.

　평양냉면을 먹는 동안에는 신자유주의와 금융자본시장을 부러운 눈길로 바라본다 진보와 개혁은 발라내 분리수거하라 주적도, 인문학의 풍토도, G20도, 경제민주화도, FTA도 수육 반접시에 털어넣는다 올겨울 크리스마스캐럴은 한미연합사에 맡겨라

　그러나

　신용불량, 중고차, 짭새, 준비생, 공시촌, 포인트 카드, 심부름센터, 농촌 총각, 불법체류자, 비정규직, 고공 농성, 분신, 화염병, 불법 다운로드, 노숙자, 성매매, 불법 시술, 가계 부채, 대포폰, 야매틀니, 탈주범, 포르노 싸이트, 급전, 몰카, 키스방, 실업수당, 폭주족, 삼각김밥, 유기견, 매운 떡볶이, 시간제 알바, 주차 위반, 급매매, 야구방망이, 달방, 일용직, 헛스윙, 신상털기, 무료 급식소, 대리운전, 연체료, 가격 파괴, 잡상인, 카드빚, 날치기, 무보증,

　나는 이 모든 무수한 반동과 수시로 내통한다
　매일매일
　이 땅에 빌붙어 살아남기 위해서
　21세기의 새로운 전통을 만들기 위해서

　나에게 놋주발보다도 더 쩽쩽 울리는 추억이
　있는 한 이 거대한 뿌리에 매달린
　나는 얼마나 정의로운가
　떨어질 줄 모르는 나의 겨울 이파리는 또 얼마나 푸른가
　　―「상록수― 김수영의 「거대한 뿌리」에 답함」 부분

이 시는 제목에서 보이듯, 김수영의 시 「거대한 뿌리」를 패러디한 작품이다. 한편으로는 "전통은 아무리 더러운 전통이라도 좋다"라는 문장으로 압축될 수 있는 「거대한 뿌리」의 주제와 산문적 진술의 문체를 그대로 따르면서, 다른 한편으로는 변주와 변형을 시도한다. 김수영 시의 "비숍 여사와 연애를 하고 있는 동안"이라는 문장은 "평양냉면을 먹는 동안"으로 변형된다. 김수영의 경우 이자벨 버드 비숍 여사가 쓴 『한국과 그 이웃 나라들』을 읽은 경험이 전통에 대한 긍지를 깨닫는 계기가 되었다면, 시적 화자의 경우 "을지면옥의 평양냉면"을 먹는 경험이 "21세기의 새로운 전통을 만들"려는 의지를 갖는 계기가 된다. 즉 이 시는 과거의 전통이 아니라 현재의 새로운 전통을 만들려는 의지를 근간으로 "신자유주의와 금융자본시장을 부러운 눈길로 바라"보기도 하고, "진보와 개혁"을 "분리수거하라"라고 주장하기도 하며, "주적도, 인문학의 풍토도, G20도, 경제민주화도, FTA도 수육 반접시에 털어넣"고, "올겨울 크리스마스캐럴은 한미연합사에 맡"기라고 외치는 등 논란이 되는 현실적 이슈들을 무효화하는 긍지의 각성을 경험하게 된다. 이 긍지의 각성은 "평양냉면"이 상징하는 남북의 동질성 확인 및 분단 극복의 확신에서 비롯된다고 간주할 수 있을 것이다.

한편 "신용불량, 중고차"에서 "불법체류자, 비정규직, 고공 농성" 및 "몰카, 키스방, 실업수당"을 거쳐 "카드빚, 날치기, 무보증"에 이르는 우리 시대의 정치적·경제적·사회적 제반 현상을 "반동"이라고 간주하고, 그 "무수한 반동과 수시로 내통한다"라고 진술하는 대목은 김수영의 시와 유사하지만, "매일매일/이 땅에 빌붙어 살아남기 위해서"와 "이 거대한 뿌리에 매달린/나"라는 대목은 현실에 대한 풍자의 목소리에 냉소적 자기모멸의 의미를 개입시킨다는 점에서 차이가 나타난다. 이처럼 이창기 시의 패러디는 기존의 작품에 대한 시적 유사성과 차이가 충돌함으로써 아이러니가 형성되고 시적 긴장이 발생한다. 앞서 말한 대로, 이러한 아이러니는 패러디의 기법뿐만 아니라 이창기가 시도하는 다양한 서사적 진술 방법 및 시적 풍자의 방식에 공통분모로 작용하는 중요한 특성이라고 볼 수 있다.

> 가슴이 붉은 딱새는 오전보다 오후에 잘 나타나는데, 잔디밭에서 자라고 있는 마른 단풍나무의 가지에 자주 앉는다.
>
> —오규원 『가슴이 붉은 딱새』

> 벌레 먹은 잎, 벌레 먹지 않은 잎, 이 두 부류의 사랑만이 존재한다고 믿던 시절이 있었지. 한 잎을 사랑한 벌레의 그 솜털, 그 맑음, 그리고 그 벌레를 사랑한 한 잎의 보일 듯 보일 듯 한 순결과 자유가 있다고 믿었었지.

> 하지만 슬픔에 잠긴 물푸레나무의 그림자는 말했다네. 빌린 벌레를 갚지 않은 잎에 대해, 남의 벌레를 먹은 잎과 벌레라면 치를 떠는 잎에 대해, 벌레가 아니면 아무것도 아닌 잎과 벌레 같지 않은 잎에 대해, 벌레를 낳지 못한 잎과 벌레만도 못한 잎에 대해, 감당할 수 없을 만큼 끔찍하게 벌레 먹은……
>
> —「벌레가 아니면 아무것도 아닌 잎과」 부분

이 시는 오규원의 산문 및 시를 인용하는 방식, 뉴스 기사를 인용하는 방식, 오규원의 시를 패러디하는 방식 등을 공존시키거나 혼재시키고 있다. 오규원의 산문집 『가슴이 붉은 딱새』(문학동네, 1996)에 수록된 한 문장을 인용하거나, 오규원의 시 「한 잎의 여자」 「길」 「저기 푸른 하늘 안쪽 어딘가 〔……〕」 등을 패러디하거나 일부 대목을 인용해 '오규원' 시인이 하나의 공통분모로서 연결 고리의 역할을 담당한다.

좀더 구체적으로는 오규원의 산문과 시에 등장하는 "가슴이 붉은 딱새" "벌레 먹은 잎" "벌레 먹지 않은 잎" "길" "푸른 하늘" 등의 이미지가 상호 연쇄의 매개를 이루어 전체적 구조를 형성한다. 이처럼 이창기의 시에서 인유와 패러디는 독립적으로 구사되기도 하고 상호 결합되어 구사되기도 한다.

우리는 아이러니의 정신을 형상화하는 다양한 서사적 진술 방법 및 시적 풍자의 방식인 알레고리와 몽타주, 인유와 패러디 등이 상호 결합되어 나타날 때 연결 고리로서 작용하는 요소로 시적 대상이나 이미지의 차원뿐만 아니라 시적 원리의 차원에 대해서도 주목할 필요가 있다.

4. 혼재향의 시간 구조

이창기의 시에서 아이러니의 정신을 형상화하는 다양한 서사적 진술 방법 및 시적 풍자의 방식이 상호 결합되어 나타날 때 연쇄의 매개로서 작용하는 시적 원리는 동시다발적 시간, 즉 미로의 시간 구조이다. 이 미로의 시간 구조는 니체의 영원회귀적 시간관과 연관되며, 보르헤스의 이질적 혼재의 시간관과도 연관된다. 보르헤스의 시간관은 '과거'와 '현재'와 '미래'가 순환하거나 역행하기도 하며 복잡다기하게 갈라지고 뒤섞이며 동시에 공존한다. 이질 혼재적 시간성으로 인해 보르헤스의 작품은 현실과 환상, 주체와 대상, 작가와 독자 등의 경계가 와해되면서 카오스적이고 불가해한 우주적 공간을 창출한다. 미셸 푸코는 『말과 사물』의 서문에서 이처럼 무질서하고 혼돈스러운 공간을 일컬어 '혼재향heterotopia'이라고 명명한 바 있다. 이창기가 '혼재향의 시간 구조'를 서사적 진술 및 시적 풍자의 원리로 채택하는 방식과 그 효과에 주목해보자.

> 주님께서 사람들이 짓고 있는 도시와 탑을 보려고 내려오셨다.
> 주님께서 말씀하셨다. "보아라, 사람들이 같은 말을 쓰는 한 백성
> 으로서 이렇게 이런 일을 하기 시작하였으니, 이제 그들은 하고자
> 하는 것은 무엇이든지 하지 못할 일이 없을 것이다. 자, 우리가 내
> 려가서, 그들이 거기에서 하는 말을 뒤섞어 그들이 서로 알아듣지
> 못하게 하자."
>
> —— 창세기 11장 5~7절

〔……〕

모든 것이 순조로웠다. 다만 한가지 불만은 밤에도 일을 해야 하
는 것이었다. 그는 민들레꽃처럼 낮에 일하고 밤에는 잠잘 수 있기
를 바랐다. 그러나 회사는 이 요구를 받아들이지 않았다. 2011년
봄, 노조와 회사 간의 대립은 결국 파업으로 이어졌다. 그 역시 파
업에 찬성하긴 했지만 서로 조금씩 양보해 타협하면 다시 일을 할
수 있을 것이라고 믿었다. 그러나 파업은 직장폐쇄, 공권력 투입,
회사 밖 비닐하우스 농성으로 이어졌다. 육개월 동안의 우여곡절
끝에 노조원 전원이 회사에 복귀하는 것으로 일단락되는 듯했지만
복귀한 지 얼마 지나지 않아 대량 징계와 해고, 복수노조의 설립으
로 혼란은 계속됐다.

"배신해서 미안하다."
"우린 동료였는데 왜 한순간에 적이 됐나."
2011년 12월 13일 회사 탈의실에서 목을 매다 발견된 양지꽃 씨

의 일기장에는 이같은 말이 담겨 있었다. 다섯번째 자살 시도라고 했다. 양지꽃 씨는 공권력 투입 이후 가장 먼저 복귀한 노조원 중 한명이었다. 그러던 어느날 정문 앞에서 노조원들과 용역경비들이 맞붙었다. 양지꽃 씨는 '구사대'라는 이름으로 쇠파이프와 소화기 등을 든 용역들 뒤에 서 있었다.

〔……〕

이들은 주야간 교대근무제를 주간 연속 2교대제로 바꿔달라는 자신들의 요구가 온당하고 소박하다고 생각했고, 자신들에게 주어진 일과 회사에 대한 사랑과 헌신이 영원하길 바랐다. 뒷날 직업과 사회적 지위에 따라 각양각색의 인물이 망라된 21세기통일백과사전에는 이들의 이야기를 '남편을 잃고도 다시 결혼하지 않은 여인' 다음에 '회사를 사랑했던 남자들'이라는 항목으로 기록했다.

오래전 충남 아산의 성벽 밖에서 나지막한 돌무더기를 보았고, 그곳이 옛날에 바빌론기업이라는 회사가 있던 곳이란 이야기를 들었다. 이 근동 사람들은 지금도 그 돌무더기 옆을 지나가면 옛날에 그랬듯이 자신이 다니던 회사의 모든 것을 사랑하게 된다고 믿고 있었다.
　　 ─「회사를 사랑했던 남자들」 부분

이 시는 전체적으로 "노조와 회사 간의 대립"이 "파업으로 이어"지고, "직장폐쇄, 공권력 투입, 회사 밖 비닐하우스 농성으로 이어졌"으며, "육개월 동안의 우여곡절 끝에 노조원 전원이 회사에 복귀"했으나, "얼마 지나지 않아 대량 징계와 해고, 복수노조의 설립으로 혼란은 계속"되었던 사건을 토대로 재구성된다. 이 사건에 대한 각 연의 서사적 진술은 내용, 진술 방식, 시간성 등 다양한 층위에서 차별성을 보이는데, 이 이질적인 서사적 진술들을 동시적으로 공존시키는 재구성의 방법론을 주목할 필요가 있다.

인용구는 성경의 「창세기」에 기록된 바벨탑 사건을 인유한다. 내용은 종교적 관점에 입각해 있고 진술 방식은 성경식 역사 기록의 문체를 따르며 시간성은 인류의 근원적 시간, 즉 과거에 속해 있다. 서사적 진술 방법 및 시적 풍자의 방식은 '인유'인데, 유의할 부분은 "말을 뒤섞어 그들이 서로 알아듣지 못하게 하자"라는 문장이 보여주듯, 이 시의 중심 모티프가 '언어'이고 중심 주제는 '언어 소통의 실패'와 연관된다는 점이다. 이와 함께 이창기 시의 중심 모티프를 다시 살펴보면, 「겨울 아침의 역사」는 '거짓말', 「오늘의 시」와 「시의 시대」는 '시', 「낙담한 스핑크스를 위한 타이틀 곡」은 '노래', 「부자들은 눈물을 흘리지 않는다」는 '인터넷 게시판의 글', 「상록수」와 「벌레가 아니면 아무것도 아닌 잎과」는 기존 시인의 '시'라는 점에서 '언어'를 주축으로 회전하고 있으며, 공통적인 주제는 '언어의 소통 및 굴절'임을 확인할 수 있다. 또한 「오늘의 시」와 인용한 시를 비교하면, 전자가 제기한 '언어의 집중과 확산'이라는 주제와 후자가 제기한 '언어의 통합과 분산'이라는 주제는 일맥상통한다. 이러한 주제를 철학적 개념으로 정리한다면, 언어의 보편성과 개별성 사이의 아포리아aporia라고 말할 수 있을 것이다. 다시 말해, 이창기는 언어의 보편성과 개별성 사이에서 균형을 잡는 아이러니의 정신으로 사회 제반 문제에 대응하여 시적 풍자를 시도하면서 '언어 소통의 문제'를 중핵으로 간주하고 그 해결책을 모색한다고 볼 수 있다.

2연은 노조와 회사 간의 대립이라는 현실의 문제를 전지적 작가 시점의 요약적 서술로 제시한다. 내용은 노동 조건을 중심으로 현실 경

114

제의 관점에 입각해 있고, 진술 방식은 역사 기록의 문체와 소설의 문체를 혼합한 듯한 서사적 문체를 따르며, 시간성은 "2011년 봄"이 보여주듯 현재에 속해 있다. 서사적 진술 방법 및 시적 풍자의 방식은 '간접 화법의 객관 서술'인데, 유의할 부분은 사건의 진실에 근접하려는 태도와 함께 주인공인 '그'와 심리적 거리를 확보함으로써 객관적 서술의 방식을 구사한다는 점이다. 3~5연은 전지적 작가 시점의 요약적 서술에 노조원들의 일기장에 서술된 표현을 직접 화법으로 인용하는 방식을 보여준다. 서사적 문체라는 점에서 2연과 유사하지만, "배신해서 미안하다" "우린 동료였는데 왜 한순간에 적이 됐나"라는 문장이 보여주듯, 일기장의 문장을 직접 인용함으로써 현장감이 강화되고 한층 더 강렬한 리얼리티의 효과를 얻는다. 따라서 2연의 '간접 화법의 객관 서술'에 '직접 화법의 주관 서술'적 효과가 가미된다.

한편 6연은 전지적 작가 시점의 요약적 서술에 현재 시점에서 미래를 예언하고 그것을 다시 과거의 사건으로 간주하는 역사 기록적 진술을 첨가하는 방식을 보여준다. 내용은 역사적 사건에 대한 전체적 평가의 관점에 입각해 있고, 진술 방식은 역사 기록의 문체 및 인물 백과사전식 문체를 따르며, 시간성은 현재 시점에서 미래인 과거를 내다보는 관점을 보여준다. "뒷날 직업과 사회적 지위에 따라 〔……〕 '회사를 사랑했던 남자들'이라는 항목으로 기록했다"라는 문장은 현재 시점에서 미래에 발생할 일을 예언하되 그 일을 다시 과거 시제 서술어로 기록한다. 이처럼 미래를 과거로 만드는 이질 혼재적 시간성은 이창기의 최근 시가 보여주는 '혼재향의 시간 구조'를 선명히 보여준다. 반면 마지막 연은 전지적 작가 시점의 요약적 서술에 미래 시점에서 과거인 현재를 기억하는 역사 기록적 진술이 첨가되는 방식을 보여준다. 내용은 역사적 유물에 대한 기억의 관점에 입각해 있고, 진술 방식은 풍문과 관습적 믿음의 문체를 따르며, 시간성은 미래 시점에서 과거인 현재를 돌아보는 관점을 보여준다.

결국 이 시는 각 연이 내용, 진술 방식, 시간성 등 다양한 층위에서 차별성을 가지고 진술되는 동시에, 복잡다기하게 갈라지는 이질적인 서사들을 동시에 공존시키고 혼재시킨다. 이질 혼재성으로 요약될 수 있는 이러한 재구성의 방법에서 중핵을 차지하는 것은 '혼재향의 시간 구조'이다. '과거'와 '현재'와 '미래'가 복잡다기하게 갈라지고 뒤섞이며 동시에 공존하는 미로의 시간성은 이창기의 최근 시가 시도하는 새로운 실험의 핵심적인 시적 원리를 이룬다. '혼재향의 시간 구조'는 아이러니의 정신을 형상화하는 서사적 진술 방법 및 시적 풍자의 방식인 알레고리와 몽타주, 인유와 패러디 등의 다양한 차원들을 전체적 구도 속에 편입시키면서 카오스적이고 불가해한 시적 공간을 만들어낸다. 이창기는 시적 아이러니와 풍자의 다층적이고 복합적인 방식을 사실과 허구, 동일성과 타자성, 과거와 현재와 미래의 경계가 와해되는 혼재향의 시간 구조와 긴밀히 결부시킴으로써 사회적 비판 및 정치적 풍자의 새로운 차원을 개척하고 있는 것이다.

[2014]

불가능성의 사랑, 묵시록적 비전, 기억의 변증법
―허수경 시의 구조화 원리

1. 미학적 특이성과 구조화 원리

1987년『실천문학』을 통해 등단한 허수경은 1988년에 첫 시집『슬픔만한 거름이 어디 있으랴』(실천문학)를 상재하며 불우한 이웃과 세계를 감싸 안는 연민을 곡진한 전통적 가락으로 노래하면서 여성적 시 쓰기의 여정을 시작했다. 그녀의 시는 청승스러운 창의 가락으로 이웃과 세계의 아픔을 위무하면서 깊은 슬픔의 정서를 표현하는 주모적 상상력을 보여주었고, 이러한 시 세계는 이후 한국 여성시의 한 계보를 형성할 만큼 큰 미학적 파장을 던졌다. 허수경의 첫 시집의 미학적 특성은 이후의 시적 전개에서 연속적 흐름을 통해 지속되고 심화되지만, 두번째 시집『혼자 가는 먼 집』(문학과지성사, 1992) 이후에 시도되는 끊임없는 변모는 그녀의 시를 새로운 영역으로 이동시키고 있다. 특히 모국어의 공간인 한국을 떠나 독일에서 고대 동방 고고학을 공부하면서 창작한 시들을 묶어낸 세번째 시집『내 영혼은 오래되었으나』(창비, 2001)와 그 이후의 시들은, 문명사적이고 신화적인 시선으로 인간과 세계를 거시적으로 조감하면서 전위적이고 젠더적인 시 쓰기의 경지를 개척하고 있다.[1]

그동안 허수경의 시에 대한 중요한 비평적 통찰들이 축적되어왔는데, 대표적인 평가로는 '마음의 관능과 세간의 혼몽'(박해현), '세속의 불우와 실존의 시간에 대한 응시'(이광호), '고고학적 상상력'(성민엽), '오래된 시간의 영혼'(이광호) 등을 들 수 있다. 이 글은 이러한 선행 비평의 성과들을 존중하면서 '시적 주체' '시적 감응affect' '시적 인식 및 시선' '시적 기억 및 시간 구조' 등의 분석소를 중심으로 허수경의 시가 각 시기별[2]로 어떤 연속성과 변모의 양상을 띠고 전개되는지 살피고자 한다. 그리고 그 과정에서 미학적 특이성singularity을 탐색하고 이러한 양상들을 수렴하고 결집하면서 관계의 역학을 성립시키는 구조화 원리[3]를 추출하려 한다.

허수경의 시가 전개되는 과정을 살펴보면, 시적 주체의 측면에서 '주모적 여성'-'몸/마음'-'영혼'-'무의식적 꿈', 시적 감응의 측면에서 '연

---

1 허수경의 시집은 『슬픔만한 거름이 어디 있으랴』(실천문학, 1988), 『혼자 가는 먼 집』(문학과지성사, 1992), 『내 영혼은 오래 되었으나』(창비, 2001), 『청동의 시간 감자의 시간』(문학과지성사, 2005), 『빌어먹을, 차가운 심장』(문학동네, 2011), 『누구도 기억하지 않는 역에서』(문학과지성사, 2016) 등이 있다. 이 글에서 허수경의 시는 이 시집들에서 인용하되, 시집은 제목 대신 출간된 순으로 번호를 달아 '(시집 번호: 페이지 수)'로 출처를 표시한다.

2 이 글은 허수경의 첫 시집을 제1기, 두번째 시집을 제2기, 세번째 시집에서 네번째 시집까지를 제3기, 다섯번째 시집에서 여섯번째 시집까지를 제4기로 구분하고자 한다.

3 필자가 나름대로 개념화하는 '구조화 원리'는 작품을 형상화하는 과정에 작용하는 내면적 동력인 생성 원리를 의미한다. 이 개념은 시를 구조화하는 과정에 개입되는 생성 원리로서 시적 내용이 언어 표현을 거쳐 시적 형식으로 전이되는 과정의 비가시적인 매개이자 잠재적 원천이다. '구조'가 이미 형성된 실체적 존재에 부여하는 용어인 반면, '구조화'는 그것이 생성되는 과정에 부여하는 용어이다. 따라서 구조화 원리의 탐색은 작품의 정태적 구조를 고찰하는 구조주의적 고찰과는 달리 작품을 구조화하는 과정을 고찰한다는 점에서 차별성을 가진다. 시의 구조화 원리를 규명하는 작업은 시적 현상인 기법이나 형식의 분석에서 출발하는 '해석적 작업'이 그 역방향에서 진행된 '표현적 작업'과 만나면서 충돌하는 지점에서 시적 생성 원리를 추출하는 방식을 취한다. 다시 말해, 이 작업은 시의 정태적 차원에 대한 분석에서 출발하여 '시적 표현의 과정'과 '해석적 소급의 과정'이라는 양방향의 힘을 충돌시키면서 그 생성 원리를 도출하는 것이다. 이러한 탐색은 시의 내밀한 미학적 특성과 비밀을 규명하는 데 도움이 될 것이다. 가시적인 시적 현상들의 내부에서 시적 생명력을 부여하는 비가시적인 생성의 원리를 규명하는 것은 시 창작 과정에 내밀하게 개입되는 의미와 기법 간의 상호 침투적 역학 관계를 해명하는 것이기 때문이다. 졸저, 『한국 모더니즘 시의 반복과 변주』, 소명출판, 2015, pp, 11~17 참고.

민'-'멜랑콜리'-'절망/희망', 시적 인식 및 시선의 측면에서 '개인적·가족사적 시선'-'사회적·역사적 시선'-'문명사적·신화적 시선', 시적 기억 및 시간 구조의 측면에서 '현재적 기억'-'반추적 기억'-'예언적 기억'-'순간적 기억'으로 이동하는 양상을 보인다. 이 이동은 단순한 전환이 아니라 이전의 양상을 함입하고 중첩하면서 새로운 차원으로 진입하는 순환적 확대와 고양과 심화의 과정이다. 허수경의 시 세계에서 제1기-제2기-제3기-제4기로 전개되는 각 시기별로 미학적 특이성들 간의 관계의 역학을 성립시키는 구조화 원리에 해당하는 것은 각각 '가능성의 사랑' '불가능성의 사랑' '묵시록적 비전' '기억의 변증법'이라고 볼 수 있다.

2. 가능성의 사랑—주모적 여성, 연민, 현재적 기억

허수경 시의 제1기에 해당하는 첫 시집 『슬픔만한 거름이 어디 있으랴』의 작품들을 분석하여 미학적 특이성을 탐색하고, 이 양상들을 수렴하고 결집하면서 관계의 역학을 성립시키는 구조화 원리를 추출해 보자.

> 기다림이사 천년 같제 날이 저물세라 강바람 눈에 그리메지며
> 귓볼 불콰하게 망경산 오르면 잇몸 드러내고 휘모리로 감겨가는
> 물결아 지겹도록 정이 든 고향 찾아올 이 없는 고향
> 문디 같아 반푼이 같아서 기다림으로 너른 강에 불씨 재우는 남
> 녈 가시나
> 주막이라도 차릴거나
> 승냥이와 싸우다 온 이녁들 살붙이보다 헌출한 이녁들

거두어나지고

밤꽃처럼 후두둑 피어나지고

　　　　　　—「진주 저물녘」 전문 (1: 8)

　이 시는 제목에서 '진주'라는 공간적 배경과 '저물녘'이라는 시간적
배경을 제시하며 구체적이고 현실적인 상황을 부여한다. 그리고 진주
지역 사투리를 활용하면서 창의 가락이 가지는 율격을 변형해 곡진한
삶의 애환과 정서를 표현한다. 화자 혹은 시적 주체는 "지겹도록 정이
든 고향"이자 "찾아올 이 없는 고향"인 '진주'에서 누군가에 대한 "천
년 같"은 "기다림"을 지속한다. 여기서 "기다림으로 너른 강에 불씨 재
우는 남녘 가시나"는 시적 대상일 수도 있고 시적 주체의 분신일 수도
있는데, 이러한 시적 주체와 대상의 중첩이 허수경의 첫 시집에서 중
요한 미학적 특이성을 이룬다. "가시나"를 비롯해 이 시집에 등장하는
'곰보 고모' '재실댁' '애옥 처자 할머니' '어머니' 등의 여성 인물들은
시적 대상이면서 동시에 화자 혹은 시적 주체의 분신이라는 위상을 갖
는다. 이러한 관계의 구조가 이 시집의 지배적인 감응인 '연민'의 메커
니즘을 형성하는 동인이 된다. 여기서 '연민'은 "슬픔만한 거름이 어디
있으랴"(「탈상」)의 "슬픔", "점심밥만큼 서늘한 설움"(「한식」)의 "설움"
등의 감응들을 포괄하면서 불우한 이웃과 시적 화자를 연결시키고 묶
어주는 감응적 역할을 담당한다. 한편 "남녘 가시나" 혹은 시적 주체
는 "주막이라도 차"려서 "승냥이와 싸우다 온 이녁들"을 "거두"고 싶
어 하고 "밤꽃처럼 후두둑 피어나"고 싶어 한다. 세속적 투쟁의 현장에
서 상처 입고 불행해진 남자들을 감싸 안고 위무하려는 '주모적 여성'
은 첫 시집의 시적 주체를 대변한다.

　　그 사내 내가 스물 갓 넘어 만났던 사내 몰골만 겨우 사람꼴 갖

쳐 밤 어두운 길에서 만났더라면 지레 도망질이라도 쳤을 터이지
만 눈매만은 미친 듯 타오르는 유월 숲속 같아 내라도 턱하니 피기
침 늑막에 차오르는 물 거두어주고 싶었네

　산가시내 되어 독오른 뱀을 잡고

　백정집 칼잽이 되어 개를 잡아

　청솔가지 분질러 진국으로만 고아다가 후후 불며 먹이고 싶었네
저 미친 듯 타오르는 눈빛을 재워 선한 물같이 맛깔 데인 잎차같이
눕히고 싶었네 끝내 일어서게 하고 싶었네

　그 사내 내가 스물 갓 넘어 만났던 사내

　내 할미 어미가 대처에서 돌아온 지친 남정들 머리맡 지킬 때 허
벅살 선지피라도 다투어 먹인 것처럼

　어디 내 사내뿐이랴

　──「폐병쟁이 내 사내」 전문 (1: 26)

　이 시는 시적 주체와 대상, 감응과 주제 등 거의 모든 면에서 「진주
저물녘」과 동궤를 이룬다. "산가시내 되어" "백정집 칼잽이 되어" 등
의 구절은 시적 대상으로 등장하는 여성 인물들이 동시에 화자 혹은
시적 주체의 분신이 될 수 있다는 점을 재확인시킨다. 또한 이 시에서
주목할 부분은 후반부의 두 구절이다. 먼저 "내 할미 어미가 대처에서
돌아온 지친 남정들 머리맡 지킬 때 허벅살 선지피라도 다투어 먹인
것처럼"이라는 구절은, 시적 주체인 '주모적 여성'이 할머니, 어머니 등
의 가족사적 내력으로 계승되어온 인물임을 드러낸다. "백일을 갓 지
난 조카의 이름 같은 꽃 잔설이 선밥처럼 쭈빗거리는 야산 둔덕에 피
었습니다 〔……〕 꽉 찬 젖을 맘껏 빨리고 싶었습니다"(「조카 이름 같은
꽃이」)에서도 나타나듯, 첫 시집의 주체인 '주모적 여성'은 개인적 차원
을 넘어 가족사적 차원을 포함하면서 대를 이어 승계되는 지속성을 가

진다. 한편 "어디 내 사내뿐이랴"라는 구절은 세속적 투쟁의 현장에서 상처 입고 불행해진 남자들이 개인적 차원뿐만 아니라 가족사적 차원을 넘어 사회적·역사적 차원으로까지 확장되는 위상을 가짐을 암시한다. "잘못도 용서도 구할 수 없는/한반도 근대사 속을/사람 지나간 자취마다 하얗게 쏟아지는/감꽃 폭풍"(「지리산 감나무」)에서 보이듯, 첫 시집에서 시적 주체의 연민의 대상인 남자들은 한국 근대사의 가파른 질곡 속에서 상처 입고 불행해진 인물들로까지 확장되어 나간다.

이처럼 첫 시집에 나타나는 시적 주체로서 '주모적 여성', 시적 주체의 시적 대상에 대한 '연민'의 감응, 개인적 차원을 넘어서 가족사적·사회적·역사적 차원으로까지 확장되는 시적 대상의 위상 등은 구체적이고 현실적인 사랑, 즉 '가능성의 사랑'에 의해 관계의 역학이 유지되고 있다. 다시 말해, "기다림", "거두어나지고" "피어나지고" 등의 '소망'(「진주 저물녘」), "물 거두어주고 싶었네" "먹이고 싶었네" "눕히고 싶었네" "일어서게 하고 싶었네" 등의 '의지'(「폐병쟁이 내 사내」)가 모두 사랑하는 대상의 현존 가능성에 근거하여 발생하는 것이다. 이러한 관점에서 허수경의 첫 시집 『슬픔만한 거름이 어디 있으랴』의 다양한 미학적 특이성들을 지배하면서 관계의 역학을 성립시키는 구조화 원리는 '가능성의 사랑'이라고 말할 수 있을 것이다.

3. 불가능성의 사랑―몸/마음의 분리, 멜랑콜리, 반추적 기억

제2기에 해당하는 두번째 시집 『혼자 가는 먼 집』 이후 허수경의 시는 '불가능성의 사랑'이라는 구조화 원리로 이동하면서 '멜랑콜리 melancholy[14]라는 감응을 발생시킨다. 이와 함께 시적 주체는 '주모적 여성'에서 '몸/마음'으로 이동하고, 시적 인식 및 시선은 '개인적 시선'

122

이 '가족사적·사회적·역사적 시선'으로 확장되는 양상이 유지되며, 기억 및 시간 구조는 '현재적 기억'에서 '반추적 기억'으로 이동한다.

한참 동안 그대로 있었다
썩었는가 사랑아

사랑은 나를 버리고 그대에게로 간다
사랑은 그대를 버리고 세월로 간다

잊혀진 상처의 늙은 자리는 환하다
환하고 아프다

환하고 아픈 자리로 가리라
앓는 꿈이 다시 세월을 얻을 때

공터에 뜬 무지개가
세월 속에 다시 아플 때

몸 얻지 못한 마음의 입술이
어느 풀잎자리를 더듬으며
말 얻지 못한 꿈을 더듬으리라
—「공터의 사랑」 전문 (2: 11)

왜 시의 제목이 「공터의 사랑」일까? 서시(序詩)에 해당하는 이 시가

---

4 '멜랑콜리'에 대한 프로이트, 라캉, 지젝, 크리스테바, 벤야민 등의 분석에 대해서는 이 책의 pp. 19~22를 참고할 것.

두번째 시집의 특성을 대변한다고 볼 수 있다면, 이 시집은 "공터"의 이미지를 통해 '불가능성의 사랑'을 노래하고 있다. 1연이 부패하고 소멸해가는 사랑을 말한다면, 2연은 시간의 흐름 속에서 사랑의 경과를 말하고, 3연은 오래된 상처의 결과를 말한다. "나를 버리고 그대에게로 간" "사랑"은 "그대를 버리고 세월로 간다." 주체도 대상도 버리고 간 사랑은 "세월"의 힘에 의해 "잊혀진 상처의 늙은 자리"를 남기는데, 그것이 "환하고 아"픈 이유는 무엇일까? "상처"의 "자리"가 "아프"게 느껴지는 것은 사랑의 상실과 부패와 소멸에서 기인하지만, 그것이 "환"한 이유는 상실한 사랑을 기억하며 상처의 고통을 되새김질하는 "꿈"에서 기인한다. 4~5연에서 "앓는 꿈이 다시 세월을 얻을 때"와 "공터에 뜬 무지개가/세월 속에 다시 아플 때"라는 구절은, 시간을 거슬러 올라가며 "세월"과 만나고 다시 "상처"를 경험케 하는 "꿈"의 작용을 암시한다.

그러나 이러한 "꿈"의 작용은 사랑하는 대상의 상실과 부패와 소멸을 전제로 하는 것이므로, 구체적이고 현실적인 사랑의 대상이 현존하지 않는다. 허수경의 첫 시집이 '가능성의 사랑'에 근거하여 '연민'의 감응을 발생시킨다면, 두번째 시집 이후의 시들은 '불가능성의 사랑'에 근거하여 '멜랑콜리'의 감응을 발생시킨다고 할 수 있다. "꿈"의 근거가 되는 '불가능성의 사랑' 및 '멜랑콜리'의 감응은 인용한 시의 6연에서 화자의 "몸"과 "마음"의 분리를 통해 시적으로 형상화된다. "몸 얻지 못한 마음의 입술"이 "말 얻지 못한 꿈을 더듬으리라"라는 구절은, 구체적이고 현실적인 육체성을 확보하지 못한 채 내적 정신의 세계에서 추구하는 무의식적 사랑을 표현하고 있다. 이러한 무의식에는 현실적 대상의 상실에도 불구하고 부재하는 대상과 자신을 동일시함으로써 사랑을 간직하려는 '멜랑콜리'의 메커니즘이 작용한다고 볼 수 있다. 허수경의 두번째 시집에서 '멜랑콜리'의 메커니즘과 결부되는 '몸과 마음의 분리'는 복잡다기한 양상을 통해 형상화된다.

> (1)　이 세상 정들 것 없어 병에 정듭니다
>
> 　　가엾은 등불 마음의 살들은 저리도 여려 나 그 살을 세상의 접면에 대고 몸이 상합니다
>
> 　　몸이 상할 때 마음은 저 혼자 버려지고 버려진 마음이 너무 많아 이 세상 모든 길들은 위독합니다 위독한 길을 따라 속수무책의 몸이여 버려진 마음들이 켜놓은 세상의 등불은 아프고 대책없습니다 정든 병이 켜놓은 등불의 세상은 어둑어둑 대책없습니다
>
> 　　　　—「정든 병」 전문 (2: 17)

> (2)　맹세는 따뜻함처럼 우리를 배반했으나
>
> 　　우는 철새의 애처러움
>
> 　　우우 애처러움을 타는 마음들
>
> 　　우우 마음들이 가여워라
>
> 　　마음을 빠져나온 마음이 마음에게로 가기 위해
>
> 　　설명할 수 없는 세상의 일들은 나를 울게 한다
>
> 　　　　—「울고 있는 가수」 부분 (2: 16)

(1)은 시적 주체의 "몸"과 "마음"이 상호 작용을 통해 "병"에 "정" 드는 과정을, (2)는 "몸"을 배반하는 "마음"의 이탈을 통해 "마음"에게 도달하기 위한 과정을 노래하는 듯이 보인다. 그러나 (1)에서 "마음"의 "살"을 "세상의 접면에 대고 몸이 상"하는 상황도 "몸이 상할 때 마음은 저 혼자 버려지고" "버려진 마음들이 켜놓은 세상의 등불은 아프고 대책없"다는 구절을 통해, "몸"과 "마음"의 분리 및 단절을 표현한다.

(2)에서도 "배반"당한 "마음"의 "애처러움"과 "가여"움은 "마음이 마음에게로 가기 위해/설명할 수 없는 세상의 일들"에 부딪혀 "울"음을 낳는다.

두번째 시집에 나타나는 '몸과 마음의 분리 및 단절'은 이미 상실한 사랑을 붙잡아두기 위해 "마음"이 "몸"을 이탈하여 과거로 끊임없이 회귀하기 때문에 생겨나는 듯이 보인다. 상실한 사랑 대상과의 나르시시즘적 동일시가 과거로의 회귀와 애증 병존을 낳는 원인으로 작용한다. 더 나아가 시적 주체의 사랑은 대상의 상실을 노래함으로써 오히려 그것을 소유하려는 '멜랑콜리'의 역설적 양상에까지 도달한다. 이처럼 허수경의 두번째 시집『혼자 가는 먼 집』이 보여주는 '멜랑콜리'의 감응은 '몸과 마음의 분리'를 통해 '불가능성의 사랑'이라는 구조화 원리를 표현하는데, 사랑하는 대상과의 나르시시즘적 동일시가 과거로 회귀하는 '반추적 기억'과 맞물려 상실과 부재를 노래함으로써 오히려 사랑을 소유하려는 역설을 통해 영원성에 도달하려 한다. 다시 말해, 허수경의 시는 사랑하는 대상의 상실과 부재를 상처와 불행의 언어로 노래함으로써, 사랑과 그 대상을 소유하면서 영원의 차원으로 승격시키는 것이다. 이러한 '멜랑콜리'의 메커니즘은 허수경 시가 제3기로 전개될 때 시적 주체인 '몸/마음'이 '영혼'의 차원으로 승화되면서 내적 정신의 힘과 크기를 확대하고 고양하여 '묵시록적 비전'이라는 구조화 원리를 발생시키는 원동력으로 작용한다.

4. 묵시록적 비전—영혼, 응시, 예언적 기억

허수경의 시는 세번째 시집『내 영혼은 오래되었으나』와 네번째 시집『청동의 시간 감자의 시간』(문학과지성사, 2005)에 해당하는 제3기

126

로 전개되면서 이전의 양상을 함입하고 중첩하면서 새로운 차원으로 진입하는 순환적 확대와 고양과 심화의 과정을 밟는다. 이 시기의 허수경 시는 시적 주체의 측면에서 '몸/마음'이 '영혼'으로 전이되고, 시적 인식 및 시선의 측면에서 '사회적·역사적 시선'에 '문명사적·신화적 시선'이 개입하며, 기억 및 시간 구조의 측면에서 '반추적 기억'에 '예언적 기억'이 개입한다.

> 아이들은 장갑차를 타고 국경을 지나 천막 수용소로 들어가고 할미는 손자의 손을 잡고 노천 화장실로 들어간다 할미의 엉덩이를 빛은 어루만진다 죽은 아들을 낳을 때처럼 할미는 몽롱해지고 손자는 문 바깥에 서 있다 빛 너머로 바람이 일어난다

> 늙은 가수는 자선공연을 열고 무대에서 하모니카를 부른다 둥근 나귀의 눈망울 같은 아이의 영혼은 하모니카 위로 날아다닌다 내 영혼은 오래되었으나 빛 속으로 들어간 것처럼 아이의 영혼에 엉긴다 그러니까 누군가를 기다리는 영혼처럼 허덩거리며 하모니카의 빠각이는 이빨에 실핏줄을 끼워넣는다

> 내 영혼은 오래되었으나 장갑차에 아이들의 썩어가는 시체를 싣고 가는 군인의 나날에도 춤을 춘다 그러니까 내 영혼은 내 것이고 아이의 것이고 내 영혼은 오래되었으나
> ─「내 영혼은 오래되었으나」 전문 (3: 22)

이 시는 주체인 화자의 "영혼"이 과거로 회귀하는 '반추적 기억'에 미래를 내다보는 '예언적 기억'을 결합시키면서 '문명사적·신화적 시선'으로 인류의 역사를 응시하고, 그것을 세속적인 동시에 신화적인 장

면으로 묘사한다. 1연에서는 "아이들"과 "할미"의 관계가 묘사되는데, "아이들"은 "장갑차를 타고 국경을 지나 천막 수용소로 들어가"는 미래로의 행로를 밟고, "할미"는 "손자의 손을 잡고 노천 화장실로 들어"가는 과거로의 행로를 밟는 듯이 보인다. "죽은 아들을 낳을 때처럼 할미"가 "몽롱해지"는 것은 죽음의 상상력이 분만의 상상력보다 선행하면서 근원적 불행의 불길한 그림자를 드리운다. 여기서 "할미의 엉덩이를" "어루만"지는 "빛" 이미지와 "빛 너머로" "일어"나는 "바람" 이미지는 시간을 동반하면서 순행과 역행이 연쇄적으로 반복되는 순환적 나선 운동을 암시한다. 두번째 시집에 나타나는 '과거로의 회귀'가 '반추적 기억'과 '시간의 역행 구조'를 파생시킨다면, 세번째 시집 이후 인류의 문명사를 조감하는 '영혼의 응시'는 회귀를 통해 도달한 과거로부터 다시 시간을 진행시키면서 미래를 내다보는 '예언적 기억'과 '시간의 순행 구조'를 파생시킨다.

2연에서 화자의 "오래"된 "영혼"이 "빛 속으로 들어간 것처럼 아이의 영혼에 엉"기는 것은 '영혼의 응시'를 통해 시간을 역행시키면서 '반추적 기억'의 방향성을 지향하는 모습이고, "누군가를 기다리는 영혼처럼" "하모니카의 빠각이는 이빨에 실핏줄을 끼워넣는" 것은 다시 시간을 순행시키면서 '예언적 기억'의 방향성을 지향하는 양상이다. '반추적 기억'과 '예언적 기억'의 순환적 나선 운동에 의해 3연의 "내 영혼은 오래되었으나 장갑차에 아이들의 썩어가는 시체를 싣고 가는 군인의 나날에도 춤을 춘다"라는 문장이 가능해진다. 전쟁으로 대표되는 폭력의 문명사로 인해 순진무구한 아이들이 죽임을 당하는 비극적 현실에도 불구하고 화자의 "영혼"이 "춤을" 추는 이유는 "오래"된 "영혼"이 "빛 속으로 들어"가 "아이의 것"이 되었기 때문이다. 즉 화자의 "오래"된 "영혼"이 "빛"을 매개로 "아이"의 "영혼"에 스며듦으로써, 전쟁과 폭력과 죽음의 문명사라는 비극적 운명에 맞서 '영혼'이라는 정신적이고 영적인 차원을 대결시키는 것이다. 따라서 허수경의 세번째 시집의 미학적 특이성은 '반추적 기억'에 '예언적 기억'을 개입시켜 '폭력의 문명사'를 조감하면서 대결하는 정신적이고 영적인 '영혼의 응시'이고, 이를 관통하는 구조화 원리는 '묵시록적 비전'[5]이라고 요약할 수 있다. 여기서 또한 주목할 부분은 '영혼의 응시'가 "빛"의 이미지를 매개로 작용한다는 점과, 이것과 대비적 위상을 가지는 '폭력의 문명사' 및 '욕망으로 가득 찬 인간성'이 '검은색'과 '붉은색'으로 암시된다는 점이다.

> (1) 오, 검은 어머니 노란 곡식 속에 사는 메뚜기를, 메뚜기가 파놓은 세계를 먹어주세요
>
> 스민 슬픔은 아물지 않고 어디론가 가고
> 그 자리에 검은 군인이 우리 마을을 향하여
> 걸어오고 있다
> ──「검은 노래」 부분 (3: 48)
>
> (2) 항아리 속에는 어제 태어난 아가들, 아가들의 가슴을 누군가 도려내었네

5 '묵시록(默示錄, apocalypse)'은 사도 요한이 파트모스섬에 유배되었을 때 하나님의 계시를 받아 기록한 책인 「요한계시록」의 별칭으로서 신약성서 중 가장 마지막 책이다. 사도 요한이 세계의 종말, 최후의 심판, 새로운 지복천년의 도래 등에 대해 기록한 내용이 담겨 있으며, 괴기하고 음침한 종말론적 이미지로 가득 차 있다. 필자는 전쟁과 폭력과 죽음의 문명사라는 비극적 운명에 맞서 '영혼'이라는 정신적이고 영적인 차원을 대결시키는 허수경 시의 구조화 원리를 개념화하기 위해 '묵시록적 비전'이라는 역설적 표현을 사용하고자 한다. 허수경의 시는 제3기에서 인간의 삶과 인류의 역사가 전쟁과 폭력과 죽음의 문명에 사로잡혀 벗어날 수 없다는 비극적 세계 인식에 근거하여 묵시록적 아우라를 형상화하지만, 그 운명을 정신적이고 영적인 '영혼의 응시'를 통해 직시하고 감내하며 '고난/열정passion'을 통해 몸소 겪음으로써 극복하려 한다는 점에서, '묵시록적 비전'을 제시한다고 볼 수 있다.

쓰레기 하치장에 버려진 아가들의 가슴을

건달은 붉은 꽃처럼 가슴에 꽂는다

〔……〕

검은 군인들은 건빵을 씹으며 가끔 묻는다, 나의 아버지, 당

신은 왜

나의 내장인가

—「붉은 노래」 부분 (3: 50~51)

　세번째 시집 『내 영혼은 오래되었으나』에서 '검은색'은 폭력, 전쟁,
죽음 등을 상징하면서 문명의 근원적 비극성을 원색적으로 드러내고,
'붉은색'은 욕망, 모반, 불행 등을 상징하면서 생명의 원초적 비극성을
원색적으로 드러낸다. (1)과 (2)에 공통적으로 등장하는 "검은 군인"은
'검은색'을 대표하는 존재로서 폭력, 전쟁, 죽음 등의 의미 맥락을 동반
하면서 음산하고 끔찍한 인류의 문명사를 일종의 알레고리로 표현한
다. 인류의 문명사에서 "검은 군인"의 힘은 "아버지"에게 "당신은 왜/
나의 내장인가"라고 묻고 "어머니"마저도 "검은 어머니"로 변질시킬
만큼 뿌리 깊고 막강하다. (2)에서 "군인"의 계열로 등장하는 "건달"은
"누군가 도려"낸 "아가들의 가슴"을 "붉은 꽃처럼 가슴에 꽂는다." "밤
에 붉은 꽃에/눈알 뽑힌 사람들은 골수까지 뽑히네"(「그 밤에 붉은 꽃
에」)에서도 나타나듯, "붉은 꽃"은 '붉은색'을 대표하는 대상으로서 욕
망, 모반, 불행 등의 의미 맥락을 동반하면서 불길하고 잔혹한 인간의
내적 속성을 일종의 알레고리로 표현한다.

　허수경의 시는 '검은색'과 '붉은색'으로 암시되는 '폭력의 문명사' 및
'욕망으로 가득 찬 인간성'에 맞서는 시적 이미지로 '아가' '아이' '어머
니' '여자' '흰 꽃' 등을 등장시키는데, 상호 대립적인 두 이미지 계열

사이에서 길항하면서 절망과 희망, 비관과 희망을 왕복하며 '묵시록적 비전'을 제시하는 것이 '영혼'의 눈이고, 이것을 매개하는 이미지가 '빛'이다. "가을이다/맑은 빛 나뭇잎은 전쟁이 난 마을 속으로 떨어진다 〔……〕 전쟁이 나고 사람들은 제 목을 자르며 차가운 땅속으로 들어가고/늙은 새는 날아간다"(「늙은 새는 날아간다」)라는 표현에 나타나듯, '폭력의 문명사' 및 '욕망으로 가득 찬 인간성'을 응시하는 '영혼'의 눈은 '빛'의 이미지를 매개로 '예언적 기억'을 현시함으로써 '묵시록적 비전'을 수립한다.

네번째 시집 『청동의 시간 감자의 시간』은 세번째 시집의 특성을 전체적으로 유지하면서 '문명사적·신화적 시선'을 강화하여 '묵시록적 비전'을 심화시킨다. 이러한 양상은 기억 및 시간 구조의 측면에서 '반추적 기억'에 '예언적 기억'을 개입시켜 인류의 역사를 조망하는 '영혼'의 강도가 강해지는 것과 연동되는 듯이 보인다.

아이들 자라는 시간 청동으로 된 시간
차가운 시간 속 뜨겁게 자라는 군인들

아이들이 앉아 있는 땅속에서 감자는
아직 감자의 시간을 사네

〔……〕

물 좀 가져다주어요
물은 별보다 멀리 있으므로
별보다 먼 곳에 도달해서
물을 마시기에는

아이들의 다리는 아직 작아요

　　언젠가 군인이 될 아이들은 스무 해 정도만 살 수 있는 고대인이
　　지요, 옥수수를 심을걸 그랬어요 그랬더라면 아이들이 그 잎 아래
　　로 절 숨길 수 있을 것을 아이들을 잡아먹느라 매일매일 부지런한
　　태양을 피할 수도 있을 것을
　　──「물 좀 가져다주어요」 부분 (4: 42~43)

　시적 화자는 인간의 실존과 인류의 역사를 '영혼의 눈'으로 조감하면
서 "청동의 시간"과 "감자의 시간"에 대해 사유한다. 통상적으로 "아
이들이 앉아 있는 땅속에서" "사"는 "감자의 시간"을 '자연의 시간'으
로 해석하고, "청동의 시간"을 이와 이분법적 대립 구도를 가지는 '문
명의 시간'으로 해석하기 쉽다. 그러나 "청동의 시간"은 "아이들 자라
는 시간"인 "차가운 시간"이자 "군인들"이 "뜨겁게 자라는" 시간이
다. 다시 말해, 일의(一意)적이고 고정된 시간이 아니라 차가운 시간에
서 뜨거운 시간으로 이동하는 과정 중의 시간이다. 화자는 '반추적 기
억'에 '예언적 기억'을 개입시켜 현재의 "아이들"에서 과거의 "감자"를
응시하는 동시에 미래의 "군인"을 응시하는 것이다. "아이들"은 "스무
해"까지 "감자의 시간"인 과거와 연결되는 "고대인"이지만, 이후에는
미래와 연결되는 "군인"의 시간을 살게 된다. 이러한 기억 및 시간 구
조는 낙관적인 의식보다 비관적인 의식이 압도하는 양상으로 전개됨
으로써 인간의 실존과 인류의 역사를 불행과 상처와 슬픔으로 인식하
게 한다. 또한 "물 좀 가져다주어요"라는 간청의 목소리는 "물은 별보
다 멀리 있"어서 "물을 마시기에는/아이들의 다리는 아직 작"다는 표
현을 통해 비극성이 더 강조된다. 여기서 "물"의 이미지는 "태양"의 이
미지와 대비되면서 화자가 염원하는 희망을 상징하는데, 이 대립 구도

는 "태양"이 시간의 흐름이라는 속성을 가지고 "아이들"을 "자라"게 하기 때문에 성립된다.

그런데 네번째 시집에서 허수경의 시는 '물'과 '빛(불)'의 이원성을 유지하는 한편, 대립하고 길항하는 양극이 혼재하면서 융합되는 양상으로 전개되기도 한다. 이와 함께 네번째 시집은 세번째 시집에 나났던 양극의 이미지 계열, 즉 '검은색'과 '붉은색'으로 암시되는 '폭력의 문명사' 및 '욕망으로 가득 찬 인간성'과 이에 맞서는 '아가' '아이' '어머니' '여자' '흰 꽃' 등으로 암시되는 '원초적 순결성'의 대립을 유지하는 동시에, 양극이 혼재하면서 더 복합적이고 중층적인 양상으로 전개된다. 상호 모순에 기초하는 이분법적 구도가 이질 혼재성의 구도로 전이되는 것은 주로 '물'과 '빛(불)'의 길항이 혼재와 융합으로 진행되는 양상이나, '검은색'과 '붉은색'이 '흰색'과 섞여 '회색'을 형성하는 양상으로 형상화된다.

> (1) 물지게를 지고 지나가는 남자, 남방초길 십자성길 지나는 시
> 간 없는 시간 속의 남자 지고 가는 물동이에 빛 있다 물이 우려
> 내는 빛, 섬세한 빛 근육, 야자잎 드문드문 빛의 존재를 지우는
> 데도 빛은 있다, 저 빛을 마신 남자의 아이들은 물이 되리라
> —「물지게」 전문 (4: 118)

> (2) 하얀 모자를 쓴 검은 남자가 하얀 침대에 누워 검은 학살에
> 대해 꿈을 꾼다
> 푸른 모자를 쓴 군인들이 죽 그릇을 들고 우네요
> 그건 마치 미사 같아서 당신을 끊임없이 환기시키는 토마나
> 합창
> 아 아 하고 노래하면 탕 탕 총이 울리고

오 오 하고 노래하면 엄마! 누군가 지르는 촌각의 비명

단 한 번도 저 들에 불난 적 없지만 단 한 번도 저 들에 양식 난 적도 없다오

회빛 병원 침대마다 검은 학살의 꿈 팔 없는 간호사가 침대 옆에서 울고

—「회빛 병원」 전문 (4: 51)

(1)은 "남자"가 "지고 가는 물동이"에 비치는 "빛"을 묘사하면서 "물"과 "빛"의 혼재와 융합을 제시한다. "물이 우려내는 빛"으로 요약되는 양극의 혼재와 융합은 "빛의 존재를 지우는데도 빛은 있다"라는 "빛"의 편재성을 경유하여 "저 빛을 마신 남자의 아이들은 물이 되리라"라는 구절에서 미래적 상황을 예언한다. 여기서 주목할 부분은 공간적 배경으로 제시되는 "남방초길 십자성길"과, 시간적 배경으로 제시되는 "시간 없는 시간"이다. "남방초"(南方草)는 '향료의 일종인 남방의 풀' 혹은 '담배'를 의미하며, "십자성"은 '남쪽 하늘에 십자 모양으로 보이는 별'을 의미한다. 이 두 "길"은 현실적이고 역사적인 공간이라기보다 어떤 신화적 공간으로 이해될 수 있다. "시간 없는 시간"은 신화성을 더 강화하면서 작품의 시공간을 원형적인 차원으로 밀어 올린다.

(2)에서 "하얀 모자를 쓴 검은 남자"가 "하얀 침대에 누워 검은 학살에 대해 꿈"을 꾸는 장면은, '흰색'과 '검은색'이 혼재하면서 평화와 폭력, 순결과 욕망, 자연과 문명 등을 포함하는 선악의 이분법이 뒤섞이는 모습을 보여준다. 단순히 모순 대립이 공존하는 것이 아니라 복잡다기한 이질 혼재성으로 진입하는데, 이 혼재성은 현실의 불행에 과거의 악몽과 미래의 예감이 뒤섞이면서 "푸른 모자를 쓴 군인"의 '푸른색' 이미지와 "회빛 병원"의 '회색' 이미지로 비극적 비전을 형상화

한다. 이처럼 네번째 시집에서 양극의 이분법적 구도가 이질 혼재성의 구도로 전이되는 것은 현재를 중심으로 과거와 미래가 순환적 나선 운동을 하는 기억 및 시간 의식에서 기인한다. 시간의 순환적 나선 운동은 삶과 죽음의 경계를 넘어 왕복적 출입을 시도하는 양상과 맞물리는데, 이를 매개하는 이미지가 '우물' '거울' '달' 등의 이미지로 형상화된다.

우물에 뜬 해 속에서 다친 아이들이 걸어나왔다오,
[……]

우물에 뜬 달 속에서 다친 여자들이 걸어나왔다오,
[……]

우물에 해 뜨면 우물에 달 뜨면
우물은 우우거리다가 우주를 열 듯
물을 열어보려고 하지만

불을 노래하는 적막의 북처럼,

우물에 뜬 별 속에서 다친 남자들이 걸어나왔다오,
[……]
　　　　　　　　　—「우물에」 부분 (4: 52~53)

이 시에서 "해"가 '빛(불)'과 친연성을 가지는 반면 "달"이 '물'과 친연성을 가진다면, "우물"은 '빛(불)'과 만나 "다친 아이들"을 생성시키고, '물'과 만나 "다친 여자들"을 생성시킨다. 그래서 "우물"은 거기에 "해 뜨"고 "달 뜨면" "우주를 열 듯/물을 열어보려고 하지만//불을 노래"하는 딜레마를 겪는다. 여기서 "우물"은 '무의식의 심연'으로서 삶과 죽음, 과거와 현재와 미래 등의 경계에서 왕복적 출입을 가능케 하는 매개의 기능을 담당한다. "해"와 "달", "불"과 "물"이 "우물"을 매개로 혼재되어 "다친 아이들"과 "다친 여자들"이 걸어 나올 때 모순 대립이 혼융하면서 "적막의 북"을 생성시킨다. 그리고 이 혼재성의 영역에서 "별"을 경유하여 "다친 남자들이 걸어나"오는 결과가 빚어진다. 네번째 시집 『청동의 시간 감자의 시간』에서 이러한 매개의 기능은 "거울 속으로 새 신 신고 들어간다/거울 속에서 헌 신 신고 나온다"(「거울 들판」)에서 '거울'의 이미지, "내 속에서 돋아든 달과 내 속을 집어먹은 나는 그렇게 서로 바라보았습니다"(「그때 달은」)에서 '달'의 이미지 등으로 변주되면서 등장한다. '우물' '거울' '달' 등 매개의 기능을 담당하는 이미지는 그 연장선에서 허수경 시가 제4기로 전개될 때 '기억의 변증법'이라는 구조화 원리를 발생시키는 원동력으로 작용한다.

5. 기억의 변증법—무의식적 꿈, 각성, 순간적 기억

허수경의 시는 다섯번째 시집 『빌어먹을, 차가운 심장』(문학동네, 2011)과 여섯번째 시집 『누구도 기억하지 않는 역에서』(문학과지성사, 2016)에 해당하는 제4기로 접어들면서 이전의 양상을 함입하고 중첩하면서 새로운 차원으로 진입하는 순환적 확대와 고양과 심화의 과정을 밟는다. 이 시기의 허수경 시는 시적 주체의 측면에서 '영혼'이 '무의식적 꿈'으로 전이되고, 시적 인식 및 시선의 측면에서 '문명사적·신화적 시선'이 유지되며, 기억 및 시간 구조의 측면에서 '순간적 기억'이 작용한다.

　　나의 도시들 물에 잠기고 서울 사천 함양 뉴올리언스 사이공 파
리 베를린
　　나의 도시들 물에 잠기고 우울한 가수들 시엔엔 거꾸로 돌리며
돌아와, 내 군대여, 물에 잠긴 내 도시 구해달라고 울고

　　그러나 나의 도시들 물에 잠기고 마치 남경 동경 바빌론 아수르
알렉산드리아처럼 울고
　　〔……〕

　　나의 도시 나의 도시 당신도 젖고 매장당한 문장들 들고 있던 사
랑의 나날도 젖고
　　학살이 이루어지던 마당도 폭탄에 소스라치던 몸을 쟁이고 있던
옛 통조림 공장 병원도 젖고
　　죄 없이 병에 걸린 아이들도 잠기고
　　정치여, 정치여, 살기 좋은 세상이여, 라고 말하던 사람들 산으로
올라가다 잠기고

　　물 위에 뜬 건 무의식뿐, 무의식뿐,
　　건덩거리는 입술을 위로 올리고 죽은 무의식뿐
　　　　　　　　　　　　　—「나의 도시」 부분 (5: 12~13)

　이 시는 화자의 "무의식"이 현재의 장면과 과거의 장면을 순간적으
로 중첩하면서 '문명사적·신화적 시선'으로 인류 문명의 참상을 응시
한다. 이 참상은 전체적으로 도시들이 물에 "잠기고" 그 안의 존재들

이 "울고" 모든 사물들이 "젖"는 풍경으로 제시된다. 1연은 화자가 살아온 "도시들"이 "물에 잠기"는 모습을 진술하는데, "우울한 가수들 시엔엔 거꾸로 돌리며 돌아와"라는 구절은 그의 시선이 과거 회귀와 현재 진행을 동시에 오버랩하고 있음을 보여준다. 따라서 "내 군대"에게 "물에 잠긴 내 도시 구해달라고" 우는 장면 이후에는 인류 문명사의 과거에 해당하는 도시들이 물에 잠기는 장면이 전개된다. 과거의 장면과 현재의 장면이 순간적으로 중첩되면서 "사랑의 나날도 젖고" "학살이 이루어지던 마당도" "젖고" "병에 걸린 아이들도 잠기"는 모습이 연속적으로 등장한다. 시적 기억 및 시간 구조의 측면에서 허수경 시의 제3기가 '반추적 기억'에 '예언적 기억'이 개입하는 양상이었다면, 제4기는 그 연장선에서 과거, 현재, 미래의 장면을 순간적으로 중첩하는 '순간적 기억'이 개입한다. 이러한 시적 방법론을 '시간의 몽타주'라고 부르고 이 방법론에 근거를 제공하는 구조화 원리를 '기억의 변증법'[6]이라고 부를 수 있을 것이다.

한편 이 시에서 주목할 부분은 마지막 연에 제시되는 "무의식"의 정체이다. 작품 전체를 지배하는 화자의 목소리는 '무의식적 꿈'의 소산이라고 볼 수 있는데, 제4기 허수경 시의 구조화 원리인 '기억의 변증

---

6 '기억의 변증법'은 발터 벤야민이 『독일 비애극의 원천』(1928)의 서론인 「인식비판적 서설」에서 언급한 '원천' 개념에 바탕을 두고 「역사의 개념에 대하여」(1940)에서 주장한 역사 인식인 '변증법적 이미지'를 참고하여 필자가 재구성한 개념이다. 벤야민이 말하는 '원천'적인 것의 리듬은 한편으로 복구나 회복으로서 인식되고 다른 한편으로 미완이나 미결로서 인식되는 이중적인 통찰에 의해 열려 있다. 따라서 원천은 생성하고 사라지는 고유한 역사적 현상을 그 전사(前史) 및 후사(後史)와 함께 끊임없이 재인식하는 것을 의미한다. 이 개념은 과거의 이미지가 미래에 완성될 구원의 순간에 대한 은밀한 기다림을 내포하고 있다는 '희미한 메시아적 힘'과도 연관된다. 다시 말해, 생성의 소용돌이로서 과거와 미래를 자신의 리듬 속으로 빨아들이는 변증법적 역사의 시간관은, 역사를 구성의 대상으로 간주하고 구성의 장소를 세속적이고 연대기적인 시간인 크로노스 chronos 속에서 기회의 시간으로서 한 순간에 모든 것이 응축하는 시간인 카이로스kairos로 간주하는 '메시아적 시간 의식'과 일맥상통한다고 볼 수 있다. 졸고, 「발터 벤야민의 문예이론」, 『문학과 수사학』, 소명출판, 2011, pp. 209~17 참고.

법'은 '무의식적 꿈'을 경유하여 시적 방법론인 '시간의 몽타주'로 전경화된다. 그런데 "물 위에 뜬 건 무의식뿐" "건덩거리는 입술을 위로 올리고 죽은 무의식뿐"이라는 구절은 "정치여, 정치여, 살기 좋은 세상이여, 라고 말하던 사람들"의 몽상적 발언에 대한 환멸을 무기력해진 무의식에 대한 냉소와 연결시키면서 꿈에서 깨어나는 순간의 '각성'을 표현한다. 허수경은 유토피아적 역사관에 대한 저항을 토대로 현재를 구제하기 위해 과거로 회귀하지만, 다시 그 과거의 꿈에서 깨어나는 각성을 시도함으로써 묵시록적 비전을 완성하고자 한다. 즉 시인은 '폭력의 문명사'와 '욕망으로 가득 찬 인간성'을 유토피아적 시간관이 아니라 디스토피아적이고 묵시록적인 시간관으로 대결하면서 '무의식적 꿈'에 잠기지만, '반추적 기억'과 '예언적 기억'이라는 기억 및 시간 구조의 두 방향성을 한 순간에 중첩시키고 충돌시켜 꿈에서 다시 깨어나는 '각성'의 시적 방법을 시도하는 것이다.

(1) 시간을 잘라 만든 혁대를 목에 감고 죽은 테러리스트가 살던
     감방 안에서 자라던 작은 백합의 뿌리는 세계를 버티는 나무처
     럼 테러의 주검을 견뎌내고 있었어
       아주 어린 중세가 대륙 저편에서 현대처럼 활개를 치고 있
     네, 그 말을 듣기 위해 춤을 추러 가는 아이들에게
       나, 태어났어, 라고 말해봐, 말해봐
       아이들이 당나귀처럼 웃으며 내 얼굴에다 총을 들이댈 거야
       ──「거짓말의 기록」 부분 (5: 21)

(2) 석유를 찾기 위해 피곤한 사내들이 바닷속으로 철의 손가락
     을 밀어넣었다 구멍을 뚫어야 지속되던 문명이 있었다고, 우주
     의 먼 곳에서 우주의 역사를 기록하던 빛이 있었다

〔……〕

(세월이 흘렀어요 우리들 가운데 아무도 살아남지 않았던 미
래의 세월, 혹 우리들을 기다리던 과거, 죽탕이던 과거, 살아
남고 싶던 기억, 그런 너절한 것들이 우리의 몸속으로 들어
와 우리의 유전자를 정의할 과거
—「오후」 부분 (5: 35)

(1)과 (2)는 공통적으로 과거와 현재와 미래를 중첩시키는 '순간적
기억'을 통해 '시간의 몽타주'라는 시적 방법론을 시도한다. (1)에서
"테러의 주검을 견뎌내"는 "작은 백합의 뿌리"는 죽음이 진행되는 순
행적 시간을 "견"디며 "버티는" 저항적 시간을 살고 있다. 이 두 시간
적 방향성의 중첩은 '시간의 몽타주'를 형성하면서 "어린 중세가 대륙
저편에서 현대처럼 활개를 치고 있"는 상황으로 연결된다. 그러나 "아
이들이 당나귀처럼 웃으며 내 얼굴에다 총을 들이댈" 디스토피아적 미
래로 귀결되면서, 「거짓말의 기록」이라는 이 시의 제목이 암시하듯 착
종된 허위성을 냉소적으로 드러낸다. 전자의 상황이 과거 회귀를 통한
'꿈꾸기'라면, 후자의 상황은 그 꿈에서 깨어나는 '각성'을 통해 인간적
환영의 미몽에서 탈출하는 것이다. (2)는 "석유를 찾기 위해" "사내들
이 바닷속"에 "구멍을 뚫어야 지속되던 문명"과 "우주의 역사를 기록
하던 빛"을 대비시키고, 시간을 "아무도 살아남지 않았던 미래의 세월"
로 밀고 나가는 동시에 "우리들을 기다리던 과거"로 회귀함으로써 '시
간의 몽타주'를 형상화한다.

여섯번째 시집 『누구도 기억하지 않는 역에서』는 다섯번째 시집의
특성인 과거, 현재, 미래의 시간적 왕복 운동을 지속하면서 '순간적 기

억'을 심화시킨다. 이러한 양상은 '기억의 변증법'이라는 구조화 원리와 '시간의 몽타주'라는 시적 방법론을 내면화하면서 '순간의 시간성'을 모색하는 것과 연동되는 듯이 보인다.

새싹은 어린 새의 부리처럼 보였다
지난 초봄이었다
그리고 겨울은 왔다
억겁 동안 새들과 여행하면서
씨앗은 새똥을 닮아갔다
새똥도 씨앗을 닮아갔다
붉어져 술을 머금은 겨울 열매를 쪼면서
아직, 이라는 시간 속에 걸린 잎사귀를 보면서
문득,
새들은 제 깃털을 잎사귀 모양으로 바꾸었다
그 일이 억겁의 어디쯤에서 일어났는지 아무도 모른다
얼음 눈빛으로 하얗게 뜨겁던
겨울 숲을 걷던 어느 날
그 열매의 이름을
문득,
알고 싶었다
새들이 잎사귀를 아리게 쪼다가
잎사귀 모양을 한 깃털을 떨구고 날아간 문득,
숱이 두터운 눈바람 속, 새이던 당신에게
날개의 탄생을 붉게 알려준
그 나무 열매의 이름이 알고 싶었다
—「문득,」 전문 (6: 60~61)

이 시는 기억 및 시간 구조의 측면에서 여섯번째 시집의 특성을 간명하고도 깊이 있게 보여준다. "새들"과 "나무"는 오랜 시간을 함께 영위하면서 서로 유사해진다. "새싹은 어린 새의 부리처럼 보"이고, "새들과 여행하면서/씨앗은 새똥을 닮아"가고 "새똥도 씨앗을 닮아"간다. 그리고 "겨울 열매를 쪼"는 "새들은""잎사귀를 보면서""제 깃털을 잎사귀 모양으로 바"꾼다. "억겁"의 시간 동안 진행된 둘 사이의 "닮"음은 "아직,"과 "문득,"이라는 두 시간 의식이 충돌함으로써 발생한다. "아직,"이 과거가 현재를 통과하며 미래로 이어지는 '지속의 시간'이라면, "문득,"은 현재를 중심으로 과거가 수렴되는 동시에 미래가 소급되면서 '각성'이 일어나는 '순간의 시간'이다. 이 시의 후반부는 「문득,」이라는 제목이 보여주듯, 주로 후자의 시간 의식에 대한 사유를 보여준다. "문득,"이라는 '순간의 시간'이 세 겹으로 중첩되면서 '화자'와 "새이던 당신"과 "나무" 사이에 상호 주체성의 근거가 되는 교감 및 교류가 가능해지고 '몸 바꿈'과 '알고 싶음'의 차원이 열린다.

"문득,"은 '지금-이때'라는 '순간'을 통해 과거와 미래가 현재의 한 점으로 수렴되고 소급되는 시간이므로, 두 이질적인 시간이 하나로 중첩되는 이분 합일적인 '메시아적 시간 구조'[7]와 동궤에 있다. 메시아적

---

7 조르조 아감벤Giorgio Agamben은 『남겨진 시간—로마인들에게 보낸 편지에 대한 강의』 (2000)에서 '항상 이미'와 '아직 아님'의 이율배반을 깨뜨리는 메시아적 '지금-시간'에 대해 사유한다. 아감벤은 발터 벤야민과 야콥 타우베스Jacob Taubes의 논의를 이어받아 바울Paul의 서신을 메시아적인 것으로 해석하고, 메시아적 시간 구조가 내포하는 특수한 아포리아에 관심을 가진다. 그는 기억과 희망, 과거와 현재, 충만과 결여, 기원과 종말 등과 같이 특수한 결합 방식과 관계하는 메시아적 시간 구조와 '지금 이때(카이로스)'가 가지는 내적 형식에 논의를 집중시킨다. 바울이 말하는 메시아적 시간은 세속적이고 연대기적인 크로노스 속에 존재하면서 거기서 나와서 그것을 변용시키는 수축된 시간이다. 그러나 바울이 '지금-이때'라고 표현하는 수축된 시간은 파루시아, 즉 메시아의 완전한 임재에 이르기까지 지속된다. 이 임재는 심판의 날 및 시간의 종말과 일치하므로, 여기서 시간은 폭발하거나, 또 하나의 시간 속으로 그리고 영원 속으로 내파된다. 이처럼 수축된 시간이 완전한 임재에 이르기까지 지속되는 것이 메시아적 시간 구조라고 볼 수

시간 구조에서 구원의 사건은 '이미' 일어났고 성취되었지만, '아직' 도래하지 않은 메시아의 재림까지는 일정한 시간의 유예가 필요하다. 따라서 메시아적 시간인 '지금-이때'를 정의하는 '이미'와 '아직' 사이에는 역설적 긴장이 발생한다. 허수경의 시는 여섯번째 시집에 이르러 과거와 미래를 현재의 한 점에 결집하는 '순간적 기억'을 통해 이질적인 시간들을 하나로 중첩하는 메시아적 시간 구조와 흡사한 '기억의 변증법'을 형성하고, 이를 통해 시적 화자와 대상 간의 상호 주체성을 확보하는 방법을 시도한다. 이 시집에서 '순간의 시간성'에 근거하는 '기억의 변증법'은 한 걸음 더 나아가 삶과 죽음의 경계를 가로지르며 우주적 자유나 허무에 근접하는 '사라짐의 미학'으로도 전개되는데, 그 핵심적인 이미지로 작용하는 것이 '나비'와 '구멍'이다.

> (1) 뭐 해요?
>   없는 길 보고 있어요
>
>   그럼 눈이 많이 시리겠어요
>   예, 눈이 시려설랑 없는 세계가 보일 지경이에요
>
>   없는 세계는 없고 그 뒤안에는
>   나비들이 장만한 한 보따리 날개의 안개만 남았네요
>
>   예, 여적 그러고 있어요
>   길도 나비 날개의 안개 속으로 그 보따리 속으로 사라져버렸네요

있다. 아감벤의 바울 담론에 대한 고찰은 졸고, 「바울 담론의 문학비평적 가능성」, 『문학과 수사학』, pp. 282~93 참고.

―「목련」 부분 (6: 50)

(2) 한여름에 들른 도시에는 장례 행렬이 도자기를 굽는 집들이
    있는 골목을 지나가고 있었다 하늘로는 도자기를 굽는 연기가
    사막 쪽으로 울었다 동쪽으로 넘어가려다 총 맞은 스물한 살
    청년이라고 했다

    동쪽에는 지나가지 못하는 나라가 있고

    〔……〕

    장례 행렬이 지나갈 때 남자들은 울면서 밤하늘을 향하여 총
    을 쏘았고 하늘에 구멍이 뚫릴 때 청년이 아직 가슴에 피를 흘
    리며 우주의 난민이 되어 구멍 속으로 들어가고 있었네

    동쪽에는 지나가지 못하는 나라가 있고
    ―「죽음의 관광객」 부분 (6: 64~65)

(1)은 문답형 대화체의 구문들을 통해 「목련」의 모습과 연관하여
"시"린 "눈"이 "없는 길"과 "없는 세계"를 보는 "지경"을 형상화한다.
"없는 길"과 "없는 세계"는 허수경의 시에서 시적 주체가 개인적·가족
사적 차원, 사회적·역사적 차원, 문명사적·신화적 차원을 벗어나고 삶
과 죽음의 경계를 넘어서 도달하는 우주적 자유나 허무의 차원을 암시
하는 듯하다. "길"도 "사라져버"리는 "나비들이 장만한 한 보따리 날
개"는 「목련」의 찰나적인 생애처럼 순간적이고, "안개"처럼 무규정적
이며 비실체적이다. "나비처럼 날아가다가 사라져도 좋을 만큼/살고

싶다"(「농담 한 송이」), "순간은 구름의 틈으로 들어간 나비처럼 훅, 사라졌는데"(「그 그림 속에서」) 등에서 나타나는 '나비'의 이미지는 '순간의 시간성'과 결부되면서 이승과 저승의 경계를 넘어 투명한 '사라짐의 미학'을 형성한다.

(2)에서 화자는 "도자기를 굽는 연기가 사막 쪽으로 울"면서 올라가는 장면을 "남자들"이 "밤하늘을 향하여 총을 쏘"아 "뚫"린 "구멍 속으로" "청년"이 "우주의 난민이 되어" "들어"간다고 표현한다. 여기서 "구멍"은 「오후」에서 인간이 문명을 위해 뚫는 "구멍"과 구별되는 이미지로서, 삶에서 죽음으로, 즉 이승에서 저승으로 이동하는 통로의 기능을 담당한다. 그러나 "우주의 난민"이나 "동쪽에는 지나가지 못하는 나라가 있고"라는 구절은 이 '구멍'을 통해 진입하는 죽음 너머도 완전히 자유롭고 무한한 초월의 세계가 아님을 알 수 있다. "내장의 구멍은 후세로 난 길 〔……〕 태양의 마지막 조각을 구멍 뚫린 하늘에 올렸네"(「너무 일찍 온 저녁」)에서도 나타나는 '구멍'의 이미지는, "나를 집어먹은 짐승은 나"이고 "젖은 내장도 어둠 속에 걸어두"는 모습처럼, 허수경의 시가 여전히 인간의 실존과 인류의 역사가 짊어진 불행과 상처와 슬픔을 몸소 겪으며 비극적 비전을 견지하면서 버티고 있음을 증거한다. 결국 제4기 허수경 시는 '묵시록적 비전'을 견지한다는 점에서 제3기의 시와 연속성을 가지지만, 시적 주체가 '영혼'에서 '무의식적 꿈'으로 이동하고 다시 거기서 깨어나는 '각성'을 통해 '기억의 변증법'을 제시한다는 점에서 변별성을 확보한다고 볼 수 있다.

[『시인동네』, 2018; 일부 개고, 2020]

두 층위의 세 겹 알레고리
―이연주 시의 문화 의사적 위상학

1. 표면적 알레고리와 심층적 알레고리

이연주는 1989년 월간문학 신인상을 수상하고 1991년『작가세계』에 작품을 발표하면서 등단한 이후 한국 사회에 뿌리 깊게 자리 잡은 가부장적 가족 질서, 자본주의적 도시 문명, 억압적이고 폭력적인 정치 체제 등에 대한 신랄한 냉소와 조롱과 비판을 그로테스크한 이미지와 극도로 끔찍한 언어 표현의 질감을 통해 제시하였다. 그녀의 여성 신체에 대한 가학적/피학적 표현들은 언어적 파격과 미학적 파문을 던지면서 당대 현실에 맞서는 시적 저항을 보여주었다. 이연주는 첫 시집『매음녀가 있는 밤의 시장』(세계사, 1991)을 상재한 후 두번째 시집『속죄양, 유다』(세계사, 1993)의 출간을 앞두고 자살로 생을 마감하였다. 그녀의 요절은 그 자체로도 안타까운 일이지만, 죽음에 대한 풍문과 신화가 그녀의 시 세계를 온전히 이해하고 평가하는 데 장애가 되어왔다는 점에서도 안타까운 일이 아닐 수 없다. 다행히 시집 출간 당시의 해설에서부터 시인이 작고한 이후에 발표된 시인론을 거쳐 최근의 학술적 연구에 이르기까지, 이연주 시에 대한 비평이 꾸준히 제기되면서 풍문과 신화를 벗겨내는 데 기여하고 있다.

이연주의 시에 대한 중요한 비평적 평가로는 시적 방법론의 측면에서 '인간에 대한 신뢰를 저버린 위악의 시학'(임태우), '부패한 삶의 굴형에서 벗어나는 절망의 노래'(이경호) 등이 있고, 시적 이미지와 문체의 측면에서 '몸과 죽음의 언어'(이재복), 화자의 측면에서 '생물학자의 시선'(고종석) 등이 있다. 시적 언술과 여성주의적 측면에서 '고백시적 언술 특성'(김승희), '여성성의 발견과 여성적 글쓰기의 전략'(정끝별) 등이 있으며, 외부 현실에 대한 재현의 측면에서 '부패한 도시 문명, 소통 부재의 단절된 공간, 가부장적 이데올로기 등의 공간에 대한 형상화'(양광준), '자본주의적 세계에 대한 재현과 조소'(박종덕), '1990년대 초의 정치적 현실과 사회적 판타지'(최성민·김장원) 등이 있다. 이연주의 시에 대한 선행 비평들은 대체로 비인간화된 현실에 대한 위악과 절망, 여성적 신체의 비극성과 여성적 언술을 통한 정체성의 추구, 자본주의 및 소통 부재의 외부 현실에 대한 재현 등의 논의로 정리될 수 있다. 이연주의 시에서 전경화되는 당대의 현실은 '가부장적 가족 질서' '자본주의적 도시 문명' '폭압적인 정치 체제'라는 세 가지 영역으로 수렴되는데, 이연주의 시가 이러한 외부 현실을 비판적으로 재현했다고 평가하는 논의들은 다음의 몇 가지 관점에서 좀더 구체적으로 해명되고 보충될 필요가 있다.

첫째, 이연주의 시는 세 가지 외부 현실을 단순히 재현하는 것이 아니라 모종의 시적 기법으로 재구성하면서 표현한다. 이 부분에 대해 선행 비평들은 대체로 재현론의 범주에 머물러 있거나 위악, 절망, 고백, 조소, 판타지 등의 일반적이고 상식적인 관점으로 논의하고 있는데, 이 글은 이를 발터 벤야민적 알레고리의 시적 방법이라는 관점을 통해 좀더 구체적으로 해명하고자 한다.

둘째, 이연주의 시에서 세 가지 외부 현실은 각각 독립적으로 존재하지 않고 상호 연쇄적인 원환 고리, 즉 '보로메오 매듭'의 형태로 존재한다. 가부장적 가족 질서, 자본주의적 도시 문명, 폭압적인 정치 체제 등을 형상화하는 세 개의 알레고리적 원이 상호 접속하면서 결부되는 '세 겹 알레고리'가 이연주의 기본적인 시적 방법론을 이룬다. '매음녀'는 세 가지 외부 현실의 알레고리가 보로메오 매듭처럼 결부되면서 중첩되는 '세 겹 알레고리'의 공통분모 혹은 교집합이다.

셋째, 이 '세 겹 알레고리'는 '표면적 알레고리'의 층위를 형성하는데, 시적 주체가 이 영역을 자신의 의식 및 무의식 내부로 내면화하면서 대결하는 과정에서 각각 '개인적 실존 및 무의식' '디스토피아적 미래' '종교적 신비주의'라는 세 가지 '심층적 알레고리'의 층위를 생성시킨다. 이 심층적 알레고리도 상호 긴밀히 결부되어 연쇄적인 원환 고리, 즉 '보로메오 매듭'의 형태로 존재한다.[1] '속죄양 유다'는 '심층적 알레고리'의 층위에서 세 가지 내면 의식의 알레고리가 보로메오 매듭처럼 결부되면서 중첩되는 '세 겹 알레고리'의 공통분모 혹은 교집합이다.

넷째, '시적 화법' 등 '표현 형식'의 측면에서 살펴보면, 시적 주체의 신체에 대한 '피학적/가학적 표현들'은 세 가지 외부 현실이 만들어내는 억압 기제를 자신의 몸속에 내면화하고, 어떤 심리적 메커니즘을 경유하여 시적 표현 방식으로 변용하면서 외부 현실에 되돌려주는 것이라고 볼 수 있다.[2] 이러한 차원에서 시적 화자이자 시적 대상인 '매음녀'와 '속죄양 유다'는 주체와 대상으로 분리되기도 하고 하나의 주체로 중첩되면서 동일시되기도 한다. 이와 관련하여 이연주 시에서 화자와 시적 주체의 관계, 화자와 '너' 혹은 '그'의 관계 등 '주체의 관계 형식'도 중요하게 논의되어야 한다.

---

1 이연주의 시에서 '표면적 알레고리'의 층위가 외부 현실을 우의화한다는 점에서 대상적·공간적 알레고리의 특성을 가진다면, '심층적 알레고리'의 층위는 주체의 내면적 메커니즘을 우의화한다는 점에서 주체적·시간적 알레고리의 특성을 가진다고 말할 수 있다.

2 예를 들면, 이연주는 외부 현실에 대한 부정을 내면화하면서 자기 몸을 쓰레기, 질병, 죽음 등으로 치환하는데, 이 과정에서 '매음녀'는 시적 대상에서 시적 주체로 전이된다. 즉 이연주 시의 화자는 세계에 대한 환멸을 자기 환멸로 끌어들이면서 자신을 '매음녀'와 동일시하는 것이다.

이러한 전제하에 이 글은 '문화 의사cultural physician'[3]적 주체의 관점 및 '두 층위의 세 겹 알레고리'라는 위상학의 관점으로 심층적이고 입체적인 조명을 시도하여 이연주 시의 전체적 의미 구조에 근접하고자 한다. 이를 위해 매음녀, 속죄양 유다 등의 '시적 대상 혹은 주체 형식', 나-너(그)의 관계를 비롯한 '주체의 관계 형식', 시적 화법 등을 비롯한 '표현 형식'의 범주뿐만 아니라 추억, 서역, 바람, 창 등의 '이미지' 범주와 질병, 죽음, 시간, 치료, 대속(代贖), 구원 등의 '모티프' 범주도 분석소로 활용하려 한다. 이후의 논의는 '표면적 알레고리'의 층위에서 '심층적 알레고리'의 층위로 내면화되면서 '매음녀'가 '추억과 서역'의 시간 의식을 매개로 '속죄양 유다'로 전이되는 과정을 추적하는 방식으로 진행한다.

2. 매음녀—질병과 죽음의 모티프, 표면적 세 겹 알레고리의 중핵

이연주의 시에서 가부장적 가족 질서, 자본주의적 도시 문명, 폭압적인 정치 체제라는 세 가지 외부 현실에 대한 알레고리들이 보로메오 매듭처럼 얽히고 감기면서 '표면적 층위'의 '세 겹 알레고리'를 형성하는 과정을 확인해보자. 먼저 가부장적 가족 질서에 대한 비판을 자본주의적 도시 문명에 대한 비판으로 연결시키면서 일종의 알레고리의

3　'문화 의사'의 개념은 니체와 질 들뢰즈의 논의를 설명하는 로널드 보그Ronald Bogue로부터 차용한다. 니체는 『즐거운 지식』(1882)에서 철학자를 인류의 전면적인 건강 문제를 추구해야 하는 의사라고 정의하고, 질 들뢰즈는 『비평과 진단』(1993)에서 작가를 환자가 아니라 오히려 자신과 세계를 치료하는 의사라고 정의한다. 로널드 보그는 『들뢰즈와 문학』(2003)에서 니체적 문화 의사는 기호의 해석자일 뿐만 아니라 문화적 병균을 박멸하고 삶을 고양하고 증진시키는 새로운 가치를 창안하는 예술가라고 설명한다. 로널드 보그, 「질병, 기호, 그리고 의미」, 『들뢰즈와 문학』, 김승숙 옮김, 동문선, 2006, pp. 23~62 참고.

시적 방법론으로 형상화하는 차원을 살펴본다.

바람난 에미가 도망치고 애비가 땅을 치고 울고

애비가 섰다판에서 날을 새고
그 애비의 아이가
애비를 찾아 섰다판 방문을 두드리고

본드 마신 누이가 찢어진 속옷을 뒤집어 입고
지하상가 쓰레기장 옆에서
면도날로 팔목을 긋고

세 살 난 막내가 절룩, 절룩 자라가고
에미 애비와 누이의 일들을 거침없이 이해하고

오늘,
밤마다 도시가 하나씩 함몰되고, 나는
등불에서
등심지를 싹둑, 싹둑 잘라내고
　　　　—「가족사진」 전문[4]

이 시는 전반부(1~3연)와 후반부(4~5연)로 구성된다. 전반부는 가

4　이연주, 『이연주 시전집』, 최측의농간, 2016, p. 26. 이 전집은 이연주의 첫 시집 『매음녀가 있
　는 밤의 시장』(세계사, 1991)과 두번째 시집 『속죄양, 유다』(세계사, 1993)뿐만 아니라 동인지인
　『풀밭창작동인지』에 발표한 작품들까지 수록하고 있다. 이하 이 글에서 다루는 이연주의 시는 모
　두 이 전집에서 인용한다.

족 관계의 파탄을 극단적인 사건의 연쇄로 형상화하고, 후반부는 이 파탄을 바라보는 "막내"와 시적 화자인 "나"의 시선 및 태도를 묘사한다. 전반부에서 "에미" "애비" "아이" "누이" 등이 형성하는 가족 관계의 연쇄적 파탄에 최초의 원인을 제공하는 것은 무엇일까? 구문적 질서에 따르면 "바람난 에미가 도망치"는 사건인 듯하지만, 내적 질서에 의하면 "애비가 섰다판에서 날을 새"는 장면이라고 할 수 있다. "섰다판"이 표상하는 '도박 중독' 현상은 "바람난 에미" "본드 마신 누이"의 "찢어진 속옷" 등과 접속하면서 성적 윤리의 타락으로 연결되기도 하고, "지하상가 쓰레기장"과 접속하면서 자본주의적 삶의 병폐와 연결되기도 한다. 후반부에서 이 두 가지 계열이 "도시"라는 하나의 초점으로 수렴되면서, 가족 관계의 파탄은 성적 윤리의 타락 및 자본주의 도시 문명의 병폐와 상통하는 맥락을 형성하게 된다. 여기서 이연주 시의 가부장적 가족 질서에 대한 비판이 성적 윤리의 타락을 매개로 자본주의적 도시 문명에 대한 비판과 긴밀히 결부되어 있음을 확인할 수 있다.

또한 후반부에서 주목할 부분은 "세 살 난 막내"와 시적 화자인 "나"의 관계이다. 4연에서 "세 살 난 막내"가 "에미 애비와 누이의 일들을 거침없이 이해하"는 장면은 가족 관계의 파탄, 성적 윤리의 타락, 자본주의 도시 문명의 병폐 등이 쉽게 극복되기 어려운 뿌리 깊은 것이며 대물림으로 영속될 수 있다는 비극성을 상기시킨다. 이 비극성을 가중시키는 것은 5연에 등장하는 시적 화자의 모습이다. "밤마다 도시가 하나씩 함몰되"는 상황 속에서 "등불에서/등심지를 싹둑, 싹둑 잘라내"는 "나"의 행위는 희망을 절단하는 상징성을 단호하게 표출하기 때문이다. 4연의 "세 살 난 막내가 절룩, 절룩 자라가고"와 5연의 "등심지를 싹둑, 싹둑 잘라내고"가 구문상 호응한다는 점에서, 시적 화자인 "나"는 "막내"의 존재와 심리적으로 교섭하면서 관찰에서 동일시로 전이된 듯 보인다. 이 부분은 이연주의 시적 방법론을 해명하는 데 중요하다. 왜냐하면 시적 화자가 전반부에 제시되는 외부 현실을 자기 심리 내부로 끌어들이는 지점을 형상화하고 있기 때문이다. 다시 말해, 이연주 시의 화자는 외부 현실에 대한 재현적 형상화에 머물지 않고, 그것을 내면화하여 세상의 비극을 조숙한 아이의 냉소와 조롱의 시선으로 바라보면서 환멸과 절망의 태도를 취하는 것이다. 요약하면, 인용한 시는 전반부에서 외부 현실의 재현이라는 시적 방법론을 보여주지만, 후반부에서 그것을 주체의 내면적이고 심리적인 변용의 메커니즘으로 전이하는 시적 방법론의 단초를 제시한다.

다음으로 정치적 현실에 대한 비판을 자본주의적 도시 문명의 병폐를 거쳐 성적 윤리의 타락으로 연결시키면서 일종의 알레고리의 시적 방법론으로 형상화하는 차원을 살펴보자.

> 4월은 이제 패망한 굴욕의 달.
> 물기 마른 흰 뼈들이 잔 나뭇가지에서
> 비굴한 서사시적 운명을 노래하고 있다.
>
> 몇 번의 탁한 기침이 운반되고
> 들쉬며 내쉬는 가쁜 숨소리에서 솟아오르는
> 검고 눅눅한 연기들,
> 도회지 한복판 전광판을 시컴케 뒤덮는다.
>
> 전위적 힘의 청부업자들이 둔탁해진 공기 중에 떠서
> 초라한 늙은네의 오물거리는 입술마저
> 낚싯바늘로 그 성대를 꿰는구나.

4월은 이제

음탕한 매음굴의 현란한 등불,

넥타이를 느슨히 풀고 버번 코크를 마시는

탱탱한 뱃가죽 아래 식어버린 비릿한

피의 냄새의 기억, 그땐 참 대단했지요

문득, 뜻없이 중얼거릴 뿐이다.

—「추억 없는 4·19」 부분

이 시는 현재의 상황이 1960년 4·19 혁명의 정치적 변혁에 대한 희망이 좌절되고 굴욕적인 패배로 귀결되었음을 뼈아프게 노래한다. 여기서 주목할 것은 시적 화자가 정치적 외부 현실의 영역을 자본주의 도시 문명의 병폐 및 성적 윤리의 타락으로 연결시키는 부분이다. 1연의 "물기 마른 흰 뼈들"은 혁명의 불꽃이 소멸하고 생명의 에너지조차 소진된 현재의 대중들을 일종의 알레고리로 표현한다. 이 이미지는 2연의 "탁한 기침" "가쁜 숨소리" 등 개인적 호흡 불안 증세를 경유한 후 "검고 눅눅한 연기들"을 거쳐 "도회지 한복판 전광판"에 이르러 자본주의 도시 문명의 병폐로 이동한다. 이어서 3연에서 "전위적 힘의 청부업자들"이 "낚싯바늘"로 "초라한 늙은네"의 "성대를 꿰는" 장면은 정치적 혁명이 좌절된 이후의 굴욕적인 결과를 자본주의의 병적 징후와 결부시키고 있다. 4연에서는 "4월은 이제/음탕한 매음굴의 현란한 등불"이라는 비유와 함께 "식어버린 비릿한/피의 냄새의 기억"을 통해 혁명의 에너지가 소진된 상황을 성적 윤리가 무너진 모습과 긴밀히 결부시킨다. 이 시의 "물기 마른 흰 뼈들" "도회지 한복판 전광판" "음탕한 매음굴의 현란한 등불" 등의 표현은 일반적인 상징이나 전통적 수사학의 알레고리와 연관되면서도 발터 벤야민적 알레고리의 속성도 가지고 있다.[5]

이연주 시에서 상징화의 표현이 벤야민적 알레고리의 속성을 가진다는 근거는 "4월"의 혁명을 "물기 마른 흰 뼈들" "도회지 한복판 전광판" "음탕한 매음굴의 현란한 등불" 등의 이질적인 이미지들로 이동시키며 상징화하는 과정에서 형상과 의미 사이의 불일치로 인해 파편성과 부조화를 노출하기 때문이다. 즉 정치적 변혁의 차원을 현재의 대중적 주체들, 자본주의적 도시 문명, 성적 윤리의 타락 등 상이한 차원으로 이동시키며 상징화하는 표현들은 기표와 기의 사이의 간극으로 인해 파편성과 부조화를 노출하면서 역사의 현실적 차원을 더 극명하게 표출하는 것이다. 이연주 시의 이러한 알레고리적 표현들은 비정형적이고 개별적인 사물이나 잔해의 모습을 띤다는 점에서, 미학적 범주로서 '미'가 아닌 '숭고'와 연관된다고 볼 수 있다.

다음으로 자본주의적 도시 문명의 병폐를 성적 윤리의 타락으로 연결시키면서 일종의 알레고리의 시적 방법론으로 형상화하는 차원을 살펴보자.

> 능글맞은 유머들이 살포되는
> 소름끼치는 장터에서
> 간음한다
> 간음당한다
> 살아온 날과 살아갈 날이
> **뼈**를 발라낸
> 도살당한 고깃덩어리와 씹한다
>
> 보세요, 내 가죽은 얼마나 잘 다림질되어 있는지

5 일반적인 상징, 전통적 수사학의 알레고리, 발터 벤야민적 알레고리에 대해서는 이 책의 pp. 16~19를 참고할 것.

이리 오세요
파산한 공장의 작업장으로
음흉한 향내 곁으로

몸들이 부딪친다.
어디서나
——도살,
——간음,
——피간음,
모두가 같은 종류의
——「유토피아는 없다」 부분

　이 시는 자본주의 체제가 동물을 도살하고 매매하는 살육 및 이윤의 원리를 통해 성립하는 동시에, 간음과 피간음이 한 몸을 이루는 성적 윤리의 파탄과 연결되어 있음을 극명하게 표현한다. 1연에서 "간음한다"와 "간음당한다"가 상통하면서 "도살당한 고깃덩어리와 씹"하는 "장터"는, 자본의 병폐와 성적 타락이 결합된 하나의 알레고리적 장소이다. 이 장소는 2연에서 "파산한 공장의 작업장"으로 이동하면서 생산과 소비와 파산이 진행되는 자본주의 체제의 더 구체적인 현장으로 전개된다. 시적 화자는 "음흉한 향내"를 풍기는 "파산한 공장의 작업장"을 제시함으로써, 자본주의적 도시 문명의 병폐를 성적 윤리의 타락과 접속하면서 알레고리적으로 표현하는 것이다.
　「가족사진」「추억 없는 4·19」「유토피아는 없다」에서 살펴본 바를 정리하면, 이연주의 시는 '가부장적 가족 질서' '자본주의적 도시 문명' '폭압적인 정치 체제' 등의 외부 현실에 대한 비판으로서 각각의 알레고리를 '성적 윤리의 타락'이라는 핵심적인 매개를 통해 상호 연결시킨다. 이연주 시의 방법론은 이처럼 세 가지 외부 현실에 대한 벤야민적 알레고리들을 '성적 윤리의 타락'이라는 공통분모 혹은 교집합을 통해 보로메오 매듭처럼 얽히고 감기는 '세 겹 알레고리'를 형성하는 것인데, 그것들이 중첩되는 중핵 부분에 '매음녀'라는 시적 대상 및 주체가 위치하게 된다.

> 사방 벽 철근 뒤에 숨어
> 날짐승이 낄낄거리며 웃는다.
> 그녀의 허벅지 밑으로 벌건 눈물이 고인다.
> 한번의 잠자리 끝에
> 이렇게 살 바엔, 너는 왜 사느냐고 물었던
> 사내도 있었다.
> 이렇게 살 바엔—
> 왜 살아야 하는지 그녀도 모른다.
> 쥐새끼들이 천장을 갉아댄다.
> 바퀴벌레와 옴벌레들이 옷가지들 속에서
> 자유롭게 죽어가거나 알을 깐다.
> 흐트러진 이부자리를 들추고 그녀는 매일 아침
> 자신의 시신을 내다버린다, 무서울 것이 없어져버린 세상.
> 철근 뒤에 숨어사는 날짐승이
> 그 시신을 먹는다.
> 정신병자가 되어 감금되는 일이 구원이라면
> 시궁창을 저벅거리는 다 떨어진 누더기의 삶은……
> 아으, 모질은 바람.
> ─「매음녀 1」부분

이 시는 "매음녀"의 비참한 삶을 일련의 발터 벤야민적 알레고리로 표현하는데, "철근 뒤에 숨어사는 날짐승" "쥐새끼들"과 "바퀴벌레와 옴벌레들"의 "알" "시신" "시궁창" "바람" 등이 그것이다. 여기서 "철근"과 "날짐승"은 자본주의 도시 문명의 '감시와 처벌' 메커니즘을, "쥐새끼들"과 "바퀴벌레와 옴벌레들"의 "알"은 이 메커니즘 속에서 창궐하는 병균과 질병을, "시궁창"은 이러한 병폐들의 집합소로서 현실의 공간을, "바람"은 외부 현실에서 오는 가혹한 시련이나 거역하기 어려운 운명을 표상한다.[6] 한편 "시신"은 이 현실의 공간에서 살아가는 주체인 "매음녀"의 상황이 죽음이라는 극단적 비극성을 띠고 있음을 표상한다.

이러한 일련의 알레고리들 중에서 외부 현실의 중심적 이미지는 "철근"과 "날짐승" "시궁창" "바람" 등이고, 시적 대상이자 주체인 "매음녀"의 중심적 이미지는 "알"과 "시신"이라고 볼 수 있다. 후자의 "알"과 "시신"은 '질병'과 '죽음'이라는 모티프로 수렴되는데, 이 두 모티프는 이연주 시의 '표면적 세 겹 알레고리'의 중핵인 '매음녀'가 파생시키는 핵심적 모티프가 된다. 여기서 "철근"과 "날짐승"의 알레고리는 미셸 푸코가 언급한 통제사회의 속성인 '감시와 처벌'의 시스템으로서 '파놉티콘panopticon'의 개념과 연관되고,[7] "알"과 "시신"의 알레고리는 미셸 푸코의 생명정치biopolitics 개념 및 그 연장선에서 조르조 아감

---

6 이연주의 시에서 '바람' 이미지는 "병균을 실어 나르는" "매체"(「집행자는 편지를 읽을 시간이 없다」), "저만치 날 밀어다 놓고 골목길 접어/사라지는" "바람"(「지리한 대화」), "광포한 바람"(「집단무의식에 관한 한 보고서」) 등에서 보이듯, 대체로 공간적 차원에서 주체의 외부에서 불어오는 불가항력적인 운명의 힘이라는 의미 맥락을 형성한다.

7 '파놉티콘'은 영국의 공리주의 철학자 제러미 벤담이 제안한 교도소의 형태로 일망 감시체계를 말하는데, 미셸 푸코는 『감시와 처벌』(1975)에서 이 개념을 단순한 건축이 아니라 근대 사회의 감시 원리를 체화한 시스템의 의미로 사용한다. 미셸 푸코, 『감시와 처벌―감옥의 역사』, 오생근 옮김, 나남출판, 2016[개정판], pp. 303~48 참고.

벤이 언급한 '벌거벗은 생명homo sacer'의 개념과 연관될 수 있다.[8] 이 연주 시에서 '표면적 세 겹 알레고리'가 중첩되는 부분에서 핵심적으로 수렴되는 '질병'과 '죽음'의 모티프는 〈매음녀〉 연작시 도처에서 발견된다.

> (1) 함박눈 내린다.
>
> 소요산 기슭 하얀 벽돌 집으로
>
> 그녀는 관공서 지프에 실려서 간다.
>
> 달아오른 한 대의 석유 난로를 지나
>
> 진찰대 옆에서 익숙하게 아랫도리를 벗는다.
>
> 양다리가 벌려지고
>
> 고름 섞인 누런 체액이 면봉에 둘둘 감겨
>
> 유리관 속에 담아진다.
>
> 꽝꽝 얼어붙은 창 바깥에서
>
> 흠뻑 눈을 뒤집어쓴 나무 잔가지들이 키들키들
>
> 그녀를 웃는다.
>
> 반쯤 부서진 문짝을 박살내고 아버지가 집을 나가던 날
>
> 그날도 함박눈 내렸다.

---

8 미셸 푸코는 1976년 콜레주 드 프랑스 강의와 『성의 역사 1』(1976)에서 생명을 지배하는 권력을 개별 신체의 훈육과 인구의 조절·통제로 구별하고, 17세기 이후 등장한 훈육 테크놀로지와 18세기 이후 등장한 인구 조절 및 안전 테크놀로지에 대해 분석한다. 조르조 아감벤은 『호모 사케르』(1995)에서 다른 사람이 그를 죽여도 처벌받지 않는, 즉 정치적·법률적 공동체에서 쫓겨나 자연적 존재로 격하된 사람을 '벌거벗은 생명'으로 지칭하고, 이 개념을 통해 정치 영역의 숨겨진 매트릭스를 발견하여 현대 정치 지형을 이해하는 근원적 논리를 가시화하고자 한다. 미셸 푸코, 『성의 역사 1―지식의 의지』, 이규현 옮김, 나남출판, 2010; 조르조 아감벤, 『호모 사케르―주권 권력과 벌거벗은 생명』, 박진우 옮김, 새물결, 2008 참고.

(2)　나는 부둣가에서

선술집 문짝에 내걸린 초라한 등불 곁에서

매발톱 손톱을 키워 도회지로 흘러왔다.

눈 붙이면 꿈속에서 어머니

이 버러지 같은 년아,

아침까지 흑흑 느껴 우신다.

내 심장 차가운 핏톨, 썩은 물 흐르는 소리.

나는 살 속 깊은 데서 손톱을 꺼내

무덤을 더 깊이 판다.

하나의 몫을 치르기 위해 삶이 있다면

맨몸으로 던지는 돌 앞에 서서 사는

이 몫의 삶은……

희미한 전등불 꺼질 듯 끄물거린다.

—「매음녀 6」 부분

(1)은 1~2연에서 "관공서"가 "매음녀"의 성병을 검사하고 관리하는 장면을 보여주고, 3연에서 "아버지가 집을 나가던 날"의 가정사를 병치하여 제시한다. 현재 상황(1~2연)과 과거 상황(3연)을 연결시키는 매개는 "함박눈"인데, 그 순수성과 풍성함이 "고름 섞인 누런 체액"의 '질병' 모티프와 극명한 대비를 이루면서 역설적 효과를 빚어낸다. "눈을 뒤집어쓴 나무 잔가지들이 키들키들/그녀를 웃는" 장면은 세상 사람들의 야유와 조롱을 동반하는 편견의 시선을 형상화하는 듯하다. 한편 "창 바깥에서"에 주목하면, "눈을 뒤집어쓴 나무 잔가지들"이 3연의 과거 상황과 동일시되면서 현재와 유비(類比)된다는 점에서 "매음

녀"가 처한 대물림의 비극적 운명을 상기시킨다.[9] 이 시의 핵심적 이미지는 "고름 섞인 누런 체액"이 형성하는 '질병' 모티프인데, 여기서 유의할 부분은 이 '질병'이 단지 시적 대상이자 주체인 "매음녀"의 개인사나 가족사의 비극에 머물지 않고 가부장적 가족 질서, 자본주의적 도시 문명, 폭압적인 정치 체제 등의 외부 현실에 대한 비판으로서 각각의 알레고리들을 하나로 중첩시키는 교집합적인 모티프라는 점이다.

(2)는 "부둣가" "선술집"에서 "도회지로 흘러"들어 온 "매음녀"의 삶의 이력을 묘사하면서 과거 상황과 현재 상황을 "손톱" 이미지를 매개로 연결시킨다. "초라한 등불 곁에서" "키"운 "매발톱 손톱"의 처절한 생존력과 잔인한 복수심은 "내 심장 차가운 핏톨, 썩은 물"로 표상되는 '질병' 이미지와 더불어 심화되고, "무덤을 더 깊이" 파는 '죽음' 이미지로 전이되면서 추락하는 형세를 띤다. "살 속 깊은 데서 손톱을 꺼내/무덤을 더 깊이" 파는 "매음녀"의 모습은, 이연주의 시에서 표면적 세 겹 알레고리를 하나의 핵심으로 수렴하는 '질병' 모티프가 궁극적으로 '죽음' 모티프로 귀결됨을 보여준다.

이상의 논의를 요약하면, 이연주의 시는 가부장적 가족 질서, 자본주의적 도시 문명, 폭압적인 정치 체제 등의 외부 현실에 대한 비판으로서 각각의 알레고리가 얽히고 감기면서 '표면적 층위'의 '세 겹 알레고리'를 형성하는데, 이 세 겹 알레고리가 중첩되는 공통분모 혹은 교집합에 '매음녀'가 존재하고, 그녀를 둘러싸고 '질병'과 '죽음'이 핵심적 모티프를 형성한다. 이연주의 시는 '집단 무의식'의 방식을 통해 이러

---

9 이연주의 시에서 '창' 이미지는 공간적 차원에서 외부 현실들 간의 경계가 되기도 하고, 시적 주체의 안과 밖의 경계라는 의미 맥락을 형성하면서 내면성과 외부 현실을 구분하기도 하며, 시간적 차원에서 과거, 현재, 미래의 경계라는 의미 맥락을 형성하기도 한다. 따라서 '창' 이미지는 세 겹 알레고리를 상호 소통시키는 매개가 되기도 하고, 표면적 알레고리가 심층적 알레고리로 전이되는 매개로 기능하기도 하며, 과거, 현재, 미래 간의 시간적 경계를 횡단하는 매개로 작용하기도 한다.

한 알레고리적 위상학을 입체적이고 복합적인 형태로 종합하여 제시하기도 한다.

> 광포한 바람이 아귀아귀 불어대는 것이었다 빗날, 폭우로 쏟아지는 것이었다. 무딘 물방울의 세포들은 전염병을 몰고 오는 바람에 쏠려 공중분해되는 격전지에서 갈쿠리 같은 병균들 와글와글 떨어지는 것이었다. 곱태낀 옛 샘터 바닥의 돌멩이들, 치욕스런 산 자는 거대 자본가에게, 내 척추에 물이 마르고 있어요.
>
> 그리하여 한 밤을 자고 나면 한 사람이 망자의 인명 기록부에 이름 석자를 남겨놓고 그리하여 한 가족이 파라티온을 마시고 한 마을이 서로의 목을 졸라 살상 행위의 범법자가 되어가는 것이었다. 자살자에 대한 간략한 보도에 살아 있는 개별자들은 수전증을 앓는 늙은이처럼 벌벌 손이 떨려 드디어 가면 공장이 문을 열고 땅을 기는 하류짐승들의 촉수가 잘려져나간 가면들이 봉고차에 실려 슈퍼마켓으로 바쁘게 배달되는 것이었다.
>
> 날마다 사이렌이 불어대는 것이었다. 자살 집회의 봉쇄를 위한 수만 명의 전경이 광장에 배치되고 사복 경찰들은 골목골목에서 무전기를 들고 대문간 안을 기웃거리는 것이었다. 저녁 식사를 마친 아버지가 포르노를 보는 동안 술취한 아들이 화장실 변기통에 똥물을 토해내는 동안 가면 속에서 은밀하게 술렁거리는 그들은 건초더미 마르고 까슬까슬한 저녁나절의 꿈을 꾸는 것이었다 집단 파리떼의 주검.
>
> ―「집단무의식에 관한 한 보고서」 전문

산문시의 형태로 전개되는 이 시는 "전염병" "병균들" 등의 '질병' 모티프와 "자살" "살상" 등의 '죽음' 모티프를 자본주의적 도시 문명,

폭압적인 정치 체제, 가부장적 가족 질서 등의 세 가지 외부 현실에서 촉발되는 집단 무의식의 방식으로 결부시키고 있다. 1단락은 "전염병을 몰고 오는 바람"의 전쟁으로 생겨나는 "병균들"을 묘사하면서 '질병'에 의한 '죽음'을 "거대 자본가"와 결부시키고, 2단락은 "자살"과 "살상"으로 인한 '죽음'이 "개별자" "가족" "한 마을" 등의 단위에서 전방위적으로 발생하는 모습과 "가면 공장"에서 생산된 "가면들"이 "슈퍼마켓"으로 "배달되는" 장면을 묘사한다. 3단락은 "자살 집회"를 "봉쇄"하기 위해 "전경"과 "사복 경찰들"이 배치되는 장면과 "아버지가 포르노를 보는 동안 술취한 아들이 화장실 변기통에 똥물을 토"하는 장면을 묘사한다. 1단락과 2단락이 '질병'과 '죽음'의 모티프를 자본주의적 도시 문명과 결부시킨다면, 3단락은 그것을 폭압적인 정치 체제 및 가부장적 가족 질서와 결부시킨다고 볼 수 있다.

이 시에서 주목할 것은 우선 '질병'과 '죽음'의 모티프뿐만 아니라 "가면 공장"에서 생산된 "가면들"의 알레고리를 통해 2단락과 3단락이 접속하면서 자본주의적 도시 문명, 폭압적인 정치 체제, 가부장적 가족 질서라는 세 겹 알레고리를 상호 연결하는 고리를 형성한다는 점이다. 이로 인해 세 가지 외부 현실은 허위의식, 거짓, 불의 등의 의미를 매개로 상호 얽히고 감기면서 세 겹 알레고리를 형성하게 된다. 또한 가지 주목할 부분은 "가면들"의 알레고리를 통해 집단 무의식을 시적으로 형상화하는 유효적절한 형식이나 기법을 찾는다는 점이다. '가면' 알레고리는 이연주 시의 '표면적 세 겹 알레고리'를 하나의 공간에서 입체적이고 복합적인 형태로 종합하면서 제시하는 효과적인 시적 방법론이 되는 셈이다.

3. 추억과 서역─시간과 치료의 모티프,
표면적 알레고리에서 심층적 알레고리로의 전이

이연주의 시에서 '표면적 세 겹 알레고리'는 시적 주체의 내면화 과정에서 '심층적 세 겹 알레고리'를 생성시킨다. 표면적 알레고리에서 심층적 알레고리로의 전이 과정에는 과거, 현재, 미래 간의 시간 의식이 중요한 매개로 작용하는데, 그 대표적인 시적 표현으로 '추억'과 '서역'의 이미지가 나타난다.

> 서역, 그 뒤에도
> 사람이 살고 있습니까?
>
> 다시 시작해 보자.
> 더러운
> 추억의 힘이여.
> ─「겨울 석양」 전문

첫 시집 『매음녀가 있는 밤의 시장』의 서시(序詩)에 해당하는 이 시는 이연주의 시 세계 전체를 지배하는 표면 장력을 형성한다. 이 장력은 이연주 시의 지향성을 견인하는 동력과 연관되는데, "서역"과 "더러운/추억"이라는 두 가지 풍크툼punctum[10]에서 그것을 유추할 수 있

---

10 '풍크툼'은 롤랑 바르트가 자신의 사진론에서 '스투디움studium'과 대비적으로 사용하는 개념이다. 사진도 특정 사회 안에서 의미를 가지는 기호들의 집합이라고 볼 수 있다. 바르트는 사진을 통해 읽어낼 수 있는 문화적 기호 체계, 즉 여러 사람에게 일반적으로 공유되는 이미지를 스투디움이라고 부르고, 이와 구별하여 사진에서 다른 사람의 경험으로 치환될 수 없는 고유하고 특이한 이미지를 풍크툼이라고 부른다. 다시 말해, 스투디움이 누구나 동의할 수 있을 만큼 관습화되고 일반화된 이미지라면, 풍크툼은 쉽게 이해하기 힘든 불가사의하고 수수께끼 같은 이미지이다.

다. 화자는 "겨울 석양"을 바라보며 "서역"과 관련된 질문 및 "추억"과 관련된 결의를 표명한다. 여기서 "서역"(西域)은 '중국에서 그들의 서쪽 나라들을 일컫는 지역명'으로 공간적 개념이지만, 미래라는 시간적 개념도 내포하고 있다. 1연에서 화자가 "서역, 그 뒤에도/사람이 살고 있습니까?"라는 질문을 통해 미지의 영역에 대한 갈망을 표명하므로, 이 공간은 현실이 아닌 다른 세계와 연관되고 더 나아가 미래적 시간과도 연관되는 듯이 보인다. "깊은 내면을 지닌 서역"(「서역」)에서 알 수 있듯, 이연주의 시에서 '서역'이라는 공간 개념은 주체의 내면성과 결부되어 미래적 시간 개념을 내포하면서 중요한 시적 동력으로 작용한다.[11]

한편 2연에서 화자가 새로운 출발의 의지를 표출하면서 호명하는 "더러운/추억의 힘"에서도 시간 의식을 유추할 수 있다. 일반적으로 과거는 '추억'이라는 현재의 심리적 재구성을 통해 아름답게 미화되지만, 이연주 시에서는 그 비극성의 압도적인 무게로 인해 "더러운" 것으로 인식되는 듯이 보인다. 다시 말하면, 순결한 과거가 있었지만 그것이 오염되고 훼손되는 과정의 고통과 그 결과로 생겨난 현재의 극단적인 추함으로 인해 "더러운/추억"이 되는 것이다. 여기서 더 중요한 것은 이 "더러운/추억"을 미래로 전진하는 "힘"으로 삼는 역전의 정신이다. 이연주의 시에서 '추억'은 "기억하고 싶지 않은" "몹쓸 추억"(「위험한 진단」), "된 가래에" "엉겨 붙는" "추억들"(「매음녀 4」), "불순한 광물질

원래 풍크툼은 라틴어로 날카롭고 뾰족한 물체에 찔려 생긴 상처를 의미한다. 바르트는 사진의 이미지 중에서 보는 이의 의식 및 무의식을 찌르며 상처를 입히는 이미지를 주목하고, 이 우연하고 돌발적인 이미지가 바로 작품 세계의 숨은 비밀을 이해하는 지름길이라고 생각한다. 롤랑 바르트, 『카메라 루시다—사진에 관한 노트』, 조광희·함정식 옮김, 열화당, 1998, pp. 34~70 참고.

11 '서역'은 '표면적 알레고리'가 '심층적 알레고리'로 전이되는 과정에서 매개가 되는 동시에, '심층적 알레고리'의 층위에서 개인적 실존 및 무의식을 디스토피아적 미래와 접속하고, 궁극적으로 종교적 신비주의와도 접속하는 연결 고리가 된다. 이에 대해서는 4절에서 다시 논의하기로 하자.

의 바람 속으로" "무엇이 추억을 가져갔단 말인가"(「추억 없는 4·19」) 등에서 보이듯, 누추하고 불순하고 고통스러운 것이다. 하지만 "남아 있는 기력을 지배하는 추억들"(「유배지의 겨울」)에서처럼 현재를 견디고 미래를 기약하는 힘을 동반하면서 양가성을 가진다. 요약하면, 인용한 시는 환멸의 태도로 과거를 회상하지만 그 고통의 힘으로 미래를 향해 나아가려는 화자의 의지를 통해 이연주의 시적 동력을 보여준다. 이처럼 이연주의 시에서 '시간' 모티프는 현재를 중심으로 과거와 미래가 균열 및 간극을 노정한 채 상호 충돌하거나 엇갈리면서 나타난다.

1

위장병이 도졌다

예감이 좋질 않아

「건강해지고 싶어」 벽에 걸린 사진 속의 자살자가 말한다

네 친구가 되고 싶다.

2

창과 틀 사이 엇물린 시간

오후 2시

나는 빨랫줄에 걸린다

생선뼈와도 같이

……

죽는 일에 자신이 생긴다는 것은 무엇일까

3

오늘 석간신문의 머릿기사는

종신형을 받은 그를 무엇이 천대했는가

독나방이를 죽인다
왜 나는 부정하는 것만이 아름다울까
단단해져 가는
아우슈비츠의 비누쪽들
──「인큐베이터에서의 휴일」 전문

　이 시의 화자는 '병원'을 미숙한 신생아를 키우는 "인큐베이터"로 비유하고, 이곳에서의 하루를 세 가지 단면으로 묘사한다. 1장에서 "자살자"는 "벽에 걸린 사진 속"에서 "건강해지고 싶"다고 말하고, 화자는 "네 친구가 되고 싶다"라고 호응한다. 그러나 그는 과거에 이미 죽은 사람이므로, 시간의 엇갈림으로 인해 이러한 소망은 실현될 수 없는 허망이 된다. 2장에서 화자는 "오후 2시"에 삶의 의욕을 잃고 무기력해진 상태를 "생선뼈"처럼 "빨랫줄에 걸린"다고 비유한다. 잠시 침묵한 후에 "죽는 일에 자신이 생긴다"라고 자살에 대한 미래적 예감을 직설적으로 말하는데, 이 시간을 "창과 틀 사이 엇물린 시간"으로 표현한다는 점이 중요하다. 여기서 "창"은 앞에서 언급했듯, 공간적 차원에서 시적 주체의 안과 밖의 경계라는 의미를 가지는 동시에 시간적 차원에서 과거, 현재, 미래 간의 경계라는 의미를 형성하기도 한다. 따라서 "창과 틀 사이 엇물린 시간"은 시적 주체의 내면과 외부 현실 간의 균열뿐만 아니라 과거와 현재와 미래 간의 균열을 드러내고 있다. 한편 3장에서 "종신형을 받은 그"는 미래의 죽음을 현재에 계속 확인하며 살아가는 사람이고, "독나방이를 죽"이는 것은 죽음이 현재적 사건으로 발생하는 양상이며, "아우슈비츠의 비누쪽들"이 "단단해져 가는" 것은 과거의 죽음이 현재까지 지속하면서 강화되는 상황이다. 결국 이 시는 화자의 안과 밖의 균열 및 과거, 현재, 미래 간의 균열로 인해 전(全)방위적이고 전(全)시간적으로 '죽음'이 진행되는 상황을 표현하고

166

있다.

　이러한 '엇물린 시간'의 역학 관계를 통해 이연주의 시에서 현재는 "검은 시간의 철근"(「시외전화」), "어제 없는, 내일 없는, 그저"(「허공에 매달린 시대」), "남은 시간의 부스러기들"(「담배 한 개비처럼」), "불연소성 시간"(「라라라, 알 수 없어요」), "늙은 철사줄에 얹"힌 "맥없는 시간"(「초록등거미와 거미줄의 마이너스적 관계」), "시간의 조공난 뼈골"(「삼류들의 건배」), "시간의 벽"(「우리라는 합성어로의 환생—위험한 시절의 진료실 5」) 등 공허하고 분쇄되며 차단된 시간들에 의해 지배된다. 그러나 시적 주체는 이 지점에 머물지 않고 '엇물린 시간'의 관계를 '시간과의 싸움'으로 진전시킨다.

> 아주 천천히 흐르는 시간 속,
> 아니면 아예 멈춰 있는 시간 속,
> 여기서 아프지 않고 견디기란 어렵다
> 나는 시계판을 뜯는다
> 초침을 떼어내고 분침과 시침을
> 그러면 허허벌판을 채칵채칵 소리들이 간다
> 유물로 남기 위해서 소리와 나는
> 무덤은 격투의 현장이다
> 어떤 때 나는 시간을 이긴다
> 대부분의 나는 백기 뒤에 숨어 산다
> 시간의 용병은 긴 철삿줄로 내 목을, 나는 진땀을 흘리는 것이다
> 내 몸을 빠져나오는 땀방울들
> 검은 쥐떼들은 분주하게 벽을 타고 올라
> 내가 죽인 아이들의 송장에서 흐르는 진물을 핥아먹고 살이 찐다
> 내 아이들은 점점 가늘어질 것이다

—「무덤에서의 기침」 부분

이 시의 화자는 "흐르는 시간 속"이나 "멈춰 있는 시간 속"을 "견디"면서 "시계판을 뜯"는 행위를 통해 '시간과의 싸움'을 벌인다. "초침을 떼어내고 분침과 시침을" 떼어내도 "허허벌판을 채칵채칵 소리들"이 가는 것은 이 싸움이 패배가 예정된 불가항력적인 것임을 암시하고, "무덤"이 "격투의 현장"인 것은 그것이 죽음으로 귀결된다는 것을 은연중에 드러낸다. 죽음이 압도적으로 장악하는 이 시간은 "부채를 남기고 사라진/다시 돌아온 원귀들의 시간"이자 "저주받는 구멍의 시간"(「현대사적 추억거리」)이다. 즉 이연주 시에서 '엇물린 시간'의 모티프 및 '시간과의 싸움'이라는 주제는 주체가 이미 체득한 죽은 자들에 대한 부채 의식과 저주받은 죄의식에서 연유한다. 그래서 "시간의 용병"이 "긴 철삿줄"로 "목"을 조르는 "나"의 피학적 죽음은 "내가 죽인 아이들"이라는 가학적인 죽임의 행위와 한 몸을 이루고 있다. 여기서 화자가 "대부분의 나는 백기 뒤에 숨어" 살지만, "어떤 때 나는 시간을 이긴다"라고 말하는 부분을 주목할 필요가 있다. 패배가 예정된 불가항력적인 운명과의 싸움이지만 그 대결의 의지가 중요하고, 순간이나마 주체가 승리하는 시적 차원이 의미 있기 때문이다. 이러한 차원에서 이연주 시에서 '시간' 모티프는 '치료' 모티프와 접속하게 된다.[12]

4

1+0=3

대칭과 비대칭 사이를 유영[13]하는 흔들리는 선박

---

12 '시간' 모티프가 죽은 자들에 대한 부채 의식과 죄의식에서 비롯된다면, '치료' 모티프는 부채를 갚고 죄의 대가를 치르려는 속죄 의식에서 비롯된다. 따라서 '치료' 모티프는 '속죄양 유다'를 중핵으로 전개되는 '심층적 알레고리'의 층위에서 '대속'과 '구원'의 모티프로 연결된다.

시간은 늘어져 있거나

오래된 쇳조각의 부스러기 냄새로 지독하다

멀리 나온 탄두는 묻는다

돌아가려면

운동의 방향을 어떻게 바꿔야 할 것인가

만일 천왕성으로 날아가지 않겠다면

만일에 노아의 방주를 타고

화성이나 달로 떠나가지 않겠다면

관절이 나간 몸통들,

부러진 개별자들을 불러올 것

칼번개의 순간을 클릭하라

〔……〕

1+0＝3

관념에서 실재를 끌어내오듯

실재 또한 어느 시간대에선 관념으로 돌아가야 한다.

5

의사일지 1999년 12월 15일.

환자번호 0007을 충격요법으로써 다뤄보다

그런데, 그는 치유되어야만 하는 걸까?

만일 치유가 된다면

그것은 어떤 개인 차원의 진보적 의미를 갖는 걸까

그를 치유해야 할 이유에 대한, 지금

13 『이연주 시전집』에 "유형"으로 표기되어 있지만, 오기라고 판단하여 "유영"으로 고쳐서 표기
한다.

두 층위의 세 겹 알레고리　　　　　169

신념이 내겐 없다.

—「충격요법을 실험중인 진료실」부분

'치료' 모티프는 "치유받을 수 있는 곳이라면 나도 가고 싶다"(「풀어진 길」)를 비롯해 이연주의 시 도처에 등장하는데, 특히 두번째 시집 『속죄양, 유다』에 수록된 9편의 〈위험한 시절의 진료실〉 연작시에는 '질병' '치료'라는 모티프가 공통분모로 등장한다. 인용한 시는 그 연장선에서 "충격요법을 실험"함으로써 동일한 주제 의식을 압축하면서 심화시키고 있다. 4장에서 화자는 "늘어져 있거나" "쇳조각의 부스러기 냄새로 지독"한 "시간" 속에서 일종의 문명 비판적 인식을 통해 치료의 방법을 모색한다.

여기서 일종의 문명 비판적 인식이라는 말이 내포하는 의미 맥락은 복잡하고 미묘하다 "대칭과 비대칭 사이를 유영"하는 것은 수학적·기하학적인 사고, "멀리 나온 탄두"와 "돌아가"는 "운동의 방향"은 물리학의 역학적인 사고에 기초한다. 반면 "천왕성으로 날아가"거나 "노아의 방주를 타고/화성이나 달로 떠나가"는 것은 천문학적·종교적 상상력에 기초한다. 그래서 "관절이 나간 몸통들,/부러진 개별자들을 불러올 것"이라는 표현은 일단 전자에 근거하여 '질병' '치료'를 모색하는 태도를 제시하지만, "칼번개의 순간을 클릭하라"라는 말은 디지털 문명의 접속 코드인 "클릭"에 종교적 심판의 뉘앙스가 강한 "칼번개"를 결합하여 전자와 후자를 종합하고 있다. 화자는 이러한 종합을 "실재"와 "관념" 간의 왕복 운동으로 인식한다. 따라서 화자는 근대적 과학의 지식 체계에 근거하는 치료와 천문학적·종교적 상상력에 근거하는 치료 사이에서 양가적 태도를 취하는 것처럼 보인다. 그런데 "관념에서 실재를 끌어내오듯/실재 또한 어느 시간대에선 관념으로 돌아가야 한"다는 진술에는 실재보다 관념에 우선권을 부여하는 인식이 엿보인다.

그 연장선에서 화자는 5장에서 "의사일지"와 "환자번호"를 중심으로 진행하는 "충격요법"이 "개인 차원의 진보적 의미를 갖는"지 의심하고 근대적 과학 지식에 대한 회의를 표명한다. 이연주의 시는 그 대안으로 천문학적 상상력 및 종교적 상상력에 근거하는 '질병' '치료'의 방향으로 나아가는 것으로 보인다.

4. 속죄양 유다
─대속(代贖)과 구원의 모티프, 심층적 세 겹 알레고리의 중핵

이연주의 시에서 '표면적 알레고리'의 세 영역인 가부장적 가족 질서, 자본주의적 도시 문명, 폭압적인 정치 체제 등의 외부 현실은 시적 주체의 내면화를 통해 '심층적 알레고리'의 세 영역인 개인적 실존 및 무의식, 디스토피아적 미래, 종교적 신비주의 등으로 전이된다. 이러한 내면적 전이 과정은 한 작품에 폭압적인 정치 체제에 대한 저항과 기성 종교에 대한 비판을 긴밀히 결부시켜 형상화하는 경우에 선명하게 드러난다.

> 내부가 헐어버린 사원으로 가자
> 십일월의 밤이 살을 찢는구나
> 뼈대만이 남은 십자가 앙상하다, 꼴불견이니
> 내려 문짝에나 기대 받쳐두렴
>
> 얼음처럼 식은 마태오, 루가의 복음을 펼쳤느냐?
> 자, 밑줄을 붉게 그어보자
> 너, 조갈에 들어 푸실거리는 눈꺼풀을 들어올려야지?

모든 겨울은 끝이며 시작이다

이제, 용기 있는 이별 앞에

석유는 준비되었느냐?

성냥이 찬이슬에 젖어버리진 않았겠지?

노숙하는 이의 쓰라린 밤잠을 불러오너라

우리 함께,

다 같이 나도 말이지

살아 남아 슬프지 않은 나라,

옳거니, 기쁜 일이다, 가자.

──「방화범」 전문

　　이 시는 전반부(1~2연)와 후반부(3~4연)로 구성된다. 전반부는 기성 기독교에 대한 비판을 표현하는데, 후반부는 그 연장선에서 "사원"에 방화(放火)하는 모습을 제시한다고 볼 수도 있고, 1990년대의 시대 상황과 연관하여 폭압적인 정치 체제에 대한 저항으로 분신자살을 암시한다고 볼 수도 있다. 이러한 중의적 해석은 이 시를 정치 체제에 대한 저항과 기성 종교에 대한 비판을 상호 결부시킨 작품으로 간주하는 것과 연관되어 있다. 이러한 해석을 뒷받침하는 근거로 "분신할 아들도 파업할 딸년도 낳을 수가 없는데요"(「발작」), "칼칼한 기압지대 닭장차가 지나가데/전투 경찰 일개 분대를 내려놓고"(「고압지대에서 흐리고 한때 비」) 등 당대 정치 체제에 대한 비판이나 풍자를 발터 벤야민적 알레고리의 기법으로 형상화하는 사례에서 찾을 수 있다. 화자는 전반부에서 "내부가 헐어버린 사원" "뼈대만이 남은 십자가" "얼음처럼 식은 마태오, 루가의 복음" 등의 표현을 통해 기독교에 대한 비판을 드러낸다. 이 비판은 기독교 자체에 대한 부정이라기보다는 현실에서 세속화된 기성 종교에 대한 비판의 성격을 띤다고 볼 수 있다. 후반부는 "용기 있는 이별" "석유" "성냥" 등의 이미지로 방화 혹은 분신자살을 실천하는 화자의 결의를 보여준다. "우리 함께,/다 같이 나도 말이지"라는 표현에는 화자가 청자에게 말하는 대화체가 사용되는데, 화법의 측면에서 이연주의 시는 극적 상황을 설정하거나 화자와 청자 간의 대화를 구사함으로써 생생한 현장감을 조성한다. "살아 남아 슬프지 않은 나라"는 당대 현실에 대한 환멸의 역설적 표현이고, "옳거니, 기쁜 일이다, 가자"는 방화 혹은 분신자살에 대한 단호한 결단을 표현한다.

한편 '표면적 알레고리'가 '심층적 알레고리'로 내면화되는 과정에서, 자본주의적 도시 문명에 대한 비판을 디스토피아적 미래 및 종교적 상상력과 긴밀히 결부시키는 경우도 나타난다.

〔······〕 물고기들이 둥둥 떠서 흘러오는 하구의 검고 찐득한 강을 건너 사납고 징그런 독사와 성교를 하는 도시의 거대한 철문도 지나쳐 가고 있다. 장대비, 푸르고 시퍼런 등허리를 슬쩍슬쩍 내보이며 공중을 후려친다. 누가 깡마른 초를 받쳐 불을 그어 당긴다 한들······ 빗방울이 스며든다, 송신탑이 저렇게 흠씬 젖어버렸을까. 녹이 슨 기계들은 입을 벌린 채 누워 있구나. 썩어가는 빛은 화려해, 부패하는 냄새는 성감대를 충분히 만족시킨다. 콘크리트 건물들 사이에서 스멀스멀 온몸을 근지럽히는 썩는 빛, 썩어가는 냄새. 산술법으로 환산되는 격조 높은 사람들 걸어가고 있다. 이상한 병동의 어둡고 긴 복도 끝에 질질 신발 끌리는 소리, 몰아쉬는 폐활량은 기대치 훨씬 아래를 어기적거린다. 아버지, 불의 칼침을 내리시는구나, 장대비······

이 시의 화자는 천둥 번개와 함께 "장대비"가 내려 "송신탑"을 적시는 "도시"의 풍경을 보면서 묵시록적 상상력을 펼친다. "독사와 성교"하는 "도시의 거대한 철문"은 "물고기들이 둥둥 떠서 흘러오는 하구"와 접속하여 자본주의적 도시 문명을 디스토피아적 미래와 결부시킨다. 그리고 "부패하는 냄새"가 "성감대"를 "만족시"키는 대목과 접속하여 성경적 의미의 소돔과 고모라를 연상시키면서 성적 윤리의 타락과도 결부시킨다. 따라서 자본주의적 도시 문명, 디스토피아적 미래, 성적 방종과 파멸 등의 결합체인 "도시"는 "썩는 빛, 썩어가는 냄새"로 상징되는 부패의 속성으로 수렴되고, 결국은 "병동"이라는 '질병' 모티프로 귀결된다. 이어서 화자는 "장대비"를 "아버지"가 "불의 칼침을 내리"시는 것으로 표현함으로써 그 '치료' 가능성을 제시한다. "장대비"를 기독교적 심판의 차원으로 전환시키는 성화(聖化)를 통해 묵시록적 비전을 드러내는 것이다.

이처럼 이연주 시의 종교적 상상력은 부패한 기성 종교에 대한 신랄한 비판과 타락한 자본주의적 도시 문명에 대한 묵시록적 심판 사이에서 폭넓은 스펙트럼을 형성하면서 진동한다. '심층적 세 겹 알레고리'의 중핵인 '속죄양 유다'의 위상은 이러한 종교적 상상력의 스펙트럼과 긴밀히 연관되어 있다. 시적 주체의 내면화 과정에서 '시간' 및 '치료'의 모티프는 '대속' 및 '구원'의 모티프로 전이되는데, 앞서 언급했듯 '서역'이라는 공간 및 미래적 시간 개념은 표면적 알레고리가 심층적 알레고리로 전이되는 과정에서 중요한 매개로 작용하는 동시에, '심층적 알레고리'의 세 영역을 상호 접속시키는 연결 고리가 된다.

나는 최후의 만찬처럼 너를 사랑하여

예수를 팔고 내장이 터져 죽은 유다처럼

모가 난 돌덩어리들 심연 중에서

알 수 없는 사람들 속에서

여린 가슴이 피를 토하며

기도한다면

금성인간,

아주 단순한 눈시울 너는 나를 사랑하지.

서역 저 너머 네 나라에서의

신천옹의 사랑.

절단난 이 땅의 목 근처, 허벅지 근처,

절망에 빠진 노엽고 암울한 살을 핥아주며

네가 여기,

지구라는 행성 내 곁으로 온 이유는 무엇일까.

유다는 홀로 완성되지 않는다.

　　　—「속죄양, 유다, 그리고 외계인—위험한 시절의 진료실 8」 부분

　　이 시는 '심층적 세 겹 알레고리'의 중핵인 '속죄양 유다'의 의미와 위상을 살펴볼 수 있는 중요한 근거를 제시한다. 이 시를 해석하는 관건은 화자인 "나"와 대상인 "너"의 관계에 있다. 우선 시적 대상인 "너"는 "서역 저 너머"의 "나라에서" "지구라는 행성 내 곁으로 온" "금성인간"으로 묘사된다. 이 '외계인'의 존재는 "천왕성으로 날아가"거나 "노아의 방주를 타고/화성이나 달로 떠나"(「충격요법을 실험중인 진료실」)가는 것처럼, 일종의 '관념'으로서 천문학적 상상력과 종교적 신비

주의가 결부된 사유에서 생겨난다. "천왕성에서 내가 기억할 너,/명왕성에서 내가 낳을 너"(「몰락에의 사랑」), "블랙홀을 조준하라/닫힌 사차원을 열어라"(「충격요법을 실험중인 진료실」)처럼 이연주의 시에 종종 나타나는 이러한 관념적 사유는, '매음녀'의 '질병'을 알레고리화하여 근대 이후 자본주의적 도시 문명 전체를 '치료'하려는 문화 의사적 의지에서 비롯된다. 인용한 시는 이러한 '치료' 모티프를 '대속' 및 '구원'의 모티프로 승화시킨다.

여기서 중요한 부분은 "금성인간"이 "서역 저 너머"에서 왔다는 점과 그가 "신천옹의 사랑"을 보여준다는 점이다. 앞서 「겨울 석양」에서 분석한 대로, 이연주 시에서 '서역'이라는 공간 개념은 주체의 내면성과 결부되어 미래적 시간 개념을 내포하는데, 따라서 '서역'에서 온 "금성인간"은 시적 주체의 내면화 과정에서 생성된 미래적 구원자, 즉 메시아적 속성을 가지는 듯이 보인다. 그가 "절단난 이 땅"의 "절망에 빠진 노엽고 암울한 살을 핥아주며" "지구라는 행성 내 곁으로" 왔다는 표현이 이러한 해석을 뒷받침한다. 그런데 이 구원자는 "신천옹", 즉 앨버트로스의 속성을 지니므로 이상과 현실 간의 불균형으로 인해 비틀거릴 수밖에 없다. "금성인간"의 메시아적 사랑이 절름발이가 되는 또 다른 이유는 화자가 자신을 "예수를 팔고 내장이 터져 죽은 유다"에 비유하듯, 그의 사랑을 배신하기 때문이다. 결국 이 시에서 화자는 "나"와 "너"의 관계를 '가룟 유다'와 "예수"의 관계로부터 유추하는 것이다.

이 시가 〈위험한 시절의 진료실〉 연작시인 점과 '치료'의 연장선에서 '대속' 및 '구원'을 추구하는 이연주 시의 문화 의사적 특성에 비추어볼 때, 화자는 자신을 예수를 배신하고 죄책감으로 인해 자살한 가룟 유다와 동일시함으로써 근대 이후 자본주의적 도시 문명 전체에 대한 치료 및 구원의 불가능성에서 오는 좌절과 환멸을 몸소 떠안으려

176

하는 듯이 보인다. 이러한 해석은 제목의 '속죄양, 유다'와 마지막 문장인 "유다는 홀로 완성되지 않는다"라는 문장을 음미할 때, 좀더 복잡하고 미묘한 방식으로 보충될 필요가 있다. "유다"를 "속죄양"으로 간주하는 것은 성경적 사건을 나름대로 전유하는 것인데, 이 전유는 두 관점 사이에서 분열되고 진동하는 과정을 거치며 일어난다. "여린 가슴이 피를 토하며/기도한다면/금성인간,/아주 단순한 눈시울 너는 나를 사랑하지"에서 "금성인간"의 사랑이 "나"의 기도에 대한 응답으로 주어진다는 점에서, 시적 화자는 성경적 사건을 인간적 노력에 초점을 맞춘 해석을 통해 자기식으로 전유한다.[14] 반면 "네가 여기,/지구라는 행성 내 곁으로 온 이유는 무엇일까"라는 질문이 암시하듯, 이러한 인간적 노력도 하나님의 계획하에 이루어지는 구원의 역사에 포섭된다는 신학적 해석도 개입하는 듯하다.[15] 따라서 화자는 두 관점 사이에서 분열되고 진동하면서 자신을 "유다"와 동일시하고 그의 자살을 일종의 "속죄양"의 '대속' 행위로 해석한다. 이연주의 시에서 '심층적 세 겹 알레고리'의 중핵인 '속죄양 유다'는 이처럼 복잡하고 미묘한 내면화의 심리적 메커니즘을 경유하여 생성되는 것이다. 따라서 이연주 시의 주체는 "여린 가슴이 피를 토하며/기도"하지만 "금성인간"의 "신천옹의 사랑"이 "절단난 이 땅"의 "절망"을 극복하지 못할 때, 좌절과 환멸 속에서 자신을 "유다"와 동일시하고 스스로 "속죄양"이 됨으로써 '대속'

---

14 "인공지능의 컴퓨터가 나오는가/사람보다 먼저/신을 살려낼 속죄양이 나오고 있는가"(「성 마리아의 분만기」)에서도 '속죄양'과 관련하여 이러한 인간적 관점의 전유가 일어나고 있다.

15 가롯 유다가 예수를 배반하게 된 연유에 대해서는 다음의 몇 가지 설이 전해진다. 첫째, 탐욕적이어서 제사장의 돈을 탐내어 예수를 팔았다. 둘째, 열성적으로 예수를 따르면서 예수의 신정왕국(神政王國)의 출현을 기대했으나 실망하여 스승을 배신했다. 셋째, 악마가 그 속에서 역사했고, 이 모든 것은 하나님이 예정한 일이다. 두산동아 편집부, 『두산백과』 21권, 1996, p. 201 참고. 여기서 둘째 관점은 유다의 노력에 초점을 맞춘 인간적 해석이고, 셋째 관점은 하나님의 예정 조화에 초점을 맞춘 신학적 해석이라고 볼 수 있다. 인용한 시의 화자는 이 두 관점 사이에서 분열되고 양극을 왕복하면서 진동하는 것처럼 보인다.

과 '구원'을 완성시키려는 의식(儀式)으로 나아가는 듯이 보인다. 그 연장선에서 다음과 같은 시가 창작된다.

이마에 재 뿌리고
쑥향과 빈 촛대 들고
들판으로 갔다.

나는 밀기울 껍데기로
홑껍데기로
주여,
용서하소서.

어두움 실핏줄이 터져
못 이길 두려움에
혼절할 듯
외마디 소리를 질렀다.
주여, 용납하소서.

바람이 죽은 날들을 닦았다.
나는 혼신을 다해
촛대 위로 올랐다.

불을 그어다오.
―「終身」 전문

5. 문화 의사의 의미와 알레고리의 위상

이연주 시의 의미와 위상을 '표면적 알레고리'가 '심층적 알레고리'로 전이되는 과정, 그리고 이 과정에서 생성되거나 작용하는 '질병'과 '죽음'의 모티프, '시간'과 '치료'의 모티프, '대속'과 '구원'의 모티프 등을 중심으로 정리해보자. 이연주 시에서 가부장적 가족 질서, 자본주의적 도시 문명, 폭압적인 정치 체제라는 외부 현실을 형상화하는 '표면적 세 겹 알레고리'의 중핵에 '매음녀'가 존재하고 '질병'과 '죽음'이 핵심적 모티프로 생성된다면, 그것이 시적 주체의 내면화를 통해 '심층적 세 겹 알레고리'로 전이되는 과정에 '시간'의 모티프와 더불어 '치료'의 모티프가 작용한다. 이 내면화 과정에서 시적 주체는 '매음녀'의 '질병'을 자신과 동일시한 후 그 '치료'를 통해 다시 외부 현실에 되돌려주는 방법을 시도한다. 따라서 이연주의 시는 징후학과 병리학과 처방학을 동원하여 세계의 질병을 자신의 질병으로 치환하고 그 치료를 통해 근대 자본주의 문명 전체를 구제하려 했다는 점에서 '실재'적 차원의 '문화 의사'적 위상을 가진다.

'표면적 세 겹 알레고리'가 '심층적 세 겹 알레고리'로 전이되는 과정에 작용하는 '시간' 모티프는 개인적 실존 및 무의식을 디스토피아적 미래와 결부시키고, '치료' 모티프는 이것을 다시 종교적 신비주의와 결부시킨다. 이러한 '시간' 모티프와 '치료' 모티프가 한 몸으로 결합된 이미지가 '서역'이라는 공간이자 미래적 시간이다. 따라서 이연주 시의 '표면적 알레고리'가 가지는 '질병'과 '죽음'의 모티프는 '시간'과 '치료'의 모티프가 결합된 '서역' 이미지를 매개로 '심층적 알레고리'로 전이되는 동시에, 개인적 실존 및 무의식, 디스토피아적 미래, 종교적 신비주의라는 세 영역을 뫼비우스의 띠처럼 상호 결부시킨다. 그 결과 생성되는 것이 '심층적 세 겹 알레고리'의 중핵인 '속죄양 유다'이고, '대속'과 '구원'의 모티프이다. 이 차원은 '질병' '치료'의 연장선에서 인간의 죄를 자신의 죄와 동일시한 후, 속죄양 의식을 통해 '대속'함으로써 구원하는 방법을 시도하는 것이다. 따라서 이연주의 시는 징후학과 병리학과 처방학을 존재의 본질적 문제로 승화시켜 인간의 죄를 자신의 죄로 치환하고 대속과 구원을 통해 인간 존재 전체를 구제하려 했다는 점에서 '관념'적 차원의 '문화 의사'적 위상을 가진다.

결국 이연주의 시는 '실재'적 차원과 '관념'적 차원이라는 양극을 왕복하면서 자신의 몸을 '매음녀'의 '질병'과 동일시하고 '치료'함으로써 근대 이후의 자본주의적 도시 문명 전체를 구제하려 했고, 자신의 존재를 '유다'의 '죄'와 동일시하고 '속죄양'이 됨으로써 '대속'과 '구원'을 완성시켜 인간 존재 전체를 구제하려 했다. 이것이 「終身」에서 "주여,/용서하소서"와 "주여, 용납하소서"를 번갈아 부르짖으며 "혼신을 다해/촛대 위로 올"라간 이연주 시의 의미와 위상이라고 볼 수 있다.

[『시인동네』, 2018]

멜랑콜리, 영혼, 근육의 시
─심보선 시의 미학적 특이성과 시사적 위상

1. 멜랑콜리의 원천과 진화

심보선은 1994년 『조선일보』 신춘문예에 시 「풍경」이 당선되어 등단한 이후 지금까지 첫 시집 『슬픔이 없는 십오 초』(문학과지성사, 2008), 두번째 시집 『눈앞에 없는 사람』(문학과지성사, 2011), 세번째 시집 『오늘은 잘 모르겠어』(문학과지성사, 2017)를 상재했다.[1] 심보선의 시는 기존의 한국 현대시의 흐름을 계승하는 동시에 세대적 변별성을 추구하는 시적 전위의 모습으로 내용과 형식 양면에서 새로운 미학적 차원을 제시한다는 점에서 눈여겨볼 만하다. 이 글은 심보선 시의 전위성과 미학성을 조명하기 위해 세 권의 시집에서 각각 중핵을 이루는 특이성singularity을 포착하고 그 관계망을 추적하고자 한다.

심보선 시의 원형질에는 멜랑콜리[2]라는 감응이 자리 잡고 있으므로, 멜랑콜리의 의미와 위상을 살펴보는 것은 그의 시 세계를 이해하는 기

---

1 심보선의 시집은 『슬픔이 없는 십오 초』(문학과지성사, 2008), 『눈앞에 없는 사람』(문학과지성사, 2011), 『오늘은 잘 모르겠어』(문학과지성사, 2017) 등이 있다. 이 글에서 심보선의 시는 이 시집들에서 인용하되, 시집은 제목 대신 출간된 순으로 번호를 달아 '(시집 번호: 페이지 수)'로 출처를 표시한다.

2 '멜랑콜리'에 대한 프로이트, 라캉, 지젝, 크리스테바, 벤야민 등의 논의에 대한 고찰은 졸고, 「멜랑콜리의 문학비평적 가능성」, 『문학과 수사학』, 소명출판, 2011, pp. 234~64를 참고할 것.

본 토대가 된다. 멜랑콜리에 대한 프로이트의 정신분석적 규명은 '사랑 대상에 대한 무의식적 상실-나르시시즘적 퇴행-대상과 자아의 동일시-애증 병존-가학증-자기 학대를 통한 복수'로 요약될 수 있다. 최초의 사건으로 '사랑 대상에 대한 무의식적 상실'이 자리 잡고 있다는 점에서, 멜랑콜리는 과거와 현재 간의 불일치 혹은 괴리를 전제한다. 다시 말해, 멜랑콜리는 단순히 현재 상태에 국한되지 않고 과거와의 관계에서 형성되는 현재의 심리적 메커니즘의 효과 혹은 결과물이다. 따라서 심보선의 시에서 멜랑콜리의 의미와 위상을 살필 때, 그 원천을 조명할 필요가 있다. 심보선의 시에서 멜랑콜리의 원천으로는 과거, 현재, 미래로 구성되는 '시간 관계'뿐만 아니라 아버지, 어머니, 연인 등으로 구성되는 '인간관계'와 시어, 관념, 세계로 구성되는 '언어적 진리 관계'가 중요한 요소로 작용한다. 이 세 가지 범주들 중 언어적 진리 관계가 다른 두 범주를 포함하면서 중심을 이룬다고 볼 수 있다.

심보선의 시에서 멜랑콜리라는 감응의 원형질은 몇 단계의 변모 과정을 거치는데, 그것은 마치 분할을 통해 발생 과정을 밟는 수정란처럼 진화의 단계를 밟는다. 따라서 이 변모 과정은 각 단계별로 완전히 독립적 변별성을 가지는 단절이 아니라, 연속성을 가지고 성숙해나가는 잠재성의 실현으로 이해할 수 있다. 심보선의 시에서 멜랑콜리의 진화는 대체로 각 시집의 핵심적인 특이성을 중심으로 세 단계로 전개되는데, 첫 시집에서는 '멜랑콜리', 두번째 시집에서는 '영혼', 세번째 시집에서는 '근육'으로 설정할 수 있다. 진화의 세 단계로 설정한 '멜랑콜리'라는 '감응'의 차원, '영혼'이라는 '정신'의 차원, '근육'이라는 '육체'의 차원 등의 관계망을 고려할 때, 이 변모 양상은 상호 독립성과 변별성을 가지는 단절이 아니라 연속적인 잠재성의 실현이라고 말한 의미 맥락이 어느 정도 드러난다. 즉 멜랑콜리, 영혼, 근육은 현실성의 영역에서 세 시집의 핵심적 특이성으로 상이하게 전경화되지만, 잠재성의 영역에서 보로메오 매듭처럼 상호 긴밀한 관계를 맺으면서 일종의 숨은 메커니즘을 형성한다. 따라서 이 잠재적 메커니즘은 망원경적 시선으로 세 권의 시집을 전체적으로 조망하면서 읽을 때 비로소 포착될 수 있다. 이 조망에 의하면, 심보선의 시에서 세 단계로 진행되는 멜랑콜리의 진화는 감응, 정신, 육체의 세 차원이 보로메오 매듭을 이루는 잠재적 완전체에서 떨어져 나와 불완전한 상태로 현실화된 부분체들의 변증법적 나선 운동의 양상을 보여준다.

이 글은 이러한 가설을 입증하기 위해 심보선의 시를 '멜랑콜리의 원천과 진화'라는 관점으로 조명하면서 '시간 관계' '인간관계' '언어적 진리 관계' 등의 분석소를 중심으로 세 시집의 핵심적인 특이성을 고찰하고자 한다. 그리고 이 특이성들의 관계망을 추적하면서 현미경적 탐색과 망원경적 조망을 동시에 진행하여 심보선 시의 미학적 특이성과 시사적 위상을 살펴보려 한다.

2. 멜랑콜리의 시
―시어·관념·세계 간의 괴리, 발터 벤야민적 알레고리

심보선의 첫 시집 『슬픔이 없는 십오 초』에서 전경화되는 핵심적인 특이성은 '멜랑콜리'라는 '감응'의 차원이다. 이 시집에는 심보선 시의 기본 토대가 되는 멜랑콜리가 복잡다기한 양상으로 형상화되는데, 특히 심보선 시의 원형질인 멜랑콜리의 원천을 살펴볼 수 있는 풍크툼들이 등장한다. 앞에서 이미 멜랑콜리가 과거와 현재 간의 불일치 혹은 괴리를 전제한다고 언급했으므로, 인간관계와 언어적 진리 관계를 중심으로 멜랑콜리의 원천에 대해 논의하기로 한다. 먼저 아버지, 어머니, 연인 등으로 구성되는 인간관계에 대해 살펴보자.

이 집 안방에는 그러고 보니 깊은 절벽이 숨어 있다.

저 밑에는 도달하거나 도달할 수 없는 바닥

돌아보면 누이는 저만치 뒤에 있고 어머니는 더 뒤에 있고

더 뒤에는 무한의 더 뒤가 있고

더더더 뒤에는 그냥 장롱벽

거기 기대어 아버지

좌탈입망, 돌아가셨다

아버지 왼손에 쥐어진

위성TV 리모컨

감자조림 미끼로 낚시질 가시던

빈 링거병 꽂고 누워 계시던

소싯적에 거 참 잘생기셨던

아버지, 망부 청송심씨후인

위패를 쓰다 난 으이씨, 하고 울었다

아버지, 어찌

죽음 갖고 아트를 하십니까

——「아버지, 옛집을 생각하며」 부분 (1: 126~27)

　이 시의 화자는 "누이" "어머니" "아버지" 등 가족들을 중심으로 "옛집"을 회상한다. 멜랑콜리의 최초의 사건으로 '사랑 대상에 대한 무의식적 상실'이 존재한다면, 심보선 시에서 멜랑콜리의 원천으로 가장 먼저 들 수 있는 것은 아버지의 상실이다. 화자의 무의식에 원초적 트라우마로 작용하는 아버지의 죽음은 심보선 시에 깊은 그림자를 드리우고 사후적으로 거듭 재해석되면서 의미 변화를 일으킨다. 화자가 아

버지에 대해 가지는 연민, 분노, 냉소, 허망, 절망, 설움, 애도 등의 복잡다기한 감응들은 멜랑콜리의 복합성을 형성하는데, 그 재해석의 과정은 각 시집의 변모 혹은 진화 과정과도 결부된다. 물론 여기서 "아버지"는 시인의 육친을 넘어 사회적 부성의 원리로 확장되면서 상징계의 위상을 갖는데, 이 영역이 "누이" "어머니" 등이 가지는 상상계 혹은 실재the real의 위상과 맺는 관계에 주목할 필요가 있다.

"집 안방"에 "숨어 있는" "깊은 절벽"은 무의식의 심연을 상징하는 동시에 화자에게 주어진 운명에 대한 절망을 암시한다. "저 밑"의 "도달하거나 도달할 수 없는 바닥"이 이를 뒷받침하는데, 여기에 '꿈의' 배꼽'이라는 개념도 적용해볼 수 있다. 프로이트는 꿈 혹은 무의식에서 아무리 해석하려 노력해도 수수께끼로 남아 있는 미지의 영역을 '배꼽'이라고 말한다. 해석을 끝내 허용하지 않는 무의식의 배꼽 부분을 필자는 나름대로 "아버지"의 '추락' 혹은 '부재'와, "누이" "어머니"의 배후에 베일로 가려진 "무한"에 대한 염원으로 해석하고자 한다. 이러한 해석은 "그냥 장롱벽"과 "무한"이라는 두 구절을 풍크툼으로 간주하고 독해한 결과이다. "아버지"는 "그냥 장롱벽"에 "기대어" "돌아가"신 반면, "누이"와 "어머니" "뒤"에는 "무한"이 존재한다. 전자로부터 상징계의 누락이 발생하고 후자로부터 상상계 너머로 실재의 중핵에 대한 추구가 발생함으로써, 심보선 시의 무의식에 근원적 흔적으로서 상실한 '쇼즈chose'[3]에 대한 갈망이 자리 잡게 되는데, 이것이 멜랑

---

3 크리스테바는 명명할 수 없는 최상의 행복과 표상할 수 없는 그 무엇을 '쇼즈'라고 지칭한다. '쇼즈'는 프로이트의 'das Ding'에 대한 프랑스어 번역어로서, 그 무엇·사물·근원적 대상 등의 의미를 가지고 있다. 라캉의 개념으로 말하면, 욕망으로부터 비롯되는 대타자 즉 주체의 절대적 대타자인데, 라캉은 그것이 기표를 곤란에 처하게 하는 실재의 일부라고 설명한다. 크리스테바는 프로이트와 라캉의 개념을 변주하면서 '쇼즈'를 "어떤 성적 대상도 리비도를 가두어버리고, 욕망의 관계들을 단절하는 장소 혹은 전(前)-대상에 대한 대체 불가능한 지각"이라고 설명한다. 그녀에 의하면, 우울증 환자는 쇼즈에 대한 원초적 애착을 박탈당하는데, 오직 집어삼킴만이 그것을 형상화할 수 있고 호소만이 지시할 수 있지, 그 어떤 언어도 그것을 의미할 수 없다. 줄리아 크리스테바,

콜리의 원천을 이룬다고 볼 수 있다. "무한"과 연결되어 있는 '쇼즈'에 대한 갈망은 "내가 원한 것은 단 하나의 완벽한 사랑이었네"(「먼지 혹은 폐허」)에서 알 수 있듯, 완전하고 절대적인 사랑에 대한 염원과 상통한다. 이것은 현실(상징계)에서는 찾을 수도 회복할 수도 없는 '부재하는 근원'이므로, 이로부터 생성되는 멜랑콜리는 원초적인 동시에 근원적인 감응이 된다. 이러한 무의식적 메커니즘을 거쳐서 만나게 되는 연인과의 관계에서 절대적인 사랑에 대한 염원과 현실에서의 불가능성 사이에서 멜랑콜리는 운명적으로 반복되며 강화되는 듯이 보인다. 달리 말하면, 멜랑콜리의 주체는 현실에서 연인과 연애를 유지하더라도 체득된 멜랑콜리로 인해 이미 사랑을 상실하고 비애와 환멸을 끊임없이 느끼는 것이다. 그런데 멜랑콜리의 주체는 지속되는 비애와 환멸 속에서 아주 잠깐 빛나는 순간을 경험하기도 한다.

> (1)　버드나무 그림자가 태양을 고심한다는 듯
> 　　잿빛 담벽에 줄줄이 드리워졌다 밤이 오면
> 　　고대 종교처럼 그녀가 나타났다 곧 사라졌다
> 　　사랑을 나눈 침대 위에 몇 가닥 체모들
> 　　적절한 비유를 찾지 못하는 사물들 간혹
> 　　비극을 떠올리면 정말 비극이 눈앞에 펼쳐졌다
> 　　꽃말의 뜻을 꽃이 알 리 없으나
> 　　봉오리마다 비애가 그득했다
> 　　그때 생은 거짓말투성이였는데
> 　　우주를 스쳐 지나는 하나의 진리가
> 　　어둠의 몸과 달의 입을 빌려

『검은 태양―우울증과 멜랑콜리』, 김인환 옮김, 동문선, 2004, pp. 20~28 참고.

서편 하늘을 뒤덮기도 하였다

그때 하늘 아래 벗은 바지 모양

누추하게 구겨진 생은

아주 잠깐 빛나는 폐허였다

장대하고 거룩했다

　　　—「아주 잠깐 빛나는 폐허」 부분 (1: 18~19)

(2)　차창에 기대 노루잠에 빠진다

치어 떼처럼 망막 위를 헤엄치는 빛의 산란

꿈속에서조차 나는 기적을 행하지 못한다

숨 꾹 참고 강바닥을 걸어 도강(渡江)한다

뒤돌아보면

강물 위를 사뿐사뿐 걸어가는 옛 애인

기적처럼 일어났던 사랑을 잃었다

꿈과 현실

둘 다

같은 고백을 여러 번 통과하며

형형색색 분광하는 생

지루함은 나의 무지개

내 그림자는 빛의 정반대

내 언어는 정반대의 정반대

버스는 갈팡질팡 달린다

그래도 좋다

———「미망 Bus」 부분 (1: 44~45)

(1)과 (2)는 공통적으로 연인과의 사랑의 상실로 인해 느끼는 비애와 권태를 표현하는데, 그 환멸과 폐허 속에서 잠시 빛나는 순간을 예민하게 포착할 필요가 있다. (1)에서 화자가 "그녀"의 "나타"남을 "고대 종교"에 비유하는 이유는 완전하고 절대적인 사랑에 대한 염원을 투사했기 때문이다. 그러나 숭고한 염원은 "침대 위"의 "몇 가닥 체모들"처럼 현실에서 "적절한 비유를 찾지 못하"고 "비극"의 실상에 직면하게 된다. 그 결과 "꽃"의 "봉오리마다 비애가 그득"하고 "누추하게 구겨진 생은/아주 잠깐 빛나는 폐허"가 된다. 여기서 주의할 부분은 "아주 잠깐 빛나는 폐허"라는 풍크툼에 제시되는 양가성이다. 절대적 사랑의 불가능성 앞에서 슬픔과 누추함에 빠진 폐허의 삶이 "아주 잠깐 빛나"고 "장대하고 거룩"해질 수 있는 것은, "우주를 스쳐 지나는 하나의 진리"가 "어둠의 몸과 달의 입을 빌려" 나타나기 때문이다. 이처럼 심보선의 시에서 멜랑콜리는 비애와 환멸의 어두운 늪 속에서 "진리"의 마술적 현현으로 인해 "아주 잠깐 빛나는" 순간을 경험하게 된다. 이 "진리"의 정체에 대해서는 이후에 다시 논의하기로 하자.

(2)에서 화자는 "버스"를 타고 가다가 "노루잠에 빠"져 꿈과 현실의 경계에서 무의식의 흐름을 의식으로 포착한다. 무의식의 흐름은 "강물 위를 사뿐사뿐 걸어가는 옛 애인"을 회상하지만, 의식이 포착한 것은 "기적처럼 일어났던 사랑을 잃었다"라는 사실이다. 이 사랑의 상실은 "꿈과 현실/둘 다"라는 구절로 연결되면서 의식과 무의식을 포괄하는 '전면적인 사랑의 불가능성'이라는 비극과 만나고, "생"은 "같은 고백을 여러 번 통과하며" "지루함"을 남긴다. 이 시를 온전히 이해하기 위해서는 "지루함은 나의 무지개"에서부터 "내 언어는 정반대의 정반대"로까지 이어지는 풍크툼에 주목해야 한다. "지루함은 나의 무지개"라

는 구절은 삶의 권태를 무지개로 역전시키는 인과 관계의 전복을 통해 표현되고, "내 그림자는 빛의 정반대"라는 이항 대립적 부정을 경유해서 "내 언어는 정반대의 정반대"에 이르러 긍정으로 회귀하지 않는 부정의 부정이라는 시적 언어의 차원으로 전개된다. 화자는 절대적 사랑에 대한 염원과 그 좌절이라는 양극의 충돌이 사랑의 불가능성으로 수렴되는 순간에 오히려 인과 관계를 전도하고 역전시키는 언어의 마술적 작용을 실천하는 것이다. 이를 통해 화자는 "버스는 갈팡질팡 달린다/그래도 좋다"라고 말할 수 있게 된다. 여기서 언어의 작용은 "진리"의 마술적 현현과 결부되면서 심보선 시의 비밀에 접근하는 중요한 열쇠가 된다. 이와 관련하여 시어, 관념, 세계로 구성되는 언어적 진리 관계에 대해 살펴보자.

내 언어에는 세계가 빠져 있다
그것을 나는 어젯밤 깨달았다
내 방에는 조용한 책상이 장기 투숙하고 있다

세계여!
영원한 악천후여!
나에게 벼락같은 모서리를 선사해다오!

설탕이 없었다면
개미는 좀더 커다란 것으로 진화했겠지
이것이 내가 밤새 고심 끝에 완성한 문장이었다

(그러고는 긴 침묵)

나는 하염없이 뚱뚱해져간다
모서리를 잃어버린 책상처럼

이 세계 곳곳에서 사람들이 울고 있다!
심지어 그 독하다는 전갈자리 여자조차!
—「슬픔의 진화」 부분 (1: 11~12)

　"내 언어에는 세계가 **빠져** 있다"라는 첫 문장은 이 시 전체, 더 나아가 첫 시집 전체를 지배하는 표면 장력을 형성한다. 1연에서 화자는 자신의 "언어"가 "세계"를 담보하지 못하는 사태를 반성하고, 자신의 "방"에 "조용한 책상이 장기 투숙"한다는 사실 확인으로부터 새로운 시적 언어를 정초하고자 한다. 더 나아가 2연에서는 "세계"에게 "벼락같은 모서리를 선사해"달라고 요청하면서 "영원한 악천후"를 받아들여 자기 각성을 촉발하려 한다. 그런데 3~4연은 "밤새 고심 끝에 완성한 문장"과 "긴 침묵" 사이의 거리 혹은 공백을 통해 이러한 기획이 수포로 돌아가는 모습을 보여준다. "모서리를 잃어버린 책상처럼""하염없이 뚱뚱해져"가는 화자의 모습이 이를 암시하는데, 결국은 "곳곳에서 사람들이 울고 있"고 "전갈자리 여자조차" 우는 "세계"의 비참을 문장으로 담을 수 없게 된다. 우리는 이 시에서 심보선 시의 두 가지 중요한 동인을 확인한다. 첫째는 멜랑콜리의 핵심적 원천으로서 "언어"와 "세계"의 관계를 통해 구성되는 언어적 진리의 범주이고, 둘째는 시적 동력으로 작용하는 큰 틀의 시 의식으로서 어떤 근원적 질문을 던지고 그 대답을 추구하는 것이다.

　먼저 전자에 대해 살펴보면, 일반적으로 언어는 물질적 매개, 정신적 개념, 지시되는 사물이라는 세 요소로 구성되고, 이 요소들이 일치할 때 언어적 차원의 진리에 도달한다. 시의 차원에서 세 요소를 차례로 시어(매개), 관념(의미), 세계(현실)라고 부를 수 있는데, 시어가 자신을 관념 및 세계와 어긋남 없이 일치시키면서 투명하게 의사소통하는 일은 좀처럼 쉽게 성사되지 않는다.[4] 따라서 시어가 세계를 담보하지 못하고 탈락시키는 사태가 낳은 언어적 진리 부재가 심보선 시의 멜랑콜리의 핵심적 원천이라고 볼 수 있다. 다음으로 후자에 대해 살펴보면, 인용한 3~4연에서 "밤새 고심 끝에 완성한 문장"과 "긴 침묵" 사이의 거리 혹은 공백은 이 시의 후반부에서 "밤새 고심 끝에 완성한 질문"과 "영원한 침묵" 사이의 간극으로 변주되면서 반복된다. 근원적 질문을 던지고 그 대답을 추구하는 것은 이 시에 나타나는 '개미의 진화'나 '인간의 가구로의 진화'라는 문제뿐만 아니라 "현 자본주의의 존재는 정당화될 수 있는가?"(「엘리베이터 안에서의 도덕적이고 미적인 명상」), "자신의 정체성을 찾아 평생 나는 누구이며 나의 삶은 어디로 향해 가는가"(「먼지 혹은 폐허」)에서 보이듯, 첫 시집을 포함해서 심보선의 시 전체에서 끊임없이 시도된다. 이처럼 시간 관계 및 인간관계를 포함하여 언어적 진리 관계를 중심으로 형이상학적 질문을 던지고 대답을 추구하는 시 의식이 심보선 시의 기본적인 동력으로 작용하고 있다.

그런데 두 가지 동인, 즉 언어적 진리 추구와 근원적 질문 추구는 모두 앞에서 언급한 상실한 쇼즈에 대한 갈망과 긴밀한 관계를 맺고 있다. 심보선의 시에서 상실한 쇼즈에 대한 추구는 언어적 진리 차원을 포함하는 형이상학적 질문과 연관되는 동시에 시적 언어의 표현이라는 차원과도 연관된다.[5] 인용한 시가 잘 보여주듯, 첫 시집의 핵심적인

---

4 예를 들면, 언어는 소통하는 순간에 사물의 실재를 부정하면서 그 사물에 대한 관념을 소통하게 해준다. 인용한 시에서 "내 언어에는 세계가 빠져 있다"라는 첫 문장의 의미를 이와 관련해서 이해할 수도 있다.

5 크리스테바는 상실된 '쇼즈'의 장소에 다가서는 방법으로서 '승화'를 "멜로디, 리듬, 의미론적인

특이성으로 전경화되는 멜랑콜리는 그 내부에 시어, 관념, 세계 간의 괴리와 간극을 내장하고 있다. 이러한 역학 관계로부터 '낭만적 아이러니'[6] 및 '발터 벤야민적 알레고리'[7]라는 미학적 차원이 생겨난다. 심보선의 시는 이 차원에 머물지 않고 시어, 관념, 세계 간의 괴리와 간극을 극복하고 상호 일치시키려는 시적인 시도를 지속하는데, 이 추구가 두번째 시집과 세번째 시집의 변모를 견인하는 내적 동력으로 작용한다.

3. 영혼의 시―정신의 고양을 통한 괴리의 승화, 숭고

심보선의 두번째 시집 『눈앞에 없는 사람』에서 전경화되는 핵심적인 특이성은 '영혼'이라는 '정신'의 차원이다. 이 시집은 첫 시집에서

다각성을 통하여 기호들을 해체하고 재구성하는" "시적 형식"이라고 지적한다. '시적 형식'은 '쇼즈'를 담을 수 있는 불확실하지만 적절하고 유일한 방법이라는 것이다. 줄리아 크리스테바, 같은 책, pp. 26~27 참고.

6 '낭만적 아이러니'를 이론적으로 정립한 사람은 독일의 낭만주의 이론가인 프리드리히 슐레겔이다. 낭만적 아이러니는 전통적 수사학의 정의처럼 표면적 의미와 함축적 의미 간의 모순적 충돌만을 의미하지 않고 의식 철학적 사유 및 텍스트 해석의 해결 불가능성까지 포함한다. 의식 철학적 차원에서 낭만적 아이러니는 현실과 이상 간의 모순에서 출발하는데, 이 모순은 "자기 창조와 자기 파괴의 변화"로 서술되기도 한다. 이러한 변화는 어떤 종점(목적, 조화)을 향하는 것이 부조화, 모순 자체로만 머무는 양상을 뜻한다. 텍스트 해석의 차원에서 낭만적 아이러니는 창조와 파괴의 변화를 끊임없이 전개하는 모든 예술 작품, 텍스트 자체의 움직임과 관계한다. 한국문학평론가협회, 『인문학용어대사전』, 국학자료원, 2018, pp. 342~43 참고.

7 '발터 벤야민적 알레고리'는 형상과 의미, 기표와 기의 사이의 불일치나 간극으로 인해 파편성과 이질성 및 부조화를 노출하면서 역사의 현실적 차원을 우의적으로 표현한다. 건설과 파괴, 희망과 슬픔, 미몽과 각성, 실재와 허구 등의 화해할 수 없는 것들이 서로 반립하지만 긴장 관계를 형성하면서 알레고리적 순간을 창출한다. 이 순간에 알레고리는 사물들의 무상성에 대한 통찰과 이들을 영원으로 구원하고자 하는 욕망을 동시에 표출한다. 발터 벤야민, 『독일 비애극의 원천』, 조만영 옮김, 새물결, 2008, pp. 207~318 참고. '발터 벤야민적 알레고리'에 대해서는 이 책의 pp. 16~19도 참고할 것.

'멜랑콜리'라는 '감응'이 표면화되면서 내면의 심층에 가라앉아 있던 '영혼'이라는 '정신'을 전경화하는 방식으로 형상화된다. 이러한 멜랑콜리의 진화 방식은 첫 시집에서 시어가 세계를 담보하지 못하는 사태를 극복하기 위해 '영혼'을 강조함으로써 관념을 강화시키는 것과 연관된다. 시집의 첫머리에 놓인 시 「말들」의 전문인 "우리가 영혼을 가졌다는 증거는 셀 수 없이 많다./오늘은 그중 하나만 보여주마./그리고 내일 또 하나./그렇게 하루에 하나씩"이 압축적으로 보여주듯, 이 시집은 '영혼(정신)'을 "말"과 일치시킴으로써 시어, 관념, 세계 간의 괴리를 극복하고 승화를 추구하는 시도를 반복적으로 보여준다.

> 단어들이여,
> 내가 그늘을 지나칠 때마다 줍는 어둠 부스러기들이여,
> 언젠가 나는 평생 모은 그림자 조각들을 반죽해서
> 커다란 단어 하나를 만들리.
> 기쁨과 슬픔 사이의 빈 공간에
> 딱 들어맞는 단어 하나를.
>
> 나의 오랜 벗들이여,
> 하지만 나는 오늘 밤 지상에서 가장 과묵한 단어.
> 미안하지만 나는 그대들에게서 잠시 멀어지고 싶구나.
> 나는 이제 잠자리에 누워
> 내일을 위한 중요한 질문 하나를 구상하리.
> 영혼을 들어 올리는 손잡이라 불리는
> 마지막 단어만이 입맞춤의 영광을 누릴 수 있다는
> ?
> 로 끝나는 질문 하나를.

─「나의 친애하는 단어들에게」 부분 (2: 19~20)

　이 시의 화자는 '침묵'으로부터 솟아나는 "단어 하나"를 통해 감응들 간의 '빈틈'을 채우고자 한다. 여기서 "그늘"과 "어둠"의 이미지는 "그림자 조각들"로 연결되면서 '침묵'의 의미망으로 수렴된다. 심보선의 시에서 '침묵'은 "미래의 열광을 상상 임신한/둥근 침묵으로부터/첫 줄은 태어나리라"(「첫 줄」)에서 보이듯 '말'과 "단어"의 모태가 되지만, 한편으로 "침묵은 나의 잘못, 그것이 나쁘고/슬프다는 것도 잘 안다"(「영혼은 나무와 나무 사이에」)에서처럼, 그것에 머물러 있는 것은 부정적인 슬픔을 낳는다. 따라서 화자는 '침묵'들을 "반죽해서/커다란 단어 하나를 만들"고, 이것으로 "기쁨과 슬픔 사이의 빈 공간"을 채우려 한다. 다음 연에서 화자는 자신이 "과묵한 단어"가 되어 단어들로부터 멀어지면서 고양된 "영혼"과 연관된 "질문 하나를 구상하"려 한다. 이 질문은 "영혼"을 고양하는 "마지막 단어만이" "영광을 누"린다는 내용이지만 "?/로 끝"나버린다. 따라서 화자는 침묵과 단어, 슬픔과 기쁨 사이에서 고양된 영혼으로 마지막 단어를 빚어내지만, 영광에 대한 확신과 회의 사이를 왕복하며 진동하는 듯하다. 그러나 두번째 시집의 전체적인 무게중심은 '영혼의 고양'과 '마지막 단어의 영광'에 주어져 있다.

　　(1)　소년이여, 너는 질문을 던진다
　　　　　보다 더 큰 질문의 부스러기인 그것을
　　　　　이 숲을 건너가라
　　　　　건너편에서 불덩어리처럼 뜨거운 대답을 주마
　　　　　하지만 대답은 네가 기대했던 선물이 아니다
　　　　　그것은 단 한 줄의 문장일 것이다

194

그 문장을 따라 읽어라

그러면 소년이여, 너는

너의 죽음을 영영 잊게 될 것이다

　　　　──「소년 자문자답하다」 부분 (2: 51)

(2)　이제부터 우리는 쓴다

지나치게 많은 말들을

어떤 형상과 색깔의 말들을

선물을 준비하듯

탄약을 장전하듯

옳기도 하고 나쁘기도 하고

아름답기도 하고 처절하기도 한

단어와 문장 들을

먼 곳으로부터 더욱 먼 곳까지

그대를 통과하여 그대에게

어떤 연인도 왕도 신도

내게 주지 못한

어떤 절대

그대의 손가락이

그들 대신 그것을 가리켜줄 것이다

그러니 우리는 쓸 수밖에 없다

발치에 구르는

찬란하지 않은 돌 하나를

눈앞에 치켜들고

그것이 스스로 파르르 떨릴 때까지

　　　　──「찬란하지 않은 돌」 전문 (2: 52~53)

(1)과 (2)는 공통적으로 '영혼의 고양'을 통해 생성되는 '절대적 단어(문장)'에 대한 확신을 노래한다. (1)에서 화자는 "소년"이 던지는 "질문"에 대해 "숲"의 "건너편"에서 "불덩어리처럼 뜨거운 대답"을 준다. 대답으로 주어지는 "단 한 줄의 문장"은 완전하고 절대적인 언어를 의미하는데, "죽음을 영영 잊게 될 것"이라는 표현은 "그 문장"이 '불멸'의 속성을 가짐을 암시한다. 죽음에 대한 망각은 그것의 완전한 극복과는 구별되지만, 불멸을 잠언적 어조로 표현하는 것은 낭만주의적 폭풍 노도의 열정뿐만 아니라 종교적 신비주의의 특성까지도 내포한다.

(2)에서 화자는 "우리"가 정(正)과 오(誤), 미(美)와 추(醜)로 구분하기 어려운 "단어와 문장 들"을 쓰지만, "어떤 절대"가 "그대를 통과"할 때 "그대의 손가락"이 그것을 "가리켜줄 것"이라고 예언한다. "우리"가 "어떤 절대"의 경지에 도달하기 위해서는 "찬란하지 않은 돌 하나를/눈앞에 치켜들고/그것이 스스로 파르르 떨릴 때까지" "쓸 수밖에 없다." 따라서 "단어와 문장 들"은 관념을 강화하여 세계와의 괴리와 간극을 극복하고자 하는 시어의 차원을 암시한다. 심보선 시의 낭만주의적 열정이나 종교적 신비주의의 특성은 하나의 완전하고 절대적인 언어에 도달하기 위한 고도의 정신적 집중과 상승의 과정을 내포하는 것이다. 그러나 이러한 시도가 반드시 세계의 변혁을 가져오고 시어와의 일치를 성사시키는 것은 아니다.

> 나의 문디여,
> 그러나 나는 그럴 수 없다
> 나는 크게 낙심한 고향 없는 이방인으로서
> 추위에 얼어붙은 손가락을 너의 입술을 향해 내밀어
> 한 줄기 따스한 입김을 구걸할 뿐이다

나는 흐느끼며 말할 것이다
겨울에는 많은 사람들이 죽을 것이다
집 안에서 집 밖에서 죽을 것이다
가난하든 부유하든 죽을 것이다
이웃들은 사라질 것이다
흔적도 없이 하찮은 먼지처럼
나는 그들과 길에서 눈이 마주치면
조심스럽고도 온화한 인사를 건네기까지 한다
하지만 아무런 소용이 없다, 무섭도록 추운 겨울밤에
모든 나약한 이들은 나의 아버지처럼 죽어갈 것이다
―「Mundi에게」부분 (2: 68~69)

    '문디mundi'는 라틴어로 '문두스mundus'(세계, 세상)의 소유격이다. 따라서 이 시의 화자는 '세계'를 상대로 자기 고백을 전개하고 있다. "고향 없는 이방인"으로 설명되는 화자는 세계로부터 소외되어 방황하면서 "문디"에게 자신의 상념을 표현한다. 이러한 고백은 '영혼'을 고양하여 관념을 강화함에도 불구하고 시어가 냉혹한 세계의 무게를 감당하지 못하는 사태로부터 기인한다. 이 사태는 비극적 운명을 수동적으로 받아들일 수밖에 없는 무력함과 연관되는데, 그것이 "많은 사람들"의 '죽음'과 "이웃들"의 '소멸'로 제시된다. 따라서 시의 후반부에서 화자는 자신의 말이 "병들어 심약한 한 소년"의 "땀방울처럼 사소하고 가벼울 것"이고, "말을 마치고 너로부터 등을 돌렸을 때" "심해처럼 광막한 침묵"과 "거대한 고래 그림자 같은 외로움에 젖어들 것"이라고 예언한다.

    그럼에도 불구하고 두번째 시집의 전체적인 중심선은 고양된 '영혼'을 담은 '말'을 통해 관념과 시어를 일치시키면서 언어적 진리에 도달하려는 시도이며, 이러한 역학 관계로부터 '낭만적 아이러니' 및 '숭고'[8]라는 미학적 차원이 생겨난다. 심보선의 시는 이 차원에 머물지 않고 물질성을 담보하는 육체를 도입하여 시어와 관념의 일치에서 제외된 세계를 보강함으로써 괴리를 극복하고 균형에 도달하려는 시적인 시도를 지속한다. 이 추구가 세번째 시집의 변모를 견인하는 내적 동력으로 작용한다.

4. 근육의 시 ─ 육체의 매개를 통한 괴리의 균형, 유머

심보선의 세번째 시집 『오늘은 잘 모르겠어』에서 전경화되는 핵심적인 특이성은 '근육'이라는 '육체(물질)'의 차원이다. 이 시집은 두번째 시집에서 '영혼'이라는 '정신'이 표면화되면서 소거된 '근육'이라는 '육체'의 물질성을 전경화하는 방식으로 형상화된다. 이러한 멜랑콜리의 진화 방식은 첫 시집에서 시어가 세계를 담보하지 못하는 사태, 그리고 두번째 시집에서 영혼을 시어와 일치시키는 승화를 추구하는 과정에서 소외된 세계를 확보하기 위해 '근육'을 강조하는 것과 연관된다.

다른 쇠사슬에 얽매인

---

8 흔히 '숭고'는 불쾌와 쾌가 혼합된 모순된 감정을 불러일으키는 것으로 이해된다. 일명 롱기누스 Longinus는 상대방을 압도하고 도취를 야기하면서 순간 같은 시간성의 양식을 취하는 말의 힘이라는 의미로 '숭고'를 설명한다. 반면 에드먼드 버크Edmund Burke의 '숭고'는 언어적 힘이 아니라 어둡고 불확실하며 전율을 일으키는 현상과 관계하는데, 이러한 관점은 거대하고 파괴적인 위력을 가진 자연 현상과 관련하여 '수학적 숭고(크기)'나 '역학적 숭고(힘)'를 분석한 칸트에서도 반복된다. 한편 리오타르는 아방가르드 예술에서 현대적 숭고의 원리를 발견한다. 리오타르의 '숭고' 개념은 칸트와 쉴러의 숭고가 지닌 초월적 이념을 포기하고, 아도르노의 미학이 가진 지향적 계기인 유토피아적 요소, 즉 미래로 유보된 미와 화해의 이념을 제거하며, 현실의 부정인 불쾌와 초월적 긍정인 쾌가 교차하는 순간, 아직 아무것도 일어나지 않은 긴장의 순간을 그 계기로서 중시한다.

평등하지 않은 두 남자가
분노 때문에 계급 밖으로 동시에 도약했다

한끝을 짓밟으면
다른 끝이 몇 년 후에 절규하는
무너지는 세계 속의 보이지 않는 인과율이
우리 눈앞에 잠시 폭로됐다

내가 이름이 뭐냐고 물어보자
그는 죽은 이들의 이름을 보여주고
그중에 하나를 고르라 했다

내가 손가락으로 가리키자
그것이 그의 이름이라 했다

같은 목록에서 이제 내 이름을 찾아보라 했다
그날 거기서 어떤 변화가 시작됐다

〔……〕

표정을 갖는다는 것은
감정이 아니라 근육의 문제였다
자살과 살인, 죽음, 삶,
죽음의 죽음, 삶의 삶……
그 모든 것이 근육의 문제였다
근육 안에 흐르는 전기의 세기와 방향

그것들이 문제였다

—「근육의 문제」부분 (3: 144~46)

이 시의 화자는 "그날 거기서 어떤 변화가 시작됐다"라는 문장을 반복하면서 변화의 계기가 된 사건들을 진술한다. 인용한 전반부는 두 억압된 주체가 자신의 계급 바깥으로 이탈하는 모습을 통해 죽음을 암시하고, 이 사건에 대해 "무너지는 세계 속의 보이지 않는 인과율"이라는 진단을 내린다. 다음 장면에서 화자는 "죽은 이들의 이름"이 있는 "목록에서" "이름을 찾아보라"는 "그"의 말을 통해 자신이 그 공동체의 일원임을 깨닫게 된다. 여기서 각성의 중요한 매개로 "이름" '확인'이 개입한다는 점이 의미심장하다. 관념과 세계 간의 일치가 시어의 조회를 통해 성립됨으로써 개별 주체가 공동체적 각성에 도달하기 때문이다. "이름" '확인'을 통한 공동체적 각성은 다음 대목에서 "근육의 문제"로 진전되는데, 화자는 인간적 삶의 상징인 "표정"을 갖기 위해서 "감정"이 아니라 "근육"을 가져야 한다고 말한다. 이때 "근육"의 의미는 "전기의 세기와 방향"이 암시하듯, "감정"이 가지는 표면적 감응(현상), '영혼'이 가지는 심층적 정신(본질) 등에 대비되는, 세계에 기초하는 육체적 물질성(외연)의 차원을 가진다고 볼 수 있다.

이러한 추구는 두번째 시집에서 '영혼'을 고양시켜 '말'과 일치시킴으로써 시어와 관념 간의 괴리를 극복하고자 한, 멜랑콜리의 진화 과정이 세번째 시집에 이르러 '근육'이라는 육체의 차원을 매개로 시어·관념·세계 간의 괴리를 극복하고 균형을 모색하는 것과 연관된다. 결국 이 시는 세번째 시집의 핵심적 특이성으로서 '근육'이 함축하는 세계의 물질성이 주체들 간의 관계의 집합인 공동체의 차원과 연관됨을 잘 보여준다. 심보선의 시에서 공동체의 차원은 '우정의 공동체'라는 비가시적인 무위의 영역에서 '사회적 공동체'라는 가시적인 정치의 영역에 이르기까지 폭넓은 스펙트럼으로 형성된다. 이 두 영역은 이항 대립으로 분리되지 않고 궁극적으로 하나의 프리즘에 수렴된다.

> (1) 나는 당신이 눈앞에 없을 때
>   허공에서 당신의 얼굴을 골라냈다
>   그것은 너무 쉬웠다
>   나는 당신 없는 허공을 당신으로 채워 넣는
>   청동 시계를 눈동자 안에 지니고 있었다
>
>   나는 죽지 않기 위해
>   죽지 않기 위해 당신과 사랑을 했다
>   당신은 아직도 내 나이를 모른다
>   내가 얼마나 죽음에 가까운지 모른다
>   당신은 순진하고 서투른 열 손가락을 가졌다
>   당신은 내 나이를 셀 수 없다
>   당신은 내 나이가 아니라 죽음을 모르는 것이다
>   당신은 모른다
>   ──「축복은 무엇일까」부분 (3: 32~33)

> (2) 스물세번째 인간은 눈물을 흘리는 자입니다.
>   스물세번째 인간은 분노하는 자입니다.
>   스물세번째 인간은 권력의 폭력을 온몸으로 막는 자입니다.
>   스물세번째 인간은 자본의 횡포에 온몸으로 맞서는 자입니다.
>   스물세번째 인간은 스물세번째 죽음을 멈추는 자입니다.
>   노동자와의 연대입니다.
>   인간에 대한 사랑입니다.

불의를 향한 저항입니다.

해고를 멈춰라! 해고를 멈추란 말이다! 울부짖는 자입니다.

스물세번째 인간은 오늘 밤 이후 최초의 인간입니다.

우리 모두입니다. 인류 전체입니다.

이제 우리는 연대와 평등의 이 밤을

세계의 무릎 위에 아기처럼 고이 눕히고

부드럽고 떨리는 목소리로 당신을 부릅니다.

　　　—「스물세번째 인간」 부분 (3: 141~42)

　(1)이 '우정의 공동체'라는 무위의 영역을 형상화한다면, (2)는 '사회적 공동체'라는 정치의 영역을 형상화한다. (1)에서 화자는 자신에게 "아이"가 없는 대신 "시"가 있고 "당신"이 있다고 말한다. "당신"은 현존하는 대상이 아니라 잠재성의 영역에 속하는 비인칭적인 존재라고 볼 수 있다. 이 존재는 과거에 사랑했던 연인일 수도 있지만, 과거에서부터 현재까지 지속되고 미래에 사랑할 가능성이 있는 모든 미지의 연인을 의미한다. 그래서 "나"가 "허공에서 당신의 얼굴을 골라"내는 행위는 "허공을 당신으로 채워 넣는" 행위와 동일한 의미를 가진다. '우정의 공동체'에 근거하는 무위의 사랑은 현실적 목적과 필연성을 거부한다는 점에서 무지와 허무의 속성을 가지기도 한다. "나"는 "죽지 않기 위해 당신과 사랑을 했"지만, "당신은 아직도 내 나이를 모"르고 "죽음을 모"르며, "나"도 "당신"이 "나의 축복"인지 "모"르고 "당신을 소유한 적이 없"다. 하지만 '우정의 공동체'는 무위의 사랑을 통해 "우리"가 "모두" "과거로부터 온 흐름 속에 존재"하는 "하나의 조짐, 희미한 움직임"이고 "바통을 주고받는 이름 없는 주자들"임을 확인하고, "끝나지 않았어"(「끝나지 않았어」)라는 따뜻한 위로와 끈끈한 신뢰를

나눈다. 이처럼 무위의 사랑이 가지는 잠재성 및 우연성은 무지와 허무로 전개될 수도 있고, 위로와 신뢰로 전개될 수도 있다. 무지와 허무의 끝은 죽음이나 침묵이고, 위로와 신뢰의 끝은 유희와 유머일 것이다. 이러한 차원에서 세번째 시집의 미학적 특이성은 '침묵'과 '유머'라는 양극 사이에서 진동한다. 더 정확히 말하면, 심보선의 시는 잠재성 및 우연성 속에서 무지와 허무가 죽음이나 침묵이라는 끝에 도달하기 직전에 위로와 신뢰의 잔존하는 가능성을 발견하여 유희와 유머의 방향으로 전환시킨다.

(2)는 쌍용차 해고 노동자 문제를 형상화하는데, 이 시의 화자는 "2009년 4월 8일, 첫번째 자살"에서부터 "2012년 3월 30일, 임대아파트 23층에서 투신자살"이라는 "스물두번째 죽음"에 이르는 해고 노동자의 죽음을 언급하면서 "스물세번째" 죽음을 앞두고 있는 "인간"을 간절한 심정으로 호명한다. 화자는 이 사람을 "눈물을 흘리는 자" "분노하는 자" "권력의 폭력을 온몸으로 막는 자" "자본의 횡포에 온몸으로 맞서는 자" "스물세번째 죽음을 멈추는 자" 등으로 정의하고, 그에게 "노동자와의 연대" "인간에 대한 사랑" "불의를 향한 저항" "오늘 밤 이후 최초의 인간" "우리 모두" "인류 전체" 등의 의미를 부여한다. 이 시와 함께 구의역에서 스크린도어 정비 중 사망한 청년의 문제를 형상화한 「갈색 가방이 있던 역」 등을 비롯해 세번째 시집에는 '사회적 공동체'라는 가시적인 정치의 영역을 형상화하는 시들이 자주 나타난다. 이러한 유형의 시들에서 주목할 부분은 시적 내용뿐만 아니라 시적 어법의 차원에서 확인되는 미학적 특이성이다. 여기서 심보선 시의 어법은 운율이나 비유 등의 시적 장치를 무효화시키고 단순하고 평범한 일상 언어에 가까워진다. (1)에서 알 수 있듯 '우정의 공동체'라는 무위의 영역을 형상화하는 작품에서 이러한 경향을 어느 정도 보이다가, (2)에서처럼 '사회적 공동체'라는 정치의 영역을 형상화하는 작품

에서 그 경향이 심해진다.

　심보선의 시는 전체적으로 예술의 자율성을 넘어서 삶과 예술을 일치시키려는 아방가르드적인 특성을 가지는데, 시의 예술성뿐만 아니라 현실성 및 정치성까지 확보하려는 일관된 시적 실천도 이와 관련된다. 그런데 아방가르드가 가지는 엘리트주의가 시를 대중과 유리시키는 문제점을 극복하기 위해, 심보선은 한 걸음 더 나아가 단순하고 평범한 일상적 어법을 시도하는 것으로 보인다. 이러한 방법적 선택은 실존하는 시인과 화자로서의 시인 사이에 '그'라는 공동체적 타율성의 존재를 개입시킴으로써 새로운 말과 신체를 창안하여 평등이나 민주주의의 문제를 시적으로 형상화하려는 시도와 연관된다.[9] 또한 이러한 어법적 변모가 무위의 사랑이 가지는 잠재성 및 우연성이 유희와 유머의 미학으로 전개되는 양상과 결부된다는 점도 주목할 만하다. 유희로부터 생겨나는 유머의 미학은 '멜랑콜리'라는 '감응'이 보여주는 표면성이나 '영혼'이라는 '정신'이 보여주는 심층성과 구분되면서, '근육'이라는 '육체(물질)'가 보여주는 외양의 평면성과 밀접히 연관되어 있다. 이것은 심보선 시에서 멜랑콜리의 진화 과정이 세번째 시집에 이르러 '근육'이라는 육체의 차원을 매개로 시어, 관념, 세계 간의 균형을 모색하는 것과도 연관된다. 여기서 균형을 모색한다고 말하는 이유는 세번째 시집에서 주로 '근육'이라는 육체의 차원이 부각되지만, 그것이 물질성에 머무는 것을 넘어서기 위해 유희를 통해 정신의 차원으로 전이하면서 세 항 사이의 균등성을 추구하기 때문이다. 다음의 시는 이러한 미학적 변모의 모습을 잘 보여준다.

9　자크 랑시에르는 문학에서 글 쓰는 존재와 이야기하는 존재 사이에 어떤 '그', 즉 타율성의 존재를 개입하는 것을 중요하게 언급한다. 다시 말해, 문학은 타자의 독특한 말과 신체를 구현함으로써 평등한 공동체의 장에 들어설 수 있다는 것이다. 자크 랑시에르, 『정치적인 것의 가장자리에서』, 양창렬 옮김, 길, 2008, pp. 208~13 참고.

우리의 입속에는 눈에 보이는 혀 말고

또 다른 혀가 숨겨져 있다.

그것은 영혼의 바닥에 깔린

크기는 작은 돌멩이에 불과하지만

무게는 거대한 바위산에 버금가는

수많은 말들을 하나하나 들어 올리는 신비로운 기중기와도 같다.

〔……〕

이 같은 숙명적 비애에도 불구하고

나는 냉혹한 진화의 논리를 거스르며 불멸하는 혀의 존재를 믿

는다.

이 불멸성에 대한 생각을 강박적으로 거듭한 끝에

나는 하나의 모의실험을 설계했다.

〔……〕

독자들이여,

혀가 있어도 마치 혀가 없는 것처럼 말하고 또 말하라.

그러다 보면 "꼭꼭 숨은 혀"는 "드디어 나타난 혀"로

"드디어 나타난 혀"는 "명실상부한 불멸의 혀"로 변모할 것이다.

그때 우리의 말들은 인간의 소리, 짐승의 소리, 사물의 소리 사

이의

모든 구별과 위계를 폐기할 것이다.

그러나 독자들이여, 명심하라.

감옥의 창살을 거둔 후에도 우리의 혀는 여전히 입속에 웅크리
고 있을 것이다.

하늘을 떠받치며 하늘 자체를 바꾸는 아틀라스처럼

일어나지 않고 누운 채로 미륵 세상을 도래케 하는 와불처럼

시와 노래와 절규와 연설과 침묵과 소음을 뒤섞는 연금술사처럼

불멸의 혀는 말의 세계와 세계의 말을 동시에 바꿀 것이다.

　　　　—「마치 혀가 없는 것처럼」 부분 (3: 213~28)

　이 시는 화자가 "혀 없는 이들을 위한 시를 구상"하고 "*언어를 쓨
는 모든 이들*"이 가지는 "*공통의 비애*"를 넘어서는 방법을 모색하면서,
"기존의 언어 체계를 붕괴시키고 새로운 언어 체계로 나아가는" 거대
한 실험적 기획을 보여주는 장시이다. 이 기획의 중심에는 "혀의 생물
학적 언어학적 한계를 넘어/발화되고 전승되는 수수께끼 같은 언어"에
대한 탐구가 있다. 화자는 입속의 혀를 진화의 논리에 지배되는 "눈에
보이는 혀"와 "진화의 논리를 거스르"는 비가시적인 "불멸의 혀"로 구
분하고, 후자를 입증하고 활성화하는 "모의실험을 설계"한다. 이때 "불
멸의 혀"는 생물학적 혀도 아니고 "영혼" 같은 정신적 영역을 의미하
는 것도 아니며, "억눌린 혀"의 "근육"을 해방시켜 "보화와도 같은 말
들을 발굴"해내는 차원을 의미한다. 화자는 이러한 차원을 "혀가 있어
도 마치 혀가 없는 것처럼 말하"는 것으로 설명하면서, "꼭꼭 숨은 혀"
가 "드디어 나타난 혀"를 거쳐 "명실상부한 불멸의 혀"로 "변모할 것"
이라고 주장한다. 그리고 "불멸의 혀"를 통한 "말들"이 "인간의 소리,
짐승의 소리, 사물의 소리 사이의/모든 구별과 위계를 폐기할 것"이라
고 주장한다.

　이 실험적 기획은 시어, 관념, 세계의 관계를 통해 언어적 진리 문제

를 탐구해온 심보선의 일관된 시적 추구의 연장선에서 비가시적인 "불멸의 혀"를 중심으로 펼쳐진다. 심보선은 첫 시집에서 멜랑콜리라는 감응의 차원을 부각하면서 시어가 세계를 담보하지 못하는 한계를 노출한다. 두번째 시집에서 이를 넘어서기 위해 영혼이라는 정신의 차원을 부각하면서 시어와 관념의 일치를 시도했지만 여전히 세계가 소외되자, 세번째 시집에서는 근육이라는 육체의 차원을 부각하면서 현실의 물질성을 도입하여 괴리를 극복하고자 한다. 그런데 현실의 물질성은 외양의 평면성에 머물며 시를 단순하고 평범한 상태로 전이시키는 위험을 내포한다. 따라서 심보선은 비가시적인 "불멸의 혀"를 통해 '근육'의 육체성을 단순한 '물질'의 차원이 아니라 '유희'의 차원으로 전환시키려 한다. 더 정확히 말하면, '유희'를 통해 '근육'의 육체성을 물질의 차원에서 정신의 차원으로까지 고양하는 것이다. 따라서 "불멸의 혀"는 "감옥의 창살을 거둔 후에도 우리의 혀는 여전히 입속에 웅크리고 있"듯이 '근육'의 육체성에 토대를 두지만, "하늘을 떠받치며 하늘 자체를 바꾸는 아틀라스처럼" 영혼의 정신적 차원을 변화시키는 유희를 통해 춤과 노래를 펼친다. 그래서 이 시의 화자는 "불멸의 혀"가 "시와 노래와 절규와 연설과 침묵과 소음을 뒤섞는 연금술사처럼" "말의 세계와 세계의 말을 동시에 바꿀 것"이라고 말한다.

결국 심보선이 기획하는 "불멸의 혀"는 육체와 접속하는 세계를 매개로 시어, 관념, 세계 간의 괴리를 극복하고 균형에 도달하려는 시도인데, 이러한 역학 관계로부터 '유머'[10]라는 미학적 차원이 생겨난다.

---

10 심보선의 시에서 '유머'는 '근육'의 육체성을 물질의 차원에서 정신의 차원으로까지 고양하는 '유희'의 특성과 긴밀히 연관된다. 이때 '유희'는 우연성을 긍정하고 운명애를 실천하는 니체의 '힘의 의지' 및 '영원회귀', 감응과 지각으로 형성되고 유한한 것에 의해 창조되면서 무한을 제공하는 들뢰즈의 '일관성의 구도', 성스러운 것에서 세속적인 것으로의 이행이 성스러운 것을 부적절하게 사용(오히려 재사용)함으로써 일어날 수 있다는 아감벤의 '놀이' 등과도 연관된다. 심보선이 세번째 시집에 수록한 「당나귀문학론」에서 인내 및 해방의 상징으로서 '고통 속에서 인내하고 신

심보선은 '근육의 시'를 통해 '우정의 공동체'나 '사회적 공동체'의 문제를 다루는 시를 포함하여 세번째 시집 이후의 최근 시에서 "시와 노래와 절규와 연설과 침묵과 소음을 뒤섞"음으로써, 시의 예술성뿐만 아니라 현실성 및 정치성까지 확보하는 아방가르드의 미학을 실천하는 동시에 타자의 말과 신체를 창안하면서 평등한 공동체를 구현하고자 하는 것이다.

5. 표면, 심층, 평면의 시

심보선 시의 미학적 특이성은 멜랑콜리의 진화 단계를 따라 첫 시집을 '멜랑콜리(감응)의 시'와 '벤야민적 알레고리의 미학', 두번째 시집을 '영혼(정신)의 시'와 '숭고의 미학', 세번째 시집을 '근육(육체)의 시'와 '유머의 미학'으로 요약할 수 있다. 심보선의 시는 '낭만적 아이러니'를 포함하여 '벤야민적 알레고리' '숭고' '유머' 등 기존의 미학성을 계승하고 심화시키는 양상을 보여준다. 한편 '멜랑콜리'를 중심으로 시도되는 '감응의 시'는 한국 현대시에서 2000년대 중반에 나타난 소위 미래파 이후의 새로운 미학적 흐름을 열고, '영혼'을 중심으로 시도되는 '정신의 시'는 그 연장선에서 2000년대 후반의 새로운 미학적 흐름을 이끌며, '근육'을 중심으로 시도되는 '육체의 시'는 다시 그 연장선에서 2010년대 초반 이후의 새로운 미학적 흐름을 개척하는 위상을 가진다. 여기서 시어, 관념, 세계로 구성되는 언어적 진리 관계와 관련하여 각 시집의 핵심적인 특이성들의 관계망을 살펴볼 필요가 있다.

'멜랑콜리'라는 감응의 표면 현상은 그 내부의 심층에 '영혼'이라는

명 나게 춤추면서 진실을 향해 나아가는 당나귀'를 문학의 본질로 제시한 것도 이러한 맥락에서 이해될 수 있다.

정신의 운동이 잠재적 원인으로 작용하고 있다. 따라서 앞에서 언급한 잠재성의 실현을 다른 각도에서 말한다면, 인과 관계의 순서가 뒤바뀌는 양상이 나타난다. 첫 시집에서 '멜랑콜리'라는 표면 현상이 나난 다음에 두번째 시집에서 그 심층에 웅크리고 있던 '영혼'이 특이성으로 전경화되는 것이다. 따라서 첫 시집과 두번째 시집은 시어와 관념의 일치를 통해 세계가 소외되는 공통분모를 가지고 일종의 연속성을 보여주면서 전자의 표면 현상과 후자의 심층이 상호 뒤집어진 위상으로 나타난다.[11] 따라서 도식적으로 요약한다면, 첫 시집의 '멜랑콜리의 시'를 '표면의 시', 두번째 시집의 '영혼의 시'를 '심층의 시'라고 부를 수 있을 것이다. 세번째 시집에서 전경화되는 특이성인 '근육'은 이 둘의 간극을 연결시키고 묶어줄 수 있는 매개체이자 변증법적 지양의 단계로 제시된다고 볼 수 있다. '유희'를 통해 '근육'의 육체성을 물질의 차원에서 정신의 차원으로까지 고양하여 시어, 관념, 세계 등을 '일관성의 구도'[12]에서 일치시키려는 것이다.[13] 따라서 세번째 시집의 '근육

11 첫 시집과 두번째 시집은 '낭만적 아이러니'라는 공통분모를 가지므로 미학적 차원에서도 일종의 연속성을 보여준다. 그리고 비정형적이고 개별적인 사물이나 잔해의 모습을 띠는 첫 시집의 '벤야민적 알레고리'는, 고통과 쾌락이 하나로 결합된 혼합 감정으로 '부정을 통한 긍정'을 원리로 삼는 두번째 시집의 '숭고'와 모종의 친연성을 가진다.

12 '일관성의 구도plan de consistance'는 질 들뢰즈와 펠릭스 가타리가『천 개의 고원』등에서 제시하는 개념이다. '일관성'은 단일한 기호taste를 생산할 수 있도록 처방에서 요소들을 결속하는 것이다. 흐름들, 영토들, 기계들, 욕망의 세계들은 그 성질의 차이가 무엇이든 동일한 일관성의 구도(혹은 내재성의 평면)에 이르게 된다. 이 개념은 고정된 위계와 질서에 의해 단일하게 전체화된 통일체가 아니라, 고유한 차이들 속에서 횡단적 통일체를 구성하는 절대적으로 탈영토화된 흐름들의 연접을 가리키는 것으로, 어떠한 고정된 질서나 구조도 갖지 않는 탈영토화된 순수한 강렬도들의 응집성을 말한다. 철학사전편찬위원회,『철학사전』, 중원문화, 2012, p. 804 참고.

13 세번째 시집의 미학적 차원인 '유머'는 육체를 매개로 시어, 관념, 세계 간의 균형을 시도한다는 점에서 첫 시집과 두번째 시집의 공통분모인 '낭만적 아이러니'와 변별되지만, '벤야민적 알레고리'나 '숭고'와는 모종의 친연성을 가진다. 프로이트는 '유머는 무엇인가 장엄하고 고상한 것을 가지고 있다'라고 말하면서 유머와 숭고의 친연성을 언급하고, 알렌카 주판치치는 칸트의 숭고 개념을 초자아의 논리와 연관시키는 동시에 유머의 메커니즘과도 연관시킨다. 지크문트 프로이

의 시'를 '평면의 시'라고 부를 수 있을 것이다. 이러한 심보선 시의 전개가 가지는 위상학은 그의 시를 2000년대 중반 이후 한국 전위 시의 유형과 관련해서 시사적 위상의 관점에서 살펴볼 수 있는 계기를 마련한다. 필자는 2000년대 중반 이후 한국 전위 시의 유형을 크게 진은영·김이듬·이기성·조말선·이영주·정영·신영배·강성은 등의 '마녀적 무의식의 시', 황병승·김민정·이민하 등의 '환상 시', 이장욱·김행숙·신해욱·하재연·이근화 등의 '우발성의 시'로 구분하고, 그 각각을 '심층의 시' '표면의 시' '평면의 시'라는 관점으로 해명한 바 있다.[14] 이러한 관점에서 심보선 시의 미학적 특이성이 가지는 시사적 위상을 살펴보면, '멜랑콜리의 원천과 진화'를 통해 2000년대 중반 이후 한국 전위 시의 유형들이 보여준 '표면의 시' '심층의 시' '평면의 시' 등의 미학적 양상을 자기 나름의 독자적인 방식으로 전유하면서 '멜랑콜리의 시'와 '벤야민적 알레고리의 미학', '영혼의 시'와 '숭고의 미학', '근육의 시'와 '유머의 미학' 등을 통해 새로운 방식의 미학성의 흐름을 개척해나간다고 말할 수 있을 것이다.

[『시인수첩』, 2018]

트, 『예술, 문학, 정신분석』, 정장진 옮김, 열린책들, 2004, p. 511 참고. 알렌카 주판치치, 『실재의 윤리―칸트와 라캉』, 이성민 옮김, 도서출판 b, 2004, pp. 231~47 참고.

14 졸고, 「평면, 혹은 우발성의 시」, 『문학수첩』 2008년 여름호; 『환상과 실재』, 문학과지성사, 2012, pp. 119~42 참고.

메트로폴리탄의 시적 기억술
—신용목의 시

1. 메트로폴리스의 시인, 역설의 기억

메트로폴리스metropolis는 현대 사회의 총체성이 축소된 결정체이다. 모더니티(현대성)의 전형적 장소인 메트로폴리스는 현대의 정치와 경제뿐만 아니라 사회와 문화의 속성을 함축한다. 따라서 메트로폴리스의 공간 속에서 그것을 관찰하고 해독하는 시선의 망막 위에 현대사회와 문화의 특성이 인화된다. 모나드(monad, 單子)인 현대 메트로폴리스를 주시하고 탐색하는 시선의 주체가 시인이라면 더욱 그 숨겨진 정체가 현상되면서 세계의 비밀이 드러나게 될 것이다.

우리 시대의 시인들은 메트로폴리스를 사랑하면서도 증오한다. 그들은 메트로폴리스에 거주하며 그 문화를 능동적으로 향유하는 동시에 그것에 경멸의 눈빛을 던진다. 시인들에게 메트로폴리스는 욕망과 희망의 출처이자 환멸과 허무의 원천이기 때문이다. 이러한 팽팽한 긴장 때문에 이들의 시는 현대 메트로폴리스에 대한 매혹과 저항이 상호 충돌하면서 강렬한 역설의 미학을 잉태한다. 능동적 주이상스jouissance[1]와 비판적 폭로 사이에서 발생하는 역설의 미학은 독자들로

---

1 '주이상스'에 대해서는 이 책의 pp. 31~32를 참고할 것.

하여금 현대 사회의 문화적 속성을 복합적이고도 다양하게 독해하게 만든다. 현대적 도시 복합체에 대해 던지는 시인들의 양가적 시선은 특히 시적 기억의 방식에서 첨예하게 형상화된다. 도시 풍경을 예민하게 바라보는 시인들의 망막 위에, 표면적인 도시의 외관 속에 숨어 있는 잊힌 기억의 흔적이 새겨진다. 이때 시인은 관상학자, 혹은 고고학자이자 암호 해독가이기도 하다. 일반적으로 기억은 과거 경험의 현재적 재구성을 의미하지만, 시인의 기억은 과거의 경험만을 재구성하지 않고 현재 시점에서 발생하는 사건을 구성하기도 하고 도래할 미래에 대한 예감을 산출하기도 한다. 이러한 관점에서 시인은 역설의 기억술을 가진 자라고 볼 수 있다.

신용목의 최근 시에서 우리 시대 메트로폴리탄의 시적 기억술을 발견할 수 있다. 신용목의 시적 주체는 보들레르가 보여준 저주받은 영혼으로서 현대적 영웅의 모습을 정신적으로 계승하지만, 배회하는 '산책자flâneur'나 자의식 넘치는 '댄디dandy'의 모습뿐만 아니라 '망자(亡者)'의 모습으로도 형상화된다. 시적 주체의 시선은 차가운 메트로폴리스의 표면을 직시하여 폐허를 관찰하고 그 가면을 벗겨내어 허상을 폭로하는 '관상학적 시선'을 던지기도 하고, 메트로폴리스의 지층을 탐사하여 망각된 과거를 발굴하고 그 실재를 복원하는 '고고학적 시선'을 던지기도 한다. 이때 시적 주체의 기억은 신체의 회로 속에서 기억과 망각이 안과 밖, 앞과 뒤, 표면과 심층 등의 양극으로 갈라지기도 하고 상호 충돌하면서 소용돌이치기도 한다. 그리하여 신용목의 시적 기억술은 과거와 현재와 미래의 시간대를 무의지적 기억으로 혼융하거나 병치시키면서 변증법적 이미지를 만들어낸다. 이 글은 신용목의 시에서 시적 주체, 시선 및 기억의 방식, 시간의 형식, 언술 구조 등을 구체적으로 조명함으로써 메트로폴리스의 표면을 관통하여 참된 실재를 파악하려는 우리 시대 시인의 시적 기억술을 살피고자 한다.

2. 반복·변주의 대칭 구조, 관상학적 시선, 미래로 전이되는 희망

　지금까지 전개된 신용목 시의 전체적 주제는 자연 풍경의 배후에 스민 근원적 욕망과 이웃들의 일상적 삶에 깃든 시대적 징후이다. 시인은 갈대, 강, 들판, 바람, 새 등 자연 친화적 농경 문화에 대한 경험을 자의식과 교섭하는 기억의 주름을 통해 노래하거나, 구두 수선공, 이주 노동자, 경비원 등 현실 속 인물들에 대한 관찰을 근원적 기억의 차원으로 묘사한다. 신용목은 세번째 시집 『아무 날의 도시』(문학과지성사, 2012)에서 경험의 촉수와 관찰의 시선을 우리 시대 메트로폴리스의 현장으로 옮긴다. 이때 풍경과 자의식의 간격이 좀더 촘촘해지고 심지어는 중첩되거나 교직되면서 강한 시적 밀도를 형성한다.

　　　　개구리는 제 무덤 깊이 잠들어 있고
　　　　불은 아직도 개구리의 입 속에 있고

　　　　겨울은 어느 작곡가의 싸늘한 노래비를 지나 맹세의 참수된 머리카락처럼

　　　　흘러간다, 이제 뛰어서는 건널 수 없는 깊이를 세워 금빛 수면을 출렁이는 빌딩 속으로
　　　　개구리알, 얼음 속에 환하게 불을 켠

　　　　개구리알, 불 속에 환하게 얼음이 된

　　　　도시는 어느 사거리의 우회전 신호를 지나 기억의 잘려나간 지느러미처럼

흘러간다, 칸칸이 쌓아올린 창문들의 호수 그 속에 갇힌 울음의
하얀 연기처럼
　　긴 노래를 감고 목을 매는 눈발처럼
　　―「개구리 증후군」부분

　　이 시는 "개구리알" "얼음" "불" 등의 이미지를 근간으로 "겨울"과
"도시"의 풍경 속에 깃든 죽음의 현대적 징후와 그 저항을 형상화한다.
1연의 "개구리는 제 무덤 깊이 잠들어 있고/불은 아직도 개구리의 입
속에 있고"라는 문장은 작품 전체의 주제와 형식을 함축한다. 공간적
관점으로 보면, '무덤 속에 개구리'가 있고 '개구리의 입속에 불'이 있
다는 점에서, '무덤-개구리-입-불'이라는 포함 관계가 형성되어 있다.
"무덤"의 죽음 이미지와 "불"의 생명 이미지가 양극적 대립을 형성하
면서 대구의 형식으로 전개되는데, 3연의 "개구리알, 얼음 속에 환하게
불을 켠"이라는 구절과 4연의 "개구리알, 불 속에 환하게 얼음이 된"이
라는 구절이 그 중심을 이룬다. 대립 관계를 이루는 대구의 형식은 이
시집의 핵심적인 기법으로서 '반복과 변주를 동반하는 대칭 구조'를 이
해하는 실마리를 제공한다.
　　여기서 "무덤"-"얼음"의 이미지 계열은 "겨울"-"도시"의 이미지로
연결되고, 그 연장선에서 "참수된 머리카락" "잘려나간 지느러미" "울
음의 하얀 연기" "목을 매는 눈발" 등으로 연결되면서 비극적 전망을
제시하고 있다. 오직 "불"의 이미지만이 홀로 음울한 도시적 풍경에 맞
서 미래를 기약하는 듯이 보인다. 그러나 시행의 전개에서 가장 부각
되는 단어인 "흘러간다"의 역설적 차원에 주목할 필요가 있다. 3연 첫
구절로 등장하는 "흘러간다"의 주어는 "겨울"이고, 비유의 보조관념은
"맹세의 참수된 머리카락"이므로, 이 문장의 전후 의미 맥락은 '과거의

214

맹세가 현재의 겨울에 의해 참수되어 머리카락처럼 흘러간다'라고 정리될 수 있다. 마찬가지로 5~6연의 전후 의미 맥락은 '과거의 기억이 현재의 도시에 의해 잘려서 지느러미처럼, 울음의 하얀 연기처럼, 목을 매는 눈발처럼 흘러간다'라고 정리될 수 있다. 여기서 공통분모를 이루는 "흘러간다"라는 동사가 단지 비극적 전망에 그치지 않고 그 유동성을 통해 "불"의 희망을 미래로 전이시키는 기능을 담당한다는 점에도 주목할 필요가 있다.

> 문득, 먼 하늘에 박혀 있는 방패연이 보일 때가 있다
> 미끄러져
>
> 넘어져서
> 언 호수에 박혀 있는 낙엽이 보일 때― 물고기 가면을 생각했다
> 그걸 쓰고
> 안부를 묻고 싶었다, 당신은 어디를 지나고 있나요?
>
> 아직 어떤 우연도 철거되지 않았다
> 하필 지금 여기에 겨울이 있는 것,
>
> 둥글게 뚫린 얼음의 눈동자로 서로를 쳐다볼 때
> 물의 가면을 쓰고 있거나
> 물이 가면을 쓰고 있거나, 하나의 얼굴로 겹쳐진―그것은 물의 관상일까? 물에 비친 관상일까?
>
> 〔……〕

이곳에 다다르려면 넘어져야 한다, 물고기의 자세로

이곳을 벗어나려면 뒤집혀야 한다, 물고기의 눈으로
미끄러져

넘어져서
문득, 먼 하늘에 박혀 있는 작살이 보일 때가 있다
　　—「얼음의 각주」 부분

　　이 시는 「개구리 증후군」 분석에서 도출한 양극적 대립 개념인 "무덤"의 죽음 이미지와 "불"의 생명 이미지 중 전자가 중심을 이루며 전개된다. 「얼음의 각주」라는 제목을 비롯하여 "언 호수에 박혀 있는 낙엽" "겨울" "얼음의 눈동자" 등이 '무덤-얼음'의 이미지 계열을 이루면서 죽음과 폐허의 아우라를 강하게 형성한다. 이 시에서 주목할 부분은 두 가지인데, 첫째는 "가면"과 "얼굴"이 형성하는 허상과 실재의 의미 맥락이 "관상"의 시선과 맺는 관계성이고, 둘째는 '반복과 변주를 동반하는 대칭 구조'의 시적 의미와 기능이다.
　　먼저 첫째 항목에 대해 살펴보자. 4연의 "물의 가면을 쓰고 있거나"라는 구절은, "둥글게 뚫린 얼음의 눈동자로 서로를 쳐다볼 때"라는 표현과 2연의 "물고기 가면"을 "쓰고" "당신"에게 "안부를 묻고 싶었다"라는 표현을 염두에 둘 때, "당신"과의 대화나 관계성을 추구하는 화자의 염원이 "얼음"이 형성하는 허상의 정체성으로 인해 좌절되는 양상을 암시한다. 반면 "하나의 얼굴로 겹쳐진—"은 이 좌절을 극복하고 실재를 복구하는 과정에서 "당신"과의 대화나 관계성 회복의 가능성을 암시한다. 따라서 "물의 관상"과 "물에 비친 관상"은 주체의 시선과 물의 응시가 상호 교차하면서 "하나의 얼굴"로 표상되는 실재를 복구

216

하는 과정으로 해석할 수 있다. 여기서 드러나는 신용목 시의 '관상학적 시선'은 단순히 미시적이고 현미경적인 시선이 아니라 사물의 깊이를 관찰하기 위해 그 몰락을 주시하는 동시에 회복을 기약하는 시선이다. 이 시선은 메트로폴리스의 표피를 이루는 '가면'을 벗겨내어 그 허상을 비판적으로 폭로하는 동시에 '얼굴'을 복원하면서 실재를 미래적 기약으로 복구하는 것이다.

다음으로 둘째 항목에 대해 살펴보자. 첫째 항목에서 살핀 시적 의미와 주제는 단어 층위에서 구절 및 문장 층위에 이르기까지 다층적으로 형성되는 '반복과 변주를 동반하는 대칭 구조'라는 시적 형식과 기법을 통해 효과적으로 구현된다. 1~2연의 "미끄러져//넘어져서"가 "먼 하늘에 박혀 있는 방패연"이 "언 호수에 박혀 있는 낙엽"으로 전이되는 과정이고, 마지막 두 연의 "미끄러져//넘어져서"가 "물고기의 눈"이 "먼 하늘에 박혀 있는 작살"로 전이되는 과정이므로, 이 반복과 변주는 "먼 하늘"-"언 호수"의 수직적 구도에서 '비극적 추락'이 '운명애적 비상(飛翔)'으로 연쇄적으로 순환되는 대칭 구조를 형성한다. 4연에서 "물의 가면을 쓰고 있거나"는 화자와 "당신"의 시선이 둘 다 허상의 정체성에 물들어 있음을 드러내지만, 변주되는 "물의 관상일까?"와 "물에 비친 관상일까?"를 통해 시선과 응시의 교환을 거쳐 "하나의 얼굴로 겹쳐"지게 된다. "멈출 수 없는 얼굴"에 "다다르려면" "물고기의 자세로" "넘어져야" 하고 "벗어나려면" "물고기의 눈으로" "뒤집혀야" 하는 것은, "가면"의 허상과 "얼굴"의 실재, "우연"과 "운명", 비극적 허무와 운명애적 자유 사이의 이율배반성이 "방패연"-"물고기 가면"-"물고기 눈"-"작살"로 이어지면서 연쇄적으로 순환하는 모습을 보여준다.

3. 어둠·폐허·무덤, 고립된 시선, 죽은 예언과 차단된 미래

「개구리 증후군」이 과거에서 미래로 전이되는 "불"의 흐름을 보여주고, 「얼음의 각주」가 현재의 "가면"에서 "얼굴"의 복구를 미래적으로 예감한다면, 두 작품은 과거 및 현재에서 미래를 기약한다는 점에서 공유점을 가진다. 시집 『아무 날의 도시』에서 이러한 시간 구조를 이루는 변증법적 이미지가 곳곳에 나타나지만, 주조를 이루는 것은 예언이 사라지고 미래가 차단되면서 비극적 세계 인식이 지배하는 이미지들이다.

> 금서의 불타는 마지막 장에서 사라지는 예언들. 꺼져가는 눈빛들. 서서히 밤,
> 언제나 추위는 내일로부터 온다.
>
> 문을 열면 거대한 침엽수림으로 솟아오르는 들판, 아무도 그 위를 걸어본 적 없고.
>
> 어둠의 귀를 길게 잡아당긴다. 랍비여, 이제 무슨 말을 해주실 건가요?
> 그리고 내일의 숲에선 낙엽이 지지 않아. 그 말은 너무 화력이 약하구요.
>
> 허락된 문장을 읽기 위하여 말을 배우는 아이들,
>
> 시간의 두꺼운 책은 언제나 반으로 펼쳐져 있다.

218

어떤 페이지는 가볍게 넘어가고 어떤 페이지는 절망이 필요할
것. 한 단어의 무게를 지고 쓰러지는 운명의.

그러나 지금은 밤. 검은 재를 손가락으로 짚으며,

어둠을 한 장씩 넘긴다. 이 페이지엔 아무것도 쓰여 있지 않아.
그 말이 다시 추위에 얼고.

녹으면, 죽은 예언들이 부스스 흐린 눈을 뜬다.
　　　　—「그 숲의 비밀」부분

　이 시의 화자는 "금서"를 펼쳐서 그 "비밀"을 알고자 한다. 이때 '책'
의 이미지는 "숲"의 이미지와 중첩된다. "금서"의 "마지막 장"에서 "예
언들"이 사라지고 "눈빛들"은 "꺼져가"며 "서서히 밤"이 온다. 그리고
"내일로부터" "추위"가 온다. 화자는 "랍비"에게 어떤 "예언"을 요청
하지만, "내일의 숲에선 낙엽이 지지 않"고 "그 말은 너무 화력이 약
하"다. 이처럼 대부분의 신용목 시에서 예언, 혹은 미래로부터 오는 구
원의 흐름은 차단되어 있다. 그렇다면 잠언풍으로 제시되는 "시간의
두꺼운 책은 언제나 반으로 펼쳐져 있다"라는 문장의 의미는 무엇일
까? 그리고 이 문장이 신용목 시의 주제 및 형식적 특성으로서 '반복과
변주를 동반하는 대칭 구조'와 어떤 관련이 있을까?
　"어떤 페이지는 가볍게 넘어가고 어떤 페이지는 절망이 필요"하다
는 문장이 이 질문에 답변할 실마리를 제공한다. 이 문장은 "금서"에
새겨진 "숲의 비밀"이 밤과 낮, 검은 재와 불, 절망과 희망의 대칭 구
조를 내포하고 있음을 암시한다. 그래서 이 책의 페이지를 한 장씩 넘
기면, "어둠"과 "추위"가 온 후에 "죽은 예언들"이 눈을 뜨기도 하고,

"내일"이 솟아오르고 "불"을 지르기도 하며, "봄으로부터" "낙엽이 돋아나"기도 할 것이다. 따라서 신용목의 세번째 시집에 빈번히 등장하는 '반복과 변주를 동반한 대칭 구조'는 일차적으로 "모든 생활은 드디어 반복되고//모든 사랑은 드디어 중첩"(「타자의 시간」)되며 "그 모래시계에 맞춰 우주가 회전"(「꿈 밖에서 잠들다」)하는, 메트로폴리스적 일상의 반복적인 동일성과 순환을 의미한다. 더 나아가 그것은 메트로폴리스의 '무덤-겨울-얼음-밤-재'라는 절망적 현실에 '알-봄-낮-불'이라는 시적 희망을 맞세우려는 소망적 시 의식의 소산이기도 하다. 그러나 이 시를 포함하여 이번 시집에서 이러한 미래적 예언은 좀처럼 허용되지 않는 듯이 보인다. 인용한 시의 지배적인 이미지는 "어둠"인데, 이것은 "금서의 불타는 마지막 장" 이후에 "예언들"이 사라지고 "꺼져가는 눈빛들"-"서서히 밤"-"어둠"-"밤"-"검은 재"-"죽은 예언들"로 이어지면서 비극적 세계 인식으로 점철된다. 이러한 비극적 세계 인식은 "언제나 추위는 내일로부터 온다"라는 문장에서 나타나듯, 미래에서 현재로 다가오는 희망의 시간 운동이 불가능한 데서 기인한다.

어둠은 어쩌다 사지를 잃었을까 사방을 더듬어도 몸통만 둥글다
굴릴 수도 던질 수도 있지만
익으면 꼭지가 환하게 타지,
　나는 불빛을 그렇게 믿는다 모든 흙이 벽돌이 되거나 타일이 되거나 기와가 된 이후의 폐허

　때로는 붉은 껍질로 떨어지는 허공의 각도로 해와 해와 헬리콥터가 지나간다
　나무보다 더 흔들리는 당신의,

가지보다 더 휘청이는 당신의

〔……〕

상자보다 더 부서지는 나의
포장보다 더 구겨지는 나의,
　때로는 하얀 속살로 번져가는 허공의 각도로 달과 달과 인공위
성이 지나간다

　불빛은 어쩌다 가죽을 잃었을까 사지를 껴안아도 허공만 환하다
　씹을 수도 삼킬 수도 있지만
　익으면 밑동이 까맣게 타지,
　나는 어둠을 그렇게 믿는다 모든 집이 무덤이 되거나 유적이 되
거나 기록이 된 이후의 폐허
　　—「웃을 수도 울 수도 있지만」부분

　이 시는 신용목 시의 양극적 대립 개념인 "무덤"의 죽음 이미지와
"불"의 생명 이미지가 상호 길항하면서 맞서는 양상을 제시하는 듯하
다. 이러한 느낌은 「웃을 수도 울 수도 있지만」이라는 이 시의 제목을
비롯해 "굴릴 수도 던질 수도 있지만" "씹을 수도 삼킬 수도 있지만"
등의 표현이 양자택일이 아니라 양자 선택 가능성을 가지고 균형을 형
성하는 데서 기인한다. 또한 1연의 "익으면 꼭지가 환하게 타지" "나
는 불빛을 그렇게 믿는다", 마지막 연에서 "불빛" "허공만 환하다" 등
에 등장하는 '빛' 이미지가 희망적 분위기를 조성하기 때문이다. 그런
데 이러한 양상은 표면적인 현상이고, 내면적으로는 "어둠"과 "폐허"
와 "무덤"의 양상이 드리우는 비극적 세계 인식이 핵심을 차지하고 있

다. 이와 관련하여 이 시에서 주목할 부분은 두 가지인데, 첫째는 "허공의 각도" "허공만 환하다" 등에 등장하는 '허공'의 의미이고, 둘째는 '반복과 변주를 동반하는 대칭 구조'의 시적 의미와 기능이다.

먼저 첫째 항목에 대해 살펴보자. "때로는 붉은 껍질로 떨어지는 허공의 각도로 해와 해와 헬리콥터가 지나간다"와 "때로는 하얀 속살로 번져가는 허공의 각도로 달과 달과 인공위성이 지나간다"라는 병행 구문에서, 변주되는 부분인 "붉은 껍질"-"하얀 속살" "떨어지는"-"번져가는" "해"-"달" "헬리콥터-"인공위성" 등은 상호 대비를 이루면서 대칭 구조를 형성한다. 이 점은 앞서 말한, 양자택일이 아니라 양자 선택 가능성을 가지고 균형을 형성하는 표현들과도 결부되어 있다. 한편 병행 구문에서 변하지 않고 반복되는 부분인 "허공의 각도"와 "지나간다"는, 언술 구조뿐만 아니라 의미 맥락에서도 근간을 이루면서 시의 중심축을 이룬다고 볼 수 있다. "허공의 각도"와 "지나간다"가 공통적으로 가지는 숨은 의미 맥락은 「얼음의 각주」에서 분석한 "가면"의 허상과 일맥상통하는 듯이 보인다. 즉 이 두 표현은 정체성을 가지는 실재의 차원이 아니라 익명성과 허상으로 유전되는 시뮬라크르simulacre 의 차원을 의미한다고 볼 수 있다.

다음으로 둘째 항목에 대해 살펴보자. 첫째 항목에서 살핀 시적 의미와 주제는 단어 층위에서 구절 및 문장 층위에 이르기까지 다층적으로 형성되는 '반복과 변주를 동반하는 대칭 구조'라는 시적 형식과 기법을 통해 효과적으로 구현된다. 첫째 항목에서 살핀 부분도 여기에 포함될뿐더러 거의 모든 부분에서 복잡다기하게 형상화되지만, 특히 1연과 마지막 연을 상호 비교하면서 분석해보기로 하자. 1연과 마지막 연의 1행을 살펴보면, "어둠"-"불빛" "사지"-"가죽" "사방"-"사지" "더듬어도"-"껴안아도" "몸통"-"허공" "둥글다"-"환하다" 등은 주로 대비적 구도가 중심을 이루며 형상화된다. "더듬어도"-"껴안아도"

"둥글다"-"환하다"의 경우 완전한 대비는 아니지만 대부분이 대비적 관계를 형성한다고 볼 수 있다. 1연과 마지막 연의 2행인 "굴릴 수도 던질 수도 있지만"-"씹을 수도 삼킬 수도 있지만", 3행인 "익으면 꼭지가 환하게 타지"-"익으면 밑둥이 까맣게 타지", 4행의 첫 문장인 "나는 불빛을 그렇게 믿는다"-"나는 어둠을 그렇게 믿는다"도 대동소이하다. 이처럼 1연과 마지막 연은 "어둠"이 "불빛"이 되는 과정과 "불빛"이 "어둠"이 되는 과정을 전체적으로 대비적 구도를 이루는 대칭 구조를 통해 형상화한다. 그런데 1연과 마지막 연의 끝 문장인 "모든 흙이 벽돌이 되거나 타일이 되거나 기와가 된 이후의 폐허"와 "모든 집이 무덤이 되거나 유적이 되거나 기록이 된 이후의 폐허"가 공통적으로 "폐허"로 수렴되고 귀결된다는 점에서, 이러한 대칭 구조의 균형은 궁극적으로 와해되고 "어둠"과 "폐허"와 "무덤"이 압도적인 무게중심을 차지한다. 이러한 비극적 세계 인식은 시적 주체가 메트로폴리스의 현실에 대해 관상학적 시선을 가지지 못하고 고립된 시선에 머물러 있는 경우에 생겨나는 듯이 보인다.

4. 망자(亡者)의 혀, 고고학적 시선, 과거를 경유하는 미래

"어둠"과 "폐허"와 "무덤"이 압도적으로 지배하는 메트로폴리스의 현실을 극복하고 고립된 시선에서 탈피하기 위해 신용목의 시적 주체가 선택하는 것은 '죽음으로 죽음을 극복하는 방법'이다. 다시 말해, 이미 '죽은 자의 목소리'로 현실에 개입하면서 '고고학적 시선'으로 과거의 지층을 탐사하고 발굴하여 현재와 미래에 빛을 던지는 방식을 채택하는 것이다. 이러한 목소리와 시선에 도달하기 위해 시적 주체는 다음과 같은 시간 의식의 전환을 거치게 된다.

그의 침대에는 바퀴가 달려 있다

누워서 달려가는 오 초 뒤의 세상—꿈의 어디쯤에서 생시를 더
듬을 때
깨어나 돌아보는 오 초 전의 세상,

바퀴는 우연을 통과한다 진행하는 기술 정지하는 기술 그리고
돌아오지 않는 기술

잠의 문이여, 오 초 뒤의 저택은 백 년 전의 저녁과 닮았고
오 초 전의 현관은 백 년 뒤의 아침을
바퀴 달린 침대가 통과하고

잠의 문에 달린 자물쇠처럼
백 년이 열리고 닫히는 기술

(······)

오 초 동안 연습되는 살인의 기술

어차피 몸은 바람의 미래이거나 모래의 과거이거나
바람이 모래를 감고 소용돌이치거나 그 저택이거나

—드디어 전진!
—「오 초의 기술」부분

224

이 시가 보여주는 것은 병원의 응급실 풍경이다. 환자가 누운 침대의 바퀴는 "진행하는 기술 정지하는 기술 그리고/돌아오지 않는 기술"을 가지고 있다. "우연을 통과"하는 이 바퀴가 정작 통과하는 것은 '시간'이다. 바퀴는 "오 초 뒤의 세상"을 "달려가"고 "오 초 전의 세상"을 "돌아보"기 때문이다. '시간'이 "우연"인 까닭은 우리가 "꿈의 어디쯤에서 생시를 더듬을 때" 어떤 필연적 인과 관계에서 벗어나기 때문이다. 따라서 이 시에서 "바퀴"는 우연의 시간으로 진입하는 "잠의 문"이 된다. "잠의 문"을 열고 들어가면 "오 초 뒤의 저택은 백 년 전의 저녁"과 닮았고, "오 초 전의 현관은 백 년 뒤의 아침"이 된다. "바퀴"는 "백년이 열리고 닫히는 기술"을 가진 것이다. "서로 반대로 도는 톱니"가 "맞물"릴 때, 과거와 미래가 한자리에서 충돌하며 "꿈과 생시가 응급실 침대처럼 교차한다." 꿈과 생시의 교차 속에서 "오 초 동안 연습되는 살인의 기술"은 현재가 과거와 미래를 왕복하며 우연의 시간을 통과하는 "농담" 같은 효과를 만들어낸다.

그러나 이 농담은 꿈과 생시, 삶과 죽음, 과거와 미래를 통과하는 우연성을 감내하고 받아들이는 견고한 사유를 내장한 것이어서 그 가벼움에 무게감을 더한다. "바퀴"는 가볍게 전후좌우로 움직이며 "잠의 문"을 들어서고, '시간'을 통과하면서 "몸은 바람의 미래이거나 모래의 과거"이고 "바람이 모래를 감고 소용돌이치거나 그 저택"이 된다. 이때 "몸"은 "바람" 및 "모래"와 동격이 되지만, "—드디어 전진!"에 이르면 전진하는 몸의 힘을 확보하게 된다. 결국 이 시는 "잠의 문"인 "바퀴"의 이미지를 통해 시간의 우연성을 수락하고 더 나아가 이것을 전진의 동력으로 삼는 몸의 힘을 보여준다고 볼 수 있다. 이러한 시간 의식의 전환을 거쳐 "바람처럼 아무리 달아나도 과거는 끝나지 않을 것"(「복제된 풍경화」)이라는 문장에서 알 수 있듯, 세번째 시집 『아무 날의 도시』에서는 기억의 '흐름'이 과거를 경유하여 미래로 이동하는 경향이 나타난다.

나는 죽은 자의 메아리를 잘라왔다 불탄 구름이 흐린 재로 흩날리는 광장에서
목을 잃은 혀가
부르는 노래 시체의 목소리 속을 떠도는 바람의 목에 걸어주는 긴 머플러

녹빛 동상의 입에서 쏟아지는 무용담과 장검이 찌르고 있는 칼집 속의 오랜 적막을

그리고 도심의 방 환한 무덤에 쌓여 있는 종이들 관짝의 먼지 낀 뚜껑을 열고
시체의 배 속에 남아 있는 밥알을 씹는다
얼굴에 어둠을 묻힌 채 이제부터 나는 뒷걸음질로만 앞으로 나갈 수 있으므로

낮과 밤 사이에서 떨어져 나온 벽돌들로 시간의 양쪽 끝을 눌러놓고 길 잃은 메아리
위에 적혀 있는 노래를
몸의 불구덩이로 던져 넣는다 밤이 추위뿐인 영혼에게 검은 망토를 걸쳐줄 때

아무리 피워 올려도 구름이 되지 못하는 연기의 역사 그러나 인간이라는 거푸집에서 뜨거운 쇳물로 끓고 있는 피를

이 시의 화자는 '망자의 혀'로 노래한다. "죽은 자의 메아리를 잘라"
와서 그 "목을 잃은 혀가/부르는 노래"는 "시체의 목소리"를 들려준
다. "흐린 재로 흩날리는 광장"은 "녹빛 동상"이 "장검"을 "찌르고 있
는" "적막"의 "도심"이다. 이곳을 "무덤"으로 비유하고, 그 "관짝의 먼
지 낀 뚜껑을 열고/시체의 배 속에 남아 있는 밥알을 씹는" 장면은 메
트로폴리스의 현실을 저주와 환멸의 시선으로 바라보는 시인의 도저
한 비극적 전망을 드러낸다. 여기서 "이제부터" "뒷걸음질로만 앞으로
나갈 수 있"다는 화자의 선언은, '무덤-겨울-얼음-밤-재'라는 절망적
현실을 망각하지 않고 정면으로 대면하고 돌파해야만 미래를 기약할
수 있다는 각오를 선명히 보여준다. 현재의 진실은 시간의 흐름 속에
서 과거의 지층으로 누적되면서 은폐된다. 망각된 과거의 지층을 탐사
하고 발굴하여 그 흔적을 복원하는 것만이 현재의 본상을 밝히고 도래
하는 미래에 빛을 던질 수 있다. 이러한 관점에서 신용목은 메트로폴
리스의 지층에 '고고학적 시선'을 던짐으로써 파묻힌 기억을 복구하고
재생시키고자 한다.

"얼굴에 어둠을 묻힌 채"라는 구절은 바로 그 탐사와 발굴의 행위
를 암시한다. 동시에 이 구절은 이 시집에 온통 죽음, 저주, 환멸, 허무
등의 침울한 아우라가 도사리고 있는 이유를 알려준다. 신용목은 메트
로폴리스의 검은 현실을 회피하지 않고 적극적으로 그 "어둠에 얼굴
을 묻혀"서 현재의 표면 속에 감추어진 과거를 직시하려는 것이다. "낮
과 밤 사이에서 떨어져 나온 벽돌들로 시간의 양쪽 끝을 눌러놓"는 행
위도 과거를 경유하여 미래를 예감하는 시 의식과 관련된다. 그리하여
과거와 현재라는 "시간의 양쪽 끝을 눌러놓고" 부르는 신용목의 노래
는 "몸의 불구덩이"에서 "뜨거운 쇳물로 끓고 있는 피"가 된다. 이 시

집의 시적 주체인 '망자의 혀'는 과거의 지층을 탐사하고 발굴하여 현재와 미래에 빛을 던지는 '고고학적 시선'이 "얼굴에 어둠을 묻힌 채" "끓고 있는 피"를 노래하는 양상에서 태어나는 것이다.

[『시인수첩』, 2014]

모성과의 길항, 다중적 알레고리
― 김이듬 시의 의식과 기법

1. 김이듬 시의 내용과 형식

　김이듬은 2001년 『포에지』에 시를 발표하면서 등단한 이후 『별 모양의 얼룩』(천년의시작, 2005), 『명랑하라 팜 파탈』(문학과지성사, 2007), 『말할 수 없는 애인』(문학과지성사, 2011), 『베를린, 달렘의 노래』(서정시학, 2013), 『히스테리아』(문학과지성사, 2014), 『표류하는 흑발』(민음사, 2017) 등 여섯 권의 시집을 상재했다.[1] 그녀의 시는 유령적 언술 주체가 강박적이고 히스테릭한 충동을 혼몽과 착란의 어법으로 진술함으로써 심연의 상처와 고통을 온몸으로 겪는 동시에 그것을 넘어서는 주이상스를 표출한다. 자기 고백의 목소리는 이질적인 것들이 뒤섞이면서 과거와 현재와 미래, 현실과 몽상, 자아와 타자, 의식과 무의식의 경계를 넘나드는 파편적인 복화술의 어조로 변주된다. 이질 혼재성과 파편성의 시적 발화는 삶 충동eros과 죽음 충동thanatos을 극단적으로 왕복하면서 이성애 중심의 가부장적 상징 질서에 타격을 가하는 젠

1　김이듬의 시집은 『별 모양의 얼룩』(천년의시작, 2005), 『명랑하라 팜 파탈』(문학과지성사, 2007), 『말할 수 없는 애인』(문학과지성사, 2011), 『베를린, 달렘의 노래』(서정시학, 2013), 『히스테리아』(문학과지성사, 2014), 『표류하는 흑발』(민음사, 2017) 등이 있다. 이 글에서 김이듬의 시는 이 시집들에서 인용하되, 시집은 제목 대신 출간된 순으로 번호를 달아 '(시집 번호: 페이지 수)'로 출처를 표시한다.

더적 시 쓰기의 한 중요한 방향을 제시해왔다. 김이듬 시의 이러한 특성은 첫 시집『별 모양의 얼룩』에서 여섯번째 시집『표류하는 흑발』에 이르기까지 연속적 흐름을 통해 지속되고 심화된다. 한편 첫 시집에서 두번째 시집까지 혼몽과 착란의 언어로 표출되는 무의식 및 주이상스가 주로 시적 주체의 개인적 내면 영역에서 발생한다면, 세번째 시집 이후 여섯번째 시집까지는 그것이 시적 주체의 내면 의식을 경유하여 난민, 외국인 노동자, 창녀, 장애인, 거지, 가난한 노인 등 공동체의 소수자들과 동일시하면서 사회적 연대를 지향하는 양상으로 변모된다. 이 글은 이러한 지속성과 변모 양상을 추적하면서 김이듬의 시 세계 전체를 관통하는 의식적 측면과 기법적 측면을 살펴보고자 한다.

그동안 김이듬의 시에 대해 비평적 통찰들이 축적되어왔는데, 대표적인 평가로는 '시적 감수성과 기억의 형식'(황현산), '유령 놀이와 꿈속의 꿈'(이광호), '일부의 역능성과 패배의 형식'(최현식), '희생제의, 이접과 알레고리'(조재룡), '부작용하는 사랑의 아이러니'(김수이) 등을 들 수 있다. 선행 비평들은 대체로 김이듬 시의 내용 및 의미 측면에서 극단적인 시적 감성과 성감, 욕망과 말에 대한 허기, 상징 질서를 교란하는 모험, 위반과 죽음으로서 에로티시즘, 몽유의 에로스, 의미 없음의 환란과 개성적 실존을 향한 욕망, 실패의 무의식, 존재와 삶의 부작용으로 인해 생겨나는 사랑 등에 관해 논의했다. 그리고 김이듬 시의 형식 및 기법 측면에서 육체적 임상의 시 쓰기와 불감증을 이용하는 방법, 어지러운 상태와 정돈 상태의 겹치기 및 섹스의 형식, 유혹과 발작 사이의 노래, 마임 모놀로그의 형식, 단절과 유기의 문법, 망상과 분열의 언어, 이접의 문장과 알레고리의 형식, 부작용으로 현실을 교란하는 아이러니 등을 다루었다. 이처럼 선행 비평들이 김이듬 시의 중요한 특성들을 거의 빠짐없이 언급한 상황에서, 무엇에 대해 새롭게 말할 수 있을까? 이 글은 그러한 고민의 산물로서 김이듬의 시에 잠복해 있는 내적 특이성을 포착하기 위해 첫 시집『별 모양의 얼룩』에 등장하는 두 편의 시를 시 세계 전체가 농축된 모나드라고 간주하고, 이 작품을 심층적으로 분석함으로써 논의의 실마리를 삼고자 한다. 그리고 이를 기초로 의식과 기법 양 측면에서 김이듬 시의 원천과 현상(現狀) 및 지향에 대해 살펴보려 한다.

2. 모나드와 내적 특이성

우선 첫 시집『별 모양의 얼룩』의 첫머리에 등장하는「거리의 기타리스트―돌아오지 마라, 엄마」를 김이듬의 시 세계의 모나드라고 간주하고 분석해보자. 이 작품은 김이듬 시의 내용적 측면을 발생시킨 동인으로서 시 의식의 원천과 현상뿐 아니라, 시의 형식적 측면을 발생시킨 기법의 원형을 함축하고 있다.

> 길거리의 여자는 기타를 껴안고 있다 젖통을 밀어 넣을 기세다 어떻게든 기타를 울려 구걸해야 한다 비가 오기 시작하면 더 조급해진다 기타의 성기는 소리이므로 딸을 걷어차기 시작한다
>
> 착지가 서툰 빗줄기는 보도블록에 닿자마자 발목을 부러뜨렸다 비가 지하도를 기어간다 질질 끌려간다 난폭한 여자의 팔에 기타가 매달려 있다 걸을 수 없는 조건을 가졌다
>
> 담배를 물려다 말고 여자가 소리를 만지작거린다 기타는 여자를 경멸하므로 여자를 허용한다 자라지도 않고 떨림도 없는 기타의 성기에는 매듭과 줄이 있다
>
> 스무 장의 신문지와 스물한 개의 철근이 뒹구는 지하실이다 팔백 해리의 슬픔과 팔백 해리의 공복과 백만 마일의 바퀴벌레도 늘

어나는 것이 죄인 줄 안다

기타리스트는 딸을 안고 있다 다시 보면 기타가 여자를 껴안고
있는 자세다 기타는 기타리스트의 목을 조르고 있다 죽일까 말까
망설이느라 성장을 못한 딸의 손목이다

잔느 아브릴의 어머니는 딸에게 매춘을 강요했으며 기타처럼 모
성이란 다양한 것이다 여자는 얼떨결에 기타를 갖게 되었다 여자
는 기타를 동반하여 계단을 굴러가고 난간을 넘어가 세상을 추락
한다 놀랍게도 어떤 모성은 잔인한 과대망상이다

기타는 기타 케이스 안으로 기타리스트를 밀어 넣는다

　　　　　　—「거리의 기타리스트—돌아오지 마라, 엄마」 전문 (1: 11~12)

이 작품은 내용과 형식 양 측면에서 김이듬 시의 원형질을 담고 있
다. 우선 시의 내용적 측면에서 김이듬 시 의식의 원천과 현상에 대해
살펴보자. 이 시의 기본 구도는 "길거리의 여자" 즉 "거리의 기타리
스트"가 "기타를 껴안고 있"는 모습을 "엄마"가 "딸을 안고 있는" 모
습과 중첩시키는 것이다. "기타리스트"(엄마)와 "기타"(딸)의 관계에
근거한 이 양상은 궁극적으로 시적 주체의 모성에 대한 태도로 압축
될 수 있다. 이 시는 전체적으로 "기타리스트"(엄마)가 주어인 전반부
(1~2단락), "기타"(딸)가 주어인 중반부(3~4단락), 둘의 관계가 역전되
는 후반부(5~7단락)로 구성된다. 전반부는 "엄마"의 우위가 압도적으
로 나타나고 "딸"은 수동적 위치에 놓여 있다. "기타를 울려 구걸해야"
하는 "여자"는 "딸을 걷어차기 시작"하는데, "난폭한 여자의 팔에" "매
달려 있"는 "기타"는 "착지가 서툰 빗줄기"가 "발목을 부러뜨"린 것처
럼 "걸을 수 없는 조건을 가졌다." 이 장면에는 "엄마"의 "딸"에 대한
폭력과 착취가 잠복해 있다. "기타의 성기는 소리"라는 점에서 폭력은
성적 착취의 모습을 띠는데, 이 양상은 6단락에서 "잔느 아브릴의 어

232

머니는 딸에게 매춘을 강요했으며 기타처럼 모성이란 다양한 것이다"
라는 진술을 통해 직설적으로 표현된다.

반면 중반부에서 "딸"은 "엄마"의 폭력과 착취로 인한 고통을 수용
하면서 사태를 능동적으로 인식한다. "여자를 경멸하므로 여자를 허
용"하는 "기타"는 "자라지도 않고 떨림도 없는" 점으로 볼 때 성장이
멈추고 불감증을 겪지만, "기타의 성기에는 매듭과 줄이 있"는 것처럼
불구와 불감의 육체를 자신의 운명으로 받아들인다. 4단락의 전개에는
시간적·공간적 거리를 뛰어넘는 무의식적 기억의 비약이 개입하는 듯
하다. "스무 장의 신문지와 스물한 개의 철근이 뒹구는 지하실"은 "기
타의 성기에" "있"는 "매듭과 줄"이 세월의 흐름과 공간의 이동을 거
쳐 무의식 속에서 압축되는 동시에 전위되는 양상을 보여준다. "팔백
해리의 슬픔과 팔백 해리의 공복과 백만 마일의 바퀴벌레도 늘어나는"
모습은 시간의 흐름 및 공간의 이동에 따라 누적되는 슬픔과 공허와
추함을 암시하는데, 중요한 것은 그것을 "죄인 줄" 아는 화자의 내면
의식이다. 죄는 "엄마"가 "딸"에게 전수한 것이지만, "딸"은 그것을 자
신의 것으로 받아들이면서 죄의식을 느낀다. "딸"은 이 죄의식을 장차
속죄의 형식으로 전환하면서 "엄마"와 세상을 향해 복수하려고 할 것
이다. 이런 의미에서 "기타"(딸)의 "성기"인 "소리"는 바로 성감과 섹
스를 주요 모티프로 삼아 표현하는 김이듬의 '시'를 상징한다고 볼 수
있다.

후반부에서 "엄마"와 "딸"의 관계는 상호 작용적으로 전개되다가
"딸"의 우위로 전이된다. "기타리스트는 딸을 안고 있"지만 "다시 보
면 기타가 여자를 껴안고 있는 자세"이고, "기타는 기타리스트의 목
을 조르고 있다." 그러나 "기타"(딸)는 "죽을까 말까 망설이느라 성장
을 못한 딸의 손목"에서 알 수 있듯 여전히 죽음을 기도하면서 성장이
멈춘 고통스러운 존재이다. "여자는 기타를 동반하여 계단을 굴러가

고 난간을 넘어가 세상을 추락"하는데, 여기서 '세상에 추락한다' 혹은 '세상으로 추락한다'라고 말하지 않고 "세상을 추락한다"라고 말한 것은 시인의 은밀한 시 의식이 무의식적으로 노출된 결과라고 볼 수 있다. 전반부에서 중반부를 거쳐 후반부로 갈수록 "엄마"와 "딸"은 상호 작용하면서 "엄마"의 자리에 "딸"의 입장이 중첩되기도 한다. 이 대목에서 "딸"은 "기타를 동반하여 계단을 굴러가고 난간을 넘어가"는 "여자"의 위상과 겹쳐지며 속죄의 형식으로 "세상"에 복수를 감행하는 것이다. "세상을 추락"하는 능동적 행위는 원죄 의식을 속죄로 되갚으면서 "엄마"의 영역을 뛰어넘어 "세상"을 추락시키고 격파하려는 욕망의 표현이다. 이 지점에서 "딸"은 경멸하고 부정하며 저항하던 "엄마"의 모성과 한 몸이 되고, "잔인한 과대망상"의 시적 몽상을 시도한다고 볼 수 있다.

다음으로 시의 형식적 측면에서 김이듬 시의 기법적 원형에 대해 살펴보자. 인용한 시는 기본적으로 "기타리스트"와 "기타"의 관계를 "엄마"와 "딸"의 관계로 유비하는 알레고리의 형식 및 기법을 구사한다. 이러한 형식 및 기법은 자칫 단순하고 평이한 유비의 구도에 의해 도식화될 우려가 있다. 하지만 전체적으로 "기타리스트"(엄마)가 주어인 전반부에서 "기타"(딸)가 주어인 중반부를 거쳐 둘의 관계가 역전되는 후반부로 전개되는 과정에서 시점의 변화를 통해 복합성과 입체성을 부여한다. 또한 단순하고 평이한 전통적 수사학의 알레고리와는 달리, 유비의 상호 대상인 "기타리스트"와 "엄마", "기타"와 "딸"을 파편적인 언어로 도처에 산포하여 노출함으로써 변형된 알레고리의 형식 및 기법을 구사한다. 다시 말해, 알레고리의 원관념과 보조관념을 번갈아 등장시키면서 뫼비우스의 띠처럼 두 측면이 순환적으로 교차하는 '뫼비우스적 알레고리'의 기법을 활용하는 것이다.

두번째 작품으로 첫 시집 『별 모양의 얼룩』에 실린 「물류센터」를 김이듬의 시 세계의 또 하나의 모나드라고 간주하고 분석하려 한다. 이 작품은 김이듬 시의 내용적 측면에서 시 의식의 지향을 드러낼 뿐만 아니라, 시의 형식적 측면에서 변형된 알레고리 기법의 중요한 하나의 사례를 제시한다.

〔화물연대 협상 진통〕 지역별 현상주체 제각각 …해결 암초
——경제news91@donga.com ; 2003.5.11.
〔해외입양아 현황〕 14만 3천여명, 전체의 71.3%
——국감자료 ; 2001

난 화물, 썩은 물 흐르는 컨테이너다

출하되자마자 급하게 포장해서 운반되어진

뭐든지 입으로 가져가던 음식물 분쇄기이다

영세한 가내공장에서 만들어져

교회 입구에 유기되었음직한 재봉이 터진 우주복

세심하게 기록을 살펴볼수록 모호한 출처

유아간질 히스테리 증세만 아니었어도

미끄럼틀에서 내려 캐나다나 미국쯤 수출되었을 성가신 짐짝

어디로 수송 중인지 꽉 막혀버린 골방

나는 처박아 넣기 쉬운 형태로 묶인 채

이렇게 사창의 밤 야적장을 통과하여

드디어 거대한 물류센터에 도착하면

이 물건은 대체 뭐였던 거야 아무것도 아니잖아

하역을 하다 처리비용도 필요 없이 아주 넘겨질

표류물, 일종의 유기체였던, 다분히 정치적이었던

——「물류센터」 전문 (1: 24)

이 작품은 내용과 형식 양 측면에서 김이듬 시의 지향성을 담고 있다. 우선 시의 내용적 측면에서 김이듬 시 의식의 지향에 대해 살펴보자. 이 시의 기본 구도는 1행에 나타나듯 화자가 자신의 정체를 "화물"로 정의하는 데서 시작된다. 화자의 정체성은 "썩은 물 흐르는 컨테이너" "음식물 분쇄기" "재봉이 터진 우주복" 등으로 제시되면서 부패성과 잡식성 및 불량성이 드러난다. 그런데 "영세한 가내공장에서 만들어져/교회 입구에 유기되었음직한"이라는 구절에서 화자의 화물적 정체성은 시적 주체의 존재적 정체성과 중첩되는 지점을 형성한다. 김이듬 시의 도처에서 발견되는 "가내공장"은 유년 시절에 경험한 아버지의 흔적과 연루되고, "교회"는 어머니의 흔적과 연루된 듯하다. 이 아버지와 어머니가 실재이든 상징이든 상관없이 중요한 것은 김이듬 시에서 부성 및 모성에 대한 부정과 단절 의식이 시적 주체의 존재적 정체성을 형성하는 데 영향을 준다는 점이다. 이 부정과 단절 의식으로부터 야기되는 버려짐, 즉 '유기됨'의 시 의식은 "모호한 출처"를 경유하여 "유아간질 히스테리 증세만 아니었어도/미끄럼틀에서 내려 캐나다나 미국쯤 수출되었을 성가신 짐짝"으로 전개되면서 다시 해외 입양아 문제와 중첩된다. "성가신 짐짝"은 화물연대의 협상이라는 경제적 문제이자 시적 주체의 존재적 정체성인 동시에 해외 입양아의 국제적 인권 문제라는 복수적 영역을 한 몸에 껴안고 있는 것이다.

이러한 시 의식의 지향성은 앞에서 언급한 말, 즉 김이듬 시의 무의식 및 주이상스가 초기 시에서 주로 시적 주체의 개인적 내면 영역에서 발생하지만, 중기 시 이후로 변모 양상을 보여준다는 견해를 재고하게 만든다. 이러한 변모는 표면적으로 전경화되는 현상일 뿐이고, 김이듬 시의 무의식 및 주이상스는 초기 시에서부터 시적 주체의 내면 의식을 경유하여 공동체의 소수자들과 동일시하면서 사회적 연대를 지향하는 경향을 내포하고 있다고 봐야 할 것이다. 인용한 시에서 화물연대의 협상이라는 경제적 문제를 시적 주체의 존재적 정체성과 접속하는 동시에 해외 입양아의 인권 문제와도 연결하는 지향성은 이러한 사실에 대한 중요한 증거가 된다.

다음으로 시의 형식적 측면에서 김이듬 시의 기법적 변형에 대해 살펴보자. 인용한 시에서 시 의식의 지향이 보여주는 세 가지 차원의 중첩은 시의 형식 및 기법의 측면에서 변형된 알레고리의 한 사례로서 '두 겹의 뫼비우스적 알레고리'라는 방식으로 설명될 수 있다. 이 시는 전통적 수사학의 알레고리와는 달리, 유비의 상호 대상인 시적 주체의 존재적 정체성과 화물연대의 협상 문제 및 해외 입양아 문제를 파편적인 언어로 도처에 산포하여 노출함으로써 변형된 알레고리의 형식 및 기법을 구사한다. 즉 시의 기본 구도는 제목인 「물류센터」나 서두의 "난 화물, 썩은 물 흐르는 컨테이너다"에서 제시되듯 화물연대의 협상 문제에 기반하지만, "가내공장" "교회 입구" "유기" "모호한 출처" "유아간질 히스테리 증세" "꽉 막혀버린 골방" "사창의 밤 야적장" 등 작품 도처에 파편적으로 노출되는 시적 주체의 존재적 정체성 및 해외 입양아 문제의 흔적은, 알레고리의 원관념과 보조관념을 번갈아 등장시키면서 세 영역이 순환적으로 교차하는 '뫼비우스적 알레고리'의 기법을 활용하는 것이다. 「거리의 기타리스트―돌아오지 마라, 엄마」에서 분석한 바 있는 '뫼비우스적 알레고리'가 두 영역의 순환적 교차에 의해 형성된다면, 인용한 시는 세 영역의 순환적 교차에 의해 형성된다는 점에서 '두 겹의 뫼비우스적 알레고리'라고 명명할 수 있을 것이다.

모나드라고 간주한 두 편의 시에 대한 분석을 통해 다음과 같은 김이듬 시의 내적 특이성을 도출할 수 있다. 첫째, 김이듬 시 의식의 발생적 원천에는 '모성에 대한 복수와 속죄'라는 이율배반적 길항이 자리 잡고 있다. 시적 주체는 폭력과 착취를 통해 자신에게 상처와 고통을 준 모성에 대해 경멸과 허용의 양가적 태도를 취하고, 이로 인한 슬픔과 공허와 추함을 자신의 운명으로 수용하면서 원죄 의식을 느끼지만, 그것을 속죄의 형식으로 전환하면서 "엄마"와 세상에 복수하려고 한다. 둘째, 김이듬의 시는 폭력과 착취를 통해 '수동적으로 받은 상처와 고통'을 성감과 섹스를 주요 모티프로 삼는 강박적이고 히스테릭한 혼몽과 착란의 어법으로 표현함으로써 '능동적인 충동과 주이상스'를 체현한다. 이러한 김이듬 시의 어법은 "잔인한 과대망상"의 목소리를 통해 모성의 위상과 중첩하면서 세상의 상징 질서에 저항하고 대결한다. 셋째, 김이듬 시에서 부성 및 모성에 대한 부정과 단절 의식으로부터 야기되는 '유기됨'의 시 의식은 시적 주체의 존재적 정체성을 공동체의 소수자 문제 및 국제적 인권 문제 등과 중첩시키면서 사회적 연대를 추구하는 지향성으로 나아간다. 넷째, 김이듬 시의 기법적 원형은 알레고리의 형식인데, 단순하고 평이한 유비 구도에 의해 도식화되지 않기 위해 변형된 알레고리의 방식을 구사한다. 김이듬은 원관념과 보조관념을 번갈아 순환적으로 교차하는 '뫼비우스적 알레고리'의 기법을 구사하는데, 이 기법이 「거리의 기타리스트—돌아오지 마라, 엄마」에서 유비의 대상인 "기타리스트"와 "엄마", "기타"와 "딸"을 파편적인 언어로 도처에 산포함으로써 두 영역의 순환적 교차를 통해 형성된다면, 「물류센터」에서는 유비의 대상인 시적 주체의 존재적 정체성과 화물연대의 협상 문제 및 해외 입양아 문제를 파편적인 언어로 도처에 산포함으로써 세 영역의 순환적 교차를 통해 형성된다. 이후 김이듬은 '뫼비우스적 알레고리'의 형식을 다중적으로 변주하고 변형하면서 시적 기법을 심화시켜 나간다.

3. 시 의식의 원천과 지향—유기됨, 모성에 대한 복수와 속죄

모나드라고 간주한 두 편의 시에 대한 분석에서 도출한 김이듬 시의 내적 특이성을 일종의 가설로 간주하고, 시의 의식과 기법 양 측면에서 미학적 특성을 분석함으로써 이를 더 정밀하게 검증하고자 한다. 먼저 김이듬 시 의식의 발생적 원천과 지향에 대해 살펴보자. 부성 및 모성에 대한 부정과 단절 의식에서 야기되는 '유기됨'의 시 의식과 '모성에 대한 복수와 속죄'라는 시 의식의 이율배반적 길항은 혼몽과 착란의 언어를 통해 때로는 직설적으로, 때로는 복합적인 시적 장치를 통해 드러난다. 직설적 표현들이 김이듬의 시 도처에 등장하지만, 여기서는 주로 복합적인 시적 장치를 통해 형상화되는 경우를 살펴본다.

맑은 정신으로 실험에 착수한다 가운을 입고 비누거품으로 손목까지 씻어냈다
죽은 새에게서 혀를 잘라내고 죽은 물고기의 부레를 뜯어내고
죽어가는 엄마의 산도로부터 나는 탈출할 것이다

맑은 정신으로 책을 읽는다 이 페이지는 앞에서 잘린 어미와 부합하지 않지만
그것을 기반으로 스스로를 형성한다 봄이 오면 검은머리방울새는 시베리아로 간다
재작년부터 지도를 펼쳐두고 그가 여기로 돌아오기까지의 이동 경로를 측정한다
어떤 새는 개별적으로는 찾아가지 못하지만 무리에 섞이지 못했고
아무도 그가 사라진 줄 모를 것이다

무관함의 부력으로 나는 날아간다

그는 짧은 혀를 가졌고 복잡한 문장으로 이야기했다

주어는 생략되었고 나는 특히 조사의 세밀한 차이에 신경 쓰며 들어야 했다

그를 이해할 수 있는 획기적인 방법을 발견했을 때

나는 경악했고 지하실을 폭삭 태워버렸다

맑은 정신으로 노래를 부른다

마지막 레퍼토리는 선창했던 목소리를 끌고 가 쥐어뜯기를

처음과 끝이 한결같이 추하거나 고귀한 것은 없었다

새와 물고기는 상했고 유채색의 꽃들은 징그러웠다

실험실 선반 위에 엄마는 확실한데 그는 누구였더라 아빠의 지문과 흡사한

그들은 춥고 어두운 환경에서 작황이 잘 된다 나는 얼어붙은 오줌을 받아놓는다

바깥으로 나가고 싶은데 엄마는 힘을 주지 않고 있다

이마에서 콧방울까지가 입구에 나왔으면 찍어서 꺼내라고 동료가 소리쳤다

아기 고양이의 입과 귀를 거즈로 닦는다

나는 홍조를 띠며 거울을 본다

크림을 섞은 약을 먹고 머리가 맑아졌다

—「부속 건물 실험실에서」 전문 (2: 60~62)

　이 시의 현실적 정황은 5연의 마지막 문장인 "크림을 섞은 약을 먹

고 머리가 맑아졌다"에서 유추할 수 있다. 화자는 "약을 먹고 머리가 맑아"진 상태에서 과거와 현재와 미래, 현실과 몽상, 의식과 무의식의 경계를 넘나드는 복화술의 발화를 시도한다. 이것은 크게 1연의 "실험에 착수한다", 2연의 "책을 읽는다", 4연의 "노래를 부른다"라는 세 가지 행위로 나타난다. "부속 건물 실험실"에서 시도되는 이 세 가지 행위는 김이듬 시 의식의 발생적 원천을 압축적으로 보여주는 원장면이라고 할 만하다.

1연에서 "새"와 "물고기"는 화자의 내부에 깃든 생명을 상징하고, "혀"와 "부레"는 그것이 가지는 자유로운 충동을 상징한다. 화자가 "죽은 새에게서 혀를 잘라내고 죽은 물고기의 부레를 뜯어내"는 것은 죽음의 결과물인 시체로부터 자유로운 충동의 중핵을 분리한다는 점에서 시간적 소급의 측면이 개입한다. 죽음이라는 현재적 결과로부터 생명성의 과거로 거슬러 가면서 무의식의 심연을 탐사하는 것이다. 반면 "죽어가는 엄마의 산도로부터" "탈출"하려는 "나"는 과거의 사건 속에서 미래적 소망의 방향성을 가지고 있다. 과거의 상황에서 "엄마"는 "죽어가고" 있지만 화자는 그 "산도로부터" "탈출"하고자 하는 것이다. 따라서 1연의 내부에서 시간과 공간과 주객의 경계를 넘나드는 이질 혼재성과 파편적 복화술의 화법이 구사된다. 김이듬 시의 '유령적 주체'는 이 두 가지 상반되는 시간의 방향성이 충돌하며 나선 운동을 하는 복합적 메커니즘의 결과로서 생겨난다.

화자의 실험에서 중심 과제인 '엄마로부터의 탈출'은 작품 전체를 지배하는 시적 장력을 지니면서 "책을 읽는" 행위와 "노래를 부"르는 행위를 파생시킨다. 2연의 "책을 읽는" 시도는 "봄이 오면 검은머리방울새는 시베리아로" 가고 화자는 "그가 여기로 돌아오기까지의 이동 경로를 측정"하는 모습과 접속한다. 이 시도는 1연의 "실험"이 가지는 두 가지 상반되는 시간의 방향성이 충돌하면서 종합된 결과로 보인다. 죽음의 결과로부터 생명을 부여하는 시간적 소급과 "엄마의 산도로부터" "탈출"하려는 미래적 소망이 상충하면서 "시베리아로" 가는 "검은머리방울새"가 생겨나는 것이다. "무관함의 부력으로 나는 날아간다"라는 표현은 이 "새"가 화자의 분신이기도 하다는 점을 암시한다. "짧은 혀를 가졌고 복잡한 문장으로 이야기"하며 "주어는 생략되었고" "특히 조사의 세밀한 차이"를 가지는 "새"의 표현 특성은 바로 김이듬 시의 발화 특성이기도 한 것이다. 그런데 화자는 왜 "그를 이해할 수 있는 획기적인 방법을 발견했을 때" "경악했고 지하실을 폭삭 태워버렸"을까?

그 이유는 4연에 나타나는데, "처음과 끝이 한결같이 추하"다는 점은 "실험" 및 "책을 읽는" 행위의 연장선에서 시도한 "노래"가 실패로 귀결되었음을 암시한다. "새와 물고기는 상했고 유채색의 꽃들은 징그러웠다"라는 결과적 상황에서, "새"와 "물고기" 이외에 새롭게 등장하는 "유채색의 꽃들"은 "아빠"의 흔적과 연루된다는 점에서 눈여겨볼 만하다. "아빠의 지문과 흡사한/그들은" "춥고 어두운 환경에서 작황이 잘 된다"는 점에서 "유채색의 꽃들"을 지칭하기 때문이다. 결국 김이듬의 시 의식 내부에서 화자는 '엄마로부터의 탈출'에 실패하는 동시에 '아빠의 흔적'이 개입하는 이중적 관계로 인해 불행과 불우의 비극성이 가중되는 듯이 보인다. "징그러"운 "유채색의 꽃들"과 화자가 "받아놓"는 "얼어붙은 오줌"은 피와 똥오줌과 정액으로 점철되는 끔찍하고 적나라한 김이듬 시의 악몽의 드라마를 반사경으로 투영한다.

5연의 첫 문장은 1연의 미래적 희망의 방향성이 현재 진행적 시간 속에서 좌절되고 있음을 보여준다. 결국 화자의 "실험"은 1연의 "죽어가는 엄마의 산도로부터 나는 탈출할 것이다"에서 출발하여 5연의 "바깥으로 나가고 싶은데 엄마는 힘을 주지 않고 있다"로 귀결된다고 볼 수 있다. 죽음 충동과 삶 충동을 둘러싸고 시간적 소급과 미래적 소망,

실험·독서·노래를 통한 자유로운 충동의 시도와 그 좌절, '엄마로부터의 탈출' 실패와 '아빠와의 연관성' 등이 다층적으로 상충하는 복합적인 메커니즘을 거쳐 '유기됨'과 '모성에 대한 복수와 속죄'라는 시 의식의 이율배반적 길항이 김이듬의 시 속에 배태되는 것이다. 이 시가 김이듬 시 의식의 발생적 원천을 압축적으로 보여준다면, 다음의 시는 시 의식의 지향성을 압축적으로 보여준다.

2

엄마가 복권 생각을 잊어버리고 나를 잊어버린다 세상에 이렇게 멋진 일이 영어를 못해도 말이 통하네 헤이 총각 검둥이 엄마는 내게 손 흔들며 미소 짓는다 늙은 거지에게 얘가 내 딸이에요 나를 덥석 받아 쥐고 오 네가 쟤 딸이냐 딱딱 나는 캐스터네츠로 대답한다 빈털터리 옆에 앉아 생활계획표를 그린다 눈을 내리깔고 미소 지으며 아가야 네 계획이 너무 소박하지 않니 할아버지 딱은 예고요 딱딱은 아니란 뜻이에요 손수건에 대고 피를 뱉는다 그럼 딱딱 딱은 뭐냐

3

겨우 6시 50분 피우던 담배를 나에게 물려주고 엄마가 잠을 잔다 내 입술은 점점 하얘지다 푸르스름해진다 어지럼증 나는 음악 때문이야 엄마는 내 무릎을 벤다 나는 사자와 병아리 꼬마 하마와 함께 블루베리 케이크를 먹는다 꿈에 먹는 이 맛은 이웃집의 밀크커피잔처럼 따뜻하고 내 침대가 제일 멋져 난 라디오를 끄고 신문지 장판 위에 레이스 달린 침대를 그린다

4

토마토 줄까 집에서 처음으로 밥을 먹는다 딱딱 이 쌀밥이 세상
에서 제일 형편없어요 매일 밖에서 먹어요 엄마는 내 손에 입 맞추
고 눈물을 흘리며 키스를 퍼붓는다 나의 캐스터네츠는 딱딱딱 입
천장이 가라앉으며 맞물리지 않을 때도 있다 손수건 좀 주세요 얼
마나 고마운 일이니 새벽 4시에 전화가 다 오다니 치렁치렁한 긴
머리를 말아 올리며 우리는 서로에게 미소 짓는다
　　──「나의 파란 캐스터네츠」 부분 (3: 97~99)

이 시는 ‘엄마─딸─캐스터네츠’의 관계를 통해 시적 주체의 모성에
대한 태도를 형상화한다는 점에서 “기타리스트”(엄마)와 “기타”(딸)
의 관계를 통해 시적 주체의 모성에 대한 태도를 형상화하는 「거리의
기타리스트─돌아오지 마라, 엄마」를 변주한 작품이라고 볼 수 있다.
「거리의 기타리스트」가 “여자를 경멸하므로 여자를 허용”하는 “기타”
의 이중적 태도, “죄인 줄” 아는 죄의식, “죽을까 말까 망설이느라 성장
을 못한 딸의 손목” 등을 통해 폭력 및 성적 착취의 모습과 “잔인한 과
대망상”의 특성을 표면적으로 노출하는 반면, 이 시는 “파란 캐스터네
츠”로 대변되는 화자의 순진무구한 모습과 “딱” “딱딱” “딱딱딱” 등
의 의성어로 대변되는 동화적 분위기를 통해서 역설적으로 더 끔찍하
고 잔인한 악몽의 드라마를 보여준다.
　“엄마가 복권 생각을 잊어버리고 나를 잊어버린다”라는 2장의 첫 문
장은 악몽의 드라마에 내재된 본질을 요약적으로 제시한다. “엄마”의
입장에서 “멋진 일”은 “총각 검둥이”나 “늙은 거지”에게 “딸”인 화자
를 넘겨주고 대가를 받는 일이다. “몸도 약한 데다 나이도 어린” 화자
는 “생활계획표를 그”리면서 “캐스터네츠로 대답”하는 순진무구한 모
습을 보여준다. 시적 화자의 입장에서 “엄마”와의 관계는 폭력과 성적

착취를 통해 '수동적으로 받은 상처와 고통'이라는 의미망을 가지는 듯하다. 그러나 3장 이후의 장면들은 표면적 현상의 측면에서 화자의 수동적 위치가 능동적 위치로 전이되는 과정을 보여준다. "담배를 나에게 물려주고" "내 무릎을" 베는 "엄마"의 모습을 통해 정체성의 계승 및 상호 소통이 이루어지며, 화자의 입장에서 "엄마"와의 관계는 '능동적으로 수용하는 연민과 공감'이라는 의미망으로 이동하는 것이다. 그러나 "점점 하얘지다 푸르스름해"지는 "입술" "어지럼증 나는 음악" "사자와 병아리 꼬마 하마와 함께 블루베리 케이크를 먹는" "꿈" 등이 암시하듯, 내면적 본질의 측면에서는 '상처와 고통'이라는 의미망을 유지하고 있다. 이 시의 미학적 효과는 두 의미망이 공존하면서 상충하는 데서 오는 "엄마"와 "딸"의 이중적이고 모호한 관계에서 빚어진다.

"엄마"와 "딸"의 관계는 3장에서 "멋"진 "내 침대"와 "신문지 장판 위에" "그"리는 "레이스 달린 침대", 4장에서 "집에서 처음으로" "먹는" "밥"과 "세상에서 제일 형편없"는 "쌀밥", "내 손에 입 맞추고 눈물을 흘리며 키스를 퍼붓는" "엄마"와 "입천장이 가라앉으며 맞물리지 않을 때도 있"는 "나의 캐스터네츠" 등 상충하는 불협화음을 보여주지만, 4장의 "손수건 좀 주세요" "우리는 서로에게 미소 짓는다" 등에서 공감대를 형성하면서 공모의 관계로 전이된다. 결국 이 시는 '엄마-딸-캐스터네츠'의 관계에서 폭력과 성적 착취에 의해 '수동적으로 받은 상처와 고통'이라는 의미망과, 정체성의 계승 및 상호 소통을 통해 '능동적으로 수용하는 연민과 공감'이라는 의미망이 상충하면서 모성에 대한 시적 주체의 복잡 미묘한 태도를 형상화한다. 이처럼 김이듬의 시는 폭력과 착취를 통해 상처와 고통을 준 모성에 대해 양가적 태도를 취하고, "엄마"에게 복수하려는 욕망을 속죄의 형식으로 전환시킨다.

4. 시 기법의 원형과 변형
—뫼비우스적 알레고리와 발터 벤야민적 알레고리

다음으로 김이듬 시 기법의 원형과 변형에 대해 살펴보자. 김이듬 시의 기법적 원형은 '뫼비우스적 알레고리'인데, 시인은 원관념과 보조 관념을 번갈아 순환적으로 교차하는 이 기법을 다중적으로 변주하고 변형하면서 시적 심화를 시도해나간다. 이러한 기법적 특성을 공동체의 소수자 문제를 통해 사회적 연대를 추구하는 시 의식의 지향과 결부시켜 형상화하는 작품들을 중심으로 살펴보기로 하자.

우리들을 사랑으로부터 구하소서
—수잔 브로거

국자에 삐끔한 쇠옹두리가 걸린다 꽤 곧 뼈에는 터널이 있다

굴다리 아래 애 업은 여자가 뛰고 있었다 포대기에서 두상이 떨어졌다 내게 굴러왔다 무심코 발로 차 강으로 보냈다 거지 여자는 미친년이었고 여전히 뛰고 있었다

아저씨네 앞마당에서 암소가 울었다 더 짧게 교복 치마를 접어 올렸다

뼈를 보내왔다 발신자 얼굴은 모른다 배 잡고 웃었다 앙상한 다리 부풀어 오른 배 위에 뱀 무늬로 터진 피부가 있다 우는 개구리 잡아먹고 싶다 어두워지기 직전에 여름이 있다

체질이 바뀌었다 사랑하는 엔트로피 과다한
바닥과 수평이 되면 두려움이 주는 매력에 사로잡힌다 사색(死

갓난애는 실금 많은 혼혈아 달 무늬보다 수평선보다 멀리 금을
그었다 그 애는 우유 나는 시리얼 함께 살 수 있었을까 잠재된 푸
른 눈은 발아하고 다른 형상은 차차 장대한 망각으로 가기를
　　병원비만 내 주세요 인터넷 거래는 쉬웠다 최소한의 지문도 찍
지 않은 몸 핏기 없는 달덩이 싸매고 사라지는 젊은 부부 중요한
건 여담 아기바구니까지 차비 들 일 없다

　　마을의 모든 소가 구덩이를 향해 가고 구름을 보기 전에 폭우가
내리던 날 오오 보드라운 머릿결은 허벅지 사이에서 나타났다 사
라졌다 다시
　　목숨을 걸 만큼 재밌는 게 없을까 저건 뭘까 강물 속으로 걸어
들어간다
　　강 너머 흰 원 안으로 빨려 들어가는 둥그런 거
　　―「표류하는 흑발」 전문 (6: 46~47)

　　이 시의 화자는 1연에서 "국자"에 "걸린" "곤 뼈"에서 "터널" 같은
구멍을 발견하고 "굴다리 아래 애 업은 여자"를 떠올린다. 무의식적 연
상이 과거의 장면을 포착한 것인데, "뛰고 있"는 "미친" "거지 여자"의
"포대기에서 두상이 떨어"지고 그것을 "내"가 "발로 차 강으로 보"내
는 끔찍한 몽환적 상상으로 이어진다. 강박적이고 히스테릭한 충동이
죽음 충동을 동반하면서 잔혹하고 엽기적인 장면을 상연하는 것이다.
"뼈"―"두상" "터널"―"굴다리" "미친년"―"암소" 등의 연상에 '라캉적
은유'가 작용한다면, "뼈"―"암소" "애"―"두상" "미친년"―"짧"은 "교
복 치마" 등의 연상에는 '라캉적 환유'가 작용한다.[2] 라캉적 은유와 환

유가 교직하는 무의식의 메커니즘을 통해 성적 금기를 위반하는 잔혹한 욕망과 불길한 처벌의 아우라가 형성되는 것이다. 2연은 "뼈"-"발신자"-"배"로 이어지는 환유의 고리 속에 "배"-"뱀 무늬"-"개구리"-"여름"으로 이어지는 환유의 고리가 중첩되면서 이중의 연쇄를 형성하고, 이 연상은 3연의 "사색(死色)"으로 수렴된다.

4연에 등장하는 "갓난애"인 "실금 많은 혼혈아"는 1연의 "애", 2연의 "뱀 무늬로 터진 피부", 3연의 "사색(死色)" 등과 무의식적 연상의 고리를 형성하면서 "달 무늬보다 수평선보다 멀리 금"을 긋는다. 이후의 장면은 "병원비" "인터넷 거래" "지문도 찍지 않은 몸" "핏기 없는 달덩이" "아기바구니" 등의 파편화된 알레고리들을 통해 패륜적인 인신매매 사건을 암시적으로 노출시킨다. 산포된 알레고리의 흔적들은 사건의 실체성을 드러내기보다는 암시적 뉘앙스를 드리우면서 내적 실재의 리얼리티를 형상화한다. 5연의 "구덩이를 향해 가"는 "마을의 모든 소"는 광우병 사태라는 현실적·정치적 사건을 강하게 환기하면서 "허벅지 사이에서 나타났다 사라"지는 "보드라운 머릿결" "강물 속으로 걸어 들어간다" "강 너머 흰 원 안으로 빨려 들어가는 둥그런

---

2 라캉은 '은유'를 '의미화 연쇄' 속에서 '기표가 대체'되는 것으로 정의한다. 대체된 기표는 기의의 차원에서 잠재적인 기표가 된다. 은유는 한 기표가 다른 기표로 대체되는 과정에서 의미를 만들어내는 것으로서, '다른 단어를 위한 단어' 즉 '대체를 통한 의미 효과'로 이해될 수 있다. 억압된 기표와 그 대체물 사이의 긴장으로부터 은유의 불꽃이 튀어나오는 것이다. 한편 라캉은 '환유'를 '생략'과 '결여'와 '욕망'을 중심으로 설명한다. 기표와 기표의 관계에 의해 가능해진 생략은 결여를 낳고 결여를 채우고자 하는 욕망의 이동을 가능케 하지만, 대상관계 속에서 이 욕망은 결여를 온전히 채우지 못하고 계속 옮겨 다닐 뿐이다. 이것은 '단어에서 단어로' 즉 새로운 의미를 산출하지 않으면서 이미 존재하는 것을 병렬하고 지시하는 구조로 이해될 수 있다. 환유는 한 기표에서 다른 기표로 미끄러지는 무의식의 특징을 나타내는 방식이다. Jacques Lacan, *Écrits*, trans. Bruce Fink, New York: Norton, 2006, pp. 425~598 참고. 라캉은 프로이트가 꿈-작업의 원리로 설명한 '압축'과 '전위'를 '은유'와 '환유'라는 수사학적 용어로 번역한다. 라캉적 은유가 의미화 연쇄 속에서 '대체'로 이루어지는 '의미 효과'라면, 라캉적 환유는 의미화 연쇄 속에서 '생략'으로 발생하는 '의미의 교란'이라고 말할 수 있다. 라캉적 은유와 환유에 대한 자세한 분석은 졸고, 「정신분석 비평과 수사학」, 『문학과 수사학』, 소명출판, 2011, pp. 75~86을 참고할 것.

거" 등의 파편화된 알레고리들을 통해 비극적인 죽음의 사건을 암시적으로 드러낸다.

이 시는 김이듬 시의 기법적 원형인 '뫼비우스적 알레고리'가 혼몽과 착란의 어법으로 진술되는 무의식 및 주이상스의 표출 방식과 결부되면서 '발터 벤야민적 알레고리'로 변형되는 양상을 잘 보여준다. '뫼비우스적 알레고리'가 원관념과 보조관념을 번갈아 교차하여 파편적인 언어를 산포함으로써 형성된다면, 비정형적이고 개별적인 사물이나 잔해의 모습을 띠는 '벤야민적 알레고리'는 사물성과 우연성이 개입하면서 자유·독자성·무한의 가상을 생성시키는 반예술적 주관성을 보여준다. 이와 함께 주목할 부분은 시적 화자의 위상 및 시선이다. 인용한 시에서 화자의 위상 및 시선은 '뼈를 고는 사람'-'두상을 발로 차는 사람'-'교복 치마를 접어 올리는 학생'(1연), '배 잡고 웃는 사람'-'개구리 잡아먹고 싶은 사람'(2연), '혼혈아를 관찰하는 사람'-'아기를 인터넷 거래하는 사람'(4연), '구덩이로 가는 소를 보는 사람'-'강물 속으로 걸어 들어가는 사람'(5연) 등으로 나타난다. 이처럼 김이듬 시의 화자는 종횡무진 존재 전환을 하면서 유령적 주체의 위상 및 시선을 연기(演技)한다. '벤야민적 알레고리'가 보여주는 형상과 의미, 기표와 기의 사이의 불일치나 간극으로 인한 파편성과 이질성 및 부조화가 유령적 주체의 강박적이고 히스테릭한 충동이 발휘하는 혼몽과 착란의 어법과 긴밀히 결부되면서 김이듬 시의 다중적 알레고리의 형식 및 기법이 형상화되는 것이다.

저기 내 치마가 걸려 있다 유목민의 천막처럼 초가집 위 무지개보다 복잡하게

마리서사에 들러 읽던 책을 팔았다 골목을 돌아 나오다가 공중

화장실로 끌려갔다 큰 트럭에 나를 던져 넣었다 저기 내 치마가 걸려 있다 막사와 막사 사이 산허리에 제8사단 사령부와 고요한 사원 사이에

　하루에 몇 번 했냐 임질이냐 너도 즐겼냐 친구가 물었다

　내 치마는 장막으로 펼쳐지고 어두운 치마 속으로 벼락 치는 칼날, 총알들이 별처럼 총총 박혔다

　월요일에는 기병대 화요일에는 공병대 하루도 빠짐없이 한순간도 쉬지 않고 군인들이 줄을 섰다 동네 한구석에서 일어난 일이라며 덮자고 했다 촌장이 돈을 받아 왔고 원한을 품지 말라고 했다

　여기 치마가 걸려 있다 암묵의 목장 새벽이슬과 밤안개 시체들이 흘러내리는 구덩이에 빌딩이라는 축사 플래카드와 구름 사이에

　〔……〕

　치렁치렁한 밤의 치마 아래 숲에서 내가 잠든 관 속으로 죽은 할머니가 힘찬 숨결을 불어넣는다
　아 뜨거, 누가 우리 가랑이를 찢어 걸어 놓았나 벌건 노을의 쇠막대기에
　─「옷걸이」 부분 (6: 60~61)

　이 시는 "내 치마가 걸려 있다"라는 문장을 반복하면서 중심축으로 삼고, 화자의 무의식적 언술이 라캉적 은유와 환유의 고리를 따라 시

간과 공간과 주객의 경계를 넘어서 파편적인 연상의 흔적들을 포착한다. 3연에서 "걸려 있"는 "치마"를 보면서 화자가 연상하는 "유목민의 천막"과 "초가집 위 무지개"는 현재의 현실적 장면이 아니라 과거의 몽환적 장면이다. 4연에서 화자가 "읽던 책"을 파는 "마리서사"도 해방 직후에 박인환 시인이 경영하던 책방의 이름이므로 몽환의 장소인데, 이로부터 "공중화장실"—"큰 트럭"—"막사"—"제8사단 사령부"—"고요한 사원"으로 은유의 고리를 따라 이어지는 연상은 시간과 공간의 경계를 넘어서 파편적인 알레고리의 흔적들을 생성시킨다. 이 공간적 은유와 함께 "끌려갔다"—"던져 넣었다"—"걸려 있다"로 이어지는 사건적 은유의 연쇄는, 일상적 장소에서 군대와 종교적 신전에 이르기까지 편재하는 폭력에 의해 고난을 당하고 고통을 받는 피해자의 참상을 암시한다. "하루에 몇 번 했냐 임질이냐 너도 즐겼냐"라는 "친구"의 "물"음은 이 사건이 성적 폭력과 연관되어 있으며 타인 혹은 사회적 편견이 또 하나의 심각한 폭력으로 작용함을 각인시킨다.

"치마"가 "장막으로 펼쳐지"자 "벼락 치는 칼날"과 "별처럼 총총 박"히는 "총알들"이 연상되고, "기병대"—"공병대"—"줄을" 서는 "군인들"로 연상의 고리가 이어지면서 일제강점기의 일본군 위안부 피해자 문제라는 공동체적 이슈로 접속된다. 이러한 민족적 수난과 고통의 역사가 "동네 한구석에서 일어난 일이라며 덮자고" 하는 "촌장"의 말로 이어지는 과정에서 시간과 공간 및 주객의 경계를 넘어서 파편적인 연상의 흔적을 산포하는 '벤야민적 알레고리'의 기법이 구사된다. 다음 연에서는 "암묵의 목장"—"새벽이슬과 밤안개"라는 자연적 공간의 계열이 "축사"—"구름"으로 연접되는 동시에 "빌딩"—"플래카드"라는 도시적 공간의 계열로 이접되면서, 궁극적으로는 "시체들"—"구덩이"를 중심으로 죽음과 무덤의 모티프로 귀결된다. 이 모티프는 마지막 연에서 "밤의 치마"—"내가 잠든 관 속"—"죽은 할머니"로 이어지면서 다시

한번 개인적 수난과 공동체적 고난을 하나의 맥락으로 연결시킨다.

　이처럼 김이듬의 시는 '발터 벤야민적 알레고리'가 유령적 주체의 강박적이고 히스테릭한 충동과 긴밀히 결부되면서 다중적 알레고리의 기법으로 변형된다. 다중적 알레고리의 기법은 파편성과 이질성 및 부조화를 노출하면서 개별적인 사물이나 잔해의 모습을 통해 역사의 현실적 차원을 우의적으로 표현한다. '벤야민적 알레고리'와 무의식적 충동 및 주이상스를 표출하는 혼몽과 착란의 어법이 결합되면서 시대적 현실 상황을 반영하는 동시에 역설적으로 그것을 비판하는 미학적 장치를 만들어내는 것이다.

[『시인동네』, 2019]

알레고리, 실재와 시뮬라크르의 간극
─황성희 시의 방법론과 주제

1. 큰 알레고리와 작은 알레고리

2005년 『현대문학』으로 등단한 황성희는 현재까지 『앨리스네 집』(민음사, 2008)과 『4를 지키려는 노력』(민음사, 2013)이라는 두 권의 시집을 상재했다.[1] 그녀는 비교적 과작이지만 등단 이후 줄곧 고유한 방법론을 견지하면서 일관된 주제를 심화하며 천착해왔다는 점에서 주목할 만하다. 이 글은 황성희 시가 보여주는 고유한 방법론의 비밀과 일관된 주제의 정체를 조명하여 그 미학적 특이성을 살피고자 한다.

두 권의 시집에서 황성희 시의 방법론은 복잡다기하고 중층적인 양상으로 드러나는데, 이는 크게 거시적인 방법론과 미시적인 방법론으로 대별할 수 있다. 거시적인 방법론은 개별 작품 전체를 구성하면서 구조화 원리를 이루는 큰 틀의 방법론이고, 미시적인 방법론은 개별 작품의 내부에서 세부적인 형상화 방식으로 작용하는 작은 틀의 방법론이다. 황성희 시의 거시적인 방법론은 최소 네 가지 이상의 고유한 모티프 유형으로 분류할 수 있다. '드라이브drive' '가족 드라마' '귀

---

[1] 황성희의 시집은 『앨리스네 집』(민음사, 2008), 『4를 지키려는 노력』(민음사, 2013)이 있다. 이 글에서 황성희의 시는 이 시집들에서 인용하되, 시집은 제목 대신 출간된 순으로 번호를 달아 '(시집 번호 : 페이지 수)'로 출처를 표시한다.

신 놀이' '패러디와 콜라주' 등의 모티프 유형이 바로 그것이다. 이 모티프 유형은 마치 영화의 하위 장르로 로맨틱코미디, 히어로, 사이버펑크, 좀비 등의 유형이 존재하는 것처럼, 각각 고유한 시적 구성과 문체 및 화법을 구사하는 내적 질서를 가지고 존재한다. 네 가지 거시적인 방법론들은 모두 '알레고리'라는 공통분모를 가지는데, 따라서 이 모티프 유형들을 '큰 알레고리'로 명명하고자 한다.

황성희 시의 미시적인 방법론은 최소 네 가지 이상의 고유한 라이트모티프leitmotif 유형으로 분류할 수 있다. '시간' '어머니' '거울/허공' '미디어' 등의 라이트모티프 유형이 이에 해당한다. 이 라이트모티프 유형은 거시적인 방법론인 '드라이브' '가족 드라마' '귀신 놀이' '패러디와 콜라주' 등의 특정 모티프 유형과 일정한 상관성을 가지면서 조합되기보다는, 거시적인 방법론 유형들 내부에 두루 분포하면서 세부적인 시적 형상화 방식으로 작용한다. 네 가지 미시적인 방법론들도 모두 '알레고리'라는 공통분모를 가지는데, 따라서 이 라이트모티프 유형들을 '작은 알레고리'로 명명하고자 한다. 여기서 일단 '큰 알레고리'는 전통적인 수사학의 알레고리와 유사하고, '작은 알레고리'는 발터 벤야민적 알레고리와 유사하다고 간주할 수 있다. 전통적인 수사학의 알레고리가 하나의 작품 구조가 전체적 의미 연관을 통해 현실적 상황을 지시하거나 메시지를 전달하는 구성 원리를 가진다면, 벤야민적 알레고리는 형상과 의미, 기표와 기의 사이의 불일치로 인해 파편성과 이질성 및 부조화를 노출하면서 역사의 현실적 차원을 우의적으로 표현한다.

그런데 황성희 시의 '큰 알레고리'가 전통적인 수사학의 알레고리와 유사하다는 판단은 약간의 부연 설명이 필요하다. '큰 알레고리'에 속하는 네 가지 모티프 유형들은 단일하게 구조화되는 경우도 있지만 복수의 조합으로 구조화되는 경우가 빈번하고, 제각각 일종의 시적 하위 장르를 형성하면서 전개 과정에서 반복·변주·변형을 거듭해나가며, 자신의 내부에 복수적으로 산포되어 세부적인 방법론으로 작용하는 '작은 알레고리'와 상호 작용하거나 길항하면서 구조의 도식성과 의미의 단순성에서 이탈하기도 한다. 이처럼 황성희의 시에서 알레고리는 중층적이고 복합적인 방식으로 형상화되면서 방법론적 중핵을 이룬다. 이제 황성희 시에서 '큰 알레고리'와 '작은 알레고리'가 상호 작용하거나 길항하면서 발생시키는 시의 방법적 측면과 주제적 측면에 대해 살펴보기로 하자.

나는 지금 백 년 전의 도로를 드라이브하고 있어요.
조수석에서는 어머니가 가랑이를 벌린 채 나를 낳고 있어요.
대가리를 빳빳하게 쳐든 조수석의 내가 운전석의 나를 빤히 쳐다보아요.
별들이 마른 비명을 내지르며 길 위로 떨어져요.

나는 지금 천 년 전의 도로를 드라이브하고 있어요.
어머니는 이제 벌린 가랑이 사이로 할머니를 낳고 있어요.
뒷자리에 내던져진 나는 벌써 나보다 네 살이나 더 먹고는
이젠 자기가 운전을 하겠다고 우겨요.

나는 몇천 년 전부터 부른 배를 액셀 대신 꾹꾹 밟아요.
어머니는 씹던 껌으로 탕탕 풍선을 불어요.
달력은 오늘을 노래하죠.
하지만 난 속지 않고 굳세게 거짓말 쳐요.
어머니는 이제 어머니를 낳고 있어요.

나는 몇천 년 전부터 부른 배를 안고 드라이브하고 있어요.

어머니의 사타구니로 들어온 지도 몇천 년.

어머니의 사타구니를 나가려고 달린지도 몇천 년.

달력은 겨우 오늘을 노래하죠.

하지만 난 속지 않고 굳세게 거짓말 쳐요.

역사는 제발 비명을 지르지 말라고 하세요.

어머니가 더 이상 어머니와 바람이나 못 피우게 하라고 하세요.

이 사타구니의 끝이 저 사타구니의 시작이나 안 되게 하라고 하

세요.

이 거짓말 같은 드라이브가 내 거짓말보다 먼저 멈추기를 바란

다면.

　　　──「세상에서 가장 오래된 돌림노래」전문 (1: 78~79)

　이 시는 '큰 알레고리' 유형으로 '드라이브' '가족 드라마' 등의 모티
프를 복수로 구조화하고, 그 내부에 '작은 알레고리' 유형인 '시간' '어
머니' 등의 라이트모티프가 세부적인 형상화 방식으로 작용하는 복합
적인 조합을 제시한다. '큰 알레고리' 유형인 '드라이브' 모티프는, 화
자가 차를 운전하면서 거리를 이동하는 과정을 통해 화자의 삶, 사회
의 내력, 역사의 운행 등을 유비적으로 표현하는 알레고리 방법론이다.
1~4연까지는 연 단위로 일종의 반복과 변주의 리듬을 따라서 진행된
다. 이 리듬의 중심축에는 '나는 A의 도로를 드라이브하고 있다'와 '어
머니가 가랑이로 B를 낳고 있다'라는 구문이 자리 잡고 있다. 화자의
드라이브는 A에 변주되는 "백 년 전" "천 년 전" "몇천 년 전" 등을 통
해 무한히 과거로 소급되는 한편, "몇천 년 전부터"로 인해 다시 현재
로 진행되는 영원회귀의 "돌림노래"를 형성한다. 화자의 드라이브 혹

은 "돌림노래"에서 중요한 역할을 담당하는 존재는 "어머니"인데, 그녀는 "나" "할머니" "어머니"를 "낳고 있"으므로 과거·현재·미래를 관통하거나 순환하는 동인이 된다. "드라이브하고 있"고 "낳고 있"는 현재 진행형의 시제 안에 과거·현재·미래가 혼재하면서 자유롭게 상호 왕래한다. '큰 알레고리'인 '드라이브' 모티프 내부에서 '작은 알레고리'인 '시간' 및 '어머니' 라이트모티프가 세부적인 형상화 방식으로 작용하는 것이다.

이 과정에서 '큰 알레고리' 차원의 '드라이브' 모티프는 '가족 드라마' 모티프를 파생시키면서 뫼비우스의 띠처럼 긴밀히 결부된다. '큰 알레고리' 유형인 '가족 드라마' 모티프는, 화자를 포함하여 어머니, 아버지, 할머니 등에서 삼촌, 언니, 고모 등에 이르는 가족 구성원들 간의 이야기를 통해 화자의 삶, 가족의 내력, 사회적 관계 등을 유비적으로 표현하는 알레고리 방법론이다. 인용한 시에서 "어머니"가 "나" "할머니" "어머니"를 "낳고 있"는 동안 화자인 "나"는 "드라이브를 하"기도 하고, "조수석" "나"와 "운전석의 나"로 분열되기도 하며, "뒷자리에 내던져"져서 "네 살이나 더 먹"기도 하고, "몇천 년 전부터 부른 배"를 가지기도 한다. 급기야는 "몇천 년"에 "어머니의 사타구니로 들어"오기도 한다. '큰 알레고리'인 '가족 드라마' 모티프 내부에서도 '작은 알레고리'인 '시간' 및 '어머니' 라이트모티프가 세부적인 형상화 방식으로 작용하는 것이다. '가족 드라마' 모티프에서 중요한 부분은 "나"와 "어머니"를 중심으로 시간과 존재의 상호 함입이 무한히 진행되면서 분열·복제·합성이 자유롭게 실현된다는 점이다. 이를 통해 과거─현재─미래, 원인─결과 등의 순차적 진행과 주체/객체, 동일성/타자성 등의 이분법적 구분이 무효화되거나 전도되고 역전된다.

그렇다면 뫼비우스의 띠로 만든 보로메오 매듭처럼, 복수의 '큰 알레고리'와 복수의 '작은 알레고리'가 상호 결부되어 꼬리에 꼬리를 물면서 표출하는 황성희 시의 주제는 무엇일까? 그것은 시간과 존재의 상호 함입을 통해 실현되는 실재의 무한 분열·복제·합성에 대한 진단 및 평가와 연관되는 듯하다. 1연의 "별들이" "내지르"는 "마른 비명"은 긴 우회로를 지나서 5연의 "역사"가 "지르"는 "비명"으로 연결된다. 황성희의 시는 '큰 알레고리'와 '작은 알레고리'의 복잡다기한 회로를 통해 인간의 존재론적 차원이 자연의 우주적 차원을 경유하여 사회의 역사적 차원에까지 도달하고 다시 왕복 운동을 하면서 팽창과 응축을 거듭한다. "별들"의 "비명"과 "역사"의 "비명"은 실재의 무한 분열·복제·합성을 비극적으로 인식하는 시인의 고통을 표현한 것으로 볼 수 있다. 이러한 비극적 세계 인식에 원인을 제공하는 것은 무한 분열·복제·합성이라는 운명과 긴밀히 연루되어 있는 속임과 속음의 왕복 운동, 즉 "거짓말"의 무한궤도이다. 여기서도 "어머니"와 "나"의 관계가 핵심적인 위상을 차지한다. "어머니"가 "씹던 껌으로 탕탕 풍선을" 부는 행위는 "몇천 년 전부터 부른 배를" "꾹꾹 밟"는 "나"를 조롱하는 동시에 허풍을 떠는 것이다. "속지 않고 굳세게 거짓말" 치는 "나"의 행위는 일차적으로 "오늘을 노래하"는 "달력"의 기만에 대응하는 것이지만, 이차적으로는 "어머니"의 조롱과 허풍에 대응하는 것이기도 하다. 더 나아가 "어머니"가 "어머니를 낳고" "어머니와 바람이나" "피우"는 상황, 즉 자기 복제와 합성의 차원에 이르러 "거짓말"의 무한궤도는 최고조에 도달한다.

여기서 화자는 이 시를 "거짓말 같은 드라이브"와 "내 거짓말"이라는 양자로 요약하고 분리하면서 대질시킨다. "거짓말 같은 드라이브가 내 거짓말보다 먼저 멈추기를 바란다"라는 말의 의미는 무엇일까? 필자는 "거짓말 같은 드라이브"를 '큰 알레고리'인 '드라이브' 및 '가족 드라마' 모티프와 대응시키고 "내 거짓말"을 '작은 알레고리'인 '시간' 및 '어머니' 라이트모티프와 대응시킬 수 있다고 생각한다. 이것은 황

258

성희의 시에서 '큰 알레고리'가 "거짓말 같은" 것이고 '작은 알레고리'도 "거짓말"인데, '큰 거짓말'이 '작은 거짓말'보다 "먼저 멈추는" 것이 바람직하다는 의미가 된다. 그렇다면 이 두 "거짓말"은 어떤 차이가 있는 것일까? '큰 알레고리'가 제시하는 '큰 거짓말'은 화자의 의지가 닿지 않는 수동적이고 운명적인 겪음의 차원인 반면, '작은 알레고리'가 제시하는 '작은 거짓말'은 '큰 거짓말'에 "속지 않고 굳세게 거짓말" 치는 화자의 능동적 의지와 연관되어 있다. 결국 황성희 시의 주제는 시간과 존재의 상호 함입을 통해 실현되는 실재의 무한 분열·복제·합성에 대한 환멸과 냉소이고, 이것은 '큰 거짓말'을 펼치면서 그 안에서 그것에 저항하기 위해 '작은 거짓말'을 구사하는 것으로 요약할 수 있다. 황성희는 자신이 부정하고 저항하는 '큰 거짓말'을 시적 방법론으로 설정하고 구사하는 과정에서 그것을 '작은 거짓말'로 공격함으로써 타격을 가하는 자기 파괴적인 아이러니와 역설의 시적 방법론을 구사하는 것이다.

이상에서 「세상에서 가장 오래된 돌림노래」를 심층적으로 분석하며 살펴본 황성희 시의 방법론과 주제를 일종의 가설로 삼고, 다른 작품을 통해 방법론의 비밀과 주제의 정체를 좀더 구체적으로 조명하기로 하자.

2. 큰 알레고리에 저항하는 작은 알레고리

다음은 복수의 '큰 알레고리'와 복수의 '작은 알레고리'가 결부되어 뫼비우스의 띠로 만든 보로메오 매듭처럼 꼬리에 꼬리를 물면서 형상화되는 또 다른 작품이다.

거울은 보지 마.
우물 속 자화상이 싫어 돌아간 사나이
돌아가다 돌아가다 돌아온 사나이
돌아오다 돌아오다 돌아간 사나이처럼
거울 속 얼굴에 미련을 가지지 마.

아버지는 밤마다 어머니의 가랑이를 뒤지고
아가야는 밤마다 어머니의 젖가슴을 뒤지지만
거기엔 아무것도 없단다.
식민지풍 거울도 근대식 자화상도.

무책임한 어머니들은 대대로
누구 얼굴도 진심으로 비춰 준 적 없는걸.

안녕하세요? 대신에 도대체 누구세요?
우리의 Good morning은 그러해야 하지 않을지.
거울 속의 내가 왼손잡이든 아니든
관심들이 없거나 아예 모르시거나.

이게 바로 나야.
단체 사진에서 제 얼굴을 찾아내는 것이 왜 코미디인지
선생님은 제발 아실까.

앞가슴의 흰 명찰을 앞 다퉈 염색하는 시간
그는 오늘도 나의 이름을 불러 주지 않고
거대한 뿌리 따윈 수목원의 아열대 교목에서나 찾아보라지.

이 시에서는 '큰 알레고리' 유형으로 '패러디와 콜라주' '가족 드라마' 등의 모티프가 복수로 구조화되고, 그 내부에 '작은 알레고리' 유형인 '거울' '어머니'뿐만 아니라 '얼굴' '이름' 등의 라이트모티프가 세부적인 형상화 방식으로 작용하는 복합적인 조합이 제시된다. '큰 알레고리' 유형인 '패러디와 콜라주' 모티프는, 기존의 문학이나 예술 작품 혹은 사건이나 일화 등을 복수적으로 패러디하고 그 파편적인 재료들을 우연적으로 오려 붙이듯이 조합하여 화자의 삶, 세태의 흔적, 시대적 징후 등을 풍자적으로 표현하는 알레고리의 방법론이다. 이 시는 제목에서부터 이상, 윤동주, 김수영의 시 제목이나 구절 들을 패러디하면서 원본과 복제본 사이의 차이를 통해 시적 주제를 표출한다. 1연에서 "거울" "우물" "자화상" 등은 '작은 알레고리'인 '거울' 라이트모티프를 공통분모로 가지면서 자기 반영성을 암시한다. "거울 속 얼굴에 미련을 가지지 마"라는 문장에서 자기 반영성은 "거울"과 "얼굴"의 결합을 통해 원래적 주체와 투영된 복사물이라는 대립 관계를 형성한다.

그런데 "미련을 가지지 마"라는 구절은 원본과 복사물, 즉 실재와 시뮬라크르의 간극을 직시하고 환상을 경계하라는 의미를 표출한다. 환상은 라캉이 욕망의 원인이자 대상이라고 정의하는 '대상 a'[2]와도 긴밀히 연결되는데, 2연에 등장하는 "어머니의 가랑이"와 "어머니의 젖

---

2 '대상 a'는 욕망이나 충동의 대상이자 원인으로서 무와 존재를 매개하는 부재하는 원인이다. 상상계에 빠져 있는 주체는 자신의 근원을 목격하는 불가능한 시선을 취하는데, 이 불가능한 시선을 '대상 a' 속에 체현함으로써 분열 없는 존재가 될 수 있을 것이라고 믿는다. 즉 '대상 a'는 주체의 분열을 봉합하는 환상적 시선이 지향하는 대상이다. 홍준기, 『라캉과 현대 철학』, 문학과지성사, 1999, pp. 179~83 참고. '대상 a'는 주체가 상징계에 편입되기 위해 자신으로부터 분리한 대상이며, 따라서 자신의 결핍을 채워주리라 오인되는 욕망의 원인이다. 한편 '대상 a'는 타자를 통한 주체의 소외화 과정에서 상실한 존재 차원의 복원에 대한 가능성이며 전체성 회복에 대한 꿈이기도 하다. 졸고, 「정신분석 비평과 분열분석 비평」, 『문학과 수사학』, 소명출판, 2011, p. 128 참고.

가슴"이 바로 환상이나 '대상 a'와 연관된다고 볼 수 있다. 환상이나 '대상 a'는 부재하는 원인으로 작용할 뿐 실체가 아니기 때문에 "거기엔 아무것도 없단다"라는 자각이 필요하다. 이 시에서도 '작은 알레고리'인 '어머니' 라이트모티프가 중요한 역할을 담당하는데, 그것은 '거울' 라이트모티프와 긴밀히 결부되면서 실재를 반사하거나 복사하여 시뮬라크르를 생성시키는 "무책임한" 장본인이다. '큰 알레고리'인 '패러디와 콜라주' 모티프 내부에서 '작은 알레고리'인 '거울' 및 '어머니' 라이트모티프가 세부적인 형상화 방식으로 작용하는 것이다.

이 과정에서 '큰 알레고리' 차원의 '패러디와 콜라주' 모티프는 '가족 드라마' 모티프를 파생시키면서 뫼비우스의 띠처럼 긴밀히 결부된다. 인용한 시에서 "아버지"와 "아가야"는 "어머니"에게 집착하지만, "어머니"는 실재가 아니라 허상이며 "무책임"해서 "누구 얼굴도 진심으로 비춰 준 적"이 없다. "거울 속의 내가 왼손잡이든 아니든/관심들이 없거나 아예 모르시"는 대표적인 사람도 "어머니"라고 볼 수 있다. 이처럼 부재하는 원인으로서 허상으로 존재하는 "어머니"는 "단체 사진에서 제 얼굴을 찾아내는" "선생님"으로 전이되면서, "얼굴"이라는 주체의 실재성 혹은 진정성을 찾지만 실패하고 마는 현대의 시대적 징후를 드러낸다. "제 얼굴"은 고유한 원본성을 확보하는 주체를 상징하지만, "단체 사진"은 그것을 불특정성과 익명성으로 희석시키고 좌절시키는 시대적 징후를 암시한다. 이러한 시대적 징후는 "앞가슴의 흰 명찰을 앞 다퉈 염색하는 시간"에 좀더 선명하게 표현된다. "흰 명찰"은 "이름"과 결부되어 "얼굴"과 함께 주체의 실재성 혹은 진정성을 강하게 암시하고 그 연장선에서 "거대한 뿌리"는 전통이나 기원을 의미하며 원본성이나 진정성을 암시하지만, "수목원의 아열대 교목에서나 찾아보라"는 표현은 그 발견이 불가능함을 강조하고 있다. '큰 알레고리'인 '가족 드라마' 모티프 내부에서도 '작은 알레고리'인 '거울'과 '어머

262

니' 라이트모티프뿐만 아니라 '얼굴'과 '이름' 라이트모티프가 파생되면서 세부적인 형상화 방식으로 작용하는 것이다.

"어머니"뿐만 아니라 "거울"을 통해서도 주체는 자신의 "얼굴"과 "이름", 즉 자신의 고유한 실재성과 진정성으로부터 소외되는데, 이를 통해 주체는 분열·복제·합성을 거듭하면서 실재와 시뮬라크르의 간극이 심화된다. 황성희 시의 주제는 실재의 무한 분열·복제·합성과 이로 인한 주체의 원본성 및 진정성 상실에 대한 환멸과 냉소라고 볼 수 있다. 이것은 '큰 알레고리'의 '거짓말'을 전개하면서 그 안에서 그것에 저항하는 '작은 알레고리'의 '거짓말'을 구사함으로써 실재와 시뮬라크르의 간극을 심화시키는 자기 파괴적인 아이러니와 역설의 시적 방법론을 통해 구조화된다.

3. 큰 알레고리들 간의 인과성과 시적 지향

황성희 시의 미학적 특이성을 좀더 세밀히 조명하기 위해서 '드라이브' '가족 드라마' '귀신 놀이' '패러디와 콜라주' 등의 모티프 유형으로 설정한 '큰 알레고리'들 간의 인과성을 살피면서 시적 지향을 추적해보자. '큰 알레고리'들 중에서 기본 유형으로서 발생적 토대를 이루는 것은 '드라이브' 모티프이다.

> 일렁이는 수면 위로 밤하늘이 비친다.
> 헤드라이트를 켠 자동차가 다가온다.
> 놀란 그림자들이 몸 밖으로 뛰쳐나간다.

> 물고기 한 마리가 도시락을 들고 종종걸음 칠 때의 풍경이다.

집들은 눈을 감은 채 입을 굳게 다물고 있다.

아무 질문도 하지 못한 지 수천 년.

아무 대답도 듣지 못한 지 수천 년.

헤엄을 치는 물고기는 자신이 물고기임을 의심치 않는다.

회색의 뻣뻣한 전봇대를 끼고 돈다.

교묘한 속임수처럼 전선이 뻗어 있다.

수면 위로 어머니가 몸을 수그리신다.

담벼락에 바짝 붙어 숨을 죽인다.

비늘을 떼어 줄 테니 그만 물 밖으로 나오너라.

놀란 물고기는 아가미를 벌렁거린다.

아직 한 번도 가 본 적 없는 집은

오늘도 멀기만 한데

물고기는 매일 밤 집으로 돌아가고

시계 속에는 시계 바늘이 없다.

—「앨리스네 집」 전문 (1: 11~12)

　첫 시집 『앨리스네 집』의 표제시이자 서시에 해당하는 작품이다. 이 시는 황성희 시 세계의 원형질을 내장하면서 블랙홀처럼 다른 시들을 빨아들이는 심연을 형성한다. 비밀의 베일로 감싸인 시의 의미 구조에 접근하는 첫 관문은 '드라이브' 모티프라는 큰 알레고리가 암시적으로 작용한다는 점을 확인하는 것이다. 황성희의 시에서 '드라이브' 모티프는 「그냥 평범한 드라이브」 「신나는 악몽 한 곡」 「휴게소 직전」처럼 단일한 알레고리를 형성하기도 하고, 앞서 분석한 「세상에서 가장 오래된 돌림노래」나 「나는야 전성시대」처럼 '가족 드라마'나 '귀신 놀이' 모티프를 파생시키며 복수의 조합으로 구조화되기도 한다. 이 경우들이 모두 '드라이브' 모티프를 명시적으로 형상화한다면, 인용한 시는 그것이 은밀히 내면화되어 있다는 점에서 차별성을 가진다.

이 시 전체는 차를 몰고 "집으로 돌아가"는 드라이브의 경험을 하나의 알레고리로 형상화한다. 핵심적인 이미지는 '화자'를 비롯하여 "물고기" "어머니" 등의 시적 존재, "집"을 비롯하여 "몸"의 '안'/"밖" 혹은 "수면"의 '아래'/"위"("물" '안'/'밖') 등의 공간, "시계"라는 소도구 등이다. 꿈의 장면처럼 무의식의 무대를 보여주는 이 알레고리에서 중심적인 사건은 "집으로 돌아가"는 '화자'의 여정이다. "이 울창한 시간의 숲을 거슬러/다시 찾아갈 집은 정녕 있는 것일까"(「홍커우 공원의 고양이들」)에서도 보이듯, "집"은 존재의 기원을 상징한다고 볼 수 있다. 화자의 분신인 "물고기는 매일 밤 집으로 돌아가"지만 화자가 "아직 한 번도 가 본 적 없는 집"이라는 점에서, 분열된 화자의 모습을 통해 기원에 대한 추구와 그 실패의 여정을 모순어법으로 드러낸다. 화자가 복수로 분열되는 이유는 "시계"와 "어머니"라는 '작은 알레고리'가 중요한 계기로서 개입하기 때문이다. "놀란 그림자들이 몸 밖으로 뛰쳐나"가서 화자의 분신이 된 "물고기"는 "도시락을 들고 종종걸음 칠 때" "자신이 물고기임을 의심치 않는" 때, "매일 밤 집으로 돌아가"는 때 등의 다양한 시제들을 가로지르며 시간적 복수성을 동반하는 존재로 분화되어 나간다. 존재의 복수성뿐만 아니라 "눈을 감은 채 입을 굳게 다물고 있"는 "집들"의 "수천 년" 동안 지속된 침묵에도 '시간'이라는 작은 알레고리가 작용하면서 "집으로 돌아가"는 '드라이브'라는 큰 알레고리의 완결성을 무너뜨리며 균열을 낸다.

이제 남은 해석에서 관건이 되는 것은 "수면" 아래의 "물고기"에게

"그만 물 밖으로 나오"라고 말하는 "수면 위"의 "어머니"가 지니는 의미와 위상이다. 이 시에서 "집"으로 가는 여정, 화자 "몸"의 "밖", "수면"의 '아래' ("물" '안') 등의 공간이 화자의 무의식적 타자성이라는 공통점으로 긴밀히 연결되므로, "수면 위"의 "어머니"는 화자가 무의식적 타자성을 따라 존재의 기원으로 돌아가는 행로를 방해하는 존재로서 화자 "몸"의 '안', "수면"의 "위"("물" '밖') 등의 공간에 자리 잡고 있는 현실적 장애물이다. 이 존재의 속성은 "회색의 뻣뻣한 전봇대" "교묘한 속임수처럼 뻗어 있"는 "전선" 등이 암시하듯, 전파를 통해 네트워크를 형성하는 기술 복제 시대의 대중매체와 연동되어 있다. 앞서 언급했듯 이 시 역시 '드라이브' 모티프라는 '큰 알레고리'의 '거짓말'을 전개하면서 그 안에서 그것에 저항하는 '시간'과 "어머니" 라이트모티프라는 '작은 알레고리'의 '거짓말'을 구사하고 있다. '큰 알레고리'들 중에서 발생적 토대를 이루는 '드라이브' 모티프는 그 연장선에서 '가족 드라마' 및 '귀신 놀이' 모티프를 파생시키며 분화된다.

아버지는 삼 년 전에 돌아가실 겁니다.
언니는 형부 몰래 어머니를 유산했고요.
동생은 살아 있는 미라랍니다.
오빠는 가정부의 항문을 아이스크림처럼 핥고요.
나는 남편의 머리 가죽 속에 솜을 넣고 베개를 만들죠.

사실 오늘은 아무 날도 아니지만요.
사실 오늘은 어떤 날도 되겠지만요.

시간의 총탄이 빗발치는 여기는
대대로 투명한 전쟁터랍니다.

266

〔……〕

거짓말 아닌 세상이 세상에 어디 있다고
손목은 잘라서 새끼를 밴 개에게 벌써 주었는데
거짓말만 한다고 선생님은 내 눈알을 모조리 뽑겠다 하고
수많은 거짓말 배고 낳으신 어머님들 앞에선
선생님도 벌벌 꼼짝 못 하시면서.
　　　　　　　—「거짓말」부분 (1: 102~03)

　이 시는 '큰 알레고리'인 '가족 드라마' 모티프를 중심으로 구조화된
다. "아버지" "언니" "동생" "오빠" "나" 등의 가족들이 등장하여 그
로테스크한 행위를 보여주는 드라마가 연출된다. 「세상에서 가장 오
래된 돌림노래」에서도 살폈듯, '가족 드라마' 모티프는 '드라이브' 모
티프로부터 파생되면서 분화되는데, '드라이브' 모티프뿐만 아니라 '가
족 드라마' 모티프 내부에서도 '작은 알레고리'인 '시간' 및 '어머니' 라
이트모티프가 세부적인 형상화 방식으로 작용한다. 여기서 주목할 부
분은 '시간' 라이트모티프가 '드라이브' 모티프에서 "집", 즉 기원을 찾
아 거슬러 가는 '회귀적 시간'인 반면, '가족 드라마' 모티프에서는 "거
실 벽 가족사진이야말로 코미디의 표본 같은 것./하물며 국사 책의 단
군 영정 따위야 말해 무엇 할까.//시작에 관한 공공연한 왜곡들"(「난
스타를 원해」)에서처럼, 기원에 대한 왜곡이나 불신에서 오는 '착종된
시간'이라는 점이다. 이 점은 '가족 드라마' 모티프가 '드라이브' 모티프
의 시적 지향성이 좌절되고 실패한 자리에서 후속적으로 발생함을 뒷
받침하고 있다. "삼 년 전에 돌아가실" "아버지", "형부 몰래 어머니를
유산했"던 "언니", "살아 있는 미라"인 "동생" 등은 시간의 순차적 질

서가 붕괴됨으로써 과거/미래, 부모/자식, 삶/죽음 등이 뒤엉킨 채 착종된 결과로 나타난다. "오늘은 아무 날도 아니지만" "어떤 날도 되"고 "여기"가 "시간의 총탄이 빗발치는" "대대로 투명한 전쟁터"인 이유도 이러한 '착종된 시간'에서 기인한다.

'가족 드라마' 모티프는 인용한 시를 비롯하여 「전설의 고향」「다문화 가정의 로맨스」「귤 세 개의 풍경」 등에서 구조화 원리로 작용한다. 기원에 대한 왜곡이나 불신에서 오는 '착종된 시간'의 핵심에는 "어머니가 죽었다. 참 잘 죽었다고 해 본다"(「후레자식의 꿈」), "어머니에 대한 살의마저 없다면 견디기 힘들/이 낙천적 계절"(「난 스타를 원해」) 등에서 보이듯 '모친 살해' 욕망이 자리 잡고 있다. 황성희 시에서 '모친 살해' 욕망이 중요한 풍크툼으로 작용하는 이유는 「거울과 자화상 그리고 거대한 뿌리」에서도 언급했듯, '작은 알레고리'인 '어머니'가 '거울'과 긴밀히 결부되면서 실재를 반사하거나 복사하는 시뮬라크르를 생성시키는 장본인이기 때문이다. 인용한 시에서 "어머님들"은 "수많은 거짓말 배고 낳으신" 존재로 등장하는데, 흥미로운 점은 화자인 "나"도 "거짓말 아닌 세상이 세상에 어디 있다고/손목은 잘라서 새끼를 밴 개에게 벌써 주었는데"라는 식으로 "거짓말"을 하는 존재라는 점이다. "어머님들"의 "거짓말"과 "나"의 "거짓말"이 공존하는 셈인데, 이 공존은 대물림의 결과라기보다는 대결하는 양상으로 보는 것이 적절하다. 인용한 시는 "어머님들"의 "거짓말"에 저항하기 위해 "내"가 "거짓말"을 구사함으로써 실재에 대한 염원과 그 좌절에서 생겨나는 분열·복제·합성의 양상을 냉소적이고 역설적으로 형상화하고 있기 때문이다.

또 한 가지 흥미로운 점은 "어머님들"의 "거짓말"과 "내" "거짓말" 사이에 끼어 있는 "선생님"의 의미와 위상이다. "어머님들 앞에선" "벌벌 꼼짝 못 하시면서" "거짓말만 한다고" "내 눈알을 모조리 뽑겠다

하"는 "선생님"은, 정직을 가르치는 훈육자인 동시에 권력의 위계에 의해 강자에게 지배당하고 약자에게 폭력을 행사하는 인물로서 사회적 질서, 즉 상징계를 체현하는 존재이다. 황성희 시의 중요한 주제 중의 하나는 거시적 담론이 가지는 이데올로기에 대한 냉소적 비판인데, 인용한 시의 "선생님"은 이러한 주제를 드러내는 중요한 시적 대상으로 볼 수 있다. 이에 대한 자세한 논의는 다음 절에서 계속하기로 하자.

> 여자는 베란다에서 시체를 손질하고 있다. 포장지에는 45년산 무덤에서 갓 직송된 것이라고 적혀 있다. 얼굴이 아주 싱싱하게 남아 있다.
>
> 〔……〕
>
> 여자는 주민등록증에서 60년의 사진을 떼어 내고 45년의 사진을 새로 붙인다. 빨래 걸이에 널렸던 80년이 사실은 80년 속의 남편이 45년을 사실은 45년 속의 여자를 곤봉으로 때리기 시작한다. 45년의 온몸이 금세 피멍으로 지저분해진다. 또빨아야하잖아. 45년 속에서 여자는 킬킬거린다. 이번에는 45년이 과도를 들고 휘두르기 시작한다, 살가죽이 갈기갈기 째진 80년 속에서 남편이 킬킬거린다. 순찰을 돌던 경비원이 베란다를 그냥 지나간다. 유모차를 밀고 가던 할머니가 베란다를 그냥 지나간다. 헤드라이트를 비추며 다가온 트럭이 베란다를 그냥 지나간다.
>
> ─「시체 놀이」부분 (1: 24)

이 시는 '큰 알레고리'인 '귀신 놀이' 모티프를 중심으로 구조화된다. "여자"는 "45년산 무덤에서 갓 직송된" "시체를 손질하"여 속을 파낸 후 그 안으로 들어가고, "주민등록증에서 60년의 사진을 떼어 내고 45년의 사진을 새로 붙인다." 그리고 "빨래 걸이에 널렸던" "80년 속의 남편"이 "45년 속의 여자를 곤봉으로 때리기 시작한다." "여자의 놀이"는 제목인 「시체 놀이」에서도 드러나듯, "여자"와 "남편"의 시체를 빈 거푸집으로 삼고 그 속에 "45년" "60년" "80년"의 시간 혹은 시대를 주입하는 방식으로 진행된다. '귀신 놀이' 모티프는 '드라이브' 모티프로부터 파생된 '가족 드라마' 모티프에서 다시 파생되면서 분화된 결과물로 보인다. 왜냐하면 '귀신 놀이' 모티프 내부에서도 '작은 알레고리'인 '시간' 라이트모티프가 세부적인 형상화 방식으로 작용하는데, '시간' 라이트모티프가 '드라이브' 모티프에서 기원을 찾아 거슬러 가는 '회귀적 시간'이고, '가족 드라마' 모티프에서는 기원에 대한 왜곡이나 불신에서 오는 '착종된 시간'이라면, '귀신 놀이' 모티프에서는 기원에 대한 불신을 경유하여 이질적 시간들을 자유롭게 복제하면서 합성하는 '횡단적 시간'이기 때문이다. 이러한 관점에서 황성희 시에서 큰 알레고리들 간의 인과적 질서는 '드라이브'−'가족 드라마'−'귀신 놀이' 모티프라는 발생적 순서를 가진다고 간주할 수 있다.

'귀신 놀이' 모티프는 인용한 시를 비롯하여 「귀신 학교」 「나는야 전성시대」 「질문 사절」 등에서 구조화 원리로 작용한다. 이질적 시간들을 자유롭게 복제하면서 합성하는 '횡단적 시간'은 주체나 객체의 몸을 "시체"로 간주하고 그 안에 시간 혹은 시대를 집어넣는 "놀이"의 방법을 통해 형상화된다. 여기서 중요한 두 가지 특성이 도출되는데, 하나는 몸(정체성)을 형식 혹은 껍데기로 간주하고 그 속에 주입하는 이질적 시간들(복제)을 내용으로 간주하는 사유이고, 다른 하나는 놀이 혹은 유희가 가지는 반복 강박적 속성이다. 전자는 "아버지도 되었다가 어머니도 되었다가/너도 되었다가 나도 되었다가//껍데기는 워낙 많으시거든./아무 시간이나 처넣고 속을 채우면 그만"(「질문 사절」)에서도 나타나듯, 몸을 시체로 간주하고 그 속에 복제와 합성의 시간을 채워 넣는 상상력과 연관되는데, 이로부터 '인형' 혹은 '귀신'의 존재론이 생성된다. 황성희 시에서 '인형' '귀신' 등의 존재는 실재의 원본성을 상실한 시뮬라크르들의 무한 자유 및 허무를 내포하고 있다. 후자는 시인이 '시체 놀이' '인형 놀이' '귀신 놀이' 등의 시적 방법론을 구사하는 근저에 놓인 반복의 속성과 연관되는데, 프로이트에 의하면 트라우마를 유희적으로 반복하며 되새김질하는 것은 쾌락 원칙을 넘어서 죽음 충동에 맞닿아 있는 것으로 간주할 수 있다.[3] 황성희는 '귀신 놀이' 모티프를 통해 반복 강박적인 주이상스를 경험하면서 실재와 시뮬라크르의 간극을 극대화하는 추체험을 시도하는 것이다.

또 한 가지 주목할 부분이 있다. 인용한 시에 등장하는 "45년"은 8·15 해방, "60년"은 4·19 혁명, "80년"은 5·18 광주 민주화항쟁을 암시하며 역사적이고 정치적인 사건의 알레고리로 작용한다는 점이다. 이 점은 '귀신 놀이' 모티프에 등장하는 사건이 "곤봉으로 때리기" "과도를 들고 휘두르기" 등 폭력성을 동반한다는 사실과 결부되고, "낄낄거린다" "그냥 지나간다" 등 조롱 및 방관을 동반하는 사실과도 결부된다. 이 부분은 '가족 드라마' 모티프를 보여주는 「거짓말」에서 권력의 위계에 의해 강자에게 굴복하고 약자에게 폭력을 행사하는 "선생님"의 위상과 일맥상통한다. 역사적이고 정치적인 사건의 알레고리로 작용하거나 사회적 질서, 즉 상징계를 체현하는 인물을 알레고리로 등장시켜 거시적 담론이 가지는 이데올로기에 대한 냉소적 비판을 보여주는 경우는 주로 큰 알레고리 유형인 '패러디와 콜라주' 모티프에서 형상화된다.

3 프로이트의 '쾌락 원칙' '죽음 충동' '반복 강박'에 대해서는 이 책의 pp. 29~31을 참고할 것.

4. 거시적 이데올로기와 미시적 시뮬라크르에 대한 냉소

황성희 시의 '큰 알레고리'로서 '드라이브' 모티프는 그 연장선에서 '가족 드라마' 및 '귀신 놀이' 모티프를 파생시키며 분화되다 궁극적으로 '패러디와 콜라주' 모티프에 도달하는 듯이 보인다.

> 노력하면 누구나 행복해진다.
> 텔레비전 리모컨을 새것으로 바꾸기만 해도 역사는 진보한다.
> 그것이 남북 정상회담보다 못한 역사여야 할 필요는 없다.
> 일기장 속에서는 나도 일인칭 주인공 시점의 정상.
> 욕심만 부리지 않는다면 누구나 행복해진다.
> 자랑 같은 풀이 무덤 위에 무성하길 바라지도 않고
> 화로를 붙들고 앉아 식어 빠진 오늘로 내일을 달구겠다는
> 하소연도 하지 않고
> 새들도 세상을 뜨면 뜨는구나
> 가엾은 내 사랑 빈집에 갇혔으면 갇혔구나
> 바람에 떠밀린 풀이 누우면 눕는구나
> 물론 평론가 김으로부터 손가락질 받을 감상법이지만
> 그런데 그것이 왜 손가락질 받을 일인가.
> 하지만 꽃, 너에게 의미를 부여하지 않는 건
> 내 마지막 자존심.
> 그러나 잇몸을 훤히 드러내고 웃어 젖히는 것이
> 그토록 부끄럽다면 뭐.
> ──「숨은그림찾기」 부분 (1: 64~65)

이 시는 '큰 알레고리'인 '패러디와 콜라주' 모티프를 중심으로 구조

화된다. 시적 화자는 "남북 정상회담"과 "텔레비전 리모컨"이라는 대비적 구도를 통해 "역사"의 "진보"를 진단하고 평가한다. 화자는 윤동주, 임화, 황지우, 기형도, 김수영, 김춘수 등의 시 구절들을 패러디하는 동시에 콜라주하면서 원본과 복제본 사이의 차이를 드러내며 냉소적 비판을 시도한다. 원본의 구절에 '~도 (하지) 않고'라는 부정 어미나 '~면 ~구나'라는 방관적 어미를 첨가하는 방식으로 복제본을 만들면서 범례적 시적 진술들을 냉소적으로 부정하는 것이다. 이 시의 화자는 궁극적으로 "남북 정상회담"으로 대표되는 역사적·정치적 사건, 혹은 이와 결부되는 거시적 담론을 비판하는 반면, "텔레비전 리모컨을 새것으로 바꾸"는 행위로 대표되는 개인적 사건, 혹은 이와 결부되는 미시적 담론을 옹호하는 듯이 보인다. 그러나 이것은 표면적 문맥일 뿐이고, 사실상 화자는 통상적인 어조로 거시적 담론을 비판하는 동시에 반어적 냉소의 어조로 미시적 담론을 더 신랄하게 비판하고 있다.

"노력하면 누구나 행복해진다" "일기장 속에서는 나도 일인칭 주인공 시점의 정상" "욕심만 부리지 않는다면 누구나 행복해진다" 등의 문장이 공통적으로 제시하는 것은 미시적 담론이 지배하는 우리 시대의 세계관에 대한 냉소적 풍자이다. 여러 시인의 시 구절을 패러디한 문장들도 개인적 세계에서 펼쳐지는 미시적 담론을 풍자하기 위해 예화로서 선택된 것이다. 예를 들면 "자랑 같은 풀이 무덤 위에 무성하길 바라지도 않"는 것은 순결한 양심을 끝까지 지키는 태도에 대한 회의를 냉소적으로 표현하고, "새들도 세상을 뜨면 뜨는구나"라는 것은 존재의 실존적 선택에 대한 방관을 냉소적으로 표현한다. 인용한 시를 비롯하여 「탤런트 C의 무명 탈출기」 「거울과 자화상 그리고 거대한 뿌리」 「고대가요remix」 「스승의 나무」 「할로윈 무도회」 등의 '패러디와 콜라주' 모티프 유형들은 공통적으로 기존의 문학이나 예술 작품 혹은 사건이나 일화 등을 복수적으로 패러디하고 콜라주하면서 원본과 복제본의 차이를 통해 실재에 대한 염원과 그 좌절 및 회의를 드러낸다. 그리고 그 연장선에서 거시적 이데올로기의 차원뿐만 아니라 미시적 시뮬라크르의 차원을 향해 냉소적 비판의 화살을 쏜다. 이때 미시적 시뮬라크르의 차원을 대표하는 이미지가 "텔레비전 리모컨"인데, 이것이 '작은 알레고리' 유형인 '미디어' 라이트모티프라는 점을 주목할 필요가 있다.

> 45년에 광복을 맞았는데 어떻게 48주년 현충일이라는 건지 한참을 생각했다. 그러다 현충일과 광복절을 혼동했음을 깨닫는다. 탤런트 C의 공백은 정확히 1년 2개월. 안면 윤곽술의 경우 회복 기간이 오래 걸린다더니. 오늘은 샌드위치 휴일. 부기는 거의 빠졌지만 그녀는 이미 예전의 그녀가 아니다.
>
> 아, 알려 줘야 하는데. 원래 어떻게 생겼었는지. 탤런트 C 말이다. 적어도 남편에게는 증명해야 하는데. 그녀를 시샘해 괜히 지어낸 이야기가 아니라는 걸, 지금 중계되는 현충일 기념식보다도 더 생생한 사실이란 걸, 탤런트 C의 얼굴 변천사 말이다. 알려 줘야 하는데.
>
> ─「탤런트 C의 얼굴 변천사」 부분 (1: 18~19)

이 시는 '패러디와 콜라주' 모티프를 중심으로 구조화되면서 원본과 복제본의 차이를 통해 거시적 이데올로기의 차원과 미시적 시뮬라크르의 차원을 동시에 냉소적으로 비판한다. 크게 "45년에 광복"이나 "48주년 현충일"로 대표되는 역사적·정치적 사건 혹은 거시적 담론의 차원과, "탤런트 C"로 대표되는 개인적 사건 혹은 미시적 담론의 차원이 대비적 구도로 형상화된다. 이 시의 화자가 "현충일과 광복절을 혼

274

동"하는 상황과 "탤런트 C의 얼굴 변천사"가 "지금 중계되는 현충일 기념식보다도 더 생생한 사실"이라는 판단은 "기념식" 혹은 거시적 담론이 가지는 이데올로기를 조롱하는 것이고, "탤런트 C의 얼굴 변천사"를 "남편에게" "증명해야" 한다는 말은 미시적 담론의 결과물인 시뮬라크르에 대한 냉소와 더불어 기원에 대한 염원, 다시 말해 원본 증명 의지를 표현하는 것이다.

이 시를 포함해 "탤런트 C"가 등장하는 일련의 시들인 「탤런트 C의 무명 탈출기」 「캐스팅 디렉터편」뿐만 아니라 「난 스타를 원해」 「자막 없음」 「나는야 전성시대」 「질문 사절」 「애드벌룬 TV」 등에서 개인적 사건의 차원이 '텔레비전(리모컨)' '라디오' 사진 '뉴스' '편지' 등과 긴밀히 연동되는 점에 주목할 수 있다. 시인은 미시적 시뮬라크르의 차원을 '작은 알레고리' 유형인 '미디어' 라이트모티프와 결부시켜 원본의 복제나 사칭의 원인이 현대 사회의 대중매체에 있다고 간주하는 듯하다. '작은 알레고리'인 '시간' '어머니' '거울' 등의 라이트모티프와 더불어 '미디어' 라이트모티프도 분열·복제·합성의 기능을 통해 실재와 시뮬라크르의 간극을 발생시킨다. 이상에서 살펴본 황성희 시의 주제인 거시적 이데올로기와 미시적 시뮬라크르에 대한 냉소적 비판, 그리고 시적 방법론인 '큰 알레고리'의 '거짓말'을 전개하면서 그것에 저항하는 '작은 알레고리'의 '거짓말'을 통해 실재와 시뮬라크르의 간극을 심화시키는 방식 등은 무한궤도적 반복과 순환의 딜레마를 겪는 듯이 보인다. 황성희는 두번째 시집 『4를 지키려는 노력』의 후반부에서 '거울' 라이트모티프를 대체하는 '허공' 라이트모티프를 통해 이 딜레마에서 벗어나는 길을 모색한다.

당나귀는 바로 옆을 달린다
가끔 시간을 사이에 두고

이쪽의 눈과 저쪽의 눈이 마주친다

샛노란 파도가 문지방 앞에서 멈춘다
낯선 아이가 유리창에 대고 입김을 분다
목젖 사이로 번들거리는 검은 낭떠러지

당나귀는 길을 만들기 위해 허공을 달린다
개는 꿈에서 깨어나기 위해 잠이 든다
구두는 바닥에 나뒹굴기 위해 총을 맞는다

어떤 정오의 모서리가
붉게 번진다

시계 속 째깍째깍
눈 감고 눈 뜨는 소리

아이스크림 껍질에 새까맣게 들러붙은 개미들
더듬이가 울퉁불퉁한 단맛을 골라내는 동안
허공에 깔린 한 겹 바닥 위를 내달려
집으로 돌아가는 아이들
—「허공이 있는 풍경」 부분 (2: 102~03)

이 시의 구도는 "허공"이라는 핵심적 모티프를 둘러싸고 "시간"과 "눈"의 이미지를 중심으로 형성된다. "시간을 사이에 두고/이쪽의 눈과 저쪽의 눈이 마주"치는 장면은 실재의 분열·복제·합성을 이끌었던 "시간"을 조율하면서 상호 교섭하는 양쪽의 "눈"을 제시한다는 점에서 의미심장하다. "시계 속 째깍째깍/눈 감고 눈 뜨는 소리"에서 재등장하는 "눈"의 이미지는 '시간' 및 '거울' 라이트모티프가 실재와 시뮬라크르의 간극을 생성시키는 것과는 달리 '허공' 라이트모티프에서 고정점 역할을 담당한다. 시인은 무한궤도적 반복과 순환의 딜레마에서 벗어나서 새로운 길을 모색하는 시적 방법을 "샛노란 파도가 문지방 앞에서 멈춘다"라는 정지의 화면으로 제시하고, "낯선 아이가 유리창에 대고 입김"을 부는 장면과 "목젖 사이로 번들거리는 검은 낭떠러지"를 통해 존재와 허공 간의 공백 및 심연을 암시한다. 여기서 "허공" 라이트모티프는 "당나귀는 길을 만들기 위해 허공을 달린다" "허공에 깔린 한 겹 바닥 위를 내달려/집으로 돌아가는 아이들"에서 나타나듯, "길을 만"드는 실재의 회복과 "집으로 돌아가는" 기원에의 추구를 목적지로 하는 긴 우회로를 따라 형상화된다고 볼 수 있다. 이 우회로는 "드라이브의 기원"을 찾으며 "터뜨리"는 "풍선"(「그냥 평범한 드라이브」)에서 출발하고 "텅 빈 여백 천지 속"(「할로윈 무도회」), "벽"이 "허공을 나누고" "바람 빠진 아이 코에 입을 대고/불"던 "풍선"(「풍선의 개인사」), "그 무엇을 은폐하기 위해 시작된/미궁"(「미궁이 자라나는 티타임」) 등을 경유하여 "허공"에 도달하는 길이다. 앞으로 황성희의 시가 '작은 알레고리'로서 '허공' 라이트모티프를 통과하면서 어떤 새로운 시적 행로로 진입하는지 애정 어린 눈으로 지켜봐야 할 것이다.

[『시인동네』, 2019]

제3부
숭고와 주이상스

숭고의 시학
ㅡ김명인 시의 미학 1

1. 김명인의 시와 숭고

시력 40년에 달하는 김명인의 시 세계를 관통하는 핵심적인 미학은 무엇일까? 지금까지 많은 비평가들이 김명인 시의 미학적 특성에 대해 예리하게 평가해왔다. '인식과 탐구의 시학'(김치수), '그리움과 회한의 시'(김주연), '신체로 시 쓰기'(김인환), '길 위의 시학'(하응백), '섬세함의 시학과 강인함의 서정'(황현산), '삶의 바다와 실존적 의식'(오생근), '죽음과 시간의 이중성'(이숭원), '꽃차례와 시간성의 미학'(이광호), '무한의 사랑'(권혁웅) 등이 그 중요한 예이다. 이밖에도 김명인 시의 미학을 '표현 미학' '상징 미학' '허무의 미학' 등으로 해명하거나, 그 세계관적 특성을 '비극적 견인주의' '삶과 죽음의 형이상학' 등으로 설명하는 경우도 있었다. 이 적절한 규명들을 존중하면서 이 글은 김명인 시의 핵심적 미학 중의 하나로 '숭고sublime의 시학'을 새롭게 제시하고자 한다.

전통적 미학에서 '미'의 본질은 인식 주체와 대상의 조화에 있다. 그러나 인식하거나 파악하기에 적합하지 않은, 혹은 그 한계를 넘어서는 대상에 대해 주체는 미적 쾌감은커녕 당혹감을 느낀다. 주체의 지각이 좌절되고 인식이 한계에 부딪힐 때, 이 불편한 느낌을 서술하는 미적 범주는 '미'가 아니라 '숭고'이다. 흔히 숭고는 불쾌와 쾌가 혼합되어 모순 감정을 불러일으키는 것으로 이해된다. 리오타르에 의하면, 숭고를 드러내는 두 가지 방식은 '숭고의 간접적 묘사'와 '숭고의 부정적 묘사'이다. 전자는 무한히 큰 것을 유한한 화폭이나 언어로 옮겨놓는 모순을 해결하기 위해 자연을 크고 위대하게, 인간을 작고 미약하게 묘사한다. 대조나 대비를 통해 자연의 장엄함을 간접적으로 드러내는 것이다. 반면 후자는 가시적인 것의 묘사를 포기함으로써 회화나 언어로 묘사할 수 없는 어떤 것이 존재함을 보여준다. 이 경우 침묵이 재현을 대신하고 묘사는 최소로 환원된다. 리오타르는 롱기누스, 버크, 칸트 등의 숭고론을 현대적으로 전유하면서 대상을 묘사하기를 포기한 현대 예술이 묘사할 수 없는 것을 묘사하려는 모순된 시도를 보여준다고 설명한다. 즉 말할 수 없는 것을 말하는 것이 아니라 말할 수 없는 것을 말할 수 없다고 제시하는 것이 현대 예술이라는 것이다. '숭고의 부정적 묘사'를 통해 현대 예술은 칸트가 말한 '수학적 숭고(크기)'나 '역학적 숭고(힘)' 이외에 '사건성의 체험(주어짐)'을 드러낸다. 리오타르는 하이데거가 말한 '진리의 사건성'을 수용하여 예술을 정태적 대상이 아니라 '지금-여기'에서 일어나는 사건으로 보고, 그 체험이 존재를 강화하는 효과를 낳는다고 간주한다.[1]

김명인은 첫 시집 『東豆川』(문학과지성사, 1979)에서 열번째 시집 『여행자 나무』(문학과지성사, 2013)에 이르기까지 일관된 시적 특질을 견지하는 동시에 다양한 변모를 거듭해왔다. 김명인의 시적 전개를 시기별로 구분하여 규명하는 방식이 다양하게 존재하겠지만, 이 글은 '숭고의 시학'이 표면화되는 여섯번째 시집 『길의 침묵』(문학과지성사, 1999)을 기준으로 시기 구분이 가능하다고 생각한다. 이러한 전제하에

---

1 J. F. 리오타르, 「숭엄과 아방가르드」, 『포스트모던의 조건』, 유정완 외 옮김, 민음사, 1992, pp. 203~28 참고. 리오타르의 '숭고'에 대해서는 이 책의 pp. 24~25도 참고할 것.

김명인 시의 핵심적 미학 중 하나인 '숭고의 시학'을 중심으로 그의 시를 다시 읽어보고자 한다. 다섯번째 시집 『바닷가의 장례』(문학과지성사, 1997)에서 열번째 시집 『여행자 나무』에 이르는 여섯 권의 시집을 대상으로 대표 시를 선정하고 그 미학적 특이성을 고찰하는 방식으로 진행한다.[2]

2. 황혼(노을), 죽음과 불멸, 초월, 황홀

앞서 김명인 시의 핵심적 미학 중의 하나인 '숭고의 시학'이 여섯번째 시집 『길의 침묵』을 기점으로 표면화된다고 언급했다. 이를 뒷받침하는 상징적인 사례로 동일한 소재(황혼, 노을) 및 주제(죽음과 불멸)를 형상화하고 있는 두 편의 시를 상호 비교해보려 하는데, 다섯번째 시집 『바닷가의 장례』에 수록된 「바닷가의 장례」와 여섯번째 시집 『길의 침묵』에 수록된 「다시 바닷가의 장례」가 그것이다. 먼저 「바닷가의 장례」를 읽어보자.

장례에 모인 사람들 저마다 섬 하나를
떠메고 왔다, 뭍으로 닿는 순간
바람에 벗겨지는 연기를 보고 장례식이

2 김명인의 시집은 『東豆川』(문학과지성사, 1979), 『머나먼 곳 스와니』(문학과지성사, 1988), 『물 건너는 사람』(세계사, 1992), 『푸른 강아지와 놀다』(문학과지성사, 1994), 『바닷가의 장례』(문학과지성사, 1997), 『길의 침묵』(문학과지성사, 1999), 『바다의 아코디언』(문학과지성사, 2002), 『파문』(문학과지성사, 2005), 『꽃차례』(문학과지성사, 2009), 『여행자 나무』(문학과지성사, 2013) 등이 있다. 이 글에서 김명인의 시는 『바닷가의 장례』에서 『여행자 나무』까지를 대상으로 인용하되, 시집은 제목 대신 출간된 순으로 번호를 달아 '(시집 번호: 페이지 수)'로 출처를 표시한다.

이미 시작되었다는 것을 알아차리지만
우리에게 장례말고 더 큰 축제가
일찍이 있었던가

녹아서 짓밟히고 버려져서
낮은 곳으로 모이는 억만 년도 더 된 소금들,
누구나 바닷물이 소금으로 떠다닌다는 것을 알고 있지만
아무도 말하지 않는다
죽음은 연둣빛 흐린 물결로 네 몸 속에서도 출렁거리고 있다
썩지 않는다면, 슬픔의 방부제 다하지 않는다면
소금 위에 반짝이는 저 노을 보아라

죽음은 때로 섬을 집어삼키려 파도 치며 밀려온다
석 자 세 치 물고기들 섬 가까이
배회할 것이다, 물밑을
아는 사람은 우리 중 아무도 없다
물 속으로 가라앉는 사자의 어록을 들추려고
더 이상 애쓰지 말자, 다만 해안선 가득 부서지는
황홀한 파도의 띠를 두르고

서천 저편으로 옮겨진다는, 질펀한
석양으로 깎여서 천천히 비워지는
—「바닷가의 장례」 전문 (5: 36~37)

이 시의 1연은 "섬"과 "뭍"을 대비하면서 "바람에 벗겨지는 연기"를
통해 '바닷가의 장례'를 암시한다. "장례"를 "큰 축제"라고 표현하는

것은 죽음을 삶의 절정으로 인식하는 시적 사유를 반영한다. 2연에서 주로 묘사되는 것은 "소금"과 "노을"이다. "녹아서 짓밟히고 버려"지지만 "낮은 곳으로 모이는 억만 년도 더 된 소금들"은, 고난과 역경을 극복하고 생의 종착지에 이르기까지 유구한 역사를 간직하는 존재들을 암시한다. 화자는 "누구나 바닷물이 소금으로 떠다닌다는 것을 알고 있지만/아무도 말하지 않는" 침묵 속에서 "소금"을 "죽음"과 동일시한다.

2연에서 "죽음은 연둣빛 흐린 물결로 네 몸 속에서도 출렁거"린다는 '각성'은 "썩지 않는다면"이라는 '가정'을 거쳐 "소금 위에 반짝이는 저 노을"을 바라보는 시선으로 전이된다. 여기서 '불멸'을 상징하는 "소금"과, '죽음'을 상징하는 "노을"이라는 모순적이고 역설적인 양극이 상호 충돌하면서 한 몸이 된다. 그리하여 3연 이후로 '죽음'이 지배적인 이미지로 등장한다. "죽음"은 "파도 치며 밀려"오고 "물고기들"은 "배회"하며 "물밑을/아는 사람"은 "아무도 없"기에 "사자의 어록을 들추려고" "애쓰지 말"아야 한다. 이 '죽음'의 이미지는 "해안선 가득 부서지는/황홀한 파도의 띠"를 거쳐 4연의 "석양"으로 연결된다. 결국 인용한 시는 "석양"과 "노을", "소금"의 이미지를 복합적으로 형상화하면서 '죽음과 불멸'이라는 형이상학적 주제를 표현하고 있다. 그러나 이 시는 아직 '숭고의 미학'을 본격적으로 구사했다고 보기는 어렵다.

다음으로 「다시 바닷가의 장례」를 이 작품과 비교하며 읽어보자. 이 시는 "황혼"과 "노을"이라는 지워진 경계의 부분을 통해 '죽음과 불멸'이라는 형이상학적 주제를 탈은폐한다.

내가 이 물가에서 그대 만났으니
축생을 쌓던 모래 다 허물어 이 시계 밖으로
이제 그대 돌려보낸다

바닷가 황혼녘에 지펴지는 다비식의

장엄함이란, 수평을 둥글게 껴안고 넘어가는

꽃수레에서 수만 꽃송이들이 한번 활짝 피었다 진다

몰래몰래 스며와 하루치의 햇빛으로 가득 차던

경계 이쪽이 수평 저편으로 갑자기 무너져내릴 때,

채색 세상 이미 뿌옇게 지워져 있거나

끝없는 영원 열려다 다시 주저앉는다

내 사랑, 그때 그대도 한 줌 재로 사함받고

나지막한 연기 높이로만 흩어지는 것이라면

이제, 사라짐의 모든 형용으로 헛된

불멸 가르리라

그대가 나였던가, 바닷가에서는

비로소 노을이 밝혀드는 황홀한 축제 한창이다

　　—「다시 바닷가의 장례」 전문 (6: 61)

　　이 시의 화자는 "바닷가 황혼녘에 지펴지는 다비식"을 묘사한다. 차
안(此岸)에 존재하는 "나"는 "그대"를 "이 시계 밖", 즉 피안(彼岸)으
로 "돌려보낸다." "황혼녘"의 "다비식"은 "꽃수레에서 수만 꽃송이들
이 한번 활짝 피었다" 지는 것과 같이 "장엄"하다. 이 시에서 '숭고의
미학'은 "경계 이쪽이 수평 저편으로 갑자기 무너져내릴 때" 비로소 제
시된다. "경계 이쪽"은 차안이고 "수평 저편"은 피안인데, "갑자기 무
너져내"리는 것은 차안과 피안 간의 공간 및 시간의 경계가 지워져서
모호해지는 상황을 의미한다. 시인은 묘사할 수 없는 것을 묘사하려는
모순된 시도를 통해 사건성을 체험하고 존재를 강화하는 효과를 얻기
위해 '숭고의 부정적 묘사'로서 모호성의 영역을 제시하는 것이다. "채
색 세상"은 현생이고 "끝없는 영원"은 전생이나 후생인데, 그것은 각각

"뿌옇게 지워져 있"거나 "열려다 다시 주저앉"고 만다.

경계가 지워지며 모호해지는 지점에서 화자에게 불현듯 떠오르는 것은 '죽음과 불멸'에 대한 형이상학적 사유이다. 모호성이 생기는 지점에서 이 혼돈에 맞서 어떤 명확한 인식에 도달하려는 형이상학적 질문이 섬광처럼 솟아나는 것이다. 이러한 차원은 칸트가 말한 '숭고'의 체험과 모종의 연관성을 가진다.[3] 화자는 "죽음"을 "나지막한 연기 높이로만 흩어지는 것"으로 인식하고, "사라짐의 모든 형용으로 헛된/불멸 가르리라"라고 선언한다. 이 장엄한 어조에는 윤회, 재생, 불멸 등의 순환론적 세계관을 뛰어넘는 우주론적 유랑의 끝없는 모험의 정신이 녹아 있다. 즉 불멸이나 영원조차 헛된 것으로 여기는 강인한 유랑의 정신이 화자의 형이상학적 질문에 대한 대답으로 불현듯 떠오르는 것이다. 이 대답으로 인해 "그대가 나였던가"에서 드러나듯, 개체적 존재의 한계를 뛰어넘는 합일이 가능해지고, "바닷가에서는/비로소 노을이 밝혀드는 황홀한 축제 한창이다"에서 보이듯, 죽음을 이승과 저승의 경계를 허무는 황홀한 자유의 의식(儀式)으로 간주하는 인식이 가능해진다.

다시 한번 이 시에서 '모호성의 영역'과 '형이상학적 주제'에 주목해 보자. "황혼"과 "노을"은 안과 밖, 혹은 기억과 풍경의 경계를 지울 뿐만 아니라 밝음과 어둠, 삶과 죽음, 차안과 피안의 경계를 지우는 촉매로 작용한다. 화자는 이 모호성의 지대에서 '죽음과 불멸'에 대한 형이상학적 사유를 펼친다. "채색 세상"과 "끝없는 영원", 즉 현생과 전생이나 후생의 경계가 지워질 때 화자는 "한 줌 재"와 "나지막한 연기"로 "흩어지는" 죽음의 운명에 직면하지만, 불멸이나 영원을 동경하기보다는 "사라짐"을 "황홀한 축제"로 인식함으로써 우주론적 모험의 정

---

3 칸트의 '숭고'에 대한 분석은 이 책의 pp. 22~24를 참고할 것.

신을 발현한다. 이처럼 '죽음과 불멸'에 대한 형이상학적 질문과 그 대답은 화자가 모호성에 맞서 생의 본질에 대한 명확한 인식에 도달하는 양상으로서 시적 주제를 함축한다. "노을"과 "황혼" 속에서 경계가 지워지는 지점과 '죽음과 불멸'에 대한 형이상학적 질문 사이의 팽팽한 긴장은 시의 밀도를 높이고 강도를 강화시킨다. 이 상호 모순된 힘이 팽창하고 충돌하면서 초월할 때 "허물"고 '지'며 "흩어지"고 "사라"지는 것으로 "불멸"을 초극하는 "황홀한 축제"에 도달한다. 이처럼 김명인 시의 '숭고의 미학'은 '황혼(노을)'과 '죽음과 불멸에 대한 질문'이 길항하면서 강력한 자기장 속에서 상호 '팽창'하고 '충돌'하면서 '초월'할 때 '황홀'에 도달하는 과정을 응축하고 있다. 동일한 소재 및 주제를 형상화하고 있는 「바닷가의 장례」와 비교할 때, 이 작품이 보여주는 차별성인 강렬하고 농밀한 시적 체험은 이러한 '숭고의 시학'에 힘입은 것이다.

3. 어스름(침묵), 필연과 우연, 파열, 울음

김명인의 여섯번째 시집 『길의 침묵』에 수록된 「침묵」은 "어스름"과 "침묵"이라는 지워진 경계의 부분을 통해 '필연과 우연'이라는 형이상학적 주제를 탈은폐한다.

긴 골목길이 어스름 속으로
강물처럼 흘러가는 저녁을 지켜본다
그 착란 속으로 오랫동안 배를 저어
물살의 중심으로 나아갔지만, 강물은
금세 흐름을 바꾸어 스스로의 길을 지우고

어느덧 나는 내 소용돌이 안쪽으로 떠밀려 와 있다

그러고 보니, 낮에는 언덕 위 아카시아숲을

바람이 휩쓸고 지나갔다, 어둠 속이지만

아직도 나무가 제 우듬지를 세우려고 애쓰는지

침묵의 시간을 거스르는

이 물음이 지금의 풍경 안에서 생겨나듯

상상도 창 하나의 배경으로 떠오르는 것,

창의 부분 속으로 한 사람이

어둡게 걸어왔다가 풍경 밖으로 사라지고

한동안 그쪽으로는

아무도 다시 나타나지 않았다

그 사람의 우연에 대해서 생각하지만

말할 수 없는 것, 침묵은 필경 그런 것이다

나는 창 하나의 넓이만큼만 저 캄캄함을 본다

그 속에서도 바람은

안에서 불고 밖에서도 분다

분간이 안 될 정도로 길은 이미 지워졌지만

누구나 제 안에서 들끓는 길의 침묵을

울면서 들어야 할 때도 있는 것이다

　　　—「침묵」 전문 (6: 10~11)

　　이 시의 화자는 "어스름 속"에서 "긴 골목길"이 "강물처럼 흘러가는 저녁"을 지켜본다. 스스로 "착란"이라고 밝힌 이 장면은 김명인의 핵심적인 시적 형상화 방식을 노출시킨다. "긴 골목길"은 현실의 공간적 배경이고, "강물처럼 흘러가는 저녁"은 시인의 내면적 시간의 흐름이다. 따라서 김명인의 시는 풍경과 내심, 현상과 기억, 공간과 시간 등이 삼투하는 경계의 영역에서 생성된다. "어스름"은 이 안과 밖이 상호 침투하여 경계를 지우면서 신비성과 모호성의 아우라를 제공한다.

화자는 '기억의 강물' 속으로 "배를 저어/물살의 중심으로 나아"가지만 "강물은/금세 흐름을 바꾸어 스스로의 길을 지"운다. "물살의 중심으로 나아"가는 행위는 "침묵의 시간을 거스르는/이 물음"과 "그 사람의 우연에 대해서 생각하"는 것에서 보이듯, 지나온 생애를 반추하며 그 필연적 근거를 질문하는 것을 의미한다. "우연에 대해서 생각"하는 것은 그 동전의 양면인 필연에 대해 생각하는 데서 해답을 얻지 못한 결과이기 때문이다. 시인은 과거로 거슬러가며 자기 운명의 근거와 필연에 천착한다. 그러나 "스스로의 길을 지우"는 "강물"과 "말할 수 없는 것, 침묵은 필경 그런 것이다"에서 보이듯, 운명은 우연과 필연 사이의 "침묵"과 같은 것이어서 그 질문에 응답하지 않는다. 그리하여 화자는 어느덧 "내 소용돌이 안쪽으로 떠밀려 와 있"게 된다. 이 구절은 안과 밖의 연관이 끊어지고 풍경과 기억의 삼투작용이 정지되어 자아의 내면에 유폐되었다는 의미로 이해된다. 그리하여 "길은 이미 지워"지고 내면의 "들끓는 길의 침묵을/울면서 들어야" 하는 상황에 이르는 것이다.

우리는 이 시에서 김명인 시의 중요한 특징들을 발견할 수 있다. 첫째, 공간과 시간, 현상적 풍경과 내면적 기억의 경계가 지워지는 부분에서 시적 생성의 코드가 작동한다. 둘째, 그 속에서 생애의 운명이 지닌 근거와 필연에 대해 질문한다. 셋째, 이 질문은 스스로 길을 지우는 생애, 즉 길의 침묵에 의해 대답을 얻지 못하고 좌절된다. 여기서 '필연에 대한 질문'은 무엇을 의미하는 것일까? 그것은 "강물처럼 흘러가는" 생애, 즉 시간이 지닌 유동성과 정처 없음에 대항하여 "물살의 중심으로 나아"가서 그것을 고정시키고 의미를 규정하려는 의지를 의미한다. 또한 그것은 "아카시아 숲을/바람이 휩쓸고 지나"간 후 "제 우듬지를 세우려고 애쓰는”“나무”에서 알 수 있듯, 자기 의지와 무관하게 생을 휩쓸고 간 운명에 대항하여 주체적 정립을 시도하려는 노력을 의미한다. 그러나 이 시에서 ‘필연에 대한 질문’은 “침묵”에 부딪혀 끝내 원하는 대답을 얻지 못하고 만다.

다시 한번 이 시에서 ‘모호성의 영역’과 ‘형이상학적 주제’에 주목해 보자. 화자가 스스로 “착란”이라고 밝힌 지점은 “긴 골목길”이라는 공간과 “저녁”이라는 시간이 상호 중첩되고 교차하면서 시적 자아의 마음과 풍경, 의식과 무의식 등의 경계가 지워지는 부분이다. 이 모호성의 지대에서 제시되는 “어스름”은 묘사할 수 없는 것을 묘사하려는 모순된 시도인 ‘숭고의 부정적 묘사’와 관련된다. 그리고 “배를 저어/물살의 중심으로 나아”가는 “물음”은 화자가 모호성의 지대에 맞서서 생의 ‘우연과 필연’에 대해 형이상학적 질문을 던지는 양상으로서 시적 주제를 함축한다. 그러나 “그 사람의 우연에 대해서 생각하지만/말할 수 없는 것”, 즉 “침묵”이야말로 ‘숭고의 시학’의 절정을 이룬다. “어스름” 및 “길의 침묵”과 “침묵의 시간을 거스르는/이 물음” 사이의 팽팽한 긴장이 시의 밀도를 높이고 강도를 강화시킨다. 이 상호 모순된 힘이 팽창하고 충돌하면서 파열될 때 “울면서 들어야” 하는 ‘울음’이 생겨난다. 이처럼 김명인 시의 ‘숭고의 미학’은 ‘어스름(침묵)’과 ‘필연과 우연에 대한 질문’이 길항하면서 강력한 자기장 속에서 상호 ‘팽창’하고 ‘충돌’하면서 ‘파열’될 때 ‘울음’에 도달하는 과정을 응축하고 있다.

4. 잔상(파문), 존재와 허무, 폭발, 허기

김명인의 여덟번째 시집 『파문』에 수록된 「꽃뱀」은 “잔상”과 “파문”이라는 지워진 경계의 부분을 통해 ‘존재와 허무’라는 형이상학적 주제를 탈은폐한다.

> 절벽 위 돌무더기가 만든 작은 틈새
> 스치듯 꽃뱀 한 마리 지나갔다
> 현기증 나는 벼랑 등지고 엉거주춤 서서
> 가파른 몸이 차오르던 통로와 우연히 마주친 것인데
> 그때 내가 본 것은 화사한 꽃무늬뿐이었을까
> 바닥 없는 적요 속으로 피어올랐던 꽃뱀의 시간이
> 눈앞에서 순식간에 제 사족을 지워버렸다
> 아직도 한순간을 지탱하는 잔상이라면
> 연필 한 자루로 이어놓으려던 파문 빨리 거둬들이자
> 잘린 무늬들 그 허술한 기억 속에는
> 아무리 메워도 메워지지 않는
> 말의 블랙홀이 있다 마주친 순간에는 꽃잎이던
> 허기진 낙화의 심상이여!
> 꽃뱀 스쳐간 절벽 위 캄캄한 구멍은
> 하늘의 별자리처럼 아뜩해서
> 내려가도 내려가도 바닥에 발이 닿지 않는다
> 끝내 지워버리지 못하는 두려운 시간만이
> 허물처럼 뿌옇게 비껴 있다
> ──「꽃뱀」 전문 (8: 7)

이 시의 화자는 "절벽 위 돌무더기" "틈새"에서 "스치듯" "지나"가
는 "꽃뱀 한 마리"를 본다. 그러나 그가 본 것은 "화사한 꽃무늬뿐"이
고 "꽃뱀의 시간"은 "순식간에" 사라진다. 이 장면에서 주목할 부분은
"꽃뱀 한 마리"의 "화사한 꽃무늬"라는 실체적 이미지보다는 "틈새"와

"바다 없는 적요"라는 공간적 이미지, "스치듯"과 "순식간에"와 "꽃뱀의 시간"이라는 시간적 이미지, 그리고 "피어올랐던"과 "지워버렸다"라는 운동적 이미지이다. "꽃뱀 한 마리"를 보지만 어느새 "꽃뱀의 시간"이 사라지는 사건은 공간과 시간, 과거와 현재, 실상과 기억, 의식과 무의식 등이 상호 침투하면서 경계가 모호해지는 지점을 발생시키기 때문이다.

이 장면에서 가장 중요한 대립적 이미지는 "바다 없는 적요"와 "꽃뱀의 시간"이다. 전자가 인생과 우주의 근저에 자리 잡고 있는 본질로서 허무의 심연이라면, 후자는 현실적 시간 및 공간 속에서 화려하게 등장하는 생명의 절정이자 아름다움이다. "잔상"과 "파문"은 이 양자가 스치듯 조우할 때 경계가 지워지며 모호해지는 부분인데, 이 지점에서 '숭고의 미학'이 발생한다. 신비스러운 모호성의 혼돈에 맞서 명확한 인식을 추구하는 형이상학적 질문이 생성되는 것이다. 이 탐구의 과정에서 "아직도 한순간을 지탱하는 잔상이라면/연필 한 자루로 이어 놓으려던 파문 빨리 거둬들이자"라는 판단과, "허술한 기억 속에" "메워지지 않는/말의 블랙홀이 있다"는 자각이 생겨난다. 그리고 그 연장선에서 "마주친 순간에는 꽃잎이던/허기진 낙화의 심상이여!"라는 각성에까지 도달한다.

"말의 블랙홀"과 "허술한 기억"은 "바다 없는 적요"와 "꽃뱀의 시간"이라는 대립적 이미지가 변주된 양상이다. 이 변주된 이미지 속에도 공간과 시간, 의식과 무의식이 상호 침투하면서 경계가 모호해지는 영역이 숨어 있다. "말의 블랙홀"은 묘사할 수 없는 것을 묘사하려는 모순인 '숭고의 부정적 묘사'와 관련된다. "마주친 순간에는 꽃잎이던/허기진 낙화의 심상이여!"라는 각성에서 중핵을 이루는 것은 "허기"라는 시어이다. 생명의 절정이자 아름다움의 상징인 "꽃잎"과, 근원적 본질로서 죽음과 허무의 상징인 "낙화"라는 양극 사이에서 화자가 추구하는 욕망이 "허기"로 표현되기 때문이다. 이와 같은 형이상학적 질문과 각성 이후에 작품의 후반부는 "바닥에 발이 닿지 않는" "캄캄한 구멍"과 "지워버리지 못하는 두려운 시간"을 제시하면서 마무리된다.

다시 한번 이 시에서 '모호성의 영역'과 '형이상학적 주제'에 주목해 보자. "바닥 없는 적요"와 "꽃뱀의 시간"이 스치듯 조우하는 사건을 통해 "잔상"과 "파문"이라는 모호성의 지점이 생겨나고, 이 혼돈에 직면하여 어떤 명확한 인식에 도달하려는 형이상학적 질문이 솟아난다. 이 탐구의 과정에서 "잔상이라면" "파문 빨리 거둬들이자"라는 판단과 "기억 속에" "말의 블랙홀이 있다"는 자각이 생겨나고, 그 연장선에서 "마주친 순간에는 꽃잎이던/허기진 낙화의 심상이여!"라는 각성에 도달한다. "허기"라는 시어는 생명의 절정이자 아름다움인 "꽃잎"과, 근원적 본질로서 허무의 심연인 "낙화"라는 양극 사이에서 화자가 추구하는 욕망을 암시한다. 결국 "바닥 없는 적요"와 "꽃뱀의 시간", "말의 블랙홀"과 "허술한 기억" 사이의 팽팽한 긴장이 시의 밀도를 높이고 강도를 강화시킨다. 이 상호 모순된 힘이 팽창하고 충돌하면서 폭발할 때 "허기"가 생겨난다. 이처럼 김명인 시의 '숭고의 미학'은 '잔상(파문)'과 '존재와 허무에 대한 질문'이 길항하면서 강력한 자기장 속에서 상호 '팽창'하고 '충돌'하면서 '폭발'할 때 '허기'에 도달하는 과정을 응축하고 있다.

5. 어둠(연무), 채움과 비움, 결정(結晶), 각성

김명인의 열번째 시집 『여행자 나무』에 수록된 「캄캄한 독서」는 "어둠"과 "연무"라는 지워진 경계의 부분을 통해 '채움과 비움'이라는 형이상학적 주제를 탈은폐한다.

책장을 펼쳐놓고도 하루 종일 글자가 눈에 들지 않았으니
이 생각도 이제 덮어야만 할 갈피
겨울로 드는지 서둘러 연구실 창밖이 지워지고 있다
저만치 어둠 속으로 혼불인 듯 불빛 한 덩이 날아간다

이런 시간에는 누군가 곁에 바짝 붙어 서서 묻는다
채움과 비움의 차이는 무엇이냐?
늦가을 저녁은 연무로 채워지고 나는 천천히 비어서
창밖 나무들과 스산하게 지우는데
나 모르는 시절의 골똘함, 그 메마른 집착이
탁류 훑고 가는 건천 바닥인 듯 가슴을 저민다

그리하여 가지 휘는 바람 소리
감고 푸는 귀가 있다 하자, 한 귀는
아우성 속으로 퍼뜨리고 또 한 귀는
침묵 속으로 닫아거는 걸
나는, 어떤 전말에도 비켜서느라 그 풍파에
얹히고 싶지 않았다

어둠은 때로 빈자의 꿈을 몰아 반란의
활자들을 키운다, 동행할 수 없을 때
그리움 따윈 꺼내놓지 말아라, 쥐어뜯어야 할 듯 숨 가빠와도
후회는, 끝내 가담하지 않았던 그 망설임 판독하는 것
　　　―「캄캄한 독서」 전문 (10: 16~17)

이 시의 화자는 1연에서 "연구실 창밖이 지워지고" "어둠 속으로" "불빛 한 덩이 날아"가는 장면을 바라본다. 2연은 김명인 시의 핵심적 미학인 '숭고의 시학'이 잘 드러난다. 2연 초두의 "이런 시간"이란 풍경과 내심, 현상과 기억, 공간과 시간 등의 경계의 영역이 삼투하면서 지워지는 시간을 의미한다. 이처럼 공간과 시간, 현상적 풍경과 내면적 기억 사이의 경계가 지워지는 지점에서 2행 "채움과 비움의 차이는 무엇이냐?"라는 형이상학적 질문이 섬광처럼 솟아난다. 이 물음은 아마 화자 내면의 또 다른 자아의 목소리일 것이다. 경계가 지워지며 모호해지는 부분과 형이상학적 질문은 상호 연쇄적이고 교차적인 방식으로 제시된다. 3행의 "연무"에 의해 모호성의 영역이 다시 제시된다면, 5행의 "나 모르는 시절의 골똘함, 그 메마른 집착"이라는 추상적 판단의 문장이 형이상학적 질문의 연장선에서 다시 제시되는 것이다.

2연의 의미 맥락이 '질문'인 반면 3연의 의미 맥락은 '가정'이지만, 3연 초두의 "그리하여"라는 접속사는 2연과의 인과 관계로서 3연이 제시됨을 드러낸다. 즉 "가지 휘는 바람 소리/감고 푸는 귀가 있다 하자"라는 '가정'의 내면적 양상은 '채움과 비움의 차이'에 대한 질문의 연장선에서 '감는 것과 푸는 것의 차이'에 대해 '질문'을 던지는 것이다. "감고 푸는 귀"는 "아우성"과 "침묵"이라는 이원적 양상을 파생시킨다. "채움과 비움의 차이"에서 파생된 "아우성"과 "침묵"의 차이는, "골똘함"이 낳은 "메마른 집착"과 "스산하게 지우는" 공허 사이의 간격을 암시하는 듯하다. "어떤 전말에도 비켜서느라 그 풍파에/엎히고 싶지 않았다"라는 문장은, 화자가 양자의 충돌이 발생시키는 "풍파"에서 비켜나 있었음을 고백하는 대목이다.

한편 4연의 의미 맥락은 '판단'이다. 2연에서 '경계가 지워지며 모호해지는 부분'과 '형이상학적 질문' 사이의 충돌은 큰 지각 변동을 일으킬 정도의 '각성'을 불러일으키며 4연의 "어둠은 때로 빈자의 꿈을 몰아 반란의/활자들을 키운다"라는 잠언적 문장으로 돌출된다. 이 각성이 진앙(震央)적 충격이라면, "한 귀는/아우성 속으로 퍼뜨리고 또 한 귀는/침묵 속으로 닫아거는 걸" "동행할 수 없을 때/그리움 따윈 꺼내 놓지 말아라" 등의 추상적 판단은 여진(餘震)에 해당한다. 즉 이 시의 전체적 시상 전개는 현상적 풍경과 내면적 기억 사이의 경계가 지워지는 부분(1연)에서 형이상학적 질문이 솟아나고(2연), 이 질문의 여파로 "어둠"이 "빈자의 꿈"을 견인하여 "반란의/활자들"을 도모한다는 각성이 얻어지며(4연), 질문과 각성 사이에 과거 회상, 회한, 추상적 판단 등이 빈틈을 뚫고 나오는 것이다.

다시 한번 이 시에서 '모호성의 영역'과 '형이상학적 주제'에 주목해 보자. "연구실 창밖이 지워지"는 "어둠"은 묘사할 수 없는 것을 묘사하려는 모순된 시도인 '숭고의 부정적 묘사'와 관련된다. "어둠 속"을 날아가는 "불빛 한 덩이"는 경계가 지워지는 모호성의 지대에 맞서 '채움과 비움의 차이'에 대한 형이상학적 질문을 던지는 시도를 암시한다. 2연의 "연무"는 다시 이 질문에 모호성의 지대를 맞세움으로써 '숭고의 시학'의 절정을 보여준다. 그리하여 "어둠" 및 "연무"와 "채움과 비움의 차이는 무엇이냐?"라는 형이상학적 질문 사이의 팽팽한 긴장이 시의 밀도를 높이고 강도를 강화시킨다. 이 상호 모순된 힘이 팽창하고 충돌하면서 결정(結晶)될 때 "어둠은 때로 빈자의 꿈을 몰아 반란의/활자들을 키운다"라는 지각 변동적인 '각성'을 생성시키고, 과거 회상, 회한, 추상적 판단 등의 여진을 파생시킨다. 이처럼 김명인 시의 '숭고의 미학'은 '어둠(연무)'과 '채움과 비움에 대한 질문'이 길항하면서 강력한 자기장 속에서 상호 '팽창'하고 '충돌'하면서 '결정'될 때 '각성'에 도달하는 과정을 응축하고 있다.

6. 모호성의 영역과 형이상학적 질문

김명인 시의 핵심적 미학 중 하나인 '숭고의 시학'은 다음의 두 가지 관점으로 정리될 수 있다. 첫째 관점은 시적 '경계가 지워지며 모호해지는 부분'에 해당하는 김명인 시의 형식이다. 김명인의 시는 풍경과 내심, 현상과 기억, 공간과 시간, 의식과 무의식 등이 상호 침투하면서 생성된다. 마음과 풍경이 몸에 새겨진 기억의 굴곡을 따라 만나서 여울처럼 소용돌이치며 공명하는 것이 김명인의 시이다. 따라서 김명인 시의 풍경에는 마음의 미세한 결이 새겨져 있으며, 그 주름에는 무수한 시간과 공간의 중첩 및 교차가 숨겨져 있다. 여기서 모호성의 영역은 리오타르가 말한 '숭고의 부정적 묘사'와 관련되는데, 김명인은 묘사할 수 없는 것을 묘사하려는 모순된 시도를 통해 사건성을 체험하고 존재를 강화하기 위해 '황혼(노을)' '어스름(침묵)' '잔상(파문)' '어둠(연무)' 등의 이미지를 등장시킨다.

둘째 관점은 '죽음과 불멸' '필연과 우연' '존재와 허무' '채움과 비움' 등에 해당하는 김명인 시의 주제이다. 김명인의 시는 시적 경계가 지워지며 모호해지는 지점에서 그 혼돈에 맞서 어떤 명확한 인식에 도달하려는 '형이상학적 질문'이 솟아난다. 이 질문은 네 가지 이원적 주제가 전경화(前景化)되어 상호 충돌하면서 화염을 일으키거나 암전(暗電)되는 양상으로 전개된다. 일반적인 시적 수사와 비유와 리듬이 갑자기 불타오르거나 꺼져버리는 이 강력한 충돌 및 압축 지점에서, 중요한 것은 시적 형식이 아니라 오히려 시적 내용이다. 치밀하고 섬세한 수사와 비유와 리듬에 의해 은폐되어온 김명인 시의 주제가 '황혼(노을)' '어스름(침묵)' '잔상(파문)' '어둠(연무)' 등의 이미지로 제시되는 모호성의 영역에 맞서서 그 실상을 온전히 탈은폐하는 것이다. 리오타르가 말한 '숭고의 부정적 묘사'에서도 중요한 것은 형식적 추상성이 아니라 사유의 추상성이고, 형식을 만들어내는 내용에의 투신, 즉 형이상학적 열망이다. 그것은 지시하지도 상징하지도 않고 연상이나 유추를 통해서도 전달되지 않으며, 언어를 통해서도 번역되지 않는다. 그것은 그 자체로 절대적인 예술적 진술, 즉 그저 현전으로서 포착되어야 하는 것이다.

이처럼 김명인의 시는 '모호성의 영역'과 '형이상학적 질문'을 통해 '숭고의 시학'을 형상화한다. 「다시 바닷가의 장례」「침묵」「꽃뱀」「캄캄한 독서」는 각각 '황혼(노을)'과 '죽음과 불멸에 대한 질문', '어스름(침묵)'과 '필연과 우연에 대한 질문', '잔상(파문)'과 '존재와 허무에 대한 질문', '어둠(연무)'과 '채움과 비움에 대한 질문'이 길항하면서 강력한 자기장 속에서 상호 '팽창'하고 '충돌'하면서 '초월-파열-폭발-결정'할(될) 때 '황홀-울음-허기-각성'에 도달하는 과정을 응축하고 있다. '숭고의 시학'이라는 관점으로 한국 현대시사를 조망할 때, 김명인의 시는 이육사, 윤동주, 유치환, 조지훈 등의 시적 계보를 계승하면서도 '숭고 미학'의 밀도를 높이고 강도를 강화함으로써 독자적인 시적 고도(高度)를 획득한다. 그의 시적 미래가 여전히 남아 있으므로, 우리는 그가 '숭고의 시학'을 어떤 미지의 시적 모험을 통해 개척해나갈지 계속 지켜보아야 할 것이다.

[『문학선』, 2013]

숭고의 두 차원
─김명인 시의 미학 2

1. 김명인 시의 종적 구조와 미학

김명인의 열한번째 시집 『기차는 꽃그늘에 주저앉아』(민음사, 2015)는 전체적 특성상 두 가지 점에서 특별하다. 시인이 2001년 이후 2014년까지 총 15년에 걸쳐 창작한 시들 중 선별해서 수록한 점과, 수록한 시들이 모두 10행 내외의 압축적인 형태를 가진 작품이라는 점에서 그러하다. 전자의 특별함이 김명인 시의 전개 과정에서 연속성 및 변모의 양상을 파노라마식으로 살펴볼 수 있는 기회를 제공한다면, 후자의 특별함은 시적 형식과 내용의 상관성을 응축적으로 살펴볼 수 있는 기회를 제공한다. 전자가 '횡적 구조'이고 후자가 '종적 구조'라면, 이 시집은 김명인 시 세계의 횡적 구조와 종적 구조를 함축하고 있는 텍스트라고 볼 수 있다. 이 글은 김명인 시 세계의 종적 구조에 대해 세밀히 고찰하면서 횡적 구조를 보충적으로 살펴보고자 한다.

시적 형식과 내용의 상관성을 고찰하는 것은 시 세계의 단면을 잘라 그 내밀한 특성을 한눈에 관찰하는 독법을 요청한다. 마치 무를 종으로 잘라 단면의 양상으로 내실을 파악하듯, 시의 종단면을 주시함으로써 미학적 원리와 특이성을 일목요연하게 파악하는 안목이 필요하다. 이러한 차원에서 10행 내외의 압축적인 시들을 수록한 이 시집은 김명인 시 세계의 미학적 원리와 특이성을 엿볼 수 있는 중요한 텍스트이다. 이 시집에 실린 「시인의 말」에서 김명인은 시의 형식은 "내용을 건사하는 한갓진 관(棺)이 아니"라 "시적 방언을 기저에서 표층까지 격동시키는" 것이며 "움직임의 질서"로서 "그 내적 필연성에 따라 상호 의존적으로 시를 구체화한다"고 언급한다. 그리고 "10행으로 실증해보려는 것은 작품의 길이가 아니라 신장이나 응축 등 시적 구조로서 달성되는 심미적인 함량"이고, "그동안 골몰했던 시 의식의 그늘 속에 잠재해 있던 파문이 되살아난 것"이라고 언급한다.

필자는 김명인 시의 핵심적 미학 중 하나로 '숭고의 시학'을 '숭고의 부정적 묘사'를 중심으로 해명하면서, 여섯번째 시집 『길의 침묵』(문학과지성사, 1999)을 기점으로 이 미학이 표면화된다고 말한 바 있다.[1] 열한번째 시집을 읽으면서 김명인 시의 종적 구조로서 미학적 원리의 다른 한 중심축을 발견했는데, 이것은 리오타르가 말한 '숭고의 간접적 묘사'와 모종의 연관성을 가진다.[2] 이러한 관점하에 이 글은 김명인 시의 종적 구조로서 '숭고의 간접적 묘사'와 '숭고의 부정적 묘사'라는 두 가지 미학적 원리를 기본 토대로 삼아 시집 『기차는 꽃그늘에 주저앉아』를 시적 형식과 내용 양면에서 구체적으로 살펴보려 한다.

2. 숭고의 간접적 묘사, 융합과 집중의 형식, 실존적 기투

시집 『기차는 꽃그늘에 주저앉아』의 마지막에 수록된 「쾌청」은 3부('2005/2001')에 실린 작품들 중에서도 가장 오래된 작품일 듯하다. 이

---

1 졸고, 「숭고의 시학—김명인 시의 미학」, 『문학선』 2013년 가을호; 이 책의 pp. 281~99를 참고할 것.

2 리오타르의 '숭고'에 대한 분석은 이 책의 pp. 24~25와 p. 282를 참고할 것.

시는 '숭고의 간접적 묘사'의 특성을 잘 보여준다.

> 눈꽃 활짝 피운 아침의 산책길
> 푸드덕 까마귀 한 쌍 날아오릅니다
> 겨울 소나무 숲이 공손하게 받드는 하늘이
> 까마귀 두 점으로 더욱 화창합니다
> 쾌청은, 한둘 오(烏)점이 있어야 아뜩한 것
> 막장까지 비춰 내는 푸름이므로
> 바늘구멍, 그 한가운데가 우주의 중심이라도
> 가까이, 가까이로 꿰뚫고 싶습니다
> 까옥, 까까옥!
> 까마귀들이 하늘을 끌고 까마득히 솟구칩니다
> ──「쾌청」 전문

이 작품에는 풍경과 주체의 내면이 상호 작용하며 침투하는 지점에서 생성되는 김명인 시의 기본적인 생성 원리가 잘 나타난다. 김명인의 시는 풍경과 내면의 상호 작용 및 침투를 통한 갈등(충돌)과 조응(공명)을 근간으로 형성된다. "아침의 산책길"(지상)과 "하늘"(천상)의 이원적 구도 속에 "까마귀 한 쌍"(존재)이 "날아오"른다. 이 풍경은 "눈꽃"의 흰색과 "쾌청"의 푸른색 사이에 "오(烏)점"의 검정색이 결합하면서 대비와 조화의 이중적 색채 감각으로 회화적 구도를 형성한다. 이 구도는 인간을 포함한 생명을 가진 존재와 그를 둘러싼 세계의 축소판을 보여준다는 점에서, 김소월의 「산유화」에 버금가는 존재론적 미학의 결정체(結晶體)에 해당한다.

이 시의 미학적 차원에 중요한 영향을 주는 것은 "까마귀"의 상승적 운동이다. 4행에서 "까마귀 두 점"으로 "하늘"이 "더욱 화창"한 광경은 존재의 능동적 행위로 인해 지상과 천상의 이원적 구도가 조화의 완결성에 도달하는 모습을 표현한다. 5행에서 "까마귀"가 "한둘"의 "점"으로 표시될 만큼 높이 상승했을 때 생기는 "아뜩한" "쾌청"은 이 완결성을 궁극적 완전성의 세계로까지 고양시킨다. "화창"을 "막장까지 비춰 내는 푸름"인 "쾌청"에까지 상승시키는 시도는 존재론적 질문을 "아뜩한 것", 즉 궁극적인 무한까지 밀어 올리려는 주체의 강렬한 의지로부터 동력을 얻는다. "바늘구멍"으로 비유된 "우주의 중심"에 "가까이" 접근해서 "꿰뚫고 싶"은 화자의 의지는 주체의 존재론적 질문을 우주적 영역으로 확장시킨다. 이때 "우주의 중심"은 세계의 궁극적 본질이나 근원으로서 핵심적 의미를 뜻한다고 볼 수 있다. "꿰뚫고 싶습니다"와 "까마득히 솟구칩니다"라는 구절은 그 "중심"을 향한 '실존적 기투(企投)'를 명확하게 드러낸다.

'숭고의 간접적 묘사'가 무한히 큰 것을 유한한 언어로 옮겨놓는 모순을 해결하기 위해 자연을 크고 위대하게, 인간을 작고 미약하게 묘사하여 대조나 대비를 통해 자연의 장엄함을 간접적으로 드러내는 것이라면, 이 시의 미학적 원리는 일단 '숭고의 간접적 묘사'에 기초하는 것으로 보인다. 하늘의 "쾌청"을 "아뜩한 것", 즉 무한하고 위대한 것으로 만들기 위해 "까마귀"의 "한둘 오(烏)점", 즉 유한하고 미약한 것을 대비시키기 때문이다. 그런데 "우주의 중심"을 "가까이로 꿰뚫고 싶"어서 "까마귀들"이 "하늘을 끌고" "까마득히 솟구"친다는 후반부는, '숭고의 간접적 묘사'라는 기본적 구도에 시적 형식과 내용 양면에서 중요한 개입을 시도하여 그것을 변형시킨다. 양극적 대비의 이원적 구도가 융합과 집중의 일원적 구도로 전이되는 것이 시적 형식 측면의 개입이라면, 중심(본질적·근원적 의미)을 향한 주체의 존재론적 질문과 실존적 기투가 시적 내용 측면의 개입이다. 시 전체에서 "화창" "쾌청" 등이 형성하는 궁극적 무한의 세계와, "까마귀"의 "한둘 오(烏)점"이 형성하는 유한의 세계가 대비적 구도를 형성하지만, 이 두 세계는 "가까이로 꿰뚫고" "까마득히 솟구"치는 "까마귀"의 상승적 운동에 의해 상호 융합되고 집중된다. 이러한 융합과 집중의 일원적 구도는 시적 내용 측면의 개입과 긴밀히 조응하면서 "까옥, 까까옥!"의 '!'로 대표되는 일종의 깨달음이나 각성에 도달하는 데 기여한다.

　요약하면, 이 시는 '숭고의 간접적 묘사'라는 기본적 구도에 '융합과 집중의 일원적 구도'라는 형식적 측면과, 중심을 향한 '주체의 존재론적 질문' 및 '실존적 기투'라는 내용적 측면을 개입시켜 변형을 시도하면서 일종의 깨달음이나 각성의 차원을 형성한다. 다음의 시도 이러한 미학적 유형에 해당하는 작품이다.

> 슬픔보다 비 걱정 앞서던
> 친구 묏자리 큰길 아래 선산, 집중 호우에
> 날로 파인 봇도랑 넘쳐흘렀는데
> 하관할 구덩일 덮칠까 봐 조바심치는 비의 마음
> 속속들이 질척거렸는데
> 평토제 겨우 끝낸 뒤 뫼 둑 아래 밥집
> 고인의 육촌 형님 댁 마당 가로 웬 함박꽃
> 음복술에 취한 꽃떨기 세찬 빗줄기에 하늘거리네
> 살아 매 맞는 낯빛 저리 환하니
> 궂은 날의 춤사위도 시리도록 선명하니!
> ──「함박꽃 장례」 전문

　이 시 역시 시집의 3부('2005/2001')에 실린 작품으로, "집중 호우"와 "함박꽃"이 대비적 구도를 형성하고 풍경과 내면의 상호 작용 및 침투를 통한 갈등(충돌)과 조응(공명)의 양상을 제시한다. 우선 이 시는 표면 구조상 '친구 묏자리'라는 죽음을 "집중 호우"의 "세찬 빗줄기"와 연관시켜 거대한 적막과 심연을 암시하고, 그것에 의해 "하늘거리"며 "매 맞는" "꽃떨기"의 연약함을 제시함으로써 죽음과 생명, 저승과 이승의 대조나 대비를 통해 자연의 장엄함을 간접적으로 드러낸다. 따라서 이 시의 미학적 원리는 일단 '숭고의 간접적 묘사'에 기초하는 것으로 보인다.

그런데 내면 구조상 시의 미학적 차원에 중요한 영향을 주는 것은 시적 대상인 "함박꽃"과 "친구"와 화자 '나'가 오버랩되는 이미지의 삼중적 중첩이다. 7행의 "고인의 육촌 형님 댁 마당 가"에 피어 있는 "함박꽃"은 죽은 "친구"의 분신이라고 볼 수 있는데, 8행의 "세찬 빗줄기에 하늘거리"며 "음복술에 취한 꽃떨기"는 화자의 분신으로 해석될 가능성도 있다. 화자는 이미 4행 "하관할 구덩일 덮칠까 봐 조바심치는 비의 마음"에서 "비"와 동일시되었으므로, "함박꽃"의 "꽃떨기"는 "비" "음복술" 등과 더불어 시의 화자 및 "친구"와 일심동체가 되도록 엮어준다. 이미지의 삼중적 중첩은 일종의 환영(幻影)이지만, 이러한 시의 내면 구조는 '숭고의 간접적 묘사'라는 기본적 구도에 시적 형식과 내용 양면에서 중요한 개입을 시도하여 그것을 변형시킨다. 양극적 대비의 이원적 구도가 융합과 집중의 일원적 구도로 전이되는 것이 시적 형식 측면의 개입이라면, 9행 "살아 매 맞는 낯빛"과 10행 "궂은 날의 춤사위"라는 환영이 제시하는 생명 및 열망이 시적 내용 측면의 개입이다. 이 시 전체에서 "넘쳐흘렀는데" "조바심치는" "질척거렸는데" 등이 조성하는 슬픔의 세계는 "함박꽃"으로 대변되는 생명의 세계와 대비적 구도를 형성하지만, "음복술에 취"해 "살아 매 맞는" "꽃떨기"에 죽은 친구 및 화자가 삼중으로 중첩되는 양상을 통해 융합되고 집중된다. 이러한 융합과 집중의 일원적 구도는 시적 내용 측면의 개입과 긴밀히 조응하면서 "선명하니!"의 '!'로 대표되는 일종의 깨달음이나 각성에 도달하는 데 기여한다.

요약하면, 이 시는 '숭고의 간접적 묘사'라는 기본적 구도에 '융합과 집중의 일원적 구도'라는 형식적 측면과, '죽음을 극복하는 생명' '불행을 극복하는 열망' 등 내용적 측면을 개입시켜 변형을 시도하면서 일종의 깨달음이나 각성의 차원을 형성한다.

3. 숭고의 부정적 묘사, 모호성의 형식, 형이상학적 질문

필자가 앞에서 언급한 평문에서 김명인 시의 핵심적 미학 중 하나로 제시한 '숭고의 시학'을 '숭고의 부정적 묘사'를 중심으로 해명한 내용은 다음의 두 가지 관점으로 정리될 수 있다. 첫째 관점은 김명인의 작품에서 시적 '경계가 지워지며 모호해지는 부분'이 리오타르가 말한 '숭고의 부정적 묘사'와 연관된다는 것이다. 김명인은 묘사할 수 없는 것을 묘사하려는 모순된 시도를 통해 사건성을 체험하고 존재를 강화하기 위해 '모호성의 영역'을 제시한다. 둘째 관점은 이 '모호성의 영역'이 낳는 혼돈에 맞서 명확한 인식에 도달하려는 '형이상학적 질문'이 솟아난다는 것이다. 치밀하고 섬세한 수사와 비유와 리듬에 의해 은폐되어온 김명인 시의 주제가 모호성의 영역에 맞서서 그 실상을 온전히 탈은폐한다.[3] 여기서 우리는 첫째 관점을 시적 형식의 측면으로 간주하고, 둘째 관점을 시적 내용의 측면으로 간주할 수 있을 듯하다. 이것을 김명인 시의 미학적 원리로서 '숭고의 부정적 묘사'라는 항목에 적용한다면, 다음과 같이 정리할 수 있다. 김명인의 시는 '숭고의 부정적 묘사'라는 미학적 원리를 통해 풍경과 내심, 현상과 기억, 공간과 시간,

---

3 김명인 시의 '숭고의 미학'에 대한 두 가지 관점의 서술은 이 책의 pp. 298~99를 참고할 것.

의식과 무의식 등의 경계가 지워지는 '모호성의 영역'이라는 형식적 측면과, 죽음과 불멸, 필연과 우연, 존재와 허무, 채움과 비움 등의 '형이상학적 질문'이라는 내용적 측면을 개입시키면서 풍경 자체를 현전의 차원으로 제시한다.

시집 『기차는 꽃그늘에 주저앉아』 3부 ('2005/2001')에 수록된 「황룡사」는 '숭고의 부정적 묘사'의 특성을 잘 보여준다.

> 폐원의 구름들은 몇 층이나 탑신을 쌓고 쌓는가
> 허공 떠받들어 주춧돌 하늘에 닿았으니
> 이 공양 푸른 허기로 지어 올린 지 이미 오래다
> 쌓았다 허물고 옮겨 가며 다시 부리는 것은
> 뜬구름이나 하는 짓, 등성이 저편까지
> 노을은 진작부터 알고서 붉혔던 것일까?
> 어스름에 불려 온 성채, 검은 현으로 덮치는 듯
> 홀로 늙어 가는 악공은 제 행처를 감추리라
> 날아오르지 못한 누대여, 폐정만 같아
> 절이 비운 자리, 민들레 옹기종기 엎어져 있다
> ──「황룡사」 전문

이 시는 "노을"과 "어스름"이라는 지워진 경계의 부분을 통해 '존재와 허무'라는 형이상학적 주제를 탈은폐하면서 '숭고의 부정적 묘사'를 시도한다. 화자는 "폐원"에서 "구름들"이 "탑신을 쌓"는 모습을 보면서 "주춧돌"과 "허공", "공양"과 "허기", "쌓"음과 "허묾", "부"림과 "옮겨" 감 등의 대립 개념들을 떠올리며 맞세운다. 2행의 "허공 떠받들어 주춧돌 하늘에 닿"는 모습, 3행의 "공양 푸른 허기로 지어 올린" 모습, 4행의 "쌓았다 허물고 옮겨 가며 다시 부리는" 모습 등은 일종의 환영으로, 모두 '존재의 욕망'과 '폐허의 허망'이라는 이원적 대립의 주제로 수렴된다. 그런데 양극의 상호 작용 및 갈등(충돌)은 5행의 "뜬구름이나 하는 짓"이라는 표현 이후 일종의 환멸(幻滅)로 귀결되면서 '존재와 허무'라는 형이상학적 질문의 불꽃이 갑자기 암전된다. 이러한 양상은 6행에 나타나는 "노을"과 7행에 등장하는 "어스름"에서 기인하는 듯이 보인다.

"노을"과 "어스름"은 시적 형식상 '경계가 지워지며 모호해지는 부분'으로서, 시인은 "노을은 진작부터 알고서 붉혔던 것일까?"라는 의문문의 '?'와 "어스름에 불려 온 성채, 검은 현으로 덮치는 듯"이라는 모호성의 아우라를 통해 묘사할 수 없는 것을 묘사하려 한다. 이 지점에서 탈은폐되었던 '존재와 허무'라는 형이상학적 주제의 양극이 충돌하여 화염을 일으키면서 갑자기 암전되는 양상으로 전개된다. 이후 8행의 "홀로 늙어 가는 악공은 제 행처를 감추리라"라는 문장은, '존재와 허무'라는 형이상학적 질문에 대해 침묵하면서 홀로 칩거하는 주체의 모습을 제시하고 있다.

'존재와 허무'라는 질문에 대해 대답하지 않고 침묵하는 것은 묘사할 수 없는 것을 묘사하려는 모순된 시도를 통해 사건성을 체험하고 존재를 강화하는 '숭고의 부정적 묘사'와 연관된다. 9행의 "날아오르지 못한 누대"는 "폐정"으로 비유되는 동시에 10행의 "절이 비운 자리"와도 중첩되는 듯하다. "민들레 옹기종기 엎어져 있다"라는 결구는 형이상학적 질문에 대한 대답을 대신하면서 풍경 자체를 현전의 차원으로 제시한다. 이것은 "날아오르지 못한 누대"와 연관된 일종의 상징이라고 볼 수도 있지만, 지시나 상징, 연상이나 유추 등을 통해서 전달되지 않는 존재 자체의 현전으로서 제시된다고 보는 것이 타당할 것이다.

요약하면, 이 시는 '숭고의 부정적 묘사'를 통해 "노을" "어스름" 등 경계가 지워지는 '모호성의 영역'이라는 형식적 측면과, '존재의 욕망'

과 '폐허의 허망'이라는 '형이상학적 질문'의 탈은폐 및 은폐라는 내용적 측면을 개입시키면서 풍경 자체를 현전의 차원으로 제시한다. 다음의 시도 이러한 미학적 유형에 해당하는 작품이다.

기차가 고삐 끄는 한나절이다, 현동 저편까지
협곡을 피워 문 아지랑이 자옥한데
어느 역장이 겨우내 가꿔 놓은 꽃나무들일까?
꽃비로 전별해 보내는 골 안의 이 적막

그이는 구름을 타 넘는 차창 곁에 앉았나
인적 그친 간이역에서 눈 맞춰
일생이 닳도록 돌아오지 않을 작정인 듯
그을린 봄꿈이 이별로 휘날리는데

누가 깨워 놓은 생시일까, 천지 그득
연초록 눈시울로 풀리고 있다
─「나른한 협곡」전문

이 시는 시집의 2부 ('2010/2006')에 실린 작품으로, "아지랑이" "구름" 등의 지워진 경계의 부분을 통해 '만남과 이별' '생과 사' '꿈과 생시' 등의 형이상학적 주제를 탈은폐하면서 '숭고의 부정적 묘사'를 시도한다. 1연 1행에서 화자는 "기차가 고삐 끄는 한나절"의 장면을 바라본다. 2행의 "협곡"에 "자옥"하게 "피"어난 "아지랑이"는 시적 형식상 '경계가 지워지며 모호해지는 부분'으로서, 시인은 이를 통해 묘사할 수 없는 것을 묘사하려는 모순된 시도를 통해 사건성을 체험하고 존재를 강화한다. 이때 3행의 "어느 역장이 겨우내 가꿔 놓은 꽃나무들"이

의문문의 '?'와 함께, 4행의 "꽃비로 전별해 보내는 골 안의 이 적막"이 허무의 아우라와 함께, 2연 1행의 "구름을 타 넘는 차창 곁에 앉"은 "그이"가 의문의 형식과 함께 결부되면서 일종의 환영으로 드러난다. "아지랑이"로 인해 "기차"와 "역장", "협곡"과 "꽃나무" 등이 환영 속에서 중첩되고, "구름"의 경계를 넘나들면서 다시 그 속에 "그이"의 모습이 중첩되는 것이다.

이처럼 여러 겹의 시간적·공간적 배경, 인물, 상황 등을 하나의 장면 안에 중첩하여 강한 강도와 높은 밀도로 농축시킨 채 주름을 접고 있는 것이 김명인 시의 문장들이다. 환영들을 통해 '만남과 이별'이라는 이원적 대립의 주제가 탈은폐되는데, 주제를 형성하는 중심에는 "일생이 닳도록 돌아오지 않을 작정인 듯"한 "그이"가 있다. 이 지점에서 탈은폐되었던 '만남과 이별'이라는 형이상학적 주제의 양극이 충돌하면서 거세게 화염을 일으키는 양상으로 전개된다. 2연 4행의 "그을린 봄 꿈이 이별로 휘날리는데"와, 3연 1행의 "누가 깨워 놓은 생시일까"라는 문장은 환영의 정체를 노출시키며, '만남과 이별'이라는 주제를 '생과 사' '꿈과 생시' 등의 형이상학적 주제와 결부시키는 것이다.

'만남과 이별'을 '생과 사' '꿈과 생시' 등의 형이상학적 주제와 결부시키는 핵심적인 시적 장치는 '모호성의 형식'인 "아지랑이"와 "구름"이다. 1연 3행, 2연 1행, 3연 1행 등에 나타나는 세 개의 의문형 문장이 '모호성의 형식'이 낳은 아우라를 강화한다. '만남과 이별'이라는 질문에 대답하지 않고 의문을 거듭 제시하는 것은 묘사할 수 없는 것을 묘사하려는 모순된 시도를 통해 사건성을 체험하고 존재를 강화하는 '숭고의 부정적 묘사'와 연관된다. "천지 그득/연초록 눈시울로 풀리고 있다"라는 결구는 형이상학적 질문에 대한 대답을 대신하면서 풍경 자체를 현전의 차원으로 제시한다. 이것은 지시나 상징, 연상이나 유추 등을 통해서 전달되지 않는 그 자체의 현전으로서 제시된다고 볼 수 있을 것이다.

요약하면, 이 시는 '숭고의 부정적 묘사'를 통해 "아지랑이" "구름" 등 경계가 지워지는 '모호성의 영역'이라는 형식적 측면과, '만남과 이별' '생과 사' '꿈과 생시' 등 '형이상학적 질문'의 이중적 탈은폐라는 내용적 측면을 개입시키면서 풍경 자체를 현전의 차원으로 제시한다.

4. 김명인 시의 횡적 구조와 미학

김명인 시의 종적 구조로서 '숭고의 간접적 묘사'와 '숭고의 부정적 묘사'라는 두 가지 미학적 원리를 기본 토대로 삼아 열한번째 시집 『기차는 꽃그늘에 주저앉아』를 살펴보았다. 이 시집에 실린 「쾌청」 「함박꽃 장례」 등의 작품은 '숭고의 간접적 묘사'라는 기본적 구도에 '융합과 집중의 일원적 구도'라는 형식적 측면과, 중심을 향한 '주체의 존재론적 질문' '실존적 기투' '죽음을 극복하는 생명' '불행을 극복하는 열망' 등 내용적 측면을 개입시켜 변형을 시도하면서 일종의 깨달음이나 각성의 차원을 형성한다. 한편 「황룡사」 「나른한 협곡」 등의 작품은 '숭고의 부정적 묘사'를 통해 "노을" "어스름" "아지랑이" "구름" 등 경계가 지워지는 '모호성의 영역'이라는 형식적 측면과, '존재의 욕망'과 '폐허의 허망' '만남과 이별' '생과 사' '꿈과 생' 등 '형이상학적 질문'의 탈은폐 및 은폐라는 내용적 측면을 개입시키면서 풍경 자체를 현전의 차원으로 제시한다.

분석한 작품들 이외에도 시집에서 '숭고의 간접적 묘사'와 관련된 작품으로는 「산벚」 「바쁜 등기」 「어두워질 때까지」 등을, '숭고의 부정적 묘사'와 관련된 작품으로는 「부석」 「혈서일필」 「범벅에 꽂은 저라」 「산란」 「외로운 세포」 등을 들 수 있다. 전자가 주로 시집의 3부

('2005/2001')와 2부('2010/2006') 후반부에 수록된 반면, 후자는 주로 시집의 2부('2010/2006')와 1부('2014/2011')에 수록되었고, 전체적으로 후자의 작품 수가 전자보다 많은 것으로 확인된다. 이를 통해 김명인 시 세계의 횡적 구조, 즉 시적 전개 과정에서 연속성 및 변모의 양상을 유추하면, 전반적으로 미학적 원리가 '숭고의 간접적 묘사'에서 '숭고의 부정적 묘사'로 전이되면서 후자가 점차 주도적인 위상을 차지한다고 말할 수 있다. 앞으로 필자에게 남겨진 과제는 김명인의 시 전편을 통해 이 두 가지 미학적 원리에 해당하는 작품들을 찾아 보다 정밀히 분석하고, 더 나아가 여타 다른 원리로 분류할 수 있는 작품들을 찾아 그 미학적 특이성을 규명하는 일이 될 것이다.

[『시사사』, 2016]

죽음의 존재론
─김혜순의 시

1. 죽음의 존재론적 탐구와 존재 방식

김혜순은 1980년대 이후 한국 페미니즘 여성시를 이끌어온 전위 시인이다. 그녀는 한국 현대시사에서 강은교, 문정희, 김승희, 고정희, 최승자 등의 여성 시인들과 더불어 남성 중심주의의 이분법적 이데올로기, 장르의 관습적인 질서, 내용이나 현실성 위주의 시적 언술 체제 등과 정면으로 맞서 몸, 여성성, 부재와 죽음, 해체와 재구축의 방법, 그로테스크한 이미지, 유희적 언술, 연극적 무대, 알레고리의 기법 등을 실험하면서 끊임없이 여성시의 전사(戰士)로서 전진해왔다.

김혜순은 첫 시집 『또 다른 별에서』(문학과지성사, 1981) 이후 세계와 불화하는 존재의 운명인 슬픔과 고통을 검은 동굴에 비친 기이한 내면 풍경으로 묘사했다. 이 풍경은 검은색과 흰색이 주조를 이루는 음화(陰畵)처럼 무채색으로 점철되었다. 그러다 여덟번째 시집 『한 잔의 붉은 거울』(문학과지성사, 2004)에서부터 김혜순의 시는 어떤 변모의 조짐을 보여준다. 이 시집의 해설에서 이인성은 김혜순 시의 전개가 전체적으로 검은색에서 흰색과 푸른색을 거쳐 붉은색에 이르게 된 내력, '너(그)'가 아버지로부터 해방되어 '나'의 쌍둥이 태아로 존재한다는 점, 붉은 상상이 시간의 원을 그리는 자연적 순환 속에 존재한다는 점 등을 예리하게 밝혀낸다. 필자는 '붉은색'의 이미지가 운명에 대한 수락을 넘어서 저주를 통해 그 운명을 저지름으로써 완성시키는 작업과 관련된다고 이해하고, 이를 '비극적 비전'이라고 부른 바 있다.[1] 이 시집 이후 김혜순의 시는 초기 시가 보여준 '검은 동굴의 영상'이 잔존하는 가운데 '붉은 순환의 시간'이 점차 비중을 더해간다. 검은 동굴의 내면적 시선으로부터 점차 벗어나 시간을 잉태한 더 큰 타자의 시선으로 존재의 운명을 바라보는 것이다.

그런데 열두번째 시집인 『죽음의 자서전』(문학실험실, 2016)은 죽음 이후의 시간과 공간을 형상화하면서 "검은 피" "까만 거울" "밝은 빛" "맑음" 등을 비롯해 시집 전체가 다시 검은색과 흰색의 무채색으로 점철된다. 김혜순 시의 전체적 전개가 검은색에서 붉은색을 거쳐서 다시 검은색에 도달한 것인데, 이 점은 '붉은색'이 암시하는 '비극적 비전' 혹은 '붉은 순환의 시간'이 암전되면서 죽음의 비극성이 전면화되는 양상과 관련된다. 이 시집은 인간이 죽은 이후에 치르는 49재(齋) 형식의 연작시로, 생명이 죽음을 맞은 이후에 경험하는 몸과 영혼, 순간과 영원, 현실과 꿈, 밖과 안 등의 분리 및 그 경계를 넘나드는 49일간의 기록을 담고 있다. 김혜순은 이 시집에서 그동안 지속해온 몸, 여성성, 부재와 죽음, 해체와 구축의 방법, 그로테스크한 이미지, 유희적 언술, 연극적 무대, 알레고리의 기법 등의 다양한 실험들을 '죽음'이라는 핵심적 모티프를 중심으로 결집하고 재구성하면서 시적 특이성을 응축적으로 보여준다. 김혜순의 시적 여정이 이 한 권의 시집에 농축되어 있다고 말해도 과언이 아니다.

『죽음의 자서전』은 전체적으로 '죽음의 존재론'을 담고 있다. 이 명명은 두 가지 의미 맥락을 가지는데, 하나는 죽음에 대한 존재론적 탐

1 졸고, 「꿈의 빛깔들—김혜순·허수경·진은영의 시」, 『서정시학』 2005년 봄호.

구라는 주제적 맥락이고, 다른 하나는 죽음의 존재 방식에 대한 탐구, 즉 죽음이 사는 방식에 대한 탐구라는 형식적 맥락이다. 첫째, 죽음에 대한 존재론적 탐구는 기본적으로 인간의 운명적 실존에 대한 탐구에 해당하지만, 김혜순은 그것을 우리 시대의 정치적 상황, 자본주의적 물신화 양상, 디지털 문명의 복제화 현상, 가부장적인 남성 중심의 위계질서 등에 대한 비판과 긴밀히 결부시킨다. 김혜순의 시가 보여주는 죽음에 대한 존재론적 탐구에는 우리 시대의 정치적, 경제적, 문화적, 문명사적 현실이 다중적 알레고리에 의해 개입되어 있는 것이다. 둘째, 이러한 시적 내용은 죽음의 존재 방식이라는 형식적 장치를 통해 구체적으로 형상화되는데, 죽음은 '안팎의 연결 형식'이 '주체의 관계 형식'과 만나 '시간과 공간의 형식' 속에서 다양한 시적 변주, 변형, 해체, 재구축 등을 거듭하면서 프랙털fractal 도형처럼 복잡다기한 모습으로 제시된다. 김혜순의 시는 죽음의 존재론적 탐구에 정치적, 경제적, 문화적, 문명사적 현실이 내적으로 연루되는 이중 삼중의 알레고리적 고리에 의해 보로메오 매듭처럼 미로의 시공간을 형성하다가 급기야는 무(無)나 공(空)의 블랙홀에 빠져든다. 이 글은 『죽음의 자서전』에 수록된 49편의 연작시를 하나의 작품으로 간주하고, '영육 분리' '절단된 육체' '뫼비우스의 띠'라는 세 가지 '죽음의 존재 방식'을 중심으로 그 각각의 '안팎의 연결 형식' '주체의 관계 형식' '시간과 공간의 형식' '시적 지향성' 등을 살피면서 김혜순 시의 '죽음의 존재론'을 고찰하려 한다.

2. 영육 분리—안팎의 단절, 유령, 구멍, 계시와 애도

『죽음의 자서전』에 나타나는 '죽음의 존재 방식'은 크게 '영육 분리' '절단된 육체' '뫼비우스의 띠'라는 세 가지 유형으로 분류할 수 있다.

이 중 가장 기본적이면서 빈번히 등장하는 '죽음의 존재 방식'은 '영육 분리'이다.

> 지하철 타고 가다가 너의 눈이 한 번 희번득하더니 그게 영원이다.
>
> 희번득의 영원한 확장.
>
> 네가 문밖으로 튕겨져 나왔나 보다. 네가 죽나 보다.
>
> 너는 죽으면서도 생각한다. 너는 죽으면서도 듣는다.
>
> 아이구 이 여자가 왜 이래? 지나간다. 사람들.
> 너는 쓰러진 쓰레기다. 쓰레기는 못 본 척하는 것.
>
> 〔……〕
>
> 너는 죽은 사람들이 했던 것처럼 네 앞에 펼쳐지는 파노라마를 본다.
> 바깥으로 향하던 네 눈빛이 네 안의 광활을 향해 떠난다.
>
> 죽음은 바깥으로부터 안으로 쳐들어가는 것. 안의 우주가 더 넓다.
> 깊다. 잠시 후 너는 안에서 떠오른다.
> ──「출근──하루」 부분

출근길에 지하철을 타고 가던 "너"는 쓰러지는 순간 "희번득"하면서 "영원"으로 "확장"된다. 이 시에서 '영혼과 육체의 분리'를 통해 성립하는 '죽음의 존재 방식'의 두 가지 특성을 발견할 수 있다. 첫째, 이 방식에는 '안팎의 연결 형식'을 좀처럼 찾기 어렵다. '영육 분리'는 삶과 죽음을 분리시킬 뿐만 아니라 순간과 영원, 밖과 안 등을 단절시키고 이원화한다. "너는 죽으면서도 생각"하고 "죽으면서도 듣"지만, 죽음 이후에는 "쓰러진 쓰레기"와 "우주"의 "광활을 향해 떠"나는 존재로 분리된다. "바깥"의 관점에서는 육체의 껍질에 불과하지만, "안"의 관점에서는 "영원"이 "확장"되면서 "더 넓"은 우주가 펼쳐지는 것이다. 이렇게 "쓰레기"와 '유령'으로 분리되어 이원화된 삶과 죽음, 순간과 영원, 밖과 안 등은 더 나아가 상호 결합의 가능성이 무력화된다. "저 여자의 몸에서 공룡이 한 마리 나오려 한다./저 여자가 눈을 번쩍 뜬다. 그러나 이제 출구는 없다"에서 드러나듯, '영육 분리'의 방식은 '안팎의 연결 형식'을 좀처럼 찾기 어렵다. 그러나 이 '죽음의 존재 방식'은 유령 혹은 귀신을 파생시키므로, 유령 혹은 귀신이 육체, 삶, 순간, 바깥 등의 시공간에 나타나거나 접신하는 방식으로 전개될 수 있다.

둘째, '주체의 관계 형식'으로서 1인칭 "나" 및 3인칭 "그녀"를 함축하면서 대화적 맥락을 형성하던 2인칭 "너"가 다시 둘로 분리된다. 이 시의 "너"는 일단 시적 공간을 극적인 무대로 만드는 장치로서 1인칭 "나" 및 3인칭 "그녀"를 함축하면서 시적 주체들 간의 대화적 관계성을 내장한다. 이광호가 적절히 지적한 바 있듯, 『한 잔의 붉은 거울』에서부터 본격적으로 나타나기 시작한 2인칭 "당신"의 설정은 연애시의 화법을 재전유하면서, 듣는 당신과 말하는 나의 이분법을 넘어서 나를 통해 말하는 당신과 당신을 통해 말하는 나의 언어적 순환을 만들어낸다. 이러한 '주체의 관계 형식'은 화자의 복수성과 다성성에 근거하는 복화술의 시적 언술로 표면화된다. 그런데 인용한 시는 "너는 너로부터 달아난다. 그림자와 멀어진 새처럼./너는 이제 저 여자와 살아가는 불행을 견디지 않기로 한다"에서 보이듯, 2인칭 "너"가 '영육 분리' 이후 육체, 삶, 순간, 바깥 등에 속한 "그녀" 혹은 "저 여자"와 영혼, 죽음, 영원, 안 등에 속한 "너"로 분리됨으로써 대화적 관계성이 단절되는 방향으로 전개된다. 이러한 양상은 '영육 분리'라는 '죽음의 존재 방식'이 "그림자"를 남기지 않을 뿐만 아니라 "길을" "몸 없이 가는" 유령 혹은 귀신을 파생시키는 양상과 긴밀히 결부된다.

> 네가 집을 나가면 남아 있는 것, 인형
>
> 네가 집을 나가면 살아나는 것, 인형
>
> 네가 집을 나가면 창문 열고 내다보는 것, 인형
>
> 네가 집을 나가면 외출하는 것, 인형
>
> 네가 집을 나가면 고아 행세 하는 것, 인형
>
> 남 앞에선 왠지 음식을 먹을 수 없다고 하는 것
>
> 죽지도 않는 것
>
> 텅 빈 것
>
> 눈동자에 네 귀신을 모신 것
>
> 〔……〕
>
> 너는 이제 인형과 줄이 끊어졌다
>
> 인형에게 : 너는 아직 저녁마다 침대에 눕히고 눈을 감겨줄 사람이 필요해.
>
> 네가 편지를 쓴다.

이 시의 화자는 '영육 분리' 이후의 영정 사진을 "인형"에 비유하면서 "너"와 "인형"의 분리 및 단절에 대해 말한다. "네가 집을 나가면" "인형"은 "남아 있"거나 "살아나"거나 "창문 열고 내다보"거나 "외출하"거나 "고아 행세"를 한다. 영정 사진을 매개로 죽은 사람의 육체와 "인형"이 연결되지만, 이제 "너"는 "인형과 줄이 끊어"지고 다만 "눈동자에 네 귀신을 모신 것"에서 엿볼 수 있듯, 죽은 육체와 귀신으로 분리된다. 그림자 없는 실체는 유령 혹은 귀신으로 부유하는 운명에 직면하지만, 2인칭 "너"는 영육의 분리와 안팎의 단절을 극복하기 위해 3인칭 "인형"에게 편지를 쓰면서 교류와 소통을 시도한다. 이처럼 '죽음의 존재 방식'으로서 '영육 분리'는 '안팎의 단절'을 통해 유령 혹은 귀신을 낳는데, 분리와 단절을 극복하려는 노력인 '안팎의 연결 형식'은 드문 사례로서 '구멍'을 통해 시도되는 듯이 보인다.

네가 답장할 수 없는 곳에서 편지가 오리라

네가 이미 거기 있다고
네가 이미 너를 떠났다고

네 모든 걸 알고 있는 구멍에게서 밝은 편지가 오리라

죽어서 모두 환하게 알게 된 사람의 뇌처럼 밝은 편지가 오리라
네 탄생 전의 날들처럼 어제도 없고 내일도 없는 넓고 넓은 편지가 오리라

〔······〕

너는 발이 없어 못 가지만 네 아잇적 아이들은 이미 거기 가 있는
네 검은 글씨로 답장조차 할 수 없는 그 밝은 구멍에게서 편지가
오리라

네 아이들이 네 앞에서 나이를 먹고
너 먼저 윤회하러 떠나버린 그곳에서

밝고 밝은 빛의 잉크로 찍어 쓴 편지가 오리라

이 세상에 태어나 한 번도 어둠을 맞아본 적 없는 그곳에서
지금 막 태어난 아기가 첫 눈 뜨고 마주한 찬란한 첫 빛
커다랗고 커다란 편지가 오리라
　　　　　　　　　　　　　　　　　　―「백야―닷새」 부분

　이 시에서 '영육 분리'로 인한 '안팎의 단절'은 바깥의 '검은색'과 안
의 "밝은 빛" 간의 선명한 대비를 가져온다. 영육이 분리된 이후 바깥
은 "검은 덩어리"(「동명이인―열흘」), "까만 새"(「월식―열이틀」) 등을
위시하여 '검은색'으로 뒤덮이는 반면, 안쪽의 "그곳"은 "이 세상에 태
어나 한 번도 어둠을 맞아본 적 없는" "밝은 빛"으로 가득 차 있다. "찬
란한 첫 빛"의 세계는 "네 아잇적 아이들은 이미 거기 가 있"고 "네 아
이들이 네 앞에서 나이를 먹"는, 다시 말해 "어제도 없고 내일도 없는"
무시간성의 공간이다. 화자가 이 시공간에서 "밝"고 "넓은 편지"가 오
리라고 예언하는 것은 안팎의 단절을 극복하려는 염원을 가지기 때문
이지만, '안팎의 연결 형식'인 "그 밝은 구멍"은 "네 검은 글씨로 답장

조차 할 수 없는" 곳이므로 상호 교류와 소통에 일정한 한계를 내포한다.

한편 "밝"고 "넓은" 이 시공간을 "네 아이들이" "너 먼저 윤회하러 떠나버린 그곳"이라고 말하는 대목은 김혜순의 죽음의 존재론이 불교적 사유와 연관됨을 암시한다. 그러나 김혜순의 시적 사유를 특정 종교와 연관시키기보다는 다양한 주술적, 신화적, 종교적 사유로부터 영감을 받고 그것을 융합해 독자적인 시적 사유를 전개한다고 이해하는 게 타당할 것이다. 다음의 시는 '밝고 넓은 시공간'과 유사한 맥락에서 '맑음의 세계'를 성경의 계시록적인 어법으로 제시한다.

> 네 온몸을 네가 모르는 것까지 속속들이 알고 있는 맑음이 도착했다
> 오르가슴에 빠진 눈동자 같은 맑음이 이불을 들치고 도착했다
> 꿈과 같은 화학기호를 가진 너의 영혼의 거처에 꿈과 같은 화학기호를 가진 맑음이 도착했다
> 저녁을 굶은 저녁의 맑음이 도착했다
>
> 〔……〕
>
> 일평생 잘 자고 눈떴더니 느닷없이 바다의 창문들이 모두 열린 것과도 같은 무엇이
>
> 세상의 모든 아침을 한 번에 다 보리라
>
> 강기슭으로 들어선 연어처럼 몸의 화학 성분들이 바뀌리라

너는 이제 죽었으니

너는 이제 신발을 벗어라

너는 이제 벗었으니 그림자가 없다

빛 떨기 가운데서 한 목소리가 들렸다

―「나체―열엿새」 부분

　"나체"의 모습과 성교의 과정을 알레고리적으로 표현한 이 시는 "맑음"의 세계를 집중적으로 드러낸다. 화자는 1연에서 "네 온몸을" "알고 있"고 "오르가슴에 빠진 눈동자 같"으며 "꿈과 같은 화학기호를 가"지고 "저녁을 굶은 저녁의" "맑음"이 "도착했다"고 말한다. 이 "맑음"은 죽음 이후의 시공간으로서 '영육 분리'와 '안팎의 단절'을 극복하는 '연결 형식'인 '구멍'에 해당하는 세계이다. "도착했다"라는 말은 이 세계가 외부에 존재하다가 "너"에게 도래함을 암시하는데, 외부로부터 도래하는 "맑음"은 계시와 예언의 목소리로 구체화된다. "바다의 창문들이 모두 열린 것과도 같은" "세상의 모든 아침을 한 번에 다 보리라"는 예언은 죽음과 개벽이 충돌하면서 몸을 뒤바꾸는 순간에 실현될 수 있다. "강기슭으로 들어선 연어처럼 몸의 화학 성분들이 바뀌"기 위해서는 현생의 죽음이 요청되는 것이다. 이어지는 "너는 이제 죽었으니/너는 이제 신발을 벗어라/너는 이제 벗었으니 그림자가 없다"라는 목소리는 기독교적 계시를 닮아 있다. 느닷없이 개입하면서 연극적 무대에서 대화적 맥락을 형성하는 장치로도 기능하는 이러한 목소리는, 이 시의 서두에 제시된 "다시는 밤이 없겠고, 등불이나 햇빛이 쓸데없으리니―요한계시록 22장 5절"이라는 제사(題詞)와 함께 성경적 모티프를 강하게 드러내면서 계시와 예언의 속성을 부여한다.

　결국 김혜순의 시에서 '죽음의 존재 방식'으로서 '영육 분리'는 '안팎의 단절'을 통해 '유령'을 낳는데, 분리와 단절을 극복하려는 노력은

'안팎의 연결 형식' 및 '시공간의 형식'인 '구멍'을 통해 시도되고, 외부로부터 도래하는 '계시와 예언'의 목소리를 통해 시도되기도 한다. 여기서 이승과 저승의 중간자로서 떠돌며 가교(架橋) 역할을 하는 '유령'이 첫번째 유형의 지배적인 주체 형식이 된다. 더 나아가 '유령'은 첫번째 유형뿐만 아니라『죽음의 자서전』전체를 지배하는 기저의 주체 형식이라고 볼 수 있다. 무엇보다도 이 시집에 등장하는 거의 모든 화자가 '유령 화자'이기 때문이다. '유령 화자'는 공동체에서 추방되어 완전한 무명(無名)과 어둠 속에 기거하면서 죽음의 '제의'를 통해 원혼(冤魂)을 위로하는 '애도'의 주체이기도 하다. 이승과 저승의 경계를 가로질러 망자의 혼을 달래고 위무하면서 죽음의 세계로 인도하는 '계시와 예언'의 목소리는 궁극적으로 '애도'의 목소리에 의해 감싸이면서 포섭된다. 그러나 '유령 화자'의 '애도'는 '불가능성으로서의 애도'이다. 죽음이 가져오는 순간과 영원, 밖과 안 등의 완강한 분리와 단절의 운명 앞에서 언어의 능동성을 상실함으로써 '애도의 실패'를 예정하고 있기 때문이다. 그럼에도 불구하고 '불가능성으로서의 애도'의 목소리를 들려주는 '유령 화자'를 통해 김혜순의 시는 우리 시대의 시공간에 출몰하는 죽음의 현실에 대한 미학적이고 윤리적인 위반과 반격을 시도하고 있다.

3. 절단된 육체―안팎의 유비, 파편성, 분자 운동, 정념과 주이상스

『죽음의 자서전』에 나타나는 두번째 '죽음의 존재 방식'인 '절단된 육체'에 대해 살펴보자.

불쌍한 네 정원.

엿 같은 네 정원.

네 열 손가락에서 뻗어나간 네 정원.

돌 냄새 요란한 네 정원.

소리칠 거야.

애원할 거야.

네 치마 다 깨지고 네 얼굴 다 깨지는 정원.

멀어서 무서운 달.

검은 하늘을 떠도는 무서운 섬.

가까이 다가오면 뺨 위로 자갈들 뚝 뚝 흘리는 달.

기억나? 옛날에 우리는 달을 길렀었는데.

침대 위로 냉큼 올라와 우리 사이를 파고들던 달.

우리가 그 달에 줄을 꿰어 손목에 걸고

산책을 나가면

하늘하늘 네 치마 노랗게 타올랐는데.

그러나 오늘밤.

정원에 드러누운 깨진 얼굴 아픈 달.

만지면 손가락 뚝 뚝 흘리는 달.

엿 같은 정원에 혼자 깨지는 달.

　　　　　　　　　　　——「돌치마——열사흘」 부분

　이 시의 "네 열 손가락에서 뻗어나간" "정원"은 "치마"와 "얼굴"이
"깨지"는 파편화된 육체와 관련된다. "무서운 달"도 "가까이 다가오

면 뺨 위로 자갈들"을 "뚝 뚝 흘"린다. 이 시에서 '절단된 육체'를 통해 성립하는 '죽음의 존재 방식'의 두 가지 특성을 발견할 수 있다. 첫째, 이 방식에는 '안팎의 연결 형식'이 '유비(類比)'를 통해 형성된다. 인용한 시에서는 '절단된 육체'가 "돌" 및 "달"과 유비의 관계를 형성한다. "정원"은 "너"와 "돌"의 유비에 의해 안팎의 연결이 성립하고, 다시 "정원에 드러누운 깨진 얼굴 아픈 달"이 개입하여 이중의 유비를 형성함으로써, "너"와 "돌"과 "달" 간의 안팎의 연결이 성립한다. "정원"을 중심으로 "너"와 "돌"과 "달"이 유비의 삼각형을 이루는 형국인 것이다.

둘째, '주체의 관계 형식'으로서 1인칭 '나'와 2인칭 "너"가 연합한 "우리"를 전제하지만, '절단된 육체'라는 '죽음의 존재 방식'으로 인해 연대성이 깨어지고 개별성과 파편성으로 흩어진다(거의 모든 행마다 찍힌 마침표는 개별성과 파편성을 시각과 호흡 양면에서 구현한다). 그 결과 '나'와 "너" 및 '그' 간의 관계성은 유비라는 희미한 잔재의 형식으로 남게 된다. "옛날에 우리는 달을 길렀었는데./침대 위로 냉큼 올라와 우리 사이를 파고들던 달./우리가 그 달에 줄을 꿰어 손목에 걸고/산책을 나가면/하늘하늘 네 치마 노랗게 타올랐는데"라는 표현을 음미하면, "달"은 '나'와 "너"가 연합하여 "우리"를 형성하는 매개이기도 하고 그 결합의 결과물이기도 하다. 그런데 "오늘밤"에는 "정원에 드러누운 깨진 얼굴 아픈 달./만지면 손가락 뚝 뚝 흘리는 달"이 되고 "엿 같은 정원에 혼자 깨지는 달"이 되므로, "달"은 '나'와 "너"의 연합이 깨어지고 개별성과 파편성으로 흩어지는 원인이 되기도 한다.

따라서 "정원"을 중심으로 "너"와 "돌"과 "달"이 유비의 삼각형을 이루는 형국에서 주도권은 "너" 혹은 '나'와 "너"의 관계가 아니라 "무서운 달"이 가진다고 볼 수 있다. 죽음은 주체의 능동적 의지의 산물이기보다는 비극적 운명의 수동적 겪음passion에 더 가깝다(이런 이유로 김혜순 시에서 피곤, 불안, 우울, 공포, 슬픔 등의 정념passion 혹은 감응affect이 도처에 드러난다). 고통스러운 수동성에 오히려 운명애amor fati의 능동성을 부여함으로써 '비극적 비전'을 만드는 사명이 시인에게 주어져 있을 따름이다. 결국 '절단된 육체'라는 '죽음의 존재 방식'은 비극적 운명에 의해 개별성과 파편성을 파생시키는데, 김혜순의 시는 분자molecule 운동[2]을 통해 파편성을 더 극단적으로 밀고 나감으로써 파편성을 극복하려는 시도를 보여준다.

이럴 줄 알았으면 이까짓 젖가슴 저 고아에게나 줄 것을
이럴 줄 알았으면 이까짓 두 눈동자 저 물고기에게나 줄 것을
이럴 줄 알았으면 이까짓 머리통 저 장미에게나 줄 것을

방에서 턱턱 막히는 여자.
(여자의 머리칼이 창틀에서 휘날린다.)
(혓바닥이 열쇠 구멍에 낀다.)
(자궁이 불을 환하게 켠다.)

여자야 너는 죽었다
네 그림자에 물을 주면 무덤이 피어난다
부끄러움의, 죄의, 모욕의 무덤이

---

2 '분자 운동'은 물질을 이루는 분자들의 자유분방한 움직임을 의미하는 물리학 용어로서, 물질의 전체적이고 체계적인 움직임을 의미하는 '몰mole 운동'과 대립되는 개념이다. 들뢰즈와 가타리는 이 용어를 차용하여 모든 되기(생성)는 이미 분자적이고 분자-되기라고 말하고 여성-되기와도 결부시킨다. 질 들뢰즈·펠릭스 가타리, 『천 개의 고원』, 김재인 옮김, 새물결, 2001, pp. 443~585 참고. "여성-되기를 포함해 모든 되기가 분자적인 것이라면, 모든 되기는 여성-되기를 통해 시작하며 여성-되기를 지나간다고 말해야 할 것이다. 여성-되기는 다른 모든 되기의 열쇠이다." 질 들뢰즈·펠릭스 가타리, 같은 책, p. 526.

여자야 너는 죽었다

네 심장의 문을 열면 검은 곡식이 확 퍼진다

피곤의, 우울의, 공포의 피톨들이

여자야 너는 죽었다

이 인형아

이 노새야

이 코가 꿴 조랑말아

　　　　　　　　　—「죽음의 축지법—열닷새」 부분

　이 시는 복잡하고 입체적인 '주체의 관계 형식'을 통해 연극적인 무
대를 구현한다. 두 명의 화자가 목소리를 들려주는데, 1연은 주인공인
여자가 첫번째 화자로 등장하고, 2연은 두번째 화자가 이 주인공을 "여
자"라는 3인칭으로 지칭한다. 그리고 3연, 4연, 5연에서는 각각 두번째
화자가 "여자야 너는 죽었다"라고 말하면서 이 "여자"를 "너"라는 2인
칭으로 부른다. 두 명의 화자가 1인칭, 2인칭, 3인칭의 시점을 번갈아
사용하여 복잡다기한 '주체의 관계 형식'을 만듦으로써, 복수성과 다성
성에 근거하는 복화술적 효과를 낳는 것이다.

　여기서 주목할 부분은 2연의 화자가 "여자"가 겪는 죽음의 과정을
절단된 육체들의 이미지로 묘사하는 반면, 1연의 화자는 죽기 이전에
절단된 육체들을 "고아" "물고기" "장미" 등에게 주지 못한 것을 후
회한다는 점이다. 2연에서 "방에서" 숨이 "턱턱 막히는 여자"는 "머리
칼이 창틀에서 휘날"리고 "혓바닥이 열쇠 구멍에" 끼며 "자궁이 불을
환하게" 켜는 등 절단된 육체들의 형상으로 죽음에 직면한다. 세 가지
절단된 육체들의 운동은 인용하지 않은 6연의 "감옥의 문을 열자 쉰

　　　　　　　　　　죽음의 존재론　　　　　　　　　　327

내 나는 심장이 뻗어 있다"라는 문장을 참고할 때, 육체의 감옥에서 벗어나 죽음에 들어서는 과정을 묘사한 것으로 이해된다. 그런데 이 죽음은 모순적인 두 결과를 낳은 듯하다. 하나는 탈주선을 따라 유기체적인 육체에서 해방되는 분자 운동을 감행하여 '기관 없는 신체corps sans organs'에 도달하는 과정에서 '주이상스'를 맛보는 것이다. 1연에서 죽기 이전에 절단된 육체들을 "고아" "물고기" "장미" 등에게 주지 못한 것을 후회하는 것은 이 운동의 과정을 경험하지 못하기 때문이다. 다른 하나는 분자 운동을 통해 '기관 없는 신체'에 도달하는 과정에서 '주이상스'를 맛보는 것이 3연과 4연에서 보이듯, "부끄러움" "죄"의식, "모욕"감, "피곤" "우울" "공포" 등의 정념 혹은 감응을 파생시키는 것이다.

김혜순의 시에서 이러한 정념 혹은 감응이 가지는 위상과 의미는 무엇일까? 앞에서 죽음이 부여하는 비극적 운명의 수동적 겪음을 통해 김혜순 시의 정념 혹은 감응이 생겨난다고 언급했는데, 한 걸음 더 나아가 고통스러운 수동성에 운명애의 능동성을 부여함으로써 '비극적 비전'을 만드는 원동력도 이 정념 혹은 감응이 제공한다고 볼 수 있다. 필자는 3연의 "네 그림자에 물을 주면 무덤이 피어난다"와 4연의 "네 심장의 문을 열면 검은 곡식이 확 퍼진다"라는 두 문장의 심층부에 이러한 의미가 숨어 있다고 생각한다. 여기서 또 한 걸음 더 나아가면, 운명애의 능동성과 일맥상통하는 분자 운동의 주이상스적 파생물로서도 정념 혹은 감응이 생겨난다고 볼 수 있다. 그렇다면 김혜순 시의 정념 혹은 감응은, 죽음이라는 비극적 운명의 수동적 겪음의 결과이자 능동적 운명애의 원동력인 동시에 분자 운동의 주이상스적 파생물이라는 삼중의 복잡한 위상과 의미를 가지는 셈이 된다. 이러한 양상은 김혜순 시의 '죽음의 존재 방식'이 여러 겹의 중층적인 나선형 구조 혹은 미로형 구조를 가지고 있음과 긴밀히 연관된다. 앞에서 언급한, 분

자 운동을 통해 파편성을 더 극단적으로 밀고 나감으로써 파편성을 극
복하려는 김혜순 시의 시도는 이러한 복잡한 나선형 순환 운동을 경유
하면서 진행되는 것이다.

오늘 엄마의 요리는 머리지짐
어제 엄마의 요리는 허벅지찜
내일 엄마의 요리는 손가락탕수

부엌에선 도마에 부딪치는 칼
부엌에선 국물이 우려지는 뼈
부엌에선 기름에 튀겨지는 허벅지

〔……〕

네 엄마는 네 아잇적 그 강기슭
네 엄마는 네 아잇적 그 오솔길

강기슭 지나 그 오솔길 너 혼자 멀어져 가노라면

우리 딸이 왔구나 힘없는 목소리
어서 들어오너라 방문 열리면
텅 빈 아궁이 싸늘한 냉기

네 엄마의 부엌엔
배고픈 너의 푹 꺼진 배
녹슨 프라이팬처럼

검은 벽에 매달려 있는데

너는 오늘 밤 그 프라이팬에
엄마의 두 손을 튀길 거네
—「저녁메뉴—스무아흐레」 부분

이 시는 "쌀"과 "돈"과 "불"이 없는 "엄마"가 "머리지짐" "허벅지찜" "손가락탕수" 등을 요리하는 장면과, "너"가 "프라이팬에/엄마의 두 손을 튀"기는 장면을 제시한다. "엄마"가 "너"의 신체를 절단해서 먹고, 죽은 "너"가 돌아와 "엄마의 두 손을 튀기는" 모습은 엽기적인 잔혹 복수극을 연상시킨다. 그러나 "네 엄마는 네 아잇적 그 강기슭/네 엄마는 네 아잇적 그 오솔길"이라는 구절을 음미하면, "네 엄마"와 "너"는 몸속에 서로를 내포하는 운명 공동체로서 존재한다. "강기슭 지나 그 오솔길 너 혼자 멀어져 가노라면"이라는 구절은 죽음을 통과해야 이 운명 공동체로의 진입이 가능하다는 것을 암시한다.

따라서 "엄마"가 요리하는 "머리지짐" "허벅지찜" "손가락탕수" 등은 "네" 절단된 육체들이고, 이렇게 잡아먹힌 "너"가 죽은 이후에 유령으로 집에 돌아와 "프라이팬에/엄마의 두 손을 튀"기는 것은 복수극이라기보다 존재 이전으로 되돌아가려는 욕망의 발현이라고 볼 수 있다. 이것은 죽음을 통해 무(無)의 심연에 진입하려는 무의식, 즉 죽음충동과 결합된 쾌락인 주이상스에 부합한다고 볼 수 있다. 절단된 육체의 이미지는 파편화된 몸을 통해 자아의 분열을 표상한다. 따라서 절단된 육체의 파편성을 먹는 것은 무나 공(空)으로의 회귀와 관련되는데, 이것은 '기관 없는 신체', 즉 분화되기 이전의 '원초적 알'을 추구하는 양상이다. 분자 운동을 통해 유기체적 존재의 동일성에서 벗어나 분열을 극대화함으로써 지각 불가능한 원형질에 이르는 과정이라고 볼 수 있다.

4. 뫼비우스의 띠―안팎의 연접, 무덤과 자궁, 촉매, 웃음과 검은 냄새

『죽음의 자서전』에 나타나는 세번째 '죽음의 존재 방식'인 '뫼비우스의 띠'에 대해 살펴보자.

둥그런 배를 안고 여자가 모로 누워 있다

숨길 수 없는 우물이
핏속을 돌다 어느 날 터졌다
터진 수맥을 품고
그 여자가 하루 종일 웃었다
평생의 모든 순간들이 너무 우스워
죽은 여자는 웃다가 울었다

두레박이 달린 탯줄에
햇빛이 실려 내려갔다가

눈물이 한 동이 올라왔다
(······)

너는 저 세상에서 왔건만
지금 너는 저 세상을 임신 중이다

분만대에서 태어나는 중인 신생아처럼
제 무덤 속에 목을 집어넣은 여자가
휴대폰의 제 사진을 들여다보는 시간

묘지의 초록색 모자마다 웃는 얼굴들이 들어 있다
——「묘혈——열이레」 부분

　이 시 1연에서 '묘혈'을 "둥그런 배를 안고 여자가 모로 누워 있다"
라고 표현하는 것은 시 전체의 구도를 함축한다. 이 시에서 '뫼비우스
의 띠'를 통해 성립하는 '죽음의 존재 방식'의 두 가지 특성을 발견할
수 있다. 첫째, 이 방식에는 '안팎의 연결 형식'이 양쪽을 상호 내속하
면서 연접하는 양상으로 나타난다. "죽은 여자"인 "너"가 "저 세상을
임신 중"인 양상에서 보이듯, '뫼비우스의 띠'는 삶과 죽음, 순간과 영
원, 밖과 안, 이승과 저승 등을 구분하지 않고 상호 내속하면서 연접시
킨다. "분만대에서 태어나는 중인 신생아처럼/제 무덤 속에 목을 집어
넣은 여자"라는 문장도 삶과 죽음의 경계를 가로질러 양쪽을 접속시킨
다. 이어서 "여자"가 "휴대폰의 제 사진을 들여다보는" 장면을 "제 무
덤 속에 목을 집어넣은 여자"와 중첩시킴으로써, 디지털 문명의 표징
을 통해 죽음의 묵시록을 형상화한다.
　둘째, '주체의 관계 형식'으로서 주인공을 3인칭 "여자"와 2인칭 "너"
로 분리하고 공존시키면서 객관적 거리감과 주관적 개입의 정도를 유
연하게 조절한다. 2인칭 "너"를 설정하는 어법은 화자와 청자의 상호
관계를 전제로 언어적 소통을 형성하지만, 3인칭 "여자"나 "그 여자"
로 전환하면서 화자는 객관적 거리를 두고 대상을 관찰하게 된다. '뫼
비우스의 띠'라는 '죽음의 존재 방식'에 3인칭 "여자"와 2인칭 "너"를
분리하고 공존시키는 어법을 결합하면서 거리 조절의 효과를 발휘하

는 것이다.

그런데 삶과 죽음, 순간과 영원, 밖과 안, 이승과 저승 등의 경계를 가로질러 상호 내속하면서 연접하는 데에는 매개 및 촉매가 필요하다. 인용한 시에서는 2연의 "우물", 4연의 "눈물" 등이 매개의 역할을 담당하고, 3연의 "햇빛"이 촉매의 기능을 수행하면서 언어적 연금술을 일으킨다. '물'의 이미지가 발휘하는 유동성에 '빛'의 이미지가 개입하여 "울"음과 "웃"음을 상호 침투시키면서 삶과 죽음의 경계를 가로지르는 것이다. 김혜순 시에서 '물'이 기본적인 매개의 역할을 담당한다면, '빛'의 촉매에 의한 연금술은 마지막 연의 "묘지의 초록색 모자마다 웃는 얼굴들이 들어 있다"에서 보이듯, '웃음'의 이미지를 통해 "무덤"을 '자궁'과 연접시켜 재생 혹은 환생의 실마리를 남긴다. 그런데 '뫼비우스의 띠'를 통해 성립하는 '죽음의 존재 방식'에서 촉매가 원활히 개입하지 못하는 경우도 빈번히 나타나는데, 이때 등장하는 것이 '검은색'과 '썩은 냄새'이다.

엄마는 모르지만 넌 다 알아.
엄마의 머리칼 위에 집을 지은 까마귀 한 마리.
바늘 없는 패종시계처럼 서 있는 엄마의 몸 안에서 째깍째깍 영원히 다음 생을 기다리는
물구나무선 아기들. 엄마의 고막을 먹으려고 기다리는
귓속의 검은 염소들. 엄마의 발등 위에서 푸드덕거리는 죽은 새 두 마리의
날갯죽지, 그 썩은 냄새. 넌 다 알아. 엄마의 몸속에서 쫓겨나온
넌 다 알아. 따뜻한 몸에서 확 뽑혀 북극으로 쫓겨 가는 철새의
헐벗은 두 발처럼 시린 알몸의 검은 하늘, 날아봤자 무덤 속인 그곳,

넌 다 알아. 너는 죽음의 엄마니까.

　　　─「죽음의 엄마─스무엿새」 부분

　이 시에서 "엄마는 모르지만 넌 다" 아는 이유는 "너"가 "엄마의 죽음"인 동시에 "죽음의 엄마"이기 때문이다. "너"는 "엄마"가 죽은 결과인 동시에 "죽음"을 낳는 원인이기도 하다. "엄마"-"죽음"-"너"-"죽음"의 연쇄는 서로 꼬리를 물고 내속하면서 연접하는 '뫼비우스의 띠'의 존재 방식을 보여준다. "엄마의 몸속"에는 "아기"뿐만 아니라 "까마귀" "염소" "새" 등 온갖 동물이 기거한다. 따라서 "엄마"는 모든 생명들의 모태matrix이다. "엄마의 몸속"에 기거하는 동물들 못지 않게 불행한 존재는 "엄마의 몸속에서 쫓겨나온" "너"와 "따뜻한 몸에서 확 뽑혀 북극으로 쫓겨 가는 철새"이다. "철새"가 날아가는 "시린 알몸의" "하늘"도 "검은"색인데, "날아봤자 무덤 속인 그곳"이라는 구절은 "엄마의 몸" 밖으로 나온 존재들도 결국 "무덤 속"을 벗어나지 못한다는 비관적인 의미를 내포한다. 그렇다면 "엄마의 몸속"에 기거하는 존재들뿐만 아니라 몸 밖으로 나온 존재들도 모두 "무덤 속"에 갇힌 "죽음"인 셈이다. 따라서 "엄마"는 모든 죽음들의 모태이다. 이처럼 모든 생명들의 모태이자 죽음들의 모태인 "엄마"는 김혜순 시에서 모든 존재와 대상들을 빨아들이는 '블랙홀'이라고 할 수 있다. 이 블랙홀은 '무덤'인 동시에 '자궁'의 기능을 가진다.

　이 시에 등장하는 생명체들은 모두 불길하고 음산한 이미지로 감싸여 있다. "까마귀" "검은 염소들" "죽은 새 두 마리" 등은 공통적으로 '검은색'과 '썩은 냄새'로 표상되는 죽음의 이미지를 동반한다. '물'의 매개에 '빛'의 촉매가 작용하는 경우에 "울음"과 "웃음"의 상호 침투를 낳는 것과 달리, '빛'의 촉매가 개입되지 않는 경우는 죽음의 비극적 운명이 전면화되는 것이다. '빛'의 촉매가 개입되지 않아 '검은색'과 '썩은

냄새'로 점철되는 양상이 오히려 김혜순 시의 지배적인 죽음의 존재
방식을 이룬다.

　　가는 빗줄기 살랑 묶어 촉촉한 리본 만들어 네 젖꼭지에 꽂아주
는 바람이 왔네

　　하늘하늘 홈통을 흘러내리는 간지러운 노란오줌 노란구름이 왔네

　　네 속에서 꺼낸 여자아이 하나 처마 밑에서 울고 있네

　　어려서 죽어서 너보다 어린언니가 아랫배를 꼬집는 가냘픈 손톱

　　〔……〕

　　보일락 말락 벗겨져서 공중에 날아다니는 언니의 속옷냄새

　　그 속옷 네 콧구멍에 내려앉으면 썩은무덤 팬티냄새

　　갈비뼈 우린 거친 국물 오르내리는 몸속 그 뼈가 너를 싣고 다니
는 관이네

　　누가 너를 하관하네 저 깊은 구덩이 아지랑이 노고지리 누가 너
를 하관하네

　　검은살빛 저 나무가 어린언니의 치마를 걷어 올리다 말고 술 한
모금 꿀꺽 들이켜는 소리

아직 안 떠나고 뭐하니 아침마다 철썩 네 뺨을 갈기며 물어보는

저 하늘 저 시퍼런핏줄

　　　—「하관—서른닷새」부분

이 시는 "너"가 죽어서 "하관"되는 모습을 제시한다. 그런데 2회 반복되는 "누가 너를 하관하네"라는 문장에 나타나는 "누가"의 정체는 무엇일까? 아마 이 존재는 "처마 밑에서 울고 있"는 "네 속에서 꺼낸 여자아이 하나"인 듯한데, 그녀는 "어려서 죽어서 너보다 어린언니"이다. 죽은 언니의 유령 혹은 귀신이 "네" 몸속에 살다가 "네"가 죽자 몸 밖으로 나와서 "너"를 하관하는 것이다. "언니"–"죽음"–"너"–"죽음"–"언니"–"하관"의 연쇄는 서로 꼬리를 물고 내속하면서 연접하는 '뫼비우스의 띠'와 같은 존재 방식을 보여준다. 여기서 "가는 빗줄기" "바람" 등은 삶과 죽음, 순간과 영원, 밖과 안, 이승과 저승 등이 경계를 가로질러 상호 내속하면서 연접하는 데 매개의 역할을 담당하는 듯이 보인다.

죽은 언니의 유령 혹은 귀신은 "너"를 하관하는 주체일 뿐만 아니라 "공중"의 공기이기도 하고 "무덤"이기도 하며 심지어는 "너"의 "관"이기도 하다. 이 유령 혹은 귀신은 "공중에 날아다니는 언니의 속옷냄새" "썩은무덤 팬티냄새" 등에서 '썩은 냄새'의 이미지로 부유하다가 급기야 "갈비뼈 우린 거친 국물 오르내리는 몸속 그 뼈"에 이르러 "너를 싣고 다니는 관"이 된다. 죽은 언니가 "네" 몸을 관으로 사용하다가 이제 역전되어 죽은 언니의 뼈가 "네" 관이 되는 형국이다. '썩은 냄새'에 "검은살빛 저 나무" "저 하늘 저 시퍼런핏줄" 등이 가세하여 이 시는 온통 불길하고 음산한 죽음의 이미지로 뒤범벅이 된다. 이처럼 '물'이나 '바람'의 매개에 '빛'의 촉매가 개입되지 않는 '죽음의 존재 방식'

은 '검은색'의 시각적 이미지와 '썩은 냄새'의 후각적 이미지를 중심으로 어둡고 끔찍한 죽음의 비극적 양상을 보여주는 것이다.

5. 세 가지 '죽음의 존재 방식'의 위상학

김혜순의 열두번째 시집인 『죽음의 자서전』에 나타나는 '죽음의 존재 방식'을 크게 '영육 분리' '절단된 육체' '뫼비우스의 띠'라는 세 가지 유형으로 구분하고, 각각의 '안팎의 연결 형식' '주체의 관계 형식' '시간과 공간의 형식' '시적 지향성' 등을 살폈다.

'영육 분리'는 '안팎의 단절'을 통해 '유령'을 낳는데, 분리와 단절을 극복하려는 노력은 '안팎의 연결 형식' 및 '시공간의 형식'인 '구멍'을 통해 시도되고, 외부로부터 도래하는 '계시와 예언'의 목소리를 통해 시도되기도 한다. 여기서 이승과 저승의 중간자로서 떠돌며 가교 역할을 하는 '유령'이 지배적인 주체 형식이 된다. '유령 화자'는 원혼을 위로하는 '불가능성으로서의 애도'를 통해 죽음의 '제의'를 주관하며 수행한다. '절단된 육체'는 비극적 운명에 의해 '파편성'을 낳고 '안팎의 유비'를 통해 관계성 및 연대성은 희미한 잔재로 남지만, '분자 운동'의 파편성을 더 극단적으로 밀고나감으로써 파편성을 극복하려는 시도를 보여준다. 이 과정에서 "부끄러움" "죄"의식, "모욕"감, "피곤" "우울" "공포" 등의 정념 혹은 감응을 경험하기도 하고, '기관 없는 신체'에 도달하는 '주이상스'를 맛보기도 한다. 전자는 죽음의 운명을 수동적으로 겪은 결과이자 능동적으로 그 운명을 사랑하는 원동력인 동시에 분자 운동의 주이상스적 파생물이라는 삼중의 복잡한 위상과 의미를 가진다. 후자는 분자 운동을 통해 유기체적 동일성에서 벗어나 분열을 극대화함으로써 지각 불가능한 원형질에 이르는 과정이다. '뫼비우스의 띠'는 '안팎의 연접'을 통해 '무덤'과 '자궁'을 낳는데, 삶과 죽음, 순간과 영원, 밖과 안, 이승과 저승 등이 경계를 가로질러 상호 내속하면서 연접하는 데 '물' '바람' 등이 매개의 역할을 담당하고 '빛'이 촉매의 기능을 수행한다. 이때 '빛'의 촉매에 의한 연금술은 '웃음'을 통해 재생 혹은 환생의 실마리를 남기지만, '빛'의 촉매가 개입하지 않는 경우에는 '검은색' '썩은 냄새' 등을 중심으로 불길하고 음산한 죽음의 비극적 양상이 나타난다.

김혜순 시의 세 가지 '죽음의 존재 방식'은 각각 독립적으로 분리된 채 나타나는 것이 아니라, 내적 연관성을 가지고 상호 긴밀히 결부되어 나타난다. 마치 세 개의 원이 서로 얽히고 감겨서 보로메오 매듭을 형성하듯, 세 가지 '죽음의 존재 방식'은 심층적인 차원에서 복잡다기하게 얽히고 감겨 있다. '영육 분리'가 '안팎의 단절'을 통해 낳는 '유령'은 김혜순 시의 '죽음의 존재 방식'을 지배하는 기저의 주체 형식이고, '유령 화자'는 시집 전체에서 '애도'를 통해 죽음의 '제의'를 주관하며 수행하는 시적 주체이기도 하다. '절단된 육체'가 낳는 '파편성'과 '안팎의 유비'를 통해 시도하는 연대성의 잔재, '죽음 충동'이 발휘하는 '분자운동'이 '정념'이나 '주이상스'에 도달하는 과정 등도 다른 유형과 긴밀히 결부되어 있고, '뫼비우스의 띠'가 '안팎의 연접'을 통해 낳는 '무덤'과 '자궁'이 삶과 죽음의 경계를 가로질러 상호 내속하면서 연접하는 양상도 다른 유형과 긴밀히 결부되어 있다. 무엇보다도 김혜순 시에서 '죽음의 존재 방식'의 위상은 내적 연관으로서 '영육 분리'-'절단된 육체'-'뫼비우스의 띠'로 전개되는 시간적 순차성의 질서를 함축한다고 볼 수 있다. '안팎의 단절'을 통해 '유령'을 낳는 '영육 분리'가 기저의 존재 방식으로서 죽음을 정초한다면, '파편성'을 '안팎의 유비'로 지양하려는 '절단된 육체'는 죽음을 살면서 죽음을 극복하려는 과정이고, '안팎의 연접'을 통해 '무덤'과 '자궁'을 낳는 '뫼비우스의 띠'는 이 정초와 과정의 연쇄적인 귀결로서 이승과 저승의 경계를 가로질러 상호 내속하고 연접하면서 죽음을 보여주는 동시에 재생이나 환생을 꿈꾼다. 발생론적 순차성에 의해 이 세 가지 '죽음의 존재 방식'은 한 겹, 두 겹, 세 겹의 연쇄적 원환으로 원주를 확대하면서 중층적인 나선형 순환 구조 혹은 미로형 구조를 형성해나가는 것이다.

김혜순 시의 세 가지 '죽음의 존재 방식'은 이러한 내적 발생론의 질서를 함축하면서, 보로메오 매듭 혹은 나선형 순환 구조로서 상호 얽히고 감겨서 세 겹의 중층적인 '죽음의 고리'를 만든다. 그리고 그 전체가 하나의 동적 구조로서 프랙털 도형처럼 무정형의 운동을 지속하면서 블랙홀이 되어 우리 시대의 정치적, 경제적, 문화적, 문명사적 현실 곳곳에 편재된 죽음들을 빨아들이고 있다. 『죽음의 자서전』을 펼치는 순간 당신도 어김없이 이 블랙홀에 빨려들고 말 것이다.

[『시인동네』, 2017]

반추와 예언의 순환적 나선 운동
─최승자 시의 구조화 원리

1. 최승자 시의 새로운 조명

최승자는 1979년에 『문학과지성』을 통해 등단한 이후 한국 현대시의 흐름에 언어적 파격과 미학적 충격을 던지면서 당대 현실과 대결하는 모습을 보여주었다. 전통적 서정시, 모더니즘 시, 리얼리즘 시 등 기존의 시적 경향뿐만 아니라 기성의 여성시 계보에서도 이탈하는 강렬한 직정(直情) 언어를 통해 도전적이고 파열적인 젠더적 시 쓰기의 도화선이 되었다. 최승자 시의 폭발력과 독자들의 충격적 감응은 첫 시집 『이 時代의 사랑』(문학과지성사, 1981)부터 네번째 시집 『내 무덤, 푸르고』(문학과지성사, 1993)까지 유지되었지만, 다섯번째 시집 『연인들』(문학동네, 1999)과 병고로 인한 오랜 공백 이후에 상재한 여섯번째 시집 『쓸쓸해서 머나먼』(문학과지성사, 2010)을 기점으로 여덟번째 시집 『빈 배처럼 텅 비어』(문학과지성사, 2016)에 이르는 과정에서 차츰 잦아드는 듯하다.[1] 최승자 시의 전개 과정을 첫 시집부터 네번째 시

---

[1] 최승자의 시집은 『이 時代의 사랑』(문학과지성사, 1981), 『즐거운 日記』(문학과지성사, 1984), 『기억의 집』(문학과지성사, 1989), 『내 무덤, 푸르고』(문학과지성사, 1993), 『연인들』(문학동네, 1999), 『쓸쓸해서 머나먼』(문학과지성사, 2010), 『물 위에 씌어진』(천년의시작, 2011), 『빈 배처럼 텅 비어』(문학과지성사, 2016) 등이 있다. 이 글에서 최승자의 시는 이 시집들에서 인용하되, 시집은 제목 대신 출간된 순으로 번호를 달아 '(시집 번호: 페이지 수)'로 출처를 표시한다.

집까지를 전기 시로, 다섯번째 시집부터 여덟번째 시집까지를 후기 시로 간주한다면, 전기 시와 후기 시의 격차가 크기 때문에 상호 연속성과 연관성을 찾기 어려운 정도가 되었다. 그동안 최승자 시에 대해 많은 비평적 통찰들이 축적되어왔기 때문에, 현시점에서는 전기 시와 후기 시의 연속성 및 차별성을 고찰할 뿐만 아니라, 각 시기별 시적 특성, 개별 시의 심층적 특성 등도 새롭게 규명할 필요가 있다. 이를 위해서는 텍스트의 전체와 부분에 대한 상호 왕복적 고찰을 반복하면서 거시적 조망과 미시적 탐색을 함께 시도하는 작업이 요청된다.

최승자의 시는 여러 평자들에 의해 주로 전기 시의 특성들이 집중적으로 규명되어왔다. 중요한 비평적 평가에 해당하는 것은 시적 방법론이나 시적 지향성 범주로서 '낭만주의적 충동이 비극적 세계관으로 넘어가는 방법적 비극'(정과리), '사산(死産)과 생산, 과잉 억압과 부정의 사유'(이광호), 시적 언술 범주로서 '고백시적 언술 특성'(김승희), '거대한 품과 욕망을 가진 혼수의 유령 화자'(김혜순) 등이 있고, 시적 모티프 및 주체의 관계 형식 범주로서 '죽음, 아버지, 자궁 등을 통한 여성적 시쓰기'(장석주), 무의식의 메커니즘 범주로서 '마조히즘적 치욕과 환상'(엄경희), '애도의 주체에서 낳는 주체로의 전이를 통한 젠더 정치학'(이광호) 등이 있다. 후기 시에 대한 중요한 평가로는 '죽음과 삶의 경계에서 죽음에 비친 삶을 바라보는 말과 감각의 경제학'(황현산) 등을 들 수 있다. 이 글은 선행 비평의 성과들을 존중하면서 크게 시적 방법론 범주에서 '시선'과 '기억', 시적 지향성 범주에서 '기억/망각' '상승/추락' '열림/닫힘' '흐름/정지', 시적 모티프 범주에서 '죽음-사랑-고독', 주체의 관계 형식 범주에서 '나-너' '나-아버지' '나-어머니', 무의식의 메커니즘 범주에서 '두 층위의 어머니'와 '쇼즈[2]의 양가성', 시간

2 '쇼즈'의 개념에 대해서는 이 책의 p. 185의 각주 3을 참고할 것.

의식 범주에서 '시간의 수동적 종합' 등을 중심으로 망원경적 조망과 현미경적 탐색을 아울러 시도하여 최승자 시의 구조화 원리[3]를 도출하고자 한다. 이를 통해 최승자의 전기 시와 후기 시의 연속성 및 차별성, 각 시기별 시적 특성, 개별 시의 심층적 특성 등을 새롭게 조명하고자 한다.

2. 반추와 예언—유령적 주체의 '닫힘-추락'과 '열림-흐름'

최승자 시의 구조화 원리를 이루는 중핵을 포착하기 위해 우선 시적 방법론 범주에서 '시선'과 '기억', 시적 지향성 범주에서 '기억/망각' '상승/추락' '열림/닫힘' '흐름/정지', 시적 모티프 범주에서 '죽음-사랑-고독' 등에 대해 살펴보자. 황현산은 최승자의 후기 시에 대해 언급하면서 시인이 여섯번째 시집 『쓸쓸해서 머나먼』에서 "세상이 멸망에 이른 후에 이 세상을 바라보는 사람처럼 말하였듯이" 일곱번째 시집 『물 위에 씌어진』(천년의시작, 2011)에서 "죽음 뒤로 넘어가서 이 세상을 바라보는 사람처럼 이 삶에 관해서 말한다"라고 지적한다. 최승자의 후기 시에서 화자의 언술이 발생하는 위상을 이미 미래로 진입한 자리에서 현재를 보는 시선으로 파악하는 것이다. 최승자의 후기 시는 이러한 발화의 위상을 포함할 뿐만 아니라, 시적 화자가 과거로 회귀한 자리에서 현재나 미래를 보면서 과거 전체를 반추하고 정리하는 시선도 함께 보여준다.

　　(1)　시간 속에서 시간의 앞뒤에서

3 '구조화 원리'에 대해서는 이 책의 p. 118의 각주 3을 참고할 것.

흘러가지도 않았고 다만 주저앉아 있었을 뿐
日月도 歷史도 다만 시간 속에서

나는 다만 희미하게 웃고 있었을 뿐

먼 길 보따리장수의 달
흰 하늘 눈먼 설원(雪原)
보따리장수의 달만 흘러간다
──「보따리장수의 달」 부분 (6: 8)

(2) 시간 속을 아득히 달려왔다
시간의 축지법 속에서 꿈을 꾸었다
꿈자리는 늘 슬픔뿐이었다

(세상이 잠이었으면
세월이 잠이었으면)
──「시간 속을 아득히」 부분 (6: 39)

여섯번째 시집 『쓸쓸해서 머나먼』에 수록된 (1)과 (2)에서 화자는
공통적으로 과거 회상을 통해 자신의 삶과 세상의 모습을 정리하면서
현재까지의 전개를 진행형으로 말한다. (1)과 (2)의 공통점이 '시간의
흐름'이라면, 차이점은 화자의 모습이 (1)은 '주저앉음'인 데 반해 (2)
는 '달려옴'이라는 데 있다. 왜 화자는 과거를 반추하면서 자신의 모습
을 상호 모순되게 정의하는 것일까? 후기 시에서 최승자는 "오래된 미
래인 과거를 휘돌아/오래된 과거인 미래를 휘돌아/초시간 속으로 날
아"가면서 "신작로 길 같은 역사와/기찻길 같은 문명"(「구름 비행기」)

을 바라본다. 즉 시인은 '과거 회귀에 이은 미래 주시'와 '미래 진입에
이은 과거 주시'라는 역방향의 두 시선 및 시간 의식이 상호 교차하고
왕복하는 좌표축에서 자신의 삶과 세상의 모습을 파악하는 것이다. 이
작업이 바로 "시간의 축지법 속에서 꿈을 꾸"는 일이다.

> 구상에 왜 추상이 오버랩되는지
> 추상에 왜 구상이 오버랩되는지
>
> (어느 역사학자가 통시성이 공시성인 것을
> 왜 모르시나요 하며 웃는 소리 들린다
> 아아 물론 그렇지요 융이 말한
> 동시성 이론의 좌우를 상하로 비틀면
> 그런 것이 되는 거죠. 어떤 초시간성,
> 초역사성 혹은 더 깊은 집단 무의식. 얘기가
> 그렇다는 겁니다)
> —「새 한 마리가」 부분 (6: 34~35)

　이 시에서 알 수 있듯, 최승자의 후기 시는 구상과 추상, 통시성과
공시성 등이 중첩되는 좌표축에서 "어떤 초시간성,/초역사성"을 획
득하고 "융이 말한/동시성 이론"이나 "집단 무의식"에 근접하게 된
다. 그래서 "통시성의 하늘 아래서/공시성인 인류의 집단 무의식 속
에서" "사회가 획,/역사가 획,/문명이 획," 하면서 "시간의 마술사"가
"지나"(「시간이 사각사각」)가는 시간 의식을 가지게 된다. 요약하면, 최
승자의 후기 시는 '과거 회귀-미래 주시'와 '미래 진입-과거 주시'라
는 두 시선 및 시간 의식이 상호 교차하고 왕복하는 좌표축에서 '시간
의 축지법'으로 생성된 초시간성을 통해 자신의 삶과 세상의 모습을 파

악하는 '반추와 예언'의 구조화 원리를 내장한다. 후기 시의 추상적이고 관념적인 사고의 진술이 시적 긴장과 밀도를 떨어뜨린다는 아쉬움을 굳이 말할 필요는 없을 것이다. 중요한 것은 관념적 진술이 내포하는 '반추와 예언'이라는 '시선' 및 '기억'의 방식이 후기 시의 구조화 원리로 작용할 뿐만 아니라, 전기 시와 후기 시의 연속성 및 차별성을 좌우하는 구조화 원리와도 연관되고, 더 나아가 전기 시의 개별 작품들에 잠재된 구조화 원리와도 은밀히 맞닿아 있다는 점이다.

먼저 전기 시와 후기 시의 연속성 및 차별성을 좌우하는 구조화 원리에 대해 살펴보자. 앞에서 인용한 여섯번째 시집의 시들에는 최승자 전기 시의 중심 모티프인 '사랑(꿈)' '고독(슬픔)' 등이 요약적으로 제시되고, 이들 간의 복잡한 무의식적 메커니즘을 통해 시적 주체가 대결하던 세상도 "사회" "역사" "문명" 등의 개념으로 요약되고 있다. 후기 시의 구조화 원리를 이루는 '반추'는 '과거 회귀-미래 주시'의 시간 구조를 통해 화자가 자신의 삶 및 세상과 시적 여정에 대해 정리하는 것이고, '예언'은 '미래 진입-과거 주시'의 시간 구조를 통해 화자가 미래에 이미 도달한 자의 시선으로 과거인 현재를 바라보고 판단하는 것이다. 그런데 이러한 '반추와 예언'의 구조화 원리는 전기 시 전반에서 이미 잠재·배태·예감되고 있거나 비유적 표현이나 추상적 진술의 방식으로 시의 표면에 노출되고 있다.

> (1)　그러나 모든 기억하는 자들의 머리 위로
> 　　　밤은 오고
> 　　　나는 나의 별에 잠시 걸터앉아
> 　　　흘러온 길과 흘러갈 길을 바라본다.
>
> 　　　만경 창파 시간 위에 몸 띄우고

한 사람 온 뒤에 또 한 사람 오는구나.

한 사람 간 뒤에 또 한 사람 가는구나.

사라져라 사라져라

물밀어라 물밀어라

뭇별들 사이로 소리없이

사라져라, 물밀어라.

―「시간 위에 몸 띄우고」 부분 (2: 46~47)

(2)　그리하여, 이것은 무엇인가.

내 운명인가, 나의 꿈인가,

운명이란 스스로 꾸는 꿈의 다른 이름인가.

기억의 집에는 늘 불안한 바람이 삐걱이고

기억의 집에는 늘 불요불급한

슬픔의 세간살이들이 넘치고,

〔……〕

무엇을 더 보태고 무엇을 더 빼야 할 것인가.

일찍이 나 그들 중의 하나였으며

지금도 하나이지만,

잠시 눈 감으면 다시 닫히는 벽,

다시 갇히는 사람들.

갇히는 것은 나이지만,

벽의 안쪽도 벽, 벽의 바깥도 벽이지만.

346

내가 바라보는 이 세계

벽이 꾸는 꿈.

　　　　—「기억의 집」부분 (3: 26~27)

　(1)은 두번째 시집 『즐거운 日記』(문학과지성사, 1984)에 수록된 시
이고, (2)는 세번째 시집 『기억의 집』(문학과지성사, 1989)에 수록된 시
이다. 두 시는 공통적으로 "시간" 및 "기억"의 모티프를 중심으로 구조
화되고 있다. 최승자 전기 시의 핵심적인 모티프는 '사랑'-'고독'-'죽
음'의 트라이앵글이라고 볼 수 있는데, (1)에서 보이듯 두번째 시집에
서 이미 "기억"을 중심으로 형성되는 '시간 의식'의 자장이 시의 표면
에 노출되고 있다. "흘러온 길과 흘러갈 길을 바라"보는 화자의 시선은
과거와 미래의 시간적 좌표를 굽어보는 조망을 시도하고, "만경 창파
시간 위에 몸 띄우고" "사라져라/물밀어라"라고 외치는 목소리는 전기
시의 시적 주체 및 '예언'의 양태인 '닫힘-추락'을 넘어서서 후기 시의
양태인 '열림-흐름'을 예언적으로 선취하고 있다.

　(2)는 화자가 "꿈"과 "운명"의 상호 치환을 통해 전기 시의 핵심
적 모티프인 '사랑'-'고독'-'죽음'의 트라이앵글에 우연과 필연의 관계
를 삽입시킨다. "불안" "슬픔" 등의 정념 혹은 감응은 '고독'의 계열인
데, 이 감응은 '사랑'의 계열에 속하는 "꿈"과 '죽음'의 계열에 속하는
"운명" 사이에서 불가능성의 관계를 형성하는 매개이기도 하고, '사랑'
과 '죽음' 간의 간극 혹은 '사랑'의 좌절로 인한 결과이기도 하다. 이 역
학 관계에서 생성되는 것이 "벽"으로 대표되는 주체와 타자 간의 단절
과 주체의 폐쇄적인 내면성이다. 이러한 주체의 양태는 전기 시의 주
된 '예언'의 양태를 이루는 '닫힘-추락'과 밀접한 연관성을 가진다. 요
약하면, (1)과 (2)는 과거를 회상하거나 과거로 회귀하는 '반추'의 시간
의식을 공통점으로 가지지만, (1)이 시적 주체 및 '예언'의 양태로 미래

로 흘러가는 '열림-흐름'을 보여주는 반면, (2)는 과거에 고착되면서 심연으로 가라앉는 '닫힘-추락'을 보여준다는 점에서 차별성을 가진다. 시적 주체 및 '예언'의 양태 측면에서 (1)이 후기 시의 구조화 원리를 전형적으로 보여준다면, (2)는 전기 시의 구조화 원리를 전형적으로 보여준다고 볼 수 있다. 결국 이 글은 최승자 전기 시의 구조화 원리로 '반추와 예언(닫힘-추락)'을, 후기 시의 구조화 원리로 '반추와 예언(열림-흐름)'을 추출하고자 한다.

다음으로 전기 시의 개별 작품들에 잠재된 구조화 원리에 대해 살펴보자.

일찌기 나는 아무 것도 아니었다.
마른 빵에 핀 곰팡이
벽에다 누고 또 눈 지린 오줌 자국
아직도 구더기에 뒤덮인 천년 전에 죽은 시체.

아무 부모도 나를 키워 주지 않았다
쥐구멍에서 잠들고 벼룩의 간을 내먹고
아무 데서나 하염없이 죽어 가면서
일찌기 나는 아무 것도 아니었다

떨어지는 유성처럼 우리가
잠시 스쳐갈 때 그러므로,
나를 안다고 말하지 말라.
나는너를모른다 나는너를모른다
너당신그대, 행복
너, 당신, 그대, 사랑

내가 살아 있다는 것,

그것은 영원한 루머에 지나지 않는다.

—「일찌기 나는」 전문 (1: 13)

  이 시는 첫 시집 『이 時代의 사랑』의 첫머리에 배치되어 '서시(序詩)'
의 역할을 하는 작품이다. 최승자는 시적 여정의 출발점에서 자신의
과거를 반추하고 미래를 예언하면서 출사표를 던진다. 이 시를 포함해
서 1981년 1월부터 6월까지 쓰고 첫 시집의 1부에 수록한 18편의 시
는 최승자 시의 가장 순도 높은 원형질에 해당하는 작품들이다. 앞서
망원경적 조망을 통해 전기 시와 후기 시의 연속성 및 차별성을 고찰
하면서 추출한 구조화 원리가 이 개별 시들의 내부에 잠재되거나 응축
되어 있다. 따라서 이 개별 시들에 대한 현미경적 탐색을 통해 최승자
시의 구조화 원리를 검증할 필요가 있다.

  이 시는 과거-반추(1연), 현재 진행-반추(2연), 미래-예언(3연), 현
재-죽음(4연)으로 전개되는 네 단계의 구성을 보여준다. 화자는 1연에
서 과거를 반추하면서 자신의 정체성을 "천년 전에 죽은 시체"로 정의
하고, 2연에서 과거에서 현재까지의 진행을 반추하면서 '부모의 불모
성'과 자신의 "죽어"감을 언급한다. "일찌기 나는 아무 것도 아니었다"
라는 단도직입적인 문장을 1연의 첫 행과 2연의 끝 행에 배치함으로써,
동일한 과거 반추의 형식 속에서 현재 진행의 경과를 형태적으로 구획
짓는다. 지금까지 선행 비평들이 이러한 표현들을 '위악적 고백'이라고
해석해왔지만, 화자가 과거에 이미 "죽은 시체"이고 현재에 이르기까
지 계속 "죽어 가"는 존재라는 점을 시적 실재로 인정하는 새로운 독
법을 시도할 수 있다. 최승자는 시적 여정의 출사표를 던지는 자리에
서 이미 과거 반추를 통해 시적 화자를 '유령'으로 설정한 것이다. "극

소량의 시(詩)를 토해내고 싶어하는/귀신이 내 속에서 살고 있다"(「자칭 시(詩)」), "그날 이후 나는 죽었다/그러므로 이것은 사후(死後)의 기술이다"(「그날 이후」) 등에서 가시화되듯, 최승자는 전기 시의 개별 작품들에서부터 과거 반추를 통해 자기 정체성을 "시체"로 정의하고 유령 화자의 발화를 통해 '죽음' 이후의 미래의 '사랑'과 '고독'을 예언적으로 표현한다.

따라서 화자는 3연에서 "우리가/잠시 스쳐갈 때"라고 미래의 '사랑'에 대해 말할 때 "나를 안다고 말하지 말라"라고 소통 및 관계의 불가능성을 일순간의 망설임도 없이 단호히 선언한다. "그러므로"라는 접속사에 작용하는 인과 관계에서 사랑의 불가능성을 낳는 원인은 1~2연의 과거 반추에서 확인된 자기 정체성인 "시체"와 "죽어"감에 있다. 3연에 2회 반복되는 "나는너를모른다"라는 문장은 1~2연에 2회 반복되는 "일찌기 나는 아무 것도 아니었다"라는 문장에 대한 호응인 셈이다. 따라서 "너당신그대, 행복"은 사랑을 추구하는 '꿈'을 표현하는 반면, "너, 당신, 그대, 사랑"은 그 좌절을 표현한다고 해석할 수 있다. "너당신그대"가 분리되지 않고 혼용되어 있는 상태는 "행복"으로 연결되지만, "너, 당신, 그대"로 쉼표를 사이에 두고 분열되는 "사랑"은 불가능성으로서의 사랑이기 때문이다. 나란히 제시되는 이 두 행은 "우리가/잠시 스쳐갈 때"와 "나를 안다고 말하지 말라"라는 두 구절의 압축형 재진술인 셈이다. 그래서 유령 화자는 4연에서 자신의 현재 모습인 '죽음'을 직시하면서 "내가 살아 있다는 것,/그것은 영원한 루머에 지나지 않는다"라고 재확인한다.

요약하면, 이 시는 '유령의 사랑과 좌절'이라는 주제를 '반추와 예언'의 구조화 원리를 통해 형상화하면서 '죽음'을 중핵적인 모티프로 제시한다. 이러한 해석을 통해 최승자 전기 시의 핵심적 모티프로서 트라이앵글을 형성하는 '사랑-고독-죽음'의 역학 관계에서 발생론적으로

'죽음'이 선행한다는 새로운 독법이 가능해질 수 있다. 발생론적 순서에 따르면 이미 선행하는 '죽음'에 의해 '사랑'은 불가능해지고 '고독'을 파생시키므로, '죽음-사랑-고독'이 최승자 전기 시의 트라이앵글이 되는 것이다. 최승자 시의 순도 높은 원형질에 해당할뿐더러 그녀의 시적 여정의 출사표를 던지는 이 작품에서, 우리는 '반추와 예언'이라는 구조화 원리를 확인하는 동시에 '유령 화자'의 자기 정체성 확인을 통해 '죽음'이라는 강력한 블랙홀과 만나게 된다.

3. 두 층위의 어머니―쇼즈의 양가성과 승화

최승자 시의 구조화 원리에 근접하기 위해서는 시적 모티프 범주에서 전기 시의 트라이앵글을 형성하는 '죽음-사랑-고독'의 내부에서 역학 관계로 작용하는 주체의 관계 형식 범주로서 '나-너' '나-아버지'의 관계뿐만 아니라 '나-어머니'의 관계를 심층적으로 살펴볼 필요가 있다. 지금까지 선행 비평들이 주로 '나-아버지'의 관계를 중심으로 시대적 상징체계로서 폭력적 부성에 대한 저항의 의미를 도출했지만, '나-어머니'의 관계가 형성하는 중층적 구도가 최승자 시의 무의식적 메커니즘을 해명하는 데 중요한 단서를 제공하기 때문이다. 먼저 '나-너'의 관계에 대해 살펴보자.

> 식은 사랑 한 짐 부려놓고
> 그는 세상 꿈을 폭파하기 위해
> 나를 잠가 놓고 떠났다.
> 나는 도로 닫혀졌다.

비인 집에서 나는
정신이 아프고
인생이 아프다.
배고픈 저녁마다
아픈 정신은
문간에 나가 앉아,
세상 꿈이 남아 있는 한
결코 돌아오지 않을 그의
발자국 소리를 기다린다.

우우, 널 버리고 싶어
이 기다림을 벗고 싶어
돈 많은 애인을 얻고 싶어
따뜻한 무덤을 마련하고 싶어
　　　　—「우우, 널 버리고 싶어」 부분 (1: 38)

　이 시에서 '사랑' 대상인 "그"는 "세상 꿈을 폭파하기 위해" "나를" "떠"난 존재로 묘사된다. "그"는 세상의 가치와 환영에 저항하여 그것을 전복시키고 파괴하는 전사(戰士)의 이미지에 가깝다. "밤마다 복면한 바람이/우리를 불러내는/이 무렵의 뜨거운 암호"의 시대에 화자는 "죽음이 죽음을 따르는/이 시대의 무서운 사랑"을 "풀지 못한다"(「이 시대의 사랑」). 이러한 "그"의 위상은 최승자 시의 사랑에 존재론적 차원과 원형적 차원뿐만 아니라 사회적 차원을 부여한다. "칠십년대는 공포였고/팔십년대는 치욕이었다./이제 이 세기말은 내게 무슨 낙인을 찍어줄 것인가"(「세기말」)라는 표현은, 시대적 현실이 화자에게 얼마나 큰 무게로 심리적 억압을 가했는지 짐작게 한다.

그런데 이 시의 무게중심은 사랑 대상인 "그"보다 화자의 존재적 양태, 혹은 정념과 의지에 주어져 있다. 이러한 사실은 1연과 2연의 "그"가 3연의 '너'로 전이되는 과정이 방증한다. "그"라는 지시대명사가 대상에 대한 화자의 객관적 거리를 동반한다면, '너'라는 지시대명사는 대상에 대한 화자의 심리적 밀착을 동반한다. '사랑 대상의 떠남'(1연)-'나의 고통과 기다림'(2연)-'나의 반항과 죽음 충동'(3연)으로 전개되는 시상은 '과거 반추'-'현재 상태'-'미래 소망'으로 전이되는 구조를 보여준다. 1연의 "그"의 '떠남'은 2연에서 "나"에게 "아픈 정신"과 '기다림'이라는 수동적·피학적인 고통을 가져주지만, 3연에서 "나"는 심리적 차원에서 '너'에게 능동적·가학적인 대응을 시도한다. 최승자 시의 핵심은 수동적·피학적 고통을 능동적·가학적 대응으로 전환하는 혹은 그 역의 심리적 메커니즘에 있다. "우우, 널 버리고 싶어"라는 복수, "이 기다림을 벗고 싶어"라는 해방, "돈 많은 애인을 얻고 싶어"라는 반항, "따뜻한 무덤을 마련하고 싶어"라는 죽음 충동 등의 염원과 의지는 심리적 메커니즘의 중층적이고 복합적인 양상을 보여준다.

겨울 동안 너는 다정했었다.
눈[雪]의 흰 손이 우리의 잠을 어루만지고
우리가 꽃잎처럼 포개져
따뜻한 땅 속을 떠돌 동안엔

봄이 오고 너는 갔다.
라일락꽃이 귀신처럼 피어나고
먼곳에서도 너는 웃지 않았다
자주 너의 눈빛이 셀로판지 구겨지는 소리를 냈고
너의 목소리가 쇠꼬챙이처럼 나를 찔렀고

그래, 나는 소리 없이 오래 찔렸다.

찔린 몸으로 지렁이처럼 기어서라도,
가고 싶다 네가 있는 곳으로.
너의 따뜻한 불빛 안으로 숨어들어가
다시 한번 최후로 찔리면서
한없이 오래 죽고 싶다.
　　　—「청파동을 기억하는가」 부분 (1: 36)

　　이 시는 시상 전개가 「우우, 널 버리고 싶어」와 크게 다르지 않다.
그것은 '너의 다정함, 우리의 사랑'(1연)-'너의 떠남, 너의 찌름과 나의
찔림'(2연)-'너에게 감, 찔리면서 죽고 싶음'(3연)으로 전개되면서 '과
거 반추'-'현재 상태'-'미래 소망'으로 전이되는 구조를 보여준다. 2연
에서 "너의 목소리"가 "나"를 찌른다는 점에서 피학성으로 나타나지
만, 3연에서 "나"는 "네가 있는 곳으로" "가"서 피학적 고통의 극점에
서 죽음을 염원한다. 이 시의 핵심은 "나"가 "너"의 폭력적 행위로 인
해 고통을 겪는 수동성을 오히려 능동적인 의지로 전환시켜 극단까지
밀고 나감으로써 죽음에 도달하는 화자의 심리적 메커니즘에 있다. 인
용한 두 편의 시에 공통적으로 나타나듯, '과거 반추'-'현재 상태'-'미
래 소망'으로 전개되는 최승자 전기 시의 개별 작품들에도 '반추와 예
언'의 구조화 원리가 작용하고 있다. 그런데 최승자의 시에서 "너"는
"나"를 찌르는 폭력적 행위의 주체로 전이된다는 점에서 무의식적 투
쟁의 대상인 '아버지'와 연결되기도 한다. 계속해서 '나-아버지'와 '나-
어머니'의 관계에 대해 살펴보자.

2

어머니 어두운 뱃속에서 꿈꾸는

먼 나라의 햇빛 투명한 비명

그러나 짓밟기 잘 하는 아버지의 두 발이

들어와 내 몸에 말뚝 뿌리로 박히고

나는 감긴 철사줄 같은 잠에서 깨어나려 꿈틀거렸다

아버지의 두 발바닥은 운명처럼 견고했다

나는 내 피의 튀어오르는 용수철로 싸웠다

잠의 잠 속에서도 싸우고 꿈의 꿈 속에서도 싸웠다

손이 호미가 되고 팔뚝이 낫이 되었다

3

〔……〕

인생이 똥이냐 말뚝 뿌리 아버지 인생이 똥이냐 네가 그렇게 가
르쳐 줬느냐 낯도 모르는 낯도 모르고 싶은 어느 개뼉다귀가 내 아
버지인가 아니다 돌아가신 아버지도 살아계신 아버지도 하나님 아
버지도 아니다 아니다

내 인생의 꽁무니를 붙잡고 뒤에서 신나게 흔들어대는 모든 아
버지들아 내가 이 세상에 소풍 나온 강아지 새끼인 줄 아느냐

4

자신이왜사는지도모르면서 육체는아침마다배고픈시계얼굴을하
고 꺼내줘어머니세상의어머니 안되면개복수술이라도해줘 말의창
자속같은미로를 나는걸어가고 너를부르면푸른이끼들이 고요히떨
어져내리며 너는이미떠났다고대답했다 좁고캄캄한길을 나는 기차
화통처럼달렸다 기차보다앞서가는 기적처럼달렸다.

반추와 예언의 순환적 나선 운동

—「다시 태어나기 위하여」 부분 (1: 20~21)

　이 시의 화자는 '나-아버지' 및 '나-어머니'의 관계를 일종의 원체험으로 제시한다. "아버지"는 "나"를 두 발로 짓밟는 폭력 및 억압의 주체로서 무의식 속에 자리 잡은 초자아의 위상을 가진다. "어느 개뼈다귀가 내 아버지인가 아니다 돌아가신 아버지도 살아계신 아버지도 하나님 아버지도 아니다"에서 역설적으로 나타나듯, 초자아로서 "아버지"는 '나'에게 공포와 치욕을 가져다주는 가부장적 권력이기도 하고, 1970~1980년대의 시대적 현실 속에서 자행된 정치적 폭력과 사회적 억압의 체계이기도 하며, 무의식에 명령을 내리는 이념적·종교적 신이기도 하다. 최승자의 시에서 '아버지'는 "애비는 역시 전화도 주지 않았다./그는 내게 뒤통수만 보인 채/하늘 목장 한가운데서 양귀비 꽃에 물만 주고 있었다"(「슬픈 기쁜 생일」)에서처럼 사회적 아버지를 포함하는 가부장적 권력의 층위로 나타나기도 하고, "이 세계는,/내 눈알의 깊은 망막을 향해/수십 억의 군화처럼 행군해 온다"(「無題 2」)에서처럼 정치적 폭력과 사회적 억압 체계의 층위로 나타나기도 하며, "궁창의 빈 터에서 거대한 허무의 기계를 가동시키는/하늘의 키잡이 늙은 니힐니스트여"(「끊임없이 나를 찾는 전화 벨이 울리고」)에서처럼 "운명"의 성격과 지위를 가지는 이념적·종교적 층위로 나타나기도 한다.

　"나"는 세상의 "모든 아버지들"에게 호통을 치기도 하고, 이들에 대항해서 "피의 튀어오르는 용수철로 싸"운다. 여기서 중요한 것은 이 "운명"과의 처절한 투쟁이 "잠의 잠 속"과 "꿈의 꿈 속"에서 벌어진다는 점이다. 최승자 시에서 "잠"과 "꿈"의 세계는 '어머니'와 연결되면서 이중적 위상과 의미를 가진다. 그것은 현실의 억압에 의해 상처받은 시적 주체가 좌절과 절망 속에서 그것을 주시하고 극복하면서 지향하는 이상 세계를 의미하기도 하고, 밀폐된 자아의 내면성 속에 침잠하면서 하강하는 무의식 세계의 심연을 의미하기도 한다. "잠의 잠 속"과 "꿈의 꿈 속"은 여러 겹의 함입을 통해 이러한 이중적 위상과 의미가 증폭되는 심화 과정을 표현한 것이다. 따라서 '아버지'에 대한 저항과 투쟁이 강화될수록 '어머니'와 결부되는 무의식적 심연으로의 폐쇄와 가라앉음이 심화된다. 이 이율배반성은 최승자 전기 시의 구조화 원리를 이루는 '반추와 예언(닫힘-추락)'의 속성과 밀접히 연관된다. 이것은 인용한 시의 '나-어머니'의 관계에도 이미 배태되어 있다.

시적 화자는 "어머니 어두운 뱃속에서" "먼 나라의 햇빛 투명한 비명"을 "꿈"꾼다. 내면성의 심층적인 모태인 "어머니 어두운 뱃속에서" 절망을 주시하고 극복하면서 이상 세계인 "햇빛"을 지향하는 것이다. 밀폐된 자아 속으로 침잠하고 하강하는 무의식의 심연에는 "어머니"의 '자궁'이 자리 잡고 있다. 그런데 '자궁'은 "어두운 뱃속"이므로, 잉태와 분만의 기능보다는 자아를 밀폐시키는 감옥의 기능을 수행한다. "꺼내줘어머니세상의어머니 안되면개복수술이라도해줘"라는 애원은 '어머니의 감옥'에서 탈출하고 싶은 욕망을 강렬히 표현하는데, "나"는 이를 실현하기 위해 "말의창자속같은미로를" "걸어가"고 "좁고캄캄한길을" "기차화통처럼달"린다. "엄마 엄마 구슬픈 엄마 나 죽어도 내 머릿속에서 나오지 말아요"(「슬픈 기쁜 생일」), "잡초나 늪 속에서 나쁜 꿈을 꾸는/어둠의 자손, 암시에 걸린 육신.//어머니 나는 어둠이에요"(「자화상」) 등 전기 시의 도처에서 '자궁의 감옥'으로 작용하면서 '닫힘-추락'을 견인하는 '어머니'는 최승자 시의 무의식 세계에서 중요한 기저 층위를 형성하고 있다.

'나-어머니'의 관계에서 생겨나는 '밀폐된 자아의 내면성'과 그 '닫힘-추락'의 양태는, 「일찌기 나는」에서 확인한 바 있는 '죽음'의 선재성과 '유령'의 존재론에서 파생된 결과라고 볼 수도 있지만, 이것들을 파생시키는 원인이라고 보는 것이 타당할 것이다. 최승자 시에서 '나-

너' '나-아버지' '나-어머니' 등의 관계는 무의식의 자리에서 시적 원체험으로 작용하기 때문이다. 요약하면, 인용한 시는 최승자 시의 원체험으로서 '폭력적 아버지와의 투쟁'과 '밀폐시키는 어머니로부터의 탈출'이라는 두 주제를 제시하면서, 이중의 억압에 대한 해방을 추구하는 무의식을 극적으로 노출시킨다. '감옥으로서의 어머니'와 '어머니로부터의 탈출'이라는 역학은 선행 비평들이 최승자 시의 심리적 메커니즘을 히스테리, 마조히즘, 멜랑콜리, 애도 등의 정신분석적 개념으로 설명해온 부분을 '쇼즈의 양가성'으로 설명함으로써 좀더 심층적이고 입체적으로 해명할 수 있는 근거를 제공한다. 크리스테바는 "나르시스적인 우울증 주체는 '대상'을 잃은 슬픔이 아니라 '쇼즈'를 잃은 애도에 빠져 있다"라고 말하고, 상실한 '쇼즈'의 장소에 접근하는 방법으로 '승화'[4]를 언급한다. 크리스테바가 제시하는 '쇼즈'는 생성 중인 주체에게 생명의 도약을 불어넣지만, 동시에 이 삶 충동은 철저하게 주체를 거부하고 고립시킨다는 점에서 양가성을 가진다. 주체에게 필요한 '쇼즈'는 역시 절대적으로 주체의 적수가 되어 주체가 배척하고 증오하는 감미로운 극단이 되는 것이다.

최승자의 시는 상실한 '쇼즈'의 장소에 접근하는 '승화'의 방법으로 리듬과 의미론적 차원뿐만 아니라 원초적 무의식의 차원에서 다른 층위의 '아버지' 및 '어머니'의 세계를 추구한다. '폭력적 아버지'와 '폐쇄적 어머니'가 최승자 시의 무의식 영역에서 한 층위를 형성한다면, 더 근원적 무의식의 영역에서 다른 층위를 형성하는 '원초적 아버지'와 '원초적 어머니'를 살펴볼 필요가 있다.

(1) 뜬소문 뜬구름처럼

---

4 크리스테바의 '승화'에 대해서는 이 책의 p. 191의 각주 5를 참고할 것.

청파동 하숙집 아저씨가 돌아가시고

아침의 검은 전화 벨이 울립니다.

밥상머리에서 문득

어머니 아버지라는 종족은 그리운

물의 精 불의 精으로 녹아 버리고

밥과 국이 한 목소리로 고인의

생전의 말씀을 읊조립니다.

　　　　—「두 편의 죽음」 부분 (1: 24)

(2)　꿈에도 그리운 아버지 태양이여,

어머니이신 세상이여,

어째서 내 존재를 알리는 데에는

이 울음의 기호밖에 없을까요?

　　　　—「부질없는 물음」 부분 (1: 58)

　(1)에서 화자는 "아버지"와 "어머니"를 각각 "불의 정"과 "물의 정"으로 환원시키면서 그 세계를 "그리"워하며 염원한다. 그리고 (2)에서는 "아버지"와 "어머니"를 각각 "태양"과 "세상"의 동격으로 간주한다. '아버지—불—태양'과 '어머니—물—대지'라는 상징체계는 원초적 무의식의 영역에서 융의 원형적 사유나 바슐라르의 물질적 상상력과도 연관되는데, 중요한 것은 최승자의 시에서 '아버지'와 '어머니'의 조합이 크게 두 층위로 갈라져 있다는 점이다. '폭력적 아버지'와 '폐쇄적 어머니'가 초자아와 결부되는 층위에 해당한다면, '아버지—불—태양'과 '어머니—물—대지'는 원형적 무의식과 결부되는 층위에 해당한다고 볼 수 있다. 이 두 층위의 부성과 모성 상징을 함께 고려해야 최승자 시의 무의식의 메커니즘을 온전히 이해할 수 있다. 시적 주체와 '폭력적 아버

지' 및 '폐쇄적 어머니'라는 초자아의 관계로부터 멜랑콜리와 애도, 사디즘과 마조히즘 등이 상호 교차하고 충돌하면서 역전되는 복잡한 메커니즘이 발생하는데, 한편으로 시적 주체는 '아버지-불-태양'과 '어머니-물-대지'라는 원형적 무의식과의 관계로부터 그 갈등과 대립을 넘어서는 시원적 해방의 세계를 꿈꾸는 것이다.

도식적으로 말하면, 전자의 무의식적 역학 관계가 시적으로 현실화되고 표면화된 것이 전기 시의 작품들이라면, 후자의 무의식적 역학 관계가 시적으로 현실화되고 표면화된 것이 후기 시의 작품들이라고 볼 수 있다. 이와 관련해 앞서 최승자 시의 구조화 원리를 '반추와 예언'이라고 명명하고, 시적 주체와 '예언'의 구조가 전기 시의 '닫힘-추락'과 후기 시의 '열림-흐름'으로 변별된다고 말한 바 있다. 그런데 전기 시에서도 후기 시의 시적 주체와 '예언'의 구조인 '열림-흐름'이 미래적 소망의 사유로 표현된 부분들이 등장한다. "어디 만큼 왔나 어디까지 가야/강물은 바다가 될 수 있을까"(「개 같은 가을이」), "깊은 밤 강물은 바다로 흘러들고/우리의 손은 사랑하는 사람의 손을 찾는다"(「해남 대흥사에서」), "어떻게하면 너를 만날수있을까 어떻게달려야 항구가있는 바다가보일까 어디까지가야 푸른하늘베고누운 바다가 있을까"(「다시 태어나기 위하여」) 등의 문장들은, 최승자 전기 시의 유령 화자가 '죽음'-'사랑'-'고독'의 트라이앵글 속에서 '폭력적 아버지와의 투쟁'과 '폐쇄적 어머니로부터의 탈출'이라는 차원을 미래적 염원의 목소리로 들려준다. 여기서 화자가 지향하는 세계인 "푸른하늘베고누운 바다"는 "하늘"(불)과 "바다"(물)의 결합이라는 점에서 '원초적 아버지'와 '원초적 어머니'가 결합된 세계라고 볼 수 있는데, 흥미로운 것은 그 세계를 "너를 만날수있"는 시공간으로 상정한다는 점이다. "어머니 어두운 뱃속에서 꿈꾸는" 것이 '원초적 아버지'의 상징인 "먼 나라의 햇빛"(「다시 태어나기 위하여」)인 점도 주목할 만하다. 결국 최승자 시의 무의식 세계에서 최종 지향점은 '너'와 '원초적 아버지'와 '원초적 어머니'가 상호 합체되고 융합되는 미래의 시공간이라고 볼 수 있다.

4. 과거와 미래―기억과 삶 충동의 종합, 나르시시즘과 죽음 충동의 종합 및 영원회귀

최승자 시의 전체적 구조화 원리인 '반추와 예언'은 전기 시의 개별 작품에 잠재된 생성 원리, 전기 시와 후기 시의 연속성 및 차별성을 좌우하는 생성 원리, 후기 시의 개별 작품에 표면화된 생성 원리 등을 형성한다. 최승자 시의 구조화 원리에 좀더 근접하기 위해서 시간 의식 범주에서 '반추와 예언'이 내포하는 시간성의 원리와 특성에 대해 구체적으로 살펴보자.

내가 나를 버리고
손 발, 다리 팔, 모두 버리고
그리하여 마지막으로 숨죽일 때
속절없이 다가오는 한 풍경.

속절없이 한 여자가 보리를 찧고
해가 뜨고 해가 질 때까지
보리를 찧고, 그 힘으로 지구가 돌고……

시간의 사막 한가운데서
죽음이 홀로 나를 꿈꾸고 있다.
(내가 나를 모독한 것일까,

이십 세기가 나를 모독한 것일까.)

　　　—「어떤 아침에는」부분 (3: 20)

　이 시의 화자는 "어떤 아침"에 세계와 함께 자신도 깊이 병들어 있다는 생각을 하면서 하나의 환영을 보고 시간에 대한 사유를 시도한다. 인용한 1연에서 화자는 "나를 버리고" "손 발, 다리 팔, 모두 버리"며 "마지막으로 숨죽"이면서 죽음에 진입하는 순간에 "한 풍경"을 본다. 2연에서 "한 여자가 보리를 찧고" "그 힘으로 지구가" 도는 풍경은, 주체로서 "한 여자가 보리를 찧"는 행위를 통해 '역사가 진행되고 세계가 운행된다'라는 의미뿐만 아니라 '시간이 흐른다'라는 의미까지 내포하는 듯이 보인다. "지구가 돌고……"에서 도출한 이러한 해석의 근거는 "어떤 아침" "해가 뜨고 해가 질 때까지" 등이 동반하는 시간의 모티프에서 찾을 수 있다. 따라서 2연은 주체의 노동 행위로부터 역사의 진행, 세계의 운행, 시간의 흐름 등이 가능해진다는 의미 맥락을 통해 주체의 능동성에 무게중심을 둔다. 그런데 이 풍경에 왜 "속절없이"라는 부사가 2회나 개입하는 것일까?

　3연에서 화자는 시간에 대한 사유를 통해 그 이유를 제시한다. 여기서 "나"는 주체라기보다 "시간의 사막 한가운데서/죽음이 홀로" "꿈꾸"는 결과이자 효과일 뿐이다. 즉 "한 여자가 보리를 찧"는 행위가 역사의 진행, 세계의 운행, 시간의 흐름 등을 낳는 원인이 되는 것이 아니라, "시간" 속에서 블랙홀처럼 모든 것들을 빨아들이는 "죽음"이 주체이고, 이 원인으로부터 파생되는 수동적 존재가 "나"인 것이다. 이처럼 최승자의 시 의식 속에서 '시간'은 '죽음'과 더불어 인간의 삶, 역사의 진행, 세계의 운행 등을 지배하고 좌우하는, 거역할 수 없는 대타자로서 존재한다. "이십 세기가 나를 모독한 것일까"라는 질문은 "시간"의 하위 범주로서 "세기"라는 시대적 차원이 자리 잡고 있음을 짐작게 한다. 여기서 최승자의 시를 지배하는 큰 틀의 시 의식으로 '시간에 대한 질문'을 유추할 수 있다.

"그때 비로소/삶 속의 죽음의 길 혹은 죽음 속의 삶의 길/새로 하나 트이지 않겠는가"(「未忘 혹은 備忘 8」), "우연의 형식들로 다가오는 모든 필연을 견디면서/이미 추억이 다 된 나무 한 그루"(「未忘 혹은 備忘 14」), "일찌기 나는 흘러가는 것은 마찬가지라고 생각했었다/다른 사람들이 길이로 넓이로 흘러가는 동안/나는 깊이로 흘러가는 것뿐이라고"(「散散하게, 仙에게」), "그곳을 향해 나는 먼저/의문을 찾아나서야 하고/그리고 대답을 찾아나서야 한다"(「희망의 감옥」) 등에서 보이듯, 최승자의 핵심적인 시 의식 중의 하나는 인간, 역사, 세계 등을 지배하고 좌우하는 '시간의 비밀'에 근접하기 위해 그것과 결부되는 삶과 죽음, 우연과 필연, 넓이(흐름)와 깊이(심연) 등에 대해 '질문'하고 그 '대답'을 구하는 것이다. 이 글의 2절에서 주로 논의한 '반추와 예언'은 '시간에 대한 질문'이라는 큰 틀의 시 의식이 구체화되면서 세부적으로 작용하는 구조화 원리라고 볼 수 있다. 이제 최승자 시의 구조화 원리인 '반추와 예언의 순환적 나선 운동'이 어떤 방식으로 상호 얽히고 감기면서 '과거'와 '미래'의 시간성과 결부되는지 확인해보자.

> 시간은 아득히 별들의 밑을 운행하고 있다.
> 빈 발자국 소리가 잠 속으로 얽혀든다.
> 자동차 한 대가 내 머릿속을 질주해 간다.
> 내 꿈의 지도 위에 분계선을 그으며.
> 나는 놀라서 깨어난다.
> 달빛이 무서운 벽화처럼 창에 걸려 있다.
> 오래 뒤척이며 묵은 공상들을 털어 버린다.
> 하나씩 둘씩 하나씩…… 천천히 몸의 모든

기관이 흐려진다

귀와 눈, 손과 발.

다시 돌아가기 시작하는 내 꿈의 테이프.

저승의 물결 같은 선잠만 오락가락

밤새 내 머릿골을 하얗게 씻어 가누나.
　　—「선잠」전문 (1: 45)

　　이 시의 각 행들은 독립적인 위상을 가지고 진행하며 서로 평행선을 긋고 있는 듯하다. 그러나 "잠 속으로 얽혀"드는 "빈 발자국 소리", "내 머릿속을 질주해"가는 "자동차 한 대", "꿈의 지도 위에 분계선을 그으며" "놀라서 깨어"나는 "나", "무서운 벽화처럼 창에 걸려 있"는 "달 빛" 등은 화자의 "잠"과 "꿈"을 매개로 "아득히 별들의 밑을 운행하고 있"는 "시간"과 접속한다. "시간"의 "운행"과 접속하는 매개가 되는 "잠"과 "꿈"은 3절에서 분석했듯, '어머니'와 연결되면서 이중적 위상과 의미를 가지는데, "묵은 공상들을 털어 버"리고 급기야는 "하나씩 둘씩" "몸의 모든/기관이 흐려"지는 상황에 이르기까지 작동한다. "귀와 눈, 손과 발" 등의 "몸"의 기관"들이 "흐려"지면서 화자의 "꿈의 테이프"가 "다시 돌아가기 시작하는" 부분에 주목해보자. 선행 비평들이 최승자 시의 특성으로 '신체적 사유'에 대해 유효적절히 논의해왔는데, '신체적 사유'의 층위와 구별되면서 "잠"과 "꿈"을 매개로 접속되는 "시간"의 "운행"에 대한 '형이상학적 사유'의 층위에 대해서도 중요하게 논의할 필요가 있다.

　　인용한 시에서 화자의 "잠"과 "꿈"을 매개로 접속되는 "시간"의 "운행"은 2연에서 "저승의 물결 같은 선잠"으로 구체화된다. "저승"은 공간적 차원에서 '이승'과 대비되는 동시에 시간적 차원에서 '현재'와 대

비된다. 따라서 "물결 같은 선잠"의 그물망에 걸린 "저승"의 "시간"은
'현재'와 대비되는 '과거'나 '미래'라고 볼 수 있다. 통상적으로 "저승"
은 '미래'의 시간과 상통한다고 생각할 수 있지만, 최승자 시에서 '저승'
은 죽음 이후의 시간뿐만 아니라 삶 이전의 시간도 의미하기 때문이다.
이 점은 필자가 이 글의 2절에서 「일찌기 나는」을 발생론적으로 '죽음'
이 선행한다는 새로운 독법으로 읽고, '유령의 사랑과 좌절'이라는 주
제를 '반추와 예언'의 구조화 원리를 통해 형상화하면서 '죽음'이라는
강력한 블랙홀을 제시한다고 해석한 부분과 긴밀히 연관된다.

죽음은 이미 달콤하지 않다.
그것은 무미한 버튼과도 같은 것,
세계의 셔터를 내 눈앞에서 내리는.

수세기 동안 내 房은 닫혀 있었고
외로운 옥좌 위엔 살해자의 흰 장갑.
이 세계를 나는 죽였다. 그리고
마지막으로 두 손을 씻고서

나는 돌아섰다.
지루한 업무를 비로소 끝낸 인턴처럼.

그리고 안드레이 오 안드레이
너는 거기 앉아 있었다.

바다 건너 네 死後의 房 안에,
죽은 미래를 깔고서, 고요히.

—「죽음은 이미 달콤하지 않다」 부분 (2: 14~15)

　이 시의 화자는 "수세기 동안" "닫혀 있"는 "방"에서 "이 세계"를 "죽"인 "살해자"이다. "이 세계"를 "죽"이는 행위는 주체의 능동성을 가지지만, 그 행위가 "닫혀 있"는 "방"에서 이루어진다는 점에서 화자는 자아의 내면성에 밀폐되어 있다. 이 살해자의 모습을 "지루한 업무를 비로소 끝낸 인턴"에 비유하는 것은 "죽음"이 "무미한 버튼과도 같은 것"이고 "이미 달콤하지 않"기 때문이다. 이것은 앞에서 살핀 대로 '죽음'의 선재성과 '유령'의 존재론에서 파생된 결과이지만, 더 중요한 점은 이후에 제시되는 '과거'와 '미래'의 시간성에 있다. "거기 앉아 있"는 "너"인 "안드레이"는 구소련의 대표적인 영화감독 중 한 명인 안드레이 타르코프스키를 지칭하는 것으로 짐작되는데, 그가 남긴 책으로 영화에 대한 철학이 담겨 있는 『봉인된 시간』(1984)이 인용한 시의 주제와 모종의 연관성을 가지기 때문이다.

　마지막 연의 "네 사후의 방 안"과 "죽은 미래"라는 표현은, 최승자 시의 '시간에 대한 질문'이라는 시 의식과 '반추와 예언'이라는 구조화 원리를 농축적으로 제시한다. 최승자의 시에서 죽음은 이미 과거에 이루어졌고, 시적 화자 또한 이미 죽은 유령이다. "나"는 "수세기 동안" "닫혀 있"는 "방"에서 "이 세계"를 "살해"하고 "마지막으로 두 손을 씻고서" "돌아"서지만, "안드레이"는 "사후의 방 안", 즉 이미 과거에 죽은 자신의 방에 "앉아 있는" 것이다. 그런데 '과거'의 죽음은 "죽은 미래를 깔고서"라는 표현을 통해 다시 '미래'의 죽음으로 연결된다. 「선잠」「죽음은 이미 달콤하지 않다」에서 최승자 시의 '과거'와 '미래'의 시간성은 '반추'와 '예언'이라는 구조화 원리의 두 축이 상호 얽히고 감기면서 '순환적 나선 운동'을 진행한다. 최승자 시의 '시간에 대한 질문'이라는 시 의식과 '반추와 예언'이라는 구조화 원리에서 '과거'와 '미래'의 위상은 각각 들뢰즈가 『차이와 반복』(1968)에서 언급한 시간의 두번째 수동적 종합, 시간의 세번째 수동적 종합과도 연관될 수 있다.[5] 그리고 이 둘은 각각 '삶 충동'과 '기억'의 종합, '나르키소스적 자아'와 '죽음 충동'의 종합 및 '영원회귀'와도 연관될 수 있다.[6] 이처럼 최승자의 시에서 '과거'와 '미래'는 '시간에 대한 질문'이라는 큰 틀의 시 의식 속에서 '반추'와 '예언'이라는 구조화 원리의 두 축이 상호 얽히고 감기면서 삶과 죽음, 우연과 필연, 넓이(흐름)와 깊이(심연) 등의 요소들뿐만 아니라 열림과 닫힘, 흐름과 추락, 능동과 수동, 기억과 망각, 대상애와 나르시시즘, 삶 충동과 죽음 충동, 영원회귀 등의 요소들과 결부되며 복잡다기하면서도 거시적인 '형이상학적 사유'의 질서를 형성한다.

[『시인동네』, 2017]

---

5 들뢰즈는 현재 안에서 과거가 미래로 나아가는 '시간의 세 가지 종합'을 통해 수동적 종합을 규명한다. 시간의 첫번째 종합은 '현재'의 종합이고 '습관(하비투스Habitus)'을 구성하며 수동적 종합의 '정초'를 이룬다. 시간의 두번째 종합은 '과거'의 종합이고 '기억(므네모시네Mnémosyne)'을 구성하며 수동적 종합의 '근거'를 이룬다. 시간의 세번째 종합은 '미래'의 종합이고 '영원회귀'를 구성하며 수동적 종합의 '바탕'을 이룬다. 질 들뢰즈, 『차이와 반복』, 김상환 옮김, 민음사, 2004, pp. 169~220 참고. 들뢰즈의 '시간의 세 가지 수동적 종합'에 대한 고찰은 졸저, 『한국 모더니즘 시의 반복과 변주』, 소명출판, 2015, pp. 59~61을 참고할 것.

6 들뢰즈는 시간의 세 가지 수동적 종합을 무의식에 관한 프로이트의 이론과 연관시킨다. 이 논의에서 니체와 베르그송의 이론을 계승하고 재구성하여 프로이트의 이론과 대결하는 동시에 재해석하는 들뢰즈의 독창적인 관점이 잘 드러난다. 시간의 첫번째 종합은 '묶기'나 '끈', 즉 '리비도 집중'과 연관되고, 시간의 두번째 종합은 '잠재적 대상들'과 연관되며 '삶 충동'과 '기억'의 종합을 이룬다. 시간의 세번째 종합은 '죽음 충동'과 연관되며 '나르키소스적 자아'와 '죽음 충동'의 종합을 이룬다. 질 들뢰즈, 같은 책, pp. 220~62 참고. 들뢰즈가 자신의 시간 이론을 프로이트의 무의식 이론과 연관시키는 부분에 대한 고찰은 졸저, 같은 책, pp. 62~63을 참고할 것.

이질 혼재성과 불협화음의 어법
─ 김민정 시의 미학적 특이성

1. 김민정 시의 원리, 기법, 지향

김민정은 1999년 문예중앙 신인문학상에 「검은 나나의 꿈」 외 9편의 시가 당선되어 등단한 이후 『날으는 고슴도치 아가씨』(열림원, 2005), 『그녀가 처음, 느끼기 시작했다』(문학과지성사, 2009), 『아름답고 쓸모 없기를』(문학동네, 2016) 등의 시집을 상재했다.[1] 그녀는 첫 시집을 상재한 2000년대 중반부터 한국 전위 시의 새로운 징후를 보여주는 대표적인 시인들 중 하나로 평가되어왔다. 이 글은 시적 원리와 기법 및 지향의 측면에 주목하여 김민정 시의 미학적 특이성을 규명하고자 한다. 이 작업은 상재된 세 권의 시집을 대상으로 통시적인 고찰과 구조적인 고찰을 병행하면서 시적 전개상의 연속성과 변별성을 살피는 작업을 동반하면서 진행된다.

---

[1] 이하 김민정의 시는 첫 시집 『날으는 고슴도치 아가씨』(열림원, 2005), 두번째 시집 『그녀가 처음, 느끼기 시작했다』(문학과지성사, 2009), 세번째 시집 『아름답고 쓸모없기를』(문학동네, 2016) 등에서 인용하되, 시집은 제목 대신 출간된 순으로 번호를 달아 '(시집 번호: 페이지 수)'로 출처를 표시한다.

2. 분열과 증폭, 눈알의 시선과 반죽의 질료, 탈주와 주이상스

첫 시집 『날으는 고슴도치 아가씨』는 김민정 시의 원리 및 기법을 강도와 밀도 양면에서 함축하고 있다.[2] 김민정의 시는 무의식적 악몽의 드라마를 날것의 목소리로 들려준다. 그녀의 시가 보여주는 환상은 무의식적 욕망의 성취와 왜곡된 위장을 담고 있다. 이질 혼재성의 시적 원리는 무한히 증식하는 불협화음의 어법 안에서 분열되면서 동시에 증폭된다. 다음 시는 김민정 시의 원리 및 기법의 원형질을 엿볼 수 있는 실마리를 제공한다.

계란이 터졌는데 안 닦이는 창문 속에 네가 서 있어

언제까지나 거기, 뒤집어쓴 팬티의 녹물로 흐느끼는

내 천사

은총의 고문으로 얼룩진 겹겹의 거울 속 빌어먹을 나야
　　—「내가 그린 기린 그림 기림」 전문 (1: 12)

이 시의 핵심적인 이미지는 "창문"과 "녹물"이다. 화자인 "나"가 보는 "기린"은 "천사"처럼 순결하고 숭고한 존재이지만, "팬티의 녹물"처럼 저속하고 비열한 모습을 함께 보여준다. "은총의 고문"으로 요약

2　김민정의 첫 시집에 대한 분석 및 해석은 졸고, 「환상과 향유」, 『작가세계』 2007년 봄호; 『환상과 실재』, 문학과지성사, 2012, pp. 99~107에서 시도한 바 있다. 이 글이 김민정 시의 전개 양상에 따라 미학적 특이성을 탐색하려는 목적으로 진행되므로 첫 시집의 특이성을 요약적으로 제시한다.

되는 양가성 혹은 이율배반성은 우선 "창문"의 불투명성과 "거울"의 다중성에서 기인하고, 다음으로 "계란"의 혼돈과 "녹물"의 부패와 "얼룩"의 상처에서 기인한다. 이 시에서 주목할 점은 다음과 같다. 첫째, 김민정 시의 환상 체계를 형성하는 두 축은 '창문-거울'과 '계란-녹물-얼룩'이다. 둘째, '창문-거울'은 불투명성과 다중성의 원리를 가지고 '시적 시선'을 확보함으로써 무의식과 욕망의 무대를 투영한다. 셋째, '계란-녹물-얼룩'은 혼돈과 부패와 상처라는 정체성의 '시적 질료'를 '시적 시선'에 부착함으로써 불협화음과 이율배반이라는 무의식과 욕망의 특성을 규정한다. 넷째, '터진 계란'이 보여주는 정체성의 혼란과 카오스는 "은총"이자 "고문"이다. 자아의 동일성이라는 감옥에서 벗어나 "기린"의 동물-되기로 전개되는 탈주선ligne de fuite을 탈 수 있는 점에서 은총이라면, 혼돈에 갇혀 "녹물"과 "얼룩"의 상처로 남을 수 있는 점에서 고문이다.

결국 김민정의 시는 '창문-거울'의 '시적 시선'과 '계란-녹물-얼룩'의 '시적 질료'를 결합하고 그것이 낳은 불협화음과 이율배반을 자신의 운명으로 받아들임으로써, 육체적 섹슈얼리즘과 신체 절단의 엽기성, 동물-되기의 탈주선과 얼룩의 상처, 희극과 비극, 유희와 냉소가 동거하는 이질 혼재성의 무대극을 만들어낸다. 김민정 시의 환상 체계 내부에서 '창문-거울'의 '시적 시선'은 '눈알' 계열을 따라 복제·증식·전도 등을 거듭하며 전개되고, '계란-녹물-얼룩'의 '시적 질료'는 '반죽' 계열을 따라 변주·변형·변신 등을 거듭하며 전개된다. 먼저 '눈알' 계열을 따라가보자.

수거한 자선냄비 속에서 구세군은 두 개의 눈송이를 발견한다
혀끝으로 살살 핥아보아도 침 한 방울 흘리지 않는 눈송이, 끌어안고 있으면 꽁꽁 더 얼어붙는 눈송이, 어항 속에 던져 넣자 두 줄기

370

빛으로 번져나가는 두 개의 눈송이가 알 밴 금붕어들의 산란을 돕느라 땀을 뻘뻘 흘린다 올해도 어김없이 산타클로스가 된 구세군이 두 개의 눈송이를 자루에 담고 영락고아원을 방문한다 눈을 뜨기가 무섭게 양말 속에 손을 넣은 아이는 두 눈송이를 고무줄로 엮어 요요를 만든다 아이의 손에서 요요는 나날이 자란다 어제는 고아원을 들었다 놓더니 오늘은 지구를 감았다 푼다 눈 내리는 거리로 다시 나선 눈알 팔이 소년이 텅 빈 바구니를 들고 아이의 눈알을 구걸한다 아이의 요요가 눈알 팔이 소년의 뒤통수를 단번에 뻐개놓는다 눈알 팔이 소년의 뻥 뚫린 눈두덩에 가 박히는 요요 아이가 천천히 요요를 감아들였을 때 눈알 팔이 소년은 계란말이처럼 아이의 품 안으로 말려든다 눈알 팔이 소년이 눈꺼풀을 깜박거리자 찰칵찰칵 요요 안에 배터리 켠 감시용 카메라가 작동을 시작한다

　　―「눈 내리는 거리에 눈알 파는 소년들이 들끓었다」부분 (1: 27~28)

　이 시에서 "눈알"은 '복제'와 '증식'의 기제이다. 우리는 이 환상 내부의 무의식을 탐색할 필요가 있다. 등장인물들 사이에 벌어지는 사건을 순차적으로 정리하면, '증여-매매-감시-자선-구걸-폭력-존재 함입-카메라 작동'으로 요약될 수 있다. 환상은 개인적 욕망만을 실현하지 않고 사회적 인력을 개입시킨다. 따라서 이 시가 보여주는 환상 내부의 무의식에는 '증여/매매' '자선/구걸' 등 경제적 행위의 메커니즘과, '감시/폭력/존재 함입(구속)'이라는 사회적 억압의 메커니즘이 잠입해 있다. "눈알"이 "눈송이"-"요요"-"감시용 카메라"로 '복제'되고 '증식'하는 것은, 경제적·사회적 메커니즘과 연루되어 있는 개인적 욕망을 확인하고 인화하는 시적 시선의 작용에서 비롯된다. '낭만성(눈송이)' '유희(요요)' '통제(감시용 카메라)' 등의 이질적 의미망을 가로지르

는 "눈알"의 '복제'와 '증식'의 기제는 김민정 시의 환상에 접근하는 중요한 통로가 된다.

한편 환상이 진행되는 연상의 방식에도 주목해보자. "눈알"-"눈송이"-"요요"-"감시용 카메라"의 전개는 일정한 질서나 규칙을 가지고 있지 않다. "눈알"-"눈송이"는 '눈'이라는 동음이의어의 음운적 유사성에서 기인하고, "눈알"-"요요"는 형태적 유사성에서 기인하며, "눈알"-"감시용 카메라"는 '시선'이라는 의미적 유사성에서 기인한다. 수사학적 개념으로 말한다면, 등가성에 근거하는 '은유'와 인접성에 근거하는 '환유'를 전방위적으로 충돌시켜 무규칙적 자유 연상의 수사법을 시도한다. 이처럼 김민정 시의 환상은 비선형적인 자유 연상의 고리와 수사법에 의해 형성된다. 더구나 비약적인 공간 이동을 통해 변전되는 각각의 사건이나 이야기는, '눈알'의 시적 기제가 발생시키는 분열과 증식, 증폭과 전도 등을 통해 리좀적인 질적 복수성을 지닌 다양체로 형상화된다.

다음으로 '반죽' 계열을 따라가보자. 이 계열은 주로 빨고 먹고 마시고 소화하고 배설하는, 신체의 생리 작용을 중심으로 환상의 고리를 형성한다.

엄마의 누런 코를 삶은 조갯살이라며 아빠가 날름 핥아먹으며 웃는다 아빠의 계란흰자 같은 가래로 엄마가 미끈미끈 얼굴 마사지하며 웃는다 오븐이 돌아간다 둥글게 둥글게 중불에서 오븐이 돌아간다 시꺼멓게 살이 타고 빠삭빠삭 뼈가 익는다 불 더 줄여 줘 엄마 엄마가 빨간 다라이에 딸기향 고무반죽을 담아 발로 반죽한다 간간이 아빠가 오줌을 누어 고무반죽을 찰지게 한다 질겅질겅 쟁여 밟는 엄마의 발가락 사이사이로 고무송이가 열린다 아빠가 송이 하나를 떼어 껌처럼 씹더니 풍선을 분다 부풀부풀 풍선 속에서 세발자전거에 탄 아이들이 페달을 감아가며 신나게 달려 나온다 꼴락지로 세발자전거에 오른 내가 부풀부풀 풍선이 부풀기를 기다린다 풍선은 불다 찌그러지고 불다 쪼그라든다

　　　　　—「살수제비 끓이는 아이」부분 (1: 70~71)

　이 시는 한 편의 잔혹 가족극이다. 여기서 "누런 코"와 "가래"가 시각이 아니라 촉각에 의해 존재의 '환유'로서 작용한다는 점이 중요하다. "핥아먹으며 웃는다"와 "마사지하며 웃는다"는 엄마와 아빠가 상호 침투하며 '공모'하고 있음을 암시한다. 이 두 이미지는 "딸기향 고무반죽"을 거쳐 "풍선"으로 전이되는데, '고무반죽'이야말로 존재의 변형과 변신을 가능케 하는 질료이다. "세발자전거에 탄 아이들"은 '나'와 자매들의 유년 시절 분신이라고 볼 수 있다. '나'와 자매들은 엄마와 아빠가 합작하여 낳은 고무반죽과도 같은 존재이기 때문이다. 풍선이 "찌그러지고" "쪼그라"드는 것은 결핍과 좌절을 암시한다. 그 결과 "이미 죽은 내"가 엄마와 아빠의 몸을 절단하고 뼈와 살을 발라 살수제비를 끓여먹는 장면으로 시의 후반부가 전개된다. 이것은 결핍과 좌절을 강요한, 혹은 방관한 엄마와 아빠에 대한 복수극이라 할 만하다. 그러나 '부모-먹기'는 자기 존재의 기원으로 되돌아가려는 욕망의 발현이라고 볼 수도 있다. 이것은 화해와 재생이라기보다 끝도 시작도 없는 무(無)의 공간으로 진입하려는 무의식과 관련된다. 즉 쾌락 원칙보다 더 근본적인 무의식으로서 죽음 충동과 결합된 쾌락인 '주이상스'에 부합하는 것이다. 이처럼 '반죽'의 계열은 유기체적 존재의 동일성으로부터 벗어나 탈주하고 분열을 극대화함으로써 '기관 없는 신체'의 지각 불가능한 원형질에 이르는 과정을 보여준다.

3. 은유와 환유, 은밀한 서사적 윤곽, 꿈과 각성

두번째 시집 『그녀가 처음, 느끼기 시작했다』는 첫 시집에서 보여준 이질 혼재성의 시적 원리 및 불협화음의 어법을 완화된 양상으로 유지하면서 리좀적 수사법을 은유와 환유의 수사법으로 변주하는 흐름을 보여준다. 다시 말해, '눈알'의 '시적 시선'을 따라 복제·증식·전도를 거듭하고, '반죽'의 '시적 질료'를 따라 변주·변형·변신을 거듭하면서 강한 강도와 높은 밀도를 내장했던 첫 시집의 시적 원리 및 기법을 완화하는 동시에, 비선형적인 자유 연상을 통한 무규칙적 리좀의 수사법을 은유와 환유의 수사법으로 전개하면서 작품의 표면에 전경화한다. 이러한 흐름은 비약적인 자유 연상에 의해 잠재적으로 은폐되었던 내적 서사가 외부로 노출되면서 서사적 윤곽을 은밀히 가시화하는 양상과 연관되어 있다.[3] 두번째 시집의 시적 원리와 기법 및 지향은 크게 두 가지 유형으로 구분할 수 있다. 첫째 유형은 동음이의어를 활용하여 은유와 환유의 수사법을 전개하면서 상징계의 대타자를 냉소하고 풍자하는 방식이다. 그런데 이 유형의 시에서 정작 중요한 시적 의미나 주제는 은밀한 서사적 윤곽 속에 숨어 있다.

> 고비에 다녀와 시인 C는 시집 한 권을 썼다 했다 고비에 다녀와
> 시인 K는 산문집 한 권을 썼다 했다 고비에 안 다녀와 뭣 하나 못

---

3 두번째 시집의 이러한 흐름은 첫 시집 이후 김민정이 자신에게 주어진 두 길, 즉 '탈주와 주이상스' 및 '접속과 통합 간의 충돌' 중에서 후자에 비중을 두는 쪽으로 나아갔음을 의미한다. "이들에게는 두 가지 진로가 주어져 있는 것으로 보인다. 하나는 생성의 탈주선과 리좀적 수사법을 더 극단적으로 밀고 나감으로써 주이상스의 주체로서 기관 없는 신체에 진입하는 방향이고, 다른 하나는 재영토화가 지닌 도식의 함정을 넘어서면서 탈영토화와 재영토화 사이의 충돌을 강화하여 시적 긴장과 역동성을 얻는 방향이다. 전자는 탈주 운동이고, 후자는 접속과 통합 사이의 충돌이라고 말할 수 있을 것이다"라는 필자의 언급을 참고할 수 있다. 졸고, 「환상과 향유」, 같은 책, p. 118 참고.

읽는 엄마는 곱이곱이 고비나물이나 더 볶게 더 뜯자나 하시고 고비에 안 다녀와 뭣 하나 못 쓰는 나는 곱이곱이 자린고비나 떠올리다 시방 굴비나 사러 가는 길이다 난데없는 고비라니 너나없이 고비라니, 너나없이 고비는 잘 알겠는데 난데없는 고비는 내 알 바 아니어서 나는 밥숟갈 위에 고비나물이나 둘둘 말아 얹어 드리는데 왜 꼭 게서만 그렇게 젓가락질이실까 자정 넘어 변기 속에 얼굴을 묻은 엄마가 까만 제 똥을 헤쳐 까무잡잠한 고비나물을 건져 올리더니 아나 이거 아나 내 입 딱 벌어지게 할 때 목에 걸린 가시는 잠도 없나 빛을 보자 빗이 되는 부지런함으로 엄마의 흰머리칼은 해도 해도 너무 자라 반 가르마로 땋아 내린 두 갈래 길이라는데 어디로 가야 하나 조금만, 조금만 더 필요한 위로는 정녕 위로 가야만 받을 수 있는 거라니 그렇다고 낙타를 타라는 건 상투의 극치, 모래바람은 안 불어주는 게 덜 식상하고 끝도 없는 사막은 안일의 끝장이니 해서 나는 이른 새벽부터 고래고래 노래나 따라 부르는 까닭이다 한 구절 한 고비, 엄마가 밤낮없이 송대관을 고집하는 이유인 즉슨이다

    —「고비라는 이름의 고비」 전문 (2: 22~23)

  이 시의 표면적인 중심을 이루는 것은 "고비"라는 단어가 자유 연상의 흐름을 따라 '사막 이름'-'나물 이름'-'부사 곱게'-'고사성어 자린고비(吝嗇考妣)'-'노래의 한 대목 혹은 절정' 등의 의미를 가지는 동음이의어로 전개되면서 은유와 환유가 중첩되는 연쇄 고리를 형성하는 부분이다. 화자는 "고비" 사막에 다녀와 "시집 한 권"을 쓴 "시인 C"와 "산문집 한 권"을 쓴 "시인 K"에 대해 듣고, 그곳에 다녀오지 않은 자신과 "엄마"의 근황을 통해 시인들의 현실적 추세에 대해 냉소적 풍자를 시도한다. 이 시에서 "고비에 안 다녀와 뭣 하나 못 읽는 엄

마"와 "고비에 안 다녀와 뭣 하나 못 쓰는 나"는 대구를 이루는데, 이후 두 사람의 처지와 상황을 중심으로 대칭적 관계를 형성하면서 시상이 전개된다. 이 대칭적 관계는 동병상련이기도 하고 반포지효이기도 하며 일심동체이기도 한, 연민과 애정과 교감이 엇갈리는 복잡 미묘한 관계이다. 시의 표면적인 중심을 이루는 동음이의어를 통해 연쇄 고리를 형성하는 부분이나, 전반부에 잠재하다가 후반부에 이르러 노출되는 "식상하고" "안일"한 "사막"의 방식에 대한 냉소적 풍자보다 이 관계가 시에서 더 중요한 심층적인 주제를 형성한다고 볼 수 있다.

"곱이곱이 고비나물이나 더 볶게 더 뜯자"는 "엄마"와 "곱이곱이 자린고비나 떠올리다 시방 굴비나 사러 가는" "나"의 관계는, "밥숟갈 위에 고비나물이나 둘둘 말아 얹어드리는" "나"와 "자정 넘어 변기 속에 얼굴을 묻"고 "젓가락질"을 하면서 "까만 제 똥을 헤쳐 까무잡잡한 고비나물을 건져 올리"는 "엄마"의 모습으로 전개되고, "내 입 딱 벌어지게 할 때 목에 걸린 가시"로 귀결된다. "엄마"는 아마 노화의 단계를 거쳐 치매에 걸린 듯하고, "나"는 그녀와 동고동락하면서 복잡하고 미묘한 심리적 굴곡을 은폐하듯이 노출하고 있다. "빛을 보자 빗이 되는 부지런함"이라는 구절도 "빛"과 "빗"의 동음이의어로 자유 연상을 시도하면서 연쇄의 고리를 통해 "엄마의 흰머리칼"과 "반 가르마로 땋아 내린 두 갈래 길"로 전개되고, "어디로 가야 하나"라는 회의를 경유하여 "필요한 위로는 정녕 위로 가야만 받을 수 있는 거"라는 막다른 고통에 도달한다. 결국 "나"는 "엄마가 밤낮없이 송대관을 고집하"는 "한 구절 한 고비"에 맞추어 "이른 새벽부터 고래고래 노래나 따라 부르"고, 그 "까닭"을 "식상하고" "안일"한 "사막"의 방식에 대한 냉소적 풍자로 연결시킨다. 따라서 이 시는 표면적으로 세태 풍자처럼 보이지만 실상은 유희와 냉소, 희극과 비극, 운명에 대한 저항과 수락 등이 혼재하는 블랙 유머에 가까운 무대극의 시적 원리와 기법을 보여준다. 이

376

러한 관점에서 "자린고비"의 '고비(考妣)'가 '죽은 아버지와 어머니'를 뜻한다는 사실을 확인하는 것은, 리좀적 수사법을 은유와 환유의 수사법으로 변주하는 흐름이 동음이의어의 자유 연상을 따라 무의식적 언술을 전개하는 과정에서 우연과 필연, 무의미와 의미 등이 중첩됨으로써 시적 신비를 발생시킨다는 점을 음미하게 한다.[4]

　두번째 시집의 시적 원리와 기법 중에서 둘째 유형은 기존의 시나 예술 작품을 패러디하면서 극단적인 대비를 형성하고 도발적이고 엽기적인 악몽을 현시하는 방식이다. 이 유형의 시에서 중요한 시적 의미나 주제는 은밀한 서사적 윤곽 속에서 극단적인 대비가 동질성이나 조화와 상호 침투적으로 중첩되는 순간의 충격 효과로부터 생겨난다.

> 눈이 내리고
> 내리는 눈이니 나는
> 잠이나 잘까 하였는데
> 쌓이는 눈이니 나는
> 꿈에나 들까 하였는데
>
> 눈이 내리고
> 내리는 눈 따라 걸어가는
> 소녀의 발자국은 온데간데없고
> 쌓이는 눈 위로 주저앉은
> 소녀의 엉덩이는 젖지 않는 기적이라

4　두번째 시집에서는 이 유형에 속하는 시가 주류를 형성하는데, 대표적인 작품으로 「화두냐 화투냐」 「아내라는 이름의 아, 네」 「오빠라는 이름의 오바」 「젖이라는 이름의 좆」 「남편이라는 이름의 남의 편」 「복수라는 이름의 악수」 「강박은 광박처럼,」 「끝이라는 이름의 끗」 「피해라는 이름의 해피」 「시라는 이름의 시답지 않음」 등을 들 수 있다.

채찍 소리 들리고

들리는 채찍 소리이니 나는

잠이나 깰까 하였는데

깨는 잠이니 나는

꿈에나 날까 하였는데

채찍 소리 들리고

들리는 채찍 소리 맞춰 뜀을 뛰는

소녀의 발장단은 가여워도 가엾으니

그친 채찍 소리 위로 똬리 튼

소녀의 줄넘기는 잿밥처럼 첫눈이라

　　　　—「왕십리, 그 밤—소월 풍으로」 전문 (2: 88~89)

　이 시는 김소월의 시 「왕십리」를 패러디하면서 전반부(1~2연)와 후반부(3~4연) 간의 극단적인 대비를 형성하고 도발적이고 끔찍한 악몽을 현시한다. 김소월의 「왕십리」가 가지는 시적 묘미는 리듬의 효과가 분위기 및 화자의 감응과 조응하면서 발생한다. 시행 엇붙임 enjambement의 리듬 효과가 표면적 시어들과 내적 감응 간의 굴곡과 결부되면서, 여름 장마의 심란함 속에서 상념에 빠진 화자가 님에 대한 갈망과 좌절을 비애와 근원적 한의 정서로 표현하는 것이다. 인용한 시는 이러한 시작 기법을 활용하면서 꿈과 각성 간의 충격 효과, 즉 무의식과 의식을 충돌시킴으로써 미학적 효과를 가미한다.

　전반부는 김소월의 「왕십리」 1연인 "비가 온다/오누나/오는 비는/올지라도 한 닷새 왔으면 좋지"의 의미와 리듬을 "잠"과 "꿈"의 형식으로 패러디하는 반면, 후반부는 "잠에서" 깨고 "꿈에나" 나는 형식으로 패러디한다. 전반부가 희망적인 꿈이라면 후반부는 끔찍한 각성의 세계인 셈이다. 전반부에서 화자는 "내리는 눈"에 "잠이나 잘까 하"고 "쌓이는 눈"에 "꿈에나 들까 하"는데, "내리는 눈 따라 걸어가는/소녀의 발자국"은 사라지고 "쌓이는 눈 위로 주저앉은/소녀의 엉덩이는 젖지 않"는다. "젖지 않"는 "소녀의 엉덩이"는 꿈속의 장면이지만, 그것을 "기적"이라고 생각하는 것은 화자의 무의식이라고 볼 수 있다. 이 무의식의 세계는 밝고 긍정적인 미(美)의 차원과 연관한다. 그런데 후반부에서 화자는 "들리는 채찍 소리"에 "잠이나 깰까 하"고 "깨는 잠"에 "꿈에나 날까 하"는데, "들리는 채찍 소리 맞춰 뜀을 뛰는/소녀의 발장단"은 "가엾"다. "가엾"는 "소녀의 발장단"은 각성한 화자의 눈에 비친 장면이지만, 그것을 "가여워"하는 것은 화자의 감응이라고 볼 수 있다. 이 의식의 세계는 어둡고 잔혹한 추(醜)의 차원과 연관한다.

"그친 채찍 소리 위로 똬리 튼/소녀의 줄넘기는 잿밥처럼 첫눈이라"라는 마지막 구절은, 전반부의 미의 차원과 후반부의 추의 차원이라는 양극을 충돌시키면서 시적 서사 및 주제를 압축적으로 표출한다. 김소월의 「왕십리」 마지막 구절인 "구름도 산마루에 걸려서 운다"가 풍경의 이미지와 화자의 감응을 절묘하게 결부시켜 시적 주제인 이별의 정한을 표현한다면, 인용한 시의 마지막 구절은 "소녀의 줄넘기"라는 현실적 장면과 "잿밥처럼 첫눈"이라는 화자의 무의식적 환상을 절묘하게 충돌시켜 충격 효과를 얻는 것이다. 따라서 이 시는 표면적으로 전반부와 후반부의 양극이 대비를 이루면서 대칭적으로 구조화되어 있는 듯하지만, 마지막 두 행에서 양극이 한자리에서 충돌하는 충격 효과를 통해 꿈과 각성, 무의식과 의식, 미와 추 간의 간극과 균열을 중첩시키는 몽타주에 가까운 무대극의 시적 원리와 기법을 보여준다. 이러한 관점에서 "채찍 소리"가 "소녀의 줄넘기" 소리였다는 사실을 확인하는 것은, 리좀적 수사법을 은유와 환유의 수사법으로 변주하는 흐름이 패러디를 통해 도발적이고 엽기적인 악몽을 현시하는 과정에서 꿈과 각성, 무의식과 의식, 미와 추 등이 중첩됨으로써 시적 신비를 발생시킨다는 점을 음미하게 한다.[5]

4. 반복과 변주, 시간적 몽타주, 무의식적 충동의 심연

세번째 시집 『아름답고 쓸모없기를』은 두번째 시집이 보여준 은유와 환유의 수사법과 은밀한 서사적 윤곽을 지속하면서 '반복과 변주'의 시적 원리를 통해 복합적이고 중층적인 주름을 내장하여 더 강한 강도와 높은 밀도를 얻는다. 다시 말해, 반복과 변주를 통해 은유와 환유라는 언어적 방법론에 필연과 우연이라는 의미적 진폭을 개입시키고, 이러한 연쇄의 고리들이 시간의 흐름 속에서 중첩되거나 변신하는 순간들을 삶에 밀착된 시어로 포획하는 것이다. 시적 화자는 자유 연상을 통해 중심 이미지, 모티프, 사건, 감응 등을 반복하고 변주하면서 과거·현재·미래의 장면들을 상동성 및 차이에 근거하여 상호 중첩시키거나 비약적으로 이동시키는데, 이러한 시적 기법을 '시간적 몽타주'라고 부를 수 있을 것이다. 김민정의 시는 이러한 시적 원리와 기법을 통해 궁극적으로 '무의식적 충동의 심연'을 드러내는 동시에 은폐한다. 따라서 세번째 시집의 미학적 특이성은 시적 원리로서 '반복과 변주', 기법으로서 '시간적 몽타주', 지향으로서 '무의식적 충동의 심연'으로 요약할 수 있다.

이러한 관점에서 세번째 시집에 실린 작품들을 유형화한다면, 가장

---

5 두번째 시집에서 이 유형에 속하는 시로는 「할머니, 사내들, 그의 아내, 그리고 그녀의 딸—피터 그리너웨이 풍으로」 「나미가 나비를 부를 때」 「페니스라는 이름의 페이스」 「정현종탁구교실」 「이상은 김유정」 등을 들 수 있다.

단순한 형태로부터 가장 복잡한 형태에 이르기까지 수많은 유형이 설정될 수 있을 정도로 폭넓은 스펙트럼을 가진다. 이 글은 그 스펙트럼 중에서 큰 비중을 차지하는 세 가지 유형을 중점적으로 살펴보기로 한다. 첫째 유형은 일상의 경험에서 촉발되는 사건이나 사물에 대한 연상을 은유와 환유의 수사법으로 표현하면서, 우리 즉 나와 너의 인간적 관계를 사유하는 방식이다. 이 유형의 시에서 중요한 시적 의미나 주제는 은유 및 환유의 고리를 이루는 이미지들 간의 간격이나 공백에 숨어 있다.

지지난 겨울 경북 울진에서 돌을 주웠다
닭장 속에서 달걀을 꺼내듯
너는 조심스럽게 돌을 집어들었다
속살을 발리고 난 대게 다리 두 개가
V자 안테나처럼 돌의 양옆 모래 속에 꽂혀 있었다
눈사람의 몸통 같은 돌이었다
야호 하고 만세를 부르는 돌이었다

물을 채운 은빛 대야 속에 돌을 담그고
들여다보며 며칠을 지냈는가 하면
물을 버린 은빛 대야 속에 돌을 놔두고
들여다보며 며칠을 지내기도 했다

먹빛이었다가 흰빛이었다가
밤이었다가 낮이었다가
사과 쪼개듯 시간을 반토막 낼 줄 아는
유일한 칼날이 실은 돌이었다

필요할 땐 주먹처럼 쥐라던 돌이었다
네게 던져진 적은 없으나
네게 물려본 적은 있는 돌이었다
제모로 면도가 불필요해진 턱주가리처럼
밋밋한 남성성을 오래 쓰다듬게 해서
물이 나오게도 하는 돌이었다

한창때의 우리들이라면
없을 수 없는 물이잖아, 안 그래?

물은 죽은 사람이 하고 있는 얼굴을 몰라서
해도 해도 영 개운해질 수가 없는 게 세수라며
돌 위에 세숫비누를 올려둔 건 너였다
김을 담은 플라스틱 밀폐용기 뚜껑 위에
김이 나갈까 돌을 얹어둔 건 나였다
돌의 쓰임을 두고 머리를 맞대던 순간이
그러고 보면 사랑이었다
　　─「아름답고 쓸모없기를」 전문 (3: 8~9)

　　시적 화자의 사유는 "지지난 겨울 경북 울진에서 돌을 주"운 경험
에서부터 촉발된다. 시상의 흐름은 연상의 고리를 따라 "돌"-"물"-
"빛"-"너"-"나"-"사랑"의 중심 이미지를 통해 이루어진다. 1연은
"돌"이라는 중심 대상에 대한 경험을, 2연은 이 대상에 "물"과 "빛"
의 이미지가 결부되는 시간적 흐름에 대한 경험을 제시한다. 3~4연은
"밤"과 "낮"의 분절 및 "남성성"과 연관하여 "물이 나오게" 하는 "한
창때의 우리들"의 관계를 보여준다. 그리고 5연에서 "돌"을 생활 속에

서 활용하는 "너"와 "나"의 차이에 대해 말하면서, "돌의 쓰임을 두고 머리를 맞대던 순간"이 "사랑이었다"라는 사유에 도달한다. 여기서 중요한 부분은 연상을 통해 표면적으로 "돌" "물" "빛" 등의 사물 혹은 물질적 이미지에 대한 경험이나 사유를 형상화하면서, 내면적으로는 "너"와 "나"의 관계를 중심으로 "사랑"의 경험이나 사유를 형상화한다는 점이다. 전자가 '야콥슨적 환유'[6]에 근거한다면, 후자는 '라캉적 환유'[7]에 근거한다.

좀더 자세히 말하면, 1연에서 "조심스럽게 돌을 집어들었"던 것은 "너"이고, 화자는 이러한 행위 및 "돌"과 주변의 모습을 바라보는 관찰자의 위치에 있다. 2연에서 화자는 "돌"을 "물을 채운 은빛 대야 속에" "담그"거나 "물을 버린 은빛 대야 속에" "놔두고" "들여다"봄으로써, "돌"의 형상에 "물"과 "은빛"의 이미지를 결부시킨다. "은빛"의 이미지는 3연에서 "먹빛"과 "흰빛" "밤"과 "낮" 등의 이미지로 이동하면서 시간을 분절하거나 공격적인 폭력의 도구로서 "돌"의 속성을 사유하는 데 이른다. 그 연장선에서 "네게 물려본 적은 있는 돌"과 "밋밋한 남성성을 오래 쓰다듬게 해서/물이 나오게도 하는 돌"이라는 돌발적인 연상을 통해 "돌"과 "물"의 의미 맥락이 비약적으로 전이된다. 이때 4연에서 은폐되어 있던 "나"와 "너"의 관계가 "한창때의 우리들이라면/

---

6 체계로서의 언어는 통합적 관계와 계열적 관계에 지배된다는 소쉬르의 언어학을 수용한 야콥슨은, 언어 행위의 두 가지 근본적 배열 방식을 선택과 결합으로 간주한다. 여기서 선택의 근간은 '등가성, 유사성과 상이성, 동의어와 반의어 따위'이고, 결합의 근간은 '인접성'이다. 선택은 유사성을 바탕으로 단어들 사이에 연상이 만들어지면 한 단어가 다른 단어로 대체될 수 있는 것을 말하고, 결합은 각 언어 단위가 보다 복잡한 단위 속에서 자신의 문맥을 찾아내어 연결하는 관계성을 말한다. 야콥슨은 유사성에 근거한 선택 관계의 표현을 '은유', 인접성에 근거한 결합 관계의 표현을 '환유'라고 언급한다. 로만 야콥슨, 「언어학과 시학」, 『문학 속의 언어학』, 신문수 편역, 문학과지성사, 1989, pp. 50~91 참고. 로만 야콥슨의 은유와 환유에 대한 자세한 분석은 졸고, 「정신분석 비평과 수사학」, 『문학과 수사학』, 소명출판, 2011, pp. 66~69를 참고할 것.

7 '라캉적 환유'에 대해서는 이 책의 p. 248의 각주 2를 참고할 것.

없을 수 없는 물"에 이르러 성적 욕망의 맥락과 더불어 도발적으로 노출된다. 이처럼 시간의 경과를 통해 "돌"-"물"-"빛"-"너"-"나"-"사랑"으로 이동하는 연상은 인접성에 근거하는 야콥슨적 환유에서부터 생략과 결여와 욕망을 중심으로 형성되는 라캉적 환유로 전이되는데, 시적 의미나 주제는 이미지들 간의 인접성이 생략과 결여와 욕망으로 전이되는 과정의 간격이나 공백 속에 은밀히 숨어 있다.

5연은 "돌 위에 세숫비누를 올려둔" "너"와 "김을 담은 플라스틱 밀폐용기 뚜껑 위에" "돌을 얹어둔" "나"에 대해 말한다. 두 사람의 "돌"의 용도는 "물은 죽은 사람이 하고 있는 얼굴을" 모른다는 "너"의 생각과 "김을 담은" "용기 뚜껑 위에" "김이 나갈까 돌을 얹어"두는 "나"의 생각에 의해 정확한 의미로 환원하기 어려운 어떤 공백과 결여를 드러낸다. 이것을 굳이 의미로 표현한다면, 삶의 비극적 차원과 희극적 차원, 혹은 죽음 충동적 심연과 삶 충동적 원천이 공존하면서 상충하는 독특한 시적 차원과 연관되는데, 이로부터 상황적 아이러니와 언어적 아이러니가 중첩되면서 유머를 발생시키는 미학적 효과가 생겨난다. "돌의 쓰임을 두고 머리를 맞대던 순간"을 "사랑이었다"라고 깨닫는 화자의 경험이 과거를 회상하는 현재의 기억이라는 점에서, 이 시가 시간의 흐름에 따라 야콥슨적 환유에서 라캉적 환유로 전이되는 방식으로 '시간적 몽타주'를 형상화한다는 점을 확인할 수 있다. "돌"-"물"-"빛"이라는 물질적 이미지의 표면적인 환유가 "너"-"나"-"사랑"이라는 존재적 관계의 내면적인 환유로 비약적인 이동을 감행하는 것이다. 「아름답고 쓸모없기를」이라는 제목이 "돌"로 대표되는 사물 이미지뿐만 아니라 "사랑"으로 대표되는 존재 관계에도 적용되고, 더 나아가 시인 자신의 '작품'에도 적용된다는 점에서, 김민정 시의 중요한 원리와 기법으로서 두 가지 환유 간의 이동이 작용함을 재확인시킨다.[8]

세번째 시집의 시적 원리와 기법 중에서 둘째 유형은 절기를 모티프로 삼아 시간의 흐름 속에서 과거의 기억, 현재의 경험, 미래의 예감 등을 시간적 몽타주의 장면으로 포획하는 방식이다. 이 방식을 통해 각각의 순간들을 그 닮음과 변모의 양상에 따라 우연과 필연의 겹침으로 드러냄으로써, 숨어 있던 삶의 진실과 세계의 비밀을 순간적으로 드러낸다. 이 유형의 시에서 중요한 시적 의미나 주제는 절기가 반복되고 변주되는 리듬 속에서 우연과 필연의 겹침을 통해 노출되는 동시에 숨겨진다.

> 머리가 희게 센 할머니가
> 매실차 세 잔을 탁자에 놓고 갔다
> 사모님은 아니라고 했다
> 잔의 크기며 모양새가 제각각이었는데
> 서두르는 이가 없어
> 가장 큰 잔을 내가 들었다
> 뜨시지도 차지도 않았다
>
> (……)
>
> 넓적한 갈색 뿔테안경 너머 깡마른 선생은
> 손잡이 없는 작은 표주박과 닮아 있었다
> 작고 오목한 것이

---

8 세번째 시집에서 이 유형에 속하는 시로는 「우수의 소야곡」 「그럼 쓰나」 「시의 한 연구」 「봄나물 다량 입하라기에」 「시를 재는 열두 시간」 「냄새란 유행에 뒤떨어지는 것」 「'보기'가 아니라 '비기'가 싫다는 말」 「자기는 너를 읽는다」 「그대는 몰라」 「1남 2녀의 둘째 같은 거」 「놋」 「계집이고 새끼고 깜빡이 좀 켜라」 등을 들 수 있다.

애초에 물을 퍼낼 용도가 아니라
전주한지박물관에 진열되어 있던
철제 금속으로 형을 뜬 장식용 박 같았다

〔……〕

나는 들고 간 민음사판 『김춘수 시전집』에서
선생의 시 「은종이」에 끼워뒀던
은색 껌종이를 꺼내어 접었다 폈다,
사지 달린 은색 거북이 한 마리
댁네 탁자에 놓아두고 왔다

훗날 선생은 1999년 4월 5일 새벽 5시경이라
아내의 임종을 기억해내시었다

우리가 처음 본 게 언제였더라?
오랜만에 만난 사진작가와 술잔을 기울이다
1999년 이른 봄쯤이라는 계산을 마치는 데는
선생의 아내 사랑이 컸다
　　　　　—「춘분 하면 춘수」 부분 (3: 14~15)

　이 시는 '닮음'과 '나눔(分)'이라는 두 가지 모티프를 중심으로 전개
된다. 「춘분 하면 춘수」라는 제목에서 "춘(春)"이라는 글자의 '닮음'에
는 기표뿐만 아니라 기의의 겹침도 작용한다. 그리고 '춘분(春分)'은 '태
양이 적도 위를 똑바로 비추어 낮과 밤의 길이가 같고 추위와 더위가
같은 절기'이므로, '둘로 나눈다'는 의미를 내포한다. '닮음'의 차원에서

"매실차"를 담은 "잔의 크기며 모양새가 제각각"인 것은 사람들의 외모나 성품이 개성을 가지는 것과 겹친다고 해석할 수 있고, "갈색 뿔테 안경 너머 깡마른 선생"이 "손잡이 없는 작은 표주박"을 "닮"은 것도 외형 및 성품의 겹침을 동반한다고 볼 수 있다. 이러한 겹침 혹은 닮음을 포착하는 시적 방법론은 일단 유사성에 근거하는 야콥슨적 은유에 가깝다. 그런데 이 차원은 두 가지 측면에서 기표의 대체, 억압과 긴장, 의미의 효과 등을 중심으로 형성되는 라캉적 은유로 전이된다. 첫째 측면은 김춘수 시인의 아내 사랑에 호응하여 그녀의 건강을 기원하는 화자의 심정이고, 둘째 측면은 시간의 흐름 속에서 절기가 반복되면서 상동성을 포착하는 시간적 계기이다. 이러한 과정을 거쳐 '나눔'의 모티프가 가시화되는데, 박을 둘로 나누어 만드는 것이 "표주박"이고, 부부의 관계를 분절하는 것이 '죽음'의 상황이기 때문이다.

화자는 위독한 아내에게 지극한 애정을 보여주는 시인을 위해 그의 시집에서 "시 「은종이」"에 끼워두었던 "은색 껌종이"로 "거북이 한 마리"를 접어 "탁자에 놓아"둔다. 김춘수의 시 「은종이」는 "책장을 넘기다 보니 은종이가 한 장 끼어 있었다"라는 부제목하에 "활자 사이를" "가고 있는" "한 마리" "코끼리"를 제시하는 작품이다. 이 시에는 "잠시 길을 잃을 뻔하다가/봄날의 먼 앵두밭을 지나/코끼리는 활자 사이를 여전히/가고 있다"라는 묘사가 등장한다. 화자는 "봄"이라는 계절, "책장" 사이에 낀 "은종이", 방황하다가 여정을 지속하는 모습 등의 상동성에 근거하여 김춘수의 시를 패러디하면서, "코끼리"를 "거북이"로 변주시켜 김춘수 부인의 건강과 장수를 기원하는 무의식을 압축적으로 표현한 것이다. 그런데 김춘수가 "은종이"를 시적 이미지로 활용한 것은 그가 중요한 인물 모티프로 채택한 이중섭의 은지화, 즉 담뱃갑 안의 은박지에 그린 그림에서 착상을 얻은 것이다. 이중섭의 그림에는 "코끼리"가 등장하지 않고 '소'가 대표적인 동물로 등장한다. 따라서 이중섭-김춘수-김민정으로 이어지는 두 겹의 패러디는 '담뱃갑 안의 은박지'-'은종이'-'은색 껌종이'라는 유사성에 근거하는 야콥슨적 은유에 '소'-"코끼리"-"거북이"라는 기표의 대체, 억압과 긴장, 의미의 효과 등을 중심으로 형성되는 라캉적 은유가 개입한다고 볼 수 있다.

한편 "훗날 선생은 1999년 4월 5일 새벽 5시경이라/아내의 임종을 기억"했는데, 춘분이 대략 양력 3월 21일 전후이므로 화자는 "오랜만에 만난 사진작가와" "처음 본 게" "1999년 이른 봄쯤이라는 계산"을 하게 된다. 기억 혹은 연상의 원리는 계절의 순환에 의거하여 우연과 필연의 겹침을 통해 현실화되는 것이다. 이 시의 결구는 "계산을 마치는 데는/선생의 아내 사랑이 컸다"라는 문장으로 마무리되는데, 시간의 흐름 속에서 우연을 필연으로 고정시키는 것이 "사랑"의 힘이라고 볼 수 있다. 따라서 의미와 무의미, 의식과 무의식이 교직하면서 전개되는 이 시는 '시인의 사랑'과 '계절의 순환'이라는 두 차원에 의해 야콥슨적 은유에서 라캉적 은유로 전이되는 동력이 발생하는 것이다.[9]

세번째 시집의 시적 원리와 기법 중에서 셋째 유형은 중심 이미지, 모티프, 사건, 감응 등을 반복하고 변주하는 과정을 병렬·연쇄·점층·결합 등의 언술 구조를 통해 전개하면서 시간적 몽타주를 만드는 방식이다. 반복과 변주의 시적 원리를 시간적 몽타주 기법으로 펼침으로써 과거와 현재와 미래의 장면들을 압축적으로 응축시키거나 비약적으로 이동시키는 것이다. 이 유형의 시에서 중요한 시적 의미나 주제는 자유 연상이 가지는 라캉적 은유 및 환유의 흐름에 필연과 우연이라는 자장이 결부되면서 의미와 무의미가 충돌할 때 순간적으로 드러난다.

---

9 세번째 시집에서 이 유형에 속하는 시로는 「엊그제 곡우」 「망종」 「오늘 하지」 「대서 데서」 「복과 함께」 「입추에 여지없다 할 세네갈산(産)」 「상강」 「농업인의 날」 「동지」 등을 들 수 있다.

1

〔……〕

그래서 빨리기 바빴던

수많은 유방들의 속사정

아프다

몹시 문란하지 않으면

가족은 탄생할 수 없다

〔……〕

그 순간 미처 걷지 못한

불쌍한 빨래들이

백기처럼

펄럭펄럭

손을 흔든다

꼭 엄마 같은 그림자다

이 깜깜한 밤

기어이

청기를 찾겠다고 나갔다가

여태 안 돌아오는,

2

〔……〕

한 사람이 지나갔다

그를 따라갔던 소녀다

아프다

몹시 문란하지 않으면

사랑은 탄생할 수 없다

〔……〕

레이스 잠옷을 입은 한 소녀의

카디건이

허공중에 붕 뜬다

꼭 엄마 같은 그림자다

맨드라미 진하게 꽃 핀

양탄자를 턴다고 나갔다가

여태 안 돌아오는,

3

〔……〕

부리로 여자를 잘게 쪼겠지

아프다

몹시 문란하지 않으면

이해는 탄생할 수 없다

〔……〕

닿을 수 없는 곳에서

빨간 하이힐 한 짝

허공중에 붕 뜬다

꼭 엄마 같은 그림자다

난간 타고 아슬아슬

떨어진 고추 줍겠다고 나갔다가

여태 안 돌아오는,

　　——「밤에 뜨는 여인들」 부분 (3: 41~47)

이 시는 총 4장으로 구성된 장시로, 각 장마다 내부에 동일한 구문들을 근간으로 반복과 변주를 시도하고, 다시 각각의 장 간에도 동일한 구문들을 근간으로 반복과 변주를 시도한다. 두 겹의 반복과 변주의 언술 구조를 가지는 셈이다.

1장에서 화자는 "바다에 뛰어든 흰 남방처럼/희부연 해파리"라는 구절을 반복하며 "눈송이"와 "빨래"를 중첩시키고, 이를 "윗집에서 쏟아버린 순두부를/고스란히 뒤집어쓴 티셔츠일까"라는 구절로 변주하면서 그 "스밈"으로부터 "빨리기 바빴던/수많은 유방들의 속사정"을 연상한다. "흰 남방"–"희부연 해파리"–"눈송이"–"빨래"–"순두부"–"티셔츠"–"유방"으로 이어지는 연상은 기표의 대체, 억압과 긴장, 의미의 효과 등을 중심으로 형성되는 라캉적 은유에서 생략과 결여와 욕망을 중심으로 형성되는 라캉적 환유로 전환된다. 라캉적 은유와 환유의 연쇄 고리가 의미와 무의미를 교직하면서 도발적인 비약을 통해 "몹시 문란하지 않으면/가족은 탄생할 수 없다"라는 일종의 아포리즘에 도달한다. "유방들의 속사정"으로부터 "가족"의 "탄생"을 연상하고, "불쌍한 빨래들이/백기처럼" "손을 흔"들 때 "청기를 찾겠다고 나"간 "엄마 같은 그림자"를 연상하는 시상의 전개는, 라캉적 환유의 속성인 수수께끼 같은 무의식적 충동의 심연을 풍크툼으로 드러낸다.

2장에서 화자는 "호빵이 쪄지"는 "통 앞에서" 그것을 기다리는 "소녀"의 "팔목에 묶인" "흰색 브래지어"를 제시하고, "우윳빛/시큼한/소녀의 냄새가/퀴퀴하다"라고 묘사한다. 그리고 "한 사람이 지나갔다/그를 따라갔던 소녀다"라는 문장에 "또"를 첨가하여 재차 반복한다. "호빵"–"흰색 브래지어"–"우윳빛/시큼한/소녀의 냄새"–"한 사람"을 "따라갔던 소녀"로 이동하는 연상은 라캉적 은유와 라캉적 환유를 중첩하면서 모종의 성적 사건을 은폐하는 동시에 노출한다. 라캉적 은유와 환유가 충돌하고 의미와 무의미가 교직하면서 "몹시 문란하지 않으면/사랑은 탄생할 수 없다"라는 도발적인 아포리즘에 도달한다. "시큼한/

소녀의 냄새"로부터 "사랑"의 "탄생"을 연상하고, "소녀의/카디건이/허공중에 붕" 뜰 때 "맨드라미 진하게 꽃 핀/양탄자를 턴다고 나"간 "엄마 같은 그림자"를 연상하는 시상의 전개는, 라캉적 환유의 속성인 무의식적 충동의 심연을 풍크툼으로 드러낸다.

3장에서 화자는 "곯은 참외의 맛"을 "구리다고 표현"하고, "아들이 자고 있는 여자의/침대 위에 뛰어들며" "꺼져!/네가 싫어! 젤로 구려!"라고 말하는 장면을 제시한다. "여자는 잠에서 깨"어 "아들의 뺨을 때리는 데 성공"하고, "아들"은 "거위 몇 마리를 풀어/여자를 물게 하는 꿈을" 꾸면서 "부리로 여자를 잘게 쪼"는 무의식적 욕망을 표현한다. "곯은 참외"–"구림"–"아들"의 도발–"여자"의 처벌–"아들"의 복수로 이동하는 연상은 라캉적 은유와 라캉적 환유를 중첩하면서 모종의 가족적 갈등의 사건을 은폐하는 동시에 노출한다. 라캉적 은유와 환유가 충돌하고 의미와 무의미가 교직하면서 "몹시 문란하지 않으면/이해는 탄생할 수 없다"라는 도발적인 아포리즘에 도달한다. "빨간 하이힐 한 짝/허공중에 붕" 뜰 때 "난간 타고" "떨어진 고추 줍겠다고 나"간 "엄마 같은 그림자"를 연상하는 후반부의 전개는, 라캉적 환유의 속성인 무의식적 충동의 심연을 풍크툼으로 드러낸다.[10]

이처럼 김민정의 세 권의 시집을 대상으로 통시적인 고찰과 구조적인 고찰을 병행하면서 시적 전개상의 연속성과 변별성을 살펴보면, 첫 시집에 배태되었던 시적 원리와 기법의 원형질이 발생과 진화의 과정을 밟으며 시적 강도가 강화되고 밀도가 높아지는 방향으로 전개되고 있음을 알 수 있다. 첫 시집에서 보여준 이질 혼재성의 시적 원리와 불협화음의 어법이, '분열'과 '증폭'을 동시에 진행하면서 두번째 시집에서 '은유'와 '환유'의 수사법 및 은밀한 서사적 윤곽으로 전개되었다면,

---

10 세번째 시집에서 이 유형에 속하는 시로는 「수단과 방법으로 배워갑니다」 「들고 나는 사랑의 패턴」 「시집 세계의 파편들」 「소서라 치자」 「삼합」 등을 들 수 있다.

그 연장선에서 세번째 시집은 '반복'과 '변주'의 시적 원리를 통해 필연과 우연이라는 의미적 진폭을 부과하면서 시간적 몽타주 기법을 통해 무의식적 충동의 심연을 드러내는 동시에 은폐한다. 따라서 세 권의 시집에 내장된 미학적 특이성으로서 시적 원리는 '분열과 증폭' '은유와 환유' '반복과 변주' 등으로, 시적 기법은 '눈알의 시선과 반죽의 질료' '은밀한 서사적 윤곽' '시간적 몽타주' 등으로, 시적 지향은 '탈주와 주이상스' '꿈과 각성' '무의식적 충동의 심연' 등으로 요약해볼 수 있을 것이다. 김민정의 시가 또다시 어떤 방향으로 시적 원리와 기법 및 지향을 전개해나가는지 '은종이'를 '접어두는' 마음으로 함께 지켜보기로 하자.

[『시인동네』, 2018]

주이상스와 윤리, 시적 질문의 두 차원
─ 김안 시의 원리와 특이성

1. 김안 시의 연속성과 변별성

김안은 2004년 현대시 신인추천작품상에 당선되어 등단한 이후 활발한 시작 활동을 전개하면서 첫 시집 『오빠생각』(문학동네, 2011)과 두번째 시집 『미제레레』(문예중앙, 2014)를 상재했고,[1] 현재까지도 왕성한 창작 활동을 지속하고 있다. 그는 등단한 2000년대 중반부터 한국 현대시의 새로운 징후를 보여주는 시인들 중 하나로 주목받았는데, 첫 시집 출간 이후에 일종의 시적 전회에 해당하는 변모를 통해 또 다른 여정을 밟고 있다. 따라서 김안의 시 세계를 시기 구분하는 것은 아직 시기상조이지만, 첫 시집과 두번째 시집에 실린 시들 간의 연속성 및 변별성을 고찰하는 것은 김안 시의 특성을 해명하는 하나의 방법이 될 수 있다. 이 글은 김안의 시 세계를 조명하기 위해 시적 원리, 특이성, 기법 및 주제 등을 중심으로 첫 시집과 두번째 시집을 분석해보고자 한다.

---

1 이하 김안의 시는 『오빠생각』(문학동네, 2011), 『미제레레』(문예중앙, 2014)에서 인용하되, 시집은 제목 대신 출간된 순으로 번호를 달아 '(시집 번호: 페이지 수)'로 출처를 표시한다.

2. 주이상스에 대한 질문, 의미(인간) 이전의 감각과 감응, 음악과 침묵

첫 시집 『오빠생각』은 김안 시의 원리, 특이성, 기법 등을 엿볼 수 있는 원형질을 함축하고 있다. 여기서 김안의 시는 상징계에 균열을 내는 실재the real[2]에 대한 잠재적 질문을 토대로 배태된다. 실재는 상징계를 대표하는 언어적 질서 이전의 카오스의 세계인데, 이 영역에 근접하기 위해서는 의미 이전의 언어를 표출하면서 주이상스[3]를 경험하는 무의식적 탐색을 시도해야 한다. 따라서 첫 시집에 수록된 시들을 지배하는 시적 원리는 '주이상스'를 통과하여 '실재'와 만나려는 '무의식적 질문'이고, 이 원리에 의해 구현되는 시적 특이성은 '의미 이전의 언어'로서 감각과 감응affect의 흔적이다. 다음의 시는 감각과 감응이라는 언어적 특이성이 '음악'이라는 기법을 파생시키는 경우를 보여준다.

> 당신은 나를 향해 몸을 벌려요 나는 그것이 사랑이 아닌 것을 알고 있지만 어느새 내 얼굴은 녹색이 되어요 당신이 몸을 벌리면 파르르 서리 낀 창이 흔들려요 방 전체가 하얀 서리들로 가득 차요 밤이 거짓말을 하기 시작하고, 당신의 벌어진 몸에선 노래가 흘러나와요 나는 이 노래를 알고 있지만 아무리 불러도 첫 소절로만 돌아갈 뿐이에요 나는 이 노래의 끄트머리에 뱀과 쥐들, 개와 파리들이 가득하다는 것을 알고 있어요 나는 당신의 노래를 옮기고 당신의 푸른 질 속으로 손을 집어넣어요 온갖 은유를 만져요 제발 나를 안아주세요 베어 먹지 않을게요 제발 나를 안아주세요 베어 먹지

---

2 '실재'에 대해서는 이 책의 p. 31의 각주 25를 참고할 것.

3 '주이상스'에 대해서는 이 책의 p. 31을 참고할 것.

않을게요 당신은 사려 깊은 장님이 되어 내 손을 빼내어 당신의 입

안으로 넣어요 아직 나의 고백은 끝나지 않았는데 당신의 입안에

서 내 손이 사라져요

　　──「서정적인 삶」 전문 (1: 12)

　첫 시집에서 김안의 시는 시적 화자나 주체인 '나'와 대상인 '너(당

신)'의 관계를 근간으로 형성된다. '나'는 '너(당신)'에게 도달하고 합일

하기를 원하지만, 이 염원은 불가능한 관계성에 의해 좌절되고 실패를

거듭한다. '너(당신)'의 속성인 미지의 불투명성과 모호성이 불가능한

관계의 원인이 되어 좌절과 실패를 가중시키는 것이다. '나'와 '너(당

신)'의 사랑의 불가능성, 혹은 불화와 공백이야말로 김안 시가 추구하

는 실재의 얼굴이자 정체인지도 모른다.

　이 시에서는 두 개의 풍크툼이 발견되는데, 첫째 풍크툼은 "나"가

"손"을 "당신의 푸른 질"에 넣자 "당신"이 그 "손을 빼내어" "입안으

로 넣"는 것이다. 김안의 시에서 사랑은 관념적이고 정신적인 관계에

근거하지 않고 구체적이고 관능적인 부분적 신체의 교환에 의해 시도

된다. 시의 초반부에서 "당신"이 "나를 향해 몸을 벌"리자 "나"의 "얼

굴"은 "녹색"이 된다. "녹색"은 "파르르 서리 낀 창" "하얀 서리들" "푸

른 질" 등의 이미지로 이어지면서 차갑고 폐쇄적인 감각과 불길하고

음산한 감응을 자아낸다. 의미 이전의 언어로서 감각과 감응을 현시하

는 이미지들은, 언어로 표현되기 이전의 무의식적 경험으로서 죽음 충

동적 심연이나 주이상스적 실재를 시적으로 은폐하면서 드러낸다. "밤

이 거짓말을 하기 시작하"는 이유도 상징계의 언어 질서로 해독하기

어려운 실재에서 기인하는데, 이때 "당신의 벌어진 몸에선 노래가 흘

러나"온다. 첫 시집에서 김안의 시가 제시하는 '의미 이전의 감각과 감

응'은 일차적으로 "노래", 즉 '음악'의 차원을 파생시킨다. 여기서 노래

혹은 음악은 "이 입은 당신의 신비를 담은 가방이었습니다 〔……〕 신비가 없으면/신(神)도 없고 세상도 없고 사랑 따위도 없습니다"(「버려진 말의 입」)에서 엿볼 수 있듯, 의미화할 수 없는 신비를 담고 있지만, 그 "끄트머리"에는 "뱀과 쥐들, 개와 파리들이 가득하다"는 점에서 외설, 불길함, 누추함, 멜랑콜리 등으로 뒤범벅된 악몽이 존재한다.

둘째 풍크툼은 "나"가 "손"을 "당신의 푸른 질"에 넣는 것이 "온갖 은유를 만"지는 행위라는 점이다. 화자가 "당신의 노래를 움키고" "푸른 질 속으로 손을 집어넣어" "만"지는 "온갖 은유"는 기의와 기표가 등가성이나 유사성에 의해 일치되는 '야콥슨적 은유'[4]가 아니라, 기표의 대체가 심리적 억압과 긴장을 거쳐 의미 효과를 발생시키는 '라캉적 은유'[5]를 의미하는 듯이 보인다. 그러나 정작 중요한 부분은 이러한 의미의 고정점을 배반하는 의미의 지연 및 주체의 탈주로 인해 발생하는 관계의 불가능성이다. "제발 나를 안아주세요 베어 먹지 않을게요"라는 "당신"의 애원과 "사려 깊은 장님이 되어 내 손을 빼내어" "입안으로 넣"는 "당신"의 행위는 이율배반적이다. "아직 나의 고백은 끝나지 않았는데 당신의 입안에서 내 손이 사라"지는 것은 시적 주체의 죽음 충동적 심연 및 주이상스적 실재와의 조우가 끔찍하고 음산한 트라우마와 한 몸을 이룬다는 사실을 알려준다.

이 시에서 발견되는 두 가지 풍크툼, 즉 사랑이 주로 손, 입, 질, 방광 등 부분적 신체의 교환에 의해 시도된다는 점과 이 시도를 통해 "은유를 만"지는 행위는, 김안 시의 관능적 섹슈얼리티가 언어 작용을 통해 의미를 생성시키려는 의도에도 불구하고 그 실패로 인해 무의미가 지속적으로 발생하는 양상과 모종의 연관성을 가지고 있다.

4 '야콥슨적 은유'에 대해서는 이 책의 p. 383의 각주 6을 참고할 것.
5 '라캉적 은유'에 대해서는 이 책의 p. 248의 각주 2를 참고할 것.

당신은 나처럼 어리석어요 당신의 마음은 내 누이의 남편 같아
요 밤이 퍼지면 당신은 마그리트의 신발을 신고 변기 속으로 들어
가요 수면 위엔 야릇한 파동 흔들거리는 형태 없는 언어들 당신의
언어는 어린아이 같아 범하고 싶어요 어젯밤 꿈에 당신의 언어와
나의 언어가 근친상간을 했어요 사방에서 터지는 질퍽한 기억의
대포알들 속에서 근친상간 중인 언어들 음탕하게 가랑이를 벌린
언어들 퉁탕거리는 마룻바닥 삐걱거리는 침대 시트 당신은 언어의
항문에 손가락을 넣어본 적이 있나요? 조여드는 언어의 항문을 느
껴본 적이 있나요? 그 속은 깊고 어둡고 사랑스럽고 싱싱해요 낮에
선포되는 언어들은 모두 늙어 이빨 빠진 창부 같아요 오오, 아무것
도 모르는 당신 나처럼 어리석은 당신 내 누이의 남편 같은 당신
밥은 먹고 사나요? 대체 어디로 먹나요?

　　—「언어들」전문 (1: 21)

　이 시에는 김안 시의 중요한 특성인 '관능적 섹슈얼리티'와 '언어
의 작용'이라는 두 층위가 중첩되는 양상이 잘 나타난다. "마음" "밤"
"꿈" 등의 세 가지 요소가 두 층위를 중첩시키는 연결 고리가 된다.
"마음"은 "당신"을 "내 누이의 남편"과 등치시키고, "밤"은 "당신"이
"마그리트의 신발을 신고 변기 속으로 들어가"도록 환상의 아우라를
제공하며, "꿈"은 "당신의 언어와 나의 언어가 근친상간"을 하도록 인
도한다. 시의 중심선은 "퉁탕거리는 마룻바닥 삐걱거리는 침대 시트"
에서 "음탕하게 가랑이를 벌"리고 "근친상간"을 하는 것이 "당신의 언
어와 나의 언어"라는 점에 있다. 하지만 정작 중요한 부분은 "어린아
이 같아 범하고 싶"은 "당신의 언어"가 "수면 위엔 야릇한 파동 흔들
거리는 형태 없는" 속성을 띤다는 점과, 이 속성이 "모두 늙어 이빨 빠

진 창부 같"은 "낮에 선포되는 언어들"과 대립 구도를 형성한다는 점이다.

이 시의 화자가 "아무것도 모르는 당신"을 "나처럼 어리석"다고 판단하고 서로의 "언어가 근친상간"을 한다고 말하는 것은, "낮에 선포되는 언어들"의 "늙어 이빨 빠진" 모습과 대비되는 "야릇한 파동"으로 "흔들거리는 형태 없는 언어들"을 공유하고 있기 때문이다. 화자는 한 걸음 더 나아가 "항문에 손가락을 넣어본 적이 있나요?" "조여드는" "항문을 느껴본 적이 있나요?"와 같은 질문을 통해 근친상간의 외설적 강도를 강화시킨다. "언어의 항문"이라는 풍크툼은 관능적 섹슈얼리티를 언어의 작용이라는 층위와 중첩시키면서 "그 속"의 "깊고 어둡고 사랑스럽고 싱싱"한 "밤"과 "꿈"의 언어를 부상시킨다. 죽음 충동적 심연 및 주이상스적 실재와 조우하려는 무의식적 질문이라는 시적 원리, 의미 이전의 감각과 감응이라는 언어적 특이성, 음악이라는 시적 기법 등으로 요약되는 김안의 첫 시집의 특성은, "언어의 항문" "속"에 "손가락을 넣"고 "깊고 어둡고 사랑스럽고 싱싱"한 "밤"과 "꿈"의 언어를 포획하는 작업에서 생성된다고 볼 수 있을 것이다. 김안 첫 시집의 시적 원리 및 특이성은 '음악'이라는 기법의 연장선에서 '침묵'의 기법을 파생시킨다.

> 나는 끝없이 끝없이 침묵으로 나의 이름을 덮는다. 더 이상 내게 아무런 이름도 존재하지 않고, 동시에 내게 수많은 이름이 존재한다. 나는 알뱅이 가르쳐준 방법으로 입술을 동그랗게 모으지 않고도 휘파람을 불 수 있다. 이 음률은 입술의 모양을 닮아, 아주 얇은 칼날이 되어 나뭇가지를 베어낸다. 새들이 날아가고, 새들을 쫓아 계절을 담은 바람이 세계를 빠져나간다. 가장 중요한 사실들은 문장으로 기억되지 않는다. 그것은 하나의 단어와 단어로 기록되고

그것들의 차이가 기억의 형태가 된다. 그리고 이 단어들이 내 이름
이 된다.

           —「보뮈뉴에서 온 사람」 부분 (1: 26)

"나는 끝없이 끝없이 침묵으로 나의 이름을 덮는다"라는 이 시의 첫
문장은 김안 시의 새로운 기법을 가리키는 선언문처럼 들린다. "침묵
으로" "이름을 덮는" 방법은 "입술을 동그랗게 모으지 않고도 휘파람"
을 부는 것에서 시작된다. "입술의 모양을 닮"은 "음률"은 "아주 얇은
칼날이 되어 나뭇가지를 베어"냄으로써 "새들이 날아가고", "새들을
쫓아 계절을 담은 바람"도 "세계를 빠져나"가게 된다. 화자는 "침묵으
로" "이름을 덮는" 방법의 의미를 "가장 중요한 사실들은 문장으로 기
억되지 않는다"라는 말로써 우회적으로 표현한다. 이 표현은 문장 단
위의 언어 구사가 중요한 사실들을 기억하는 데 유용하지 않다는 의
미를 토대로, "단어들"의 "차이가 기억의 형태"가 되고 "이 단어들이"
"이름"이 되는 단계를 거쳐서, "단어"와 "이름"을 넘어서는 "침묵"의
차원을 강조하는 데로 나아간다.

인용한 1연 이후에 제시되는 2연의 "칼날처럼 입을 다물고 휘파람
을" 부는 "나", "모가지가 떨어"지는 "유령들", 3연의 "벙어리 소년처
럼 자라"나는 "나무" 등은, '침묵'의 기법이 주이상스적 실재에 대한
잠재적 질문으로서 의미 이전의 감각과 감응의 흔적을 '음악'의 기법보
다 더 강한 강도로 밀어붙인 결과로 생겨나는 것임을 알려준다. 다음
시는 이와 일맥상통하는 양상으로 '인간'의 영역을 넘어서는 시적 차
원을 제시하는 동시에 '인간'의 영역으로 돌아가라는 전언까지도 들려
준다.

당신이라는 장르가 만든 내장의 숲에는

온통 접붙은 나무들뿐입니다.

하지만 이곳이 너무나 익숙하기만 해서

내 배를 찢고 인면(人面)이 솟을 것 같습니다.

인면이 입 벌리면 붉고 싱싱한 풀이 쏟아질 것 같습니다.

뱃속에 사람 머리 하나 담겨 있으니

더이상 주리지 않을 텐데

나는 여전히 배곯고 비루먹은 질긴 개만 같습니다.

고개를 들면 하늘엔 백혈구 빛나며 흐르고.

이 붉고 싱싱한 풀을 씹어먹으면,

자꾸만 혀가 갈라집니다.

팔다리가 멀어져갑니다.

내장의 숲 나무들마다 내 팔과 다리가 자라납니다.

곰팡 슨 채 끊어진 시윗줄 되어 늘어져 있습니다.

그것은

이제 나의 가죽 속으로 들어가라는 당신의 전언입니다.

하지만

숲을 벗어나면

노동하는 동물들뿐인 비굴한 밥의 세계는 말합니다.

이제 너의 가죽 속으로 들어가라고.

　　─「시(詩)」 전문 (1: 52)

　이 시의 화자는 "당신이라는 장르가 만든 내장의 숲"에 대해서 말한다. "내장의 숲"은 "온통 접붙은 나무들뿐"이고, 그 "나무들마다 내 팔과 다리가 자라"나며, "곰팡 슨 채 끊어진 시윗줄 되어 늘어져 있"다. 제목인 「시(詩)」에서도 알 수 있듯, 이곳은 김안이 생각하는 시의 영역으로서 인간의 개체적 영역을 벗어나 언어 이전의 원초적 생명이 살아 꿈틀거리는 실재의 세계이다. 화자가 자신의 "배를 찢고 인면(人面)이 솟을 것 같"고 "인면이 입 벌리면 붉고 싱싱한 풀이 쏟아질 것 같"다고 말하는 이곳은, 인간의 개체성을 이탈하여 인간과 동물과 식물이 상호 침투하면서 형성되는 리좀⁶적 세계라고 볼 수 있다. "내장의 숲"은 개체들 간의 분열과 증식, 변형과 변신을 통해 도달하는 질적 복수성을 지닌 다양체로서 김안의 첫 시집이 추구하는 시적 공간을 형상화한다. 이곳에서 화자는 "배곯고 비루먹은 질긴 개만 같"고, "붉고 싱싱한 풀을 씹어먹으면" "혀가 갈라"지고 "팔다리가 멀어져"가듯이, 인간이 아니라 적나라한 외상적 실재의 모습으로 존재한다.

그런데 시의 후반부에서 화자는 "이제" 자신의 "가죽 속으로 들어가라는 당신의 전언"을 전해준다. "당신"이 화자에게 "내장의 숲"에서 벗어나서 인간의 개체성을 가지고 자신의 정체성을 확보하라고 말하는 것이다. "당신의 전언"은 마치 초자아의 명령, 혹은 시대가 화자에게 요청하는 상징계의 조언처럼 들린다. 그렇다면 인용한 시에서 "당신"은 실재의 리좀적 세계인 "내장의 숲"을 만든 존재이면서 동시에 초자아의 명령이나 상징계의 조언을 전달하는 존재라는 이율배반적인 양가성을 가진다고 볼 수 있다. 중요한 사실은, 화자가 자신의 "가죽 속"을 "노동하는 동물들뿐인 비굴한 밥의 세계"라고 간주하면서 냉소적 태도를 취한다는 점과, 그럼에도 불구하고 "당신의 전언"을 경청하는 태도를 취한다는 점이다. 따라서 이 시는 첫 시집의 위상을 보여주는 동시에 두번째 시집으로 변모해가는 가교(架橋) 역할을 담당하는 작품이라고 볼 수 있을 것이다.

---

6 '리좀'에 대해서는 이 책의 p. 74의 각주 13을 참고할 것.

3. 윤리에 대한 질문, 의미(인간) 이후의 개념과 사유, 사랑과 정의

두번째 시집 『미제레레』는 첫 시집이 보여준 김안 시의 원리, 특이성, 기법 등을 유지하면서 그 연장선에서 중요한 시적 변모를 수행한다. 여기서 김안의 시는 상징계 속에서 상상계를 추구하는 현실적 질문을 토대로 생성된다. 상상계는 이미지의 이상적 관념 및 완전한 의미가 구현되는 세계인데, 상징계 속에서 이 영역에 근접하기 위해서는 의미 이후의 개념이나 사유를 추적하면서 초자아의 윤리적 명령을 조회하는 의식적 탐색을 시도해야 한다. 따라서 두번째 시집에 수록된 시들을 지배하는 시적 원리는 '윤리'를 통과하여 '상상계'와 만나려는 '의식적 질문'이고, 이 원리에 의해 구현되는 시적 특이성은 '의미 이후의 언어'로서 개념과 사유의 운동이다. 다음의 시는 개념과 사유라는 언어적 특이성이 '사랑'이라는 주제를 중심으로 전개되는 경우를 보여준다.

이별하는 연인들은 말을 버리다가 말에게 버림받는다. 그들은 서로에 대한 눈의 쾌락을 잊어버렸기에 현실 앞에서 과거를 조작한다. 거울이 평평한 것은 현실만을 기록하기 때문이다. 영혼은 제 감정의 단어들만 알 뿐이다. 물고기는 어떻게 사랑을 나눌까? 수족관 앞에 앉아 온종일 들여다보지만, 서로의 나체가 상한 고깃덩어리가 될 때까지 그들은 눈 감을 생각을 않는다. 눈을 감는 순간 과거는 군내를 풍기며 존재하지 않는 페이지 속으로 육박해 들어온다. 개새끼, 종로 3가 한복판에서 싸우고 있는 술 취한 연인을 바라보며 담배를 문다. 누가 누구를 먹고 누가 누구에게 먹히었던가? 말이 사라지면 나도 너도 그저 고기로 태어난 고기일 뿐이다. 사람에게 새끼를 잃은 코끼리는 사람을 잡아먹었고, 코끼리에게 새끼

잃은 인간들은 그 코끼리를 죽였다. 코끼리의 배 속에서 열일곱 구의 시신이 나왔다. 그 내부에서 너덜너덜해진 알몸 덩어리들. 의미가 멈추면 광기가 시작된다. 사랑을 나누던 모습 또한 그러했다. 사람은 어떻게 사랑을 나누었을까?

—「사랑의 역사」 전문 (2: 21)

두번째 시집에서 김안의 시는 시적 화자나 주체의 관념적 사유에 대한 진술을 근간으로 형성된다. 인용한 시는 이별하는 연인들, 물고기들의 사랑, 종로 3가에서 싸우는 연인, 인간들과 코끼리의 투쟁 등의 사례를 통해 '사랑의 역사'를 기술한다. 화자는 이 과정에서 "이별하는 연인들은 말을 버리다가 말에게 버림받는다" "눈을 감는 순간 과거는 군내를 풍기며 존재하지 않는 페이지 속으로 육박해 들어온다" "말이 사라지면 나도 너도 그저 고기로 태어난 고기일 뿐이다" "의미가 멈추면 광기가 시작된다"라는 네 문장을 중심으로 자신의 사유를 표현한다. 이 문장들은 모두 화자의 개념적 사유를 압축적으로 진술하는 아포리즘에 해당하는데, 내용의 공통점은 '말과 의미의 중요성'이다.

이 시의 화자는 이별하는 연인들에 대한 진술에서 "기록"이 '앎'보다 중요하다고 생각하므로, "거울"-"현실"과 "영혼"-"감정"이라는 모순 대립의 관계에서 전자에 무게중심을 둔다. 이러한 해석은 '말의 중요성'을 강조하고 "현실 앞에서 과거를 조작"하는 태도를 비판하는 문맥에 의해 뒷받침될 수 있다. 물고기들의 사랑에 대한 진술에서는 "서로의 나체가 상한 고깃덩어리가 될 때까지 그들은 눈 감을 생각을 않는다"는 점을 관찰하고, 눈을 감지 않고 현실을 직시하는 태도를 지지한다. 종로 3가에서 싸우는 연인에 대한 진술에서는 "누가 누구를 먹고 누가 누구에게 먹히었던가?"라고 반문하면서, 말을 상실할 때 모든 인간관계는 약육강식의 먹이 사슬로 변질된다고 간주한다. 또한 인간들과 코끼리의 투쟁에 대한 진술에서 "사람에게 새끼를 잃은 코끼리"가 "사람을 잡아먹"는 폭력과 복수의 악순환을 언급하면서 "광기"보다 "의미"의 중요성을 강조한다.

이처럼 두번째 시집의 중심을 이루는 언어적 특이성은 '의미 이후의 언어'로서 개념 및 사유의 차원을 진술하는 아포리즘적 문장들이다. 이것은 첫 시집의 중심을 이루었던 언어적 특이성인 '의미 이전의 언어'로서 감각 및 감응의 차원을 현시하는 이미지들과 단적으로 대비된다. 첫 시집이 죽음 충동적 심연 및 주이상스적 실재에 대한 무의식적 질문을 시적으로 은폐하면서 드러낸다면, 두번째 시집은 상징계 속에서 상상계에 대한 의식적 질문을 산문적으로 개진하면서 드러낸다. 두번째 시집에서 김안의 시가 제시하는 '의미 이후의 개념과 사유'는 일차적으로 '사랑'이라는 주제를 중심으로 전개된다. 인용한 시에서 화자는 네 가지 사례를 통해 '사랑의 역사'를 기술하면서 시적 주제를 '말과 의미의 중요성'이라는 초점으로 수렴시킨다. 상호 주체성을 토대로 형성되는 '사랑'의 원리를 '말'과 '의미'의 기초 위에서 정초하고자 하는 것이다. 따라서 두번째 시집에서 변화가 일어났음에도 불구하고 김안의 시적 추구가 '언어에 대한 탐구'와 긴밀히 결부된다는 점은 첫 시집과 연속성을 이룬다고 볼 수 있다. 한편 두 시집 간의 변별성은 첫 시집이 언어 작용의 실패로서 무의미에 비중을 두는 반면, 두번째 시집은 언어 작용이 낳는 의미의 발생을 시적 출발점으로 삼는다는 데 있다.

> 살과 살
> 우리는 서로에게 쏟아지며
> 완성된 감옥이라면,
> 어제의 말, 오늘의 말, 우리의 눈동자를 깨뜨리며 닥쳐올 말이
> 이 모든 말의 합이,

우리에게 일어났던 끔찍한 말의 기적들이

가을 들판에 일렁거리는 붉은 꽃, 그 붉은 꽃의 사납고 부드러운

이빨, 그 이빨을 뜯어 먹는 시간의 붉은 아가리라면,

들리지 않는 말, 들려오는 말, 기억되지 않는 말이

이 모든 말; 우리가 내는 모든 소리들의 합이,

그 소리가 만드는 액체들이

기억에 갇힌 채 귀를 막고 가라앉는 사랑이라면,

살과 살

그것은 온통

피로 씌어진 언어의 화살,

서로의 감옥 속으로 쏟아져 들어와

모든 말이 없어질 때까지

서로의 입을 찢는,

찢긴 입 속으로 익사하며

기어코

기억이기를 단념하는,

—「서정」 전문 (2: 22~23)

이 시는 '사랑'이라는 주제가 '말'의 모티프와 결부되면서 상호 주체성의 관계를 공동체적 연대로까지 연결시킨다. 시적 화자는 "살"을 가진 "우리"가 "서로에게 쏟아지며/완성된 감옥"이라고 전제하고, "어제"와 "오늘"과 "닥쳐올" "모든 말의 합"을 "끔찍한 말의 기적들"이라고 간주한다. 자기중심주의의 내면적 폐쇄성에 갇힐 수밖에 없는 개체적 인간들이 상호 주체성의 연대를 이루면서 과거·현재·미래의 말들을 합치는 것은 기적에 해당하지만, 한편으로는 "가을 들판"의 "붉은 꽃"과 그 "이빨을 뜯어 먹는 시간의 붉은 아가리"에 해당한다. 화자는

"모든 말" 즉 "우리가 내는 모든 소리들의 합"이 "기억에 갇힌 채 귀를 막고 가라앉는 사랑"이라고 간주하고, 개체적 인간들의 "살"을 "피로 씌어진 언어의 화살"로 보며, 사랑을 통해 "서로의 감옥 속으로 쏟아져 들어와/모든 말이 없어질 때까지/서로의 입을 찢"고 "기어코/기억이기를 단념하는" 차원에까지 나아가고자 한다. 이처럼 김안은 두번째 시집에서 주체의 감옥을 부수는 상호 주체성에 근거하여 모든 '말들의 합'이 부여하는 기적을 통해 '사랑의 명제'를 재정의하고자 한다. 두번째 시집의 시적 원리 및 특이성은 이러한 '사랑'이라는 주제의 연장선에서 한 걸음 더 나아가 '평등' 혹은 '정의'의 주제로 전개된다.

> 불행하게 태어난 아이들의
> 어찌할 수 없는 선함처럼 너를 믿었다. 증오한다.
> 기록된 것은 기억들보다 위대하기에
> 무덤들 위에 아무것도 모르는 집이 생기고
> 아무것도 모른 채 집은 불타고
> 부모를 잃은 아이들이 그 위에 누워 울다가 말라붙는다고 해도
> 나는 단지 너의 말을 내 몸에 받아 적을 뿐이다.
> (……)
> 안녕. 너와 나는 서로에게 선했던가.
> 우린 평등했던가.
> 너와 나는 이 불행을 함께 바라보고 있었던가.
> (……)
> 실성한 여자를 향해 돌을 던지는 아이들의 순수함처럼
> 모두가 선한 싸움을 할 뿐이다.
> 각자의 선함들이 만드는 것은 기껏해야 누군가에게는 악.
> 실은 미치지 않고서야 선할 수 없다.

—「선(善)이 너무나 많지만」 부분 (2: 86~88)

 이 시는 주관적인 "선(善)"을 넘어서는 사회적 "평등"의 문제를 시적 질문과 아포리즘의 형식으로 표현한다. 화자는 "불행하게 태어난 아이들의/어찌할 수 없는 선함처럼 너를 믿었"지만 지금은 "증오"하고, "기록된 것은 기억들보다 위대하"다는 아포리즘을 제시한다. "기억"이 개인의 주관적 내면성에 근거하는 "선"의 차원이라면, "기록"은 공동체의 객관적 사실성에 근거하는 "평등"의 차원이라고 볼 수 있다. 그래서 화자는 "무덤들 위에" "집이 생기고" "집은 불타고/부모를 잃은 아이들"이 "울다가 말라붙는다고 해도" "너의 말을 내 몸에 받아 적을 뿐"이라고 말한다. 무엇보다 중요한 점은 김안이 두번째 시집에서 공동체적 주제를 형상화할 때 제시하는 정답 없는 질문이 시적 언어에 부합한다는 점이다. 인용한 시는 때로 선함과 순수함으로 간주되거나 기록되는 덕목이 과연 평등의 기준에 부합하는지를 질문하는데, "각자의 선함들이 만드는 것은 기껏해야 누군가에게는 악" "실은 미치지 않고서야 선할 수 없다"라는 표현을 통해 선에 대한 객관적 평가의 어려움과 함께 평등의 가치에 대한 끝없는 질문을 시도하고 있다.
 김안의 두번째 시집에서 시적 원리, 특이성, 주제 등이 인간다움 혹은 사람다움의 기본 전제하에서 전개된다는 점을 주목할 필요가 있다. 첫 시집의 기본 전제가 인간의 개체적 영역을 벗어나 언어 이전의 원초적 생명이 살아 꿈틀거리는 실재의 세계였다면, 두번째 시집은 인간의 개체적 영역 위에서 인간다움 혹은 사람다움을 기본 전제로 삼고 시적 지향이 전개된다고 볼 수 있다.

  왜 사람이어야 합니까,
  밥을 짓고 청소를 하고 사랑을 나누는 모든 것이.

왜 군중들은 범죄자에게

네가 사람새끼냐,

라고 외칩니까, 언제 한 번 사람인 적이 있었다는 듯이.

그들을 향해

노동하는 시체,

라고 말한 이는 아직 살아 있습니까?

이곳에서 만족하려면 쥐새끼보다 더 쥐새끼가 되어야 하지,

라고 말한 이는 쥐새끼입니까?

아직도 죽은 자들은 죽은 자들을 묻지 못하고

나는

다리 사이

포낭 속 모든 씨에

검정 꼬리가 생길 때까지

자위하고 확인할 뿐입니다.

가장 소란스럽고 가장 사나운 평화 속에

강은 썩은 모액(母液)으로 가득하고

나의 병은 더 이상

자라나질 않습니다.

—「사람」 부분 (2: 16~17)

이 시에는 김안의 두번째 시집의 시적 출발점이 "사람" 즉 "인간"이
라는 개체적 존재에 있다는 점이 잘 나타난다. 시적 화자는 "왜 사람이
어야 합니까"라는 질문을 던진 후에 그것을 방증하는 사례들을 진술한
다. "밥을 짓고 청소를 하고 사랑을 나누는 모든 것"이 "사람"으로부터
시작된다고 말하고, "그들을 향해/노동하는 시체,/라고 말한 이는 아직
살아 있"는지 반문하며, "이곳에서 만족하려면 쥐새끼보다 더 쥐새끼

가 되어야 하지,/라고 말한 이는 쥐새끼"인지 신랄한 냉소적 질문을 거듭한다. 그 어디에도 사람됨의 모습을 찾을 수 없다는 도저한 환멸과 허무 의식으로 점철된 문장들 속에서, 우리는 김안이 사람됨의 최소 기준에서 시적 개념과 사유의 기본 토대를 찾으려 한다는 점을 역설적으로 확인하게 된다. "다리 사이/포낭 속 모든 씨에/검정 꼬리가 생길 때까지/자위하고 확인할 뿐"이고 "가장 소란스럽고 가장 사나운 평화 속에/강은 썩은 모액(母液)으로 가득하"다는 화자의 절망에 가까운 절규도 사람됨의 최소 기준에 대한 염원이자 열망으로 읽어야 할 것이다.

4. 시의 미학성과 윤리성, 두 질문의 상호 침투적 수행

김안의 첫 시집 『오빠생각』과 두번째 시집 『미제레레』는 시적 원리, 특이성, 기법 및 주제 등의 측면에서 연속성 및 변별성을 보여준다. 첫 시집의 시적 원리는 '주이상스'를 통과하여 '실재'와 만나려는 '무의식적 질문'이고, 이 원리에 의해 구현되는 시적 특이성은 '의미 이전의 언어'로서 감각과 감응의 흔적이며, 이 언어적 특이성이 파생시키는 기법은 '음악'과 '침묵'이다. 여기서 시의 기본 전제는 인간의 개체성을 이탈하여 개체들 간의 분열과 증식, 변형과 변신을 통해 도달하는 질적 복수성을 지닌 리좀적 다양체의 세계이다. 반면 두번째 시집의 시적 원리는 '윤리'를 통과하여 '상상계'와 만나려는 '의식적 질문'이고, 이 원리에 의해 구현되는 시적 특이성은 '의미 이후의 언어'로서 개념과 사유의 운동이며, 이 언어적 특이성이 전개시키는 주제는 '사랑'과 '정의'이다. 여기서 시의 기본 전제는 인간의 사람다움이라는 최소 기준이고, 이를 토대로 공동체적 말의 기적에 도달하려는 시적 염원과 열망을 보여준다.

410

김안의 첫 시집과 두번째 시집의 변별성을 간명하게 요약한다면, 시의 미학성에 대한 잠재적 질문과 시의 윤리성에 대한 현실적 질문이라고 말할 수 있다. 김안의 시는 첫 시집에서 두번째 시집으로 전개되면서 연속성을 유지하되 전체적으로 시의 미학성에서 윤리성으로, 시의 잠재적 질문에서 현실적 질문으로 무게중심을 이동시켜나가는 변모 양상을 보여준다. 이러한 변모는 김안의 자발적인 시적 운동인 동시에, 한편으로는 한국 시단에서 2000년대 후반 이후 제기되어온 시의 윤리성과 정치성이라는 중심 과제에 대한 동지적 호응이기도 할 것이다. 김안은 2000년대 중반 이후 전개된 한국 현대시의 흐름 속에서 시의 미학성과 윤리성이라는 양극의 상호 침투적 융합을 잠재적 질문과 현실적 질문을 병행하면서 성공적으로 수행한 시인 중의 하나로서 기억될 것이다.

[『현대시』, 2018]

천사, 더러운 사랑, 물·불과 거울
─정한아 시의 풍크툼

1. 정한아 시의 원천, 현상, 지향

　정한아의 시가 드러내는 현재의 상태, 즉 현상(現狀)은 거의 모든 인간사와 그것을 둘러싼 현실에 대한 반발과 저항과 부정의 의식으로 점철되어 있다. 정한아에게 인간사와 현실에 대한 경험을 일종의 풍크툼[1]으로 드러내는 시어는 '더러운'이다. 그녀의 시[2]에서 '더러운'이라는 시어는 "더러운 세월"(「어떤 기도」), "더러운 새벽"(「타인의 침대」), "더러운 집"(「떠도는 별」), "더러운 사랑"(「하필, 사랑」), "더러운 마음"(「하필, 사랑」), "더러운 책상"(「봄, 태업」), "더러운 고독"(「독감유감 2」), "밝고 더러운 밤"(「꽃들의 달리기, 또는 사랑의 음식은 사랑이니까」) 등 도처에 등장하는데, 이것은 인간사와 현실에 대한 시인의 부정 의식이 얼마나 편재하는지 또 얼마나 강렬한지를 보여준다. 선행 비평들도 대체로 이러한 점에 착안하여 유효적절한 분석과 해석을 시도해왔다. 장석원은 정한아의 시를 순수, 청춘, 이상, 혁명 등이 사라진 폐허에서의 회의와

1　'풍크툼'에 대해서는 이 책의 p. 163의 각주 10을 참고할 것.

2　이 글은 정한아의 첫 시집 『어른스런 입맞춤』(문학동네, 2011)과 두번째 시집 『울프 노트』(문학과지성사, 2018)에 실린 시를 대상으로 삼는다. 이하 정한아의 시는 이 시집들에서 인용하되, 시집은 제목 대신 출간된 순으로 번호를 달아 '(시집 번호: 페이지 수)'로 출처를 표시한다.

불량한 포즈라는 관점으로 적실하게 평했고, 신형철은 낀 세대인 신세대의 영구 무죄 추정 상태에서의 부메랑적인 부정성과 연옥에서의 히스테리라는 관점으로 예리하게 평했으며, 조재룡은 앞뒤 혹은 미지의 차원, 신적 불가지의 차원, 화폐 및 노동의 차원 등에 걸쳐 의심을 실천하는 부정성의 시학이라는 관점으로 유효하게 평했다. 장석원과 신형철의 글이 크게 보아 세대론적 의식 및 무의식의 관점에 근거하는 반면, 조재룡의 글은 전방위적 의심과 부정성의 관점에 근거한다는 차이가 있지만, 모두 정한아 시의 현상에 초점을 맞추었다는 점에서 유사성을 가진다. 이 글은 선행 비평의 성과들을 존중하면서 정한아 시의 전체성에 근접하기 위해 핵심적인 풍크툼들을 포착하여, 현상을 세밀히 분석하고 현상을 발생시키는 시적 원천과 현상 이후의 시적 지향에 대해서도 살펴보려 한다.

은밀히 숨어 있는 정한아 시의 원천과 현상 및 지향을 엿보기 위해 다음의 시를 읽어보자.

안개가 짙어 산타는 길을 잃었네
집까지 내내 눈 감고 왔지
귀는 꼬불쳐두고 가방 속에
시간과 자유의지

빛나면 보인다 눈 감고도
보여요 길 잃은 산타
터벅터벅 걸어가시네
차가운데 포근하구나 안개
숲속에서 전화를 걸던 아빠
(오늘 안개는 위험해!)

성탄절이에요 아빠

가짜 산타 선물을 줘

주무시네 성탄 케익

먼지 쌓인 방에서 한 백 년 혼자

끓는 물

솟는 구름

타는 눈

—「축 안개성탄전야」 전문 (1: 28)

  정한아 시의 원형질을 담고 있는 이 작품에는 수수께끼와 같은 시적 비밀들이 숨어 있다. 또한 시 세계의 전체적 의미 구조가 응축되어 마치 숨은그림찾기와 같은 방식으로 형상화된다. 달리 말하면, 무의식의 원초적 장면을 무대 위에 상연하거나 스크린 위에 영사하는 듯한 이미지가 제시된다. 이 시에는 정한아 시의 핵심적인 풍크툼들이 등장하는데, 전체적으로 볼 때 1연의 장면은 정한아 시의 원천과, 2연의 장면은 현상과, 3연의 장면은 지향과 연관된다는 관점으로 해석을 시도하고자 한다.

  이 시의 제목에 쓰인 "성탄"은 성경적 사건으로서 하나님과 한 몸이자 아들인 예수의 탄생을 의미하고, 1연의 "산타"는 그 축복의 소식을 인간에게 전달하는 메신저 역할을 담당한다. "성탄"과 "산타"는 신성(神性)을 인간 세계에 접속시키는 연결 고리를 상징하는 것이다. 그런데 이러한 접속을 훼방하는 "안개"가 등장하여 혼돈 속에서 "산타"는 "길을 잃"는다. 신성과 인간 세계의 접속이 방해받는 상황에서 화자는 "눈 감"고 "귀는 꼬불쳐두고" "집까지" 온다. "눈"이 신성과의 접속을 암시한다면, "귀"는 인간의 자율적 행위를 암시한다고 볼 수 있다.

정한아 특유의 압축적인 조사법(措辭法)과 시행 엇붙임은 "가방 속에" "꼬불쳐"둔 것이 "귀"뿐만 아니라 "시간과 자유의지"임을 보여주기 때문이다(여기서 "시간"은 '인간의 시간'을 의미하는 듯 보인다). 따라서 1연에서 정한아 시가 발생하는 동인으로서 '신성과의 접속'과 그 단절로 인한 '인간의 자유의지'라는 이율배반적인 시 의식을 추출할 수 있다.

2연은 이러한 원천에서 생성되는 시의 현상으로서, "눈 감고도" "빛 나면" "보"이는 화자와 "터벅터벅 걸어가시"는 "길 잃은 산타"의 모습을 대비적으로 제시한다. 전자가 인간의 자유의지를 암시한다면, 후자는 신성을 인간 세계에 전달하는 메신저의 포기하지 않는 노력을 암시한다. "눈 감고도" "보"이는 "빛"의 정체는 무엇일까? 무의식적 꿈에는 아무리 해석하려 해도 최종 의미에 도달할 수 없는 맹점이 존재하는데, 프로이트는 이를 '꿈의 배꼽'이라고 부른다. 이 시에도 무의식의 배꼽들이 존재하는데, 그중 하나가 "빛"이다. 필자는 최종 의미에 도달하지 못하더라도 나름의 해석을 시도하려 하는데, 3연을 분석할 때 "타는 눈"과 연관지어 다시 논의해보려 한다. "차가운데 포근"한 "안개"의 이중적 감각은 화자가 자신과 "산타" 사이에서 느끼는 양가적 정서를 드러낸다. 여기서 필자는, 시인이 화자와 더 친연성을 가지지만 "산타"의 입장도 완전히 포기하지 않는다는 느낌을 받는다. 다시 말해, 시인은 '신성과의 접속'과 '인간의 자유의지' 간의 이율배반적 길항을 지속하는 것이다. 그런데 "숲속에서 전화를 걸던 아빠"의 등장으로 "안개"의 "위험"성이 노출되면서 인간 세계의 현실 쪽으로 무게중심이 기울어진다. "아빠"가 주는 "산타 선물"은 "가짜"일 수밖에 없으며, "성탄 케익"도 오랫동안 방치되어 부재와 고독과 불행을 야기한다. 결국 1연의 "안개"와 2연의 "아빠"라는 두 원인으로 인해 화자는 인간 세계와 맞대면하고, 이로부터 인간사와 현실에 대한 강렬한 부정 의식이 생겨나는 것으로 보인다.

3연은 이러한 시의 현상에서 섬광처럼 솟아나는 시적 지향으로서
세 개의 이미지를 제시한다. "끓는 물" "솟는 구름" "타는 눈" 등에서
"눈"은 '눈[雪]'과 '눈[目]'이라는 동음이의어에 근거하여 두 가지 해석
의 가능성을 가진다. 1연과 2연의 "안개", 3연의 "물" "구름" 등과의
연관성에 근거하여 전자로 해석할 경우, '물' 모티프의 변주를 통해 '안
개-물-구름-눈'으로 변전하는 순환성에 의해 인간 세계의 불완전성
과 불행을 넘어서 다른 세계로 나아가려는 시 의식의 지향성을 가늠할
수 있다. 여기서 "끓는 물" "솟는 구름" "타는 눈" 등은 "차가운데 포
근"한 "안개"와 대비되기보다는 그 연장선에서 역동적 힘과 상승적 방
향성을 추구한다고 볼 수 있다. 왜냐하면 제목인 「축 안개성탄전야」를
통해 시인 혹은 화자는 "안개"에 뒤덮인 "성탄전야"를 "축"복하기 때
문이다. 한 가지 의문은 "타는"이 '눈[雪]'을 수식하는 데서 오는 어색
함인데, "타는"이 가진 '불'의 뉘앙스는 후자의 해석 가능성도 타진하
게 만든다. 이를 고려할 때, 1연의 화자의 "감"은 "눈", 2연의 "눈 감고
도" "보"이는 "빛" 등의 이미지와 결부하여 "타는 눈"을 '불타는 내면
의 시선'이라고 해석해볼 수 있다. 이 경우 '불' 혹은 '빛' 모티프와의 연
결을 통해 "안개" 속에서 '내면의 눈빛'을 켜고 인간 세계의 불완전성
과 불행을 고통스러운 탐색을 통해 대응하려는 시 의식의 지향성을 가
늠할 수 있다. 결국 필자는 "타는 눈"에서 "눈"을 '눈[雪]'과 '눈[目]'의
중의적 시어로 해석하는데, 이러한 해석은 정한아 시의 지향이 '물'과
'불(빛)' 모티프의 모순적 결합 혹은 융합을 추구한다는 의미를 내포한
다. 이와 같은 해석은 무의식의 배꼽에 대한 분석을 포함하면서 일종
의 가설적 시론(試論)의 성격을 띠는데, 이후의 논의는 이를 다른 작품
들에 대한 구체적인 분석 및 해석을 통해 검증하려는 성격을 가진다.

2. 시의 원천―천사: 신성에 대한 동경과 모독의 이율배반

정한아 시의 발생적 원천은 '신' '천사' '기도' 등의 이미지를 중심으로 형상화된다. '신'이 천상의 유아독존적인 창조주이자 완전성의 세계라면, '천사'는 그가 지상의 인간을 구원하기 위해 파견하는 메신저로서 하강적 이미지이며, '기도'는 불완전성에 갇혀 있는 인간이 신에게 정화와 구원을 간구하는 상승적 이미지이다. 세 이미지는 '신성과의 접속'이라는 의미망을 공유하면서 하나의 계열을 형성한다. 정한아의 시에서 '신'은 "공평무사하신 어둠의 신"(「무정한 신」), "신은 무정(無情)하므로"(「무정한 신」), "바람과 하느님을 잊은 채"(「일요일의 방파제가 가져다준 것」), "인류가 멸망한 뒤의 하느님은 쓸쓸할 테지"(「계명(啓明)」), "벙어리 신이야말로 가장 기이한 풍경이지요"(「편도선염을 앓는 벙어리 신(神)의 산책로」) 등으로 도처에 등장한다. '천사'는 「그렇지만 우리는 언젠가 모두 천사였을 거야」라는 시의 제목이나 "발음하기만 해도 우리를 취하게 하는 천사 따위에 관해서도"(「PMS」) 등으로 등장하며, '기도'는 "나의 기도를 이해하지 못한다"(「무정한 신」), "새벽 기도와 아침 기도와 저녁 기도와 밤 기도/할 수 있는 모든 기도를 다 했어"(「(단독) '울프 노트'의 잃어버린 페이지」), "쌍!/(우리의 기도를 들어주소서)"(「이즈음의 신경증」) 등으로 곳곳에 등장한다.

짧게 부분 인용한 사례들을 보면, '천사'의 경우 화자가 긍정과 회의 사이의 교차를 희미하게 표현하지만, '신'의 경우는 그의 부재나 무관심으로 인한 회의와 환멸을 냉소적으로 표현한다. '기도'의 경우도 신에게 드리는 구원의 간청이 소용없음을 냉소적으로 표현하는 듯 보인다. 다시 말해, '신성과의 접속'이 부질없는 허사임을 강조하는 회의와 환멸과 부정 의식이 큰 비중을 차지하는 듯하다. 그러나 작품의 전체적인 문맥을 섬세히 살펴보면, 이러한 부정 의식은 그 내면에 '신성에 대한 동경'을 함축하면서 상호 충돌하며 길항하고 있음을 알게 된다.

비 내리는 금요일 오후, 너는 방바닥에 송장 자세로 엎드려본다
고개를 왼쪽으로 틀고 오른뺨을 바닥에 내어주면, 네 몸의 정면
은 거대한 따귀를 맞는다

(양심, 이다지도 쉬운 고통이라니!)
죽이고 싶기도 살리고 싶기도 한 애인이 방구석에서 신경성 위
염으로 뒹굴고 있는 비 내리는 13일의 금요일 오후, 너는 송장 자
세로 엎드려 이제까지 땅과 바다로 흘러들어간 냄새나는 인류의
시간에 관해 생각한다 충분히 역겹고 충분히 이해할 만한, 다시는
인간이 될 수 없는 역사

(내가 흘린 모든 것이 나의 형상을 가지게 된다면 그것은 나에
대해서만은 백전백승일 거야
((밥풀로 만든 소 무쇠로 만든 소, 아아 더럽고 무서워 그걸 누구
에게 준다지?))
(((이런 게 사랑일까?)))
하느님이 자기가 흘린 냄새나는 종족을 내버려두는 덴 다 이유
가 있는 거야)

좀비들이 자기를 제외한 세상 모든 사람들의 비유라고 생각하겠
지, 그는
우리가 흘린 우리가 우리를 목 조르는 것을, 서로 헐뜯고 씹고
물고 빠는 것을 보면서도 우리는
어차피 세계는 거대한 조롱인걸, 중얼거리며 너는

고개를 돌려본다, 왼뺨을 내주어도

네가 "그만!"이라고 말할 때까지

네가 소환한 너의 웬수 같은 하느님은 황폐한 발바닥으로 너의

등짝을 밟고 서서,

(양심, 이다지도 더러운 고통이라니!

이토록 탐욕스러운 발바닥이라니!)

── 「가위」 전문 (1: 74~75)

  이 시의 화자는 "비 내리는 13일의 금요일 오후"에 "방바닥에 송장
자세로 엎드"린 "가위"를 보면서 신성과 인성(人性)에 대한 존재론적
질문을 전개한다. 상념의 형식은 표면적 진술과 내면적 진술이 교차하
면서 의식 및 무의식적 사유의 흐름을 형성한다. "고개를 왼쪽으로 틀
고 오른뺨을 바닥에 내어주면" "거대한 따귀를 맞는다"라는 표현은,
'악한 자를 대적하지 말라. 누구든지 네 오른편 뺨을 치거든 왼편도 돌
려 대며'(「마태복음」 5장 39절)라는 성경 구절에서 연상한 것이다. 이
에 대해 화자는 "(양심, 이다지도 쉬운 고통이라니!)"라는 내면적 진술
을 거쳐 "냄새나는 인류의 시간에 관해 생각"하고, 그것을 "다시는 인
간이 될 수 없는 역사"라고 간주한다. 주목할 부분은 "양심"이라는 종
교적·윤리적 덕목과 비교하면서 "인류의 시간"을 비열한 것으로 부정
하는 사유와 "인간"을 긍정하는 사유가 미묘하게 충돌한다는 점이다.
정한아의 시적 사유가 인간의 '원형'을 신성에 가까운 순수하고 완전한
것으로 보는 반면, 인류의 '현실'은 그것이 오염되고 타락한 것으로 본
다고 유추할 수 있다.

  3연의 내면적 진술은 이 두 관점이 충돌하면서 빚어내는 긍정과 부
정의 이중주라고 볼 수 있다. 즉 신성 및 인간의 원형에 대한 긍정과

인류의 현실에 대한 부정이 상호 충돌하면서 의식 및 무의식적 사유의 흐름을 형성하는 것이다. 내적 화자는 복화술로 신성과 인성에 대한 근원적 질문에 대답하는데, 창조 주체의 입장에서 피조물의 추함을 불신하고 저주하지만, 다시 "이런 게 사랑일까?"라고 물어본다. 필자는 이 물음에서 냉소적 조롱의 뉘앙스를 읽기보다는 근원적 재질문의 뉘앙스를 읽는다. 왜냐하면 다음 행의 "하느님이 자기가 흘린 냄새나는 종족을 내버려두는 덴 다 이유가 있"다는 문장이 타락한 인류의 시간을 지켜보며 기다리는 신성의 존재를 인정하기 때문이다. 이어지는 4~5연에서는 화자가 "어차피 세계는 거대한 조롱인걸, 중얼거리며" "너의 웬수 같은 하느님은 황폐한 발바닥으로 너의 등짝을 밟고" 선다고 표현한다. 타락한 인류의 역사에 대한 부정을 신성에 대한 환멸과 냉소와 모독으로까지 확대하면서 진행시키는 형국이다. 더 정확히 말하면, 3연까지 유지해온 신성 및 인간의 원형에 대한 긍정과 인류의 현실에 대한 부정 사이의 길항이 자포자기의 흐름으로 이어지면서 전자까지 조롱하고 저주하는 자학적 표현을 낳은 것이다.

요약하면, 정한아 시의 원천 차원에서 신성 및 인간의 원형에 대한 긍정과 인류의 현실에 대한 부정이라는 이중주가 유지될 때가 있고, 신성 및 인간의 원형까지 포함하여 인류의 현실에 대한 부정이 독주로 나아갈 때도 있다. 긍정과 부정의 이중주가 유지될 때 멜랑콜리와 유머가 공존하면서 아이러니나 패러독스의 미학이 발생하는 반면, 부정의 독주로 나아갈 때 냉소와 환멸에 조롱과 저주가 개입하면서 그로테스크의 미학이 발생한다고 볼 수 있다.

> 그래서 나는 기도를 해보기로 했다
> 랭보에게 죽은 신에게 라디오에게
> 오늘 아침 식은 국에 말아 먹은 밥알들과 드럼 스틱에게

나를 이 진창에서 들어올려 저 아름다운 푸른 물고기들의 세계
로 옮겨 가소서, 라고

그리고 다른 것들에도— 이를테면

모든 가련한 것들 새벽의 영혼들 잠들지 못하는 눈이 붉은 신호
등 안타까운 것들 자기를 빛내는 것들 자기도 모르는 새 유혹하는
것들 겁탈당하는 것들 순한 눈을 한 고양이들의 추운 노숙(露宿)
의 밤들에

그런데, 언젠가는, 불태워지리, 순간이 영원인 가엾은 것들

아무도 모를 서러운 과거도 더러운 세월도 붉은 입술도 순하디
순한 천 개의 눈도 수심에 찬 콧날에 부서진 햇살도 아름답던 팔딱
이던 나의 물고기들도 실핏줄투성이 아가미와 푸른 비늘도 마침내

헛되이 잡으려 했던 나의 두 손도

그리하여 나는 타버릴 열 손가락으로 얼굴을 감싸쥐었다

하마터면

하느님!

외칠 뻔하면서

—「어떤 기도」 부분 (1: 14~15)

이 시의 화자는 "한나절 드럼을 치고" "돌아온 밤"에 "푸른 물고기
들이 눈앞에서" "춤추는 것을 보"고, "머릿속을 까뒤집어" 수많은 "바
퀴벌레" "지렁이" "뱀" 들이 나오는 것을 본다. "그래서" 그는 "랭보
에게 죽은 신에게 라디오에게" "밥알들과 드럼 스틱에게" "기도를 해
보기로" 한다. "랭보"로 대표되는 시인, "라디오"로 대표되는 대중적
미디어, "밥알들과 드럼 스틱"으로 대표되는 일상적 사물에게 간구하

는 것은 "신"이 "죽"었다고 보기 때문일 것이다. 그런데 "죽은 신에게"
까지 "기도를 해보기로" 하는 것은 인간 세계에 대한 회의와 환멸과
절망이 그만큼 크다는 것을 방증하는 동시에 "신"의 구원 이외에 다른
방도가 없다는 역설적 표현이기도 하다.

기도의 내용에 의하면, 화자는 현실 세계를 "진창"으로 간주하고 지
상의 "모든 가련한 것들"과 함께 "푸른 물고기들의 세계"로 가고 싶어
한다. "푸른 물고기들의 세계"는 정한아의 시가 지향하는 '물'의 모티
프와 닿아 있는데, 다음 연에서 이것은 '불'의 모티프에 의해 수렴되면
서 감싸인다. 화자는 "순간이 영원인 가엾은 것들" "서러운 과거" "더
러운 세월" "붉은 입술" "천 개의 눈" "부서진 햇살" 등을 포함하여
"나의 물고기들"도 "언젠가는, 불태워지리"라고 말하며 미래를 예감한
다. 예감은 신성에 대한 접속과 단절 사이에서 아슬아슬하게 줄타기를
하면서 진동한다. "실핏줄투성이 아가미와 푸른 비늘도 마침내/헛되
이 잡으려 했던 나의 두 손도"라는 표현은 '불'의 모티프가 "푸른 물고
기들의 세계"와 그곳을 염원하는 화자의 "기도"까지 무효화할 수 있는
강렬한 화염의 심연임을 암시한다. 이 '불'의 모티프에 대한 예감으로
인해 화자는 "타버릴 열 손가락으로 얼굴을 감싸쥐"면서 "하마터면/
하느님!/외칠 뻔"한다. 이 마지막 구절도 "푸른 물고기"와 화자의 "기
도"를 무효화하는 "불"의 위력 앞에서 "하느님"의 구원에 대한 일말의
희구를 역설적으로 표현하고 있다(여기서 '물'과 '불'의 모티프는 정한아
시의 지향과 연관된다). 이처럼 정한아의 시는 표면적으로 신성에 대한
배반과 모독을 통해 부정 의식을 드러내는 경우에도 특유의 압축적인
조사법과 미묘한 어조를 활용하면서 그것에 대한 동경과 희구를 감추
고 있는 경우가 종종 있다. '숨은 신'의 모습에 시적으로 근접하면서 신
성에 대한 동경과 모독의 이율배반성을 형상화하기 위해 '독특한 조사
법'과 은밀한 '역설적 어조'를 구사하는 것이다.

3. 시의 현상─더러운 사랑: 인간사에 대한 저주와 긍정의 이율배반

이 글 서두에서 정한아 시의 현상이 인간사와 현실에 대한 반발과 저항과 부정의 의식으로 점철되어 있고, 그녀의 시집 도처에 등장하는 '더러운'이라는 풍크툼이 시인의 부정 의식을 잘 보여준다고 말했다. 그런데 작품의 전체적인 문맥을 섬세히 살펴보면, '더러운'이 표현하는 부정 의식은 그 내면에 인간사 및 현실에 대한 역설적인 긍정을 함축하면서 상호 충돌하며 길항하고 있음을 알 수 있다.

몸이 가벼워 용감한 별들은
언제고
정들어 더러운 집을 떠난다

마을이 검은 그림자를 드리우고
창백한 철쭉꽃 무리, 어스름 속에서
짐승 이빨처럼 사납게 빛나는
간악한 봄밤

단 한 번 부드러운 입맞춤도
맞잡은 두 손의 가느란 떨림도
오랜 세월 단 하나 사랑한 이름이 (맙소사)
아주 벌써 바스라진 작년의 나뭇잎

피뢰침에 초승달을 뾰족하게 꽂아두고
옥상에서 마지막 담배를 나누어 태우며
별들은 백만 광년 먼 웃음을 깔깔거린다;

오늘은 언제나 마지막 오늘,

갈 데까지 가다오 정든 형제여

멀리 돌아 와다오 더러운 사랑

—「떠도는 별」 전문 (1: 76)

　이 시는 1연의 "더러운 집"과 마지막 연의 "더러운 사랑"을 통해 인간사와 현실에 대한 화자의 사유가 압축적으로 제시된다. 표면적으로는 두 "더러운" 대상의 대척점에 "별"이 존재하는 듯 보이는데, 이 관점은 1연에서 "몸이 가벼워 용감한 별"과 "정들어 더러운 집"을 대비적 구도로 해석하는 관점과 연결된다. 그러나 "별"의 "가벼"움과 "집"에 "정"듦이 반드시 전자를 긍정하고 후자를 부정하는 대비적 의미는 아니다. "정들어"의 주어가 "별"임을 고려한다면, "별"은 "더러운 집"에서 살다가 하늘로 떠난 존재라고 간주할 수 있다. "정들어 더러운 집"이므로, 여기서 "더러운"은 단지 오염과 부패에 대한 환멸과 부정의 의미만이 아니라 인간적 경험의 반복과 누적에 대한 애착과 수긍의 의미도 내포한다. 이처럼 정한아의 시에서 '더러운'이라는 풍크툼은 단지 인간사와 현실에 대한 저주와 모독만이 아니라, 그것이 추함과 불완전성을 가짐에도 불구하고 애착을 가지고 긍정할 수밖에 없는 딜레마를 역설적으로 표현한 것이다.

　2~4연은 "더러운 집"에서 진행된 "더러운 사랑"의 속성을 시작과 경과와 결말을 통해 암시적으로 제시한다. 중요한 부분은 "백만 광년 먼 웃음을 깔깔거"리는 "별"이 "더러운 집"에서 진행된 "더러운 사랑"의 대척점에 있지 않고 그 연장선에 있다는 점이다. 마지막 연의 "갈 데까지 가다오"라는 표현은 "더러운 사랑"을 초월하는 "별"의 운행이 아니라 오히려 그것을 극단까지 실천해달라는 요청이고, 결국에는 "더

러운 집"의 "더러운 사랑"으로 "멀리 돌아"오는 회귀를 당부하는 것이다. 이처럼 "더러운 집"과 "더러운 사랑"이라는 풍크툼에 농축되어 있는 인간사와 현실에 대한 저주와 긍정의 이율배반성을 이해해야 "오늘은 언제나 마지막 오늘"이라는 표현에 대한 이해도 가능해진다.

요약하면, 정한아 시의 현상 차원에서 인간사와 현실에 대한 저주와 긍정의 이중주가 유지될 때가 있고, 저주의 독주가 나타날 때도 있다. 저주와 긍정의 이중주가 유지될 때 멜랑콜리와 유머가 공존하면서 아이러니나 패러독스의 미학이 발생하는 반면, 저주의 독주로 나아갈 때 냉소와 환멸에 조롱이 개입하면서 그로테스크의 미학이 발생한다고 볼 수 있다.

> 나/너의 못생긴 무서운 사랑을 얼떨결에 받아들고
> 너/나는 운다 슬프다 못생긴 무서운 사랑이 네/내 손주박 안에
> 담겨 있다 받아먹을 수 없는
> 더러운 사랑이 악취를 풍긴다 사랑이
> 못생기고 무섭고 더러운데 던져버리지 못하고
>
> 보면 볼수록 못생겼구나 이것도 사랑이라고
> 심장이 들었구나 파닥파닥 손바닥에 고동치는 더럽고 무서운 사
> 랑을 들고 너/나는
> 충분히 용감하지도 지혜롭지도 않은 너/나는
> 눈 감고 숨 참고 하염없이 왼쪽 귀를 기울여
> 못생긴 심장의 나지막한 허밍을 듣는다
>
> 〔……〕

물음표들이 솟아오른다 너/나 대신 나/너 대신 조막만한 더러운
마음 대신 어쩌면
  우리는 우리의 소재지를 찾은 것 같아 이야호! 드디어
  아가미를 발명했나봐 답이 안 나오면 질문을 바꿔가며
  이거 봐 아직 죽지 않았어

  아틀란티스라 해볼까

  하필이면 멸망한 잊혀진 대륙, 아무리 애써도 상기할 수 없는 망
각의 심해에서
  하필이면 더럽고 무섭고 못생긴 심장을 들고 우리는

  발꿈치를 들고 사뿐사뿐 걸어도 좋은지
  우리는 가난한 정신의 귀족이며,
  우리는 가난한 정신의 귀족이건만
  ─「하필, 사랑」 부분 (1: 84~87)

　이 시는 "나/너"의 "사랑"에 대한 상념이 혼재된 카오스적 진술을
통해 때로는 직설적으로 때로는 암시적으로 표현된다. 시적 화자는
"나/너"의 "못생긴 무서운 사랑"이 "손주박 안에 담겨 있"어 "더러운
사랑이 악취를 풍긴다"고 말하지만, "손주박"에 "심장이 들었"다고 보
고 "사랑"과 "심장"을 연결시킨다. 그리고 "왼쪽 귀를 기울여/못생긴
심장의 나지막한 허밍을 듣는다." "못생긴 무서운 사랑"과 "더러운"
"사랑" 혹은 "심장"을 "받아먹을 수"도 "없"고 "던져버리지"도 "못하"
는 딜레마를 겪는 화자의 태도는, 그의 내면에 "사랑"에 대해 저주하고
자책하는 감응과 애착을 가지고 수긍하는 감응이 공존하면서 길항함

을 보여준다. 후반부에서 주목할 부분은 "나/너"를 "조막만한 더러운 마음"에 등치시키고 "우리의 소재지"를 "심해"에서 찾으며 "이야호!"라고 환호한다는 점이다. 환호는 "아가미"와 "심해"가 내포하는 '물'의 모티프를 따라 "질문을 바꿔가"는 것과 밀접한 연관성을 갖는다. 화자는 "망각의 심해"에서 "나/너"의 "사랑"과 동격인 "더럽고 무섭고 못생긴 심장"을 들고 질문에 대한 답변을 계속 추구한다. 마지막 두 행은 시어의 층위에서 "가난"과 "귀족"이 상충할 뿐만 아니라, 언술 구조 및 어조의 층위에서도 동일한 구문을 상반된 서술 어미로 변주하면서 미묘하게 양가성을 발산시킨다.

이 시는 전체적으로 "더럽고 무섭고 못생긴" "사랑" 혹은 "심장"에 대한 화자의 태도가 "가난"의 측면과 "귀족"의 측면, 즉 자책감과 자부심의 감정 사이에서 길항하는데, 이 길항이 전반부에서 자책감 쪽으로 기운다면 후반부에서는 자부심 쪽으로 기우는 듯 보인다. 그러나 마지막 구절에서 시어, 언술 구조, 어조 등이 보여주는 미묘함은 무게중심이 어느 한쪽으로 편중되지 않는 균형 감각을 유지한다. 결국 이 시의 중심 대상인 "더럽고 무섭고 못생긴" "사랑"에는 환멸과 냉소의 의미뿐만 아니라 애착과 수긍의 의미가 개입되어 있고, 제목과 본문 곳곳에 등장하는 "하필(이면)"이라는 시어에는 '다른 방도를 취하지 아니하고 어찌하여 꼭'이라는 부정적 의미에 우연적 필연이 가지는 긍정의 의미도 개입되어 있다고 볼 수 있다. 이처럼 정한아의 시는 표면적으로 인간사와 현실에 대한 저주와 자책을 통해 부정 의식을 드러내는 경우에도 특유의 압축적인 조사법과 미묘한 어조를 활용하면서 그것에 대한 애착과 수긍을 감추고 있는 경우가 종종 있다. "더러운 사랑"이라는 표현에 농축되어 있는 인간사와 현실에 대한 저주와 긍정의 이율배반성을 형상화하기 위해 '독특한 조사법'과 은밀한 '역설적 어조'를 구사하는 것이다.

4. 시의 지향—물·불, 거울: 생명의 이완과 수축, 양극의 융합과 매개

앞서 살핀 정한아 시의 원천 및 현상의 연장선에서 시의 지향에 대해 살펴보자. 필자는 이 글 1절의 「축 안개성탄전야」 분석에서 정한아 시의 지향이 '물'과 '불'의 모티프를 통해 인간 세계의 불완전성과 불행을 넘어서 다른 세계로 나아가는 방향과, 고통 속에서 내면적 탐색을 지속하는 방향 사이의 모순적 결합 혹은 융합임을 가설적으로 제시했다. 2절의 「어떤 기도」 분석에서도 "푸른 물고기들의 세계"가 함축하는 '물'의 모티프가 '불'의 모티프에 의해 수렴되면서 감싸인다는 해석을 시도했고, 3절의 「하필, 사랑」 분석에서도 "아가미"와 "심해"가 내포하는 '물'의 모티프를 따라 질문을 계속 바꿔간다는 해석을 시도했다. 정한아 시의 지향에서 중요한 비중을 차지하는 '물'과 '불'의 모티프에 대해 좀더 구체적으로 살펴보자.

잘난 척 같은 건 다 그만두고 싶었어
나는 사실은 물이야 아무 데로나 흐르고 싶어
어항 같은 것은 도랑에 던져버리고 (산산이 부서지라지)
가시 돋친 혀에 찔리지 않고
차가운 시선에 얼지 않는
응, 나는 파란 물인데, 아무 데로나

구름으로 떠올랐다 비로 내렸다 그렇지만
네 눈가에도 꼭 흐르고 싶은
파란 물인데
지금은 칼로 물을 베는 시간
아지랑이의 시간

금 가는 시간

이 부글거리는 시간들에 다 스며들고 나면
요동하는 내 심장의 충혈된 지느러미가
축 늘어지고 나면
물거품이 꺼지고 나면

잘난 척 같은 건 다 그만두고
네 몸을 잠시 입을 텐데
쩽, 부딪히면 술잔처럼 잠시 출렁일 뿐
아무래도 쏟아지지는 않는 이런
몹쓸 청춘 따위 (산산이 부서지라지)
태양의 시간이 다하고 나면
　　──「이 즐거운 여름──네 눈 속의 나의 눈을 들여다보았을 때」
전문 (1: 100~01)

　이 시의 화자는 자신을 "물"로 정의하고 "아무 데로나 흐르고 싶"다
고 말한다. "어항"이 자신을 가두는 현실적 상황이고 "가시 돋친 혀"
가 상대의 비판적 언사이며 "차가운 시선"이 주위의 비우호적인 태도
라면, 화자는 "파란 물"이 되어 모든 것에서 벗어나 자유롭게 "흐르고
싶"어 한다. '물'의 순환성을 따라 "구름"으로 떠오르다가 "비"로 내리
기도 하고 "네 눈가에" '눈물'로도 "흐르고 싶"어 한다. 하지만 지금은
화자와 '너'의 관계가 위태로운 상황이고, "칼로 물을 베는" "아지랑이
의 시간"이다. "구름"─"비"─'눈물'로 변전될 수 있는 '물'의 순환성이
"아지랑이"에 의해 차단되고 혼돈에 이르는 형국이다. 화자는 이 시간
을 "요동하는 내 심장의 충혈된 지느러미"와 연결하고 "태양의 시간"

과도 연결한다. "지느러미"는 '물고기'를 연상시키지만, "심장"이 상징하는 "피" 혹은 "청춘"의 정열이 "아지랑이" 및 "태양의 시간"과 접속되는 연결 고리가 된다.

여기서 주목할 부분은 "태양의 시간"이 "물"의 '시간'과 대비되면서 '불(빛)'과 '물' 모티프의 대비적 구도를 암시한다는 점이다. "태양의 시간"이 "부글거리는 시간"이고 "내 심장의 충혈된 지느러미"가 "요동하는" 시간이라면, "물"의 '시간'은 이것들이 "다 스며들고 나"서 "지느러미가/축 늘어지고" "물거품이 꺼지고" 난 이후의 시간이다. 전자가 생명의 응축과 충일을 함축하는 반면, 화자가 지향하는 후자는 "잘난 척 같은 건 다 그만두고" "아무 데로나 흐르고 싶어"라는 표현이 암시하듯, 궁극적으로 무(無)로의 회귀 혹은 죽음 충동과 연결되는 듯 보인다. 「축 안개성탄전야」에서 '물'의 모티프가 "끓는 물" "솟는 구름" "타는 눈" 등의 이미지를 통해 시의 상승적 지향성을 예감한다면, 인용한 시에서 '물'의 모티프는 '순환성' 및 '죽음 충동'의 속성을 동반하면서 하강적 지향성을 제시하고 있다. 정한아의 시에서 '물'과 '불'의 모티프는 폭넓은 스펙트럼을 가지고 변주되면서 전개되는데, 개체 발생 및 계통 발생적 범주에서 '역진화'와 '진화'의 차원, 즉 생명의 '이완'과 '수축'이라는 존재론적 의미 맥락에까지 도달한다.

> (1)　아무에게도 미안해하지 않겠어, 결심하면서, 너는 전속력으로 뒤로 달려가는 거야. 달리고 달려서 너의 이십대와 십대를 지나, 너의 탄생과 현생인류를 지나 화석까지 닿는 거야. 너는 드디어 시조새의 이빨과 깃털. 너는 언젠가 돌멩이였던 평온. 나무가 된 다프네의 굳어가는 입술에 입 맞추는 햇살.
> ─「독감유감 2」 부분 (2: 39)

430

(2)   내가 본 건 다만

　　　　물에 닿자마자 순식간에 지느러미가 발이 되는

　　　　엄청난 진화 속도를 가진 고래의

　　　　필사적인, 불타오르는 눈동자와

　　　　그 눈동자 깊숙이 숨겨두고 빛나던

　　　　뾰족한 의지와 둥근 연민

　　　　　　　　　　—「둘의 진화—효인에게」 부분 (2: 43)

　(1)과 (2)에서 '물'과 '불'의 모티프와 관련하여 자연과 생명을 포괄하는 존재론적 사유가 은연중에 노출된다. (1)은 "전속력으로 뒤로 달려가"서 "이십대와 십대를 지나"고 "탄생과 현생인류를 지나 화석에까지 닿는" "너"의 모습을 "시조새의 이빨과 깃털" 및 "돌멩이"로 제시한다. 화자는 "나무가 된 다프네의 굳어가는 입술"을 언급하면서 "너"의 '역진화'에 대해 말하는데, "다프네"는 그리스 신화에 나오는 숲의 님프로서 하신(河神) 페네이오스(혹은 라돈)의 딸이므로 '물'의 모티프와 연관된다. 반면 (2)는 "물에 닿자마자 순식간에 지느러미가 발이 되는/엄청난 진화 속도를 가진 고래"의 모습을 제시한다. 화자는 "불타오르는 눈동자"와 그 속에 "숨겨두고 빛나던/뾰족한 의지와 둥근 연민"을 언급하면서 '불'의 모티프를 중심으로 "고래"의 "진화"에 대해 말하고 있다.

　여기서 '물'의 모티프가 '역진화'라는 사유와 연결되고, '불'의 모티프가 '진화'라는 사유와 연결되는 지점을 포착할 수 있다. 즉 정한아의 시적 지향으로서 '물'의 모티프가 '이완'과 '반복' 및 '하강'의 경향을 가지는 '역진화' 혹은 '물질'의 차원과 연관된다면, '불'의 모티프는 '수축'과 '생성' 및 '상승'의 경향을 가지는 '진화' 혹은 '생명'의 차원과 연관된다고 볼 수 있다. 베르그송적인 '창조적 생성의 존재론'[3]과도 맞닿아 있는 시적 사유에서 주목할 부분은, 두 지향성이 배타적으로 독립된 운동을 진행하는 것이 아니라 상호 보완적으로 침투한다는 점이다. 자연과 생명을 포함하는 우주 전체는 동일한 에너지의 두 운동 경향인 '이완'과 '수축'을 반복하면서 해체와 생성을 부단히 이어나간다. 이처럼 정한아 시의 지향으로서 '물'과 '불'의 모티프는 상호 침투하는 순환적 연속체의 특성을 보여주면서 베르그송적인 존재론적 사유를 다시 특유의 종교적·윤리적 사유와 접속시킨다.

〔……〕 눈 감은 채 고양된 황홀은 추락의 느낌과 너무나 흡사하고, 높이는 깊이와 같아지고, 지옥은 지극히 권태로운 곳이 될 거라. 천국과 뫼비우스의 띠로 이어져 있을 거라. 너무 좋아서 차마 다 들을 수 없는 곡을 들을 때, 듣다가 꺼버릴 때, 우리는 우리가 지옥에서 돌아왔는지, 천국에서 쫓겨났는지 분간할 수 없고, 혹은 유일하게 진짜인 우리의 삶으로부터 지옥이며 천국인 이곳으로 돌아왔는지 알 수 없는 거라. 너무 좋아서 견딜 수 없는 곡은 하나의 지극한 生. 누구의 것도 아닌, 하지만 귀 기울일 때에는 온전히 자기 자신인 지독한 生. 우리는 전생으로 나아간다. 혹은 사후로 돌아간다. 혹은 전생이며 사후인 어떤 이방에서 귀환한다. 뜨거운 돌을

---

3 베르그송의 철학은 '잠재적 무의식' 개념을 통해 확장된 '창조적 생성의 존재론'이라고 말할 수 있다. 베르그송은 우리의 현실적 경험에 주어지는 혼합물들을 우선 공간과 지속, 물질과 기억, 물질과 생명 등 본성상 차이 나는 두 항으로 나눈다. 베르그송의 '기억' 이론은 공간과 지속의 이항 대립을 현실적-수평적 차원과 잠재적-수직적 차원의 교차 관계로 전환시킨다. 베르그송적 우주는 '물질'과 '생명'의 상반된 두 경향 속에서 움직인다. 물질이 '이완'과 '반복'의 경향을 가진다면, 생명은 '수축'과 '창조적 생성'의 경향을 가진다. '수축'과 '이완'은 동일한 에너지의 두 운동 경향인데, 우주 전체는 수축하고 이완하면서 생성과 해체를 부단히 이어간다. 우주적 자연 안에서 잠재적인 순수 생명은 현실화하면서 물질과 결합하는 생명 종들의 계열들로 분화한다. 생명의 진화는 잠재적인 무의식의 현실화 운동이다. 이것은 우주 안에 진정한 창조와 새로움을 생성한다. 김재희, 『베르그손의 잠재적 무의식』, 그린비, 2010 참고. 베르그송의 철학에 대한 전반적인 고찰은 졸저, 『한국 모더니즘 시의 반복과 변주』, 소명출판, 2015, pp. 50~55를 참고할 것.

쥐고. 모든 일은 지금 일어난다.

　　　　—「간밤, 안개 구간을 지날 때」 부분 (2: 119)

　이 시의 화자는 "간밤, 안개 구간을 지날 때" "너무 좋아서 견딜 수
없는 곡"으로 인해 "황홀"을 느끼며 "높이"가 "깊이와 같아지"는 "추
락의 느낌"을 가진다. "고양된 황홀"의 감응 속에서 화자는 "천국"과
"지옥"을 "분간할 수 없"고 "전생"과 "사후"를 구분할 수 없는, 그래서
현실과 허구의 경계가 허물어지는 차원을 경험하게 된다. 화자가 체험
하는 감응인 "고양된 황홀"과 "추락의 느낌"은 수직적 구도를 가지면
서 "높이"와 "깊이" "천국"과 "지옥" 등의 양극을 파생시킨다. "고양
된 황홀"–"높이"–"천국"의 계열은 '불' 모티프가 가지는 '수축' '생성'
'상승' 등의 경향과 연관되고, "추락의 느낌"–"깊이"–"지옥"의 계열은
'물' 모티프가 가지는 '이완' '반복' '하강' 등의 경향과 연관되는데, 이
러한 특성은 '숭고의 미학'과 연관성을 가진다. 화자는 "간밤, 안개 구
간을 지"나면서 '불' 모티프의 '생명의 진화'와 '물' 모티프의 '생명의 역
진화'가 상충하면서 융합되는 무의식적인 경험을 통해 '숭고'를 체험하
는 것이다.[4] 「축 안개성탄전야」에서 "안개"가 '신성과의 접속'을 방해하
면서 인간 세계의 불완전성과 불행 및 위험으로 인도하는 동시에 "끓
는 물" "솟는 구름" "타는 눈" 등의 이미지로 이어지면서 상승적 지향
성을 예감하는 것과 유사하게, 인용한 시의 "안개"는 시의 상승적 지향
성과 하강적 지향성이 충돌하면서 융합되는 차원의 배후적 원인으로

4　칸트는 숭고의 체험에서 고통과 공포를 느끼는 주체는 현상계에 속하는 상상력과 지성이지만, 고
통과 공포에 직면했을 때 현상계를 초월하는 이성 이념이 인간의 정신 속에서 환기된다고 간주한
다. 칸트의 '숭고'에 대한 분석은 이 책의 pp. 22~24를 참고할 것. 리오타르는 숭고를 아방가르
드와 접속하면서 대상을 묘사하기를 포기한 현대 예술이 묘사할 수 없는 것을 묘사하려는 모순된
시도를 보여준다고 설명한다. 리오타르의 '숭고'에 대한 분석은 이 책의 pp. 24~25와 p. 282를
참고할 것.

작용하고 있다.

이때 '불' 모티프가 '생명의 진화'가 가지는 수축적 작용인 '삶 충동'과 연관된다면, '물' 모티프는 '생명의 역진화'가 가지는 이완적 작용인 '죽음 충동'과 연관된다. 화자는 "천국"과 "지옥"의 양극이 가지는 수직적 구도를 "전생"과 "사후"의 양극이 가지는 수평적 구도로 전이시킨다. 주목할 부분은 "천국"과 "지옥"의 양극뿐 아니라 "전쟁"과 "사후"의 양극 간에 놓인 경계를 가로질러 접속하고 융합하는 매개로서 "뫼비우스의 띠"를 제시한다는 점이다. 정한아의 시에서 시적 지향으로서 '물'과 '불'의 모티프를 매개하는 동시에 양극을 접속하고 융합하는 매개로서 "뫼비우스의 띠"와 유사한 역할을 담당하는 것으로 '거울'의 모티프가 등장한다.

> (1) 거울 속에 그냥 걸어들어가 겨울잠이나 잤으면 아무 약속도
> 없이 아무 바람도 없이 밤도 낮도 없이 그냥 빙하기 동굴 속에
> 숨어든 어린 쥐처럼 쥐도 새도 모르게 둘이 자다 하나가 죽어
> 도 모르게 쥐포처럼 납작하게 꿈 없는 잠을, 파리가 나오는 꿈
> 없는 잠을
>   파리가 뭔지 잊어버린 두꺼비의 집을 꺼낸 내 머리를 열고
> 거기서 걸어나오는 건,
>
> 아마 내가 아니라 내 잠일 거야
> 잠아, 흘러가렴 두꺼비와 파리를 용서하고
> 거울 속에서 흘러가렴
> ──「거울 속의 잠」 부분 (1: 24~25)
>
> (2) 해가 떨어지면 몰려오는 검은 나비 떼

눈을 크게 뜨고 떠오르는 달을 바라봐
컹! 컹!
얼룩진 얼굴
가장 불길한 기억들을 환히 떠올리는 로르샤흐 테스트
투명하든 모호하든
기억엔 표정이 없고
어떻게 보이는지는 이미 눈이 결정했어

〔……〕

언젠가
억양을 지우고 우리는 거울을 볼 거야
거기 있을 아무의 얼굴
이름을 붙여주면
얼핏 미소도 지을 것 같아
거울에도 파도가 일까 거기
　　　　　　　—「겨울 달」 부분 (2: 12~13)

(3)　고문당한 말들이
원혼처럼 거듭 돌아와 거울 앞에서
자꾸만 제 얼굴을 매만지고 있다
〔……〕

잠든 시간에 몰래 가동하는 몹쓸
차가운 거울
속으로

나는 밤을 뒤집어본다 그것은

구멍 난 양말을 그 구멍으로 뒤집는 것처럼

어쩐지 잔인한 일

뒤집힌 밤은

소리도 고통도 없는데

누군가 거울 밖에서

망치질을 하고 있다

　　　—「무연고(無緣故)」부분 (2: 88~89)

　　이 시들에서 공통적으로 '거울'의 이미지가 중요한 시적 기능을 담
당한다. (1)에서 화자는 "파리가 나오는 꿈 없는 잠"을 자고 싶어 하는
데, "거울"은 화자가 그 "속에 그냥 걸어들어가 겨울잠이나 잤으면" 하
고 소망하는 매개로 등장한다. "그냥"의 부연 설명에 해당하는 "아무
약속도 없이 아무 바람도 없이", '시간의 초월'을 뜻하는 "밤도 낮도 없
이", '몰래'를 뜻하는 "쥐도 새도 모르게 둘이 자다 하나가 죽어도 모르
게" 등은 모두 "꿈 없는 잠"을 수식하면서 거기로 수렴된다. "잠"은 '무
로의 회귀' 혹은 '죽음 충동'의 하강적 지향성을 가지는 '물'의 모티프
와 상통하는 이미지이고, "거울"은 '물'의 모티프를 매개하는 이미지라
고 볼 수 있다.

　　(2)에서 화자는 '겨울 달' "검은 나비 떼" "얼룩진 얼굴" 등과 상호
조응하면서 "불길한 기억들을 환히 떠올리는 로르샤흐 테스트[5]"를 언

5　'로르샤흐 테스트'는 스위스의 정신의학자 헤르만 로르샤흐가 개발한 투시적 인격 진단 검사로,
　열 장의 카드에 나타나는 좌우 대칭의 '잉크 얼룩'을 보여주면서 피험자의 반응과 그가 주목한 특
　징을 기록하여 정신적 상태와 인격을 진단하는 기법이다. 로르샤흐에 의하면, 이 테스트는 다양한
　해석이 가능한 애매한 자극인 잉크 얼룩에 투영된 인간의 경향, 해석, 감정 등을 기초로 하고 있
　다. 김춘경, 『상담학 사전 1』, 학지사, 2016, p. 537 참고.

급한다. "거울"은 화자가 그 "모호"한 "투명"성 혹은 "표정이 없"는 "기억"을 넘어서 "억양을 지우고" "얼굴"을 바라보는 매개로 등장한다. 화자가 "언젠가/억양을 지우고" "거울을 볼" 것이라고 말하는 것은 '잉크 얼룩'과 "얼룩진 얼굴"이 오버랩되면서 형성되는 "불길한 기억"의 혼란 속에서 자기 얼굴을 바라보겠다는 미래적 예감을 표현하는 것이다. 그 예감을 가능케 하는 동인은 "어떻게 보이는지는 이미 눈이 결정했어"라는 구절에 나타나는 "눈"이다. 이 구절을 비롯해서 "눈을 크게 뜨고 떠오르는 달" "네 안경의 유리알" 등에서 연쇄적으로 제시되는 시각적 이미지들은 '시선'의 작용을 '거울'의 이미지에 수렴시킨다. 따라서 '거울'은 '불(빛)' 모티프를 매개하는 이미지로서, 「축 안개성탄전야」에 등장하는 "타는 눈"과 상통하면서 '내면의 눈빛'을 켜고 인간 세계의 불완전성과 불행을 견디며 고통스러운 탐색을 지속하려는 시의 지향성을 암시하는 듯하다.

(3)에서 화자는 "고문당한 말들이/원혼처럼 거듭 돌아와 거울 앞에서" "내 얼굴에 제 얼굴을 들이대고//어떻게 좀/어떻게 좀 해보라고" 하는 상황을 제시한다. "거울"은 화자가 그 "속으로" "밤을 뒤집어"보면서 사태의 안과 밖, 더 나아가 현실과 허구를 뒤집는 경계의 매듭 즉 '경첩'의 역할을 담당한다. "고문당한 말들"은 "차가운 거울" 앞에서 "잠든 시간에 몰래 가동하"여 "죽을 방법의 다양성"과 "평등한 고난"과 "이상을 잊은 자유"를 요구한다. 이때 화자는 "차가운 거울/속으로" "밤을 뒤집어"봄으로써 사태를 전도시킨다. '안팎의 뒤집기'는 「간밤, 안개 구간을 지날 때」에서 살핀, "천국"과 "지옥", "전생"과 "사후" 등의 경계를 가로질러 접속하고 융합하는 "뫼비우스의 띠" 방식과 유사하다.

이상의 '물'과 '불'의 모티프 및 '거울'의 모티프에 대한 논의는 시의 현상이라기보다 시적 지향에 대한 분석 및 해석이라는 점에서 정한아 시의 잠재성에 해당할 수도 있고, 정한아 시의 미래적 방향성에 대한 예감에 해당할 수도 있다. 정한아가 시적 원천으로서 신성에 대한 동경과 모독의 이율배반성, 시적 현상으로서 인간사와 현실에 대한 저주와 긍정의 이율배반성을 끝까지 견디면서 '물'과 '빛'의 모티프를 통해 지향하는 두 방향성 사이의 모순적 결합 혹은 융합을 성공적으로 진행하기를 기대한다. 이율배반성이 가져오는 긴장과 고통을 감내하면서 시적 강도를 강화하고 밀도를 높일 때, 인간 세계의 불완전성과 불행을 증언하면서 시적으로 대응하는 아이러니나 패러독스의 미학이 숭고의 미학과 결부되면서 더 빛을 발할 수 있기 때문이다.

[『시인동네』, 2018]

제4부
상징과 미

세계에 대한 연민과 시간의 중층적 구조
─이건청 시의 풍크톰

1. 주체와 대상의 관계성 및 시간 구조

이건청의 열한번째 시집 『곡마단 뒷마당엔 말이 한 마리 있었네』(서정시학, 2017)를 전체적으로 지배하는 주제는 청춘의 아름다움에 대한 회상, 노년의 쇠락에 대한 인식, 앞날에 대한 소망 사이에서 다층적인 맥락을 형성한다. 이건청의 시에서 주목할 부분은 주제뿐만 아니라 그것을 형상화하는 시적 형식과 기법이다. 이 시집에서 이건청의 시적 형식과 기법은 주로 주체와 대상의 관계성 및 시간 구조의 측면에서 시력(詩歷) 50년에 상응하는 독창적이면서도 원숙한 경지를 보여준다. 이건청의 시는 주체와 대상의 관계성을 섬세하고 미묘하게 변주하는 동시에 그것을 과거, 현재, 미래의 중층적인 시간 구조 속에 복잡하고 다양하게 형상화함으로써, 현실 세계의 폭력성을 증언하고 시간의 운명 앞에 놓인 인간을 위무하는 동시에 존재론적 각성에 도달한다.

이 시집에서 이건청이 보여주는 주체와 대상의 관계성은 주로 시적 화자와 선후배 시인(조정권, 이성선, 연암 박지원, 파울 첼란 등), 불우한 이웃(중증 장애인, 장님 여자 등), 식물(진달래꽃, 참꽃, 청매실, 돌미나리 등), 동물(기러기, 고래, 말, 소, 염소 등)과 같은 시적 대상과의 관계를 섬세하고 미묘하게 변주함으로써 형상화된다. 시적 화자는 이러한 시적 대상을 관찰의 대상, 분신적 대상, 동반자적 대상 등으로 인식하면서 객관적 관찰, 감정 이입을 통한 연민, 동화assimilation나 투사projection를 통한 동일시, 연민과 동일시의 복합적 시선, 무심함을 동반하는 비식별성 등의 다층적인 시선을 보여주는 시적 형식과 기법을 구사한다.

이 시집에서 이건청이 보여주는 시간 구조는 주로 과거, 현재, 미래 사이의 연관성을 복잡하고 다양하게 변주함으로써 형상화된다. 이 연관성을 중심으로 살펴보면 과거와 현재의 대비적 구조, 과거와 현재가 융합되는 구조, 과거를 기점으로 현재를 거쳐 미래까지 지속되는 구조, 현재를 기점으로 과거로 회귀하고 다시 현재로 귀환하는 구조, 현재가 과거에 개입하는 구조, 미래적 소망의 구조 등 복잡하고 다양한 시간 구조가 등장한다. 이처럼 최소 여섯 가지 이상의 중층적인 시간 구조를 형상화함으로써 이건청의 시는 과거에 대한 회상, 현재에 대한 인식, 미래에 대한 희망 사이에서 삶과 죽음, 젊음과 늙음, 이승과 저승 등의 경계를 무너뜨리고 횡단하면서 시간의 거역할 수 없는 운명 앞에 서 있는 인간을 감싸 안고 위무한다.

이 시집의 주체와 대상의 관계성 중에서 특별히 주목할 부분은 화자와 동물 이미지로 등장하는 대상의 관계성이고, 시간 구조 중에서는 과거, 현재, 미래의 경계를 무너뜨리고 횡단하는 구조이다. 이 부분들을 포함하여 필자는 이 시집의 도처에서 이건청 시의 풍크툼[1]을 발견한다. 이 글은 이 시집의 특성을 이건청 시의 풍크툼에 해당하는 상징들을 주목하면서 주체와 대상의 관계성 및 시간 구조를 중심으로 살펴보고자 한다. 특히 시적 화자와 기러기, 고래, 말, 소, 염소 등의 동물 이미지로 등장하는 시적 대상의 관계성과 과거, 현재, 미래의 경계를

---

1 '풍크툼'에 대해서는 이 책의 p. 163의 각주 10을 참고할 것.

무너뜨리고 횡단하는 시간 구조에 초점을 맞추어 분석해보려 한다.

2. 변방의 시인과 세계의 폭력적 구조

　이 시집의 주체와 대상의 관계성 중에서 시적 화자와 선후배 시인으로 등장하는 대상의 관계성을 먼저 살펴보자. 화자가 시적 대상으로 묘사하는 선후배 시인으로는 우선 조정권, 이성선, 연암 박지원 등을 들 수 있다.

　　(1)　'독락당(獨樂堂)'을 짓고
　　　　'산정묘지'를 이뤄내면서
　　　　한국시의 개성이 될 사람 하나가
　　　　옛날에, 먼 길을 짚어 오곤 했었다.

　　　　이젠, 안 오는 버스를 기다리며, 갈아타며
　　　　나이 70 목전까지,
　　　　세상 변방만 찾아다니며
　　　　변방을 복판으로 끌어다 놓고 있는 사람,
　　　　—「독락당, 혹은 산정묘지—정권에게」 부분

　　(2)　1974년 쯤, 가을 설악산 가는 길
　　　　속초에 들러 이슬 시인을 만났는데
　　　　강릉 사투리를 섞어 쓰는 그가
　　　　설악 능선 위 밤에만 솟아오르는
　　　　제일 깨끗한 별만 몇 개씩 먹고

연명하는 걸 단박에 알 수 있었다.

지금, 이성선 시인은 속초에 없다.

설악산 단풍 속에서 불로 다 타버리고

겨우 남은 재만 조금 설악산 백담계곡

어딘가에 뿌려졌다고 한다.

　　　　　　　　　　　　　　—「가을 속초」 부분

(3)　지필묵 걸망을 짊어진 채

　　　일어서고 일어서면서 가고 있었다.

　　　재고, 깎고, 두들겨 본 세상을

　　　일기에 적어 넣고 있었다.

　　　지필묵 걸망을 지고 사신들의 길을

　　　따라온, 아픈 다리로

　　　겨우 겨우 따라 여기까지 온 주변인,

　　　늙은 시인 하나.

　　　　　　　　　　　　　　—「열하일기를 읽으며」 부분

　이 시들은 시적 대상으로 각각 조정권, 이성선, 연암 박지원 등을 등
장시킨다. (1)에서 조정권은 "단식광대 같은 문청 하나" "얼굴이 해맑
은,/눈망울이 푸른 소년" 등으로 묘사되는데, 조정권의 시 제목인 "독
락당"과 "산정묘지"를 일종의 상징으로 구사하여 그의 특성을 집약적
으로 드러낸다. '고고(孤高)의 정신'이라고 명명할 수 있는 이 상징성은
인용한 2연에 2회 반복되는 "변방"과 모종의 연관성을 가진다. 이건청
은 "변방"의 아웃사이더가 가진 고독과 순수와 염결성을 사랑하고 '고
고의 정신'을 품은 후배 시인을 흠모하는 것이다. (2)에서 "이슬"로 상

징되는 이성선은 "별"만 먹고 연명하는 시인으로 묘사되며, 그의 시는 "자작나무 잎에 맺힌 물방울"로 묘사된다. 이건청은 "이슬" "별" "물방울" 등으로 상징되는 고고한 순수와 순결의 시 정신을 지닌 후배 시인을 추모하고 있다. (3)에서 연암 박지원은 "지필묵 걸망을 짊어진" "주변인"이자 "늙은 시인"으로 묘사된다. "조선조 연행단의 친인척들로 자비를 들여 따라간 비공식 수행원"인 "자제군관" 자격으로 중국을 다녀온 박지원을 "주변인"이라고 지칭하는 부분은, 이건청의 시선이 주류가 아니라 아웃사이더의 위상에 초점을 맞추고 있음을 확인시킨다.

세 명의 시인들에 대한 화자의 시선은 일단 객관적 관찰이나 감정 이입을 통한 연민에 가까운 듯이 보인다. 그런데 필자는 (3)의 인용한 2연에서 화자가 박지원을 "늙은 시인"이라고 지칭하는 대목에서 풍크툼을 느낀다. 1737년에 출생한 박지원이 1780년에 청나라를 연행하고 온 뒤 『열하일기』를 저술했으므로 대략 43세의 나이인데, 당시의 시점이 반영된 시적 언술에서 박지원을 "늙은 시인"이라고 표현하는 것은 부적절하거나 어색하다. 이건청은 당시의 박지원을 왜 이렇게 지칭했을까? 아마 박지원의 과거 행적을 바라보는 이건청의 시선에 현재의 자기 경험이 스며들며 동일시되었기 때문일 것이다. 다시 말해, (3)은 전체적으로 과거 시제 서술어로 일관하고 있으며 인용한 2연도 과거의 상황을 묘사하지만, "아픈 다리로/겨우 겨우 따라 여기까지 온 주변인,/늙은 시인 하나"라는 대목에서 이건청 자신의 현재적 위상이 무의식적으로 개입되는 것이다. 이러한 사실은 (1)과 (2)에서 시적 화자가 시적 대상인 후배 시인들을 바라보는 시선이 표면적으로는 객관적 관찰이나 감정 이입을 통한 연민이지만, 내면적으로는 동화나 투사를 통한 동일시가 개입되고 있다는 유추를 가능케 한다. 그렇다면 인용한 세 편의 시에는 모두 시적 화자의 대상에 대한 관찰과 연민과 동일시라는 복합적 시선이 개입되어 있다고 말할 수 있을 것이다.

한편 시간 구조의 측면에서 살펴보면, (1)과 (2)는 공통적으로 인용한 1연과 2연 혹은 전반부와 후반부가 과거 회상과 현재 인식이라는 두 시점이 대비되는 시간 구조를 보여준다. 그러나 (1)은 시적 대상인 조정권이 보여준 과거의 특성이 현재까지 지속되는 반면, (2)는 시적 대상인 이성선이 보여준 과거의 특성이 현재에 소멸한다는 점에서 차이가 있다. 좀더 구체적으로 말하면, (1)의 인용한 2연에서 "이젠, 안 오는 버스를 기다리며, 갈아타며"라는 표현은 상황의 변모를 언급하지만, "세상 변방만 찾아다니며/변방을 복판으로 끌어다놓고 있는 사람"은 시적 대상의 변하지 않는 지속성을 언급한다는 점에서, 1연의 과거 회상과 대비되는 2연의 현재 인식은 다시 상황의 변모와 대상의 지속성이라는 복합적인 구도를 형성한다. 반면 (2)의 후반부에서 "불"과 "재"의 상징은 전반부에 제시된 "이슬" "별" 등의 상징과 선명히 대비되면서, 과거 회상과 대비되는 현재 인식으로서 이성선의 죽음을 담담하고 객관적인 어조로 표현하고 있다. 한편 (3)은 전체적으로 과거 회상으로 일관하지만 "아픈 다리로/겨우 겨우 따라 여기까지 온 주변인,/늙은 시인 하나"라는 대목에서 이건청 자신의 현재적 처지가 무의식적으로 개입하면서 융합된다. 따라서 이 대목에서 표면적인 시제는 과거지만, 내면적으로는 과거와 현재가 충돌하면서 융합되는 시간 구조를 형성한다고 볼 수 있다.

지금까지의 분석을 통해 이 시집의 특성에 대해 다음과 같은 가설을 도출할 수 있다. 첫째, 이 시집에서 시적 화자는 대상으로 등장하는 선후배 시인, 불우한 이웃, 식물, 동물 등을 객관적으로 관찰하거나 감정 이입을 통해 연민의 시선을 형성하지만, 내면적으로 이건청 시인 자신의 모습을 투사하거나 동화되면서 동일시하는 지점도 있다. 따라서 이 시집에 실린 대부분의 시에는 시적 화자의 대상에 대한 관찰과 연민과 동일시라는 복합적인 시선이 개입되어 있다. 둘째, 이 시집에서 과거 회상과 현재 인식이라는 두 시점이 공존하면서 대비될 때도 있고 한 지점에서 충돌하면서 융합될 때도 있다. 따라서 대부분의 시는 과거 회상과 현재 인식 및 미래적 기약 사이에서 복잡다기한 시간 구조를 형상화한다. 이러한 두 가지 가설을 검증하기 위해 화자와 불우한 이웃, 식물 등으로 등장하는 시적 대상의 관계성을 살펴보기로 하자.

> (1) 엄마, 엄마를 부르는 아이를
>   활동보조인 여자가 밀쳐 내고 있었다.
>
>   길 위에 넘어진 아이가 다시 달려가
>   엄마의 다리를 잡는데
>   가늘고 힘없이 늘어진
>   엄마의 다리에 매달려 우는데,
>   우는 아이를 바라보며
>   중증장애인 엄마가 우는데……
>   ——「전동 스쿠터가 있는 비탈길」 부분

> (2) 세상아, 너는 울지 마라,
>   겨우내 덮고 잔 이불도
>   햇볕에 내어 펼쳐 말리렴,
>   보아라, 저 아지랑이 산들이
>   매와 멍을 다 품어 안고
>   흐느끼고 있지 않느냐?
>
>   이 봄, 아지랑이 쪽

산비탈들이 즈믄 세상의

매와 멍을 다 품어 안고

핏빛 울음을 대신 울어주고 있지 않느냐?

——「진달래꽃」부분

    (1)에서 시적, 화자는 "전동 스쿠터"를 탄 "중증장애인 엄마"와 "엄마를 부르"며 "다리에 매달려 우는" "아이"를 객관적인 관찰자의 시선으로 묘사하지만, 이 시선에는 소외되고 불우한 이웃에 대한 연민이 내재되어 있다. 짧은 분량의 작품이지만 "엄마"라는 단어가 인용한 부분에서 5회, 시 전체에서 총 8회나 반복되는 것은 시적 대상을 바라보는 화자의 시선에 연민과 안타까움이 스며 있다는 사실을 증거한다. (2)에서 시적 화자는 "세상"과 "진달래꽃"이라는 두 시적 대상을 바라보는데, "세상"에게 "진달래꽃"을 보여주며 말을 건네고 있다. "봄"이 와서 "아지랑이" 피어나는 "산비탈"에 만발한 "진달래꽃"은 "세상"의 "매와 멍을 다 품어 안고/흐느끼고 있"고 "핏빛 울음을 대신 울어"준다. "매"가 피해자의 수동적 위치를 상징하고 "멍"이 상처받음과 고통을 상징한다면, "핏빛 울음"은 모든 것을 승화하는 차원으로서 노래(시)를 암시한다. 따라서 이건청의 시는 소외되고 불우하며 상처받음에도 순수하고 고고하게 사는 세상의 모든 존재들에 대한 애정과 연민의 노래이자 승화의 노래이다. 여기서 "세상"이 상처받은 시적 대상을 대표한다면, "진달래꽃"은 그것을 감싸 안고 위무하는 시적 화자의 분신이라고 볼 수 있다. 따라서 "진달래꽃"은 화자가 동화나 투사를 통해 동일시하는 시적 대상에 해당한다. 결국 화자가 "세상"과 "진달래꽃"을 바라보는 시선에는 이건청 시의 비밀인 시적 주체와 대상의 복합적인 관계성이 내포되어 있다.

    한편 "진달래꽃"을 "핏빛 울음"으로 비유하는 부분에는 이건청 시의 중요한 특성으로서 공감각적 이미지의 형상화 방식이 나타난다. 이 시집에서 이러한 사례들을 찾아보면, "참꽃"을 "여자들이, 진홍빛/치마저고리를 차려입고/산등성이 양지쪽에 펼쳐 앉는"다고 묘사하는 동시에 "비파도 거문고도 어우러진/노래판을 그득그득 차린다"(「비슬산 참꽃」)라고 묘사하는 부분, "봄 산"을 "거기 명창 몇이 계신 걸/내 알지, 내 다 알지,//이승 떠난 여류 명창 몇이/연둣빛 옷고름도 흐려져"(「봄산」)라고 표현하는 부분 등은 시각적 이미지와 청각적 이미지를 긴밀히 결부시키는 경우에 해당한다. "벌레 소리"를 "저 벌레들의 울음이/세상 우물을 채우고도/넘치고, 흘러가,/해 뜨는 바다에 가리니"(「새벽뜨락에서」)라고 표현하는 부분은 청각적 이미지와 촉각적 이미지를 긴밀히 결부시키는 경우에 해당한다. 이건청 시에서 공감각적 이미지는 단순히 효과적인 표현이라는 기법적 차원에 그치지 않고, 시적 화자가 "세상"과 "진달래꽃"이라는 두 대상을 바라보는 시선에 애정과 연민과 승화라는 심리적이면서 동시에 정신적인 차원을 개입함으로써 얻어진 결과라는 사실을 주목할 필요가 있다.

지금까지 이 시집에서 주체와 대상의 관계성 중 시적 화자와 선후배 시인, 불우한 이웃, 식물 등의 관계를 살펴보았는데, 좀더 시야를 확대하면 다음과 같은 작품들과도 만나게 된다.

(1) 이스라엘에서 발사된 포탄이
담장 너머 가자지구에 터지자
아이들 몇 한꺼번에 쓰러진다.
한 아이, 머리 없는 몸통 되어 뒹군다.

이스라엘 스테롯 산 정상에
사람들이 의자에 앉아 있다.

구경을 하고 있다. 포탄이 날아갈 때마다
환호성이 터진다. 엄지손가락을 치켜든
이스라엘 여자도 있다.
　　　―「팔레스타인」 전문

(2)　　짜이고 짜여 금강석이 된
　　　파울 첼란의 시는
　　　아우슈비츠 이후 최고의 시였다.

　　　아도르노가 말했다.
　　　"첼란의 시는 침묵을 통해
　　　극도의 경악을 말한다.
　　　아우슈비츠 이후에는
　　　어떤 시도 쓰일 수 없다는
　　　나의 말은 잘못이었다"
　　　시인은 문학상도,
　　　시를 통해 얻은 명망도,
　　　아내와 아들도 두고
　　　센 강에 몸을 던졌다.

　　　고통과 우울의 심연까지 갈앉아
　　　견고한 침묵을 끌어안은 사람,

　　　말의 무게를 끌어안고
　　　절망의 바닥을 찾아간 사람,
　　　―시인 파울 첼란.

—「파울 첼란」 부분

(1)은 1연과 2연의 선명한 대비를 통해 팔레스타인 분쟁의 비극적 상황을 형상화한다. 1연은 "이스라엘"의 폭격에 의해 "가자지구"의 "팔레스타인" "아이들"이 참혹하게 희생되는 장면을 묘사하는 반면, 2연은 "이스라엘" "사람들"이 "구경을 하"면서 "환호성"을 지르고 "엄지손가락을 치켜"들기도 하는 장면을 묘사한다. 이 시의 화자가 바라보는 시적 대상은 "가자지구"의 "팔레스타인" "아이들"과 "이스라엘" "사람들"로 나누어져 대비적 구도를 형성하는데, 화자는 "포탄"으로 제유되는 군사적 폭력의 가해자와 "머리 없는 몸통"으로 제유되는 피해자의 관계성을 객관적 관찰의 시선으로 묘사한다. 그런데 이 중립적이고 냉정한 시선이 오히려 전쟁 상황 속에서 죽이는 사람과 죽는 사람이라는 이분법적 구도를 선명히 대비시킴으로써, 독자에게 세계의 폭력적 구조에 대한 경각심을 불러일으킨다. 여기서 화자의 시적 대상에 대한 시선은 연민이나 동일시에서 벗어나 객관적 관찰이 가지는 무심함을 통해 현실 세계에 대한 각성 효과를 만들어낸다.

이밖에도 이 시집에서 화자가 시적 대상에 대해 객관적 시선을 유지하면서 세계의 폭력적 구조에 대한 경각심을 불러일으키는 작품으로는 「길고 지리한 일상에서」 「뉘른베르크, 양말, 혹은 양말제조법」 등의 시가 있다. 이처럼 '세계의 폭력적 구조'를 드러내는 시 계열과, 앞서 분석한 조정권, 이성선, 연암 박지원 등 '변방의 시인'을 제시하는 시 계열이 결합된 자리에서 (2)와 같은 시가 생성된다. "파울 첼란"은 "부모가 가스실로 끌려가고/우연히 살아남"아 "아우슈비츠 이후 최고의 시"를 쓰는 시인이 되지만, "센 강에 몸을 던"져 자살하고 만다. 그는 "고통과 우울의 심연까지 갈앉아/견고한 침묵을 끌어안"으며 "말의 무게를 끌어안고/절망의 바다을 찾아간" 시인이다. 그의 시는 "치밀한 응축의 시편"이며 "침묵을 통해/극도의 경악을 말"하는 "금강석" 같은 작품이다. "파울 첼란"은 폭력에 의해 처절하게 희생당한 상처와 고통을 견고한 침묵을 통해 끌어안음으로써 "시"라는 빛나는 예술 작품으로 승화시킨다. 결국 이건청은 '세계의 폭력적 구조'에 의해 소외되고 상처받으며 고통받는 인간들, 특히 '변방의 시인'을 관찰과 연민과 동일시의 시선으로 감싸 안고 위무하면서, 치밀한 응축과 견고한 침묵으로 그것을 극복하는 예술적 승화를 추구하는 것이다.

3. 동물 이미지와 시간의 중층적 구조

시적 주체와 대상의 관계성 중에서 특별히 주목할 부분으로서 화자와 동물 이미지로 등장하는 대상의 관계성에 대해 살펴보자. 시적 화자와 기러기, 고래, 말, 소, 염소 등의 동물 이미지로 등장하는 시적 대상의 관계성을 고찰하면서 과거, 현재, 미래의 연관성을 복잡다기하게 변주하는 시간 구조에 대해서도 살펴보기로 하자.

    (1)   장호원 어디쯤이던가,
             막차를 기다리고 있던,
             서먹서먹 기다리고 있던
             비포장 신작로 위 어둔 하늘로
             클라리넷을 불며 가던,
             오보에나 피콜로를 불며 떼 지어 가던
             늦가을 기러기 떼 있었는데,

             눈도 귀도 흐려진 날,

기러기 없는 늦가을 빈 하늘,

아직까지 저무는 길가에 서서

언젠가 올

막차를 기다리고 서 있는

늙어버린 남자와 여자……

　　　　　　　　　─「기러기」 부분

(2)　1912년, 어느 미국인이 장생포에서

사냥된 귀신고래 40마리를 봤다고 한다.

이때쯤, 마음 다친 고래들이

울산을 버렸을 것이다.

마음 다쳐 떠났을 것이다.

귀신고래 떼가,

분기를 품어 올리고

몸통을 솟구쳐

큰소리로 노래하던 바다,

울산 귀신고래 회유 해면은

지금, 그냥 짠물이다.

귀신고래가 오지 않는

텅 빈 '울산 귀신고래 회유 해면',

천연기념물 126호 저켠으로

아직도

해가 지고 또 해는 지는데,

　　　　　　　　　─「귀신고래는 왜 안 오는가?」 부분

세계에 대한 연민과 시간의 중층적 구조　　　　453

(1)에는 시적 대상으로 "기러기"가 등장하고, (2)에는 "귀신고래"가 등장한다. 시적 화자가 "기러기"와 "귀신고래"를 바라보는 시선은 동일하지 않다. 섬세하게 시적 주체와 대상의 관계성을 살펴야 이건청 시에 등장하는 동물 이미지의 의미와 위상을 이해할 수 있다. (1)은 1연의 과거 시제와 2연의 현재 시제가 선명히 구별되며 대비적 구도를 형성한다. 1연에는 과거 시점의 화자가 "아직 남이었던 아내"와 함께 있으며 "떼 지어 가던" "늦가을 기러기 떼"가 있다. 여기서 "기러기 떼"는 화자와 "아직 남이었던 아내"의 관계성을 전제할 때 설정될 수 있는 제2의 시적 대상이다. 다시 말해, "기러기 떼"가 "비포장 신작로 위어둔 하늘로/클라리넷을 불"고 "오보에나 피콜로를 불며 떼 지어 가"는 이유는, 화자와 "아직 남이었던 아내"의 관계가 미래에 대해 미지의 불안감과 장밋빛 희망 사이에서 흔들리고 있기 때문이다. 반면 2연에는 "눈도 귀도 흐려진" 노년의 부부가 등장하고 "기러기 없는 늦가을 빈 하늘"이 배경으로 제시된다. "언젠가 올/막차를 기다리고 서 있는/늙어버린 남자와 여자……"는 화자와 아내가 결혼을 하고 일심동체가 되었지만 늙음이라는 시간의 운명을 맞이하며 "저무는 길가에 서" 있는 모습을 형상화한다. 여기서 "기러기 없는"은 미지의 불안감과 장밋빛 희망 사이에서 흔들리던 젊은 날의 긴장이 상실되었음을 암시하고, "막차"는 죽음을 암시한다고 볼 수 있다.

(2)는 "한국계 귀신고래"가 "1977년 1월 3일,/ 울산 방어진 앞바다"를 다녀간 후 "다시 오질 않는다"는 내용을 제시한다. "귀신고래"는 과거에 존재했던 동물이 현재에 상실되었다는 점에서는 (1)과 유사하지만, 다른 대상을 전제하지 않은 직접적인 대상으로서 과거의 순수한 생명을 상징한다는 점에서 상이하다. "사냥"에 의해 "마음 다친 고래들"이 "울산을 버"리고 "떠"나므로, "귀신고래"는 인간의 욕망에 의해 훼손된 원초적 가치를 상징한다고 볼 수 있다. "귀신고래 떼가,/분

기를 품어 올리고/몸통을 솟구쳐/큰소리로 노래하던 바다"라는 표현
에는 "고래"의 상징을 통해 생태 환경 위기를 비판하는 시인의 시선뿐
만 아니라 청춘의 순결한 생명력으로 대변되는 강렬한 삶 충동에 대한
갈망과 그 상실에 대한 회한이 스며 있다. 시간 구조의 측면에서 살펴
보면, (1)과 (2)는 공통적으로 1연과 2연을 통해 과거 회상과 현재 인
식이라는 두 시점을 대비적 구도로 형상화한다. 좀더 구체적으로 말하
면, 과거에 존재했던 청춘의 아름다움이나 순결한 원초적 생명력이 현
재는 상실되거나 소멸된 상황을 상호 대비적으로 제시하는 것이다.

> (1)　곡예사가 떠나고 다른 곡예사가 와도
> 　　　채찍을 들어 말을 내리쳤다.
> 　　　말은 매를 맞으며 곡마단을 따라다녔다.
> 　　　곡마단 사람들이 더러 떠나고
> 　　　새 사람이 와도
> 　　　말은 뒷마당에 묶여 있었다.
>
> 　　　하염없이, 하염없이
> 　　　꼬리를 휘둘러 날것들을 쫓거나
> 　　　조금씩 발을 옮겨놓기도 하면서
> 　　　평생을 거기 그렇게 묶여 있을 것이었다.
> 　　　―「곡마단 뒷마당엔 말이 한 마리 있었네」 부분
>
> (2)　박수근 미술관은
> 　　　강원도 양구군, 그의
> 　　　생가 터에 있다.
> 　　　6·25를 겪으면서

흩어져 가는 나날을
흐린 윤곽으로 그렸다.
광주리를 머리에 인 여자들과
잎 다 떨어진 나무들과
소 몇 마리를,
희미한 윤곽 속에 담아놓고
이승을 떠났다.

그를 다시 만난다.
핍진했던 한 남자를,
과묵했던 51년을,
조금씩 되돌려 보내주고 있는
녹두 밭 옆
미술관……
─「흐린 여자들과 소 몇 마리」 전문

(1)에는 시적 대상으로 "말"이 등장하고, (2)에는 "소"가 등장한다. (1)에서 시적 화자는 "거꾸로 선 곡예사를 태우고/좁은 무대를" 돌기도 하고, "채찍"으로 "매를 맞으며 곡마단을 따라다"니기도 하며, "하염없이" "뒷마당에 묶여 있었"던 "말"을 회상한다. "채찍"이 힘 있는 자의 폭력적 가해를 상징한다면, "매를 맞으며" "묶여 있"는 상황은 힘없는 자의 피해와 감금을 상징한다. 화자는 "말"을 연민의 시선으로 관찰하면서 폭력에 눌려 상처를 받으며 구속되어 있는 약한 자의 불행을 감싸 안고 위무한다. 그런데 이 시에서 주목할 부분은 '말은 뒷마당에 묶여 있었다'라는 기본 구절을 5회나 반복하면서 전개되는 전체적 시상이, 마지막 문장에 이르러 "평생을 거기 그렇게 묶여 있을 것이었다"

로 마무리된다는 점이다. 필자는 과거 시제와 미래 시제가 공존하면서 충돌하는 이 문장에서 풍크툼을 느낀다. 이 시는 과거 시제 서술어로 일관하다가 마지막 문장에서 과거를 기점으로 현재를 거쳐 미래까지 지속되는 복합적인 시제를 구사하고 있다. 과거 회상이 현재를 거쳐 미래로 진행되는 이 특이한 시간 구조는, 세계의 폭력적 구조와 이로 인해 약한 자가 겪는 상처 및 고통이 영구적으로 지속된다는 이건청의 비극적 인식에서 기인한다고 볼 수 있다. 작품의 전반부와 후반부에 2회 반복되는 "하염없이, 하염없이"라는 구절은 이러한 영속적 시간 구조에서 기인하는 비극적 인식을 파토스적 표현으로 드러내고 있다.

(2)에서 시적 화자는 "강원도 양구군"에 있는 "박수근 미술관"에서 화가가 남긴 그림을 통해 그를 다시 만난다. 화가가 남긴 그림에는 "광주리를 머리에 인 여자들" "잎 다 떨어진 나무들" "소 몇 마리" 등이 등장한다. "여자들"이 박수근과 삶을 함께 영위한 동반자적 인물이라면, "나무들"과 "소 몇 마리"는 "꼽진"하고 "과묵"하게 살았던 박수근의 친구이자 분신일 것이다. 시적 화자는 시적 대상인 박수근을 그가 남긴 그림 속의 "여자들" "나무들" "소 몇 마리" 등을 통해 간접적으로 만나고 추모하는 것이다. 이 삼각형의 구도 속에서 화자는 표면적으로 시적 대상에 대한 객관적 관찰에 치중하는 듯이 보인다. 그런데 필자는 이 시에서 "흐린"이라는 단어와 "조금씩 되돌려 보내주고 있는"이라는 표현에서 풍크툼을 느낀다. 박수근이 그림을 "흐린 윤곽으로 그렸"고 "희미한 윤곽 속에 담아놓"은 것은, 일차적으로 원근법이 생략된 평면적 구도 속에 토속적인 농촌의 모습과 소박한 서민들의 삶을 독특한 마티에르 기법으로 담아내는 그의 화풍에 기인하지만, 시적 화자에게 "흐린" 혹은 "희미한 윤곽"은 과거와 현재, 삶과 죽음, 이승과 저승의 경계를 허물고 분별을 무너뜨리는 비식별성의 미학적 장치로도 작용한다는 것이 필자의 생각이다. 그림의 "흐린 윤곽"은 화자가

과거와 현재의 경계 및 분별을 넘어서 박수근의 생의 경험과 만날 수 있는 가능성을 열어주는 것이다. "사람의 피와 살과 뼈가/길 아래서 썩고 삭은/흐린 무덤 하나,/비탈을 오르는 사람들한테/자리를 건네주고/지름길 속에 묻혀 있는데"(「지름길」)에 나타나는 "흐린"도 이것과 유사한 경우에 해당한다.

이러한 미학적 장치는 "조금씩 되돌려 보내주고 있는"이라는 표현에 내재된 시간 구조와도 긴밀히 연관된다. 박수근은 "이승을 떠났"지만, 그가 남긴 그림은 화자에게 "핍진했던 한 남자"와 "과묵했던 51년"을 "조금씩 되돌려 보내주고 있"다. "되돌려 보내주고 있"다는 표현은 현재를 기점으로 과거로 회귀하고 다시 현재로 귀환하는 시제를 구사하는데, 이 표현은 이건청의 시에서 과거로 회귀한 시간이 현재로 귀환하는 독특한 시간 구조를 형상화한다. "그 배가 오늘,/풍상의 망망대해를 헤매 다니다가/엎어질 듯, 넘어질 듯/다시 나를 찾아 돌아오는데,//짠 바닷물에 흠씬 젖은 채/기우뚱 기우뚱 돌아오고 있는데……"(「젖은 배」)에 나타나는 "돌아오는데"도 이것과 유사한 경우에 해당한다. 요약하면, (1)의 "말"이 화자의 관찰과 연민적 시선의 대상인 반면, (2)의 "소"는 화자와 박수근 사이의 삼각형의 구도 속에서 관찰의 시선 및 비식별성이 개입되는 대상이다. 그리고 (1)의 시간 구조가 과거를 기점으로 현재를 거쳐 미래까지 지속된다면, (2)의 시간 구조는 현재를 기점으로 과거로 회귀하고 다시 현재로 귀환한다.

> (1)　염소야, 그만 자거라,
> 　　　어머님 묘소엘 가봐야겠다.
> 　　　눈은 다 녹았는지,
> 　　　묘소 앞을 겨우 겨우
> 　　　흐르는지 골짜기 물은

그냥 가랑잎에 덮여 있는지,
돌쩌귀 아래
가재 몇 마리 잠들어 있는지
가봐야겠다.

내 살과 피와 뼈를
주셨다. 염소야
매애애 어머님께 인사를 드려라
염소가 어머님께 인사를 드리면
아주 오래전 이승을 떠난 어머니가
염소를 몰고 온 내게 말씀하시겠지,

웬 염소를 몰고 왔니?
인석아, 웬 염소를 몰고 왔어
적멸 속에서 아들에게 보내는
웃음소리도 들을 수 있겠지.
　　　　　　　─「잠든 염소를 깨워 몰고」전문

(2)　시인들아,
당신들이 놓아 키우는 말들이
큰소리로 울리라.
말들이 말들 속에 씨를 심고,
푸진 말들이 자꾸 태어나리라.
시인들아, 당신들의 말들이
말들을 자꾸 품으면
망아지들이 아슴아슴 태어나리라.

시인들아, 똘방똘방 말들이

태어나리라.

오늘 나는

아주 큰 남근을 단 종마를

100마리쯤……

　　　―「시인들아, 말 사러 가자」 부분

　(1)은 시의 화자가 "염소"를 분신적 대상이나 동반자적 대상으로 삼고 무심함을 동반하는 비식별성을 보여주면서, 이승 혹은 현재의 시점에서 저승 혹은 과거로 개입하는 특이한 시간 구조를 형상화한다. 1연에서 화자는 "잠든 염소를 깨워 몰고" "어머님 묘소엘 가봐야겠다"라고 말한다. 2연은 몰고 간 "염소"가 "어머님께 인사를 드리"는 장면이고, 3연은 "어머니"가 화자에게 "웬 염소를 몰고 왔니?"라고 웃으며 질문하는 장면이다. 표면적으로 1연이 화자의 다짐이자 미래적 기약을 표현한 것이라면, 2~3연은 상상에 근거한 예감이자 미래적 기약의 실현이지만, 내면적으로는 돌아가신 "어머님"을 만나는 상황이므로 과거로의 개입이라고 볼 수 있다. 여기서 주목할 점은 "염소"라는 시적 대상의 정체와 현재에서 과거로 전개되는 시간 구조이다.

　시적 화자와 대상인 "어머니" 사이에서 또 다른 대상인 "염소"가 차지하는 위상은 무엇일까? 필자는 이 시집에 등장하는 동물 이미지들 중 특히 "염소"에게서 풍크툼을 느낀다. 인용한 시에서 화자가 "잠든 염소를 깨워 몰고" "어머님 묘소"에 가서 "인사를 드리"는 모습은 일단 엉뚱하고 생뚱맞기까지 하다. 3연에서 "어머니"도 "인석아, 웬 염소를 몰고 왔어"라며 어이없는 웃음소리를 내시지 않는가. 그런데 엉뚱한 "염소"의 이미지는 화자가 대상을 분신적 대상이나 동반자적 대상으로 삼고 무심함을 동반하는 비식별성을 보여준다는 점에서 절묘한 선택이다. 이 점은 작품의 시간 구조와도 긴밀히 연관된다. 이승에 존재하는 화자는 묘소에 가서 저승에 계신 어머니께 인사를 드린다. 이승과 저승의 경계에 "적멸", 즉 생과 사의 간극이 가로막고 있지만, 화자는 이 침묵의 심연을 아무렇지도 않다는 듯이 무심하게 가로질러 가기 위해서 "염소"라는 동물을 동반하는 것이다. "염소"가 보여주는 무심함은 생과 사의 간극을 뛰어넘는 시적 장치인 동시에, 생과 사의 경계가 지닌 불가사의를 드러내는 시적 장치로서도 기능한다. 즉 이승과 저승, 생과 사, 현재와 과거의 경계는 경험적 실재로는 도달하기 어려운 불가사의이므로, 이곳을 횡단하기 위해서는 분별을 뛰어넘는 비식별성의 매개가 필요하다. 즉 화자가 이승과 저승의 간극을 극복하고 그 불가사의와 대면하면서 현재에서 과거로 개입하기 위해서는 "염소"의 무심함이 필요한 것이다. "적멸 속에서 아들에게 보내는" "어머니"의 "웃음소리"는, 이러한 속성을 가진 "염소"에 대해 유머를 통해 재차 생과 사의 경계에 놓인 불가사의에 대응하는 이차적 시적 장치로서 기능한다.

(2)는 "말"을 시적 대상으로 등장시켜 시적 화자의 앞날에 대한 소망을 표출한다. 화자는 "콧김"이 세고 "우람한 남근을 단" "종마를 사"고 "엉덩이가 펑퍼짐한 암말"도 사겠다고 다짐하며, "고삐도 안장도 내리고,/들판에 풀어놓으"면 "암말과 숫말이 짝을 지"어 "새끼도 낳으리라"는 희망을 피력한다. 그리고 "시인들"을 호명하며 이렇게 태어나는 "어린 말"들이 "바다 앞에 서서" "앞발을 치켜 올리며/큰소리로 울"고, "말들이/망아지를 데리고 돌아와/문 밖에서 당신들을 부르리라"는 희망찬 미래를 예언한다. 이 시에 4회 호명되는 "시인들"은 시적 화자가 시적 대상인 "말"의 원초적이고 강인한 생명력을 공유하고 싶어 하는 동반자적 대상으로 등장한다. 이를 통해 화자는 「곡마단 뒷마당엔 말이 한 마리 있었네」에 등장하는 상처 입고 감금된 "말"의 처지를

극복하고, 「귀신고래는 왜 안 오는가?」에 등장하는 "귀신고래"의 순결한 생명력과 강렬한 삶 충동을 회복하고자 하는 열망을 표현하는 것이다. 주목할 점은 이러한 화자의 희망과 열망이 시 전체의 서술어를 미래 시제로 일관하면서 미래적 기약을 표출하는 시간 구조와 긴밀히 연결된다는 점이다.

지금까지 이 글은 이건청의 시집 『곡마단 뒷마당엔 말이 한 마리 있었네』에 실린 "늙은 시인" "평생을 거기 그렇게 묶여 있을 것이었다" "흐린" "조금씩 되돌려 보내주고 있는" "염소" 등의 표현에서 이건청 시의 풍크툼을 발견하고, 시적 주체와 대상의 관계성 및 시간 구조를 중심으로 고찰했다. 그의 시는 시적 화자가 선후배 시인, 불우한 이웃, 식물, 동물 등의 시적 대상을 관찰의 대상, 분신적 대상, 동반자적 대상 등으로 인식하면서 관찰, 연민, 동일시, 무심함 등의 다층적인 시선을 섬세하고 미묘하게 구사함으로써 현실 세계의 폭력적 구조 앞에 서 있는 인간을 감싸 안고 위무한다. 그리고 과거와 현재의 대비적 구조, 과거와 현재가 융합되는 구조, 과거를 기점으로 현재를 거쳐 미래까지 지속되는 구조, 현재를 기점으로 과거로 회귀하고 다시 현재로 귀환하는 구조, 현재가 과거에 개입하는 구조, 미래적 소망의 구조 등의 중층적인 시간 구조를 복잡하고 다양하게 구사함으로써 시간의 운명 앞에 서 있는 인간을 감싸 안고 위무한다. 따라서 이건청의 시는 세계의 폭력적 구조를 변방의 시인이 가지는 고고의 정신으로 대항하고, 시간의 거역할 수 없는 운명을 생과 사의 경계를 허물고 횡단하는 중층적인 시간 구조로 대응하면서, 세상의 상처와 아픔을 감싸 안는 애정과 연민의 노래이자 승화의 노래라고 평가할 수 있을 것이다.

[2017]

462

시간, 소리, 풍경
―김광규 시의 구조화 원리와 지향성

1. 변한 것과 변하지 않은 것

김광규는 1975년 계간 『문학과지성』에 「시론(詩論)」 「유무(有無)」 「영산(靈山)」 등의 시를 발표하면서 등단했다. 이후 지금까지 시력(詩歷) 40여 년이 넘는 동안 『우리를 적시는 마지막 꿈』(문학과지성사, 1979)에서 『오른손이 아픈 날』(문학과지성사, 2016)까지 열한 권의 시집을 상재하며 총 8백여 편에 이르는 시를 발표했고, 그중 2백여 편을 자선하여 2018년 시선집 『안개의 나라』(문학과지성사)를 출간했다.[1] 그는 등단한 1970년대 중반부터 범속한 일상에서 시적 각성을 포착하는 독특한 개성을 보여주며 새로운 시적 영역을 개척한 시인으로 주목받았는데, 지금까지 수많은 비평가들이 그의 시 세계를 다각도로 분석하고 해석하면서 총체적으로 규명해왔다. 이 글은 선행 비평의 성과들

---

1 김광규의 시집은 『우리를 적시는 마지막 꿈』(문학과지성사, 1979), 『아니다 그렇지 않다』(문학과지성사, 1983), 『크낙산의 마음』(문학과지성사, 1986), 『좀팽이처럼』(문학과지성사, 1988), 『아니리』(문학과지성사, 1990), 『물길』(문학과지성사, 1994), 『가진 것 하나도 없지만』(문학과지성사, 1998), 『처음 만나던 때』(문학과지성사, 2003), 『시간의 부드러운 손』(문학과지성사, 2007), 『하루 또 하루』(문학과지성사, 2011), 『오른손이 아픈 날』(문학과지성사, 2016) 등이 있고, 시선집으로 『누군가를 위하여』(문학과지성사, 2001), 『안개의 나라』(문학과지성사, 2018) 등이 있다. 이하 이 글에서 다루는 김광규의 시는 모두 『안개의 나라』에서 인용한다.

을 존중하면서 그 논의들과 차별화하는 관점에서 김광규 시 세계의 특성을 조명하기 위해 시적 구조화 원리로서 시간의 관점과, 이 원리 속에서 시적 주체가 추구하는 지향성의 관점 등을 중심으로 김광규의 전기 시와 후기 시의 변별성 및 연속성을 살피고자 한다. 김광규가 상재한 열한 권의 시집을 통해 변한 것과 변하지 않은 것을 함께 고찰하는 것은 그의 시 세계를 조명하는 또 하나의 새로운 방법이 될 수 있기 때문이다.

2. 전기 시—과거와 현재의 대비, 소리와 물의 지향

김광규의 전기 시는 과거와 현재를 대비적 구도로 구조화하는 원리를 가지고 있다. 이 구도 속에 순수하고 순결한 원형과 그것이 훼손, 변질, 타락된 상황을 배치하고, 이원적 가치 판단을 내장하면서 현실 비판과 자기 성찰을 시도한다. 자연과 문명, 청춘과 중년, 착하고 소박하지만 소외된 이웃과 세속적 권력과 금력을 추구하는 정치인·관리·상인·군인 등을 대립적 관계로 설정하고, 현실 비판과 자기 성찰을 동시에 추구하는 것이다. 현재의 시간대에 속하는 시적 화자는 과거의 순결한 원형이 훼손, 변질, 타락된 세계 속에서 살아가기 때문에 비판과 성찰을 시도하면서 어떤 시원적 원형을 추구한다. 김광규의 전기 시에서 시적 주체가 지향하는 시원적 원형은 주로 '소리'와 '물'의 상징으로 등장한다.

> 4·19가 나던 해 세밑
> 우리는 오후 다섯 시에 만나
> 반갑게 악수를 나누고

불도 없이 차가운 방에 앉아

하얀 입김 뿜으며

열띤 토론을 벌였다

어리석게도 우리는 무엇인가를

정치와는 전혀 관계없는 무엇인가를

위해서 살리라 믿었던 것이다

〔……〕

돈을 받지 않고 부르는 노래는

겨울밤 하늘로 올라가

별똥별이 되어 떨어졌다

그로부터 18년 오랜만에

우리는 모두 무엇인가 되어

혁명이 두려운 기성세대가 되어

넥타이를 매고 다시 모였다

회비를 만 원씩 걷고

처자식들의 안부를 나누고

월급이 얼마인가 서로 물었다

치솟는 물가를 걱정하며

즐겁게 세상을 개탄하고

익숙하게 목소리를 낮추어

떠도는 이야기를 주고받았다

〔……〕

부끄럽지 않은가

부끄럽지 않은가

바람의 속삭임 귓전으로 흘리며

우리는 짐짓 중년기의 건강을 이야기했고

또 한 발짝 깊숙이 늪으로 발을 옮겼다

　　　—「희미한 옛사랑의 그림자」부분

　김광규의 첫 시집『우리를 적시는 마지막 꿈』에 수록된 이 시는 '과
거와 현재의 대비'라는 김광규 전기 시의 구조화 원리를 선명히 보여
준다. 시의 구성은 "그로부터 18년 오랜만에"라는 행을 기준으로 크게
전반부와 후반부로 구분된다. 전반부는 과거의 경험에 대한 회상으로
서 "4·19가 나던 해 세밑"에 만난 청년들의 순수하고 열정적인 모습을
제시하는 반면, 후반부는 "혁명이 두려운 기성세대"가 되어 자신과 가
족의 안위에 급급한 소시민적 일상을 제시하면서 대비적 구도를 형성
한다. 이 시는 중년의 나이가 되어버린 시적 화자가 현재적 시점에서
젊은 날의 과거를 회상하는 시간 구조로 인해 순결한 원형이 퇴색되
고 타락한 현재의 자신 및 세태에 대한 회한, 반성과 성찰, 비판과 풍
자 등이 가능해진다. 이렇듯 김광규 전기 시의 구조화 원리를 이루는
시간 구조인 '과거와 현재의 대비'는 청춘과 중년의 대립적 관계뿐만
아니라 자연과 문명, 착하고 소박하지만 소외된 이웃과 세속적 권력과
금력을 추구하는 정치인·관리·상인·군인 등의 대립적 관계로 연결되
면서 현실 비판과 자기 성찰을 동시에 추구한다. 이러한 이원적 가치
체계 속에서 시인은 과거의 어떤 시원적 원형을 추구하는데, 그것은
우선 '소리'의 상징으로 등장한다.

　　　여름 한낮 땡볕 아래
　　　텅 빈 광장을 무료하게 지나가다
　　　문득 멈춰 서는 한 마리 개의
　　　귓전에 들려오는

또는 포도밭 언덕에
즐비한 시멘트 십자가를 타고
빛과 물로 싱그럽게 열리는

소리를

바닷속에 남기고 물고기들은
시체가 되어 어시장에서
말없이 우리는 바라본다
저 많은 물고기의 무연한 이름들

우리가 잠시 빌려 쓰는
이름이 아니라 약속이 아니라
한 마리 참새의 지저귐도 적을 수 없는
언제나 벗어던져 구겨진

언어는 불충족한
소리의 옷

받침을 주렁주렁 단 모국어들이
쓰기도 전에 닳아빠져도
언어와 더불어 사는 사람은
두려워하지 않고 슬퍼하지 않고
아무런 축복도 기다리지 않고

다만 말하여질 수 없는

소리를 따라

바람의 자취를 좇아

헛된 절망을 되풀이한다

———「시론(詩論)」 전문

　김광규의 등단작 중 하나인 이 시는 그가 자신의 '시론'을 제시하는 작품이다. 특히 주목할 부분은 '시란 무엇인가?'라는 질문에 대한 대답으로서 "소리"에 대한 지향성을 제시하는 것이다. 1연과 2연의 관형절들이 수식하는 것은 3연의 "소리"이다. "텅 빈 광장"의 "무료"함과 "즐비한 시멘트 십자가를 타고/빛과 물로 싱그럽게 열리는" "소리"는, 현재의 삭막한 현실 속에 개입하는 어떤 과거적 원형이라는 속성을 띤다. 4연에서 보이듯, "소리"는 "물고기들"이 "시체가 되어 어시장"에 놓이기 전에 "바닷속에 남기고" 온 원초적인 것이고, 인간이 "약속"해서 사용하는 "물고기의 무연한 이름"으로는 포착할 수 없는 어떤 것이다. "언어는 불충족한/소리의 옷"이라는 표현으로 요약되는 "소리"와 "언어"의 관계는 김광규가 자신의 시론으로 제시하는 중핵에 언어 이전의 원초적이고 원형적인 소리에 대한 지향성이 존재한다는 사실을 알려준다. "언어와 더불어 사는 사람" 즉 시인은 "두려"움도 "슬"픔도 없이 "축복도" 기대하지 않고 "말하여질 수 없는/소리"를 추구하는 사람이라는 것이 그의 생각이다. "안개의 나라에서는 그러므로/보려고 하지 말고/들어야 한다"(「안개의 나라」), "유령의 소리를 듣지 못하는/당신들은 귀머거리다"(「유령」) 등의 문장을 비롯하여 김광규 전기 시의 도처에 이러한 원초적 청각성에 대한 추구가 나타난다. 또 하나 주목할 부분은 원초적이고 원형적인 '소리'에 대한 지향성이 '물'의 상징과 결부되어 나타난다는 점이다.

해초처럼 흐느적거리는
산과 들과 나무와 하늘 사이로
보라 황막한 땅 위의 풍경을

안타깝게 날개를 퍼덕이며 새들은 날고
네 발로 거북하게 짐승들은 달리고
바퀴를 굴려 가는 자동차와
바람 속을 떠다니는 비행기들
사람들은 위태롭게 두 발로 걸으며

끝없는 갈증을 술로 빚어 마시고
물을 모방하여 신(神)을 만들고
석유를 파내어 물을 배반하고
낮에는 살을 움직여 얼굴을 웃고
밤에는 둘씩 만나 어색한 장난을 하고
더럽혀진 몸뚱이를 다시 물로 씻는다

버림받은 금속(金屬)의 종족들이여
물기 없는 시간의 불을 피우고
썩어가는 손끝에 침 발라 돈을 세며
평생을 그 곁에서 불충족하라
더욱 많은 죽음을 괴로워하라
물의 축복은 베풀어지지 않는다
　　　　―「물의 소리」 전문

이 시에는 삭막한 지상의 풍경들이 묘사되고 이 현실에 부재하는 원초적이고 원형적인 것에 대한 지향성이 "물"-"소리"-"축복"으로 연관 지어 제시된다. "황막한 땅 위의 풍경"은 2연에서 "날개를 퍼덕이며" 나는 "새들", "네 발로 거북하게" "달리"는 "짐승들", "바퀴를 굴려 가는 자동차", "바람 속을 떠다니는 비행기들", "위태롭게 두 발로" 걷는 "사람들" 등으로 나타나는데, 이들의 공통점은 "물"-"소리"-"축복"이 없는 현실을 살아간다는 것이다. 이들은 "끝없는 갈증을 술로 빚어 마시고/물을 모방하여 신(神)을 만들고/석유를 파내어 물을 배반하"면서 살아간다. "더럽혀진 몸뚱이를 다시 물로 씻는" 행위는 오염, 훼손, 변질된 존재가 자신을 정화하는 속죄 의식(儀式)에 해당하지만, "물기 없는 시간의 불을 피우고/썩어가는 손끝에 침 발라 돈을 세"는 "버림받은 금속(金屬)의 종족들"에게 "물의 축복은 베풀어지지 않는다." 그런데 시의 본문에 소리를 비롯한 청각적 이미지가 등장하지 않는다는 점에서, 「물의 소리」라는 제목의 근거를 해명하는 것이 이 시를 온전히 이해하는 관건이 된다. 우선 가능한 해석은 "물"을 "소리"의 근원이자 "축복"의 근원이라는 의미로 해석하는 것이다. 이런 관점에서 "평생을 그 곁에서 불충족하라/더욱 많은 죽음을 괴로워하라"라는 발화를 "물"이 "버림받은 금속(金屬)의 종족들"인 인간들에게 주는 저주의 목소리라고 해석해볼 수 있다. 그런데 이러한 해석은 "물"에서 연원하는 "소리"라는 관점에 근거하여 "소리"를 실체화함으로써 김광규 전기 시에서 "소리"가 지닌 "말하여질 수 없는" 비규정적이고 비실체적인 모호성과 부합하지 않는 문제를 야기할 수 있다. 따라서 이 글은 "물"과 "소리"를 동격으로 간주함으로써 "물"을 즉물적인 대상의 이미지가 아니라 "말하여질 수 없는/소리"와 동질성을 가지는 원초적이고 원형적인 상징으로 간주하고자 한다. 이러한 관점에서 "시간의 불을 피우"며 문명을 일구는 인간들에게 부재하는 것은 "물"의 "축복"이자 "소리"의 "축복"이라고 볼 수 있다. 김광규의 시에서 '물'의 상징은 시적 전개 과

470

정에서 유동성을 발휘하면서 '연속성의 추구'라는 의미 맥락도 형성하게 된다.

3. 후기 시─과거와 현재와 미래의 중첩, 침묵과 풍경의 지향

김광규의 후기 시는 과거와 현재와 미래를 공존, 혼재, 병치시키면서 중첩하는 구조화 원리를 가지고 있으며, 과거를 회상하고 현재를 관조하며 미래를 예감하는 삼원적 시간 구조 속에서 현실 비판과 자기 성찰을 견지하는 동시에 인생에 대한 긍정과 여유에서 생겨나는 유머를 표현한다. 자연과 문명, 청춘과 중년, 착하고 소박하지만 소외된 이웃과 세속적 권력과 금력을 추구하는 정치인·관리·상인·군인 등의 대립적 관계 설정을 유지하면서 현실 비판과 자기 성찰뿐만 아니라, 자기 긍정과 운명애 및 세계와의 화해를 함께 추구하는 것이다. 김광규의 후기 시에서 과거와 현재와 미래를 중첩시키는 중핵의 위상을 가지는 것은 주로 '침묵의 소리'와 '풍경'의 상징으로 등장한다.

> 크낙산 가는 길 잘못 들어서
> 의정부 외곽 도로 헤매다가 갑자기
> 길가에 차를 세우고 FM 라디오에서 흘러나오는
> 선율에 귀 기울였다 혹시
> 바흐의 변주곡 후반부 아닐까
> 언젠가 들어본 것 같기도 하고
> 처음 듣는 것 같기도 한 그 소절을
> 똑똑히 기억할 수 없어 안타까웠다
> 귓전을 감도는 그 쳄발로 소리에

정확한 제목을 붙일 수는

없었다 이처럼 "아! 그것"이라고

말할 수밖에 없는

풍경을 한 번 본 적도 있다

괴팅겐으로 달려가는 지방 도로 근처

어느 호수 곁을 지나가다가

호반의 거대한 느티나무 아래

벤치에서 늙은 남녀의 뒷모습을

발견한 순간 길가에 차를

세우고 멀리서 한동안 바라보았다

어디서 본 것 같기도 하고

처음 보는 것 같기도 하고 어쩌면

앞으로 저렇게 보일 내 모습 같기도 했다

모를 일이었다 그야말로

어떻게 형언할 수 없는

소리와 모습

귓가에 들릴 듯 말 듯

눈앞에 보일 듯 말 듯

그것들을 끝내 말하지 못한 채 언젠가

아쉽게 입을 다물 것 같았다

　　　―「크낙산 가는 길」 전문

　　열한번째 시집 『오른손이 아픈 날』에 수록된 이 시는 '과거와 현재와 미래의 중첩'이라는 김광규 후기 시의 구조화 원리를 선명히 보여준다. 시의 진술은 "아! 그것"이라고 "말할 수밖에 없는" "선율"과 "풍경"에 대한 이야기를 중심으로 전개된다. 시적 화자는 "크낙산 가는 길 잘못

들어서" "헤매다가 갑자기" "FM 라디오에서 흘러나오는" "선율에 귀 기울"인다. "언젠가 들어본 것 같기도 하고/처음 듣는 것 같기도 한 그 소절"은 "똑똑히 기억할 수 없"고 "정확한 제목을 붙일 수"도 "없었"는데, 김광규의 시에서 "아! 그것"이라고 "말할 수밖에 없는" '소리'에 대한 추구는 전기 시에서부터 후기 시에 이르기까지 변하지 않고 일관된 시적 지향성을 이룬다. 후기 시에 이르러 변모된 것은 이러한 지향성이 '소리'뿐만 아니라 "풍경"에도 적용된다는 점이다. 인용한 시에서 "아! 그것"이라고 "말할 수밖에 없는" "풍경"은 화자가 차를 타고 "괴팅겐으로 달려가는 지방 도로 근처"에서 발견한 "호반의 거대한 느티나무 아래/벤치에서 늙은 남녀의 뒷모습"이다. "어디서 본 것 같기도 하고/처음 보는 것 같기도 하고 어쩌면/앞으로 저렇게 보일 내 모습 같기도" 한 그 "풍경"은 과거, 현재, 미래가 중첩되는 장면이다. 회상과 관조와 예감이 공존, 혼재, 병치되면서 중첩하는 이 "풍경"은 의식과 무의식이 상호 침투하면서 일종의 환영을 통해 주체와 타자를 혼융하는 시간적 비전을 보여준다. 이러한 시간적 비전에는 자신을 포함하는 인간과 세계에 대한 긍정과 여유, 그리고 운명애가 내포되어 있다. "그야말로/어떻게 형언할 수 없는/소리와 모습"은 김광규 후기 시의 지향성을 대변하는데, 전기 시에서부터 견지해온 "소리"에 대한 지향성은 시적 전개 과정에서 '침묵'의 차원을 함축하면서 후기 시에까지 이르게 된다.

> (1) 가늘게 떨리다가
> 굵게 울리다가
> 떨림과 울림 사이에서
> 잠깐 멈추기도 한다
> 줄과 줄 사이에서

그 침묵까지도
동양화의 여백처럼
소리로 들려주면서
――「진양조」전문

   (2)   창밖에서 산수유 꽃 피는 소리

한 줄 쓴 다음
들린다고 할까 말까 망설이며
병술년 봄을 보냈다
힐끗 들여다본 아내는
허튼소리 말라는
눈치였다
물난리에 온 나라 시달리고
한 달 가까이 열대야 지새며 기나긴
여름 보내고 어느새
가을이 깊어갈 무렵
겨우 한 줄 더 보탰다

뒤뜰에서 후박나무 잎 지는 소리
――「춘추(春秋)」전문

   (1)은 다섯번째 시집 『아니리』(문학과지성사, 1990)에, (2)는 아홉번째 시집 『시간의 부드러운 손』(문학과지성사, 2007)에 수록된 시이다. 두 시의 공통점은 "소리"에 '침묵'의 차원을 개입시킨다는 것이다. (1)의 제목이기도 한 '진양조'는 '판소리나 산조(散調)에 쓰이는 가장 속

도가 느린 장단'으로서 '느린 24박을 한 주기로 삼는 장단'이다. 화자는 이 장단의 선율에서 "떨림과 울림 사이" "잠깐 멈추기도" 하는 순간의 "침묵"에 주목한다. '진양조'는 "줄과 줄 사이에서" "그 침묵까지도/동양화의 여백처럼/소리로 들려"주기 때문이다. 여기서 주목할 부분은 "침묵"을 "소리"로 "들려"준다는 표현과, 그것을 "동양화의 여백"에 비유하는 맥락이다. 김광규의 시에서 '소리'에 '침묵'의 차원을 도입하는 것은 원초적이고 원형적인 '소리'가 가지는 "말하여질 수 없는" 속성을 상기시키는 동시에, 새로운 속성을 보충하는 것이기도 하다. '소리'의 새로운 속성은 일차적으로 '진양조'의 장단이 가지는 "잠깐 멈"춤, 즉 "줄과 줄 사이"의 "침묵"에서 비롯되고, 이차적으로는 이것을 "동양화의 여백"에 비유하는 데서 비롯된다. 다섯번째 시집의 제목이기도 한 "아니리"는 '판소리에서 창자(唱者)가 소리를 하다가 다른 대목으로 넘어가기 전에 자유 리듬으로 사설을 엮어나가는 행위'를 의미한다. 따라서 김광규는 다섯번째 시집에 이르러 '아니리'와 '진양조'로 대표되는 한국의 전통적 음악의 선율로부터 영감을 받아 '소리'에 '침묵'의 차원을 도입하는 변화를 시도한 것으로 보인다. 이러한 관점에서 "침묵"의 "소리"를 "동양화의 여백"에 비유하는 것은 예리하고 정확한 표현이라고 볼 수 있다. "동양화의 여백"은 보이지는 않지만 존재하면서 현실적 대상이나 상황에 영향을 주는 잠재적 영역을 암시적으로 표현하기 때문이다.

(2)에서 화자는 "산수유 꽃 피는" 모습에서 '침묵의 소리'를 듣고 "창밖에서 산수유 꽃 피는 소리"라고 시를 "한 줄 쓴"다. 그러나 "들린다고 할까 말까 망설이며/병술년 봄을 보"내고, "허튼소리 말라는" "아내"의 "눈치"도 받는다. "물난리"와 "열대야"를 겪으면서 "기나긴/여름 보내고 어느새/가을이 깊어갈 무렵/겨우 한 줄 더 보"탠 글이 "뒤뜰에서 후박나무 잎 지는 소리"라는 구절이다. "창밖에서 산수유 꽃

피는 소리"와 "뒤뜰에서 후박나무 잎 지는 소리"라는 두 줄의 글 사이에는 이 시의 제목에서도 느껴지듯, 봄과 가을의 계절 변화, 즉 시간의 흐름이 내재되어 있다. 시간의 흐름은 현재가 과거화되고 미래가 현재화되는 연속적인 과정이므로, 이 시는 과거와 현재와 미래를 공존, 혼재, 병치시키면서 중첩하는 김광규 후기 시의 구조화 원리로 이행하는 과정에 위치하면서, 시간의 연속적 흐름을 단순성의 미학으로 구현하고 있다. 이보다 더 눈여겨봐야 할 점은 시간의 흐름에서 기인하는 "산수유 꽃 피는" 탄생과 "후박나무 잎 지는" 소멸이라는 생명의 변전에도 불구하고 "꽃 피는 소리"와 "잎 지는 소리"가 공통적으로 '침묵의 소리'를 포착한다는 점이다. 이러한 차원에서 김광규 시의 주제를 '변하는 시간 속에서 변하지 않는 침묵의 소리 찾기'라고 말할 수 있을지 모른다.

한편 김광규의 후기 시에서 과거와 현재와 미래를 중첩시키는 중요한 위상을 가지는 것으로 '침묵의 소리'뿐만 아니라 '풍경'이 등장한다.

오래간만에 모처럼 하늘이 갠 오후
느티나무 줄지어 늘어선 공원에서
남녀노소가 겨울 아침 짐승들처럼 햇볕을 쬔다
노인들은 여기저기 모여 앉아 이야기를 나누고
꼬마들은 그네와 시소에 매달리고
힙합바지 청소년들은 스케이트보드를 타고
뚱보 아줌마가 자기보다 더 큰 개를 끌고 간다
수풀 사이 길로 중년 부부가 자전거를 타고 지나가는
순간 이 공원 풍경이 잠시
커다란 안경을 통해서 보이듯
두 개의 자전거 바퀴 속으로 들어간다

몇백 년 묵은 성당의 첨탑이나 화려한

번화가의 북적임 없이 햇빛에 반짝이며

굴러가는 앞바퀴와 뒷바퀴 속에서

빛바랜 흑백사진에 담긴

세월의 앞뜰과 뒤뜰이 보인다

그네 타던 꼬마가 중년이 되어

자기보다 큰 개를 끌고 가는

몇십 년 후의 갠 날도 언뜻 보인다

―「오래된 공원」 전문

　아홉번째 시집 『시간의 부드러운 손』에 수록된 이 시는, 8행 "수풀
사이 길로 중년 부부가 자전거를 타고 지나가는/순간"을 기준으로 전
반부와 후반부로 구분될 수 있다. 전반부는 "모처럼 하늘이 갠 오후"의
현실적인 "공원 풍경"을 현재적 관점으로 묘사하는 반면, 후반부는 "두
개의 자전거 바퀴 속으로 들어"가는 환영적인 "공원 풍경"을 과거와
미래가 공존하고 혼재하며 중첩되는 관점으로 묘사한다. "중년 부부"
가 "타고 지나가는" "두 개의 자전거 바퀴"가 "커다란 안경"처럼 "공
원 풍경"을 투영하는 거울 효과를 만들어낸다. "자전거 바퀴 속"에는
"몇백 년 묵은 성당의 첨탑이나 화려한/번화가의 북적임"처럼 거창하
고 화려한 풍경은 투영되지 않고, "빛바랜 흑백사진에 담긴/세월의 앞
뜰과 뒤뜰"이 투영된다. "세월의 앞뜰과 뒤뜰"은 과거와 미래를 의미하
는 시간의 공간적 상징이라고 볼 수 있다. "그네 타던 꼬마"가 공원에
서 만나는 현실적 대상의 과거적 환영이라면, "중년이 되어/자기보다
큰 개를 끌고 가는" 모습은 현실적 대상의 미래적 환영인 셈이다. 시간
을 공간적 상징으로 치환하여 표현하는 것은 김광규의 후기 시에서 과
거와 현재와 미래를 공존, 혼재, 병치시키면서 중첩하는 구조화 원리가

풍경에 대한 지향성과 긴밀히 결부되는 것을 보여준다.

여기서 필자는 김광규의 후기 시에서 '시간'을 중첩하는 구조화 원리와 '풍경'에 대한 지향성을 긴밀히 결부시키는 매개가 '물'이라는 특이한 해석을 시도하고자 한다. 「오래된 공원」에서 전반부와 후반부의 대비적 구도에도 불구하고, 이 시의 첫 구절인 "오래간만에 모처럼 하늘이 갠 오후"와 마지막 구절인 "몇십 년 후의 갠 날"이 순환적 연쇄의 고리를 형성하는 점에 주목해보자. 후반부에서 시간을 공간적 상징으로 치환하면서 과거적 환영과 미래적 환영을 중첩시키는 방식은 "햇빛에 반짝이며/굴러가는 앞바퀴와 뒷바퀴"의 작용에서 기인하지만, 근저에 놓인 배후의 동인은 갠 날씨를 파생시킨 '비'라고 볼 수 있다. '비'가 오고 나서 갠 날씨로 인해 "햇빛"의 "반짝"임이 가능해지고, "오래간만에 모처럼 하늘이 갠 오후"와 "몇십 년 후의 갠 날"의 순환적 연쇄도 가능해지기 때문이다. 이러한 해석은 전기 시의 중요한 지향성이었던 '물'의 영향력이 후기 시에도 작용하면서 '시간의 중첩' 및 '풍경의 중첩'을 생성하는 계기가 된다는 의미를 내포한다.

> 언젠가 왔던 길을 누가
> 물보다 잘 기억하겠나
> 아무리 재주껏 가리고
> 깊숙이 숨겨놓아도
> 물은
> 어김없이 찾아와
> 자기의 몸을 담아보고
> 자기의 깊이를 주장하느니
> 여보게
> 억지로 막으려 하지 말게

제 가는 대로 꾸불꾸불 넓고 깊게

물길 터주면

고인 곳마다 시원하고

흐를 때는 아름다운 것을

물과 함께 아니라면 어떻게

먼 길을 갈 수 있겠나

누가 혼자 살 수 있겠나

　　──「물길」 전문

　여섯번째 시집 『물길』(문학과지성사, 1994)의 표제시인 이 작품에서 "물"은 유동적 흐름의 속성을 발휘하여 "언젠가 왔던 길"을 "잘 기억하"고 "어김없이 찾아와" "자기의 깊이를 주장"하며 "제 가는 대로" "물길 터주면" "먼 길을 갈 수 있"기도 하다. 이러한 모습은 김광규의 시에서 '물'의 상징이 '시원적 원형'이라는 위상뿐만 아니라, 시간의 변전 및 이로 인한 주체와 대상 간의 단절을 극복하는 '연속성의 추구'라는 위상도 지님을 잘 보여준다.

4. 시간과의 대결과 화해, 침묵의 소리와 물의 풍경

　김광규 전기 시의 구조화 원리가 '과거와 현재의 대비'라면, 후기 시의 구조화 원리는 '과거와 현재와 미래의 중첩'이라고 볼 수 있고, 전기 시의 지향성이 시원적 원형으로서 '소리'와 '물'의 상징이라면, 후기 시의 지향성은 '침묵'과 '풍경'의 상징이라고 볼 수 있다. 전기 시가 과거와 현재를 대비하는 이원적 시간 구조를 토대로 자연과 문명, 청춘과 중년, 소외된 이웃과 세속적인 인물들 간의 대립 관계를 설정하고, 현실 비판과 자기 성찰을 동시에 시도하면서 시원적 원형을 지향한다면, 후기 시는 과거와 현재와 미래를 공존, 혼재, 병치시키면서 중첩하는 삼원적 시간 구조 속에서 현실 비판과 자기 성찰을 견지하며 자기 긍정과 운명애 및 세계와의 화해를 함께 추구한다.

김광규 시의 전개 과정에서 변한 것과 변하지 않은 것을 요약적으로 정리하면, 구조화 원리로서 시간의 관점이 '과거와 현재의 대비'라는 이원적 대립 구조에서 '과거와 현재와 미래의 중첩'이라는 삼원적 혼융 구조로 이동한다는 점, 시적 지향성이 '소리'와 '물'의 상징을 유지하면서 '침묵'과 '풍경'의 상징까지 포함한다는 점, 시적 주제가 '시간과의 대결'을 견지하면서 '시간과의 화해'까지 포함한다는 점 등을 들 수 있다. 여기서 '물'의 상징은 '시원적 원형'의 위상을 가지면서 전기 시의 '소리'에 대한 지향성과 긴밀히 결부되는 동시에, '연속성의 추구'라는 위상을 가지면서 후기 시의 '풍경'에 대한 지향성과도 긴밀히 결부된다는 점에서 중요한 매개의 역할을 담당한다. 우리는 김광규가 40여 년이 넘는 시작 활동을 통해 '변하는 시간' 속에서 '변하지 않는 소리 및 풍경의 추구'라는 큰 틀의 시적 구조화 원리 및 지향성을 견지하면서 '시간과의 대결과 화해'라는 주제를 '침묵의 소리'와 '물의 풍경'으로 형상화했다고 말할 수 있을 것이다.

[『시와시학』, 2018]

극서정시의 미학적 원리
─최동호의 후기 시

1. 최동호 시의 전개 과정과 미학적 특성

최동호는 첫 시집 『黃砂바람』(열화당, 1976)으로 등단한 이후 활발한 시작 활동을 전개하여 『아침 책상』(민음사, 1988), 『딱따구리는 어디에 숨어 있는가』(민음사, 1995), 『공놀이하는 달마』(민음사, 2002) 등을 거쳐 『불꽃 비단벌레』(서정시학, 2009), 『얼음 얼굴』(서정시학, 2011), 『수원 남문 언덕』(서정시학, 2014) 등의 시집을 상재했다. 최동호의 시 세계를 전체적으로 조망하기 위해 시적 전개 과정을 통시적으로 고찰하는 방식을 시도할 수 있다. 이 방식에 의하면, 첫 시집 『黃砂바람』에서 두번째 시집 『아침 책상』에 이르는 초기 시, 세번째 시집 『딱따구리는 어디에 숨어 있는가』에서 네번째 시집 『공놀이하는 달마』에 이르는 중기 시, 다섯번째 시집 『불꽃 비단벌레』 및 여섯번째 시집 『얼음 얼굴』 이후의 후기 시로 분류할 수 있을 듯하다. 크게 보아 각 시기의 시적 특성은 초기 시를 '관조와 명상의 시학', 중기 시를 '정신주의 시학', 후기 시를 '극서정 시학'으로 명명할 수 있다. 특기할 사항은 세 시기의 시적 전개를 단순한 변모가 아니라 연속성 속에서 심화되고 농축되는 과정으로 이해할 수 있다는 점이다. 즉 최동호의 시는 전개 과정에서 최초의 미학적 특성을 견지하면서 지속적으로 새로운 특성을 첨가하거나 보충하는 방식으로 강도와 밀도를 증폭시켜왔다. 다시 말해, 초기 시가 중기 시를 거쳐 후기 시에 이르는 과정에서 시의 표면적 양상은 변화를 보였지만, 내면적 양상은 이전의 미학적 특성들을 축적하는 동시에 새로운 특성을 가미하면서 응축과 확장을 거듭해 왔다고 볼 수 있다.

필자는 최동호 시의 기본적 특성을 외부 상황에 휩쓸리지 않고 내면적 침잠을 통해 평정을 되찾는 관조와 명상, 자연과의 합일을 통해 높은 정신성을 추구하는 고고(孤高)의 태도, 현실과의 관계 속에서 고뇌하고 방황하는 시적 자아의 모습 등에서 찾은 바 있다.[1] 그리고 이러한 기본적 특성이 초기 시에서 '소리의 공간화'라는 기법, '순간의 시학'이라는 미학, '통합의 정신'이라는 시 의식 등으로 구체화된다고 보았다. '소리의 공간화'는 '소리' '물' '빛' 등의 이미지를 중심으로 시적 형상화를 시도하는 현상학적 방식이고, '순간의 시학'은 한 순간을 통해 무한한 시공을 드러내는 기법으로서 동양화의 여백이 지닌 미적 원리를 독자적으로 체득한 미학이며, '통합의 정신'은 내면적 응시가 정신의 집중을 통해 자아와 대상을 하나로 융합하는 시 의식이다. 이 세 가지 차원을 토대로 첫 시집 『黃砂바람』은 고독한 자아가 계절의 순환성이라는 자연의 이법에 자신의 몸을 융합하려는 모습을 보여주고, 두번째 시집 『아침 책상』은 첫 시집의 기법, 미학, 인식을 함축하여 형식의 균제와 조화로운 언어의 배치를 통해 간결성 속에 더 심화된 세계를 형상화한다. 번잡한 현실과 세속적 욕망으로 오염된 자아를 정화하여 본래적 자아를 회복함으로써 생명의 순환성에 근접하려는 시도를 보여주는 것이다.

초기 시의 '관조와 명상의 시학'에서 주목할 부분은 관조와 명상을

1 졸고, 「순간의 시학과 통합의 정신」, 『불교문예』 1997년 봄호; 『주름과 기억』, 작가, 2004, pp. 152~69.

통해 대상에 대해 객관적 거리를 유지하려는 역학과, 자연 및 대상과의 합일과 통합을 추구하려는 역학이 상충한다는 점이다. 이 점은 최동호 초기 시가 내포하는 딜레마이자 시적 극복 및 지향성의 원천을 이루는 부분이기도 하다. 시인은 대상과의 거리 두기로부터 관계를 통한 합일로 전환하려는 시도를 해결책으로 추구하는데, 이는 최동호 시 세계의 전체적 전개 과정에서 중요한 지향성을 형성하는 것으로 볼 수 있다. 초기 시에서는 이것이 시적 자아, 즉 주체를 소멸시키려는 고통스러운 시도를 통해 형상화된다.

이러한 모색의 과정을 거쳐 중기 시에서 최동호는 '정신주의 시학'을 정립하기 위해 유교, 불교, 도교로 대표되는 동양 사상을 체득하는 데 공을 들인다. 한산자(寒山子)에서 바쇼까지, 중국의 선시(禪詩)에서 일본의 하이쿠(俳句)까지 섭렵하면서 독자적인 시적 방식으로 체현하는 지속적인 탐색을 시도하는 것이다. 시인은 세번째 시집 『딱따구리는 어디에 숨어 있는가』에서 네번째 시집 『공놀이하는 달마』에 이르기까지 무위자연의 노장사상을 바탕으로 선적인 명상을 추구하는 불교적 은둔자의 모습과 당대의 타락한 세태를 질타하는 현실 비판자의 모습을 동시에 보여준다. 시적 자아는 말과 주체에 대한 회의에서 벗어나 세속과 멀어지면서 자연과의 교류를 통해 광대무변한 우주와 하나가 되는 모습을 보여준다. 최동호는 마음을 비움으로써 정신의 자유를 회복하고 말에 구속된 자아로부터 해방되어 진정한 자아를 찾는 길로 나아가게 된다.

중기 시의 '정신주의 시학'에서 주목할 부분은 대상에 대해 거리를 유지하는 관조와 명상의 역학과 자연 및 대상과의 합일과 통합을 추구하는 역학이 상충하던 초기 시의 딜레마를 선시적 형식 및 기법, 유심론적 일원론의 사유 등으로 해결하는 점이다. 이 점은 시적 형태, 형식, 기법, 사유 등 제반 측면에서 중기 시가 초기 시의 이원적 딜레마를 하나로 통합하는 방향으로 나아간 것을 의미한다. 표면적으로 볼 때, 대상에 대한 섬세한 묘사를 통해 시적 주체의 내면 풍경을 객관화하는 초기 시의 방식에서 벗어나, 주체를 지우고 선시풍의 시적 경향으로 이동하면서 현실에서 멀어지는 방향으로 전개된 듯하지만, 내면적 인식으로 볼 때는 오히려 주체와 대상, 자아와 자연을 하나의 전체로 포괄하면서 '통합'해나갔다고 볼 수 있다. 이는 앞에서 말한 '순간의 시학'과 '통합의 정신'이라는 초기 시의 특성이 심화된 양상으로서, 최동호의 시가 전개 과정에서 최초의 미학적 특성을 견지하면서 지속적으로 새로운 특성을 첨가하거나 보충하는 방식으로 강도와 밀도를 증폭시켜왔음을 증명하는 사례가 된다.

이러한 특성을 가지는 '정신주의 시학'의 한 극점에서 후기 시의 '극서정 시학'이 파생되어 나온다. 다섯번째 시집 『불꽃 비단벌레』는 중기 시의 '정신주의 시학'과 후기 시의 '극서정 시학'을 연결하는 가교 역할을 담당하고, 여섯번째 시집 『얼음 얼굴』에서 일곱번째 시집 『수원 남문 언덕』에 이르는 시들이 '극서정 시학'을 본격적으로 보여준다. 중기 시의 '정신주의 시학'이 시적 형태, 형식, 기법, 사유 등 제반 측면에서 초기 시의 이원적 딜레마를 하나로 통합하는 방향으로 나아갔다면, 후기 시는 시적 형태, 형식 등의 측면에서 중기 시의 응축과 통합을 더 극대화하여 압축성을 추구하는 동시에 시적 기법, 사유 등의 측면에서는 중기 시의 응축과 통합을 여러 갈래로 분기시켜 세분화하는 방향으로 나아간다. 이러한 방향성은 최동호가 '정신주의 시학'이라는 원론적 차원을 '극서정 시학'이라는 구체적 차원으로 발전시키는 과정에서 디지털 미디어와 영상 대중매체의 범람이라는 우리 시대의 문화적 상황에 직면하여, 시적 형태나 형식을 압축시키는 동시에 시적 기법이나 사유를 분화시킴으로써 현실적 대응력을 확보하기 위한 시도라고 볼수 있다.

유성호는 『수원 남문 언덕』의 해설에서 최동호 후기 시의 흐름을 크게 극서정의 방법론과 궁극, 인간 탐구와 구도, 자기 기원으로의 회귀라는 세 가지 방향으로 설정하여 유효적절하게 해석한 바 있다. 이러한 관점은 최동호 후기 시의 전체적 유형 설정으로 설득력을 가지는데, 이 글은 좀더 세밀한 관점으로 시적 기법, 사유 등의 측면에서 최동호의 후기 시 중 '극서정시'가 가지는 네 가지 미학적 원리를 조명하고자 한다.

2. 시적 묘사—이미지의 여백과 집중, 존재의 현시

최동호 '극서정시'의 첫번째 미학적 원리는 '시적 묘사'인데, '이미지의 여백과 집중'이라는 기법을 통해 '존재'를 '현시'하는 경우가 여기에 해당한다.

과수원 풀벌레 소리도

빨갛다

휘어진 부석사 길

가을 사과나무
—「부석사 사과나무」 전문

이 시는 「부석사 사과나무」라는 제목에서 시의 중심 소재로 배경인 "부석사"와 대상인 "사과나무"를 제시한다. 시의 제목을 통해 장소와 대상을 명사로 간명하게 드러내는 방식은 흔히 구사되지만, 극서정시의 경우에는 그것이 차지하는 비중이 압도적으로 커진다. "부석사"와 "사과나무" 그 자체가 시적 이미지로 현시되면서 독자들에게 집중적으로 부각되는 것이다. 복잡하고 다양하게 흩어져 있는 시적 대상들 중에서 특별히 선택된 이미지는 여백을 통해 집중의 효과를 강화시킨다. 이 시는 한 연이 한 행으로 이루어지고 한 행에 몇 개의 이미지만 제시되는데, 각 연의 이미지는 여백의 기법에 의해 강력한 응집력을 형성한다.

1연에서 "도"라는 조사가 「부석사 사과나무」라는 제목과 "과수원"의 "풀벌레 소리"라는 청각적 이미지를 2연의 "빨갛다"로 수렴시킨다. "부석사 사과나무"도 "과수원 풀벌레 소리"도 "빨"간 것이다. 청각적 감각을 시각적 감각으로 전치시키는 참신한 이미지의 효과와 더불어, "부석사"와 "과수원"이라는 공간에서 "사과나무"와 "풀벌레 소리"를 "빨갛다"는 공통분모로 묶음으로써 통일성을 형성하며 시상을 결집시킨다. 3연에 묘사된 "부석사"의 "길"은 "휘어"져 있는 상태가 전경화되면서 2연의 "빨갛다"와 대비적 구도를 형성한다. 따라서 2연의 "빨갛다"는 제목과 1연을 결부시키는 동시에 3연과 대비되면서 시의 중심축 역할을 담당하는 것이다. 4연에서는 "가을"이라는 시간적 배경을 노출하면서 시의 중심 대상인 "사과나무"로 마무리한다.

'대비와 조화의 이중적 구도'라고 명명할 수 있는 시적 구도는 '이미지의 여백과 집중'이라는 기법을 통해 '존재'를 '현시'하는 방식으로 형상화된다. 시적 의미는 중심 소재인 "부석사"와 "사과나무"를 둘러싸고 "과수원 풀벌레 소리" "휘어진" "길" "가을" 등의 이미지에 각각 부여되지만, 이들은 모두 "빨갛다"에 결집되어 강력한 응집력을 발휘하게 된다. "빨갛다"는 "사과나무"와 "풀벌레"로 대표되는 생명체의 충일한 밀도와 강도를 암시한다. 여기서 주목할 부분은 이러한 시

486

적 의미가 비유와 상징을 비롯한 특별한 시적 의장(意匠)을 통하지 않고 존재와 사물의 이미지를 현시하는 방식으로 제시된다는 점이다. 존재와 사물을 그 자체로 현시함으로써 그것이 내포하는 의미를 독자들이 모색하고 재구성할 수 있게 하는 것이 '이미지의 여백과 집중'이라는 기법이 동반하는 시적 효과인 셈이다.

3. 시적 상징 ― 이미지의 관계와 변용, 의미의 부여

최동호 '극서정시'의 두번째 미학적 원리는 '시적 상징'인데, '이미지의 관계와 변용'이라는 기법을 통해 '의미'를 '부여'하는 경우가 여기에 해당한다.

> 돌에 앉은 나비는 꽃보다 돌이 아름답다
>
> 해협을 건너는 나비는 바다 저 편에
>
> 꽃보다 아름다운 돌이 있다고 상상한 것이다
>
> 돌이 꽃이 되고 나비가 돌이 되는 세상
>
> 외로이 사는 것이 꿈 없이 사는 것보다 행복하다.
> ―「돌과 나비」 전문

이 시의 제목에는 중심 소재인 "나비"와 "돌"이 제시되는데, "나비"가 시적 화자의 분신이라면 "돌"은 시적 대상이라고 간주할 수 있다.

본문에서는 시적 대상으로 "꽃"이 추가된다. 세 이미지는 각각 '상징'을 형성하는데, "나비"가 대상을 지향하는 시적 자아나 주체를 상징한다면, "돌"은 무미건조하지만 견고하고 심층적인 대상을, "꽃"은 화려하지만 변화를 겪는 표면적인 대상을 상징한다고 볼 수 있다. 따라서이 시는 "나비" "돌" "꽃" 등의 이미지가 상징성을 가지고 상호 관계성을 통해 의미를 형성하고 있다.

1~3연에서 "돌"은 "꽃"과의 비교를 통해 '대비'되지만, 4연에서는 변용에 의해 '연쇄'된다. 시적 화자는 "나비"가 "꽃보다 돌"을 "아름답"게 여겨 "돌"에 "앉"았고, "해협을 건너" "바다 저 편"으로 간다고 서술한다. "나비" "꽃" "돌" 등이 일차적으로 상징성을 가지며, 더 나아가 화자가 주관적 판단을 표현하므로, 이 문장들은 존재나 사물 그 자체를 현시하기보다는 시적 의미를 부여하는 특성을 강하게 갖는다. 이렇게 부여된 의미는 "나비"에게 "꽃"보다 "돌"이 아름답듯이, 인간들도 변화를 겪는 표면적인 대상보다 견고하고 심층적인 대상을 추구해야 한다는 것으로 짐작할 수 있다.

그런데 "돌"과 "꽃"이 대비되는 구도는 4연의 "돌이 꽃이 되고 나비가 돌이 되는 세상"에서 새로운 국면으로 전환된다. "나비가 돌이 되"고 "돌이 꽃이 되"는 시적 변용을 통해 세 이미지는 연쇄의 관계로 전이된다. 이 시적 변용은 이미지들 간의 연금술로서 시적 자아인 "나비"가 존재 전환을 통해 대상인 "돌"로 전이되고, "돌"은 다시 "꽃"으로 전이된다. 이 변용은 연쇄의 선후 관계가 도치되어 전개되므로, 범우주적 섭리인 순환성의 비밀을 내포한다. 1~3연에서 4연으로 전개되는 시적 도약은 5연에서 구체적인 의미를 부여받으면서 다시 한번 전환된다. 화자는 "외로이 사는 것"과 "꿈 없이 사는 것"을 대조하면서 고독하지만 이상을 꿈꾸고 추구하는 삶이 더 행복하다고 말한다. 외롭게 살아도 꿈을 꾸면 존재의 전환, 즉 변신이 가능해지는 것이 시적 상상의 비밀이 아닐까. 이러한 의미 부여가 1~4연의 '이미지들의 관계와 변용'에 내포된 전언이었던 셈이다. 5연에서 주목할 부분은 이미지를 제시하는 것이 아니라 의미 전달 위주의 문장을 구사함으로써, 이전의 상징들이 일종의 알레고리적 차원으로 포섭된다는 점이다. 달리 말하면, 시의 부분적 영역에서 작용하는 '상징'들이 상호 '관계성' 및 '변용'의 과정을 통해 시의 전체적 영역에서 '알레고리'의 차원으로 진입하는 것이다.

4. 시적 풍자―이미지의 대비와 융합, 자기 성찰과 현실 비판

최동호 '극서정시'의 세번째 미학적 원리는 '시적 풍자'인데, '이미지의 대비와 융합'이라는 기법을 통해 '자기 성찰'과 '현실 비판'을 시도하는 경우가 여기에 해당한다.

달빛에 춘란이 짙푸르게 흔들리고 있다

창검의 그림자가 설핏한 사람은

거친 들판으로 나가 세상과 겨루고

습자지의 먹물이 밴 사람은

달빛 그림자에 숨어 세상에 나서지 않는다
―「난세의 춘란」 전문

이 시의 1연은 중심 소재인 "춘란"을 이미지로 제시함으로써 시 전체를 지배하는 표면 장력을 형성한다. "춘란"의 속성은 "달빛" "짙푸르게" "흔들리고" 등 세 단어의 영향을 받으며 유동적인 변화를 겪는다. "춘란"이 "달빛"에 의해 "짙푸"른 것은 밤의 시간 속에서 은둔적 결기와 각오를 다지는 모습을 암시하고, "흔들리고 있"는 양상은 운동과 정지 사이의 길항을 암시하는 듯하다. "짙푸르게"와 "흔들리고"의 의미를 온전히 파악하려면 2~3연과 4~5연의 상호 대비적 구도를 음미하는 우회로가 필요하다.

2~3연과 4~5연은 "창검"과 "먹물"의 상징을 중심으로 대비적 구도를 형성한다. "창검의 그림자가 설핏한 사람"은 무기의 힘으로 현실과 맞서는 존재로서 "거친 들판으로 나가 세상과 겨루"는 속성을 지닌다. 반면 "습자지의 먹물이 밴 사람"은 책을 읽고 글을 쓰는 존재로서 "달빛 그림자에 숨어 세상에 나서지 않는" 은둔의 속성을 지닌다. 전자를 무인으로, 후자를 문인으로 유형화할 수도 있을 것이다. 2~3연과 4~5연의 대비는 비교적 평이하고 단순한 듯하지만, 단순한 대립을 넘어 상호 교차하면서 융합되는 지점에서 1연의 "짙푸르게"와 "흔들리고"로 수렴되는 점을 주목할 필요가 있다. 시적 화자는 2~3연과 4~5연의 두 존재 중에서 후자의 입장에 손을 들어주는 듯하지만, 단순히 "달빛 그림자에 숨어 세상에 나서지 않는" 태도가 아니라, "달빛"에 "짙푸르게" "흔들리고 있"는 "춘란"의 이미지를 통해 정중동(靜中動)과 외유내강(外柔內剛)의 강인한 정신적 결기를 강조한다. 따라서 1연의 "춘란"은 2~3연에 제시된 현실적 투쟁의 존재와 4~5연에 제시된 잠재적 은둔의 존재를 변증법적으로 종합한 존재로서, 은일의 정신인 결기와 저항성을 발휘한다고 볼 수 있다. 이러한 자세는 시인이 추구하는 "난세"의 '영웅'의 모습을 대변하는 것이 아닐까. 여기서 주목할 부분은 '이미지의 대비와 융합'이라는 기법을 통해 '자기 성찰'과 '현실 비판'을 동시

에 시도하면서 '시적 풍자'의 미학을 생성시키는 방식이다. '수신제가치국평천하(修身齊家治國平天下)'라는 말대로 자기 수양을 토대로 나라를 다스리는 것이 통상적인 수순인데, 이 시는 자기 성찰과 현실 비판이라는 의미를 4~5연과 2~3연에 역순으로 배치하고, 상호 교차와 융합의 양상을 1연의 "짙푸르게"와 "흔들리고"에 농축시키고 있다. 의미의 상식적이고 순차적인 질서를 뒤섞고 역전시킴으로써 극서정시의 응축미와 충격 효과를 동시에 획득하는 것이다.

> 가끔 꿈속에서 놀라 무어라 소리 지를 때가 있다
>
> 관 속에 갇힌 기분이 들어 가위눌려 깨어날 때다
>
> 정말 심한 것은 허공에서 들리는 못 박는 소리다
>
> 누구도 꺼내 줄 수 없는 먼 허공에다 대고 홀로
>
> 무어라고 알 수 없는 말로 크게 소리치며 웃다가
>
> 허공중의 메아리마저 관 속에 들어가 못 박힌다
> ──「허공의 관」 전문

이 시는 "꿈속에서" "가위눌"리는 경험을 진솔하고 평이하게 서술하고 있다. 1~2연에서 이 경험을 "놀라 무어라 소리 지"르거나 "관 속에 갇힌 기분"이 드는 것으로 묘사하기 때문이다. 그러나 이 시는 시상의 전개 과정에서 '이미지의 대비와 융합'이라는 기법을 통해 '자기 성찰'을 시도하면서 다소 복잡한 의미론적 구조를 드러낸다. 이 의미론적 구조를 지배하는 이미지는 "관"과 "허공"과 "소리"인데, "소리"는 다시 "못 박는 소리"와 "가위눌"린 사람의 "말"이나 "웃"는 "소리"라는 두 유형으로 구분된다. 시상 전개의 측면에서는 2연에서 3연으로 건너갈 때 도약이 있고, 3연이 4~5연으로 전개되는 과정에서 점층적인 상승이 있으며, 6연에 이르면 추락이 기다리고 있다.

1~2연에서 시적 화자는 "꿈속에서 놀라 무어라 소리 지"르며 "가위눌려 깨어"나는 경험을 진술하는데, "관 속에 갇힌 기분"이 이후의 시상을 견인하게 된다. "가위눌"리는 경험에서 "관 속에 갇힌 기분"을 느끼는 것은 일견 상식적인 차원이지만, "관"의 이미지가 3연의 "허공"과 "못 박는 소리"로 연결되는 순간 연상의 비약이 일어난다. "관"이 지하의 유형적 이미지인 반면 "허공"은 하늘의 무형적 이미지이므로, "관"과 "허공" 이미지 간에 대비적 구도가 형성된다. "허공"은 "못 박는 소리"의 청각적 이미지에 의해 상호 대립을 형성하며 도발적이고 충격적인 각성의 효과를 만들어낸다. 또한 "허공"은 4~6연에서 중요한 연결 고리로 배치되어 시상을 전개시키는 데 기여하기도 한다. 1연의 "무어라" "지"르는 "소리"는 3연의 "못 박는 소리"로, 다시 5연의 "알 수 없는 말로 크게" 내는 "소리"와 "웃"는 "소리" 등으로 이어지면서 시상이 점층적으로 고조된다.

6연에 이르면 이미지들 간의 대비와 대립은 하나로 융합되고, 시상 전개의 도약 및 상승은 갑작스러운 추락을 맞이한다. 1~5연에서 대비나 대립 구도를 형성하던 "관" "허공" "소리" 등의 이미지들이 "허공 중의 메아리마저 관 속에 들어가 못 박힌다"라는 문장에 의해 결집되면서 일거에 파국에 이르는 것이다. "못 박는 소리"와 "가위눌"린 사람의 "말"이나 "웃"는 "소리"라는 두 유형으로 구분되던 "소리"도 "메아리마저 관 속에 들어가 못 박"히는 결말에 이르러 하나로 통합되면서 종결된다. 여기서 주목할 부분은 '이미지의 대비와 융합' '시상의 도약과 상승과 추락' 등의 기법을 통해 '자기 성찰'을 시도하면서 '시적 풍자'의 미학을 생성시키는 방식이다. 이 시는 죽음이라는 거역할 수 없는 운명 앞에서 세속적 욕망과 집착과 허상을 버리고 경건하고 겸허한 자세를 가져야 한다는 주제를 이러한 기법을 통해 효과적으로 형상화하고 있다.

5. 시적 해학—이미지의 유비와 유머, 자기 긍정과 현실 포용

최동호 '극서정시'의 네번째 미학적 원리는 '시적 해학'인데, '이미지의 유비(類比)와 유머'라는 기법을 통해 '자기 긍정'과 '현실 포용'을 시도하는 경우가 여기에 해당한다.

> 용암이 분출하는 활화산
>
> 멈추고 내 지팡이
>
> 꽂혔던 자리
>
> 어금니 빠진 잇몸 같다
>
> 흰 연기에서 태고의 방구 냄새가 난다
> ──「방구 냄새」전문

이 시는 이미지들이 간명하게 제시되어 단일한 구도를 형성하지만, 내부에 '기(1연)─승(2~3연)─전(4연)─결(5연)'의 시상 전개를 포함하고 있다. 이 전개는 선경후정(先景後情)의 한시적 구성과도 연관이 있는 듯하나, 후반부에 제시되는 "어금니 빠진 잇몸"이나 "흰 연기에서" 나는 "태고의 방구 냄새"가 정서가 아니라 감각의 제시라는 점에서 약간의 차이가 있다. '기(1연)'는 중심 소재인 "활화산"을 제시하는데, "용암" "분출" 등의 단어들이 강한 힘을 내장하므로 웅장하고 역동적인 의미를 형성한다. 이에 반해 '승(2~3연)'은 시적 화자의 "지팡이"가 "꼽혔던 자리"를 통해 사소한 인간의 행위와 흔적을 제시한다. 이러한 대비의 방식을 '숭고'의 미학으로 이해하는 것은 타당할까? 인용한 시는 '기(1연)'와 '승(2~3연)'에서 자연의 웅장함과 인간의 사소함을 대비하여 '숭고의 간접적 묘사'를 보여주는 듯하지만, '전(4연)'과 '결(5연)'에서 이 구도를 깨뜨리는 이미지를 제시함으로써 이로부터 벗어난다.

'전(4연)'의 "어금니 빠진 잇몸 같다"라는 문장은 시적 대상인 "활화산"의 모습을 희화화하면서 자연과 인간의 위상을 역전시킨다. 사소한 인간의 행위와 흔적이 오히려 자연의 장엄한 위력에 치명적인 상처를 주는 형국인 것이다. 그런데 '결(5연)'의 "흰 연기에서" 나는 "태고의 방구 냄새"는 역전된 위상을 다시 돌려 세우며 자연과 인간을 동질화하는 '유머'를 발휘한다. 이처럼 시적 주체와 대상 간의 대립 관계를 희화화를 통한 유머로 돌파하면서 동질성을 획득하는 미학을 '해학'이라고 부를 수 있을 것이다. 여기서 자연과 인간의 동질화는 "활화산"의 구멍에서 나는 "흰 연기"를 "태고의 방구"와 중첩시키는 '유비'의 기법에 의해 성립된다. 인용한 시는 '이미지의 유비와 유머'라는 기법을 통해 '시적 해학'을 구현함으로써 '자기 긍정'과 '현실 포용'을 시도하는 것이다.

[『미네르바』, 2016]

지독한 패러독스
─원구식 시의 미학적 원리

1. 네 가지 시적 층위

원구식의 시 세계에는 최소 네 가지 이상의 시적 공간 혹은 층위가 존재한다. 시의 중층적 공간들은 내면적으로 시계의 톱니바퀴처럼 정교하게 교직되어 있는데, 표면적으로는 초기 시에서 각각 분리되어 있다가 시적 전개 과정에서 상호 침투하고 융합되는 경향을 보여준다. 최소 네 가지 시적 공간은 순결한 애정과 퇴색한 욕망이 충돌하는 '사랑의 층위', 시인을 포함한 인간 및 현실의 타락에 대한 '풍자의 층위', 부모·고향·첫사랑으로 대변되는 과거에 대한 '추억의 층위', 존재론적·철학적 사유를 전개하는 '진리의 층위' 등이다. 이 네 가지 시적 층위는 원구식의 첫 시집과 두번째 시집의 목차 구성과도 연관성을 가진다. 첫 시집『먼지와의 싸움은 끝이 없다』(한국문연, 1992)의 제1부 '낙타', 제2부 '群舞', 제3부 '달빛 속에서', 제4부 '지구 돌아가는 소리'에 수록된 시들은 큰 틀에서 각각 진리의 층위, 사랑의 층위, 추억의 층위, 풍자의 층위를 보여준다. 그리고 두번째 시집『마돈나를 위하여』(한국문연, 2007)의 제1부 '연천 가는 길', 제2부 '마돈나를 위하여', 제3부 '우주는 나의 감옥', 제4부 '헤겔의 왈츠'에 수록된 시들은 큰 틀에서 각각 추억의 층위, 사랑의 층위, 진리의 층위, 풍자의 층위를 보다 선명하게 보여준다.[1] 이는 시인이 암중모색하던 시 의식 및 주제가 시적 전개 과정에서 심화되며 정립되고 있음을 의미한다. 혹은 시인이 자신의 무의식적인 시적 추구를 의식화하는 과정으로 이해될 수 있을지 모른다.

원구식의 시 세계를 온전히 이해하기 위해서는 최소 네 가지 시적 층위를 각각 이해하는 동시에, 이것들이 교직되고 융합되어 형성하는 전체적인 미학적 원리에 근접해야 한다. 원구식은 최소 네 가지 이상의 시적 층위를 공존시키며 동시에 진행해나가는데, 때로는 이들을 상호 침투시키며 융합하고 때로는 비약적으로 뻗어나가며 새로운 시적 층위를 생성시킨다. 즉 원구식의 시는 '존재'의 차원이 아니라 '생성'의 차원, '나무뿌리'가 아니라 '리좀'의 차원에서 변신을 거듭해나가는 것이다. 다행히 첫 시집에 대해 남진우가 '아이러니' 개념을 중심으로 현실 비판과 '풍자의 층위'를 예리하게 분석했고, 두번째 시집에 대해 권혁웅이 '상징'과 '알레고리' 개념을 중심으로 '사랑의 층위'를 적절하게 분석했으므로, 필자는 주로 '추억의 층위'와 '진리의 층위'에 초점을 맞추어 원구식의 시 세계에 접근하고자 한다. 물론 네 가지 시적 층위는 내면적으로 상호 침투하거나 융합되어 있으므로 하나의 층위를 통해서도 다른 층위들과 접속할 수 있다. 따라서 이 글은 원구식 시의 전개 과정에서 '추억의 층위'와 '진리의 층위'를 중심으로 다양한 시적 층위들이 변모되는 양상에 주목해 상호 침투와 융합의 연결 고리를 추적하는 동시에 새로운 시적 층위를 생성시키는 비약의 계기를 추적하면서 전체적인 미학적 원리에 접근해보려 한다.

---

1 원구식은 첫 시집 『먼지와의 싸움은 끝이 없다』(한국문연, 1992), 두번째 시집 『마돈나를 위하여』(한국문연, 2007) 등을 상재했다. 이 글에서 원구식의 시는 이 시집들에서 인용하되, 시집은 제목 대신 출간된 순으로 번호를 달아 '(시집 번호: 페이지 수)'로 출처를 표시한다.

2. 추억, 달빛, 시간─모성과 부성, 정신과 육체, 순수와 반역

원구식의 시에서 부모, 고향, 첫사랑으로 대변되는 과거에 대한 '추억의 층위'는 시 의식의 원형질을 담고 있다. 원형archetype은 종 종 구체적인 대상이나 의미가 아니라, 모호하고 희미한 상징과 암시 의 효과로 나타난다. 그 숨은 비밀에 접근하기 위해서는 징후적 독해 symptomatic reading가 필요하다.

> 아버님이 밤마다
> 어디론가 날려보내는 종이 비행기
> (어디로 날라갑니까?)
>
> ……아버님, 다락방은 얼마나 그리운 어머님의 자궁입니까? 밤 이면 하늘에 온갖 별을 달고 온갖 달을 달고. 저는 행복해지기 위 해서 눈 멀은 장님이 되고 귀먹고 말 못하는 벙어리가 됩니다. 다 락방은 얼마나 그리운 어머님의……
>
> (용서받을 수 있을까요?
> 살기 위해 저지른 잘못과
> 神을 위해 저지른 잘못은)
> ─「다락방」 부분 (1: 27)

'아버지'는 일반적으로 부성의 원리, 즉 현실 원칙이 지배하는 상징계 를 의미한다. 그런데 이 시에서 "아버님"이 "날려보내는" 것은 "종이 비 행기"이고, 그것을 "밤마다/어디론가 날려보낸"다는 점에서, 이 '부성' 에는 일반적인 의미와 차별되는 속성이 개입된다. 그 일차적 해석은 시적 화자의 내면의식과 어긋나는 부성이다. 화자의 독백인 "(어디로 날라 갑니까?)"는 이러한 부성에 대한 거부와 반항이 묻어 있다. 이로써 화자는 "아버님"을 거부하고 "어머님" 편에 속하려 한다. "다락방"은 "어머님의 자궁"으로 비유되고, 이 속에서 화자는 "행복"을 위해 "장님"과 "벙어리"가 된다. 이 존재 양식은 폐쇄된 자아의 벽을 세움으로써 성립되는데, 유폐된 내면 공간에서 "밤"에 뜨는 "달"의 이미지를 주목해보자. 여기서 "밤"은 "아버님"이 "종이 비행기"를 "날려보내는" "밤"과 모종의 연관성을 가진다고 볼 수 있다. 그렇다면 부성에 대한 이차적 해석은 '부성/모성'의 이분법적 대립을 넘어서 새로운 의미망을 구축하게 된다. 이 점을 염두에 두면서 이후의 분석에서 "밤"을 중심으로 "달"의 이미지를 탐색해보기로 하자.

한편 인용한 3연은 2연까지의 진술에서 비약하는데, 이것은 '추억의 층위'에서 '진리의 층위'로의 비약이라고 볼 수 있다. 이 비약이 뛰어넘은 간격에는 어떤 과정이 생략되어 있을까? "살기 위해 저지른 잘못"이 '현실'에서 생존하기 위해 '신성'에 대해 죄를 범한 것이라면, "신(神)을 위해 저지른 잘못"은 '신성'을 구현하기 위해 '현실'에 대해 죄를 범한 것이다. 두 "잘못"은 상호 공존하거나 조화되기 어려운 이율배반성을 갖는데, 그것을 각각 "용서받"기 소망하는 화자의 내면 의식은 천상과 지상, 신성과 인성, 절대적 진리와 현세적 지식 등의 이원성으로 인해 양극으로 갈라진 채 갈등하는 듯 보인다. 이 고뇌가 어디서 연유하는지 살피기 위해서는 역시 "밤"을 중심으로 "달"의 이미지를 추적하는 작업이 필요하다.

> 아버지의 **遺傳**은 정확했다.
> 달빛이 희고 마른 대지를 적시는 동안
> 썩은 나무에서 피고지는 붉은 꽃이 보이고

무덤에 누워 있는 그대 흰 얼굴이 보인다.

나비처럼 아름다운 그대 종지뼈……

그대 어리고 약한 사랑이 꿈틀거리며

나비를 불러 모으고

돌림병처럼 일제히

닫힌 문이 열리고 열린 문이 닫힌다.

〔……〕

나는 내가 네 발로 기는 짐승임을 느낀다.

오오, 달빛이 키워주는 위대한 열성인자!

몸 구석구석에

숨어 있던 털이 솟아나고

침샘이 한꺼번에 너무 많은 침을 흘려

입가엔 걷잡을 수 없는 살기가 흐른다.

한 마리의 나비를 잡으면

백 마리의 나비가 튀어나오는 예술.

쏟아지는 건 달빛만이 아니었다.

깜깜한 어둠 속에

저 홀로 눈부신 열성인자를 모르고

누가 감히 상처입은 영혼을 말할 수 있으랴.

깊은 산 넘실대는 달빛 속에서

나는 나도 모르는 儀式을 거행할 모양이다.

―「달빛 속에서」 부분 (1: 66~67)

  이 시는 아마 원구식의 시 중 가장 신비로운 비밀을 함축하는 작품
일 것이다. 수수께끼처럼 베일에 가려진 시적 체험은 "아버지의 유전
(遺傳)"이 "달빛"의 아우라 속에서 "나비"와 "짐승"으로 파생되는 원형

적 상징의 연쇄를 통해 아름답고도 불길하게 형상화된다. 이 시가 아름다운 이유는 "나비" 때문이고 불길한 이유는 "짐승" 때문이겠지만, 실상은 "달빛"이 은밀하게 더 중요한 역할을 담당한다. 흔히 "달빛"은 여성성을 대변하는 이미지로 등장하지만, 여기서는 "돌림병"을 퍼뜨리듯 화자를 "위대한 열성인자"로 감염시킨다. 그 결과 생성되는 "짐승"은 "달빛이 키워주는 위대한 열성인자"가 "아버지의 유전"의 결과임을 짐작게 한다. 결국 "달빛"은 아름다운 "나비"와 불길한 "짐승"이 결합되는 에로티시즘을 시 전면에 퍼뜨리고, 화자는 삶 충동의 주체인 "짐승"이 되어 "털"과 "침"과 "살기"를 가지고 "나비"를 포획한다.

"달빛"의 아우라는 "짐승"이 "나비"를 잡는 에로티시즘을 파생시키는데, 이 '피'를 "아버지"에게 물려받은 "열성인자"라고 간주한다는 점에서 "상처입은 영혼"의 무의식 내부를 엿볼 수 있다. 다시 말해, 시 의식의 원형질에는 '모성'과 연결된 '순결한 영혼'이 자리 잡고 있지만, 이것은 '부성'의 유전인 '육체성'이 여성성을 포획하는 "짐승"의 에로티시즘을 발생시킴으로써 상처를 입는다. 「다락방」에서 부성과 모성이 공유한 "밤"의 이미지는 "달빛"과 긴밀히 연관되는데, 부성의 유전이자 돌림병인 "달빛"으로 인해 화자는 육체적 욕망에 사로잡혀 순결한 영혼에 상처를 입는 심리적 경험을 하는 듯 보인다. 이러한 시 세계는 보들레르 및 서정주가 보여준 강렬한 상징주의 미학의 계보를 잇는 것으로서, 부성과 모성의 이율배반이 복잡한 무의식의 메커니즘을 거쳐 육체와 정신의 이율배반으로 파생된다는 점에서, 존재론적 탐구의 시 정신을 내장하고 있다. 또한 "달빛"을 "아버지의 유전" "열성인자" "돌림병" 등과 결부시켜 육체적 본능의 불길한 아우라를 묘사하고, "나비"와의 관계를 통해 에로티시즘의 세계를 형상화하는 것은 개성적인 상징 미학을 보여준다. "유전" "열성인자" 등은 일종의 운명적인 요소인데, 비극적 운명을 견인하는 "돌림병"은 일종의 '리좀'적 상상력으로서 운명을 받아들이되 그것을 끝까지 밀어붙임으로써 넘어서려는 반역의 정신을 암시한다. '운명에 대한 굴복과 반역'이라는 이중적 역학관계로부터 생성되는 것이 바로 원구식 시의 대표적 어법인 '패러독스 paradox'이다.

지금까지 첫 시집에 나타나는 '추억의 층위'를 살펴보았는데, 이 '추억의 층위'는 두번째 시집에서 '시간에 대한 사유'와 결부되어 더욱 심층적이고 복잡한 양상으로 전개된다.

> 바로 그때, 산자를 예외없이
> 죽음으로 몰고가는 시간이 다가온다.
> 보라, 더 이상 평범할 수 없는 이 길이
> 자신을 스쳐간 바큇자국을
> 하나도 빠짐없이 모조리 기억해내는 것을.
> ─「연천 가는 길」 부분 (2: 12~13)

「연천 가는 길」에서 인용한 이 구절은 원구식 시의 비밀의 문을 여는 열쇠가 된다. "산자를 예외없이/죽음으로 몰고가는 시간"은 생의 원상을 퇴색시키고 마모시켜 소멸과 죽음에 이르게 하는 시간의 냉혹한 운명을 의미한다. 그러나 화자는 "자신을 스쳐간 바큇자국"을 "모조리 기억"하는 "길"처럼, "기억"을 통해 시간의 운명에 마냥 굴복하지 않고 저항한다. '생을 변질시키는 시간'과 '시간에 대한 저항인 기억' 사이에서 왕복 운동하는 것은 원구식 시의 핵심 원리 중의 하나이다. 이 원리는 원구식 시의 네 가지 시적 공간인 사랑의 층위, 풍자의 층위, 추억의 층위, 진리의 층위에 공통적으로 작용하는 핵심적 동인인 동시에, 이 네 층위를 하나의 전체적 의미 구조로 묶어주는 중요한 연결 고리가 된다.

나는 왜 아직도 추억의 1학년 3반을 벗어나지 못하는가. 잔인하
도다, 추억이여. 늙은 여우처럼 교활하게 고향을 돌아보게 하다니!
고단한 육신이여, 오늘은 낡은 기차를 타고 풀풀 먼지를 날리며 추
억의 1학년 3반으로 가자. 삐걱이는 복도를 지나 만국기가 펄럭이
는 시간의 감옥에 갇히자. 즐겁게 얼음의 시간을 녹이자. 조개탄의
매캐한 유황 냄새가 코를 찌르는, 밤이면 박쥐가 튀어나오는, 이미
사라지고 없는 교실에서 무릎을 꿇고 얼굴을 들지 못하는 1학년 3
반 원구식을 해방시키자.

　　　　—「추억의 1학년 3반」 부분 (2: 21)

　이 시의 화자에게 "추억"의 공간인 "1학년 3반"은 "시간의 감옥"이
자 "얼음의 시간"으로 묘사된다. 그것이 "감옥"이고 "얼음"인 까닭은
영원히 벗어날 수 없는 회귀의 종착지이기 때문이며, "즐"거운 이유는
회상의 공간에서 '순결한 본래적 자아'를 만나기 때문이다. 한편 "추억"
이 "잔인"한 까닭은 "늙은 여우처럼 교활하게 고향을 돌아"본다는 문
장이 알려주듯, 시간의 풍화작용으로 인해 사랑의 순수성을 상실한 현
재의 화자가 과거의 자신과 만나며 괴리감을 느끼기 때문일 것이다.
원구식의 시에서 '추억'은 '순결한 과거'와 '퇴색한 현재'라는 양극이 교
차하는 '시차적(時差的) 시선'을 내포하며, 이 '시차(視差)'로 인해 대부
분의 시적 표현에서 대립적 의미가 공존하며 충돌하는 '패러독스'가 생
겨난다. 이 시의 화자가 '추억의 층위'에서 만나는 첫사랑인 "사랑하
는 당신"도 이러한 '시차(時差/視差)'와 만나면서 이중적인 의미로 나타
난다.

　　너를 향해

502

나 한 걸음도 나가지 못했구나.

얼음의 시간,

시간의 감옥을 즐겼으니

타락이구나, 영혼의 쓰레기통에 코를 박은

돼지로구나, 야생의 들개가 아니라

사육된 시간의 노예였구나.

게으른 몸으로

늙은 살가죽으로 사랑을 꿈꾸었으니

욕망이 아니라 욕심이었구나.

　　　　　　　　　―「신부」부분 (2: 26)

　이 시는 시간에 대한 사유의 측면에서 지독한 역설이자 반전을 보여 준다. 「추억의 1학년 3반」에서 '추억'이 교활한 현재적 자아가 순수한 본래적 공간을 회상하기 때문에 잔인하고 고단하다면, 이 시에서 '추억'은 "얼음의 시간,/시간의 감옥을 즐"긴 것 자체가 "타락"이다. 왜냐하면 순결한 자아가 존재했던 과거를 회상하는 것은 "영혼의 쓰레기통에 코를 박은/돼지"처럼 현실로부터 도피한 나약한 자의식의 소산이기 때문이다. 따라서 "사육된 시간의 노예"는 '시차적 시선'에 의해 이중적 의미를 형성한다. 그것은 현실과 정면으로 대결하는 야수성이 아니라 순수 과거의 추억에 사로잡히는 나약한 유폐성을 의미하기도 하고, 타락한 현재적 자아가 과거의 순수성을 희구할 때 겪는 괴리감을 의미하기도 한다.

　여기서 "영혼의 쓰레기통"과 "야생의 들개"라는 역설적 표현에도 주목할 필요가 있다. 왜냐하면 원구식의 시 의식에서 '부성과 모성의 이율배반'이 '육체와 정신의 이율배반'으로 돌연변이를 일으키며 전이된 이후 '모성' '정신' '영혼'의 대립 개념으로서 부정의 대상이었던 '부성' '육체' '관능'이 이 지점에서 긍정과 수용의 대상으로 전환되기 때문이다. 다시 말해, '부성과 모성의 이율배반'에서 출발한 원구식의 시는 복잡 미묘한 역학 관계를 거쳐 '육체와 정신의 이율배반'으로 전개되는데, 그것이 다시 '순결한 과거와 타락한 현재' 사이를 왕복 운동하는 시차적 시선을 통과하면서 '순수한 추억과 반역적 야성의 이율배반'으로 진입한다. '야성에 대한 긍정'을 통해 지금까지 부정하고 거부했던 '부성'과 '육체성'의 긍정과 수용이 이루어지는 것이다.

3. 진리, 숲, 시간―기억과 예언, 이데아와 모순, 얼음과 야성

지금까지 '추억의 층위'에서 살펴본 시적 변모가 '진리의 층위'에서는 어떤 양상으로 펼쳐지는지 고찰함으로써, 두 층위가 상호 침투하고 융합되는 연결 고리를 찾아보려 한다. '추억의 층위'에서 고찰한 원구식의 시 의식은 존재론적, 철학적 사유를 전개하는 '진리의 층위'에서 보다 형이상학적인 방식으로 형상화된다. 원구식의 첫 시집 표제시인 「먼지와의 싸움은 끝이 없다」에서 출발해보자.

> 1
> 나는 고장난 이데올로기― 잃어버린 시간 속에 집을 세우고 세상을 바라본다. 망가진 내가 보인다. 그러나 나는 연약한 몸으로 우주를 해석했으며, 먼지와 기나긴 싸움을 벌여왔다.
>
> 〔……〕

3

먼지, 그 보잘 것 없는 미물이 내게 부여하는 질서. 나는 결코 자
유롭지 못하리. 내가 부르는 노래는 결코 온전하지 못하리. 잃어버
린 시간 속에 나는 오로지 소멸만을 위해 존재하였으니.

죽음의 유혹에 빠지지 않으려고
나는 자꾸만 내 살을 꼬집었다.
그렇다, 나는
지금까지 잘못 살아왔다
앞으로도 계속 잘못 살아야겠다.
─「먼지와의 싸움은 끝이 없다」 부분 (1: 36~37)

이 시의 화자가 자신을 "고장난 이데올로기"라고 명명하는 이유는
상징계가 요구하는 현실 원칙에서 벗어난 시각을 가졌기 때문일 것이
다. "잃어버린 시간 속에 집을 세우고 세상을 바라"보는 태도는 과거와
현재를 왕래하는 '기억'의 시선과, 현재와 미래를 왕래하는 '예감'의 시
선이 한 몸을 이루어 세상을 통찰하는 것을 의미한다. 이중의 시선으
로 자신을 볼 때 "망가진 내가 보"이지만, 이 "연약한 몸"으로 "우주를
해석"할 때 거시적인 존재론적, 철학적 사유에 도달할 수 있다. 이 사
유에서 "먼지"와의 "싸움"은 무엇을 의미할까? "먼지, 그 보잘 것 없는
미물이 내게 부여하는 질서"는 아마 '시간'의 질서일 것이다. 시간은 무
엇이든 그 원형을 보존하지 않고 훼손시키며 "먼지"를 남긴다. "먼지"
는 시간이 남긴 부산물로서 시간의 거역할 수 없는 힘과 현실의 유한
성 및 불완전성을 암시한다. 결국 시인의 시선이 가닿은 것은 '시간의
운명'인데, 이것은 인간의 생이 "소멸만을 위해 존재"하며 결국은 "죽
음"으로 귀착한다는 비극적 통찰을 낳는다.

여기서 중요한 부분은 "죽음의 유혹에 빠지지 않으려고" "내 살을 꼬집"는 화자의 태도이다. 시간에 복종하는 것은 소멸과 죽음으로 귀착되지만, 그 운명을 거부하며 반항하기 위해 시인은 자신의 살을 꼬집는다. 자기 성찰의 극단에서 시간에 굴복하고 살아가는 자신을 자학적으로 채찍질하는 것이다. "지금까지 잘못 살아왔다"가 과거와 현재를 왕래하는 '기억'의 시선에서 얻어진 '반성'이라면, "앞으로도 계속 잘못 살아야겠다"는 현재와 미래를 왕래하는 '예감'의 시선에서 얻어진 '결의'이다. 상호 모순적인 이 둘의 결합은 다음과 같은 의미를 낳는다. '시간의 운명에 굴복하여 죽음의 유혹에 빠지는 삶은 지금까지와 마찬가지로 미래에도 계속되겠지만, 나는 그 운명을 거부하며 반항하기 위해 앞으로도 계속 내 살을 꼬집겠다.' 이때 "꼬집"는 행위는 바로 원구식 시의 핵심적 어법인 '패러독스'이고, "내 살"은 패러독스로 인해 '모순이 하나로 응축된 시어'이다. 위악과 자기모멸, 냉소와 환멸로 가득찬 원구식 특유의 어법은 이처럼 '기억'과 '예감'의 이중적 시선으로 세상을 통찰하며 시간의 운명에 저항하는 반역의 시 의식으로부터 생겨나는 것이다.

'먼지와의 싸움'과 '제 살 꼬집기'로 요약되는 이 시로부터 두 갈래의 상반되는 존재론적, 철학적 사유의 길이 파생된다는 점을 주목할 필요가 있다. 첫째 길은 시간의 운명에 굴복하지 않고 영원하고 절대적인 이데아를 추구하는 길이고, 둘째 길은 시간의 운명을 수락하고 현실의 유한성과 불완전성 속에서 모순과 더불어 사는 길이다. 이 두 갈래 길은 첫 시집에 수록된 「시인과 짜장면」에서 시적 화자가 말하는 "빵"과 "예술"의 속뜻과도 연관성을 가진다. "짜장면을 먹으면서" "예술보다 빵이 먼저라는 지극히 당연한 사실을 깨닫"는 시적 화자의 나이가 "서른이 넘"은 것은, 간단치 않은 의미를 숨기고 있다. 여기서 "빵"은 현실 원칙 및 인간의 육체적 본성을 상징하는 상식적 차원에 그치지 않고,

바로 둘째 길 즉 시간의 운명을 수락하고 현실의 유한성과 불완전성 속에서 모순과 더불어 사는 길을 의미한다. 그렇다면 이 구절은 역으로 화자가 서른이 넘도록 첫째 길, 즉 영원하고 절대적인 이데아가 존재한다는 신념을 가지고 살아온 플라톤주의자였다는 의미가 된다. 이것이 바로 「시인과 짜장면」에서 화자가 말하는 "예술"의 속뜻이다. 원구식의 시에서 '이데아'는 '모성' '이성·정신·영혼' '첫사랑' 등과 긴밀히 연결되는데, 앞에서 분석한 '추억의 층위'에서 이 요소들이 '부성' '육체성' '타락한 사랑' 등과 대립항을 이루고 있음을 지적한 바 있다. 그의 시에서 첫째 길이 둘째 길로 옮겨가는 여정은 다음과 같이 서술된다.

1
······깨진 꿈은 아름답다. 나는 자신의 꿈을 세상에 팔아버리고 돌아선 내 자신의 뒷모습을 한없이 불쌍한 눈으로 바라보았다. 오, 속임수. 몸에 남은 고통의 희미한 빛에 나는 나보다 의식된 나를 더 깨달았으니······

〔······〕
누군가 새앙쥐처럼
내 영혼을 갉아먹고 있다.
오, 밤과 꿈이 일으키는
거대한 모순의 숲—
〔······〕

2
나를 아예 꿈속에 가둬 다오.
밖으로 통하는 문이란 문은 모두 자물쇠로 잠그고

내가 필요로 하는

최소한의 물과 햇빛과 공기만 다오.

〔……〕

나를 그대 원수처럼 꿈속에 가둬 다오.

처절한 꿈속에서 피 흘리며

오직 나만을 사랑하고 싶다.

3

〔……〕

진리보다는 모순이 오히려 더 예술적이다.

나는 어리석게도

손가락 두 개를 목구멍 깊숙히 집어넣고

꿈의 재료를 토해낸다.

그렇다! 진리의 참뜻이

모순에 있다는 깨달음만으로도

부처가 될 수 있다.

나는 계속해서

있는 힘을 다해 토해낸다.

모순의 모순을 위해서 토해낸다.

　　　　　　　　　　　　—「꿈을 씻어내는 作業」 부분 (1: 52~54)

　　이 시는 처음부터 '패러독스'로 시작된다. "깨진 꿈"을 "아름답"게 보는 것과 그런 행위를 한 자신을 "불쌍한 눈으로 바라보"는 것은 동일한 대상에 대해 상반되는 시선을 부여하므로 '패러독스'이다. '패러독스'의 다른 이름은 "속임수"인데, 그 정체는 "몸에 남은 고통의 희미한 빛"과 "나보다 의식된 나"에서 유추할 수 있다. 원구식의 시에서 "꿈"

은 종종 원초적 순결과 절대적 이데아를 품고 있는 완전한 세계를 의미한다. 이것은 앞에서 언급한 대로 '이성' '정신' '영혼' 등의 본향이며 '모성' '첫사랑' 등과 상통하는 세계이다. 따라서 "깨진 꿈"은 '부성' '타락한 사랑' 등과 결부되는 '육체성'의 침투로 인해 완전무결한 이데아의 세계가 훼손됨을 의미한다. 화자는 훼손된 꿈을 아름답게 보는 동시에 그것에 대해 죄책감을 느끼는데, 이것이 "몸"과 "의식" 사이에서 악순환적 왕복 운동을 반복하는 "속임수"의 정체이다. 시인은 이 '패러독스'의 비밀을 "밤과 꿈이 일으키는/거대한 모순의 숲"으로 묘사한다.

그리하여 2장은 '꿈속의 세계'를, 3장은 '순결을 버리는 모순의 세계'를 각각 형상화한다. 2장에서 화자가 원하는 꿈속의 유폐는 자폐적인 성격을 띠는 듯하지만, "그대 원수처럼" "처절한" "피" 흘림을 겪는 내적 투쟁을 동반한다. 3장에서 화자는 "순결"과 '절대성'의 세계인 이데아와 대립되는 "모순"을 긍정하고 수락함으로써 "예술"의 속성을 새롭게 정의하려 한다. "진리의 참뜻이/모순에 있다는 깨달음"은 화자가 수집하고 삼킨 "꿈의 재료"를 "토해"내게 한다. 그런데 이 행위는 "순결을 버림으로써 더욱 순결해진 자만이 흙 속에 묻혀 있는 순결을" 알 듯이, "모순의 모순"이라는 패러독스의 딜레마를 내포한다. 즉 순결을 버려서 순결에 이르고, 모순을 수용하여 진리에 이르는 과정에서 이분법적 양극 사이를 무한히 왕복하는 악순환을 예비하는 것이다. 원구식이 이 딜레마를 어떻게 극복하는지를 염두에 두면서 두번째 시집으로 넘어가보자.

첫 시집에서 존재론적, 철학적 사유를 전개했던 '진리의 층위'는 두번째 시집에서 '시간에 대한 사유'와 결부되면서 더욱 심층적이고 복잡한 양상으로 나타난다.

나는 정밀한 숲을 노래한다. 그것은 죽음의 집. 째깍거리는 시계.

집적된 시간의 톱니바퀴들이 모여 숲이라는 거대한 기계를 돌린다.
어린 나이에 세상의 모든 것을 알았지만, 어리석게도 나는, 아, 정
말 어리석게도 나는, 숲이 만들어내는 시간의 입자들이 무엇을 의
미하는지 몰랐었다. 얼음보다 차가운 이성으로 말미암아 천박한 자
신을 한없이 경멸하고, 껍데기뿐인 육체를 세상에 내보내 즐겁게
학대하였다. 그러나 지금은 아니다. 고백컨대, 빛나는 정신만이 세
상을 구원하리라는 나의 신념은 그릇된 것이었다. 보라. 빛의 입자
이며, 물의 노래이며, 주인 없는 공기의 주인인 시간의 톱니바퀴들
을. 그들이 돌리는 정밀한 숲을. 그 속에 집적된 모든 과거와 현재
와 미래의 은밀한 내부를.

　　—「정밀한 숲」 전문 (2: 59)

　원구식의 대표작 중 하나인 이 시는 압축되고 완결된 형식 속에 시
간의 사유를 중심으로 정밀하고 깊은 존재론적, 철학적 탐구를 보여준
다. 원구식의 시에서 "숲"은 존재의 내면 공간을 상징하기도 하고, 자
연과 세계를 포함하는 우주를 상징하기도 하며, '상징의 숲'으로서 상
징으로 가득 찬 시적 공간을 의미하기도 한다. 시적 화자는 "숲"을 "시
계"로 비유하는데, "거대한 기계를 돌"리는 "시간의 톱니바퀴들"은 "빛
의 입자"이고 "물의 노래"이며 "공기의 주인"이다. 다시 말해, 화자는
자연계의 현상을 지배하는 "거대한 기계"를 "정밀한 숲"으로 보고, 이
속에 "과거와 현재와 미래의 은밀한 내부"가 집적되어 있다고 본다. 이
를 통해 화자는 '시간'이 존재와 세계와 우주를 움직이고 지배하는 주
인임을 천명하는 것이다.
　이 시의 진술은 "시간의 입자들이 무엇을 의미하는"가라는 질문에
대한 대답에 초점을 두고 있다. 시적 화자는 "빛나는 정신만이 세상을
구원하리라는 나의 신념은 그릇된 것이었다"라는 고백을 통해 '이성'

을 존중하여 '육체'를 경멸하고 학대해온 과거의 신념에 대해 회의한다. 화자는 "시간의 톱니바퀴들"이 돌리는 "정밀한 숲" 속에 집적된 "모든 과거와 현재와 미래의 은밀한 내부"에서 무엇을 발견하는 것일까? 화자 혹은 시인은 두 가지 방향의 길을 예비하는 것으로 보인다. 첫째는 '최초의 시간(과거)'을 찾아서 그 속에 깃든 '순결한 노래'를 부르며 현재로 진행하는 길이고, 둘째는 '타락한 현실(현재)'을 '야성'으로 맞서고 질타하며 미래로 진입하는 길이다. 전자는 이데아 즉 이성·정신·영혼을 회복하는 길이고, 후자는 부성·육체성·모순을 받아들여 세상에 길들어 순화된 영혼을 반역적으로 단련시키는 길이라고 볼 수 있다.

> 최초의 시간은 얼음 속에 있다. 시간의 자궁을 생쥐처럼 들락거리는 비유의 천재들이여, 〔……〕 주체할 수 없는 시간이 이제 곧 얼음의 감옥을 날려버릴 것이다. 우리의 청춘도, 영화도 그렇게 쪼개질 것이다. 흔적도 없이 사라질 것이다. 그러나, 흐르는 시간에 몸을 맡긴 채 오로지 보기 위해 존재하는 견자의 눈이 있다. 지존의 몸으로 노래하는 시인이 있다. 아직 불리어지지 않은 노래가 저 얼음 속에 있다.
>
> ─「빙산」 부분 (2: 73)

이 시는 「신부」에서 나타난 '얼음의 시간'이 다시 등장하지만, 그것을 바라보는 화자의 시선은 상반된다. 「신부」에서 '얼음의 시간'은 "시간의 감옥"을 즐기는 타락의 태도와 더불어 "사육된 시간의 노예"로 부정되지만, 이 시에서는 "아직 말해지지 않은 언어"와 "아직 불리어지지 않은 노래"가 들어 있는 "최초의 시간"이다. 이 시원의 신성한 시간에서 벗어나 "주체할 수 없"이 "흐르는 시간"에도 불구하고 살아 있는 "견자의 눈"은 다름 아닌 시인의 눈이다. 이것은 신성한 정신의 세계를 견자의 눈으로 투시하는 원구식의 시적 시선일 것이다.

　두번째 시집 이후의 최근 시에서 시인의 시선은 '얼음' 이후의 시간
에 해당하는 '물'의 길을 주시한다.

> 물의 경로가 길이다.
>
> 이 길을 따라 흘러가는 것은 모두 시간이다.
>
> 〔……〕
>
> 연어는 바다에서 온 시간이다.
>
> 〔……〕
>
> 나는 포크에 돌돌 말린 연어의 살을 보며
>
> 바다는 시간의 저장창고라고 생각한다.
>
> 〔……〕
>
> 비는 하늘에서 온 시간이다.
>
> 〔……〕
>
> 얼음은 멈춘 시간이다.
>
> 〔……〕
>
> 지금 어디선가 연어들이 알을 슬고
>
> 하늘에서 내려온 물들이
>
> 나무들의 뿌리를 해탈시키고 있을 것이다.
>
> 오늘 밤도 나는 물길을 따라 흘러간다.
>
> 나는 시간이다.
>
> ──「물길」 부분 (3: 12~13)

　"최초의 시간"이 "얼음"의 "멈춘 시간"이라면, 그 속에는 과거와 현
재와 미래의 시간들이 집적되어 있다. 마치 "알" 속에 그 생명체의 과
거와 현재와 미래가 원형질로 축적되어 있듯이. 따라서 "얼음"이 녹아

흐러가는 "물" "연어" "바다" "비" 등의 이미지들은 모두 "얼음" 속에 쟁여져 있던 과거와 현재와 미래의 시간이다. 이 '물의 길'은 결국 "나"에게 이르고, "나" 또한 시간이 된다. 「빙산」과 「물길」이 '최초의 시간'으로 회귀하여 '순결한 노래'를 부르며 현재로 진행하는 첫째 길을 보여준다면, 다음의 시는 신성한 정신과 순수한 노래가 '시간의 구멍'으로 빠져나가는 '타락한 현실(현재)' 속에서 그것을 '야성'으로 맞서며 희망을 찾으려는 둘째 길을 보여준다.

희망은, 늘, 이곳을 통해 왔다.
어둠의 불법체류자들이 푸른 당나귀를 타고
무한공유를 꿈꾸는 이곳. 나무가 어두운 땅에 뿌리를 박듯
삶의 젖줄을 시간의 검은 구멍 속에 뿌리박지
않은 자가 과연 누구더냐. 어쩌자고 너는
나 같은 디지털 폐인을 사랑한 것이냐.
밤이 깊었다. 아름다운 너는 이유를 묻지 말고
집으로 돌아가라. 자폐의 기관차가 수증기를 뿜으며
내 앞을 가로막고 있지 않느냐. 내가 저 놈의 멱을 딸 것이다.
언젠가 강호의 고수가 되어 천하를 호령할
그날을 꿈꾸는 게 아니다. 나는 그저
원초적 내공을 쌓을 뿐. 어둠의 경로여,
시간의 검은 구멍이여. 때마침, 푸른 당나귀가 희망이라는
이름의 지독한 바이러스를 보내왔으니,
내 이제 절망으로 썩어 문드러진 대명천지 밝은 세상을
뒤집어버려야 하지 않겠느냐, 확!
——「어둠의 경로」 전문 (3: 66~67)

두번째 시집 이후의 최근 시를 대표하는 이 시는 추억의 층위, 사랑의 층위, 진리의 층위, 풍자의 층위 등이 상호 침투하고 융합되는 양상을 잘 보여준다. 두번째 시집의 「정밀한 숲」이 그러하듯, 이 시는 동시다발적으로 진행해오던 네 가지 이상의 시적 층위들이 상호 정교하게 교직되고 융합되면서 새로운 시적 공간을 비약적으로 생성시킨 결과물이다. 디지털 문명이 지배하는 현실은 "삶의 젖줄을 시간의 검은 구멍 속에 뿌리박"은 곳이고, 이곳에서의 삶은 "자폐의 기관차"가 "앞을 가로막고 있"는 "어둠" 속에서 "폐인"을 낳는다. 화자는 "어둠" 속에 깊이 몸을 담고 "시간의 검은 구멍"을 따라 흘러가는 "어둠의 경로"를 주시한다. 그리고 "희망"의 "바이러스"를 찾아 "절망으로 썩어 문드러진 대명천지 밝은 세상", 즉 거짓 광명 속에서 부패해가는 세상을 변화시키고 변혁할 "원초적 내공을 쌓"는다.

이처럼 "희망"은 늘 "어둠의 경로"를 통해서 온다. "자폐의 기관차"의 "멱"을 따기 위해 시인이 쌓는 "원초적 내공"은 "야생의 발톱"을 가진 "야성의 들개"(「들개」)가 되고, "독을 품은" "야생의 돼지감자"(「성난 돼지감자」)가 되는 '야성의 획득'과도 상통한다. 야생적 야성을 획득하기 위해 시인은 초기 시 의식의 원형질 속에서 거부했던 '부성'과 '육체성'을 긍정하고 받아들였을 것이다. 이 지점에서 다시 한번 원구식 시의 '추억의 층위'와 '진리의 층위'가 상호 교직되고 융합되는 고리를 발견한다. "무한공유를 꿈꾸"는 "어둠의 불법체류자들"의 "푸른 당나귀"가 "희망"의 "바이러스"를 보내듯, 원구식은 오늘도 허위, 가식, 권위, 자본, 이데올로기 등이 지배하는 현실을 전복시킬 '지독한 패러독스'를 "어둠의 경로"를 통해 세상에 전송하고 있다. 우리는 원구식의 시가 중층적인 시적 공간을 상호 침투시키고 융합하면서 어떤 비약적 변신을 거듭해나가는지 계속 지켜보아야 할 것이다.

[『열린시학』, 2010]

꿈 이야기와 복화술
—최정례 시의 형식과 방법

　최정례의 시 세계에 대해 논의한 평자들은 대체로 '시간'과 '기억'이라는 화두를 중심으로 시적 의미와 특성을 예리하게 밝혀냈다. 첫 시집 『내 귓속의 장대나무 숲』(민음사, 1994) 해설에서 황현산은 "누추한 과거로 침식된 기억"에서 "순결한 최초의 낙원을 붙들어" "시간이 닿지 않는 미래"를 향한다고 지적했고, 두번째 시집 『햇빛 속에 호랑이』(세계사, 1998) 해설에서 문혜원은 "의미와 시간의 중첩을 통해서 무표정을 만"들어 "역설적 효과"를 얻어낸다고 언급했으며, 세번째 시집 『붉은 밭』(창비, 2001) 해설에서 이광호는 "시간의 파편들을 통해 생의 모순에 대한 실감을 구체화"하고 "그 체험의 조각들을 재구성함으로써 다른 생의 시간에 닿으려 한다"고 말한 바 있다. 네번째 시집 『레바논 감정』(문학과지성사, 2006) 해설에서 최현식은 "순간의 묘사"를 통해 "타자들을 껴안거나" "나를 개방함으로써 서로의 결핍과 얼룩을 치유"한다고 지적했고, 다섯번째 시집 『캥거루는 캥거루고 나는 나인데』(문학과지성사, 2011) 해설에서 함돈균은 "욕망하는 주체가 출현"하여 "시계의 방향"이 "왼쪽이 아니라 오른쪽으로 역전된"다고 언급했다. 그 이후 발표된 최정례의 시들도 전체적으로 '시간'과 '기억'이라는 화두를 중심으로 순간을 통한 과거와 현재의 중첩, 상처의 기억과 다른 시간의 예감, 타자와 얼룩을 공유하는 상호 주체성 등을 변주하며 심화시키고 있다. 이 글은 최정례의 근작 시들을 중심으로 그 시적 형식에 주목하고 양식적 측면, 화법적 측면, 시점 및 어법적 측면 등을 고찰하면서 구조화 원리를 살펴보고자 한다.

호러 영화를 만드는 사람들은 도대체 왜 그러는 것일까. 총, 칼, 토막살인 그리고 저 피. 난 잘못도 없는데 그들에게 고문당한다. 피의 장면이 나오면 손으로 눈을 가린다. 그러다가도 다음 상황이 궁금해 손가락 사이로 흘끔 쳐다본다. 아직도 피가 흥건하다. 그런 장면은 잊히지 않고 꿈에도 나온다. 한번은 영화처럼 전쟁이 나 폭탄이 떨어지고 있었다. 파편에 맞았는지 총알에 맞았는지 난 쓰러졌고 축축하게 옆구리에서 피를 흘리고 있었다. 내가 쓰러진 곳은 철길 가였다. 기차가 달려오는 소리, 쓰러진 채로 달려오는 기차를 피해야 한다고 생각했다. 그러나 몸을 움직일 수가 없었다. 뭔가 묵직하게 몸통 위를 지나갔고 난 그 자리에서 죽었다. 그런데 이상하게도 죽은 내가 생각을 할 수 있었다. 이게 가능한 일인가, 죽어서도 생각을 흘려보내는 것이. 흘러가는 것은 분명 내 피였고 동시에 내 생각이었다. 흐르는 피와 함께 철길 가의 자갈 틈 속으로 스며들고 있었다. 철로 변 키 큰 풀들이 너울거리며 내 생각을 엿보고 있었다. 난 죽었다. 죽은 몸이 너울거리는 풀들과 섞이고 있었다. 생각이 점점 희미해지고 있었다. 오래전에 일어난 전쟁이 피가 흐르는 동안 반복 재생되고 있었다. 이 피가 굳어질 때까지 계속 계속 계속 나는 죽어가고 있었다. 아무 말도 통하지 않았다, 손가락에 묻은 피.
　　──「생각의 피」전문

이 시는 최정례의 시작 기법 혹은 시적 형상화 방식을 엿볼 수 있는 작품이다. 이 시는 전체적으로 '현실'에서 '꿈'으로 이동하는 장면 전환을 보여준다. 시적 화자는 전반부에서 호러 영화에 공포와 불안을 느낀다고 고백하고, 후반부에서는 꿈속에서 전쟁을 겪으며 피 흘리고 기차에 깔려 죽는 상황과 죽은 후에도 계속 피와 생각이 흐르는 상황을 제시한다. 현실에서 꿈으로 이동하는 연결 고리는 "피"인데, 이 이미지는 과거의 상처에서 오는 트라우마를 상징하기도 하고, 상처를 "반복 재생"함으로써 과거가 현재에 지속됨을 의미하기도 한다. 또한 '죽음'의 미래를 예감하는 전조를 형성하기도 하고, "죽은 몸"을 "너울거리는 풀들과 섞이"게 하는 상호 침투의 가능성을 담고 있기도 하다. 따라서 "피"는 최정례 시적 방법론의 중핵을 이루는 이미지라고 볼 수 있는데, 이 시에서 주목할 부분은 "흘러가는 것은 분명 내 피였고 동시에 내 생각"이라는 구절이다.

이 구절은 시의 후반부가 현실과 확연히 구분되는 꿈이 아니라 현실과 꿈의 경계에 놓여 있다는 사실을 암시한다. 이 독특한 위상은 "죽은 내가 생각을 할 수 있었다"와 "죽어서도 생각을 흘려보내는" 양상에서 알 수 있듯, '꿈 이야기'의 화법을 통해 최정례 시가 구조화되고 있음을 드러낸다. 꿈은 주체인 '나'가 등장하는 영상적 사건이지만, 그 영상을 바라보는 또 다른 주체에 의해 응시된다. 즉 꿈은 1인칭 자아의 모습을 3인칭으로 바라보는 또 다른 자아에 의해 구조화됨으로써 형성된다. 더구나 꿈 내용을 독백 혹은 타인에게 말하는 '꿈 이야기'의 화법으로 표현할 때 이중적 자아의 대칭성은 더 강화된다. "흘러가는 것은 분명 내 피였고 동시에 내 생각"이라는 구절은 꿈 이야기의 화법을 통해 시적 자아가 둘로 분리되고 있음을 보여준다. 꿈속에 등장하는 1인칭 자아와 그를 3인칭으로 바라보는 또 다른 자아의 관계를 통해 최정례의 시는 현실과 환상의 교차, 과거와 현재와 미래의 중첩, 상처의 기억과 다른 시간의 예감, 타자와 얼룩을 공유하는 상호 주체성 등을 극적이고 효과적으로 형상화한다. 결국 최정례의 시적 방법론은 '나'의

"피"를 형상화하는 방식과 이 "피"를 바라보고 "생각"함으로써 객관화시켜 이야기하는 방식이라는, 이중의 프레임을 겹쳐놓음으로써 현실과 환상, 과거와 현재와 미래, 주체와 타자 등의 경계를 가로지르는 것이다.

이와 관련하여 '산문시'의 양식적 특성에 대해서도 말해보자. 꿈속 영상을 이미지만으로 제시한다면 묘사적 표현이 효과적이겠지만, 꿈속 사건을 독백으로 말하거나 누군가에게 들려준다면 진술적 표현이 효과적이다. 꿈은 대체로 인물·사건·배경이 등장하는 서사적 구조를 가지므로, '꿈 이야기'라는 시적 화법을 구사하는 경우 서사적 진술의 표현 방식을 채택하는 것이 자연스럽다. 최정례의 최근 시에서 이전보다 산문시의 양식이 더 빈번히 나타나는 것은, 그녀의 시가 '꿈 이야기'의 화법을 통해 서사적 진술의 강도를 강화하는 방향으로 전개되는 양상과 긴밀히 연관된다.

> 지금 흐르는 이 시간은 한때 어떤 시간의 꿈이었을 거야. 지금 나는 그 흐르는 꿈에 실려가면서 엎드려 뭔가를 쓰고 있어. 곤죽이 돼가고 있어. 시간의 원천, 그 시간의 처음이 샘솟으며 꾸었던 꿈이 흐르고 있어. 지금도, 앞으로도 영원히. 달덩이가 자기 꿈을 달빛으로 살살 풀어놓는 것처럼. 시간의 꿈은 온 세상이 공평해지는 거였어. 장대하고 아름답고 폭력적인 꿈. 모든 아름다운 것들을 무너뜨리며 모든 아픈 것들을 녹여 재우며 시간은 흐르자고 꿈꾸었어. 이 권력을 저지할 수 있는 자, 나와봐. 이 세계는 공평해야 된다는 꿈. 아무도 못 말려. 그런 꿈을 꾸었던 그때의 시간도 자신의 꿈을 돌이킬 수가 없어. 시간과 시간의 꿈은 마주 볼 수도 없어.
> ──「시간의 상자에서 꺼내어 시간의 가장 귀한 보석을 감춰둘 곳은 어디인가?」 전문

이 시에는 기본적으로 시적 화자가 현실에서 꿈에 대한 생각을 진술하는 '독백'의 화법이 제시된다. 따라서 이 시는 꿈과 현실 사이의 스펙트럼에서 현실 쪽에 밀착해 있는 작품이다. 화자가 현실에서 시간 및 꿈에 대한 사유를 펼치기 때문에 현실의 토대 위에 환상적인 요소가 개입된다. "지금 흐르는 이 시간은 한때 어떤 시간의 꿈이었을 거야"라는 첫 문장은 시 전체의 사유를 대표한다. 이에 따르면, 현재의 시간은 "시간의 원천"인 처음 시간의 꿈이므로, 현실의 삶은 곧 과거가 꿈꾸는 꿈속 삶이 된다. 이 지점에서 최정례의 시는 현실과 꿈이 서로 꼬리를 물면서 상호 침투하고 왕래하며 한 몸을 이루는 차원으로 전이된다.

시적 화자는 이 "시간의 꿈"이 "온 세상이 공평해지는 거였"다고 말한다. 여기서 평등이라는 꿈의 내용도 중요하지만, 더 중요한 것은 "흐르고 있"는 꿈의 속성이다. 일차적으로 유동성의 의미를 내포하는 서술어 '흐르고 있다'는 현재 진행형 동사로 과거에서 연원된 것이 현재까지 지속된다는 의미와, "지금도, 앞으로도 영원히"가 드러내듯 미래까지 영속된다는 의미도 가진다. 유동성 및 지속성과 더불어 주목한 꿈의 속성은 "샘솟으며" "풀어놓"고 "무너뜨리며" "녹여 재우"는 역동성이다. 이 역동성으로 인해 "시간의 꿈"은 "장대하고 아름답고 폭력적인 꿈"이 되고, "모든 아름다운 것들을 무너뜨리며 모든 아픈 것들을 녹여 재우며" "흐르"는 꿈이 된다. "시간의 꿈"이 가진 유동성, 지속성, 역동성은 이 시가 보여주는 산문시의 양식 및 의식의 흐름에 가까운 주관 서술의 어법적 특성과 정확히 부합한다. 최정례가 시도하는 산문시의 양식과 독백의 강도를 더 높인 의식의 흐름 어법은, '꿈'을 매개로 '기억'의 힘이 과거, 현재, 미래를 연결시키며 유동성과 역동성을 가지고 지속적으로 전개되는 구조화 원리를 시적 형식으로 실현시킨 것이다.

꿈 이야기와 복화술   519

또 하나 주목할 것은 "시간의 원천"이 지닌 시적 의미와 위상이다. "시간의 처음"은 원초적 순결성을 지니는데, 이 순결은 유동성, 지속성, 역동성을 통해 현재와 미래까지 지속되고 영속된다. "그런 꿈을 꾸었던 그때의 시간도 자신의 꿈을 돌이킬 수가 없"는 것처럼, 첫 시간의 순결성은 시간의 운명을 견디며 변하지 않는다. 그래서 원초적 시간의 순결성은 오염된 현실의 공간에 빈틈을 뚫고 과거 및 미래와 소통할 수 있는 숨통을 열어준다. 한편 영원히 지속되는 순결성은 더러운 현재적 실상과의 관계에서 간극을 동반하므로 시적 주체의 이중적 태도를 생성시킨다. 최정례 시의 주체가 보여주는 무표정 혹은 어리둥절한 표정에 나타나는 아이러니의 태도 및 어법은 이러한 역학 관계에서 비롯되는 것이다. "시간과 시간의 꿈은 마주 볼 수도 없어"라는 결구는 최정례 시가 가진 아이러니의 원인을 잘 보여준다.

> 코를 골았다고 한다. 내가 코를 골아 시끄러워 잠을 못 잤다고 한다. 그럴 리 없다. 허술해진 푸대자루가 되어 시끄럽게 구는 그자가 바로 나라니, 용서할 수가 없다. 도대체 몸을 여기 놓고 어느 느티나무 그늘을 거닐었단 말인가. 십년을 키우던 고양이 코키토도 코를 골았다. 그 녀석 죽던 날, 걷지도 못하면서 간신히 간신히 자기 몸을 제집 문 앞까지 끌고 가 이마 반쪽만을 문턱에 들여놓은 채 죽어 있었다. 아직도 녀석은 멀고 먼 자기 집을 향해 가고 있을 것이다. 끌고 가기 너무 고단해 몸을 버리고 가는 자들, 한심하다. 어떤 때는 한밤중에 내 숨소리에 놀라 깨는 적이 있다. 내 정신이 다른 육체와 손잡고 가다가 문득 손 놓아버리는 거기. 너무나 낯설어 여기가 어디냐고 묻고 싶은데 물어볼 사람이 없다.
> —「코를 골다」 전문

이 시도 산문시의 양식을 채택하면서 전체적으로 '독백'의 화법으로 전개된다. 시적 화자는 "코를 골았다고 한다" "시끄러워 잠을 못 잤다고 한다" 등에서 상대역을 설정함으로써 스스로를 객관화하는 방식, "그자가 바로 나라니"에서 1인칭을 3인칭으로 호명하는 방식, "코를 골"다가 "죽"은 "고양이 코키토"를 자신의 분신처럼 등장시키는 방식 등으로 자신과 거리를 둔다. 이처럼 1인칭과 3인칭을 공존시키는 다양한 방식을 통해 최정례의 시는 주체의 경험과 거리를 두고 상처, 슬픔, 분노를 감추는 능청스러운 시적 태도와 어조를 만든다. 즉 독백의 화법 속에 또 다른 자아의 모습이나 목소리를 등장시켜 시적 화자의 감정을 절제하고 아이러니의 태도와 어조를 생성시키는 것이다.

이 시는 '꿈 이야기'의 화법 대신 현실 속 자아의 '독백' 속에 "잠"의 모티프를 개입시켜 몸과 정신, 이승과 저승의 경계를 넘나든다. "간신히 자기 몸을 제집 문 앞까지 끌고 가 이마 반쪽만을 문턱에 들여놓은 채" "죽"은 "고양이 코키토"와, "정신이 다른 육체와 손잡고 가다가 문득 손 놓아버리는" 화자의 모습은, 현재의 시간 속에 또 다른 시간이 침범하고 있음을 보여준다. 현실의 육체를 벗어나 다른 육체와 만나는 정신은 현생의 시간을 건너 후생의 시간과 만나는 미래적 예감을 현시한다. 여기서 또 다른 시간 혹은 후생의 시간은 어떤 세계일까? "너무나 낯설어 여기가 어디냐고 묻고 싶은" 것처럼, 그 정체는 베일에 가린 채 숨겨져 있다. 그런데 이 시는 "죽"은 "고양이 코키토"를 통해 그 정체를 어렴풋이 암시한다. "아직도 녀석은 멀고 먼 자기 집을 향해 가고 있을 것"이라는 구절은, 시적 화자가 예감하는 또 다른 시간 혹은 후생의 시간이 "자기 집"으로 회귀하는 과정과 연관됨을 암시한다. 최정례 시에서 기억을 통해 과거의 상처를 더듬고 현재의 누추함을 견디면서 예감하는 미래적 시간은 원초적인 본향과 맞닿아 있는 것이 아닐까. 그러나 고향으로의 회귀는 최정례 시가 예감하는 미래적 시간의 전모

꿈 이야기와 복화술　　　521

가 아닐지도 모른다.

여자는 빨래를 넌다
삶아 빨았지만 그다지 하얗지가 않다
이런 식으로 살기를 선택한 것은 바로 너야
햇빛이 동쪽 창에서 서쪽 창으로 옮겨가고 있다
여자는 서쪽으로 옮겨 널어야겠다고 생각한다
이런 식으로 살기를 선택한 것은 바로 너야
그러나 이런 식으로 살게 될 줄은 몰랐지
서쪽 창의 햇빛도 곧 빠져나갈 것이다
오래전에 잃어버린 봄이 있었다
어떤 시는 오래 공들여도 거기서 거기다
억울한 생각이 드는데 화를 낼 수도 없다
어쨌든 네가 입게 된 옷이야
벗어버릴 수는 없잖아 예의를 지켜
얼어붙었던 것들은 녹으면서
엉겨 매달렸던 것들을 놓아버린다
놓아버려야 하는 것들을 붙잡고
이렇게 될 수밖에 없었기 때문에
이렇게 된 거지
이따위 말을 하는 것이 무슨 소용인가
형이 다니는 피아노교습학원 차를
타고 싶어서 쫓아갔다가 동생이
피아니스트가 되었다는 얘기
그가 라디오에 나와 연주하고 있다
전에 살던 집에서는 멀리 산이 보였었는데

522

이 집은 창에 가득 잿빛 아파트뿐이다

전에는 아니었는데 지금은 이렇게 된 것

우연은 간곡한 필연인가

우연이 길에서 헤매는 중인데 필연이 터치를 했겠지

　　　　　　　　　　　　　　　　—「동쪽 창에서 서쪽 창까지」 부분

　이 시는 근작 시 중 유일하게 '자유시'의 양식으로 형상화된 작품이다. 이 시에는 전체적으로 네 가지 시점 및 목소리가 혼재하면서 등장한다. 첫째 시점은 관찰적 서술자 시점인데 시적 배경, 상황, 등장인물인 "여자"의 행위 등을 객관적으로 바라보며 서술하는 3인칭 객관 서술의 어법으로 나타난다. "여자는 빨래를 넌다" "햇빛이 동쪽 창에서 서쪽 창으로 옮겨가고 있다" 등의 문장이 그 예이다. 둘째 시점은 전지적 서술자 시점인데 시적 배경, 상황, 등장인물인 "여자"의 행위뿐만 아니라 생각까지도 서술자의 판단을 포함시켜 서술하는 3인칭 주관 서술의 어법으로 나타난다. "삶아 빨았지만 그다지 하얗지가 않다" "여자는 서쪽으로 옮겨 널어야겠다고 생각한다" 등이 그 예이다. 이 두 시점이 교차적으로 배치되는 시행 사이사이에 셋째와 넷째 시점이 개입된다. 셋째 시점은 1인칭 주인공 시점인데, 등장인물인 "여자"가 자기 생각을 독백적으로 표현하는 1인칭 주관 서술의 어법으로 나타난다. "그러나 이런 식으로 살게 될 줄은 몰랐지" "어떤 시는 오래 공들여도 거기서 거기다" 등이 그 예이다. 넷째 시점은 2인칭 주인공 시점인데, 등장인물인 "여자"의 또 다른 자아가 자신을 "너"라고 부르는 2인칭 주관 서술의 어법으로 나타난다. "이런 식으로 살기를 선택한 것은 바로 너야" "어쨌든 네가 입게 된 옷이야" 등이 그 예이다.

　요약하면, 이 시는 관찰적 서술자 시점과 3인칭 객관 서술의 어법, 전지적 서술자 시점과 3인칭 주관 서술의 어법, 1인칭 주인공 시점과 1인칭 주관 서술의 어법, 2인칭 주인공 시점과 2인칭 주관 서술의 어법 등의 네 가지 시점 및 어법을 공존시켜 시적 자아의 과거와 현재 사이의 균열 및 어긋남을 복화술적으로 표현한다. "오래전에 잃어버린 봄"과 "이런 식으로 살기를 선택"한 과거가 있었고, "이런 식으로 살게 될 줄은" 모르고 "억울한 생각이 드는데 화를 낼 수도 없"는 현재가 있다. 이 시간의 굴곡과 기억의 주름 속에 회상하고 후회하며 원망하고 수락하는 두 자아가 있다. 그리고 두 자아를 내려다보며 관찰하고 논평하는 서술자가 있다. 이러한 시적 방법론을 '자유시'의 양식으로 구사하는 '복화술'의 화법이라고 요약할 수 있을 것이다. 복잡다기한 시간과 기억의 굴절을 복수의 시점과 어법을 통해 입체적으로 형상화하는 차원에서 최정례의 시적 성취가 빛난다.

이 시의 후반부에서 화자는 시간의 굴곡과 기억의 주름을 "우연"과 "필연"의 관계로 파악하려 한다. "전에는 아니었는데 지금은 이렇게 된 것"은 과거의 선택과 현재의 결과 사이의 간격인데, 또 다른 자아는 그 인과 관계를 "우연은 간곡한 필연인가"라는 질문으로 접근한다. 화자는 복화술을 구사하며 또 다른 자아와의 문답법을 통해 이 질문에 대답한다. "우연이 길에서 헤매는 중인데 필연이 터치를 했겠지"와 "우연과 필연이 서로 꼬리를 치며 꼬드기고 있다"라는 문장이 그 나름의 대답이다. 시간과 기억의 굴절이 가진 비밀을 우연과 필연의 관계로 대답하는 것은 최정례의 최근 시의 중요한 주제 의식을 이룬다. 다음의 시는 우연과 필연의 관계를 존재와 언어의 관계로 치환하여 보여주는 작품이다.

〔……〕 어떤 이름을 붙여도 결국 말[馬]을 제대로 부를 수 있는 말[言]은 없어, 말[馬]은 자신을 말[馬]이라고 불러도 결국 멍하니 그 소리를 쳐다볼 뿐이야, '헐' '힝'이라고 불러도 마찬가지일 거야,

결국 그 이름은 자기 자신이 아니니까, 자 보라구, 고개를 내저어 갈기를 흔들잖아, 말[馬]의 눈망울이 그렇게 멍한 것도 깊은 속에서 진짜 자기를 찾으러 떠나 있기 때문일 거야, 진짜 자기? 그게 뭔데? 아무것도 아니야, 아무것도 아닌 게 뭐냐구? 말 속에 있는 빈자리, 뭐라구? 울타리 없는 들판이 거기 있어서 그런 거야, 말의 속에도 그런 게 있어? 그래, 빈 들판에서 갈대 흔들리는 소리, 아 그거야 그냥 수사법이지, 갈대가 아니라 갈기 아냐? 돌려 말하지 말고 제대로 말해봐, 잃어버린 것을 찾고 싶은데 말도 뭘 잃어버렸는지 그걸 몰라서 그러는 거야, 그래서 그냥 자기의 이름이 말[言]이건 말[馬]이건 내버려두는 거지, 말에게 자기란 없어, 이름이 있어야 비로소 말[馬]이 되는 건데 말이라니 차라리 아무것도 아닌 게 낫지, 넌 지나치게 바라는 게 많아, 뭘 원해, 진짜 말[言]? 그리고 진짜 말[馬]과 똑같은 말[言]?

　　―「말의 고민」부분

　이 시는 "말[馬]을 제대로 부를 수 있는 말[言]은 없"다는 메시지를 중심으로 존재와 그 실체를 담을 수 없는 언어 사이의 간극을 반복적으로 진술한다. 이러한 메시지 자체보다 더 중요한 것은 존재와 언어의 간극을 인식하고 존재의 실체 없음에까지 나아가는 사유의 각성이다. "진짜 자기"를 찾지만 결국 "아무것도 아니"고, "말 속에 있는 빈자리"야말로 그 진정한 모습이며, 더 나아가 "잃어버린 것을 찾고 싶은데" "뭘 잃어버렸는지" 모르는 상황이야말로 이 시의 진짜 메시지라고 할 수 있다. 한편 결구의 "뭘 원해, 진짜 말[言]? 그리고 진짜 말[馬]과 똑같은 말[言]?"이라는 구절은, 실패가 예정되어 있음에도 불구하고 존재의 본질과 상응하는 언어를 찾고자 하는 열망을 드러낸다. 이러한 시적 의미는 시인이 형상화하는 시간과 기억의 굴절이라는 주제가 우연과 필연의 관계성과 결부되어 있음을 암시한다. 즉 이 시의 의미를 최정례 시의 중심 주제와 결부시키면, 과거의 상처를 더듬으며 회귀와 순행의 원환적 반복을 통해 상실된 근원을 재구성하는 과정에서, 상처의 근거와 상실의 실체를 찾을 수 없다는 각성에 이르지만, 그 순결한 근원의 자리를 포기하지 않는다는 의미와 상통한다.

이러한 주제를 전달하는 시적 화법으로서 이중 자아의 '문답법'과 그 '복화술'에도 주목할 필요가 있다. 산문시의 양식 속에서 독백의 화법으로 전개되는 이 시는, 분리된 두 자아를 등장시키고 상호 문답을 주고받는 형식을 보여준다. 두 자아는 질문과 대답을 반복하면서 존재와 언어의 관계를 탐구하는 시적 주제에 접근한다. 이 복화술이 갖는 의미와 효과는 무엇일까? 그것은 존재와 언어에 대한 탐구를 통해 진정한 실재는 존재의 근원과 본질, 그리고 이에 상응하는 언어에 있는 것이 아니라 질문과 대답 사이의 간격과 공백에 숨어 있다는 점을 암시하는 것이다. 두 자아가 각자의 입장과 주장을 견지하며 문답을 진행하는 것은 하나의 합의나 결론에 이르기 위함이 아니라 그 차이와 격차를 남겨두기 위함이다. 복화술로 표현되는 두 자아의 목소리가 낳는 균열과 빈틈과 어긋남 속에 진정한 실재가 숨어 있기 때문이다.

최정례의 근작 시는 '시간'과 '기억'이라는 중심 화두를 변주하고 심화시키면서 '자유시'뿐만 아니라 '산문시'의 양식을 적극적으로 시도한다. 또한 '꿈 이야기'를 통해 이중적 자아의 대칭성을 강화하면서 이중의 프레임을 겹쳐놓거나, '독백' 속에 의식의 흐름 어법인 '주관 서술' 혹은 '잠'의 모티프를 개입시키거나, '복화술'을 통해 이중 자아 혹은 네 가지 시점 및 서술 어법 등을 입체적으로 형상화한다. 그래서 과거와 현재와 미래 사이의 균열과 빈틈과 어긋남을 표현한다. 이처럼 최정례의 시는 양식적 측면에서 화법적 측면, 시점 및 어법적 측면 등에 이르는 중층적인 형식 실험을 통해 상처를 원환적으로 반복하며 상실한 근

526

원을 찾는 동시에 또 다른 시간으로 전진하면서 실체 없음이 야기하는 허무에도 불구하고 진정한 실재를 찾는 시적 모험을 계속하고 있다.

[『서정시학』, 2013]

체험의 강도와 실험의 밀도
—성윤석의 시

1. 체험과 실험

성윤석의 시적 무대는 '극장'에서 출발하여 '묘지'를 거쳐 '바다'에 도달한다. 첫 시집 『극장이 너무 많은 우리 동네』(문학과지성사, 1996)에서 영화를 상영하는 '극장'을 무대로 삼았던 성윤석은, 두번째 시집 『공중 묘지』(민음사, 2007)에서 시체를 쓰레기처럼 버리는 공동'묘지'를 무대로 삼아 시적 상상력을 펼쳤다. 이후 시인은 부둣가 선창과 수협 공판장이 있는 '바다'로 가서 생활의 체험을 시화하여 세번째 시집 『멍게』(문학과지성사, 2014)를 선보인다.

첫 시집의 공간인 '극장'은 도시적 문화의 속성인 복제와 합성, 기호와 코드 등을 함축하는 매체인 '영화'를 통해 표상되었고, 두번째 시집의 공간인 '묘지'는 자연적 생태의 한 극단인 소멸과 죽음을 대표하는 '시체'를 통해 표상되었다. '극장'과 '묘지' 사이의 거리는 삶과 죽음, 문명과 자연, 욕망과 공허, 환상과 환멸 사이의 거리만큼이나 멀어서 두 시집은 상호 양극단에 위치하고 있는 듯이 보인다. 반면 세번째 시집 『멍게』의 공간인 '바다'는 자연적 생태의 한 속성인 '생명'과 직업적 생활로서 노동 및 장사의 속성을 가지는 '수산물'을 통해 표상된다. 이 시집에는 시집 제목이기도 한 '멍게'뿐만 아니라 '고등어' '해삼' '장어' '해

파리' '오징어' '문어' 등의 수산물들이 시적 대상으로 무수히 등장한다. 이들은 모두 바다 생물로서 생명체라는 의미와 그것을 잡아서 파는 직업적 노동 및 매매의 대상이라는 의미가 중첩되어 있다. 따라서 생명과 노동의 현장으로 제시되는 '바다'라는 시적 무대는, 첫 시집의 무대인 '극장'과 두번째 시집의 무대인 '무덤'이라는 양극단과 거리를 두면서 제3의 공간을 마련하는 듯이 보인다.

이처럼 세 시집의 시적 무대는 상이하지만, '극장' '묘지' '바다' 등이 그 자체의 공간으로 존재하는 동시에 시적 스크린의 기능을 담당하면서 상징이나 알레고리 등의 장치를 작동시킨다는 점에서 유사성을 보여준다. 성윤석의 세번째 시집 『멍게』는 자신의 '바다 체험' 및 '사랑 체험'을 시적으로 형상화하기 위해 상징이나 알레고리 등의 기법적 시도들을 보여준다는 점에서 주목된다. 이 시집이 보여주는 또 하나의 중요한 형식 실험으로 리듬과 어조의 변주를 들 수 있다. 따라서 이 글은 성윤석의 시집 『멍게』에 나타난 생의 체험으로서 '바다 체험'과 '사랑 체험'을 주목하고, 그 체험을 시적으로 형상화하는 형식으로서 '상징 및 알레고리의 실험'과 '리듬 및 어조의 실험'을 살펴보고자 한다.

2. 상징과 알레고리의 실험

이 시집에 나타나는 상징과 알레고리의 다양한 실험들을 살펴보자. 첫째는 가장 기본적인 형태로서 특정 이미지를 통해 다른 대상이나 더 본질적인 의미를 표현하는 상징의 기법이다.

> 雲井驛에 와 나는 사라져버린 우물을 생각한다.
> 우물은 구름이 되어 하늘에 떠 있다.

바람이 데려가버린 우물.

그 바람을 눈에 새겨 먼저 가버린 이를 나는 안다.

식솔들이 뒤따라가

노잣돈을 녹슨 문고리에 걸어두었으나

그는 구름이 된 듯

내 어깨 위만 오른다.

바람 속에서 누군가를 위한 문장을 완성할 수 있지만,

아무것도 말할 수 없는 세월이 오고 있다.

지난 일이란, 내 연못을 내어주었으나,

바람 부는 하천변 어두운 구멍으로 돌려받는 일.

市井에 네 연못을 내어주지 마라.

바람 부는 날 네가 앉을 물가 또한 없으리니.

　　　　　　　　　　　　　　　　—「바람의 문장」 부분

　이 시는 전체적으로 "우물" "구름" "바람" 등의 핵심적 상징들을 중심으로 전개된다. "우물"과 "구름"은 '물'의 이미지를 중심으로 변전되는 상징이고, "바람"은 이 변전을 가능케 하는 동력의 상징이다. 시적 화자는 추억이 갖는 아둔함과 어리석음에 대해 회한을 느끼면서 "운정역(雲井驛)"에서 "사라져버린 우물"을 떠올린다. "그 바람을 눈에 새겨 먼저 가버린 이"는 일찍 죽은 가족을 암시하는 듯하다. 그래서 "우물"은 생명을 상징하고 "구름"은 그 실체의 사라짐으로서 죽음과 공허를 상징하며, "바람"은 이러한 변전을 가져오는 시간을 상징한다고 볼 수 있다. "바람 속에서 누군가를 위한 문장을 완성"하는 일은 세월을 견디는 기억의 힘으로 언어화하는 작업, 더 나아가서 시를 쓰는 작업이지만, "아무것도 말할 수 없는 세월"은 그 작업의 무능함이나 불가능성을 낳는 운명의 힘을 암시한다. 시의 후반부는 "연못"-"바람"-"어두운 구멍"의 상징을 통해 "우물"-"바람"-"구름"이라는 핵심적 상징을 변주하면서 기억의 힘을 무화시키는 운명의 힘에 대해 강조하고 있다.

곤히 자느라 땀에 전 귀밑머리 아이 둘이 검은 바다 미역이 밀려들 듯

다가오는 밤을 뒤적이고 있는 새벽을

새벽을 등지고 언젠가 데리고 놀러 갔던 천문대 망원경에서 손바닥에 받아 온 달 하나를

창가에 걸어두고

철제 대문은 오늘도 내 등 뒤에서 철컹 다시 한 번 철컹
　　—「바다로 출근」 전문

인용한 시는 기본적인 상징 기법을 이중의 연쇄적 대구와 결합시키면서 입체적 구도를 형성하고 있다. 이 시는 전체적으로 1연과 2연의 대비, 2연과 4연의 대비를 근간으로 구성된다. 1연과 2연의 대비는 "새벽"을 연쇄적 고리로 삼아 "밤"과 "달"의 상징을 중심으로 형성되고, 2연과 4연의 대비는 3연인 "창가에 걸어 두고"를 연쇄적 고리로 삼아 "밤"과 "철제 대문"의 상징을 중심으로 형성된다. "곤히 자"는 "아이 둘"에게 "다가오는 밤"과 "천문대 망원경에서 손바닥에 받아 온 달"을 선명히 대비시키는 연결 고리가 "새벽"이고, 이 "달"과 "내 등 뒤에서 철컹"하는 "철제 대문"을 선명히 대비시키는 연결 고리가 "창가"이므로, "새벽"과 "창가" 또한 핵심적 상징으로서 작용하고 있다. 따라서 이 시는 기본적인 상징 기법을 이중의 연쇄적 대구와 결합시키는 중층

적인 구조를 통해 "밤""달""철제 대문""새벽""창가" 등 다섯 개의
상징이 상호 복합적인 연관을 이루는 작품이다.

둘째는 시적 대상들 사이의 동일시 혹은 유비를 통해 형성되는 상징
이나 알레고리의 기법이다.

> 마산수협공판장 1판장
> 상어가 누워 있다.
> 오징어 5백 상자 사이에서 상어가 누워 있다.
> 상어는 가끔 오랫동안 굶는다.
> 굶어 상어는 상어
> 눈을 갖는다.
> 이놈도 오래 먹이를 먹지 않았네.
> 상어 한 마리가 누워 있다.
> 같잖은 수만 마리의 오징어상자 사이에서
> 쳇, 하는 입모양으로 누워 있다.
> 나도 쳇, 하는 표정으로 가고 싶다.
> 상어는
> 질주로 세상을 가른다.
> 작은 놈은 먹어치운다.
> 가을 추석 대목이 가까워지자,
> 상어 눈을 한 사내들이
> 돌아온다.
> 오래 굶은 사내들이다.
> 이들이 할 수 있는 건
> 다른 이의 짐을 싣고 질주하는 것뿐이다.
> 이들도 가끔 오래 밥을 먹지 않고

술만 마신다.

가끔 상어 이빨을 드러내고

닥치는 대로 일행들을 물어뜯는다.

사람도 굶어, 다시 떠날 힘을 얻는다.

　　　　　　　　　　　　　　　—「상어」 부분

　1행 "마산수협공판장 1판장"은 이 시가 구체적인 삶의 현장에서 체험되고 산출된 작품임을 보여준다. 시적 대상인 "상어"는 "오랫동안 굶"어서 "상어/눈을 갖"고 "쳇, 하는 입모양으로 누워 있"지만, "질주로 세상을 가"르며 "작은 놈은 먹어치"우는 속성을 가지고 있다. 화자는 시적 대상에 대한 관찰에 이어 그 모습을 자신과 동일시하고, 다시 사내들과 등치시키는 유비를 시도한다. "나도 쳇, 하는 표정으로 가고 싶다"라는 문장은 화자가 자신을 "상어"와 동일시하면서 세상을 경멸하고 냉소하는 고고(孤高)한 태도를 지향함을 보여준다. "가을 추석 대목"에 "돌아"오는 "사내들"은 "오래 굶"어서 "상어 눈"을 하고 있다. 이들은 상어처럼 "다른 이의 짐을 싣고 질주하"고, "오래 밥을 먹지 않고/술만 마"시며, "닥치는 대로 일행들을 물어뜯는"다. "사람도 굶어, 다시 떠날 힘을 얻는다"라는 문장은 '굶음'과 '힘' 사이의 대립과 간격을 한자리에 충돌시키며 시적 주제를 표출한다. 시인은 세상을 내려다보는 상어의 오만한 자세와 굶음에서 생겨나는 힘을 삶의 추동력 및 시적 추동력으로 받아들이려 하는 것이다.

　셋째는 시점 변화를 통해 시도되는 열린 상징이나 알레고리의 기법이다.

　　멍게는 다 자라면 스스로 자신의 뇌를 소화시켜버린다. 어물전에선

머리 따윈 필요 없어. 중도매인 박 씨는 견습인 내 안경을 가리

키고

　　나는 바다를 마시고 바다를 버리는 멍게의 입수공과 출수공을

이리저리

　　살펴보는데, 지난 일이여. 나를 가만 두지 말길. 거대한 입들

이여.

　　허나 지금은 조용하길. 일몰인 지금은

　　좌판에 앉아 멍게를 파는 여자가 고무장갑을 벗고 저녁노을을

　　손바닥에 가만히 받아보는 시간

　　—「멍게」 전문

　　이 시는 비교적 짧은 작품이지만 전반부(1~2행), 중반부(3~4행), 후
반부(5~7행)로 전개되면서 시점의 변화를 동반한다. 화자는 전반부에
서 시적 대상인 "멍게"와 자신을 견주어 비교하는 유비를 시도하지만,
중반부에서 "멍게"의 모습을 자신과의 관계를 통해 진술하고, 후반부
에서는 다시 "멍게"를 "멍게를 파는 여자"와의 관계 속에서 진술하는
변주를 보여준다. 전반부에서 화자가 "멍게는 다 자라면 스스로 자신
의 뇌를 소화시켜버린다"라는 사실을 진술한 후, "중도매인 박 씨"가
"내 안경을 가리키"며 "어물전에선/머리 따윈 필요 없"다고 말할 때,
"멍게"와 화자 사이에는 유비가 형성된다. 어물전에서 장사를 하는 데
고차원의 두뇌가 불필요하다는 시적 전언은, 견습 어물전 상인인 화자
의 난처한 상황을 암시한다.

　　이러한 딜레마에 처한 화자는 중반부에서 "바다를 마시고 바다를 버
리는 멍게의 입수공과 출수공"을 관찰하면서, 그것을 자신이 아니라
"지난 일" 혹은 "거대한 입들"과 등치시킨다. 즉 과거의 사건들을 일
종의 대타자로 설정하고 그 "거대한 입들"이 자신을 마시고 버리는 상

황을 연상하는 것이다. 이때 "멍게"와 화자는 동일시나 유비의 관계가 아니라 주종 관계로 변모하면서 알레고리를 형성하여 더 큰 테두리로 확장된다. 그런데 후반부에서는 "좌판에 앉아 멍게를 파는 여자"를 제시함으로써 "멍게"를 다시 객관화시켜 알레고리적 상황으로부터 탈피한다. "허나 지금은 조용하길"이라는 구절이 이 전환을 인도하는데, 이처럼 「멍게」는 "나" "멍게" "지난 일" "멍게를 파는 여자" 등의 관계를 다중화하는 시점 변화를 시도하여 알레고리를 형성한 후 다시 알레고리에서 빠져나오는 변형된 기법을 구사하는 것이다.

넷째는 유머와 해학을 동반한 환상적 상징이나 알레고리의 기법이다.

> 바다로 가기 위해 가진 모든 책을 버렸네
> 더 이상 나아갈 수 없는 곳으로 가기 위하여
> 수천의 문장을
> 버리는데 육조 혜능이 게송을 들려주고 굴원이
> 리어카를 밀어주었네
> 〔……〕
> 나 이 바다로 오기 위하여 책을 버렸네
> 더 이상 숨을 수 없는 곳으로 가기 위하여
> 수천의 시들을 버리는데
> 횔덜린이 요양 병원 창가에서 내다보고
> 김소월이 자신의 시 「비단안개」에 누가 곡을
> 붙였다며, 불법 테이프를 건네주었네
> 나 책 한 권 가진 게 이제 없다네 이 장례식엔
> 아무도 조문 오지 않고 킬킬 빨간딱지를 가지고 온
> 집달리만 도대체 책들을 어디다 버렸냐고

고함을 지르고 있다네

—「책의 장례식」 부분

이 시는 다양한 개별 상징들이 종합되어 전체적으로 환상적 상징 혹은 알레고리의 양상을 보여준다. 화자는 "바다로 가기 위해 가진 모든 책을 버렸"다고 말한다. "바다"는 원초적 생명, 혹은 직업적 생활의 현장이라는 의미를 가지는 직접 체험의 상징이고, "책"은 종이와 문자를 매개로 이루어지는 간접 체험의 상징이다. 화자가 "수천의 문장을/버"릴 때 "육조 혜능이 게송을 들려주고 굴원이/리어카를 밀어주"는 장면은 아이러니하기도 하고 유머스럽기도 하다. "책"과 "문장"을 만든 주체인 "육조 혜능"과 "굴원"이 책을 버리는 화자의 작업을 도와주고 있기 때문이다. 이들은 "책"과 "문장"을 만들었지만, 그 물질적 테두리를 벗어나 자유로운 정신적 차원으로 나아간 인물들이기에 이러한 상징이나 알레고리가 가능할 것이다. 화자의 언술은 바다로 가기 위해 책을 버리는 자신의 행위를 "육조 혜능"과 "굴원"의 행위와 중첩시킴으로써 유머와 해학을 동반한 환상적 상징이나 알레고리의 차원을 획득한다.

후반부에서 화자는 "이 바다로 오기 위하여 책을 버렸"다고 말한다. 전반부가 과거적 관점에서 행위를 진술한다면, 후반부는 현재적 관점에서 행위를 진술한다. "더 이상 숨을 수 없는 곳"이란 삶의 현실과 정면으로 만나는 곳이라는 의미인데, 이를 위해 화자는 "수천의 시들을 버"린다. "수천의 시들"은 일차적으로 화자가 소장한 "책"으로서 시집을 의미하지만, 자신이 과거에 쓴 시들까지 포함될 수 있을 것이다. 화자는 삶의 현실 혹은 현장인 "바다"로 오기 위해 "책"과 "문장"을 버리고 "시"까지 버린다. 이러한 차원에서 이 시집에 수록된 시들은 성윤석이 책과 문장, 그리고 이전의 시까지 모두 버린 상태에서 삶의 절실한 체험을 통해 길어 올린 새로운 작품들이라고 볼 수 있다. 이때 "휠덜린이 요양 병원 창가에서 내다보고" "김소월이 자신의 시 「비단안개」에 누가 곡을/붙였다며, 불법 테이프를 건네주"는 장면도 유머와 해학을 동반한 환상적 상징이나 알레고리의 차원을 획득한다. "빨간딱지를 가지고 온/집달리"가 보여주는 "킬킬"이라는 의성어 혹은 의태어는 그 해학적 특성을 재확인시켜준다.

3. 리듬과 어조의 실험

이 시집에 나타나는 리듬과 어조의 다양한 실험들을 살펴보자. 첫째는 가장 기본적인 형태로서 음운, 음절, 단어 등의 반복을 통한 회기(回起, recurrence)의 리듬 기법이다.

갈라지고, 부딪치고, 으깨어지며
애틋함을 알게 되자마자, 당신과 내가
서로 무서워져버린

밤의 산책길 그 길에 쓴 편지는
내 고단이 어제보다 우아해진 달에 가 앉아 있다고

사랑이란, 억새들이 흰 흐느낌으로 흩날릴 때
흩날리면 지는 것이어서

늘 바람이 실어가는 당신 생각
실어가네

기약 없는 날에 떠넘기네

당신 생각

——「밤의 산책」 부분

이 시의 화자는 "밤의 산책길"에서 "당신"으로 인해 상념에 빠진다. 인용하지 않은 1~2연에서 "밤의 막"이 "어떤 것을 붙들고" "펄럭이"는 것과, "밤이 길러온 개"처럼 "어둠"이 "곳곳을 쏘다니"는 것은 "당신과 내가/서로 무서워져버린" 상황에 기인한다. 이 상황은 "갈라지고, 부딪치고, 으깨어지며/애틋함을 알게 되"듯이, 갈등과 애정이 교차하는 "당신"과 '나'의 관계를 의미한다. "밤의 산책길"에 "당신 생각"에 잠긴 화자는 편지에 "고단이 어제보다 우아해진 달에 가 앉아 있다"고 쓰고, 후반부인 5~6연에서 어떤 흐름에 생각을 맡긴다. 시인은 "흰 흐느낌으로 흩날릴 때/흩날리면"에서 'ㅎ' 음과 '흩날린다'라는 동사를 반복하여 회기의 리듬을 만들고, "실어가는 당신 생각/실어가네"에서 'ㅅ' 음과 '실어간다'는 동사를 반복하여 회기의 리듬을 만든다. 특정 음운과 단어의 반복을 통해 억새들의 흐느낌, 사랑의 흩날림, 바람이 실어가는 당신에 대한 생각의 흐름 등을 효과적으로 표현하는 것이다.

당신에게 준 내 마음을 당신에게서 돌려받아

얼리고 얼렸더니, 그 언 살들은 얼음 창고 구석에

처박혀 아무리 찾아봐도 보이지 않고

다시 당신의 바다에 흘려, 흘려보낸 내 유자망

그물엔 아무것도 걸리지 않아,

나는 마시네.

대구리배들만 선창에 오고 가고
마시네.

등 터져라. 내가 보고 있는 당신의 등.
고래는커녕, 흥!
내가 고래다. 흥!
　　　　　　　　　　—「고래는커녕,」 전문

　이 시는 전체적으로 기(1연)-승(2연)-전(3연)-결(4연)의 구성을 보여준다. 이 구성에 따른 핵심적인 시상 전개는 '얼림-홀려보냄-마심-흥!'으로 요약될 수 있을 것이다. 이 시에도 음운, 음절이나 단어의 반복을 통한 회기의 리듬 기법이 활용되고 있다. 1연 2행에서 '얼다'라는 기본 동사가 "얼리" "얼렸" "언" "얼음" 등으로 변주되면서 '어'라는 음운이나 '일'이라는 음절이 반복된다. 이 반복으로 인해 "당신에게서 돌려받"은 "내 마음"의 고통의 강도와 그것을 이겨내려는 의지의 강도를 동시에 표현한다. 그리고 2연 1행에서 "홀려"라는 단어의 반복은 "당신"을 향한 "내 마음"의 한결 같은 지속성을 강조하고 있다.

　한편 3연에서 "마시네"라는 단어의 반복을 통한 회기의 리듬은 "당신"을 향한 "내 마음"의 지속성에도 불구하고 "그물엔 아무것도 걸리지 않"는 응답 없음에 대한 반응이다. "대구리배들만 선창에 오고 가고"라는 문장을 사이에 두고 반복되는 "마시네"는, "내 마음"의 간절한 소망과 그 좌절의 강도를 적실히 표현해준다. 이 시의 묘미는 '기(1연)-승(2연)-전(3연)'으로 이어지는 시상 전개가 '결(4연)'에서 돌발적인 역설과 유머를 표출하는 데 있다. 4연에서 화자는 응답 없는 "당신"의 태도를 "당신의 등"으로 표현하고, 이 "등"에서 '고래 싸움에 새우 등 터진다'라는 속담을 연상하는 것으로 보인다. 이어서 화자는 자신을

'고래'로 상정하고 "당신"을 새우로 간주하여 "등 터져라"라는 역설적 표현을 시도한다. 여기에 "당신"에 대한 원망과 애증이 복합적으로 중첩되는데, "고래는커녕, 흥!/내가 고래다. 흥!"에서 "흥!"이라는 음절의 반복은 화자의 정념이 원망에서 자애로 전환되면서 유머와 해학의 차원에 진입하는 모습을 보여준다.

둘째는 구절이나 문장을 반복하거나 변주하면서 형성되는 리듬의 기법이다.

> 햇빛이 있었다
> 내 머릿속에 덩그러니 앉아
> 아직도 잠들지 못하는 여자
> (잠 못 잔 여자의 눈썹엔 언제나 어제의 달이 손톱으로 맺혀 있지)
> (잠 못 잔 여자의 손톱)
> 잠이 안 오는 여자
> 바다를 보여줘도
> 도무지 잠을 잊어버린 채
> 잠이 없는 여자
> 햇빛이 있었다.
> 잠 못 잔 여자의 우산과 창틀과
> 스카프와
> 립스틱이 있었다.
> 오늘도
> 내 스웨터 소매에 목걸이를
> 걸어두고
> 내 심정에서 진주가 아닌 돌이 되려는 여자

이 시는 음절, 어절 등의 반복이 빈번히 나타나지만, 특히 "햇빛이 있
었다"라는 문장이 2회 반복되고, "잠 못 잔 여자"라는 구절이 3회 반복
되면서 다양한 변주를 동반하는 리듬 구조를 보여준다. 시의 근간을 이
루는 것은 2~3행 "내 머릿속에 덩그러니 앉아/아직도 잠들지 못하는
여자"라는 구절인데, 시적 화자가 여자를 생각하며 잠 못 드는 상황을
반어적으로 표현한 것이다. "햇빛이 있었다"라는 문장은 과거의 경험
을 반복적으로 재생하는 스크린의 도입 장면이 되고, "여자"-"눈썹"-
"달"-"손톱"으로 이어지는 환유의 고리는 "어제", 즉 과거를 회상하는
핵심적 상징을 형성한다. 후반부에 제시되는 "우산과 창틀과/스카프
와/립스틱"도 "여자"의 환유로서 등장하며 기억의 매개체로 작동하고
있다. 이 시 전체에서 "잠들지 못하는 여자"-"잠 못 잔 여자"-"잠이
안 오는 여자"-"잠이 없는 여자"로 변주되는 양상은, 화자나 "여자"의
잠 못 이루는 시간의 경과와 그 심리적 굴곡을 효과적으로 표현한다.

셋째는 시행 엇붙임enjambement을 통해 의미상의 연결과 호흡상의
단절이 충돌하면서 시적 효과를 얻는 리듬의 기법이다.

그 눈빛 그물에 걸리기를 기다렸지. 어시장 리어카 꽃장수에게
산 이천 원짜리 화분에

시간을 묻고 물을 주거나 했지. 자라지 않는 시간이 있을까. 나
는 아직도 자라나고 있는

걸까. 희망은 너무 크고 슬픔만이 체형에 맞는 사람들. 생선 사
체 무더기 곁 선창에 병들어

죽은 괭이갈매기의 사체를 보고 여자들이 놀라는 건, 아직 새에 대한 연민이 남아 있기

때문이야. 우린 비천하지만, 날개짓은 기억하기로 했던 것 같아. 그게 남아 있는 게 신기해.

폐선은 바다에서 녹고 사람은 비에 녹고 있어. 날들이, 나부끼는 물결을 넘어가며, 내

눈빛을 되돌려주면 고맙겠어. 이상하지. 날이 갈수록 길에 있는 게 편해. 어쨌든 가고 있는

거잖아.
　　　　　　　　　　　　　　　　　　　　—「선창」부분

　　인용한 시의 화자는 선창을 거닐면서 "바다에 눈빛을 던져두고" "그 눈빛 그물에 걸리기를 기다"린다. 이 기다림 속에서 시간의 의미, 슬픔과 연민의 이유, 눈빛의 응답에 대한 기대, 길 가기에 대한 희망적 생각 등을 독백의 어조로 표현한다. 성윤석의 시에는 시행 엇붙임의 효과를 시도하는 작품이 많이 있는데, 특히 이 시는 한 행이 한 연을 이루므로 그것의 효과가 더 선명히 드러난다. 시행 엇붙임은 "이천 원짜리 화분에//시간을 묻고 물을 주거나"에서 물을 주는 행위가 시간의 흐름 속에서 반복적으로 행해졌음을 느끼게 하고, "나는 아직도 자라나고 있는//걸까"에서는 자문(自問)의 심리적 지속성과 굴곡을 느끼게 하며, "선창에 병들어//죽은 괭이갈매기의 사체"에서는 죽음에 이르기

542

까지 병듦의 과정을 느끼게 한다. 그리고 "아직 새에 대한 연민이 남아 있기//때문이야"에서는 연민의 이유를 찾는 확인의 과정을 느끼게 하고, "날들이 나부끼는 물결을 넘어가며, 내//눈빛을 되돌려주면 고맙겠어"에서는 자존의 회복에 대한 의지를 느끼게 하며, "어쨌든 가고 있는//거잖아"에서는 자기 위무와 격려의 태도를 느끼게 한다. 이처럼 성윤석의 시는 시행 엇붙임을 통해 의미상의 연결과 호흡상의 단절이 충돌하면서 얻어지는 리듬 효과를 통해 시적 정서와 분위기와 의미를 유효적절히 살려낸다.

넷째는 어조의 다양한 구사를 통해 시적 정서, 분위기, 의미 등의 효과를 만드는 기법이다.

해월(海月)이라고도 불렀답니다. 바다의 달, 정약전은 유배지에서 얼굴과 눈도 없이

치마를 드리워 헤엄을 친다고 기록하고 있습죠. 달이 치마를 드리워 세상의

사람을 어디론가 어디론가 알 수 없는 이끌림과 당김을 향해 가게 하듯이 오롯이

바다가 뒤집어져야 해파리 떼들이 다시 사라지겠지만 오늘은 시월의 달이 너무 부풀어

저 빛의 치마를 견딜 수 없군요. 그래요. 떠나온 곳의 미련처럼 오늘은 해파리 떼도

몰려왔군요.

―「해파리」 부분

이 시에서 각 문장의 서술어에 나타나는 어조를 주목해보자. 첫 문장에서 서술어 "불렀답니다"는 화자가 청자를 향해 말하는 진술임을

암시하고, 둘째 문장에서 서술어 "있습죠"는 화자가 청자보다 낮은 지위에 있거나 어린 나이임을 암시한다. 그런데 셋째 문장의 서술어 "없군요"와 다섯째 문장의 서술어 "왔군요"까지 읽어보면, 시의 화자가 한 명이 아니라 두 명일 수도 있다는 추측을 하게 된다. 즉 서술어의 어조를 음미할 때, 첫 문장의 "불렀답니다", 셋째 문장의 "없군요", 다섯째 문장의 "왔군요" 등의 발화 주체인 화자 A는 "당신"을 청자로 상정해 진술하고 있는 반면, 둘째 문장의 "있습죠"의 발화 주체인 화자 B는 화자 A를 청자로 상정해 진술하고 있는 것처럼 보인다. 이처럼 성윤석의 시에서 어조는 화자의 정체를 암시할 뿐만 아니라 내적 발화의 심리적 뉘앙스까지 전달하는 기능을 담당한다.

이 시집은 거의 모든 작품에서 각각 상이한 어조가 나타날 만큼 다채로운 어조의 실험 무대가 되고 있다. 예를 들면, "자신의 이름 앞에 글월 문 자를 붙여놓다니, 문어야말로 문학적 생선이로군. (……) 문어야말로 가장 화학적인 생선이로군"(「文魚」)에서 "~이로군"이라는 어조는 화자가 자기 인식을 확인하는 독백의 표현이고, "언제나 집 걱정은 안하지 않았나. 짐도 작아져/어느 해엔 큰 가방 하나 들고 이사 가지 않았나"(「손바닥을 내보였으나」)에서 "~지 않았나"라는 어조는 부정을 통해 긍정을 드러내는 자기 확신적 표현이다. 그리고 "선동이란 말은 배에서 바로 얼렸다는 거다 (……) 수면 위로 떠오르는 오징어 떼들을 보면 환장한 슬픔이 거기에 있다는 거다"(「오징어」)에서 "~다는 거다"라는 어조는 간접 화법의 형태를 통해 오히려 사실성의 확정을 강조하는 표현이고, "월세 같은 세월에 밀려/달방에서마저 달만 들고 나왔다네 (……) 나 어두워진 채, 떠나온 달방을 보고 있다네"(「달방」)에서 "~ㅆ다네"라는 어조는 화자가 청자에게 과거 경험을 토로하면서 공감을 요청하는 표현이다.

4. 강도와 밀도

성윤석의 시집『멍게』에 수록된 시들은 내용적 측면에서 '체험의 시'이고, 형식적 측면에서 '실험의 시'라고 요약될 수 있다. 성윤석은 '바다 체험'과 '사랑 체험'이라는 두 가지 체험의 강도를 증폭시켜 시적 내용을 강화하고, '상징 및 알레고리의 실험'과 '리듬 및 어조의 실험'이라는 두 가지 실험의 밀도를 증폭시켜 시적 형식을 강화함으로써, 이전 시집의 성과를 뛰어넘어 새로운 시적 차원을 개척하고 있다. 그런데 성윤석에게 '바다 체험'은 현재의 체험이고 '사랑 체험'은 과거의 체험이므로, 두 체험 사이에는 시차(時差)가 존재한다. 이 시차를 메우고 연결시키는 것이 바로 '기억'의 힘이다. 거의 모든 성윤석의 시에는 '바다 체험'과 '사랑 체험'의 간극을 메우는 '기억'의 힘이 내장되어 있다. 큰 틀에서 조망할 때, 성윤석이 시도하는 '상징 및 알레고리의 실험'과 '리듬 및 어조의 실험'이라는 두 가지 형식 실험은 이 '기억'의 힘이 시적 형상화의 차원으로 전이되어 표면화된 것이라고 볼 수 있다. 결국 성윤석 시의 비밀은 '체험의 강도'와 '실험의 밀도'가 강력하고 집요한 '기억'의 힘에 의해 합체되면서 두 몸이 아니라 한 몸을 이루는 데 있을 것이다. 성윤석의 시가 체험의 강도와 실험의 밀도를 고도로 압축시키고 증폭시키며 또 어떤 정박지를 향해 항해하는지 함께 지켜보기로 하자.

[2014]

상징과 유비의 연금술
─이혜미의 시

사랑의 시적 형식과 기법

이혜미의 두번째 시집 『뜻밖의 바닐라』(문학과지성사, 2016)는 사랑의 좌절로 인한 슬픔과 고통, 대상과의 교감과 결합의 추구, 미래적 사랑의 기약 등으로 점철되어 있다. 여기서 사랑의 대상은 이성(異性)으로서의 연인뿐만 아니라 타인이나 세계를 포함하는 타자의 영역을 지칭한다고 볼 수 있다. 이혜미 시에서 주목할 점은 이러한 주제들보다 그것을 형상화하는 시적 형식과 기법에 있다. 이혜미의 시적 사랑의 상상력은 '주체의 존재 형식'과 '사건의 형식'을 '시간과 공간의 형식' 속에 섬세하고도 복잡다기한 기법으로 형상화함으로써 인간, 자연, 세계, 우주 등으로 확장되는 거대한 상징체계를 형성한다.

이혜미의 이 시집은 시적 형식, 기법, 주제 등의 측면에서 복합적인 구성 요소들이 서로 미묘하게 스미고 얽혀 있다. 혼재된 시적 양상들을 나름대로 재구성해보면, 이 시집의 전체적인 시적 형식은 '사랑의 드라마' 혹은 '사랑의 교향곡'이라고 간주할 수 있다. 존재, 사건, 배경 등의 서사적 요소를 갖추고, 전편(全篇)을 사랑의 좌절로 인한 고통, 사랑의 대상을 향한 연모, 만남을 위한 난관의 극복 등으로 이루어진 일종의 연작시로 구성한다는 점에서 사랑의 드라마이고, 서사적 구성 요소로서 존재의 형식, 사건의 형식, 배경의 형식 등이 각각 세부적인 모티프들을 가지면서 각 영역 간의 상호 교직과 중첩을 통해 화음을 형성한다는 점에서 사랑의 교향곡이다. 이혜미 시에서 존재의 형식은 주체의 양식인 '인간' '물고기' '나무' 등이 신체의 기관인 '얼굴' '눈' '입' '혀' '손' '무릎' '발' '성기' 등으로 특수화되어 나타나고, 사건의 형식은 기본 토대를 이루는 '물'을 비롯하여 '뼈' '빛(불)' '피(꽃)' '소리' 등의 물질적 이미지가 다양한 모티프를 형성하면서 나타난다. 배경의 형식은 시간적 배경으로서 '여름'을 위시한 계절(기후)로 등장하고, 공간적 배경은 주체의 존재를 중심으로 '안'과 '밖'의 위상학적 차원으로 나타난다.

한편 이 시집에서 엿볼 수 있는 전체적인 시적 기법은 '원형적 상징' 과 '유비'를 중심으로 이루어진다. 존재의 형식, 사건의 형식, 시간과 공간의 형식 등이 가지는 세부적 구성 요소들이 각각 원초적 이미지, 모티프, 테마 등을 가진다는 점에서 원형적 상징이고, 각 영역 간의 유사성에 근거하여 상호 교직과 중첩을 통해 총체적인 속성을 공유한다는 점에서 유비라고 볼 수 있다. 이 두 가지 시적 기법은 이혜미 시가 인간의 사랑을 존재론적 사유로 심화시키는 동시에 자연, 세계, 우주 등의 원리 탐구로 확장시키는 데 중요한 역할을 담당한다. 이를 토대로 이혜미의 시집 『뜻밖의 바닐라』를 구체적으로 살펴보자. 특히 사건의 형식으로서 '물' '뼈' '빛(불)' '피(꽃)' '소리' 등의 모티프를 중심으로 사랑의 상처와 고통을 극복하고 타자와 교감하고 합일하려는 시도를 총 4악장으로 전개되는 '사랑의 교향곡' 형식으로 재구성하면서 분석해보기로 하자.

제1악장: 물의 과잉, 존재의 내향성, 안쪽의 얼룩

　교향곡 제1악장은 시집 전체의 기본 토대인 '물' 모티프를 중심으로
전개되는 '존재의 내향성'의 장으로 설정할 수 있다. 이때 시간적 배경
의 형식은 주로 '여름'이고, 공간적 위상학의 형식은 '존재의 안쪽'이며,
사건의 형식은 원형적 상징으로서 '물'의 과잉으로 인한 사랑의 상처와
얼룩이다.

　　　　숲
　　　　이야기하는 물방울
　　　　사이로 이루어진

　　　　그곳에서 우리는 비늘을 튕기는 물고기
　　　　나무로 오르는 물고기
　　　　끈적이고 일렁이는 그늘을 거느리며

　　　　지느러미를 부비면
　　　　솟아나는 돌기들
　　　　두근거리는 혀

　　　　물의 완벽한 포옹 속에서
　　　　뒷면이 발달한 식물처럼
　　　　흩어지려는 얼굴을 숨긴다

　　　　손가락 끝에서 돋아나는, 다시 손
　　　　─「해중림(海中林)」 부분

이 시는 이혜미 시의 기본적 의미 구조를 함축적으로 보여주는 작품이다. "해중림"은 '바다 속의 숲'이라는 뜻으로 시 전체를 지배하는 표면 장력을 형성한다. 시적 화자는 자신과 사랑의 대상을 "우리"라고 지칭하면서 주체를 "물고기"의 존재 형식으로 치환하고, "비늘" "지느러미" "혀" 등의 신체 기관을 통해 주체의 행위와 양태를 표현한다. '인간'을 '물고기'로 유비하는 존재의 형식은 다시 "나무로 오르는 물고기"에서 '나무'와의 유비로 전개된다. 따라서 화자는 "물"과 "숲"의 상호 침투와 조응을 "완벽한 포옹"으로 표현하지만, "뒷면이 발달한 식물처럼/흩어지려는 얼굴을 숨긴다." 여기서 "뒷면" "흩어지려는" "숨긴다" 등의 단어들은 "그늘"과 함께 "물고기"에서 "식물"로 치환된 시적 자아의 고독과 슬픔이라는 은밀한 비밀을 엿보게 한다. 그리고 "손가락 끝에서" "다시 손"이 "돋아나는" 결구의 장면은 시적 자아의 사랑이 빚어내는 어떤 비극적 운명을 암시하는 듯하다. 결국 이 시는 물의 모티프를 중심으로 인간, 나무, 물고기 사이의 유비를 통해 주체적 존재가 시도하는 사랑의 경과를 제시한다. 다음 시는 물 모티프가 지니는 사랑의 비극적 운명을 명시적으로 보여준다.

멍든 자리를 들여다보면 몸의 내부로부터 캄캄한 조명이 비치는 것 같다. 달아나는 죄수를 겨누듯 부딪힌 자리마다 뒤늦게 어두워지고

정원이 깊어진다.

나무가 정원 한구석에 서 있다. 뾰족한 구두를 신고 진흙에 발을 빠뜨리며.

식물이 흙의 신발을 벗는다면 제일 먼저 이 물의 폭력으로부터 도망치겠지. 비를 만드는 우산 속 동그랗게 모여드는 그늘 깊은 우울을.

각주가 많은 몸은 슬프지.
죽으면 생전의 멍들이 피부 위로 떠오른다는 이야기처럼.

물줄기가 회오리친다. 무릎이 흙에 젖는다. 반짝이는 이파리를 늘어뜨린 나뭇가지들.
　　—「스프링클러」부분

이 시의 주체적 존재 형식은 '인간'과 '나무'의 유비로 형상화된다. 1연은 주체로서 인간의 몸에 생기는 "멍"이 내적인 원인에서 기인함을 드러낸다. "멍"이 상징하는 상처와 아픔은 "몸의 내부"에서 "캄캄한 조명이 비치는 것"처럼 존재의 안쪽에서 발생하며, "달아나는 죄수"가 암시하듯 '죄의식'을 동반한다. 2연 이후 이 존재 형식은 유비를 통해 '나무'로 이동한다. "정원 한구석에 서 있"는 "나무"가 "진흙에 발을 빠뜨리"는 이유는 무엇일까? "스프링클러"가 "물줄기"를 뿌리며 "회오리"치기 때문일 것이다. 이로 인해 "무릎이 흙에 젖"고 "나뭇가지들"은 "반짝이는 이파리를 늘어뜨린"다. 여기서 '물'의 모티프는 "비를 만드는 우산 속 동그랗게 모여드는 그늘 깊은 우울"에서 나타나듯, 우수와 슬픔의 아우라를 형성하는 원천이 되는 듯하다. 이 시가 시도하는 '인간'과 '나무'의 유비에 의해 4연의 "그늘 깊은 우울"은 1연의 "멍"과 긴밀히 결부된다. "물의 폭력"에서 뚜렷이 나타나듯, "나무"에게 우수와 슬픔을 제공하는 "물"은 외부에서 존재에게로 밀려오는 거역할 수 없는 비극적 운명 같은 것이다. 이는 1연의 "멍"이 상징하는 상처와 아픔의 내부적 원인인 죄의식의 근저에, 외부적 원천으로서 "물의 폭력"이 자리 잡고 있음을 보여주는 셈이다. 물 모티프가 지니는 사랑의 비극적 운명은 다음 시에서 좀더 구체적으로 형상화된다.

> 묽고 흰 진액을 흘리며 화단에 발목을 묻었지 무수히 씨앗들 흩뿌려지고 덜 여문 봉오리들 제 속에 갇혀 곪아갔다 흐르는 뿌리, 썩어가는 숙근을 열어 잠의 액체를 꺼내면 날카로운 털들이 안을 향해 파고들어왔다

> 헛것이었나 그 모든 것들 뒤척여 다른 몸을 부르던, 독한 술에 끝내 쓰러지며 뒤섞인 뜨거운 이들, 서로를 마주 보며

> 부끄러워
> 무너지던 얼굴
> 삭과가 되어 떨어지는
> 눈동자들

> 꽃 필 것이 두려워 흥건한 진액을 삼킬 때 사람의 눈은 열매 맺지 못한 채 썩어가는가 입을 벌리면 드러난 혀가 겹꽃으로 얼룩졌다 부끄러워 부끄러워 취한 꽃대들 일렁이며 내장을 토해내는 기형의 계절 발목을 열어 뜨거운 씨앗을 심어두던 화단 속이었다
> ──「앵속의 여름」 전문

이 시의 주체적 존재 형식은 '인간'과 '앵속(양귀비)'의 유비로 형상화된다. 1연은 "화단"에 "묻"은 "발목"이라는 신체의 기관을 통해 '인

간'과 "앵속"의 유비가 성립되는데, "묽고 흰 진액을 흘리"는 앵속의 모습은 "덜 여문 봉오리들"이 "곪아"가고 "숙근"이 "썩어가는" 모습으로 연결된다. 이 장면은 채 익지 않은 앵속의 열매에 상처를 내고 흐르는 유액을 모아 아편을 만드는 상황과 연관되는 듯하다. 이러한 양상은 공통적으로 "잠의 액체"가 암시하는 '물기'의 과잉에서 기인하지만, 더 근본적인 원인은 "제 속에 갇혀" "안을 향해" 등의 표현이 보여주듯, 밀폐된 자아의 내향성에 있다. 2연의 "다른 몸을 부르던" "뒤섞인 뜨거운 이들" "서로를 마주 보며" 등의 표현이 암시하는 타자와의 신체적 교감이나 결합은 "헛것이었나"가 드러내듯 현실성을 갖지 못한 채 환각에 그치고, 존재는 자신의 내면에 머물고 만다. 따라서 3연에서 "얼굴"과 "눈동자들"은 "부끄러워/무너지"고 "삭과가 되어 떨어지"며, 4연에서 "사람의 눈"은 "꽃 필 것이 두려워" "열매 맺지 못한 채 썩어"간다. "눈동자들"과 "눈"이 은연중에 '시선'을 암시한다면, 이 이미지들은 '빛' 모티프의 결핍과 연관된다고 볼 수 있다. 따라서 "부끄러"움이 증폭되는 이 비극적 상황은 '물'의 과잉과 '빛'의 결여로 요약될 수 있는, "기형의 계절"이라 불리는 "여름"의 사랑 풍경이다.

이 시집에서 물 모티프는 "물이 식물을 일으켜 다른 높이로 가게 하듯/몸 바깥으로 나아가는 조용한 보폭들이 있었지"(「물 발자국」)에서처럼, 존재의 상승과 외적 지향성을 이끌기도 하지만, "많은 비가 쏟아져/곳곳에서 얼굴들이 깨어졌다" "붉음이 묽음이 되어가는 순간 묽음이 물음이 되어가는 순간 모든 것이 하나의 묶음으로 희박해지는 시간"(「잠든 물」)에서 드러나듯, 대부분의 경우 '물'의 과잉과 '존재의 내향성' 때문에 사랑을 상실하거나 희석화시키는 비극적 상황을 낳는 듯이 보인다. 그리하여 "출렁이는 몸 안팎의 숨을 버리며 새어 나오는 묽은 살결들 저, 물이라는 깊은 상처"(「서쪽 물가의 사람」), "너를 안으니 상한 꽃 냄새가 난다 입 맞추는 동안 검은 잇몸들이 줄지어 늘어서면

내 오래된 침대 위에 고인 흉한 냄새들이여 사람의 반대편에서 괴사한 공중이 얼룩져 내리고"(「목련이 자신의 극(極)을 모르듯이」)에서처럼, '물'이 주는 상처로 존재의 내면이 부패하면서 냄새와 얼룩을 남기게 된다. 이 '안쪽의 얼룩'을 극복하려는 시도가 교향곡 제2악장 이후에 형상화된다.

제2악장: 뼈의 발굴, 외양의 소거, 근원에의 회귀

교향곡 제2악장은 '뼈' 모티프를 중심으로 전개되는 '외양의 소거'의 장으로 설정할 수 있다. 이때 시간적 배경의 형식은 주로 '여름의 전후'이고, 공간적 위상학의 형식은 '존재의 안쪽'이며, 사건의 형식은 원형적 상징으로서 '뼈'의 발굴을 통한 존재적 근원에의 회귀이다.

비파가 오면 손깍지를 끼고 걷자. 손가락 사이마다 배어드는 젖은 나무들. 우리가 가진 노랑을 다해 뒤섞인 가지들이 될 때, 맞붙은 손은 세계의 찢어진 안쪽이 된다. 열매를 깨뜨려 다른 살을 적시면 하나의 나무가 시작된다고. 그건 서로 손금을 겹쳐본 사람들이 같은 꿈속을 여행하는 이유.

길게 뻗은 팔이 서서히 기울면 우리는 겉껍질을 부비며 공기 속으로 퍼지는 여름을 맡지. 나무 사이마다 환하게 떠오르는 진동들. 출렁이는 액과를 열어 무수히 흰 종들이 부딪히는 소리를 들어봐. 잎사귀들이 새로 돋은 앞니로 허공을 깨무는 동안.

우리는 방금 돋아난 현악기가 되어 온통 곁을 비워간다. 갈라진 손가락이 비로소 세계를 만지듯이 나무가 가지 사이를 비워내는 결심. 서로가 가진 뼈를 다해 하나의 겹쳐진 씨앗을 이룰 때, 빛나는 노랑 속으로 우리가 맡겨둔 계절이 도착하는 소리.

　　　—「비파나무가 켜지는 여름」 전문

이 시의 주체적 존재 형식은 '인간'과 '나무'의 유비로 형상화된다. 시적 화자는 자신과 사랑의 대상을 "우리"라고 지칭하면서 상호 교감과 결합의 염원을 "비파나무"의 모습과 연관시켜 표현한다. "비파가 오면 손깍지를 끼고 걷자"로 시작하는 1연에서 주목할 부분은 "손"과 "젖은"이라는 단어이다. "손"은 "우리"의 신체 기관인 동시에 "비파나무"의 신체 기관이다. 따라서 이혜미 시에서 유비의 원리는 '인간'과 '나무'가 지니는 신체 기관의 유사성에 기반하는 교직과 중첩이다. 1연의 "손깍지"-"맞붙은 손"-"손금을 겹쳐본 사람들"에서 연속되는 "손"의 교감은 2연에서 "팔"-"겉껍질을 부비며"로 연결되지만, 3연에서 "갈라진 손가락"-"가지 사이를 비워내는 결심"으로 귀결된다. "젖은"은 인간과 나무가 사랑 대상과의 교감과 결합을 시도할 때 근저에 깔린 기본 양상이 물의 모티프와 연관됨을 암시한다. "젖은"은 1연의 "다른 살을 적시면", 2연의 "출렁이는 액과" 등에서 사랑을 통한 타자와의 교감으로 표현되지만, 3연에서 "비워간다" "비워내는" 등으로 전이되면서 새로운 국면으로 접어든다.

3연은 "우리"가 "현악기가 되어" "온통 곁을 비워"가고 "나무"가 "가지 사이를 비워내는" 모습을 제시한다. 이 모습은 1연과 2연을 지배하던 물 모티프가 증발하면서 "뼈"와 "씨앗"의 이미지로 전이되는 양상과 연관되는 듯하다. '뼈'와 '씨앗'의 이미지는 무엇을 의미할까? "서로가 가진 뼈를 다해 하나의 겹쳐진 씨앗을 이룰 때"라는 문장을 음미해보자. 물의 과잉과 존재의 내향성을 극복하려는 시도로서 '뼈'

모티프가 물을 비롯한 존재의 외양을 소거하고 내부로 회귀하면서 발굴하려는 존재의 근원을 상징한다면, '씨앗' 모티프는 이 존재의 근원이 잠재성을 가지고 상호 주체적으로 응축되어 있는 상태를 상징한다고 볼 수 있다. 결국 이 시에서 '뼈'와 '씨앗'은 '물'과 대비와 조화의 이중적 관계를 형성하면서 "우리가 맡겨둔 계절"인 "여름"을 맞이하고 있는 셈이다.

이 시에서 또 하나 주목할 부분은 청각적 이미지의 의미이다. 2연의 "떠오르는 진동들"과 "흰 종들이 부딪히는 소리"는 3연의 "현악기가 되어 온통 곁을 비워"가고 "나무가 가지 사이를 비워내는" 행위로 연결된다. "곁"과 "사이"를 "비워"냄으로써 생성되는 '악기의 소리'는 이혜미 시에서 물의 과잉이 빚어내는 안쪽의 얼룩을 극복하는 중요한 방식으로 작용하는 듯하다. 그리고 이 시에서 그것은 '물' 모티프가 '뼈' 모티프와 대립하면서도 조화와 균형을 이루는 양상과도 긴밀히 결부되는 듯이 보인다. 결국 이 시는 '물' 모티프가 존재의 내향성에 머물며 형성하는 비극적 상황을 극복하기 위한 방식으로 '뼈' 모티프를 제시하고, 이것과 조화와 균형을 이루면서 존재의 상호 교감을 통해 "우리"를 형성하고 '악기의 소리'를 생성시키는 양상을 보여준다. 이 '소리'에 대해서는 제4악장에서 좀더 구체적으로 살펴보기로 하자.

포도를 물고 웅크려 누운 밤. 꿈 밖으로 검은 액체들 흘러넘쳐 물렁한 살을 벗고 땅속으로 깊이 가라앉는다. 씹지 않고 삼켰던 씨앗들이 뼛속 가득 뿌리 내려 혈관이 잔뿌리로 뒤덮이는데. 뿌리는 길고 가늘게 엮여드는 식물의 퀼트. 나무를 이해하고 뼈를 껴안으면 곁이 사라지고 몸이 여러 방향으로 녹아든다. 말랑한 것을 사랑해. 사이에서 맥없이 뭉개지는 것들을. 너의 뼈를 사랑할 수 있을까. 다친 무릎 사이로 하얗게 비어져 나온 수피. 씨앗은 나무의 후생이 아니라 잃어버렸던 애초의 조각이라고. 포도씨가 뿌리 속으로 서서히 흘러들 때, 마지막 남은 퍼즐을 맞추며 나무는 완성된다. 죽은 울타리에서 초록이 배어 나오듯 끊임없이 번져가는 얼굴들이 있음을 알아. 새로이 우거지는 숲이 있음을 알아. 포도나무 넝쿨을 내뻗으며 우리는 키스하지. 서로의 몸속에서 작고 단단한 씨앗 하나를 찾아 오래오래 녹여 먹으려.

　　—「지워지는 씨앗」 전문

　이 시는 '뼈'와 '씨앗'의 모티프를 근간으로 형상화된다. "포도"에서 출발한 시적 상상은 "검은 액체들"-"물렁한 살"-"말랑한 것"-"뭉개지는 것들"을 통해 물 모티프와 연결되지만, "씨앗"-"뼛속"-"뿌리"-"뼈"-"포도씨"로 전개되면서 '뼈'와 '씨앗'의 모티프를 전경화한다. "뼈를 껴안으면 겉이 사라지고 몸이 여러 방향으로 녹아든다" "씨앗은 나무의 후생이 아니라 잃어버렸던 애초의 조각" 등의 표현은 '뼈'와 '씨앗'의 모티프가 상징하는 존재의 근원을 상기시킨다. "포도씨가 뿌리 속으로" "흘러들" 때 "나무"가 "완성"되는 것은 존재의 근원이 최미(最尾)의 실존과 한 몸으로 만날 때 개체의 완전성에 도달한다는 의미로 이해될 수 있다. 한편 시의 후반부에서 "서로의 몸속에서 작고 단단한 씨앗 하나를 찾아 오래오래 녹여 먹"기 위해 "우리"가 "키스하"는 장면은 의미심장하다. 이혜미 시에서 '뼈'와 '씨앗'의 모티프가 상징하는 존재의 근원은 시적 종착지가 아니라 사랑 대상과의 교감과 결합을 지향하는 과정에 놓인 경유지라는 사실을 알려주기 때문이다.

　　목련이 지기 전에 도달해야 하는 왕국이 있어, 젖은 발을 끌며 강가로 이어지는 돌길을 걸었다 무수히 퍼지는 실금들을 따라 하루의 반대 방향으로 모든 것이 흘렀다 끝없이 이어지는 능선들에 대한 내 서신은 그대의 유한함을 일깨웠을까? 밤새 수북이 쌓인 뼛가루들을 하늘에 온통 뿌려놓은 이가 있어, 가라앉은 재와 유골이 피어오르며 두렵고 복잡한 무늬를 이루는지?

여러 장의 돌을 겹쳐 확실한 명암을 얻을 때, 파인 발을 어루만지며 음각으로 엮은 풍경을 바라본다 검은 가지 위에 걸린 창백한 목련의 얼굴, 뼈를 다듬어 새긴 무늬들, 옛것을 당겨 품에 안던 하룻밤의 지붕── 희고 검은 가루들이 난무하던

빛나는 곳에서 눈을 돌리면
언제나 수놓이는 얼룩들의 세계

혹여 흘러가고 없는 빛이 이제야 그대 벗은 등을 비추는지? 그림자를 수의처럼 걸치고 검게 물든 목련을 만지면 날카로운 손톱 끝에 환한 조각도가 떠올랐지 서로의 음영을 가만히 겹쳐보던 밤의 그 지붕 위로
　　──「밤은 판화처럼」 전문

이 시는 '뼈' 모티프가 존재의 근원으로 회귀하는 과정에서 '빛' 모티프와 조우하는 모습을 보여준다. 1연은 '지는 목련' "젖은 발" "강가" 등의 이미지에서 교향곡 제1악장에 해당하는 물의 과잉, 존재의 내향성, 안쪽의 얼룩 등을 암시하지만, "도달해야 하는 왕국"을 향해 "돌길"을 걷는 모습을 통해 화자가 그 상태를 극복하면서 지향하는 목적지를 암시한다. 그것은 일차적으로 존재의 근원으로의 회귀이며, 궁극적으

로는 타자와의 교감과 결합일 것이다. "하루의 반대 방향으로 모든 것이" 흐르는 이유는 이 지향이 '뼈'가 상징하는 존재의 근원으로 회귀하는 운동을 경유하기 때문이다. 2연에서 "뼛가루"가 "재"와 "유골"의 이미지와 결부되는 까닭은 '뼈'의 발굴이 "그대의 유한함"으로 표현되는 존재의 불완전성과 만나기 때문이다. 이 일련의 이미지들은 '물기'의 증발로 야기되는 생의 마모와 무미건조함과 죽음을 상징하는 듯하다. '물'의 과잉의 반대편에 '뼈'의 삭막함이 놓여 양극단을 이루는 형국인 것이다. "재와 유골이 피어오르며 두렵고 복잡한 무늬를 이루는" 모습은 '뼈'의 발굴이 존재의 근원에 이르는 과정에서 유한성을 노정하지만, "뼛가루들을 하늘에 온통 뿌려놓"는 행위를 통해 그 불완전성을 딛고 일어설 수 있는 가능성을 암시한다.

"재"와 "유골"의 이미지는 3연에서 "돌"과 "가루"의 이미지로 전개되는데, '물기'의 증발로 야기되는 생의 마모와 무미건조함과 죽음은 "뼈를 다듬어 새긴 무늬들"을 통해 다시 존재의 근원에 대한 추구를 이어간다. 이러한 '뼈'의 발굴 과정에서 화자는 4연과 5연에서 "빛"과 조우하게 된다. 이 '빛' 모티프는 "빛나는 곳" "빛이 이제야 그대 벗은 등을 비추는지?" 등에서 나타나듯, 존재의 안쪽이 아니라 바깥쪽에서 부여되는 타자의 '응시'와 연관되는 듯이 보인다. '빛' 모티프를 자세히 살펴보기 위해서는 교향곡 제3악장이 필요하다.

제3악장: 빛의 길항, 안팎의 뒤집음, 타자와의 교감

교향곡 제3악장은 '빛' 모티프를 중심으로 전개되는 '안팎의 뒤집음'의 장으로 설정할 수 있다. 존재 바깥의 '응시'와 연관되는 빛 모티프는 존재 안쪽의 얼룩을 형성하는 물 모티프와 길항하면서 '안팎의 교차'를 형성한다. 이때 시간적 배경의 형식은 주로 '여름의 전후'이고, 공간적 위상학의 형식은 '안팎의 뒤집음'이며, 사건의 형식은 원형적 상징으로서 '물'과 '빛'의 길항을 통한 타자와의 교감이다.

눈을 뜨자 빛들이 태어났다

간밤에 그림자를 놓아두고 떠난 이가 창밖에 서렸다 얽혔던 꿈의 다발들을 풀어놓으면 회오리로 잦아드는 밤, 사람을 향해 출발했던 빛점들이 아직 먼 광년을 헤매는지

도달할 행성의 예감으로 눈빛은 진동한다 속눈썹을 타고 길게 날아오르는 빛의 무리들이 정처를 만날 때 풍경이 탄생한다 어둠 속에서 문득

솟구치는 마음처럼

그늘을 품었던 방을 뒤집어 환한 구(球)를 얻으면 흔적으로만 도달할 수 있는 세계도 있었지 잠든 눈가에 진창이 고이듯, 당겨진 눈시울에 먼 빛이 와서 일렁이듯

사라져 더욱 선명해지는 빛들도 있겠지, 물기 어린 행성을 잘 씻어 볕 드는 창가에 놓아두면 감은 두 눈 위로 일렁이던 사람의 윤곽
　　―「도착하는 빛」 전문

이 시는 '물'과 '빛'의 모티프가 서로 길항하면서 안과 밖을 뒤집는 방식을 통해 '존재의 윤곽'을 찾는 모습을 제시한다. 1연에서 화자의 '시

선'에 의해 "빛"이 탄생하는 장면은 "빛"의 원천이 존재의 안쪽에 있지만, 2연의 "사람을 향해 출발했던 빛점"에서 나타나듯, "빛"은 외부 세계로부터 존재에게 주어지는 것이기도 하다. 따라서 "빛"은 존재의 '시선'과 외계의 '응시'가 상호 침투하면서 생성된다. 3연의 "도달할 행성의 예감으로 눈빛"이 "진동"하는 모습은 시선과 응시가 상호 침투하는 양상을 잘 보여준다. 이러한 "빛"이 "정처"를 만날 때, 즉 장소나 공간과 조우할 때 "풍경"이 탄생하는 것이다. 1~3연에서 생성되는 "빛" 모티프는 5연에 등장하는 "그늘"-"진창"-"눈시울" 등의 물 모티프와 길항하면서 이원성을 형성한다. "당겨진 눈시울에 먼 빛이 와서 일렁이듯"이라는 표현에서 선명히 나타나는 물과 빛의 길항은, "그늘을 품었던 방을 뒤집어 환한 구(球)를 얻"듯이 존재의 안과 밖을 뒤집는 방식을 통해 새로운 진로를 모색한다. 마지막 연은 "물기"와 "볕"의 길항 및 이원성이 하나의 지점에 결합하면서 "사람의 윤곽"을 형성하는 모습을 제시한다.

떨어진 능소화를 주워 눈에 비비니
원하던 빛 속이다

여름 꿈을 꾸고 물속을 더듬으면
너르게 펼쳐지는 빛의 내부

잠은 꿈의 넝쿨로 뒤덮여 형체를 잊은
오래된 성곽 같지

여름을 뒤집어 꿰맨 꽃
주홍을 내어주고 안팎을 바꾸면

560

땅속에 허리를 담근 채 다른 자세를 꿈꾸는

물의 잠시(暫時)

꽃은 물이 색을 빌려 꾸는 꿈

옛 꽃들에 둘러싸인 검은 돌벽 위로

생소한 돌기를 내뿜으며

무수히 가지를 뻗는 여름의 넝쿨

　　　──「넝쿨 꿈을 꾸던 여름」 부분

　이 시는 '물' 모티프와 '빛' 모티프의 길항이 "잠"과 "꿈"의 이미지를 매개로 조화와 균형을 이루며 "꽃" 이미지로 수렴되는 모습을 보여준다. 1연은 "능소화"와 "눈"과 "빛"의 이미지가 상호 조응하는데, "꽃"을 중심으로 존재의 '시선'과 외계의 '응시'가 상호 침투하는 양상이다. 2연과 3연에서는 "여름 꿈"을 통해 "물속"과 "빛의 내부"가 연결되는데, 4연에서는 "꽃"이 "여름을 뒤집어 꿰"매고 "안팎을 바꾸"어 "물"이 "잠시" "다른 자세를 꿈"꾼다. 5연의 "꽃은 물이 색을 빌려 꾸는 꿈"이라는 표현은 "잠"과 "꿈"을 매개로 "물"과 "빛"의 이원성이 잠시 조화와 균형을 이루면서 "꽃"을 형성하는 양상을 압축적으로 보여준다. 이혜미 시에서 '온전한 사랑'의 장면을 보여주는 '여름의 꿈'은 "빛"의 발광성과 "물"의 침전성이 "잠"과 "꿈"의 무의식성을 통해 "꽃"의 색채성을 완성하는 원리와 연관된다. "꽃" 이미지는 물의 과잉과 '안쪽의 얼룩'을 극복하려는 시도로서 '물'과 '빛'의 길항이 그 이원성을 극복하고 융합되는 양상인 것이다.

　이러한 언어의 연금술을 가능케 하는 또 하나의 방식은 "안팎을 바꾸면"에 나타나는 것처럼 존재의 안과 밖을 뒤집는 것이다. "안팎이 서로를 침범하는 자리" "몸속 바다를 뒤집어 서로에게 내어주는 일"(「다

이버」), "입술을 뒤집고 숨을 참으니/원하던 꿈속, 물꿈 속"(「넝쿨 꿈을 꾸던 여름」) 등에서 등장하는 '안팎의 뒤집음'은, 이혜미 시에서 물의 과잉을 극복하고 타자와의 교감과 결합을 추구하는 시도들 중에서 위상학적 공간의 방법론으로서 중요하게 작용한다. '잠'과 '꿈'의 무의식성 및 '안팎의 뒤집음'을 통해 '물'과 '빛'의 이원성은 조화와 균형을 이루면서 '타자와의 교감'을 성사시키는 것이다.

> 잎사귀를 베고 잠이 들었다 그물지는 꿈들, 일렁이며 수만의 입술을 여는 물숲 속에서

> 녹아 없어지는 부레를 가진 기분으로 뒤집히는 그림자를 바라본다 길게 혀를 내밀어 어두운 물의 안쪽을 더듬으면 그득해지는 귓바퀴, 수면을 향해 방울지며 피어오르는 거품, 거품들

> 호흡을 내려놓고 무중력의 꿈을 부르면 잠 속에서 간격이 사라진다 기울어진 눈시울 밑으로 물방울들의 무리가 태어났다 젖어들기도 전에 깊숙해지는 사월의 수심

> 피를 마련하고 꽃을 갖추어 먼 곳의 여력을 얻어올게 수장된 자의 벌어진 입속에서 거대한 소용돌이가 태어나는 오늘
> ──「두 겹의 물결 아래」 전문

이 시는 '물' 모티프가 "잠"과 "꿈"을 매개로 생성시킨 "꽃" 이미지가 "피" 이미지와 연관되는 모습을 보여준다. 1연은 "물"과 "숲"이 결합된 "물숲" 속에서 "잠"과 "꿈"이 배태되는 양상을 표현하는데, 이 이미지들은 이후 시상 전개에서 각각의 계열을 형성한다. "물" 계열은 2

연의 "부레"가 암시하는 '물고기'의 존재 형식을 중심으로 "물"–"수면"
–"물방울들"–"수심"으로 이어지고, "숲" 계열은 '나무'의 존재 형식
을 중심으로 "잎사귀"–"꽃"으로 이어지며, "잠"과 "꿈"의 계열은 3연
의 "무중력의 꿈"–"잠 속"으로 이어진다. 존재의 형식으로서 '인간' '나
무' '물고기' 등의 주체의 양식이 "입술" "혀" "귓바퀴" "눈시울" "입"
등의 신체 기관으로 특수화되어 나타나면서 유비를 형성하고, 사건의
형식은 "물"이 "잠"과 "꿈"을 매개로 "꽃"과 "피" 등의 물질적 이미지
로 형상화되면서 내향성을 극복하고 타자와 교감하려는 시도를 보여
준다. 이 시에서 특히 주목할 부분은 4연의 "피를 마련하고 꽃을 갖추
어 먼 곳의 여력을 얻어올게"라는 문장이다. "피"는 "꽃"의 주요 성분
을 이루면서 "먼 곳의 여력을 얻"는 데 원동력을 제공한다. "몸을 뚫고
솟아오르는 뜨거운 꽃들/혈관을 돌아 나온 피들"(「피의 절반」)에서도
"꽃"과 "피"의 관계를 짐작할 수 있는데, 중요한 점은 "몸 안의 물기를
모두 공중으로 흩뿌리고서야 닿을 수 있는 탁한 피의 거처"(「습기의 나
날」)에서 보이듯, "피"는 "물"을 증발시켜 얻는 결과물이라는 사실이
다. 이를 통해 이혜미 시에서 '피' 이미지는 희석화된 '물'을 증발시켜
얻는 생명의 결정체이며, 더 나아가 '물'과 '빛'의 길항이 조화와 균형을
이루며 생성시키는 '꽃'의 생명적 원천이 된다는 점을 확인할 수 있다.

제4악장: 소리에의 지향, 미래의 사랑, 타자와의 결합

교향곡 제4악장은 '소리' 모티프를 중심으로 궁극적 목적지인 '미래
의 사랑'을 지향하는 장으로 설정할 수 있다. '물' 모티프와 '빛' 모티프
의 이원성이 '소리' 모티프로 수렴되면서 '타자와의 교감'을 경유해 '결
합'에 도달하는 가능성을 제시한다. 이때 시간적 배경의 형식은 주로

미래적 시간인 '봄'을 기약하는 '겨울'이고, 사건의 형식은 원형적 상징으로서 '소리'의 발생을 통한 타자와의 결합이다.

> 잠든 이의 코에 손을 대어본 사람은
> 영혼을 믿는 자다 깊은 밤,
> 숨은 수풀을 지나 진창에 흐르고
> 깊이 젖어 고단한 채 돌아온다
>
> 녹기 시작한 발자국을 따라가듯
> 먼저 잠든 이의 숨에 입김을 잇대어
> 호흡의 빛살을 엮으면
>
> 안쪽은 불타는 숲
> 바깥은 휘도는 눈보라
>
> 사이를
> 숨은 새처럼 날아간다
> 문득, 다른 궤도로 진입하는 행성처럼
>
> 안겨 잠든 새벽에만 들리는 소리가 있어
> 하나의 검불이 흰 들판으로
> 순하게 내려앉는 소리
> 젖은 귀를 어루만지는
> 외바퀴 소리
> ──「숨의 세계」 부분

이 시는 '물' 모티프와 '빛' 모티프의 길항이 "숨" 이미지와 결부되면서 "안"과 "바깥" 사이에서 '소리' 모티프로 수렴되는 모습을 보여준다. 1연에서 "영혼"을 내포하는 "숨"은 "수풀"-"진창"-"젖어" 등의 단어들을 경유하면서 "물" 모티프를 동반하고, 2연에서 화자는 "입김"-"호흡"과 결부되는 "숨"을 "빛살"과 "엮으면"서 "빛" 모티프와 연결시킨다. "물"과 "빛"의 모티프는 3연에서 존재의 "바깥"쪽과 "안쪽"에서 각각 "휘도는 눈보라"와 "불타는 숲"으로 전개된다. 존재의 "안쪽"에 자리 잡은 "불" 이미지와 "바깥"쪽에 자리 잡은 '물' 이미지가 길항하면서 팽팽히 맞서는 형국이다. 이 시에서 중요한 부분은 존재의 안팎에 형성되는 "불"과 '물' 사이에서 수렴과 융합의 결과물로서 "소리"가 생성되는 장면이다. 4연에서 "안쪽"과 "바깥"쪽 "사이"를 "새처럼 날아"가는 "숨"은 5연에서 "소리" 이미지로 수렴된다. "숨"이 "다른 궤도로 진입하는 행성"에 비유되고, "소리"가 "안겨 잠든 새벽에만 들리"고 "하나의 검불이 흰 들판으로/순하게 내리앉"으며 "젖은 귀를 어루만"진다는 점에서, "숨"과 "소리"는 '물' 모티프와 '빛' 모티프의 길항이 하나로 수렴되면서 타자와의 결합에 도달하는 가능성을 내포하는 듯 보인다.

금목서 가지를 꺾어 태우고 향풀을 어루만지던 손으로 불에 물든 장작을 헤집었는가, 연기와 향내가 강 건너까지 자욱하다 누구인가 저 닿지 않는 곳에서도 나의 눈썹을 온통 잔설로 물들이는 이는

얼어붙은 손가락으로 성냥을 켜며 크리스마스를 약속하던 붉은 술을 생각한다 아득히 들려오던 소리들이 있었지 매시간 창을 열고 도망하는 새들을 부르던, 없는 품에 안겨 타오르는 나무들의 입김을 맡던

저 너머에 모닥불이 있었다 찾으러 떠나기엔 멀고 바라보자니 추운

입속에 깨진 눈송이들 서걱인다 검은 뼈들을 창밖으로 던지며 나는 중얼거린다 어둠 속이었다면 몰랐을, 머무르다 저무는 것들의 행려를 다해, 깨진 종을 안고 비틀비틀 사라진 이, 멀리까지 소리를 듣고 걸어오느라 작은 주머니 같은 두 귓속으로 아주 들어가버린

　　―「극야」 부분

　이 시는 '물' 모티프와 '빛' 모티프의 길항이 "입김"과 "새"의 이미지와 결부되면서 '소리' 모티프를 생성시키는 모습을 보여준다. 주체적 존재의 형식은 '인간'과 '나무'의 유비를 근간으로 형상화된다. 인용한 1연에서 "강"과 "잔설"은 "얼어붙은"-"눈송이들"로 전개되면서 '물' 계열을 형성하고, "금목서 가지"를 "태우"는 "불"은 "성냥"-"타오르는 나무들"-"모닥불"로 전개되면서 '불' 계열을 형성하는데, 이 두 계열 간에는 대립적 관계가 설정되는 듯하다. 주목할 부분은 이 두 계열 간의 길항을 깨뜨리는 "연기" "향내" "입김" 등의 기체 이미지 계열인데, 이로부터 생성되는 것이 바로 "새" 이미지와 '소리' 모티프이다. '소리' 모티프는 "수많은 시곗바늘들이 몸속을 서성일 때/숨은 태어나는 악기/곧 사라지는 악기"(「물 발자국」)에서 보이듯, 존재의 "몸속" 즉 안쪽에서 발생하기도 하지만, "사람을 부르는 소리다 귓가를 원하는 마음이다 그런 적이 있었지 소리만으로 다정한 이를 부르던"(「노크하는 물방울」)에서처럼, 존재 바깥쪽의 타인이나 타자가 호명하는 소리이기도 하다. 따라서 소리 모티프는 존재의 안팎을 상호 소통시키고 교감하여 결합에 이르는 중요한 계기를 마련한다.

그런데 인용한 시는 "깨진 종을 안고 비틀비틀 사라진 이", 즉 "멀리까지 소리를 듣고 걸어오느라 작은 주머니 같은 두 귓속으로 아주 들어가버린" '종지기'의 '사라짐'을 형상화함으로써, '소리' 모티프가 지향하는 타자와의 결합 가능성이 좌절되는 상황을 암시하고 있다. 여기서 '종지기'는 "종" "소리"를 파생시키는 주체의 존재 양식으로서 사랑의 교감과 결합을 가능케 하는 타자의 분신이라고 볼 수 있다. 다음 시는 타자로서의 '종지기' 대신 시적 화자가 종을 치는 주체가 되어 등장한다는 점에서 주목할 만하다.

　　잠에서 깨어나 끝없는 계단을 내려왔다. 등불을 버리고 발꿈치를 붉게 적셔가며 나선형의 계단을 돌고 돌았는데…… 계단은 다시 시작되고 훔쳐온 금종(金鐘)이 점점 무거워졌다

　　지나치게 많은 빛을 선물 받는다면 곧 얼룩 속에 들겠지 돌벽에 귀를 대고 먼 새들을 부르면 나무들이 온몸의 절망을 다하여 팔을 벌린다 어째서 나는 이 부재 속에 있는가 잠든 이는 아직 소용돌이 치는 탑 꼭대기에 있는데

　　훔쳐온 어둠을 동공에 담고 몸속으로 한없이 수족을 말아 넣으면 멀리에 심어둔 눈썹에 볕이 닿는 것 같다 올라가는 계단만이 이어지는 새로운 탑 속에 들어선 것 같다

　　깃털을 뽑아 쓰고 싶은 것들을 모두 적는다면 곧 날개를 잃고 낙서들 위에 쓰러져 죽겠지 소리를 얻고 빛을 내어준 종탑의 짐승이 되어 나는 거대하게 자라난 종을 울린다 손가락이 바스러질 때까지 얼굴이 소리가 될 때까지 종에서 쏟아진 것들이 탑을 흔든다 이

내 무너뜨릴 때까지

— 「탑 속에서」 전문

　이 시는 시적 화자가 "빛"을 상실하지만 "종"과 "소리"를 획득함으로써 '타자와의 결합'을 추구하는 모습을 보여준다. 1연의 "등불" 이미지는 2연의 "얼룩" 이미지와 대립되는 '빛' 모티프를 형성하지만, 화자는 "등불"을 버리고 "금종"을 "훔쳐" 든 채 "계단을 내려"온다. 3연에서 화자가 "몸속으로 한없이 수족을 말아 넣"는 모습은 존재의 안과 밖을 뒤집는 방식을 의미하고, "멀리에 심어둔 눈썹에 볕이 닿는 것"과 "새로운 탑 속에 들어선 것"은 타자와의 교감과 결합을 위해 새로운 모험을 감행하는 시도를 암시한다. 주목할 부분은 마지막 연에서 화자가 "소리를 얻고 빛을 내어준 종탑의 짐승"이 되어 "종을 울"리는 모습이다. 화자는 "빛" 대신 "소리"를 얻어서 "종탑"의 "종"을 울린다. 이 "종" "소리"는 '물'의 과잉과 '안쪽의 얼룩'을 극복하려는 시도로서 '뼈' 모티프를 중심으로 전개되는 '외양의 소거' '빛'과 '꽃'과 '피'의 모티프를 중심으로 전개되는 '타자와의 교감' 등을 넘어서, '소리' 모티프를 통해 '타자와의 결합'을 향해 나아가는 주체적 행위를 상징한다. 이것은 "얼굴이 소리가 될 때까지 종에서 쏟아진 것들이 탑을 흔들다 이내 무너뜨릴 때까지" 끊임없이 추구하는 행위로서, '미래의 사랑'을 기약하는 이혜미의 시 쓰기에 대한 각오와 결의를 의미한다고 볼 수 있을 것이다.

　지금까지 이혜미의 두번째 시집 『뜻밖의 바닐라』를 총 4악장으로 전개되는 '사랑의 교향곡' 형식으로 재구성하여 순차적으로 살폈다. 필자는 이와 같은 시적 형식과 기법 및 주제를 중심으로 읽었지만, 독자들이 이 시집을 펼쳐 읽기 시작한다면 틀림없이 각자 또 다른 시적 형식과 기법 및 주제를 발견하게 될 것이다. 이혜미의 시 세계는 카오스의 심연처럼 복잡 미묘하고 섬세하게 변화를 거듭하면서 동시에 코스모스의 우주처럼 거대한 상징체계로 확장되기 때문이다.

[2016]